btb

btb

Buch

Die Provence im 14. Jahrhundert: Von ihren Eltern Caterina und Raiman Montpaix – den Helden aus »Die Tochter des Ketzers« – behütet aufgezogen, giert die junge Alaïs nach Veränderung und Abenteuer. Ihr Wunsch scheint sich zu erfüllen, als sie Aurel Autard begegnet, einem ehrgeizigen Chirurgen aus Montpellier, der sich kein geringeres Ziel gesetzt hat, als der Größte seiner Zunft zu werden. Alaïs unterstützt ihn bei geheimen anatomischen Studien an Leichen. Doch als er ins Fadenkreuz der Kirche gerät, muss sie mit ihm fliehen. Stürmische Jahre folgen, die sie zunächst nach Avignon an den Hof des Papstes führen, später ins Königreich Mallorca. Sie begegnen Kaufleuten und Entdeckern, Huren und Bettelmönchen, müssen mit politischen Intrigen und Giftmischern fertig werden, mit kriegerischen Sarazenen und der Pest. Doch die größte Herausforderung scheint Alaïs nicht zu meistern: Aurels Zuneigung zu gewinnen …

Autorin

Julia Kröhn, geboren 1975 in Linz, Österreich, hat Geschichte, Philosophie, Theologie und Religionspädagogik studiert. Zurzeit arbeitet sie als Fernsehjournalistin in Frankfurt am Main. »Die Gefährtin des Medicus« ist bereits ihr sechster historischer Roman.

Mehr zu Autorin und Werk unter: www.julia-kroehn.de

Julia Kröhn bei btb

Engelsblut. Roman (73339)
Die Chronistin. Roman (73591)
Die Regentin. Roman (73658)
Die Tochter des Ketzers. Roman (73709)
Das Geständnis der Amme. Roman (73861)

Julia Kröhn

Die Gefährtin des Medicus

Roman

btb

FSC
Mix
Produktgruppe aus vorbildlich
bewirtschafteten Wäldern und
anderen kontrollierten Herkünften

Zert.-Nr. SGS-COC-1940
www.fsc.org
© 1996 Forest Stewardship Council

Verlagsgruppe Random House FSC-DEU-0100
Das für dieses Buch verwendete
FSC-zertifizierte Papier *Super Snowbright*
liefert Hellefoss AS, Hokksund, Norwegen.

1. Auflage
Originalausgabe Juli 2009

Dieses Werk wurde vermittelt durch die Literarische Agentur
Thomas Schlück GmbH, 30827 Garbsen.
Umschlaggestaltung: semper smile, München
Umschlagmotiv: © Wallace Collection, London / bridgemanart.com
Satz: Uhl + Massopust, Aalen
Druck und Einband: GGP Media GmbH, Pößneck
UB · Herstellung: SK
Printed in Germany
ISBN 978-3-442-73900-4

www.btb-verlag.de

»Die Natur ist wie ein Violinspieler,
dessen Musik den Tänzer führt und ihm den Rhythmus vorgibt.
Wir Ärzte und Chirurgen sind die Tänzer;
wir müssen Schritt halten, wenn die Natur Violine spielt.«

Henri de Mondeville
Chirurg des 14. Jahrhunderts

Erster Teil

Die Toten von Saint-Marthe

Frühjahr 1321

I. Kapitel

Alaïs hoffte, dass Louise bald sterben würde.

Nicht, dass sie ihr den Tod wünschte. Wäre es nach ihr gegangen, hätte Louise gerne weiterleben können: in jener verdreckten Fischerkate, die die anderen Frauen des Dorfs nur mit gerümpfter Nase betraten, weil Louise keine Ordnung zu halten wusste. Mit jener Schar Kinder, die entweder verschorft, verrotzt oder verlaust waren, in jedem Fall aber ständig plärrten. Mit ihrem maulfaulen Gatten, der mit seinen Fischen redete, jedoch nie mit seinem Weib. Nun, Worte hatte es keiner bedurft, um ein neues Menschenkind zu zeugen – und ein solches wand sich nun im Leib der armen Louise, die vergebens versuchte, es irgendwie herauszupressen und deren Kräfte sichtlich schwanden. Alaïs war sich sicher, dass Louise nach diesen langen Stunden der Qual ebenso dachte: lieber ein schneller Tod als ein langsames Warten darauf.

Dass sich Louise unmenschlich quälen musste, immer schwächer wurde und schließlich halb ohnmächtig verstummte, anstatt das Balg endlich zur Welt zu bringen, tat Alaïs durchaus leid. Noch bedauerlicher fand sie freilich, dass sie selbst in der blut- und schweißerfüllten Luft ausharren musste, um ihrer Mutter Caterina zur Hand zu gehen. Diese stand der Gebärenden als Hebamme bei und war der Meinung, es sei für ein junges Mädchen hilfreich, beizeiten mehr über die Prozedur einer Geburt zu erfahren, mochte die Tochter auch – leider vergebens – entgegenhalten, dass sie am liebsten so wenig wie nur irgend möglich darüber wüsste.

So musste sie stehen, bis ihr Kopf sich wie leer anfühlte, musste Leinentücher reichen, um das Blut zwischen Louises Schenkeln damit abzuwischen – hinterher klebte es unangenehm zwischen den eigenen Fingern –, und musste dann und wann frisches Wasser holen. Damit wurde Louises verschwitzte Stirn gekühlt und ein übel riechender Kräutersud über der offenen Feuerstelle gebraut. Jedes Mal, wenn diese Pflicht sie von der Qual befreite, im engen Raum zu sein, blieb Alaïs länger draußen am Brunnen stehen als nötig. Und jedes Mal rief ihre Mutter streng, sie solle sich nicht faul stellen und Zeit vertrödeln, es gehe schließlich um Louises Leben.

Alaïs war sich freilich sicher, dass Louises Leben nicht in ihren Händen lag, genauso wie ihre Mutter schließlich nichts mehr auszurichten vermochte, um ihr zu helfen. Das sah sie an deren gerunzelter Stirn. Und die anderen Weiber des Dorfs, die sich neugierig und sensationsheischend in Louises Wochenstube zusammengerottet hatten, waren ebenso unfähig, die Qualen zu mindern.

Alaïs verstand nicht, warum sie freiwillig blieben. Während sie anfangs noch beseelt zur heiligen Margaretha gebetet hatten, die gebärenden Weibern beistand, redeten sie nun so abfällig über die leise stöhnende Louise, als wäre sie schon tot.

»Wahrscheinlich ist sie selbst schuld«, meinte Régine. »Schwangere sollen keine sauren, bitteren oder stark gewürzten Speisen zu sich nehmen, nur lang Gekochtes und Suppen. Auch Kälte schadet ihnen.«

»Was weißt du schon, was sie gegessen hat?«, fuhr Alaïs' Mutter sie an.

»Sicher nichts Anständiges!«, kam Ursanne Régine zur Hilfe. »Louises Mann ist ein Taugenichts, und jeder weiß, dass er die Fische fängt, die die meisten Gräten und das wenigste Fleisch haben.«

»Das ist aber doch nicht ihre Schuld!«

»Ach, Caterina!«, rief Régine und wischte sich den Schweiß von der eigenen Stirn. Bis eben noch war sie bestrebt gewesen,

Gleiches bei Louise zu tun, doch das schien ihr mittlerweile eine verlorene Liebesmüh. Ein Zeichen, dass es zu Ende geht, dachte Alaïs und lauschte auf Louises röchelnden Atem, um nicht zu verpassen, wann diese endlich den letzten Zug genommen hatte.

»Ach, Caterina!«, wiederholte Régine. »Wäre sie klug gewesen, hätte sie sich dieses Kind gar nicht erst machen lassen!«

»Ja, glaubst du denn, Remi hat sie vorher gefragt, ob er sich auf sie legen darf?«

Das hatte er gewiss nicht getan, wo doch jeder wusste, dass Remi nur mit seinen Fischen sprach, aber nicht mit seinem Weib.

»Das meine ich nicht«, erklärte Régine. »Aber jede Frau weiß, wie sie verhindert, dass sich ein Balg bei ihr einnistet. Sie muss sich nach dem Beischlaf sofort erheben, gähnen und durch die Nase schnauben. Wenn Louise daran gedacht hätte, dann müsste sie jetzt nicht sterben.«

»Noch ist sie nicht tot!«, gab Caterina zurück, obgleich Alaïs sah, wie sich die Sorgenfalten noch tiefer in ihre Stirn gruben.

»Dir fällt doch auch nichts mehr zu tun ein, Caterina!«, sagte die alte Bethilie, deren Worte etwas undeutlich klangen, weil sie vor langer Zeit ihre Schneidezähne verloren hatte. »Du hast versucht, das Kind zu wenden, aber es liegt richtig und will sich nur nicht voranbewegen. Hast ihr ein Gebräu aus zerriebener Myrrhe und Nieswurz eingeflößt und ihr auch den Leib damit eingerieben. Wenn es alles nichts hilft, dann ist es eben Gottes Wille …«

Bethilie brachte den Satz nicht zu Ende, sondern zuckte bedauernd die Schultern.

»Dennoch«, erwiderte Caterina, »wir dürfen sie nicht aufgeben, wir …«

»Bitte«, ertönte da plötzlich eine schwache Stimme.

Alle im Raum zuckten zusammen, selbst Alaïs. Sie hätte es nicht für möglich gehalten, dass die geschundene Louise noch sprechen konnte. Doch nun hob sie sogar die Hand, um ein Zeichen zu machen, dass Caterina näher treten möge. »Bitte«, wiederholte sie. »Du musst mir die Beichte abnehmen.«

Caterina, die sich über sie gebeugt hatte, fuhr zurück. »Ich bin kein Priester!«, erklärte sie, von diesem Anliegen sichtlich verwirrt.

Régine legte nachdenklich den Kopf schief. »In höchster Not darf auch eine Hebamme die Beichte abnehmen.«

Wenn Louise schon selbst einsieht, dass sie sterben muss, kann es in der Tat nicht mehr lange dauern, dachte Alaïs und trat unruhig von einem Bein auf das andere.

»Vielleicht sollten wir Frère Lazaire holen?«, schlug Ursanne vor.

Ratlos sahen sich die Frauen an. »Bitte…«, stöhnte Louise wieder.

Doch noch ehe eine der Frauen den Entschluss fassen konnte, den Priester zu holen, wurde polternd die Tür aufgestoßen. Begierig streckte sich Alaïs dem frischen Luftzug entgegen. Ob dieses Labsals achtete sie nicht darauf, wer es war, der in die Kate stürmte. Wahrscheinlich eines von Louises Kindern. Allerdings würden jene nicht wortlos eintreten, sondern laut plärrend.

Als obendrein Caterina ein empörtes »Hinaus!« schrie, hob Alaïs neugierig den Blick. Es war keines der Bälger.

»Ich habe gehört, hier wird meine Hilfe gebraucht«, sagte ein junger Mann, groß und hager, mit kinnlangem Haar und nussbraunen Augen. Er war ein Fremder, ein Mann, den man noch nie in Saint-Marthe gesehen hatte.

Der Protest der Frauen verstärkte sich, kaum hatte der Mann die Türschwelle überschritten. Am empörtesten fiel Caterinas Aufschrei aus. »Ihr wagt es?«, fuhr sie den Fremden an.

Unwillkürlich musste Alaïs grinsen. Dass Geburt Frauensache war, hatte sie stets bedauert. Zum einen, weil man von ihr erwartete, sie möge daran Interesse zeigen, zum anderen, weil nach ihrer Erfahrung das Leben noch eintöniger und stiller verlief, wenn die Geschlechter strikt getrennt waren.

Doch der Fremde setzte sich schamlos über altbewährte Grenzen hinweg und trat zielstrebig an Louises Wochenbett, ohne sich an dem Gestank zu stören, der wie eine Glocke darüber hing, oder sich vor dem Blut zu ekeln, das sich dunkel um ihre Leibesmitte ausgebreitet hatte.

»Ist es ein Priester?«, stöhnte Louise.

Doch der Fremde schüttelte den Kopf, hob die Hand und winkte ungeduldig. Erst jetzt stellte sich heraus, dass es einen zweiten ungebetenen Gast gab, der eben im Türrahmen erschien. Der Mann war so groß und schmächtig wie der Fremde, nur nicht ganz so entschieden in seinen Bewegungen.

»Hinaus!«, tobte Caterina wieder, und die zahnlose Bethilie schloss sich ihr mit einem unverständlichen Grummeln an.

Während der Fremde wortlos Louises Gestalt betrachtete, war sein Begleiter, der noch in der Tür stand, eher bereit, eine Erklärung abzugeben.

»Ihr Mann hat uns zu euch geschickt.«

Fassungslos blickten die Frauen einander an, denn noch unvorstellbarer, als dass ein Mann freiwillig einer Frau beim Gebären zusah, war die Vorstellung, dass Remi mit Fremden redete, wo doch für gewöhnlich nicht einmal die eigene Familie seine Stimme zu hören bekam.

»Dann muss er getrunken haben!«, versuchte sich Régine das Unvorstellbare zu erklären.

»Welcher Schwachkopf hat ihn wohl dazu verführt?«, murrte Caterina, offenbar überzeugt, dass Remi eine solche Entscheidung niemals allein hätte treffen können. Im nächsten Augenblick rief sie jedoch ein empörtes »He!« aus, das nicht Louises maulfaulem Ehemann galt, sondern dem Fremden, der seine Hände forschend in den Leib der Gebärenden steckte und ungeachtet des Bluts und des Schleims, die ihm entgegenquollen, darin grub.

Louise indes schien sich nicht daran zu stören. Von Schmerzen und Anstrengung verwirrt, dachte sie wohl, der Fremde wäre tatsächlich ein Priester, und begann stockend ihre Sünden aufzuzählen.

Alaïs prustete los. Bethilie und Régine hingegen spitzten neugierig die Ohren. Die Worte waren zu wirr, um daran Anstoß zu nehmen, doch Alaïs war sich sicher, dass Bethilie sich hinterher mancherlei Untaten zusammenreimen würde, um sie raunend im Dorf zu erzählen.

»Halt den Mund!«, rief Caterina. »Er ist kein Priester, er ist…«

»Ich bin *Cyrurgicus*«, sagte der Fremde. Seine Stimme klang rau und bestimmt. Da er sich immer tiefer über Louise beugte, fielen ihm seine braunen Haare ins Gesicht, schweißverklebt und so schief geschnitten, als wären sie ohne jede Sorgfalt mit einem Messer abgesäbelt worden. Alaïs' Blick glitt über seine restliche Gestalt. Sonderlich wohlhabend sah er nicht aus. Die Tunika aus Leinen war von Flecken übersät, was kein Wunder war, wenn sein Trachten, sich rein zu halten, immer so gering ausfiel wie jetzt. Über der Tunika trug er ein aus kratzender Wolle gefertigtes, knielanges Obergewand, doch während ein solches bei den meisten Männern lange Ärmel besaß, war es bei ihm auf Schulterhöhe abgerissen – offenbar um ihn in Augenblicken wie diesem nicht zu stören. Die hüfthohen Beinlinge waren von Löchern und Rissen übersät.

»Fasst sie nicht an!«, zischte Caterina, die sich nun unwirsch zwischen ihn und die Gebärende drängte. »Ich bin die Hebamme!«

Der Fremde warf nur einen kurzen Blick auf sie, ehe er sich wieder Louise zuneigte. »Offensichtlich keine gute.«

Alaïs hörte, wie die Mutter scharf den Atem einzog, und musste sich auf die Lippen beißen, um nicht ein zweites Mal loszuprusten. Sie hätte es nicht für möglich gehalten, dass dieser öde Tag noch derart vergnüglich werden konnte.

»Ich hab alles getan, was man tun kann«, erklärte Caterina. »Ich habe…«

Der Fremde hob seine Hand, um sie zum Schweigen zu bringen. »Mag sein«, erklärte er. Alaïs sah, wie seine braunen Augen glänzten. Er drehte sich um, winkte erneut dem anderen Mann zu und griff tief in den Lederbeutel, den jener ihm reichte.

»Mag sein«, wiederholte er. »Aber eine Hebamme kann ihr Leben nicht retten. Das kann nur ich. Ich muss das Kind aus ihr herausschneiden.«

Louise hatte die Worte des Fremden nicht mehr gehört. Ihr Kopf war etwas nach hinten gekippt. Die Hände, die sich eben noch auf der Brust ineinander verkrampft hatten, lösten sich und fielen lasch zur Seite. Kurz dachte Alaïs, der Schrecken über diese Worte hätte sie umgebracht, doch ihre Brust hob und senkte sich weiterhin. Wahrscheinlich war die Ohnmacht eine Gnade – vorausgesetzt, der Fremde setzte um, was er da wahnwitzig plante.

Alaïs' Mutter wollte es ihm keinesfalls gestatten. Beherzt drängte sie ihn wieder von der Gebärenden zurück. »Wie könnt Ihr es wagen! Wie könnt Ihr es wagen, das auch nur in Erwägung zu ziehen!«

Die übrigen Frauen steckten tuschelnd ihre Köpfe zusammen.

Der Fremde hingegen richtete sich zur vollen Größe auf und starrte verächtlich auf Caterina herab. »Ihr wollt also, dass sie stirbt?«

»Ihr könnt das Kind nicht aus ihr herausschneiden! Nicht so lange sie noch lebt! Das ist verboten! Man darf es erst versuchen, wenn sie tot ist!«

Der Fremde schüttelte den Kopf. Sein unregelmäßig geschnittenes Haar fiel ihm erneut ins Gesicht, bedeckte es fast vollends. »Wenn Ihr also die Wahl habt zwischen zwei Leben oder einem, dann entscheidet ihr Euch für Letzteres?«

An der Art und Weise, wie sie ihre Lippen zusammenkniff, gewahrte Alaïs, dass ihre Mutter ins Zweifeln geriet. Hilflos zuckte Caterina die Schultern. »Wer behauptet, Ihr vermögt sie beide zu retten? Wer seid Ihr überhaupt?«

»Mein Name ist Javier Autard. Man nennt mich Aurel, nach dem Dorf, aus dem ich stamme.« Eine Weile beließ er es bei diesem Satz, als genügte die Nennung seines Namens, um seine Anwesenheit zu erklären. Schließlich fügte er jedoch hinzu: »Ich habe in Montpellier studiert. Medizin mit Schwerpunkt Chirurgie. Ich weiß, wovon ich rede.«

Caterina kniff die Lippen noch fester aufeinander. Alaïs konnte ahnen, was ihrer Mutter durch den Kopf ging. Nicht selten hatte ihr Vater, Caterinas Mann, die Universität von Montpellier gerühmt und voller Bewunderung verkündet, es gebe im Süden Frankreichs keinen besseren Ort, um die Medizin zu erlernen. Wehmut hatte stets durch diese Worte hindurchgeschimmert, weil ein dortiges Studium sein unerfüllter Lebenstraum geblieben war.

Aurel Autard deutete auf den anderen Mann, der nun von der Tür an Louises Bett trat. »Das ist mein Bruder Emeric«, erklärte er. »Er wird mir helfen.«

Noch gab Caterina ihren Platz nicht auf. Noch schüttelte sie den Kopf. »Wer sagt mir, dass ich Euch trauen kann?«

Ehe der Fremde antworten konnte, trat Alaïs vor und zog die Mutter sacht am Arm. »Mutter, so sieh doch nur auf Louise … Es bleibt keine Zeit mehr …«

Der Atem der Gebärenden war flacher geworden.

Caterina stieß einen knurrenden Laut aus, dann trat sie schließlich zurück. Sie ging zum Kopfende des Betts und strich über Louises schweißbedeckte Stirn.

»Aber ich werde hierbleiben«, erklärte sie trotzig. »Ich werde zusehen.«

Aurel nickte. »Ein Stück Holz.« Es war das erste Mal, dass er sich an Alaïs wandte, und als der Blick dieser glänzenden, braunen Augen sie traf, erzitterte sie leicht. »Bring mir ein Stück Holz!«

Rasch lief Alaïs nach draußen. Sie hörte ihre Mutter streng nach dem Zweck fragen, doch Aurel erklärte ihn ihr nicht. »Und ich brauche Wein, viel Wein!«, rief er ihr nach. »Wenn möglich eine ganze *Cupa* voll!«

Alaïs eilte hinter das Haus, wo Holzscheite gestapelt waren. Sie nahm eines, stellte fest, dass es zu groß war, und schlug mit der Hacke ein Stück ab.

Erst nun gewahrte sie die vielen Blicke, die auf sie gerichtet waren. Die Bewohner von Saint-Marthe hatten sich um das Haus versammelt – wohl nicht von Louises Leiden und ihrem möglichen Tod angelockt, sondern von der Tatsache, dass sich bei ihnen ein Fremder aufhielt, was nur selten geschah.

Viel zu selten, befand Alaïs.

»Ist es wahr?«, raunte der alte Ricard ihr zu. »Ein Medicus ist hier?«

»Ein *Cyrurgicus*!«, erklärte Alaïs stolz, weil sie mehr wusste als der Rest. »Er hat in Montpellier studiert.«

Dann huschte sie wieder ins Haus. Die schlechte Luft traf sie wie ein Schlag. »Hier«, sagte sie und reichte Aurel Autard das Stück Holz.

Sie hoffte, die braunen Augen würden sie erneut anblicken, würden Zustimmung und Dank ausdrücken. Doch der Fremde beachtete sie nicht, sondern nahm nur schweigend das Holz und steckte es zwischen Louises Zähne. »Ihr Mund muss geöffnet bleiben«, sagte er, »damit das Kind ausreichend Luft bekommt.«

Erklärte er ihnen, was er tat, oder sagte er es sich lediglich selbst vor?

Indessen hatte sein Bruder Emeric von einer hilfreichen Hand den geforderten Wein gereicht bekommen. Aus dem Lederbeutel zog er kleine Bauschen Baumwolle, tränkte sie darin und begann damit Louises aufgequollenen Bauch einzureiben. Da der Wein rot war, schien sich die Blutlache, die sich um ihren Leib gebildet hatte, noch zu vergrößern. Nachdem sein Werk vollendet war, tauchte Emeric ein scharfes Messer in den Wein.

Alaïs' Magen grummelte. Wie die meisten anderen Frauen vermochte sie nicht hinzusehen, als er seinem Bruder das Messer reichte und dieser es ansetzte. Nur Caterinas Blick – das erkannte sie flüchtig aus dem Augenwinkel – war starr auf Aurels Hände gerichtet.

Jene schienen nicht zu zittern, und auch seine Stimme klang ruhig, als er sich Satz für Satz vorsagte, was zu tun war.

»Der Schnitt«, so tönte es aus seinem Mund, »soll am unteren

Teil des Schambeines beginnen und genau eine Handbreit lang sein. Sobald er durchgeführt ist, muss man mit geölten Händen in den Einschnitt greifen und die Eingeweide beiseite schieben. Der Kopf der Gebärenden sollte tief liegen. Erst nachdem die Gebärmutter geöffnet worden ist, darf man die Frau in die Seitenlage bringen.«

Alaïs duckte den Kopf tiefer. Tat er bereits, was er da ankündigte?

Alaïs erzitterte, doch Louises Ohnmacht war so tief, dass sie den Schrei nicht ausstieß, gegen den sich Alaïs insgeheim wappnete.

Als sie endlich wagte, wieder hinzusehen, zog Aurel bereits einen roten Klumpen aus dem Leib, so über und über mit Blut bedeckt, dass Alaïs meinte, er würde Louise ausweiden. Erst eine Weile später ging ihr auf, dass der Klumpen das Kind war, dem er auf die Welt half – noch regungslos, noch stumm.

Er wollte es seinem Bruder reichen, doch dessen Hände hielten die Wunde geöffnet, weshalb Caterina vortrat, den Klumpen an den Beinen packte und ihn mit dem Kopf voran nach unten hielt. Sie schüttelte den Fleischberg, der langsam menschliche Konturen annahm, und schlug sanft auf seinen Po. Ein Ruck ging durch die Glieder, dann war ein Fiepsen zu hören, kaum lauter als das einer Maus.

»Befreit es von den Eihäuten!«, befahl Aurel. »Ich durchschneide indes die Nabelschnur!«

Wieder senkte Alaïs angewidert den Blick. Sie konnte nicht zuschauen, wie er dieses bläuliche Gewürm ergriff und abklemmte, auch nicht, wie er sich dann dem offenen, blutenden Leib zuwandte.

»Schnell! Wir müssen sie wieder auf den Rücken legen!«, befahl er schroff.

Caterina konnte ihm nicht helfen, da sie das Kind in den Händen hielt, die anderen Frauen wagten nicht, näher zu kommen, und Emeric zog die Ränder der Wunde nun nicht länger auseinander, sondern presste sie zusammen.

»Nun mach schon!«, schrie Aurel Alaïs an. Trotz ihres Ekels trat sie zu ihm, ergriff Louise an der Schulter und wälzte sie in Rückenlage. Sie lag kaum ruhig, als Aurel schon begann, die Wunde zu vernähen. Alaïs sah eine Nadel zwischen seinen länglichen Fingern aufblitzen. Den Faden dahinter – bei den tieferliegenden Hautschichten wurde, so hatte der Mann gemurmelt, ein dünner aus Seide verwendet, später, beim Schließen der Bauchdecke, der aus einer Sehne gemachte – sah sie hingegen nicht.

Indessen bereitete der Bruder des *Cyrurgicus* einen Verband aus Hanfstoff vor, den er in drei aufgeschlagenen Eiern tränkte.

»Müssen es drei sein?«, hörte sie Ursanne raunzen, von der er diese offenbar erbeten hatte und die für ihre Sparsamkeit bekannt war. »Hätten es zwei nicht auch getan?«

Der *Cyrurgicus* gab keine Antwort. Sein Haar fiel ihm noch tiefer ins Gesicht, als er den Verband anlegte, doch er hatte keine Hand frei, um es zurückzustreichen.

»Hoffentlich überlebt sie«, nörgelte Ursanne in die Stille hinein, die nur vom Quäken des Kindes unterbrochen wurde. »Dann hat sich diese Verschwendung von Eiern wenigstens gelohnt.«

II. Kapitel

Alaïs folgte Aurel Autard ins Freie. Nichts hielt ihn an Louises Seite, nachdem er die Behandlung beendet hatte: weder Sorge noch Mitgefühl noch sonderliches Interesse an ihrem weiteren Wohlergehen. Sein Bruder bekundete es an seiner statt. Der schmale Emeric war drinnen geblieben, legte den Verband an und erklärte den Frauen, man solle Louise, so sie denn wieder erwache, einen Sud aus Wein mit Schwarzwurz reichen.

Alaïs hörte nicht mehr, was die Frauen darauf antworteten und ob Ursanne der Kranken nach den Eiern nun auch die Schwarzwurz neidete. So schnell war sie dem *Cyrurgicus* nach draußen gefolgt, dass sie beinahe über die Schwelle stürzte. Aurel war nicht minder hastigen Schrittes gradewegs zum Trog geeilt, der hinter dem Haus stand, und steckte, als Alaïs ihn erreichte, bis zu den Ellbogen im Wasser. Vom vielen Blut hatte es sich augenblicklich rot gefärbt.

Alaïs, die sich eben noch nach dem kühlenden Nass gesehnt hatte – der Schweiß troff ihr fortwährend über den Rücken –, zuckte voll Ekel zurück. Dennoch blieb sie stehen und musterte den *Cyrurgicus* ehrfürchtig.

Er bemerkte ihren Blick nicht. Noch tiefer ließ er seine Arme in den Trog sinken, tauchte schließlich selbst das Gesicht hinein und durchpflügte dann mit den Händen die schief geschnittenen Haare. Die Tropfen, die von ihm perlten, waren nicht tiefrot wie das Wasser im Trog, sondern von einem hellen Rosa. Es schien ihn nicht weiter zu stören. Er hob seine Tunika, um sich daran abzuwischen.

Alaïs' Blick fiel auf seinen bloßen Bauch. Deutlich stachen Rippen und Sehnen durch die Haut, die blass und unbehaart war.

Ihre Mutter, dessen war sie sich gewiss, hätte ihr geboten, augenblicklich wegzuschauen, doch die war nicht hier. Alaïs musste daran denken, wie der Fremde sich mit Caterina angelegt und zuletzt einfach den eigenen Willen durchgesetzt hatte – ungeachtet dessen, dass verboten war, was er geplant und womit er am Ende auch Erfolg gehabt hatte. Sie lächelte, als sie sich das zunächst empörte, dann verkniffene Gesicht der Mutter vergegenwärtigte.

Die nunmehr nasse Tunika fiel wieder über den nackten Leib. Jetzt erst schien Aurel Autard ihre Anwesenheit zu bemerken. Er musterte sie flüchtig.

»Und wer bist du?«, fragte er beiläufig, als wüsste er nicht mehr, dass sie eben bei der von Fliegen umsurrten Gebärenden gestanden und seine Behandlung unterstützt hatte.

Unruhig trat sie von einem Fuß auf den anderen, von seiner Gleichgültigkeit ebenso beschämt wie verärgert. »Ich bin Azalaïs Montpoix«, erklärte sie rasch. »Man nennt mich Alaïs.«

Sie hatte die Worte kaum beendet, da unterbrach er sie rüde. »Ich brauche etwas zu trinken!«

Keine Bitte. Kein Lächeln, um sie sich geneigt zu stimmen.

Ehe sie etwas darauf sagen konnte, gewahrte Alaïs, wie ihre Mutter Louises Kate verließ. Gleich danach folgte Aurels Bruder Emeric.

»Denkt Ihr, sie wird es schaffen?«, fragte Caterina nachdenklich. Emeric zuckte nur die Schultern, ehe auch er an den Trog trat, um sich mit dem Wasser zu waschen, das sein Bruder mit Blut verunreinigt hatte.

»Mutter!«, rief Alaïs. »Mutter! Wir sollten dem *Cyrurgicus* etwas zu trinken und zu essen anbieten. Und eine Schlafstatt, es wird bald Abend.«

»Warum wir?«, gab Caterina barsch zurück. »Er hat Louises Kind gerettet … also soll ihn dessen Vater bewirten.«

Alaïs drehte sich um, suchte im Kreise der Umstehenden nach Remi und sah ihn schließlich in der Ferne umherwanken. Régine war mit einem Bündel zu ihm getreten. Erst nach einer Weile kam Alaïs zu dem Schluss, dass das Bündel das neugeborene Kind sein musste. Remi glotzte Régine nur verständnislos an und stapfte in Richtung des Meeres davon.

Caterina sprach es nicht aus, aber Alaïs ahnte, was sie dachte: Wenn er Pech hatte, würde Remi heute nicht mit den Fischen reden, sondern, von diesen beglotzt, jämmerlich ersaufen. Zumindest stand das zu erwarten, wenn er in diesem Zustand vornüber kippte und im Wasser liegen blieb.

»Man muss jemanden suchen, der das Kind nährt«, sagte Caterina düster. »Louise ist dazu kaum in der Lage.«

»Mutter…«, wiederholte Alaïs und nickte unauffällig in Aurels Richtung. »Mutter, wir müssen…«

»Es ist unserer Zunft untersagt, eine Einladung derer anzunehmen, die wir behandeln«, schaltete sich Aurel ein. »Nie sollen wir mit einem Patienten Mahl halten.«

Caterina kniff die Augen zusammen. Alaïs fürchtete, die Mutter würde ihm unbeeindruckt die Meinung sagen – so wie sie es oft tat und nicht selten Menschen damit vor den Kopf stieß – und ihm bekunden, dass ihr dies alles herzlich gleichgültig sei, vor allem, nachdem er sie doch als Hebamme beschämt hatte. Stattdessen wandte sie sich an Alaïs. »Wenn er Hunger und Durst hat, wird er sich gedulden müssen, es ist noch nicht Essenszeit. Aber du kannst den beiden Herren einstweilen unseren Schuppen zeigen.«

Der Schuppen diente der Aufbewahrung von Netzen, Rudern und Reusen und war gewiss kein Ort, an dem man gerne die Nacht verbrachte. Wahrscheinlich hoffte Caterina, die Fremden wären hellhörig genug, solch ein wenig fürsorgliches Angebot als das zu werten, was es war: die Aufforderung zu verschwinden.

Doch weder der eine Bruder noch der andere machte Anstalten zu gehen. So gleichmütig wie sie die dreckige Kleidung ertrugen, ließen sie sich auch mit einer schäbigen Schlafstatt zufriedenstellen.

»Kommt mit!«, rief Alaïs ihnen zu, und ihre Worte klangen weit weniger spröde als die ihrer Mutter. Sie hatte es nicht zeigen wollen, aber die Aussicht, dass der Fremde zumindest eine Nacht in Saint-Marthe zubringen würde, hatte den Takt ihres Herzschlags beschleunigt.

Der Schuppen war niedrig, stickig und heiß – und doch vollführte Alaïs mit den Händen eine einladende Bewegung, als wiese sie den beiden Männern die prächtige Kemenate einer steinernen Burg zu. Emeric, der Bruder des *Cyrurgicus*, blieb beim Eingang stehen und blickte sich um, als müsste er erst in Ruhe den fremden Raum erkunden, ehe er ihn betreten könnte. Aurel Autard indes kannte dergleichen Scheu nicht. Er folgte Alaïs, als wäre er schon oft hier gewesen, und hörte gar nicht zu, als sie erklärte, sie könnte noch Decken für die Nacht bringen. Stattdessen zog er aus einem seiner Lederbeutel ein Buch. Der Einband war aus Leder, die Seiten aus Pergament, und als Alaïs einen flüchtigen Blick darauf warf, war sie sicher, dass ihre Mutter ehrfürchtig erstarrt wäre und laut bekundet hätte, wie überaus kostbar ein solcher Besitz war.

Ihr selbst freilich fiel vor allem auf, wie abgegriffen das Leder war und wie brüchig. Wäre das Buch eine Speise gewesen, sie hätte ranzig und schimmlig geschmeckt. Emeric war endlich eingetreten, und anders als Aurel war ihm Alaïs' neugieriger Blick auf das Buch nicht entgangen.

»Das sind Texte von Hunayn ibn Ishāq«, erklärte er. »Auf der Universität muss jeder Student deren Inhalt kennen.«

Sie war weniger erstaunt über das, was er sagte, als vielmehr darüber, dass dieser bislang weitgehend stumme Schatten überhaupt Worte formte. Unsicher, was sie davon zu halten hatte, zuckte sie die Schultern. Aurel hingegen begann ungeduldig, in dem Buch zu blättern, und musste zu diesem Zweck einige der zusammengeklebten Seiten förmlich auseinanderreißen.

»Und weiter hinten«, ergriff er das Wort, »weiter hinten stehen Auszüge aus der *Cyrurgia* von Roger von Salerno. Will sehen, was darin über den Kaiserschnitt geschrieben steht. Die Wenigsten besitzen solch eine Abschrift!«

Er strahlte über das ganze Gesicht, erklärte jedoch nicht, warum gerade er eine derartige Kostbarkeit mit sich trug. Alaïs trat zu ihm und spürte die Hitze, die sein hagerer Körper ausströmte.

»Alles auf Latein«, murmelte er knapp.

Wäre es auch anders gewesen, sie hätte nicht mehr mit diesen Schriften anfangen können. Ihre Mutter hatte stets großen Wert darauf gelegt, dass die Kinder lesen lernten. Doch während sie das bei den älteren Brüdern Raimon und Félipe entweder durch gutes Zureden oder regelmäßige Prügel erreicht hatte, war sie bei Alaïs auf Widerstand gestoßen. Lesen war etwas, was man vornehmlich in engen Räumen tat – und eingeschlossen zu sein und obendrein möglichst regungslos zu hocken, war ihr eine Qual. Sie kannte zwar die einzelnen Buchstaben, vermochte es jedoch nicht, sie schnell zu einem Wort zu verknüpfen. Das dauerte jedes Mal eine halbe Ewigkeit.

»Es gibt kaum chirurgische Texte auf Französisch«, fuhr Aurel fort. »Auch Mondeville schrieb auf Latein. Seine Schriften wurden aber sofort ins Französische übertragen.«

»Mondeville?«

In ihrem provençalischen Dialekt klang der französische Name aus ihrem Mund anders als aus seinem.

»Ein großer *Cyrurgicus*, einer der größten überhaupt!«, rief Aurel, bückte sich hektisch und zog weitere Bücher aus dem Beutel. »Hier! Die Anatomie von Mondeville! Im Übrigen halte ich es für einen Fehler, medizinische Schriften auf Latein zu verfassen. Wie soll der einfache *Cyrurgicus* von der Straße sie verstehen? In Italien haben sie viel früher begriffen, dass die Landessprache zum Zwecke der besseren Verbreitung unumgänglich ist. Die Bücher von Guillelmo da Saliceto, Ugo da Lucca und Theodoric wurden vielfach übersetzt, und natürlich die *Cyrurgia parva* von Lanfranco da Milano.«

Die Fülle an Namen langweilte sie. Doch Aurel legte nun ohnehin das Buch zur Seite, griff wieder in den Lederbeutel, und was er als Nächstes hervorzog, war um vieles interessanter.

»Was ist das?«, entfuhr es ihr.

Er antwortete nicht. »Habt ihr noch etwas Wein?«, fragte er. »Ich bräuchte welchen, um meine Instrumente zu waschen.«

Alaïs zauderte. Sie hatte keine Ahnung, wie sie die Mutter überreden sollte, Wein an den *Cyrurgicus* zu verschenken, und das nicht einmal zu dem Zwecke, dessen Kehle zu nässen.

»Was ist das?«, fragte sie erneut.

Als sie das dünne, von dunklem Blut befleckte Messer eingehender betrachtete, kam es ihr bekannt vor. Es war dasselbe, mit dem er zuvor Louises Leib aufgeschnitten hatte.

»Die *Similaria*, gewiss das wichtigste Werkzeug eines *Cyrurgicus*. In unserer Sprache das Skalpell. Hier«, er griff nun nach einem hakenförmigen Instrument, »der *Angistrum*! Außerdem besitze ich eine *Serra* zum Durchsägen von Knochen, wenn man ein Glied amputiert, das *Phlebotomum* zum Aderlassen, die *Terebra*, um den Schädel anzubohren, und die *Spicula*, um den Star zu stechen.«

Unmöglich konnte sie sich diese vielen Begriffe merken. »Und das hier?«, fragte sie und deutete auf ein Instrument, das einer Zange glich.

»Der Pelikan«, erklärte Aurel, »auch Geißfuß genannt. Damit werden Zähne gezogen. Aber ich mache das nur selten, es ist die Aufgabe der Bader.«

Er schüttelte heftig den Kopf, als wollte er von vornherein jeden Verdacht zerstreuen, er hätte mit diesem Berufsstand auch nur das Geringste gemein.

»Und hier die *Emplastra* – Bruchbänder.«

Alaïs hatte keine Ahnung, was man mit jenem straffen Ledergürtel anstellen konnte, an dem eine Platte aus Holz angebracht war. Aurel fand es jedoch müßig, es zu erklären, und fuhr rasch fort: »Das alles haben wir dem großen Abulcasis zu verdanken. Ohne ihn wüssten wir nur wenig über die Chirurgie und noch weniger über die Instrumente, mit denen einst die großen Medici gearbeitet haben. Er hat detaillierte Beschreibungen hinterlassen.«

Wieder ein Name, der nicht länger als für die Dauer eines Wimpernschlags in Alaïs' Gedächtnis blieb. Dann entfuhr ihr plötzlich ein erstaunter Aufschrei.

Was Aurel zuletzt aus dem Beutel gezogen hatte, war kein Instrument, sondern ein kugelförmiges, helles Gebilde. Es sah aus wie ein menschlicher Kopf – und doch nicht. Die Haare fehlten ihm, anstelle der Augen starrten sie dunkle Löcher an. Die Nase war verkrümmt, die Zähne lagen ohne schützende Lippen bloß.

Unwillkürlich trat Alaïs zurück und musste sich beherrschen, nicht rasch ein Kreuzzeichen zu schlagen.

Aurel starrte sie verwundert an, blickte dann zurück auf das Gebilde und wieder auf sie, als müsste er erst mühsam innewerden, dass ihr Entsetzen davon ausgelöst worden war.

»Das ist doch nur ein Demonstrationsschädel!«, stieß er leichtfertig aus. »Um den menschlichen Kopf zu verstehen, braucht es ein Modell von diesem. An der Universität verwenden die Professoren dergleichen oft. Manch einer ist aus echten Menschenknochen gemacht, dieser hier wurde aus den Knochen eines Tieres nachgeformt – und zwar so, dass man ihn öffnen kann.« Prompt tat er das. Ein knackendes Geräusch ertönte. »Der *Cranium* – der Schädel, bedeckt von Haut und häutchenartigen Muskeln. Darunter die *Dura mater*, die das Gehirn schützt. Zum Beispiel, wenn unter dem *Cranium* Eiter entsteht.«

Alaïs trat wieder näher, als er an dem sonderbaren Gebilde hantierte, doch die Scheu davor vermochte sie nicht abzulegen. Allein der Gedanke, dergleichen selbst anzufassen, ließ sie erschaudern. Noch ehe Aurel es wieder zurücklegte und weitere Schätze zutage förderte, wurden sie unterbrochen.

»Alaïs, wo bleibst du?«, hörte sie ihre Mutter rufen, noch nörgelnder und ungeduldiger als gewöhnlich. »Eben kommt dein Vater zurück! Hilf ihm mit den Fischen!«

Alaïs lief dem Boot so stürmisch entgegen, dass ihr das Wasser bis ins Gesicht spritzte. Sie genoss die Abkühlung, und am liebsten hätte sie sich in die kühlen, dunklen Fluten fallen lassen. Der Vater hatte sie einst in der Bucht von Saint-Marthe zu schwimmen gelehrt. Damals hatte sie nichts anderes getragen als einen Lendenschurz, konnte sich im Wasser frei bewegen und war oft bis zum zerklüfteten Grund getaucht, um später prustend und spuckend wieder hochzukommen. Doch als sie älter geworden war, hatte die Mutter ihr verboten, sich derart leicht bekleidet zu zeigen.

Den älteren Brüdern war weiterhin vergönnt geblieben, halbnackt zu schwimmen, und manchmal war es schwer gewesen, den Neid zu bezwingen, wenn jene balgend und lachend das Wasser durchpflügten, während sie vom Ufer aus schwitzend zusehen musste.

»Vater!«, rief sie, »Vater! Du kannst dir nicht vorstellen, was heute…«

Er war aus dem Boot gesprungen und versuchte, es ans Land zu zerren. »Gleich, gleich!«, ermahnte er sie gutmütig zur Geduld. »Nun hilf mir erst…«

Sie packte das Boot an der anderen Seite und war froh, ihm beweisen zu können, dass sie fast so stark war wie die Brüder. Bis vor einigen Jahren hatten diese den Vater beim Fischfang begleitet. Doch dann hatten sie beide Saint-Marthe verlassen. Der eine – nach dem Vater Raimon genannt – arbeitete als Salzhändler. Als *Salerius* brachte er das Salz von den Minen in Camargue, Berre und Hyères auf dem Rücken von störrischen Mauleseln ins Landesinnere oder an ferne Orte wie Fréjus, Cannes und Antibes. Er verkaufte nicht nur das grobe Salz für die Küche, sondern auch sehr feines für besonders weiche und saftige Brote. Einmal – das hatte er während seiner seltenen Besuche erzählt – war er mit seinem Handelsgut auch über das Meer bis nach Genua und Pisa gefahren. Diese Reise hatte Alaïs ihm nicht minder geneidet als einst ihren Brüdern das Schwimmen. Noch Tage später hatte sie sich ausgemalt, wie es in den fremden Städten aussehen musste, ob das Meer so grünlich schimmerte wie hier und die Buchten so zerklüftet waren und so tief ins Land hineinreichten, dass an manchen Stellen das Wasser nicht breiter stand als das von Flüssen.

Der andere Bruder – Félipe – war Fischhändler und transportierte den Fisch, den der Vater fing, in eigens dafür gefertigten Körben zu den großen Märkten. Auch er wusste von fremden Dörfern zu erzählen und, was Alaïs nicht minder interessierte, von seinen Kniffen, den Fisch möglichst lange frisch zu halten oder ihm zumindest den Anschein zu geben. Man müsse ihn nur zur rechten Zeit mit frischem Wasser übergießen, dann lasse sich nicht erkennen, ob er gerade erst gefangen worden war oder schon seit Tagen unter der heißen Sonne faulte. Griesgrämig murmelte die Mutter dann, sie habe ihn nicht zum Betrüger erzogen – was Félipe geflissentlich überhörte.

»Und, was hast du gefangen?«, fragte Alaïs ihren Vater, als sie das Boot auf den Strand geschoben hatten.

»Vor allem Seebarsch«, rief er ihr zu. »Ein paar Sardinen und Meeräschen.«

»Keinen Thunfisch?«

»Du weißt doch, das ist hier so gut wie unmöglich.«

Der Vater klagte oft, das Meer rund um Saint-Marthe sei kein rechter Ort zum Fischen. Viel ertragreicher sei es, bei Cannes und Antibes, in der Nähe der Inseln Saint-Honorat und Saint-Marguerite auszufahren. Doch dort – auch das war ein Ärgernis – ließ sich die Seigneurie das Fischrecht teuer bezahlen. Einzig die *Piscatores paludum*, jene Männer, die in den Flüssen fischten, kamen billiger davon.

Das war nicht das Einzige, was ihm zusetzte. Jedes Mal, wenn er aufbrach, stimmte er eine übertriebene Klagerede an und fragte den Herrn im Himmel lautstark, warum er ausgerechnet ihm das Element des Wassers zugedacht hatte, wo er das Meer doch eigentlich nie hatte leiden können.

Desgleichen fragte sich Alaïs auch des Öfteren. Warum hatte ihr Vater nicht das Dasein des Viehhirten, des Bauern, des Händlers erwählt, wenn ihm das Wasser so zuwider war? Schließlich – das hatte sie aus rätselhaften Andeutungen ihrer Mutter herausgehört – waren ihre Eltern nicht als Fischerskinder geboren worden und stammten auch nicht aus Saint-Marthe. Vielmehr waren sie als Kinder verarmter okzitanischer Grafen zur Welt gekommen, die weitläufig miteinander verwandt gewesen waren, und hatten sich auf provençalischem Boden niedergelassen, nachdem sie in der Heimat nicht hatten bleiben können. Alaïs vermutete, dass das etwas mit dem ketzerischen Glauben zu tun hatte, den die Kirche dort ausrotten wollte. Doch Bestätigung hatte sie dafür nie gefunden, desgleichen wie sie von der abenteuerlichen Reise, die zwischen dem Leben im Languedoc und dem in der Provence stand, mehr ahnte als wusste. Selten sprachen die Eltern darüber, und wenn sie es doch taten, so gaben sie kaum mehr preis als ein paar Andeutungen.

Schon der Klang von Caterinas und Rays Stimmen, wenn sie davon erzählten, verhieß mehr Furcht und Grauen als aufregende Abenteuer, und doch beneidete Alaïs sie ebenso wie die Brüder dafür, dass sie offenbar ferne Länder gesehen und viele Gefahren ausgestanden hatten, sie selbst aber nichts anderes kannte als Saint Marthe.

Ray – so nannte der Vater sich, denn sein eigentlicher Name Raimon deuchte ihn zu lang – reichte ihr das Netz. »Muss wieder mal geflickt werden.«

Als sie die Stirn missmutig in Falten zog, lachte er.

»Ich weiß, du magst das nicht. Musst schließlich viel zu lange dabei still sitzen. Aber was ist dir lieber: mir später beim Flicken zu helfen oder deiner Mutter, wenn sie die Fische ausnimmt und einlegt?«

Alaïs zog ihre Stirn noch krauser. Letzteres war ohne Zweifel jene Arbeit, die sie am meisten hasste – verhieß sie doch, dass die Hände alsbald bis hoch zu den Ellbogen vom Salz brannten und der üble Fischgestank über Tage an ihr haften blieb.

»Du kannst dir nicht vorstellen, was geschehen ist«, rief sie schnell, um den Vater abzulenken.

»Was?«, fragte er grinsend. »Hat die alte Bethilie wieder einen Zahn verloren? Ich dachte sie hätte keinen mehr!«

Alaïs musste lachen, wurde aber rasch wieder ernst. »Louise hat ihr Kind geboren!«, berichtete sie aufgeregt. »Und sie wäre fast daran gestorben. Doch dann sind fremde Männer gekommen...«

Ray hob verwundert die Augenbrauen.

»Einer von ihnen, stell dir vor, ist ein *Cyrurgicus*. Und er hat Louises Bauch aufgeschnitten!«

Noch höher zog er die Brauen, diesmal misstrauisch.

»Doch!«, rief Alaïs. »Er trägt auch Bücher bei sich und viele Instrumente und ein merkwürdiges Gebilde, das wie ein Kopf...«

Sie brach ab. Caterina kam eben an den Strand gestapft, die Hände in die Hüften gestemmt.

»Kann irgendwer noch langsamer sein Boot ausladen als du?«, fuhr sie den Gatten an. Alaïs hatte ihre Mutter selten anders als in diesem leicht nörgelnden Tonfall mit ihrem Vater reden hören. Dennoch war sie sich gewiss, dass Caterina seit einigen Stunden nach ihm Ausschau gehalten und glücklich gelächelt hatte, als das Boot wohlbehalten in der Bucht eingetroffen war.

»Frischer Fisch gefällig, liebste Frau?«

Der Vater griff ins Boot und zog einen Fisch hervor. An der Schwanzflosse hielt er das zappelnde Getier fest und schwenkte es vor Caterinas und Alaïs' Gesichtern.

»Was tust du denn?«, rief Alaïs kreischend.

Ray grinste, Caterina schüttelte den Kopf. Doch als sie sich abwandte und zurück in Richtung ihrer Kate stapfte, sah Alaïs, wie auch die Mundwinkel der Mutter amüsiert zuckten.

III. Kapitel

Zwar hatte Caterina erst dazu überredet werden müssen, die Fremden einzuladen, doch dass sie eine schlechte Gastgeberin sei, wollte sie sich nicht nachsagen lassen. Das Abendmahl fiel üppiger aus als sonst. Neben gebratenem Fisch gab es Eintopf aus Saubohnen, Lauch, Mangold und Zwiebeln, der mit etwas Speck und frischen Kräutern verfeinert war. Obendrein wurden Eier, Käse und Weizenbrot aufgetischt, anschließend getrocknete Feigen und Granatäpfel, die im letzten Sommer geerntet worden waren, und eine Handvoll Nüsse.

Sie saßen am großen Tisch, der aus dem schweren Holz des Kastanienbaums gezimmert war. Rechts und links, am Boden festgenagelt, waren zwei Bänke, gleich daneben befand sich ein Schrank, der in die Mauer eingefügt worden war. Die großen Tonkrüge für das Olivenöl standen dort, desgleichen eine Schale Wasser, worin sich alle vor dem Essen die Hände zu waschen hatten. Später würde sie neu aufgefüllt werden, um darin die kostbaren Gläser zu reinigen.

Caterina Montpoix legte großen Wert auf Tischsitten. Mochten sie auch ärmlich hausen und nicht jenes weiße Mobiliar besitzen, wie es in reicheren Haushalten üblich war, Geschirr stand ihnen reichlich zur Verfügung. Während alle anderen Bewohner von Saint-Marthe aus einem schlichten Napf aus Zinn aßen, wurden an der Tafel der Montpoix' sämtliche Gerichte auf Kupferplatten angerichtet. Für das Brot gab es einen eigenen Korb und für den Wein einen tönernen Krug, auf dessen Oberfläche Ornamente eingeritzt waren. Ein großes Messer lag zum Schneiden der Speise bereit, ebenso die überaus seltene *Forcata ferri*, eine Gabel. Dass der Tisch mit einem Tuch bedeckt war und jeder eine Serviette gereicht bekam – auch das eine Seltenheit –, hatte Aurel nicht interessiert. Die Gabel betrachtete er jedoch eingehend.

»Dergleichen könnte man gut zum Operieren verwenden«, sinnierte er anstatt zu essen.

Sein Bruder Emeric – bis auf jene knappe Erklärung im Schuppen hatte Alaïs ihn kein weiteres Wort mehr sagen hören – schlang hingegen große Bissen gierig in sich hinein.

Alaïs hätte es ihm gerne gleichgetan. Die erste Mahlzeit des Tages, am Vormittag eingenommen, war lange her. Doch trotz des Appetits fiel es ihr schwer, die Bissen zu schlucken, so eng war ihr die Kehle.

Spannung lag in der Luft, und als Aurel die Gabel nicht wieder hinlegen wollte, traf ihn Caterinas strenger Blick. War sie erbost, weil sein Verhalten den Tischsitten im Hause Montpoix widersprach oder weil sie Aurel sein dreistes Auftreten in Louises Wochenstube nicht verzeihen konnte?

In jedem Fall war sie nicht bereit, mit ihm zu reden, fragte nicht einmal, wie es Louise und ihrem Kind ergangen war, obwohl Aurel kurz vor dem Abendessen noch einmal nach ihnen gesehen hatte.

Weitaus weniger schwer als Caterina fiel es Alaïs' Vater, den fremden Wanderchirurgen anzusprechen.

»Aus Montpellier bist du?«, fragte er forsch. »Ein guter Ort, um Medizin zu studieren, nicht wahr? Ach, was gäbe ich drum, wenn ich in meiner Jugend diesen Weg hätte beschreiten und Medicus werden können. Ich habe …«

»Das will keiner wissen!«, fuhr Caterina schroff dazwischen. Erstmals blickte Emeric von seinem Eintopf hoch. Obwohl die strengen Worte nicht ihm oder seinem Bruder galten, gab er Aurel ein Zeichen, endlich die Gabel sinken zu lassen und zu essen. Doch der bemerkte ihn nicht.

»Warum nicht?«, rief Ray leichtfertig. »Einst bin ich auch

durchs Land gezogen, um Arzneien anzubieten und Krankheiten zu heilen. Natürlich habe ich es in dieser Kunst nicht so weit gebracht wie ...«

Caterina hatte wieder den Mund geöffnet, doch es war nicht sie, die dem Vater diesmal ins Wort fiel.

Mit einem leisen Klirren legte Aurel die Gabel nieder. »Ich weiß. Es gibt viele Quacksalber, die unseren Ruf ruinieren und nicht einmal ordentlich Zähne ziehen können. Ich kenne einen *Sanguinator,* der mit einer Feinfühligkeit zur Ader lässt, als schlachtete er ein Schwein. Viel zu viele preisen sich dreist als Medicus, ohne einer zu sein.«

Ray ließ sich die offensichtliche Beleidigung nicht anmerken, sondern lachte auf. »Gewiss!«, gab er leichtfertig zu. »Im Betrügen war ich besser als im Heilen.«

»Das will keiner wissen!«, schimpfte Caterina erneut.

Warum ist sie stets so streng mit ihm?, dachte Alaïs verwirrt.

»Zumindest habe ich einmal eine verletzte Schulter wieder eingerenkt und einem Mann somit das Leben gerettet – mag mir zu diesem Zwecke auch ein Studium gefehlt haben«, erklärte Ray stolz. »Es dauert lange, nicht wahr? Erst gilt es drei Jahre, sich in den sieben freien Künsten auszubilden, und erst danach beginnt das eigentliche Medizinstudium. Wieder drei Jahre lang, oder? Und am Ende muss man eine große Prüfung ablegen.«

Caterina verdrehte die Augen. »Nun gib nicht so an! Als ob du davon Ahnung hättest!«

Aurel hingegen betrachtete ihn erstmals aufmerksamer.

»Lasst ihn nur weiterreden, ma Dame«, meinte er, um dann an Ray gewandt hinzuzufügen: »Eure Stimme, als Ihr von der Chirurgie spracht, klang zumindest nicht verächtlich.«

»Warum sollte es so sein?«

Aurels Mundwinkel zuckten missmutig: »Die Frage ehrt Euch. Doch es gibt genügend Mediziner, die sich ihrerseits *Physicus* nennen und unsere Arbeit gering schätzen – denken sie doch, wir wären nichts Besseres als Steinmetze oder Tischler, mit dem Unterschied, dass wir eben in Fleisch, Blut und Gedärmen wühlen.

Auf eine Stufe mit dem Bader und dem Steinschneider stellen sie uns, behaupten gar, dass nur sie die inneren Leiden heilen, wir hingegen lediglich die äußeren. Dass die Chirurgie zwingend zum Lernstoff eines guten Medicus gehören sollte, leugnen sie beharrlich. Pah!«

Redend hatte er die Gabel wieder hochgehoben und damit herumgefuchtelt. Nun legte er sie erneut mit einem Klirren ab. Alaïs beugte sich vor und sah, dass seine Schüssel immer noch randvoll war. Trotzdem schob er sie von sich, als hätte er sein Mahl bereits beendet – und seine hagere Gestalt bekundete, dass er sich nicht zum ersten Mal derart genügsam gebarte.

»Ein guter *Cyrurgicus* ist so viel mehr wert als ein guter *Physicus*. Wir müssen in vielen Dingen bewandert sein: in der Anatomie, die wir vor allem von Avicenna lernen, in der Wundbehandlung, für die Theodoric der große Lehrer ist, in der Heilung von Geschwüren, wie sie uns Lanfranco lehrt …«

Alaïs runzelte die Stirn ob jener neuerlichen ermüdenden Fülle an Namen. Doch Ray nickte interessiert, als hätte er es tatsächlich verstanden.

»Einer meiner Vorbilder ist Roger Frugardi. Eigentlich war er nichts weiter als ein gewöhnlicher Wundarzt, doch er hat es bis zum Professor gebracht an der Hochschule von Parma. Wie man Bauchwunden flickt, das weiß ich von ihm, ebenso wie man einen Kropf behandelt.« Er griff sich hastig an den Hals, als wollte er es am eigenen Leib vorführen. »Und wie man Blut stillt, das hat er uns auch ausführlich erläutert! Freilich: Manches aus seinem Werk stammt nicht aus seiner Feder, sondern wurde von Roland von Parma, seinem kundigen Schüler, ergänzt.«

Wieder nickte Ray, wenngleich Alaïs sein Blick nun etwas dümmlich deuchte. Wahrscheinlich begriff er ebenso wenig, wovon Aurel derart aufgeregt sprach, wie sie.

Dennoch fasste sie nun endlich den Mut, selbst den Mund aufzutun.

»Du hättest ihn sehen sollen, Vater«, ihre Stimme geriet piepsig, »wie er Louises Leib aufgeschnitten hat!«

»Verbluten hätte sie dabei können!«, warf Caterina kopfschüttelnd ein.

»Noch lebt sie«, meinte Aurel. »Und es leben viele noch, die von mir behandelt wurden.«

Jetzt fiel ihm endlich ein, zu welchem Zweck er an der Tafel saß. Er zog die Schüssel wieder zu sich heran und nahm einen Bissen von dem Eintopf, doch kaum hatte er ihn geschluckt, schob er die Schüssel wieder zur Seite. Als wäre das ein geheimes Zeichen zwischen ihnen, griff Emeric, der mittlerweile die eigene leergegessen hatte, nach seiner, ohne darum zu bitten. Wahrscheinlich aß er nicht zum ersten Mal die Ration seines Bruders, wenngleich er ebenso dürr war wie dieser.

»Dann hast du in Montpellier deinen Doktor gemacht?«, warf Ray begütigend ein.

Kurz senkte Aurel seinen Blick. Als er wieder hochsah, strahlten seine braunen Augen erstmals etwas Warmes aus.

»Ich will der Größte meiner Zunft werden«, erklärte er mit heiserer Stimme. »Ich werde den üblen Ruf, der auf uns lastet, widerlegen. Ich werde allen zeigen, wozu wir imstande sind.«

»Ach herrje«, seufzte Ray. »Wie lange ist's her, dass ich davon geträumt habe, irgendwo der Größte und Beste zu sein.«

»Kann mir schon denken«, meinte Caterina, »in welcher Disziplin du's gern gewesen wärst. Gewiss keine, für die man studiert haben muss.«

»Ihr müsst wissen«, meinte Ray, »ehe wir hier an der Küste lebten, sind mein Weib und ich …«

»Das will keiner wissen!«, rief Caterina nun schon zum dritten Mal.

Sie erhob sich hastig, obwohl noch nicht alle ihr Mahl beendet hatten, und wusch sich hektisch die Hände. Alaïs hatte oft erlebt, dass sie auf diese Weise reagierte, wenn Ray auf ihre Vergangenheit zu sprechen kam. Für gewöhnlich erweckte dies ihre Neugierde; sie wollte das Geheimnis ergründen, das sie dahinter witterte. Doch heute galt es, mehr über den *Cyrurgicus* herauszufinden.

Ihr Vater kam jedoch nicht dazu, weitere Fragen zu stellen, denn als Emeric die zweite Schüssel geleert hatte und sich für das ausnehmend gute Mahl bedankte, drangen von draußen plötzlich die süßlichen Klänge von Flöten- und Lautenspiel herein.

Der kleine Platz zwischen den Fischerkaten – die ärmlichen aus Holz gebaut, die besseren aus gelblichem Stein, der im Abendlicht rötlich schimmerte – war um diese Tageszeit für gewöhnlich menschenleer. Nun freilich strömten immer mehr Dorfbewohner aus den Häusern, nicht nur von der Musik angelockt, sondern vor allem vom Wein, den Remi ausschenkte. Remi war nicht im Meer ersoffen, wie Alaïs befürchtet hatte. Er hatte es sogar geschafft, noch weitere Weinschläuche aufzutreiben, und sein Rausch machte ihn großzügig.

»Greift nur zu! Greift nur zu!«, rief er lallend. »Mein Weib lebt, mein Kind auch, ich habe etwas zu feiern.«

Caterina schüttelte den Kopf, nachdem sie nach draußen geeilt waren, entweder ob seiner Dummheit, den Wein einfach zu verschenken, oder weil es noch viel zu früh war, Louises Leben zu feiern. Vielleicht aber war sie auch nur verwirrt, weil Remi nicht nur Worte formte, sondern diese lauthals aus sich herausplärrte.

Die beiden Musikanten waren seine Kinder, und obwohl einige der Töne mehr als schief klangen, konnte Alaïs bald nicht mehr still stehen, sondern begann ihre Hüften zu wiegen. Sie war nicht die Einzige. Manch einer, vom Wein dazu ermutigt, fing an, sich ungelenk zu drehen. Nur wenige bremste das Misstrauen.

»Woher hat Remis Sohn die Flöte?«, raunte Régine Caterina zu. »Doch gewiss gestohlen!«

Alaïs hörte die Antwort nicht mehr. Es war ihr gleich, woher die Flöte stammte und dass Remi ein Hohlkopf war, der nicht bis morgen denken konnte. Viel zu befreiend war es zu erleben, wie jene Stille, die ansonsten über Saint-Marthe lastete und aus dem Dorf eine langweilige Einöde machte, durchbrochen wurde und den Menschen eine Ahnung geschenkt ward, dass es noch mehr im Leben gab, als Fische zu fangen, auszuweiden und zu braten.

Fremd war nicht nur die Musik, die die laue Luft zum Vibrieren brachte, fremd war auch das Lachen, das sich aus mancher Kehle löste, rau und unsicher, aber zunehmend dreister.

Die Tanzenden wurden immer mutiger. Alaïs drehte sich noch schneller als die anderen und versäumte es dabei nicht, hin und wieder einen Blick auf Aurel zu werfen.

Er war auch aus der Kate getreten, doch während sein Bruder sich unwillkürlich im Takt der Musik wiegte, blieb er steif stehen. Alaïs sah, wie ihr Vater ihn etwas fragte, woraufhin Aurel zu einer längeren Antwort ansetzte. Ray nickte verständnisvoll – oder gab zumindest vor, das Gesagte zu begreifen. Davon ermutigt löste Aurel seine Hände, die er über der Brust zusammengehalten hatte, und artikulierte immer leidenschaftlicher, je länger er redete.

Warum kann Vater ihn nicht einfach in Ruhe lassen?, dachte Alaïs verärgert und hieb ihre Füße regelrecht in den Boden. Ihr Rock wirbelte hoch, gestattete den Umstehenden den Anblick ihrer nackten Beine. Einige grölten – nur Aurel Autard gewahrte nichts davon.

Alaïs wirbelte in die eine, dann in die andere Richtung. Ein dünner Schweißfilm breitete sich über ihren Körper. Sie fühlte, wie ihre Haare sich lösten, ob des eigenen Schwungs oder ob der kühlen Brise, die vom Meer her salzig wehte. Meist trug sie die Haare streng geflochten und – wenn es nach Caterina ging – unter einem Tuch verborgen, das so mausgrau und rau war wie ihr Kleid.

Irgendwie gelang es ihr immer, dieses Tuch im Laufe des Tages zu verlieren, doch die Flechten hielten ihrer Regsamkeit meist stand. Nur heute nicht. Heute wollte sie, dass der *Cyrurgicus* mit den großen, braunen Augen sie sah. Sie tanzte immer schwungvoller, schüttelte wild ihren Kopf, sah, wie einzelne Strähnen durch die Luft flogen. Auf den ersten Blick waren sie tiefschwarz wie die Haare ihre Mutter – zumindest ehe das Grau des Alters ihnen den Glanz geraubt hatte. Doch nun, da die Abendsonne darauf fiel, schimmerten sie rötlich, so wie des Vaters Haupt, wenn der im grellen Tageslicht stand. Über den ganzen Rücken fielen nun Alaïs' Locken, nahmen den Schweiß von den Oberarmen auf und wurden klebrig.

Und wieder ging ihr Blick zurück zu Aurel. Sein Bruder Emeric, das nahm sie flüchtig wahr, beglotzte sie – vielleicht aber auch nicht sie, sondern das Treiben auf dem Platze. Sie sah, dass er kaute; vielleicht war es ihm gelungen, beim Hinausgehen ein Stückchen Brot zu entwenden und es nun im Freien aufzuessen.

Der Vater stand nicht mehr an Aurels Seite, wahrscheinlich hatte Caterina ihn von ihm weggelotst. Doch anstatt nun endlich den Blick zu heben, blieben Aurels braune Augen auf den Boden gerichtet, wo er unruhig mit den Füßen scharrte, als fiele ihm das Stillstehen so schwer wie ihr. Seine Finger, nicht länger lebhafte Gesten formend, verknoteten sich unruhig ineinander. Sie dachte nicht mehr daran, wie jene wohlgeformten Finger heute tief im Blut der armen Louise gewühlt hatten, nur, dass sie nicht von der rohen, freudlosen Arbeit kündeten, die den Rücken der Menschen hier beugte.

Warum sieht er mich nicht?, dachte Alaïs, und die Töne der Laute kamen ihr verzerrt vor, weil ihr vom schnellen Drehen schwindelte.

Dann geriet ihr Tanz ins Stocken. Jemand stellte sich vor sie, hielt sie am Arm fest. Ihr Haar fiel auf den Rücken, manche Strähnen klatschten ihr direkt ins Gesicht wie Peitschenschläge.

Eine Hand strich sie ihr fort, dann plötzlich bewegten sich fremde Lippen auf die ihren zu.

Ehe die Lippen des anderen sie streifen konnten, fuhr Alaïs zurück.

»Untersteh dich, Josse!«, schrie sie und schlug mit der Hand auf den Mund des gedrungenen Mannes, der sich vor ihr aufgebaut hatte.

»Jeder konnte es sehen, wie du für mich getanzt hast!«, rief er gekränkt.

»Ich wusste nicht einmal, dass du hier bist!«

»Warum so spröde? Deine Eltern und die meinen – die sähen es gern, wenn du und ich endlich Hochzeit feierten.«

Alaïs blieb der Mund offen stehen, so ungeheuerlich dünkte sie dieser Antrag. Ihr Blick huschte abfällig über Josses Gestalt, ein Fischer wie ihr Vater, doch gebückter als jener und ohne den leisen Spott, den Ray zwischen sich und sein stinkendes Tagwerk schob. Josse war Fischer mit Haut und Haar. Irgendwie, und das ging Alaïs zum ersten Mal auf, sah er selbst ein wenig aus wie ein Fisch mit diesen Glupschaugen und dem nach Luft schnappenden Mund.

»Untersteh dich!«, knurrte Alaïs ein zweites Mal. »Wie kannst du auch nur daran denken!«

»Bist doch im rechten Alter«, seine Zunge stieß schwerfällig an seine Zähne. Er musste viel getrunken haben, wahrscheinlich war er nur deswegen mutig, dergleichen offen auszusprechen. »Oder, genau genommen, schon weit darüber.«

Alaïs wusste, dass er recht hatte. Sie war vergangenen April siebzehn Jahre alt geworden, und in dem Alter hatte Régine, Josses Schwester, schon zwei Kinder geboren.

Alaïs schüttelte es, wenn sie daran dachte. Louises Bild stieg von ihr auf, wie sie stöhnend, blutend und fliegenumsurrt dagelegen hatte und fast an ihrem Kind krepiert war.

Sie blieb ihm eine schnippische Bemerkung schuldig, denn eben trat Régine grinsend zu ihnen. »Und wie, kleiner Bruder, willst du dieses Weib bändigen? Wenn es sich in der Liebe so stürmisch und sittenlos verhält wie beim Tanz, hat sie dir fünfmal ihre Fersen in den Leib getreten, ehe dieser auf ihr zu liegen kommt.«

Sie verhöhnte den Bruder, doch der Blick, der auf ihm ruhte, war gutmütig. Er wurde erst stechend, als sie Alaïs ansah. Jeder in Saint-Marthe wusste, dass Régine den Bruder fürsorglicher behütete als die eigenen Kinder. Eines davon war letztes Jahr ins Meer gefallen und ersoffen. Ihrem Bruder Josse hingegen hatte sie einst voller Geduld das Schwimmen beigebracht.

Alaïs schnaubte. »Solltest auf deine Schwester hören!«, stieß sie aus.

»Pah!«, rief Josse mit glasigem Blick. »Und ich kriege dich doch!«

Er schwankte, als er sich umwandte, und Régine packte ihn schnell am Arm, auf dass er nicht fiel. Mühsam verkniff sich Alaïs ein Grinsen. Viel länger wollte sie jedoch nicht an ihn denken, wollte lieber zurückfinden in den Takt der Musik.

Da erst gewahrte sie, dass diese verstummt war, die tanzenden Menschen innegehalten hatten und Remi rasch den frischen Krug Wein hinter seinem Rücken barg.

Verwirrt blickte sie sich um – und erkannte den Grund, warum das ausgelassene Fest jäh beendet worden war.

»Haltet ihr das für den rechten Weg, den Abend eines Samstags zu verbringen? Der Tag, an dem der Erlöser einst im Grab ruhte?«

Als der Mann mit der dunklen Kutte näher trat, verbarg Remi nicht nur den Weinkrug, sondern riss seinem Ältesten auch die Laute aus der Hand, leichtgläubig wie ein Kind, das meint, man übersähe sämtliche Untaten, wären deren Werkzeuge erst versteckt. Doch der Franziskaner, der auf dem Dorfplatz erschienen war, ließ sich davon nicht milde stimmen. Das dunkle, armselige Gewand, wie es sein Orden vorschrieb, flatterte im Wind, der merklich kühler wurde – sei's, weil die Sonne untergegangen war, sei's, weil sein bloßes Auftreten die Menschen erschaudern ließ. Nicht immer hatte Frère Lazaire solche Macht über seine Gemeinde. Trotz des Armutsgebots galt sein Blick als gierig, wenn er fette Kühe oder mit Fischen reich gefüllte Körbe sah.

Oft wurde hinter seinem Rücken gelästert. Nicht nur Alaïs' Eltern taten das – Ray gerne in Anwesenheit der Tochter, Caterina erst dann, wenn sie meinte, jene lausche nicht –, sondern auch Régine, die mehrfach laut bekundet hatte, einen Priester nicht ernstnehmen zu können, der wie ein Bettler aussehe. Gerne erzählte sie von einer Reise nach Marseille und wie dort am Jahrestag der Heiligsprechung von Louis – jener ein Bruder des Königs von Neapel und der Provence – eine große Prozession begangen worden war. Höchst angetan hatte sie sich davon gezeigt, was der Bischof damals getragen hatte: einen mit Perlen verbrämten Mantel und eine mit Gold durchwirkte Mitra. Dergleichen gebe eine Ahnung von Glanz und Gloria des Allmächtigen, nicht das verdreckte Krähengewand des Franziskaners!

Doch ihr Widerwille gegen Frère Lazaire zeigte sich nur in dessen Abwesenheit. Nun war Régine die Erste, die den Kopf senkte, buckelnd zu ihm gekrochen kam und kleinlaut bekannte: »Wir feiern doch nur, weil Louise die Geburt überstanden hat.«

»Indem ihr tanzt?«, keuchte Frère Lazaire, und sein empörter Blick wanderte zu Alaïs. Sie hatte innegehalten wie der Rest, aber in ihrem Gesicht standen noch deutlich die Spuren von Hitze.

»Ihr solltet euch ein Beispiel an der frommen Guillelma nehmen!«, mahnte er.

Nicht nur Régine, auch die Übrigen starrten nun verlegen zu Boden und falteten die Hände, als könnte man, wenn auch nicht mit gemurmeltem Gebet, so doch mit entsprechender Haltung die letzten Stunden wettmachen.

Die fromme Guillelma, ausgerechnet!, ging es Alaïs durch den Kopf.

Als Kind hatte sie mit den anderen Dorfrangen darum gewettet, wer sich als Nächster an Guillelmas Haus heranwagte, durch ihr Fenster spähte und sie heimlich beobachtete. Guillelma verließ das Haus niemals, zumindest nicht bei Tag. Was sie bei Nacht tue, hatte ihr Vater einmal mit vielsagendem Grinsen gemeint, wisse man schließlich nicht – woraufhin Caterina bemerkt hatte, er solle nicht von seiner eigenen Verderbtheit auf die anderer schließen.

Nun, Alaïs war meist diejenige gewesen, die sich bis an die Fenster vorwagte, doch wann immer sie einen Blick auf Guillelma geworfen hatte, war diese entweder gesessen oder gekniet. In irgendeiner Weise bewegt hatte sie sich nie, weshalb Alaïs sich irgendwann sicher war, dass die Alte nicht nur fromm, sondern obendrein gelähmt war, jedoch Letzteres durch Ersteres verbergen wollte.

Einen Beweis hatte sie dafür nie erhalten. Fest stand, dass die fromme Guillelma eine gewisse Douceline verehrte, die wiederum die Schwester des großen Hugues de Digne war und im Gebiet von Hyères eine Gemeinschaft gegründet hatte. Die Frauen, die sich dieser anschlossen, unterwarfen sich Gelübden, die denen eines Ordens glichen – so schworen sie Keuschheit und Armut –, blieben jedoch im eigenen Haus leben, um es, zum Zwecke, Buße zu tun, fortan nicht mehr zu verlassen.

Wenn Frère Lazaire nicht zugegen war, wurde oft darüber getuschelt, ob Douceline und Hugues tatsächlich große Heilige waren oder womöglich doch Ketzer. In Frère Lazaires Gegenwart beteuerte man jedoch inbrünstig, welche Gnade die fromme Guillelma dem Dorf erweise, weil sie ausgerechnet hier ihr Leben Gott weihe. Nicht selten wurde auch die Rechnung aufgestellt, wie viele Sünden nicht durch eigene anstrengende Buße abgetragen werden müssten, sondern allein durch die Nähe zu der begnadeten Frau. Bis auf die frechen Kinder war es im Übrigen nur Frère Lazaire, der sich ihr näherte, um ihr das täglich Brot zu bringen, ohne das schließlich auch eine heilige Frau nicht überleben konnte.

»Ich bin mir sicher«, hatte Alaïs' Vater Ray einmal gelästert, »dass er mindestens die Hälfte dessen selbst frisst.«

Alaïs hatte laut gelacht und sich von der Mutter prompt eine Ohrfeige eingefangen. Was der Vater behauptete, hätte sie gerne geglaubt, wenn Frère Lazaire nicht so unglaublich dürr gewesen wäre. Auch an diesem Abend schlackerte seine kurze, schmutzige und zusammengeflickte Kutte an seinem Leib, umso mehr, als er nun mahnend die Hände hob.

»Glaubt nicht, dass Gott eure Untaten nicht gesehen hat, weil sich nun die Nacht übers Land senkt! Ihr könnt lediglich darauf hoffen, dass der Tag, der euch morgen neu geschenkt wird, sich wieder als jungfräulich rein erweist und euch erneut das Bemühen gestattet, ihn nicht durch schändliches Tun zu beflecken.«

Die Umstehenden zerstreuten sich hastig, schweigend und ohne einander anzusehen. Alaïs gehörte zu jenen, die am längsten stehen blieben und Frère Lazaire am heftigsten zürnten, da er den Tanz vorzeitig beendet hatte. Ein wenig länger nur, dachte sie, und Aurel Autard hätte mich dabei betrachtet!

Suchend blickte sie sich um, wollte im Gesicht des Wanderchirurgen ablesen, was er von dem übellaunigen Franziskaner hielt. Doch jenes Plätzchen vor dem Haus, wo er gerade noch gestanden hatte, war leer. Er hatte sich wohl mit seinem Bruder in den Schuppen zurückgezogen, womöglich lange bevor Frère Lazaire überhaupt erschienen war.

Alaïs fand keine Ruhe. Sie lag oben, in ihrer kleinen Kammer, in der sie nicht aufrecht stehen konnte, aber die sie für sich allein hatte, und wälzte sich über Stunden auf ihrer Schlafstatt. Zuerst waren es die Eindrücke des Tages, die wirr in ihrem Kopf kreisten, dann gedämpfte Stimmen von unten, die sie vom Schlaf abhielten.

Sie konnte nicht genau verstehen, was ihre Eltern miteinander besprachen, aber sie hörte, wie immer wieder die gleichen Namen fielen, darunter auch der von Josse. Sie wusste, dass ihr Vater den fischäugigen Jüngling verachtete, und sie war sich sicher, dass es der Mutter ähnlich erging, auch wenn diese sich lieber die Zunge abgebissen hätte, als es zuzugeben. Wenn es um die Zukunft der Tochter ging, war die Mutter innerlich zerrissen. Manchmal sprach die einstige Grafentochter aus ihr, die sich auch nach vielen Jahrzehnten nicht daran hatte gewöhnen können, in einem ärmlichen Fischerdorf zu leben, und der es davor graute, die eigenen Kinder nicht über dessen Grenze hinauskommen zu sehen. Dann wiederum war sie die vernünftige, hart schuftende Provençalin, die es sich verbat, von ihrer einstigen Stellung auch nur zu träumen, und die die Tücken des Lebens vor allem eins gelehrt hatten: dass man mit Anpassung viel leichter lebte und weiter kam als mit Aufbegehren. Und schließlich gab es die Stimme der besorgten Mutter, die die Tochter erst so viele Jahre nach den beiden Söhnen geboren hatte und die nicht aufhören konnte, sie als ganz besonderes, gnadenvolles Geschenk zu betrachten. Viel sorgfältiger war das Mädchen zu behandeln als die robusten, gleichmütigen Brüder.

Alaïs spitzte die Ohren, als obendrein Aurels Name fiel. Die Stimme des Vaters klang heiter, jene der Mutter grummelnd – so wie man den einen kaum anders als gut gelaunt sah und die andere immer ein wenig verbissen. Früher hatte sich Alaïs oft gefragt, was der Mutter das Leben so vergällt hatte und warum es dem Vater nichts anhaben konnte. Nur manchmal, in jenen seltenen Augenblicken, da die Eltern frei von Alltagslast und Hader schienen, da war ihr, als blitze in den Augen der Mutter ein klares, uneingeschränktes Ja zum Leben auf, indessen der Blick des Vaters Schwermut verhieß.

Alaïs schlich über die Holzdielen zur Tür, um besser lauschen zu können.

»Ein merkwürdiger Geselle, wenn du mich fragst«, sagte Caterina eben. »Taucht hier auf wie aus dem Nichts und gebärdet sich, als sei das Dorf ihm untertan.«

»Warum nicht?«, lachte Ray. »Schließlich scheint er klüger zu sein als alle anderen hier!«

»Und was treibt ihn dann nach Saint-Marthe? Warum bleibt er nicht als vornehmer Doktor in Montpellier? Seit wann werden Fischer häufiger krank als die reichen Städter?«

»Nun«, der Vater war um keine Erklärung verlegen, »offenbar treibt ihn die Lust, durch die Lande zu ziehen und täglich Neues zu erleben.«

»Was du natürlich nur allzu gut verstehen kannst.« Es klang giftig wie jede Anspielung auf die Zeit, da Ray das unstete Leben eines Gauklers geführt hatte. »In jedem Fall: Ich schlag drei Kreuze, wenn er morgen mitsamt seinem stillen Bruder wieder aufgebrochen ist.«

»Du machst so gut wie nie Kreuzzeichen, warum ausgerechnet jetzt? Im Übrigen verstehe ich, warum unsere Tochter gar so begeistert von ihm spricht. Ein außergewöhnlicher Mann ist das. Zumindest wenn du ihn mit Josse vergleichst, diesem tumben Tor ...«

»Josse ist fleißig«, warf Caterina ein.

»Josses Kopf ist so leer wie das Euter von Ursannes Kuh. Du kannst es melken, solange du willst – keinen Tropfen Milch wirst du herauspressen.«

Alaïs schlich zurück zum Bett, ließ sich auf die mit Stroh gefüllte Matratze fallen und legte ihren Kopf aufs Leinenkissen. Sie fror, weil sie mit nackten Füßen vor der Tür gestanden hatte. Sie erzitterte noch mehr, als die Worte des Vaters einem Echo gleich in ihrem Kopf nachhallten.

Ein ganz außergewöhnlicher Mann…

Warum nur hatte Aurel Autard sie, die sie doch die Schönste und Lebhafteste im ganzen Dorf war, beim Tanz nicht gesehen?

IV. Kapitel

Als Alaïs am nächsten Morgen erwachte, fühlte sie sich, als hätte sie zu viel Wein getrunken. Dabei hatte Caterina am Tag zuvor dafür gesorgt, dass Remi keinen Tropfen an sie ausschenkte. Und doch war ihre Zunge pelzig, und der Druck in ihrem Kopf verstärkte sich, als sie sich erhob, den Fensterbalken aufstieß und nach draußen blickte, wo sie ein fader Himmel erwartete. Saint-Marthe schien aus nichts anderem als aus grauen Farben zu bestehen, und dies vor Augen geriet auch alles, was am gestrigen Tag nach Veränderung geschmeckt hatte, schal. Das Haar fiel ihr strähnig ins Gesicht. Der Rücken schmerzte vom langen Stehen an Louises Wochenbett, und wenn sie an die Geburt dachte, so hatte sie sogleich den widerwärtigen Geruch vom Blut in der Nase, das überreich aus Louises Leib geflossen war.

Um den Gedanken zu vertreiben, wollte sie sich schnell an frischem Wasser laben, doch ehe sie sich vom Fenster abwandte, um hinunterzueilen, nahm sie im Augenwinkel eine Bewegung vom Schuppen her wahr.

Sowohl Aurel als auch sein Bruder Emeric standen dort, gekleidet wie am Vortag, lediglich die Haare etwas zerraufter. Nicht aus dem Schuppen waren sie eben getreten, sondern darum herumgegangen – ein Weg, den sie während einer hitzigen Diskussion offenbar schon mehrmals beschritten hatten. Genau betrachtet war es freilich nur Aurel, der diese heftig gestikulierend führte, wohingegen Emeric ihm schweigend und mit hängenden Schultern lauschte. Sie konnte nicht verstehen, was Aurel sagte, und doch war sie sich sicher, dass er weniger begeistert, weniger mitreißend klang als am Tag zuvor. Ein mürrischer Zug lag um seinen Mund und riss umso tiefere Kerben in die Wangen, als Emeric zu Alaïs' Überraschung plötzlich den Kopf zu schütteln begann. Aurels Bewegungen wurden fahriger, doch seine Gesten vermochten Emeric wohl ebenso wenig zu überzeugen wie die hektischen Worte, denn der Bruder schüttelte weiterhin den Kopf.

Den Grund ihres Streits konnte Alaïs nicht erahnen, jedoch, dass irgendetwas vorgefallen sein musste.

Hastig zog sie den Kopf zurück, streifte sich die Tunika über das Unterkleid und gürtete sich, während sie auf der schiefen Treppe nach unten stieg. Ihr Vater hatte das Haus verlassen, so wie er es oft zeitig um die Morgenstunde tat. Nicht immer kehrte er dann mit Fisch zurück, was bedeutete, dass ihn meist die Suche nach frischer Luft und Einsamkeit trieb, nicht übermäßiger Fleiß, das Tagwerk noch vor den anderen zu beginnen. Caterina rührte im Kessel Grütze.

»Hast du schon gehört, dass…«

Alaïs wartete nicht ab, bis die Mutter den Satz beendet hatte, sondern stürmte nach draußen.

»Willst du nichts essen?«, rief Caterina ihr nach.

Auch darauf reagierte Alaïs nicht, die schon Richtung Schuppen lief.

Aurel redete immer noch auf Emeric ein, doch jener hatte sich mittlerweile von ihm abgewandt. Erst als Alaïs sich näherte, blickte er auf.

»Und ich tue es doch!«, erklärte Aurel entschlossen, stampfte einmal wütend auf und marschierte dann mit trotzig gerecktem Kinn von dannen.

Emeric machte keine Anstalten, seinem Bruder zu folgen. Er ließ sich auf den Boden sinken und schien sich nicht daran zu stören, dass dieser in den Morgenstunden noch klamm war. Gedankenverloren wühlte er im Gras, riss den einen oder anderen Halm aus und begann schließlich, auf einem von ihnen herumzukauen.

Dass er eben mit seinem Bruder gestritten hatte, zeichnete keinerlei Kummer auf seine Züge. Als Alaïs ihn von oben herab betrachtete, dachte sie, er müsse ein stoisches Gemüt wie eine grasende und wiederkäuende Kuh haben.

Sie überlegte, Aurel zu folgen, unterließ es aber. Sie wusste nicht, wie sie sich ihm gegenüber verhalten sollte, wenn er begeistert von großen Medizinern sprach so wie am Tag zuvor. Und noch weniger wusste sie es, wie man ihm begegnete, wenn er schlechte Laune hatte.

»Was ist passiert?«, fragte sie.

Emeric blickte flüchtig hoch und unterließ es nicht, weiter an dem Grashalm zu kauen. Der Anflug eines Lächelns huschte über seine Lippen, das sie eher höflich als warm deuchte, nicht der Frage geschuldet, sondern der gestrigen Gastfreundschaft. Alsbald schwand es. Düster setzte er stattdessen an: »Die Frau, die Aurel gestern aufgeschnitten hat…«

»Louise?«

Er nickte. »Ja, Louise. Sie ist in der Nacht gestorben.«

Alaïs zuckte zusammen. Sie wusste, dass der jähe Schrecken daher rühren sollte, dass eine junge Frau aus dem Leben gerissen ward, ihre Kinder nun mutterlos waren, ihr Mann, der am Tag zuvor noch freudig gesoffen hatte, ohne Weib dastand. Doch was ihr als Erstes in den Sinn kam, war, dass Aurel noch heute das Dorf verlassen würde. Gewiss wäre er noch geblieben, hätte Louise seine Fürsorge gebraucht.

Kraftlos ließ sie sich neben Emeric auf den Boden sinken, und er rückte hastig zur Seite, um ihr Platz zu machen. Er schien wohl zu glauben, dass die Beine ihr vor Kummer versagten.

»Aber das Kind«, versuchte er sie zu trösten, »das Kind lebt. Aurel hat es gerettet. Wahrscheinlich wäre es gestorben, hätte er nicht…«

Er brachte den Satz nicht zu Ende, sondern zuckte die Schultern und kaute weiter.

Alaïs betrachtete ihn von der Seite. Sein Gesicht war ihr fremd, sie hatte es am Tag zuvor nicht lange genug betrachtet, um es sich einzuprägen, und auch jetzt tat sie es nur, um nach Ähnlichkeiten zwischen ihm und seinem Bruder zu forschen. Es waren nicht viele zu finden. Emerics Augen waren nicht glühend braun, sondern von wässrigem Grau und versanken beinahe in den Schlitzen. Seine Zähne wuchsen schief, wenngleich weiß. Sein Haar schien dunkler und matter als das von Aurel, und es reichte auch nicht bis zum Kinn, sondern war knapp geschoren, wodurch der Kopf viel schmaler wirkte. Eben kratzte er sich dort.

»Warum ist dein Bruder so wütend?«, fragte sie.

»Er ist immer wütend, wenn er einen Menschen nicht retten kann.«

»Ich… Ich hatte den Eindruck, ihr würdet streiten. Warum? Er ist doch nicht schuld an Louises Tod.«

Er antwortete nicht, sondern zuckte wieder die Schultern, als wollte er dadurch die Pflicht abschütteln, die Launen seines Bruders zu deuten. Schweigen senkte sich über sie, doch es war nicht peinvoll. So gleichmütig wie Emeric dahockte, schien er weder Hast noch Erregung zu kennen, und was immer er von anderen Menschen erwartete, war so wenig, dass Worte nicht dazugehörten.

So lieb ihm das Stillsitzen auch sein mochte, ihre Sache war es nicht. Schon wollte Alaïs wieder aufstehen, sich die feuchte Erde aus der Tunika schütteln, als ihr Blick auf seine Hände fiel. Sie waren lang, schmal, geschmeidig wie die von Aurel, doch anders als beim Bruder fehlten ihm am kleinen Finger der rechten Hand die Kuppe und das letzte Glied.

»Was ist passiert?«, fragte sie.

Emeric hob die Hand, streckte sie ins fahle Morgenlicht und betrachtete sie, als müsste er sich erst mühsam in Erinnerung rufen, dass sie nicht mehr heil war.

»Aurel«, sagte er schlicht. »Das war Aurel.« Er schleuderte den Grashalm von sich, auf dem er gekaut hatte, und ehe Alaïs verwirrt nachfragen konnte, fügte er hinzu: »Als wir Kinder waren, hat er mir, während ich schlief, einen Teil des Fingers abgeschnitten. Er wollte unbedingt herausfinden, ob er ihn wieder annähen könnte. Leider ist ihm das missglückt.«

Alaïs weitete ihren Blick. Sie suchte nach Spott in seiner Stimme, nach irgendetwas, was diese Erzählung als maßlose Übertreibung verriet. Doch er senkte seine Hand, um den nächsten Grashalm auszureißen.

»Und du hast dir das gefallen lassen?«, fragte sie fassungslos.

»Ich sagte doch schon: Er hat's getan, als ich schlief, und als mich der Schmerz aufweckte, war es zu spät. Mein Vater hat ihn halb totgeprügelt. Aber das hat er oft getan, meist aus weit geringeren Anlässen. Aurel musste mir nicht erst die Fingerkuppe abschneiden, um Prügel zu beziehen.«

Immer noch klangen seine Worte gleichgültig, nur die Augen schienen noch tiefer in ihren Schlitzen zu versinken.

»Woher kommt ihr?«, fragte Alaïs. »Ich meine, bevor Aurel nach Montpellier ging… Wo ist das Dorf, nach dem er sich nennt?«

Wieder hob er die Hand, diesmal nicht, um seine Finger zu betrachten, sondern um ins Landesinnere zu zeigen. »Am Fuße des Mont Ventoux. Das ist der höchste Berg, den ich kenne. Auch im Sommer ist seine Spitze manchmal schneebedeckt. Aurel hat das Dorf immer gehasst und hat sich später in Montpellier doch seinen Namen gegeben. Vielleicht, weil er meinen Vater noch mehr hasste und den Namen, den der ihm gab, nicht tragen wollte.«

»Und nun?«, fragte sie. »Kehrt ihr wieder dorthin zurück… zum Fuße des Mont Ventoux?« Die Vorstellung, dass es so wäre, dass auf den öden Morgen ein noch öderer Tag folgen würde, wären die beiden erst wieder fort, stimmte sie verzagt.

Doch die Antwort fiel unerwartet aus. »Aurel will vorerst hierbleiben.«

»In Saint-Marthe?«

Alaïs' Herz machte einen freudigen Satz. Der *Cyrurgicus* deuchte sie sonderlich, und alles, was Emeric von ihm erzählte – ob nun wahr oder nicht –, hatte ihn ihr noch ein wenig unheimlicher, noch ein wenig undurchschaubarer gemacht. Doch das, was sie am meisten befremdete –, nicht zu wissen, was ihn trieb und was er für die nächsten Stunden plante –, hatte in einer Welt, da sich kein Tag vom anderen unterschied, auch den größten Reiz.

»Da wir schon bei den Namen sind… zu mir kannst du Emy sagen«, sagte er da unwillkürlich. »Unser Vater nannte mich Emeric, Aurel sagte immer nur Emy. Und ja, wir bleiben in Saint-Marthe, für ein paar Tage.«

Er machte eine Pause, und erst als er fortfuhr, fiel Alaïs ein, dass sie ihn zuvor danach gefragt hatte und er ihr bis jetzt die Antwort schuldig geblieben war: »Deswegen haben wir vorhin auch gestritten.«

Er schleuderte den Grashalm von sich.

Warum er die Pläne seines Bruder nicht guthieß, wollte er nicht verraten.

Am späten Nachmittag wurde Louise zu Grabe getragen. Immer noch war der Himmel grau, das Licht milchig. Zwar verstellten keine dicken Wolkenknäuel die Sonne, dafür aber dünne Streifen, durchscheinend wie ein weißer Schleier und beharrlich genug, dem Licht alles Milde, Wärmende, Freundliche zu nehmen.

Louises Mann Remi heulte in einem fort, als man seine Frau in der rötlichen Erde verscharrte. Régine, die sich bei ihrem Bruder Josse untergehakt hatte, während sie ihre kleinen Kinder frei umherlaufen ließ – gleichgültig, dass sie in die offene Grube fallen könnten –, lästerte, dass sein Geheul nicht Zeichen tiefer Trauer war, sondern Folge von dem vielen Wein, den er am Tag zuvor auf ihre vermeintliche Rettung gesoffen hätte. Caterina verkniff es sich aus Respekt, ihr recht zu gegeben, und Alaïs' Vater suchte mühsam ein betroffenes, anstatt ein gelangweiltes Gesicht zu machen.

Als Alaïs' Blick auf den in grobes Leinentuch gehüllten Leichnam fiel, betrauerte sie nicht die junge Frau, sondern das eigene Los. Würde auch sie dereinst aus dem Leben gerissen werden, ohne dass sie jemals aus Saint-Marthe herausgekommen war? Nur jung zu sterben schien ihr weniger schlimm als jung zu sterben und nichts gesehen, nichts erlebt zu haben, immer von denselben Menschen umgeben, die einen geschwätzig, die anderen stumm, wieder andere fromm – wie Frère Lazaire, der eben unentwegt neue Gebete anstimmte. Wahrscheinlich fiel auch sein Mitgefühl mit Louise äußerst bescheiden aus, gleichwohl ihm der Tod der Frau nützlich erschien – bekundete er doch eindringlich die Dreistigkeit und Unangemessenheit der gestrigen Feier.

Alaïs tat, als würde sie die Gebete mitmurmeln, und war in Wahrheit froh, dass sie auf diese Weise ihre Augen gesenkt halten konnte. So musste sie nicht Josses dreistem Blick begegnen, dem Trotz, der darin stand – und der Siegesgewissheit. Wahrscheinlich hatte Régine ihm am Tag zuvor Letztere noch eingebläut. Mochte sie sich auch noch so unnahbar geben, am Ende würde sie ihn doch nehmen müssen, weil es keinen anderen in ihrem Alter gab, nur den Sohn von Ursanne, Aziar, und der war schwachsinnig, wie alle wussten.

Aurel und sein Bruder blieben dem Begräbnis fern, was – wie Caterina später bekundete – Anstand und Scheu auch so geboten.

Obwohl Alaïs es ungerecht fand, ihm Louises Tod anzulasten, glaubte sie wie die Mutter, dass der *Cyrurgicus* aus ebendiesen Gründen den Kreis der Trauernden mied. Umso erstaunter war sie, ihm wenig später auf jenem Marktplatz zu begegnen. Er war alles andere als kleinlaut, sondern blickte ihnen forsch entgegen, als habe er nur darauf gewartet, bis die leidige Ablenkung vorbei wäre und die Aufmerksamkeit der Dorfbewohner ihm allein gehören würde.

Nun stellte sich auch heraus, warum er in Saint-Marthe geblieben war – und was sein Bruder Emy dagegen einzuwenden hatte. Letzterem erschien es wohl pietätlos, Aurel hingegen als alltäglich, unvermittelt seine Künste als Medicus und *Cyrurgicus* anzupreisen und die Menschen nach den Wehwehchen zu fragen, von denen sie womöglich geplagt wurden.

»Dass er es wagt…«, zischte Caterina. »Ausgerechnet heute!«

Die Menschen traten in einem Kreis um ihn und glotzten ihn an. Bei einigen geriet der Blick vorwurfsvoll – die arme Louise war tot und er wollte sich seiner Künste rühmen? –, bei anderen hingegen stahl sich Bewunderung hinein, ein Zeichen, dass nicht alle Caterinas harsches Urteil teilten. Schließlich hatte Louise immerhin einen ganzen Tag länger gelebt hatte als zu erwarten stand. Und war nicht auch ihr Kind gesund und munter?

Eine von Louises Töchtern hatte das Kleine zuvor zur Beerdigung mitgeschleppt, und es hatte fortwährend gegreint, weil ihm der mütterliche Busen fehlte und es mit dem Finger des Mädchens, den ihm diese hilflos in den Mund schob, nichts anzufangen wusste. Eben war beschlossen worden, dass Régine, die erst vor wenigen Monaten wieder ein Balg geworfen hatte, das Kindlein säugen sollte. Seitdem greinte es nicht mehr, sondern schmatzte gierig – was folglich hieß, es würde überleben.

So geschah es, dass just in dem Augenblick, als Régine auf Aurel zuschritt, ihn ankläffte, ob er nicht schon genug angerichtet habe, ihr die alte Bethilie in den Rücken fiel und von Schmerzen im Arm faselte, die sie peinigten.

»Seit wann hast du Schmerzen im Arm?«, fuhr Régine sie an, als wäre die Tatsache, dass Bethilie dergleichen geheim gehalten hatte, eine noch größere Zumutung, als die Dienste des *Cyrurgicus* in Anspruch zu nehmen.

»Seit halben Ewigkeiten. Aber wer interessiert sich schon für meine Leiden?«, nuschelte Bethilie gekränkt.

Niemand, dachte Alaïs.

Régine schwieg betroffen.

Aurel fragte indes ernsthaft: »Welcher Art sind diese? Und habt Ihr lediglich Schmerzen oder kommen dann und wann auch Krämpfe hinzu? Haben sie sich schleichend eingestellt oder habt Ihr Euch womöglich am Arm verletzt?«

Bethilie zögerte und entschied sich dann vermutlich für das, was in ihren Ohren am schlimmsten klang. Ob es tatsächlich so war, bezweifelte Alaïs.

»Krämpfe«, erklärte sie und verzerrte ihr Gesicht, als würde sie von diesen gerade übermannt. »Schlimme Krämpfe.« Hastig fügte sie hinzu: »Muss ich zahlen, wenn Ihr mich dagegen behandelt?«

»Krämpfe können gefährliche Folgen haben«, hub Aurel zu dozieren an. »Einzelne Glieder könnten absterben, manchmal ist das tödlich. Als Regel gilt, sie niemals kalt zu behandeln. Sie können ein Zeichen dafür sein, dass eine Wunde am Nerv vorliegt. Man kann die betroffenen Glieder mit Wein oder milderndem Öl einreiben, mit Kamillenöl, vielleicht einer Mischung aus Wolfsmilch, Schwefel und Rizinuswein. Und nein«, setzte er hinzu, »Geld brauche ich keines. Nur wenn du eine Schüssel Eintopf für mich und meinen Bruder übrig hast …«

Der Missmut vom Morgen, da er den Kampf um Louises Leben verloren hatte, schien gänzlich aus seinem Gesicht verschwunden. Er zeigte stattdessen den gleichen Eifer wie am Vortag, und obwohl er Alaïs mittlerweile vertraut war, so fragte sie sich dennoch, woher er rührte: Einer Gebärenden den Leib aufzuschneiden, mochte eine große Herausforderung für einen seiner Zunft sein. Kein Wunder, dass er desgleichen begehrlich suchte. Doch irgendein angebliches Leiden einer alten Schwätzerin zu mildern? Hatte einer, der auf der Universität zu Montpellier studiert hatte, nichts Besseres zu tun? Unmöglich konnte ihn das in einem Fischerdorf halten!

Sie warf Emy einen fragenden Blick zu, doch mochte der die Pläne des Bruders auch nicht gutgeheißen haben, so handelte er ihnen jetzt nicht zuwider, sondern unterstützte ihn. Nicht nur, dass er ihm schweigend mit den Lederbeuteln zur Seite stand, obendrein begann er nun für ihn zu sprechen, viel werbender und eindringlicher, als es sein gleichmütiges, stilles Wesen verhieß. »Mein Bruder hilft euch nicht nur, wenn ihr an Krämpfen leidet. Im letzten Dorf hat er drei üble Abszesse und Furunkel geheilt. Die blutig roten und heißen hat er aufgeschnitten, die kalten, die nur blassrosa verfärbt sind, mit einem Pflaster aus Gerstenmehl und dicken Bohnen, Wicke und etwas Lauge behandelt.«

So viele Worte auf einmal hatte Alaïs ihn bislang nicht reden hören, und doch war sie sich gewiss, dass er eine solche Rede nicht zum ersten Mal anstimmte.

Zwei der Fischer stießen sich unbeholfen an, als wüsste der eine vom Leiden des anderen, wollte aber jeweils nicht der Erste sein, es vor der Menge preiszugeben.

»Pah!«, kam ihnen Régine zuvor. »Wicken und dicke Bohnen! Jeder weiß doch, welche Salbe vonnöten ist, um Furunkel zu heilen – da brauche ich keinen *Cyrurgicus*!« Sie sprach das Wort aus, als wollte sie es auf den Boden speien.

Régine machte eine verheißungsvolle Pause und fuhr selbstsicher fort: »Es bedarf nur Butter, der Milch einer weißen und einer roten Kuh, und beides muss mit einem Stab gerührt werden, der den Namen von einem der vier Evangelisten trägt.«

Selbst Caterina, im Misstrauen gegenüber Aurel mit Régine geeint, hielt derlei wichtigtuerische Worte wohl für dummes Geschwätz, denn sie verzog abschätzig die Stirn. Aurel tat es ihr gleich, und der glühende Blick seiner braunen Augen wurde kurz kalt und verächtlich. Ehe er etwas entgegnen konnte, stellte sich sein Bruder jedoch beschwichtigend vor ihn.

»Furunkel aufzuschneiden ist noch die leichteste Übung für meinen Bruder!«, erklärte er hastig und wechselte hernach erneut in jenen werbenden Tonfall, der nichts mit seiner üblichen Trägheit gemein hatte. »Im letzten Dorf hat sich ein Zimmermann die Hand gebrochen. Mein Bruder hat den Bruch eingerichtet und geschient, nicht nur mit einer Armlade, sondern mit einem Verband, der in Harze und Eiklar getränkt war. Bei falscher Behandlung wäre jener Unglückliche ein Krüppel geworden und hätte nie wieder seinem Tagwerk nachgehen können. So aber wuchsen die Knochen an der rechten Stelle zusammen, und wenn man ihn heute arbeiten sieht, so erkennt man keine Spur des alten Leidens.«

Nachdenklich begann Alaïs, auf ihren Lippen zu kauen. Was hatten sie wohl so lange in jenem Dorf gemacht, bis der Arm geheilt war? Und hieß es nicht, sie wären von Montpellier gekommen?

Die anderen Dorfbewohner hingegen nickten anerkennend. Mochte Régine augenblicklich auch lästern, er habe sich diese

Geschichte gewiss nur ausgedacht, so eilten die Gedanken vieler wohl zum armen Pau, der sich im vergangenen Jahr das Bein gebrochen hatte, als er sein Dach decken wollte, und der seitdem unter argen Schmerzen humpelte.

Raunend wurde mehrfach sein Name wiederholt, bis er schließlich auch an Aurels Ohren drang. »Glaubt nicht, ich könnte nicht auch alte Leiden lindern! Ich könnte das Bein erneut brechen und dann dafür sorgen, dass es an der rechten Stelle wieder zusammenwächst!«

Die Menge raunte erneut – diesmal nicht respektvoll, sondern befremdet. Ein steifes oder lahmes Bein mochte schlimme Unbill mit sich bringen, vor allem für einen Fischer, der im engen Boot wendig sein musste, aber war es dem Menschen gestattet, in Gottes Werk so dreist einzugreifen und einen Knochen selbst zu brechen?

Doch ehe Régine das Misstrauen anheizen konnte, schien Aurel zu merken, dass er einen Schritt zu weit gegangen war. Schon wechselte er das Thema.

»Ich kann euch auch helfen, wenn ihr Wunden habt, die nicht zusammenwachsen wollen und stets aufs Neue bluten und eitern. Mit Roger Frugardis Vierkant-Nadel kann ich sie nähen, und falls ihr Angst vor Schmerzen habt, wüsste ich noch eine andere Möglichkeit, sie zu behandeln.«

Er gab sich geheimnisvoll, wartete, bis er sämtliche Aufmerksamkeit hatte und aus dem Gemurre ein gespanntes Schweigen geworden war.

»Oft reicht es, beiderseits des Wundspalts Tuchstreifen aufzukleben und lediglich diese aneinanderzunähen, nicht die empfindliche Haut.«

Rasch gab er seinem Bruder ein Zeichen, und jener öffnete den Lederbeutel, offenbar um ihnen das, was Aurel verhieß, auch vorzuführen. Ehe jedoch Emy entsprechende Verbände ans Tageslicht beförderte, ehe die alte Bethilie etwas sagen konnte, der plötzlich eingefallen war, dass sie nicht nur an Schmerzen im Arm litt, sondern auch an üblen Krampfadern, verstummten plötzlich sämtliche Dorfbewohner, senkten den Blick und scharrten betroffen mit den Füßen im Sand.

Alaïs fühlte den Griff der Mutter, mit dem diese sie beiseitezog. Unwillig wollte sie sich daraus befreien – und folgte ihr dann doch nur allzu gerne, als sie Frère Lazaire gewahrte, der auf dem Dorfplatz erschienen war. Erdbrocken, die an dem braunen Kittel klebten, kündeten davon, dass er bis eben noch am frischen Grab Louises gebetet hatte: Offenbar hatte man ihm bereits zugetragen, dass Aurel den Menschen von Saint-Marthe seine Dienste anbot, denn der Blick, der über sie glitt, war nicht forschend, sondern streng.

»Ihr vertraut euch einem Medicus an? Gar einem *Cyrurgicus*?«, fragte er entsetzt, als sei dies ein nicht minder schlimmes Vergehen als zu Lautenmusik zu tanzen. Missfällig schüttelte er den Kopf. »Was müsst ihr allesamt ungläubige Sünder sein!«, setzte er hinzu.

Régine nickte befriedigt. Bethilie, die sich eben noch mit ihren Leiden hervorgetan hatte, schlug ein Kreuzzeichen. Halbherzig fiel es aus und bekundete doch, dass sie im Zweifelsfall nicht auf der falschen Seite stehen wollte.

»Wenn ihr an üblen Krankheiten leidet«, hob Frère Lazaire an, »so kommt's, weil ihr zu wenig gebetet habt. Niemand braucht einen Arzt, weiß er die Heiligen hilfreich an seiner Seite stehen.«

Obwohl er nicht näher herantrat, wichen alle zurück. Auch Alaïs suchte genügend Abstand zwischen sich und den Mönch zu bringen, gleichwohl sie sich unwillig fragte, woher jener die Macht nahm, so viel Unbehagen einzuflößen. Seine Strenge entlud sich nicht donnernd, sondern verkniffen, seine Frömmigkeit deuchte sie nicht leidenschaftlich, sondern mürrisch.

Und auch als er nun die Kraft der Fürbitte vieler Heiliger beschwor, klang es ein wenig, als wollte er sich den Ärger über die schmerzenden Knie von der Seele reden, weil er so lange vor Louises Grab hatte ausharren müssen.

»Habt ihr Magenschmerzen, dann wendet euch an den heiligen Erasmus, dem einst mit einer Seilwinde die Gedärme aus dem

Leib gerissen wurden. Sucht Hilfe beim heiligen Dionysius, der geköpft worden ist, wenn ihr an Hauptweh leidet.«

Aurel selbst schien den Mönch zunächst gar nicht zu bemerken, richtete sich dann aber auf und schritt ohne Scheu auf ihn zu. Sein Leib war nicht viel kräftiger als der des Franziskaners, aber größer. »Nennt Ihr die Menschen hier alle Sünder, was muss dann erst die arme Louise verbrochen haben, wenn die heilige Margaretha, die doch den Gebärenden beisteht, sie sterben ließ?«

Wieder brandete ein Raunen auf. Die einen waren entsetzt, weil Aurel dem Mönch widersprach, die anderen ob der Vorstellung, Louise sei eine Sünderin gewesen. Was hatte sie schon anderes getan, als einen schweigsamen Mann zu ertragen und ein Rudel nichtsnutziger Kinder zu gebären? Allerdings – und nach Aurels Worten schlugen nun einige der Umstehenden ein Kreuzzeichen, nicht nur die verschlagene Bethilie –, der Teufel wütete oft im Geheimen. Gott der Allmächtige konnte in jedes Herz schauen, und wer mochte schon mit Sicherheit sagen, ob er in Louises nicht Abgründe entdeckt hatte, die seinem Gericht nicht standhalten würden?

»Die heilige Margaretha hätte sie gewiss retten können«, erklärte Frère Lazaire, »wenn Ihr sie nicht aufgeschnitten hättet!«

»Wenn ich es nicht getan hätte, dann wäre auch ihr Kind zu betrauern. So aber habe ich Euch immerhin einen Gefallen getan: Ihr könnt es nun taufen und vor dem Limbus bewahren, wohin alle ungetauften Kinder kommen und der Anschauung Gottes verlustig gehen, nicht wahr?«

Aurels Mundwinkel zuckten – Alaïs war sich nicht sicher, ob erregt oder spöttisch. In Frère Lazaires Gesicht zuckte es auch, allerdings waren es nur seine Augenlider. Er hatte Mühe, Aurels Blick standzuhalten.

»Ganz gleich, was Ihr vermögt!«, zischte er. »Das Heilige Konzil, das im Lateran abgehalten worden ist, legt fest, dass kein Medicus die Behandlung aufnehmen darf, ehe dem Kranken die Beichte abgenommen wurde. Und danach … danach haben alle zusammen, der Kranke, der Priester und der Medicus, zu den

Heiligen zu beten. Nichts dergleichen habt ihr den armen Menschen hier angeraten!«

Aurel zuckte die Schultern. »Ihr könnt das Versäumnis gerne wettmachen. Wenn Ihr beten wollt, dann tut es.«

»Bin ich Euer Dienstbote?«, fragte Frère Lazaire wütend. »Ihr selbst müsst die Hilfe Gottes suchen. Und beweist es nicht Hoffart, dass Ihr es bislang nicht tatet?«

Er hob fuchtelnd die Arme. »Und habt ihr«, wandte er sich an die Dorfbewohner, »habt ihr nichts Besseres zu tun, als am helllichten Tage hier zu stehen und zu gaffen? Sechs Tage soll der Mensch schuften und am siebten den Tag des Herrn heiligen. Heute ist Sonntag – doch ist es das, was ihr tut?«

Wieder zuckten Aurels Mundwinkel, diesmal eindeutig zornig, doch obwohl Alaïs hätte schwören können, dass er zur Widerrede ansetzte, kam ihm kein Wort über die Lippen. Vielleicht lag es an Emy, der beschwichtigend vor ihn trat. Vielleicht daran, dass Frère Lazaire kehrtmachte und die Menschen nicht länger durch Worte, sondern durch seine Abwesenheit strafte. Schnell zerstreute sich die Menge.

»Komm«, sagte nun auch die Mutter und zog Alaïs mit sich.

Nur zögernd folgte sie ihr, zuvor suchte sie Aurels Blick, um ihm zu bekunden, wie sehr sie seinen Misserfolg bedauerte. Doch Aurel sah sie nicht – so wie er sie am Tag zuvor nicht gesehen hatte. Er hatte sich dem Bruder zugewandt und redete auf ihn ein, ähnlich mit den Armen fuchtelnd wie am Morgen. Wieder schüttelte Emy alsbald den Kopf. Und wieder stürmte Aurel nach einer Weile wütend davon.

Wie in der vorherigen Nacht fand Alaïs auch in dieser keine Ruhe. Doch nun waren es nicht die Stimmen ihrer Eltern, die sie wach hielten. Während des Abendmahls waren hitzige Worte gefallen, jetzt schliefen sie beide. Ray hatte sich über Frère Lazaire beklagt, Caterina ihn verteidigt, allerdings nur halbherzig, wie Alaïs befand. Mochte Caterina auch wenig Gefallen an dem fremden *Cyrurgicus* finden, ließen ihre Worte zumindest erahnen, dass sie das, was er trieb oder was er hatte treiben wollen, wenn Frère Lazaire es den Dorfbewohnern gewährt hätte, nicht für eine Sünde hielt.

Im Übrigen hatte sich nicht jeder den strengen Worten des Franziskaners gebeugt. Später, als sich die Menge auf dem Dorfplatz zerstreut hatte, war der eine oder andere um ihr Haus geschlichen, um heimlich nach Aurel zu fragen und im Verborgenen bei ihm Rat zu suchen.

Caterina hatte zum Schuppen gedeutet, wohin sich das Brüderpaar zurückgezogen hatte. Der Tochter jedoch, die sehnsüchtig dorthin geblickt hatte und neugierig gewesen war, was dort geschehen mochte, hatte sie strikt verboten, Aurels Nähe zu suchen. Es gebe genug zu arbeiten, vielleicht nicht für einen *Cyrurgicus*, ganz gewiss jedoch für eine Fischerstochter. Viele Netze seien zu flicken.

So war es Abend geworden und schließlich Nacht, doch anstatt Schlaf zu finden, wälzte sich Alaïs hin und her.

Fast dankbar fuhr sie hoch, als ein lautes Poltern sie zusammenzucken ließ. Sie lauschte angestrengt. Von unten aus der Stube kam es nicht. Eine Weile blieb es still, dann ertönte es ein zweites Mal, doch nun, da sie darauf gefasst war, war es nicht mehr erschreckend laut. Wie ein Kieselstein klang es, der gegen den hölzernen Fensterbalken geworfen wurde.

»Alaïs!«, folgte es bald raunend. »Alaïs!«

Alaïs sprang auf, schlug sich schmerzhaft den Kopf an der viel zu niedrigen Decke an, obwohl sie eigentlich wusste, dass es sich davor zu hüten galt. Wer stand mitten in der Nacht unter ihrem Fenster? Konnte es sein, dass …?

Aber Aurel hatte nicht den Anschein gemacht, als wüsste er ihren Namen, und sein Bruder Emeric, den sie – ging es nach ihm – Emy nennen sollte, würde nicht so dreist ihre Nähe suchen.

Sie zog rasch ihr Tagkleid über das Unterkleid, in dem sie schlief, und tastete sich über die hölzerne, schiefe Leiter nach unten. Die Stiege knirschte bei jedem Schritt, doch die Geräusche, die sie verursachte, waren zu leise, um ihre Eltern aufzuwecken. Nur Schatten nahm sie von ihnen wahr und ihre tiefen Atemzüge, Caterinas leicht säuselnd, Rays etwas brummend. Dann war sie auch schon bei der Türe angekommen und huschte ins Freie.

Kalte Nachtluft schnitt ihr ins Gesicht. Trüb wie am Tage war nun auch der Himmel: Keine Sterne leuchteten, keine Mondsichel spendete ihr bleiches Licht.

Eine dunkle Gestalt kam auf sie zu. Sie konnte das Gesicht nicht erkennen und wusste doch sogleich, allein ob des gebückten Gangs, wen sie vor sich hatte.

»Josse!«, stieß sie aus – nicht verächtlich, sondern enttäuscht.

»Du… Du machst mich lächerlich!«, stieß er aus.

Seine Stimme klang schwerfällig, seine Gestalt schwankte. Offenbar hatte er in den letzten Stunden getrunken, mehr noch als am Abend zuvor, da sie Louises vermeintlich geglückte Geburt gefeiert hatten.

Alaïs schnaubte. Kurz war sie geneigt, ihn einfach stehenzulassen und seine Frechheit, hier aufzutauchen, mit Missachtung zu strafen. Was sie davon abhielt, war nicht sein flehentlicher Blick, sondern die Aussicht, sich ansonsten ohnehin nur schlaflos hin- und herzuwälzen.

»Du machst mich lächerlich«, wiederholte er. Er konnte sich nicht aufrecht halten, krachte förmlich gegen die Hauswand, die augenblicklich knarzte. Zumindest sackte er nicht auf die Knie, sondern hielt sich auf den Beinen.

»So, so«, knurrte sie. »Ich mache dich also lächerlich? Etwa, weil du dich betrinkst? Und weil du zu dieser Zeit hierher kommst? Kein anständiger Mensch würde das tun!«

»Régine findet auch…«, setzte er weinerlich an.

»Tust du nichts ohne den Rat deiner Schwester?«, fragte sie unwirsch. »Nun ja«, setzte sie hinzu, »betrunken hast du dich gewiss ohne ihre Zustimmung.«

»Régine findet auch, du solltest freundlicher zu mir sein«, fuhr er fort. »Welchen Mann kannst du denn kriegen, wenn nicht mich?«

Alaïs maß ihn streng und wusste doch nichts Rechtes zu entgegnen. Gerne hätte sie ihm widersprochen, aber insgeheim ahnte sie, dass nicht nur Régine, sondern auch ihre Eltern so dachten. Die Menschen von Saint-Marthe heirateten unter sich, und wenn es wenig Gleichaltrige gab, war die Auswahl knapp. Man konnte auf die Söhne in den Nachbardörfern spähen – doch Alaïs war sich sicher, dass die dortigen Fischer Josse bis aufs Haar glichen.

»Welchen Mann sollst du denn kriegen, wenn nicht mich?«, wiederholte er.

Dass er diesen Trumpf ein zweites Mal auszuspielen wagte, machte sie wütend. »Das ist es also, was du mir zu bieten hast?«, rief sie schrill, nicht nur über ihn erbost, sondern auch über das einfallslose Geschick, das nichts anderes für sie aufzubieten hatte als einen Glupschäugigen. »Damit suchst du um mich zu werben? Dass es dich zufällig gibt und dass du ebenso zufällig der Einzige im rechten Alter bist? Das ist nicht viel. Das ist sogar jämmerlich wenig.«

»Ich bin ein guter Mann«, trotzte er. »Ich kann arbeiten, ich kann dich ernähren.« Er machte eine kurze Pause. »Dich und die Kinder«, fügte er hinzu.

Nichts Verheißungsvolles stieg vor ihr auf, nur der Anblick von Louises Bälgern, hungrig, verrotzt und dreckig. Vor allem aber sah sie Louise selbst vor sich, wie sie sich quälte, wie sie schließlich in ihrer eigenen Blutlache zu ersaufen schien.

»Hau ab, Josse!«, zischte sie. »Geh und schlaf deinen Rausch aus.«

»Régine sagt auch …«

»Deine Schwester würde einen Eimer kaltes Wasser über deinen Schädel kippen, wenn sie dich so sähe, das ist alles.«

Josse schwankte. Der Gedanke an Régines Strafe stimmte ihn ängstlich.

»Sag ihr nichts!«, flehte er, und der bibbernde Tonfall erboste sie noch mehr als der trotzige.

»Hau ab!«, zischte sie wieder.

Er entfernte sich unendlich langsam, musste sich an der

Hauswand entlangtasten, um den Weg zu finden. Ein paar Mal plumpste er dagegen, und Alaïs hatte Angst, dass er ihre Eltern wecken würde. Dann war er endlich um die Ecke gewankt. Vielleicht würde er von dort aus nach Hause gelangen, vielleicht aber auch auf den Boden sinken, um sich zu übergeben und bis zum Morgengrauen liegen zu bleiben.

Auch als nichts mehr von ihm zu sehen war, konnte sich Alaïs nicht von der Stelle rühren. Sie zitterte – vor Kälte, vor Wut, vor Trostlosigkeit. Josse war nicht zum ersten Mal aufdringlich geworden, doch bislang war es ein Spiel gewesen, ihn loszuwerden – wenn auch ein lästiges. Doch irgendwann würde sie ihn nicht länger abschütteln können. Irgendwann würde selbst ihr Vater, der nicht minder spöttisch auf ihn herabsah als sie selbst und der den Gedanken an eine Heirat in die Zukunft schob, feststellen, dass die Tochter versorgt sein musste.

Alaïs krallte ihre Hände förmlich ineinander. Der Schmerz, den die eigenen Nägel ihr verursachten, beruhigte sie ein wenig. Nun war sie bereit, wieder nach oben in ihre Kammer zu steigen, doch als sie sich umwandte, fiel ihr Blick auf die Scheune, in der der fremde *Cyrurgicus* und sein Bruder schliefen. Das zumindest hatte sie bis eben geglaubt.

Nun stellte sie fest, dass durch die Ritzen Licht nach außen floss, viel zu stark, viel zu gelblich, um ein Widerschein des fahlen Himmels zu sein. Was immer Aurel und Emy da hinter verschlossener Tür taten, schlafen war es nicht.

Ihre Mutter hätte sich vor allem über die Verschwendung erregt. Kerzen waren kostbar und wurden so gut wie nie verwendet. Man nutzte das Tageslicht und, wenn es nachließ, das Glimmen des Herdes. Ansonsten aber war die Nacht die Zeit des Schlafs. Obwohl sie sicher war, dass Josse längst verschwunden war, blickte sich Alaïs vorsichtig um, ehe sie in Richtung des Schuppens schlich. Sie fühlte sich verfolgt, nicht von bestimmten Augenpaaren, vielmehr von den vielen Geistern, die die Dunkelheit anlockte, weil sie sich in ihr am besten verstecken konnten. Sie erinnerte sich nicht daran, jemals bei Finsternis im Freien gewesen zu sein, und jener kurze Weg zwischen Kate und Scheune, bei Tage so leichtfertig genommen, stellte sich als eine nicht enden wollende Mutprobe heraus. Dennoch ward sie magisch von jenen Lichtstreifen angezogen und wollte unbedingt wissen, was hinter der verschlossenen Tür geschah.

Im Dorf war es totenstill – kaum weniger hätte sie gehört und gesehen, wenn sich an der Stelle von Saint-Marthe eine unwirtliche Einöde erstreckt hätte. Der eigene Atem, das Herzpochen und das Knacken von Wurzeln unter ihren nackten Füßen blieben die einzigen Geräusche. Als sie die Hütte erreichte und hastig an dem hölzernen Tor zog, quietschte es unerwartet laut.

Eigentlich hatte sie heimlich erforschen wollen, was das Brüderpaar dort trieb, doch ihre Angst vor der Dunkelheit verhinderte ein bedachtsames Vorgehen. Sie fiel nahezu in die Scheune, und beide Männer fuhren gleichzeitig herum und starrten sie an.

Sie erkannte die Quelle des Lichts: keine Kerze, wie sie vermutet hatte, sondern eine in Talg getauchte Fackel. Dergleichen hatte sie noch nie gesehen, wahrscheinlich trug Aurel sie mit sich wie seine chirurgischen Instrumente.

Sie achtete nicht lange darauf, sondern wurde von dem abgelenkt, was dort in der Mitte des schiefen Raums lag, auf einer von zwei Baumstümpfen gestützten Holzplatte, auf der normalerweise Fischernetze ausgebreitet wurden, um diese nach Rissen abzusuchen.

Aurel hatte sie einem neuen Zweck geweiht.

Was dort lag, was sie zunächst nicht erkannte, sondern für ein geschlachtetes Tier hielt, war das Scheußlichste, was sie je in ihrem Leben gesehen hatte. Sie fuhr sich mit der Hand an den Mund, unterdrückte dadurch nicht nur einen Aufschrei, sondern auch ihr Würgen. Beides blieb ihr in der Kehle stecken, schnürte sie zu, schien sie unfähig zu machen, je wieder zu atmen oder zu sprechen.

Es war Louise – gestorben, begraben und nun zurück auf die Welt gezerrt, um ein zweites Mal aufgeschnitten zu werden.

V. Kapitel

»Was machst du hier?«

Es war Aurel, der das fragte, nicht sie selbst, obgleich ihr eben diese Worte auf der Zunge lagen und sie ein viel größeres Recht darauf zu haben wähnte.

Aber sie konnte ja nichts sagen, immer noch nicht, konnte nur den Kopf heben und in sein Gesicht starren. Es war ihr fremd, als sähe sie ihn zum ersten Mal. Hastig blickte sie wieder zurück auf die tote Louise. Vielleicht hatte sich der schreckliche Anblick in diesem kurzen Moment gewandelt. Vielleicht war er gar nicht so schlimm, nur ein Trugbild der Nacht. Doch der aufgeschnittene, stinkende, erdige Leichnam blieb, was er war, auch, als Emy die Fackel sinken ließ und die Schatten nicht mehr furchterregend flackerten.

»Was machst du hier?«, fragte Aurel wieder, und er schien sich nicht ertappt, sondern nur gestört zu fühlen.

Alaïs brachte weiterhin keinen Ton hervor, obwohl sie ihn anklagen wollte, wie er das tun konnte – den Schuppen zu entweihen und noch mehr als diesen Louises Leib.

Doch dann war der Moment, etwas zu sagen, vorübergegangen. Aurel schien ihre Antwort nicht abzuwarten, zuckte die Schultern und wandte sich dem Leichnam zu. Konnte er schon nicht vermeiden, dass sie hier war und sein Tun beglotzte, sich davon abhalten lassen wollte er nicht.

»Es ist zum Wohl der Menschen«, sagte er lediglich. »Wie Louise geht's vielen. Man schneidet sie auf, sie scheinen's zu überleben, und dann kommen Eiter und Wundbrand und sie sind hinüber... Wenn man nur wüsste, wie es sich aufhalten ließe!«

Sprach's, beugte sich tiefer über Louises Leichnam und begann den Schnitt in ihrem Leib zu vergrößern. Quer zur Scham hatte er ihn angesetzt, als er das Kind herausschnitt, nun verlief er längs bis zu der Brust, ja darüber hinaus.

»Henri de Mondeville behauptet, dass die Brüste der Frauen mit dem Uterus verbunden sind«, erklärte er, »und das wiederum durch Venen, die das menstruelle Blut zu ihnen bringen. Jene Venen verändern die Farbe des Bluts von Rot in Weiß – denn das Fleisch der Brust ist weiß und nicht rot.«

In einer fremden Sprache hätte er sprechen können, und sie hätte nicht weniger verstanden. Alles in ihr drängte dazu, sich umzudrehen, fortzulaufen, aber sie blieb wie angewurzelt stehen, als wäre sie in einen Bannkreis geraten, der auch sie zur Mitschuldigen, zur Frevlerin machte. Sie konnte nicht einfach gehen. Sie würde fortan mit der Entscheidung leben müssen, entweder schreiend die Wahrheit über dieses Treiben herauszuposaunen oder aber es zu verschweigen, weil es so ungeheuerlich war.

»Lieber Himmel, wie könnt ihr nur?«, brachte sie nun endlich krächzend hervor.

Aurel betrachtete Louises schlaffe Brüste nicht länger. »Der Uterus...«, fuhr er fort. »Der Uterus befindet sich über dem Rectum und hinter der Blase, ganz anders als bei den Tieren, dort hockt er hinter den Brüsten. Ist das so, weil der Mensch aufrecht geht? Ich denke doch. Der Fötus ist solcherart geschützter.«

Seine Hände gruben in Louises Leib wie zu jener Stunde, da er das Kind geholt hatte, nur schienen Alaïs seine Bewegungen nun forscher und rücksichtsloser. Er musste ihren Körper ja auch nicht schonen. Blicklos starrten Louises geöffnete Augen auf die Scheunendecke, als gehörten sie nicht mehr zu dem Leib, der aufs Schauderlichste geschändet wurde.

»Der Uterus hat einen langen Kanal, der an beiden Enden weit geöffnet ist. Das innere Ende ist besonders während einer Schwangerschaft fast geschlossen, das äußere Ende hingegen, die

Vulva, ständig offen. Tastet man sich zu der inneren Öffnung, findet man die Eierstöcke, desgleichen Venen, die davon wegführen. Während des Koitus werden in der Eierstöcken weibliche Spermien produziert, die schließlich – durch die Venen gejagt – auf die männlichen treffen.«

Alaïs nahm eine Bewegung aus der Ecke wahr. Kurz streifte ihr Blick Emy, der immer noch die Fackel hielt und Alaïs nicht gleichmütig wie sonst, sondern ängstlich anstarrte.

»Wie könnt ihr nur?«, fragte sie wieder, und diesmal klang es nicht heiser, sondern kreischend. »Ihr habt sie… ihr habt sie ausgegraben? Ihr habt ihren toten Leib einfach aus der Erde geholt?«

Sie hörte nicht, wie Emy sich ihr näherte, spürte seinen heißen Atem erst, als er schon bei ihr stand. »Du… Du wirst uns doch nicht verraten, oder?«

»Aber…«, setzte sie an.

Emy zuckte hilflos die Schultern, blickte hilfesuchend in die Richtung seines Bruders. »Nun erklär es ihr doch!«, forderte er.

Wieder hob Aurel nur kurz den Blick von Louises Unterleib, wieder sah Alaïs darin keinen Hauch von schlechtem Gewissen, nur Ungeduld, weil andere das Offensichtliche nicht begriffen. »Henri de Mondeville sagt, dass Gott und die Natur nichts umsonst tun. Alles hat seinen Sinn, alles seine Bedeutung. Und deswegen muss man alles ergründen, man muss es ganz genau betrachten… Hier, siehst du: Hier sind noch Reste des Mutterkuchens. Das beweist, dass sie niemals überlebt hätte, selbst wenn ihre Wunde verheilt wäre. Wenn er nicht restlos ausgespuckt wird, vergiftet er den Leib der Gebärenden.« Er zuckte die Schultern, als hielte er Louises Tod zwar für eine unnütze Verschwendung von Leben, aber nicht weiter bedauerlich. »Warum kommt ein Kind auf die Welt?«, fragte er plötzlich. »Geschieht es tatsächlich, weil es im Mutterleib ab einer gewissen Zeit an Nahrungsmangel leidet? So erklärt es Mondeville. Dann zerreißt es die Eihäute, und auf der Suche nach frischer Luft bewegt es sich Richtung Geburtskanal.«

»Sie war schon begraben!«, rief Alaïs und versuchte den Gestank zu ignorieren, der in der Luft lag. Sie war nicht die Einzige, die ihn bemerkte. Fliegen und Mücken waren davon angelockt worden und umsurrten die Tote. Aurel wedelte unruhig mit den klebrigen Händen, um sie zu vertreiben.

»Eben!«, sprach er, und das erste Mal sah er Alaïs beim Reden an. »Sie war schon begraben. Das heißt: Sie war mausetot. Ihr können wir nicht mehr helfen. Aber vielen anderen Menschen, ergründe ich nur ihren Leib. Sieh doch…« Er machte sich jetzt weiter oben im Körper zu schaffen, schnitt etwas heraus und hielt es gegen das Licht. Alaïs senkte rasch den Blick, um es nicht sehen zu müssen. »Hier die Membran. Sie trennt die Atemorgane von den Ernährungsorganen. Das ist ungemein wichtig. Sie verhindert, dass die Gase von Letzteren hochsteigen und Erstere vergiften.«

Er ließ die Hände wieder sinken, grub dann nach etwas anderem. Seine Stimme klang beinahe sanft, als er fortfuhr. »Das Herz«, sagte er, »das Herz liegt im Zentrum der Brusthöhle. Die linke Seite ist kühler und kann von der rechten gewärmt werden.«

Alaïs scharrte mit den Füßen auf dem erdigen Boden, rang wieder damit zu gehen – und ahnte insgeheim, dass sie den Zeitpunkt der Flucht verpasst hatte. Was immer hier geschah, war frevlerisch und grässlich – und zugleich so aberwitzig, als fände es nicht nur in einem einsamen Schuppen statt, sondern in einer vollkommen anderen Welt. Sämtliche Gebräuche, sämtliche Gesetze schienen hier an Kraft zu verlieren; unbeschnitten von ihnen bewegten sich die Gedanken, zumindest Aurels Gedanken. Sie verstand sie nicht, sie waren kalt und rücksichtslos – und zugleich so eifrig, so fordernd, so wendig.

»Ihr müsst sofort aufhören«, meinte Alaïs zaghaft und war von seiner Dreistigkeit doch insgeheim bestochen.

»Mach ihm keinen Vorwurf!«, krächzte Emy an ihrem Ohr, und wieder fühlte sie seinen warmen Atem. »Die Wissenschaft der Anatomie ist eine eigene Disziplin an den Universitäten.«

»So sollte es zumindest sein!«, rief Aurel dazwischen. »Die

Salerner haben es ganz genau gewusst. Alphanus, Ursus von Lodi, Gariopontus. *Wie willst du heilen, wenn du die Ursachen nicht kennst?*, fragte Letzterer. Deswegen muss man den Leib des Menschen erforschen, nicht nur den der Lebenden, sondern auch den der Toten.«

Alaïs wusste mit den Namen nichts anzufangen.

»Die Schule von Salerno«, erklärte Emy an Aurels statt, »brachte einige der größten Ärzte der Geschichte hervor. Sie waren in Anatomie und Chirurgie sehr bewandert, und sie …«

»Schade, dass Manfred von Sizilien sie geschlossen hat!«, fuhr Aurel wieder dazwischen. »Die Universität von Neapel wird niemals an die von Salerno heranreichen.«

Seine Hände lösten sich von dem geöffneten Leib. Kurz nur tauchte er sie in einen Eimer voll Wasser, dann griff er nach einem seiner Bücher und schrieb etwas hinein.

Ihr Ekel rang mit der Neugierde. Mochte sie das meiste, was Aurel gesagt hatte, auch nicht verstehen, so hatte sie längst zu viel belauscht, um einfach zu gehen und in ihre alte Welt zurückzukehren, ohne von dieser hier zu wissen.

Sie trat zu Aurel und neigte sich über seine Schulter, um zu sehen, was er in dem Büchlein festhielt. Zu ihrem Erstaunen schrieb er keine Buchstaben, sondern zeichnete ein sonderliches Gebilde, aus einer großen Kugel bestehend und aus mehreren Strichen, die davon wegführten.

»Es gibt viel zu wenige anatomische Zeichnungen«, erklärte er hastig. »Das Buch über die Anatomie der Schweine, das in Salerno entstand, ist sehr wichtig. Aber es wurden dafür eben Schweine seziert, keine Menschen. Die *Anatomia Ricardi* wiederum ist unvollständig.«

»Wirst du uns verraten?«, fragte Emy.

»Henri de Mondeville«, fuhr Aurel fort, »führte anatomische Demonstrationszeichnungen in den Unterricht ein und hinterließ ein wundärztliches Lehrbuch. Aber das habe ich nur ein einziges Mal in die Hand bekommen. Ein Arzt muss die Anatomie genau kennen, sagte Mondeville.«

Er sprach die Worte so ehrfürchtig aus wie einen Bibelvers.

»Nicht nur Mondeville fertigte anatomische Zeichnungen an«, fügte er hinzu. »Ich tue es auch.«

»Wirst du uns verraten?«, fragte Emy wieder.

Alaïs biss sich auf die Lippen.

Aurel indes wartete ihre Antwort gar nicht erst ab. »Komm her!«, forderte er und legte das Büchlein zur Seite. Zum ersten Mal richteten sich seine braunen Augen etwas länger auf ihre Gestalt. Prüfend schien ihr sein Blick, als wäre er sich noch nicht sicher, wozu sie taugte, und verhieß doch jene Aufmerksamkeit, auf die sie bislang vergebens gehofft hatte. Unwillkürlich straffte sie die Schultern, machte sich so groß wie möglich.

»Ich werde euch nicht verraten«, bekundete sie knapp.

»Komm her!«, wiederholte Aurel. »Du könntest mir helfen.«

Sämtliche ihrer Glieder schmerzten, als Alaïs im Morgengrauen ins Freie trat. Solange es finster gewesen war, sie nur vom Licht der Fackel gezehrt hatte, hatte sie sich hellwach gefühlt. Doch als das graue Licht des Morgens durch die Ritzen der Scheune gesickert und Alaïs bewusst geworden war, dass sie eine ganze Nacht nicht geschlafen hatte, waren ihr nicht nur die Augenlider schwer geworden, sondern vor allem die Hände. Mit jenen hatte sie über Stunden und meist in unbequemer Position etwas gehalten: eines der sonderbaren Instrumente, mit denen Aurel arbeitete, oder gar ein Körperglied der armen Louise, damit der *Cyrurgicus* das, was jeweils darunter lag, besser in Augenschein hatte nehmen können.

Als er sie das erste Mal dazu aufgefordert hatte, hatte sie noch rüde den Kopf geschüttelt. Schlimm genug war es, diesen offenen, stinkenden Leib da liegen zu sehen, der so wenig an einen Menschen erinnerte, obwohl dieser Mensch noch vor wenigen Tagen geatmet, geredet und darauf gehofft hatte, die baldige Geburt würde heil vonstatten gehen. Ihn aber anfassen? Fühlen, dass nichts mehr pulsierte, nichts mehr atmete?

Doch als Aurel abfällig gemurrt hatte: »Dann eben nicht« und

Emy zu sich gewunken hatte, war Alaïs beherzt nach vorne getreten.

»Denkst du etwa, ich habe Angst davor?«, fragte sie. Der Blick seiner braunen Augen traf den ihren nun schon zum wiederholten Mal. Die flackernde Fackel spiegelte sich darin.

Wenn schon nicht beim Tanzen, dachte sie, dann jetzt …

Obwohl sie es abstritt, hatte sie natürlich Angst. Mehrmals musste sie würgen, und es gelang ihr nur schwer, das Abendessen bei sich zu behalten. Nachdem sie sich an den Anblick des Leichnams gewöhnt hatte, bereitete ihr etwas anderes Sorge: Konnte es sein, dass Louises böser Geist sie heimsuchen würde? Dergleichen Rachsucht wurde schließlich von Menschen berichtet, die keine ausreichende Totenruhe fanden.

Irgendwann freilich hatte die Anstrengung, auf den Beinen zu bleiben und regungslos etwas hochzuhalten, das Grübeln vertrieben. Sie gewahrte erst, dass die Nacht vorüber war, als das Morgenlicht Aurel dazu veranlasste, sein Werk zu beenden. Vielleicht war es auch nicht das Morgenlicht, sondern die Einsicht, alles Wissenswerte aus diesem Körper gepresst, gezerrt, geschnitten und gequetscht zu haben. Jeden einzelnen seiner Schritte hatte er erklärt, hatte über jede Ader, jede Sehne, jedes Organ ausführlich doziert. Nichts davon hätte Alaïs jetzt noch wiederholen können – sicher war nur, dass Louise nun wie ein geschlachtetes Tier aussah.

Trotzdem schien er nicht endgültig von seiner Arbeit ablassen zu wollen.

»Wir müssen sie verstecken«, meinte er. »Bis morgen Abend …«

Verspätet sprang Emy, der sich in einer Ecke des Schuppens niedergelassen hatte, auf. Alaïs hatte nicht auf ihn geachtet. Womöglich hatte er den Großteil der Nacht geschlafen, zumindest kündeten seine steifen Bewegungen davon.

»Das soll nicht deine Sorge sein«, erklärte er an Alaïs gewandt. »Besser, du gehst dich waschen.«

Alaïs blickte an sich herab. Ihre Tunika war über und über von roten und gelblichen Flecken besudelt.

Steif wankte sie hinaus. Zunächst überlegte sie noch, sich in dem Trog zu waschen, den Aurel vor zwei Tagen benutzt hatte, doch rasch wurde ihr klar, dass das Wasser nicht ausreichen würde, sämtlichen Schmutz zu beseitigen, der an ihr klebte.

Rasch lief sie zum Meer hinunter, das grau war wie der Himmel und glatt wie Seide. Sie hatte nach frischer Luft gelechzt, doch nun kitzelte diese unangenehm in der Nase. Die Übelkeit, die sie die ganze Nacht über bezwungen hatte, kehrte zurück, und diesmal vermochte sie sie nicht zu unterdrücken. Noch ehe sie die kalten Fluten erreichte, beugte sie sich über einen Ginsterbusch und erbrach sich. Zum süßlichen Gestank, der an ihr haftete, kam ein säuerlicher dazu. Ihr ganzer Körper schüttelte sich, zunächst vor Ekel, dann vor Krämpfen, die erst dann nachließen, als sie keine Essensreste mehr spuckte, sondern nur galligen Schleim.

Warum habe ich ihm nur geholfen?, dachte sie, gereizt und übermüdet. Die Taten der letzten Nacht erschienen ihr nicht mehr aufregend, sondern nur mehr abartig.

Aurel musste verrückt sein, so etwas zu tun! Und noch verrückter musste sie sein, ihn dabei zu unterstützen!

Zitternd richtete sie sich auf, umso begieriger nun, das Wasser zu erreichen und die quälenden Gedanken fortzuspülen. Sie lief ins Meer, durchpflügte die Glätte der Wasseroberfläche und hieb ihre Füße in den sandigen, mit spitzen Steinen durchsetzten Boden, dass es bis zu ihrem Gesicht spritzte. Viele Male wiederholte sie das, drehte sich dabei um die eigene Achse, fühlte, wie ihre Kleidung und ihre Haare nass und schwer wurden, fühlte, wie die Haut vor Kälte und Salz brannte und schließlich auch ihre Augen tränten. Sie kniff sie zusammen, und als sie sie wieder öffnete, gewahrte sie, dass Aurel ihr ins Wasser gefolgt war, um sich seinerseits zu reinigen. Er vollführte nicht minder wilde Bocksprünge als sie, und noch mehr Wasser spritzte hoch. Tränen quollen ihr aus den geröteten Augen, liefen ihr in den Mund, vertrieben den säuerlich-galligen Geschmack nach Erbrochenem.

»Hast du es gesehen?«, rief er. Es klang wie ein Juchzen. »Ich habe noch nie zuvor einen Knochen geöffnet, um das Mark zu erforschen, das ihn nährt. Es ist gar nicht porös, sondern ölig und fettig.«

Sie konnte sich nicht erinnern, dieses Knochenmark gesehen zu haben, aber der Ekel verflog allmählich. Die frischen Wasserspritzer belebten sie und umso mehr Aurels verrückte Sprünge, die den eigenen glichen. Sie tanzte im Meer, bis sie erneut die Augen zusammenkneifen musste, weil sie nichts mehr sah, und diesmal schaute er ihr dabei zu, ja, diesmal tanzte er mit ihr.

»Natürlich habe ich es gesehen!«, rief sie mit einer kieksenden Stimme, die fremd klang – vielleicht, weil so viel Wasser in ihre Ohren gedrungen war.

»Ich werde bald mehr über Anatomie verstehen als sämtliche meiner Professoren!«, schrie er begeistert, und dann plötzlich spürte sie, wie seine Hände nach den ihren suchten, sie ergriffen, einige Drehungen mit ihr vollführten. Sein Leib, den sie für die Dauer eines Wimpernschlags an sich gepresst wähnte, war sehnig, hager und kalt vom Wasser. Durch ihren eigenen ging ein Ruck, als hätte eine neuerliche Ladung Wasser sie getroffen, und ihre Haut begann zu glühen.

»Und ich helfe dir dabei!«, rief sie zurück. Sie rieb sich die Augen und wankte Richtung Ufer, nachdem Aurel sie wieder losgelassen und sich von ihr abgewandt hatte.

Emy hockte dort. Er war ihnen nicht gefolgt und spritzte auch nicht wild um sich, als er sich reinigte. Gleichmütig badete er seine Hände im flachen Wasser, so langsam und bedächtig, dass er den sandigen Grund nicht aufwühlte.

Alaïs konnte sich nicht erinnern, jemals so erschöpft gewesen zu sein wie in der Zeit, die folgte – und jemals so wach. Ihr fehlte der Schlaf, denn sie verbrachte die meisten Nächte im Schuppen, und zugleich war sie sich sicher, ihn ohnehin nicht zu finden, solange sie Aurel in ihrer Nähe wusste.

Ihr graute vor dem, was er tat, und es zog sie magisch an. Sie scheute sich, ihm nahezukommen, und sehnte sich danach, dass er sie wieder berühren würde so wie am Morgen im Meer. Sie fühlte sich verpflichtet, ihn zurechtzuweisen, und spürte zugleich den Drang, ihn zu beschützen.

Wie sie schlief auch Aurel kaum. Doch anders als ihr schien ihm der Schlaf nicht zu fehlen. In den folgenden Nächten zerlegte er Louises Arme in viele Einzelteile, benannte die einen als Nerven, andere als Sehnen und Bänder und machte genaue Zeichnungen davon. Wenn es irgendwann gelte, einen solchen Arm zu operieren, müsse er genau wissen, wo er schneiden dürfe und wo ein Nerv verletzt werden könne, meinte er.

Louise begann unerträglich zu stinken und verlor immer mehr die menschliche Gestalt. Irgendwann fühlte sich Alaïs in ihrer Nähe wie beim Ausweiden von Fischen, angewidert, aber daran gewöhnt. Die geöffneten, starren Augen waren das Einzige, was ihr immer noch Unbehagen bereitete. Sie schienen sie zu verfolgen, nicht anklagend, nur traurig. Doch schließlich schnitt Aurel diese Augen einfach aus der Höhle.

»Siehst du!«, erklärte er begeistert. »Genau sieben Nervenpaare sind es, die vom Hirn wegverlaufen. Sie führen zu den Augen, zu den Muskeln des Augenlids, zu der Zunge, zur *Dura mater*, des Weiteren zum Mund, zum Gesicht, zum Nacken. Die beiden Nerven der Augen kommen zuerst zusammen und trennen sich dann, um zum rechten und zum linken Auge zu führen. Wenn einer verletzt wird, übernimmt der andere die Arbeit. Zugleich stärken sie sich gegenseitig.«

Er hielt jenes runde Gebilde ins Licht und musterte es von allen Seiten. Erstmals erschauderte Alaïs nicht, als sie die Augen betrachtete. Die Vergänglichkeit des Menschen, oft durch Frère Lazaires nörgelnde Stimme heraufbeschworen, entsetzte sie in diesem Augenblick nicht, sondern stimmte sie erleichtert. Wenn alle Menschen dereinst so blind waren wie Louise – was zählte es dann noch, was sie selbst gesehen hatte? Kein Entsetzen, kein Ekel würde dereinst überdauern.

»Ein guter *Cyrurgicus* darf dem Offensichtlichen nicht trauen«, murmelte Aurel indes. »Er muss alles, wirklich alles sehen.«

Doch zu dem allen schien nicht sie zu gehören. Alaïs suchte seinen Blick oft, doch die Momente, da sie ungehindert in die glühenden braunen Augen blicken konnte, waren rar, genauso wie Aurels Lobesworte. Eigentlich fielen solche gar nicht, nur hin und wieder murmelte er am Morgen verschwörerisch: »War es nicht aufregend, diese Nacht?«

Das war nicht sonderlich viel. Doch wenn sie die Worte lang genug drehte, ähnlich wie Aurel Louises tote Augen von allen Seiten gemustert hatte, zog sie Ermutigung daraus. Gewiss gefiel es ihm, dass sie so furchtlos war und dass er nicht nur mit dem gleichmütigen Bruder arbeiten musste. Gewiss erkannte er, wie sehr sie sich von den Menschen in Saint-Marthe unterschied: kleingläubig und schlicht jene, sie hingegen ein ganz außergewöhnlich tapferes Weib.

Diese Menschen von Saint-Marthe kamen tagsüber zu ihrer Kate geschlichen und verlangten mit Aurel zu sprechen, klagten diesem dann kleine Wehwehchen oder größere Übel. Manche brachten ein Stück Brot mit, andere einen Laib Ziegenkäse, wieder andere nichts als ein scheues Lächeln.

»Weil sie denken, dass wir ihn durchfüttern«, schimpfte Caterina.

Alaïs gähnte. Eigentlich gähnte sie den ganzen Tag über. »Aber die beiden brauchen doch nicht viel …«

So wenig wie Aurel schlief, so wenig aß er auch.

»Trotzdem …«, murrte Caterina. »Wohler wäre mir, sie würden das Dorf verlassen."

Das, was die Mutter erhoffte, war Alaïs größte Furcht. Und diese ward noch geschürt, als sie in der vierten Nacht in den Schuppen kam und Louises Leichnam fortgeschafft war.

»Wo ist sie?«, fragte sie.

Aurel ging unruhig auf und ab und rang mit den Händen, die nun zum Nichtstun gezwungen waren. »Wenn sie erst mal verrotten, kann man sie nicht mehr gebrauchen«, murrte er, und Emy setzte erklärend hinzu: »Der Gestank wäre immer schlimmer geworden. Wir wären nicht länger unentdeckt geblieben.«

Alaïs hatte das Gefühl, als könnte sie freier atmen – und zugleich, als würde ihr die Brust eingedrückt.

Er wird gehen, dachte sie. Er wird gehen und sich nicht umdrehen. Und ich bleibe zurück, bei meinen Eltern, bei Josse, bei Régine, bei Bethilie, bei Frère Lazaire. Jeder einzelne Name fühlte sich an wie ein Schlag.

»Und nun?«, fragte sie.

Emy zuckte die Schultern.

Am nächsten Tag starb der alte Ricard, der seit einem halben Jahr Blut hustete. Und als Alaïs davon hörte, wusste sie, dass Aurel fürs Erste bleiben würde.

Diesmal war sie dabei, als die Brüder den alten Ricard ausgruben. Wenn Aurel es gefordert hätte, dann hätte sie eigenhändig in der roten Erde gewühlt. Doch Emy meinte ungewohnt redselig, sie beide schafften es auch allein und es würde genügen, wenn sie Wache stünde.

Zuerst hätte sie fast widersprochen. Nun, da das Grauen ob des Anblicks von Louises Leiche fast verebbt war, vermeinte sie sich im Umgang mit dem Tod geübt. Der Gedanke, nachts den Friedhof zu betreten – vor wenigen Wochen noch ein unvorstellbares Wagnis –, erfüllte sie, als sie es sich vorstellte, mit einem erregenden Kribbeln. Doch als sie tatsächlich den kleinen Hügel hochstapfte, war sie insgeheim dankbar, dass Emy sie von der eigentlichen Aufgabe entbunden hatte. Während sie, den Rücken dem Grabe zugewandt, auf das Dorf starrte – zu bewachen gab es wenig, da jeder schlief –, war es kein Abenteuer mehr, das es zu überstehen galt, sondern nur eine schneidend kalte Nacht, die alles, was am Tage lieblich anzuschauen war, bedrohlich färbte. Das Meer, das ihr ansonsten grünlich schimmernd die Ahnung von Freiheit schenkte, war ein schwarzes Loch. Die zackigen Felsen der schmalen Bucht schienen zu Fratzen geformt.

Mochte sie nun schon mehrere Nächte durchwacht haben, so lange im Freien hatte sie bei Dunkelheit noch nie gestanden.

Was tue ich hier?, dachte sie, als sie sich erstmals zögerlich umwandte, um zu sehen, wie weit die Arbeit der beiden fortgeschritten war. Emy grub langsam und bestimmt, Aurel so hektisch und unbeherrscht, als wäre er ein Hungernder, der in der Erde seine letzten Vorräte wusste. Obwohl sein Gesicht verborgen war – in der Nachtschwärze und unter seinem kinnlangen Haar –, vermeinte Alaïs in seinem Blick doch eine gewisse Gier zu sehen.

Ricards Antlitz kam ihr in den Sinn – das eines gebrechlichen, fleckigen, faltigen Mannes. Schon zu Lebzeiten hatte sie von seinen zittrigen Händen nicht berührt werden wollen.

Was tue ich hier?, fragte sie sich wieder.

Aurel grub verbissen weiter, Emy jedoch hob den Kopf, als hätte sie die Frage laut ausgesprochen. »Du… Du musst nicht bleiben, wenn du nicht willst!«

»Aber natürlich bleibe ich!«, fauchte sie ihn an.

Wenig später stießen die Männer endlich auf einen Widerstand. Ricard war wie Louise nur in ein Stück Leinen eingerollt vergraben worden. Obwohl er erst einen Tag unter der Erde lag, wappnete sich Alaïs insgeheim gegen den süßlichen Gestank, den Louise zuletzt verströmt hatte. Sie wagte kaum zu atmen und noch weniger hinzusehen, als sie den Leichnam hochzerrten. Danach schaufelte Emy allein das Loch zu, während Aurel auf den Toten blickte wie auf ein Heiligtum.

»Komm!«, sagte er plötzlich an sie gewandt. »Hilf mir, ihn zu tragen. Nimm du ihn an den Beinen!«

Alaïs zuckte zusammen. Ein Würgen stieg ihr allein bei dem Gedanken hoch, Ricard anzufassen. Dennoch gab sie vor, sich willfährig nach ihm zu bücken.

»Lass mich das machen!«

Sie hatte nicht gemerkt, wie Emy seine Arbeit unterbrochen hatte, aus dem Loch gesprungen und zu ihr getreten war.

»Du… musst doch das Grab wieder schließen.« Es war ihr unangenehm, dass sie derart stotterte und ihre Gesten zwar den deutlichen Widerwillen verbergen konnten, nicht aber ihre Stimme.

Emy legte ihr die Hand auf die Schultern. Leicht fiel die Berührung aus. Sie spürte kaum mehr als einen Anflug von Wärme.

»Du bist nicht seine Magd«, raunte er. »Du musst nicht augenblicklich tun, was immer er befiehlt.«

Alaïs zog die Stirn kraus. Bis jetzt war ihr Aurels Bruder zu still, zu gleichmütig, zu bescheiden, ja irgendwie in allem zu lahm erschienen, als dass sie genauer hatte erforschen wollen, was in seinem Kopf vorging.

»Aber du tust doch auch alles, was er will!«, stieß sie aus. Sie sprach, als stünde Aurel nicht neben ihnen – wahrscheinlich hörte er auch gar nicht zu, was sie beredeten.

Emy zuckte die Schultern. »Ich bin sein älterer Bruder, ich muss auf ihn aufpassen.«

Ihre Überraschung wuchs. Bislang hatte sie Aurel für den Älteren gehalten. Mochte sich auch ihre Statur nicht unterscheiden, umso mehr tat es ihr Auftreten: selbstsicher bei dem einen, schüchtern bei dem anderen. Und nun behauptete Emy, Aurel sei der Jüngere, womöglich Unerfahrenere, und er müsse auf ihn aufpassen?

»Aber du glaubst doch auch, dass es richtig und notwendig ist, was er tut. Sonst… Sonst hättest du ihm nie verziehen, dass er dir deine Fingerkuppe abschnitt.«

»Ich glaube an ihn, denn er ist klüger als ich«, sagte Emy leise. »Aber es ist gut möglich, dass er beim nächsten Mal nicht nur die Fingerkuppe eines Schlafenden abhackt, sondern gleich die ganze Hand.«

Alaïs lachte schrill auf, so abwegig schien ihr der Gedanke.

»Nun gut«, lenkte Emy ein. »Vielleicht würde er nicht ganz so weit gehen. Aber eben weil ich da bin und ihn davon abhalte.«

Aurel, der ihr Gespräch nicht verfolgt zu haben schien, begann nun, ungeduldig an Ricards Leib zu ziehen. »Was ist nun?«, fragte er. »Hilfst du mir?«

Emys Hand ruhte immer noch auf ihrer Schulter. »Ich mach das… nicht sie! So lange musst du warten«, erklärte er entschlossen, ehe er wieder daranging, das Grab zu schließen.

Alaïs verkniff es sich nur mit Mühe, zu bekunden, wie erleichtert sie darüber war.

VI. Kapitel

In den ersten Tagen hatte Alaïs ihre Müdigkeit verheimlichen können. Sie gähnte öfter als sonst, doch den besorgten Blick der Mutter hatte sie harsch abgewehrt, indem sie aufs launische Wetter verwies. Als sie kurz nach Ricards Tod durchs Dorf ging, war ihr jedoch, als hockte ihr ein unsichtbares Gewicht im Nacken und drückte ihren Körper zu Boden. Panik stieg in ihr hoch. Vielleicht war das die Strafe dafür, dass sie Ricards Totenruhe gestört hatten, dass sie geduldet hatte, wie Aurel ihn sezierte, dass sie seinen Frevel verheimlichte, anstatt ihn anzuklagen. Doch die Kraft, länger darüber nachzudenken, fehlte ihr; auch dazu war sie zu müde.

Sie ging schleppend wie ein altes Weib und setzte mehr als nur einmal ihren Korb ab. Einige Eier waren darin, die sie – nach dem Willen der Mutter – gegen Schinken tauschen sollte. Manche der Frauen hielten sich Hühner, andere Schweine, und alle wucherten mit dem kostbaren Gut, das die Tiere einbrachten.

»Geh zu Ursanne! Sie füttert ihr Vieh am besten!«, hatte Caterina ihr aufgetragen.

Doch nun, da sie am Dorfplatz stand und den Korb sinken ließ, konnte sie sich des Befehls nicht mehr recht entsinnen. War nicht vielleicht doch statt Ursanne die alte Bethilie gemeint gewesen?

Ehe sie sich entschließen konnte, den Korb wieder zu heben und weiterzugehen, hörte sie die Stimmen. Von allen Seiten schienen sie zu kommen.

»Seid doch still!«, hätte sie am liebsten gerufen. Doch schnell wurde ihr bewusst, dass nur sie die Stimmen übertrieben laut hörte und diese nur in ihrem Kopf dröhnten. Der kalte Schweiß brach ihr aus.

»Hast du schon gehört?«, fragte jemand ganz dicht neben ihr. Sie musste sich zwingen, die Augenlider offenzuhalten und sich umzudrehen.

Nicht schon wieder!, dachte sie, als ihr Blick auf Josse fiel. Unwillkürlich wich sie zurück. »Régine ist schrecklich besorgt!«, fügte er hinzu.

»Worüber?«, fragte Alaïs müde.

»Nun, darüber!«

Er deutete auf die zahnlose Bethilie, die nicht weit entfernt stand – offenbar schon seit geraumer Zeit –, um immer wieder dieselbe Geschichte kundzutun. Zahlreiche Menschen waren von ihr angelockt worden, darunter auch Frère Lazaire, obwohl der auf das Geschwätz auf dem Dorfplatz gemeinhin nicht viel gab.

»Ich sag's euch, ich sag's euch«, nuschelte Bethilie, »der Teufel hat zuerst Louise geholt und dann Ricard. Gnade dem, der als Nächstes stirbt! Auch dessen Seele wird nicht sicher sein vor ihm!«

Die Umstehenden schüttelten empört die Köpfe. Nur Alaïs stand wie starr. »Wie kommt sie darauf?«, flüsterte sie.

»Der Friedhof ist aufgewühlt«, berichtete Josse mit aufgerissenen Augen, wodurch sie noch glupschiger wirkten. »Es sieht so aus, als hätte dort jemand herumgetrampelt. Im ganzen Dorf ist Erde verstreut.«

»Vielleicht … Vielleicht …«, stammelte Alaïs.

Eben hob Frère Lazaire seine Arme. »Das kann kein Zufall sein!«

»Vielleicht war es der Wind«, unterbrach Alaïs ihn, ehe er fortfahren konnte. Sie hatte weiterhin nur flüstern wollen, doch ihre Stimme geriet so laut, dass nicht nur Josse sie hörte.

Frère Lazaire blickte sie verkniffen an.

»Der Wind? Pah!«, stieß er aus. »Ist euch nichts aufgefallen?«

Die alte Bethilie erschauderte wohlig. Josse hingegen fragte dümmlich: »Was soll uns aufgefallen sein?«

»Ihr müsst wachsam sein. Der Teufel kommt wie ein Dieb in der Nacht. Wobei ich mich nicht wundere, weshalb er eben jetzt kommt.«

Frère Lazaire schlug sich nachdenklich mit den Fingern aufs Kinn, als müsste er erst mühsam nach weiteren Worten ringen. Alaïs war sich jedoch sicher, dass er längst geplant hatte, was er sagen wollte. Ihr fiel ein, wie ihr Vater schon des Öfteren über den Franziskaner geurteilt hatte: dass dieser ein eitler Gockel sei und sich – hätte er nur genug Vermögen – in bestes Tuch kleiden würde. Doch da es zum Reichtum nicht genüge, so müsse er sich mit äußerster Armut wichtig machen. Und da ein gewöhnlicher Bettler kaum mehr auf sich ziehe als Verachtung, Mitleid und Ekel, so müsse er jene außerordentliche Armut wiederum mit außerordentlicher Frömmigkeit paaren.

»Nie hat sich dergleichen beobachten lassen. Nie waren die Gräber aufgewühlt. Und nun geschieht's ausgerechnet dann, als dieser *Cyrurgicus* aufgetaucht ist!«, erklärte er. Er hatte die Stimme deutlich gesenkt, die Leute mussten näher kommen, um ihn zu verstehen. Einzig Alaïs wich zurück, derart in Eile, dass ein Ei aus dem Korb rollte und auf dem staubigen Boden aufschlug. Der Dotter troff gelb hervor und versickerte im Sand.

Die Menschen waren so gebannt, dass sie das Missgeschick nicht bemerkten. Nur Frère Lazaire löste seine Hand vom Kinn und deutete auf sie. »He du! Azalaïs Montpoix!«

Alaïs hasste es, wenn man sie mit diesem Namen rief. Die Brüder hatten es einst getan, wenn sie sie necken wollten, denn als Kind hatte sie nicht vermocht, ihn richtig auszusprechen.

Sie drehte sich um, als hätte sie ihn nicht gehört. »Bleib stehen!«, rief Frère Lazaire ihr nach. »Du kennst doch den *Cyrurgicus*! Er wohnt bei euch in der Scheune! Sag, ist dir nichts Sonderbares aufgefallen?«

Alaïs versuchte, ein gleichmütiges Gesicht aufzusetzen, als sie sich ihm wieder zuwandte. Doch sie konnte nicht verhindern, dass sie glühend rot wurde.

»Ja!«, keifte ihr da schon Ursanne ins Ohr. »Was tun er und sein Bruder denn den ganzen Tag lang?«

»Soweit ich weiß, haben sie deinem Mann einen Zahn gezogen, und so faulig wie der war, hat das schon die Hälfte des Tages gedauert«, gab Alaïs schnippisch zurück.

Ursanne war sichtlich verlegen, hielten die Bewohner es doch vor Frère Lazaire geheim, dass sie Hilfe beim *Cyrurgicus* suchten.

»Aber merkwürdige Gesellen sind es allemal!«, rief Ursanne rasch, um davon abzulenken. »Ziehen durch die Lande und …«

»Das könnt ihr ihnen wohl kaum vorwerfen, wo ihr grade eben noch darüber geschimpft habt, dass sie sich hier niedergelassen haben.«

Frère Lazaires Blick ruhte nachdenklich auf ihr. »Bist ein vorlautes Mädchen mit einer vorschnellen Zunge.«

Diese Zunge hätte sie ihm am liebsten herausgestreckt, aber in diesem Augenblick fühlte sie eine Hand, die sie am Arm packte und zurückzog. Sie wollte sich schon wehren, weil sie glaubte, Josse erdreistete sich dazu. Doch es war nicht der Glupschäugige, sondern Caterina, die sich lautlos genähert hatte und sich nun vor die Tochter stellte.

»Du solltest deinem Kind rechtes Verhalten beibringen«, murrte Frère Lazaire.

Caterina maß ihn ausdruckslos. Alaïs konnte sich nicht vorstellen, dass die Mutter einen derartigen Befehl für gut befinden würde, und hoffte, diese möge widersprechen. Doch Caterina sagte nur knapp: »Das werde ich!«

Im nächsten Augenblick spürte Alaïs wieder die Hand der Mutter an ihrem Arm. Zunächst folgte sie ihr unwillig und fühlte sich bloßgestellt. Doch dann war sie froh, nicht selbst entscheiden zu müssen, was zu tun war. Die Müdigkeit nahm überhand, und die Müdigkeit war es auch, die sie, knapp vor der eigenen Kate, straucheln ließ. Ein weiteres Ei plumpste zu Boden und zerbrach.

Kopfschüttelnd starrte die Mutter darauf.

»Was ist nur mit dir los? Bist du krank?«

Alaïs straffte die Schultern. »Natürlich nicht!«

Caterinas Blick wurde forschend. »Warum so störrisch?«, fragte sie barsch. »Kann mir nicht vorstellen, dass du etwas dagegen hättest, wenn der *Cyrurgicus* dich untersuchen würde.«

Alaïs hoffte, Caterina würde weder ihre Erschöpfung erahnen noch die Sorgen, die Frère Lazaires Vermutungen in ihr gesät hatten. »Denkst du, er will sich mit Dingen wie Müdigkeit und Kopfschmerzen abgeben?«, gab sie schnippisch zurück. »Aurel… Er kann so viel mehr. Er kann die schlimmsten Wunden flicken… Eines Tages wird er Menschen helfen können, die heute noch dem Tod geweiht sind.«

»Mhm«, machte die Mutter. Es klang wie ein Knurren. »Die Menschenhilfe scheint mir aber nicht zu ihm zu passen.«

»Warum verachtest gerade du ihn, Mutter? Du bist nicht ausgebildet wie er, aber du hast hier jahrelang als Hebamme vielen Kindern auf die Welt geholfen.«

Caterina zögerte kurz, antwortete dann aber ungewohnt offen. »Ich weiß ganz genau, wie man sich in einem schmerzenden Leib fühlt, der einem nicht zu gehören scheint. Das hat mich dazu getrieben, den Frauen zu helfen. Aber ich weiß nicht, ob dein Aurel jemals Leid geschmeckt hat.«

Alaïs war sich nicht sicher, wovon die Mutter sprach. Von den eigenen Geburten, die sie durchlitten hatte? Oder von etwas anderem, was in jene Zeit zurückreichte, als sie mit Ray durch die Lande gezogen war und manches Abenteuer zu bestehen hatte?

Viele Fragen brannten ihr auf der Zunge, aber da sie bislang noch nie eine Antwort darauf erhalten hatte, hoffte sie auch jetzt nicht darauf, sondern verkniff sie sich.

»Er ist nicht mein Aurel«, sagte sie rasch.

Die Mutter schnaubte. »Leg dich schlafen!«, befahl sie knapp. »Ist ja heute nichts mit dir anzufangen.«

Wirre Gedanken drehten sich in ihrem Kopf, kaum lag Alaïs im Bett, und als sie endlich eingeschlafen war, erschienen ihr die Traumbilder so sinnlich und echt, als wäre sie noch wach und erlebte das alles wahrhaftig. Sie trat zum Fenster, starrte hinaus, sah in der Ferne ein Boot. Noch ehe sie sich davon überzeugt hatte, dass ihr Vater darin saß, rief sie schon nach ihm. Er hörte sie nicht, sondern fuhr hinaus aufs weite Meer. Ihre Rufe wurden immer schriller, immer verzweifelter – und irgendwann begnügte sie sich nicht mehr damit, ihn zurückzuholen. Sie stürmte mit nackten Füßen aus dem Haus, lief zum Meer, watete in die kalten Fluten. Ein wenig war es so wie damals, nach jener ersten Nacht, da Aurel Louise aufgeschnitten hatte – nur tauchte sie nun im Traum viel tiefer ins Wasser und schwamm so lange, bis ihre Füße den schlammigen Grund nicht mehr ertasteten. Das Meer war nicht grünlich blau, sondern pechschwarz. Es zerrte sie nach unten, tiefer und tiefer, kaum konnte sie den Kopf über Wasser halten. Als sie freilich versuchte, sich die Kleidung abzustreifen, um das Gewicht zu mindern, gewahrte sie, dass sie bereits gänzlich nackt war. Nicht den kleinsten Fetzen Stoff trug sie am Leib.

»Vater!«, wollte sie wieder schreien, aber ihre Stimme wurde von salzigem Wasser erstickt. Solange sie den Kopf über der Wasseroberfläche zu halten vermochte, sah sie das Boot, wie es immer weiter hinaustrieb. Doch dann, als es hinter dem Horizont verschwand, ging sie unter. Sie schlug um sich, aber sie konnte sich nicht retten: Das Wasser zerrte an ihr, verschlang sie, erstickte sie …

»Alaïs!«

Sie schlug die Augen auf. Anstatt der kalten Schwärze traf gleißendes Licht ihr Gesicht. Der Vater, den sie eben noch verloren wähnte, hockte am Rand ihrer Schlafstatt und streichelte über ihr Haar. »Was ist mit dir? Du glühst, als hättest du Fieber!«

Sie tastete nach ihrem schweißnassen Gesicht. Nicht das Meer, sondern die Decke aus Leinen hatte sie umfangen, war immer höher gerutscht, bis sie den Kopf bedeckt hatte. Hastig streifte sie sie ab.

»Ich bin nicht krank. Mutter meinte lediglich …«

»Ich weiß«, unterbrach er sie. »Sie sagte, du seist ständig müde. Bleib nur liegen und ruh dich aus!«

»Warum bist du hier, Vater?«

»Weil ich heute zu den Inseln von Hyères aufbreche.«

Seine Augen glänzten. Obwohl er oft störrisch bekundete, wie sehr das Fischen ihn anödete und er das Meer hasste, wusste sie, dass er die Fahrten nach Hyères genoss. Nicht oft trat er sie an, meist ließ er sich vom Nörgeln der Mutter aufhalten, die meinte, guten Fisch gebe es auch vor Saint-Marthe. Doch guter Fisch allein war's wohl nicht, der ihn lockte – vielmehr die Freiheit, über mehrere Tage allein zu sein mit sich und der See. Caterina schien genau zu wissen, wann der Drang nach dieser Freiheit übermächtig wurde. Denn alle paar Wochen erstarb ihr Genörgel, und sie nickte zustimmend, wenn er die Fahrt vorschlug.

Alaïs richtete sich auf. Früher hatte sie sich stets gewünscht, Ray möge sie zu den Inseln mitnehmen, doch nachdem es ihr zu oft verboten worden war, hatte sie es aufgegeben, ihn darum zu bitten. Meist fuhr er los, ohne sich zu verabschieden, und sie verstand nicht, warum er es heute tat.

»Ich bin wirklich nicht krank«, bekräftigte sie, weil sie zunächst meinte, er wäre von Sorgen getrieben. Doch der Blick, mit dem er sie maß, war nicht ängstlich, sondern vielmehr lauernd.

»Pass auf dich auf, Alaïs«, setzte er an, »dieser *Cyrurgicus* …«

»Er heißt Aurel! Und er ist der Beste seiner Zunft!«

»Wie kannst du das sagen, wenn du keinen anderen kennst?«

Sie wich seinem Blick aus, fühlte sich in die Enge getrieben.

»Er ist gut in dem, was er tut«, sagte sie schlicht.

Sein Blick wurde eindringlicher. »Wenn er gut ist, was macht er dann ausgerechnet in Saint-Marthe?«

Ihr Gesicht wurde noch heißer. Kurz wähnte sie sich ertappt, fürchtete, er hätte sie im Schuppen belauert und wüsste ganz genau, was Aurel trieb. Schon lag ihr ein Geständnis auf der Zunge, schon wollte sie ihm zuvorkommen und ihm alles ehrlich berichten. Wer, wenn nicht ihr Vater, würde Verständnis dafür haben?

Doch ehe sie etwas sagen konnte, wiederholte er lediglich: »Pass auf dich auf, Alaïs.«

Dann hauchte er ihr einen Kuss auf die Stirn, stand auf und stieg nach unten. Sie hörte seine Stimme und die der Mutter, verstand aber nicht, was sie miteinander redeten.

Wenig später blickte sie nach draußen, sah Rays Boot und wie er aufs Meer ruderte. Der gleiche wehmütig pochende Schmerz befiel sie wie im Traum – nur, dass es diesmal keinen Sinn machte, den Vater zurückzurufen.

Als das Boot kaum noch größer war als ein Punkt, legte sie sich wieder auf die Bettstatt. Diesmal war ihr Schlaf traumlos und tief.

Als sie erwachte, war es spät am Abend, und von der Sonne war nur mehr ein milchiger Lichtschein geblieben. Alaïs ging nach unten in die Stube, aß hungrig vom Eintopf, der über der Feuerstelle köchelte. Die Mutter hatte ihn für sie aufbewahrt, ehe sie sich selbst schlafen gelegt hatte. Nachdem Alaïs gegessen und getrunken hatte, fühlte sie sich erfrischt und huschte in den Schuppen. So viel war an diesem Tag geschehen, was sie aufwühlte – die Verdächtigungen von Frère Lazaire, der seltsame Traum, der Abschied von Ray –, dass sie erleichtert war, Aurel bei seiner gewohnten Tätigkeit zu sehen. Mochte die Ordnung des Tages auch durcheinandergeraten sein, die der Nacht war die gleiche geblieben. Die bleierne Schwere, die ihr im Nacken hockte, verflüchtigte sich.

Aurel drehte sich nur halbherzig nach ihr um. »Hier«, erklärte er und wühlte im Leib des alten Ricard. »Das ist das Abdomen, jene Region im Leib des Menschen, die die Organe der Ernährung beinhaltet.«

Alaïs wandte den Blick ab. Sie fühlte sich vom langen Schlafen so durcheinander, dass sie ihre Scheu vor dem Toten nicht ähnlich mühelos bezwingen konnte wie noch am Tag zuvor. Da hatte sie gewagt, in Ricards Gesicht zu schauen, zu prüfen, ob sein Blick genauso leer war wie jener von Louise. Doch anders als bei der jungen Frau waren seine Augen in Schlitzen versunken. Die Lider wirkten, als wären sie zusammengenäht worden. Die leblosen Augen waren nicht zu sehen – was dem Anblick viel von seinem Schrecken nahm.

»Was ist vorhin am Dorfplatz geschehen?«, fragte Emy und erhob sich aus seiner Ecke. »Ich hörte die Menschen miteinander tuscheln.«

»Insgesamt gibt es sechs Ernährungsorgane«, fuhr Aurel dessen ungeachtet fort.

Alaïs zuckte die Schultern. »Frère Lazaire«, setzte sie an. »Er ist misstrauisch geworden – und die übrigen Menschen von Saint-Marthe sind das inzwischen auch. Die Erde um die Gräber war aufgewühlt.«

Nichts änderte sich in Emys Miene, lediglich die hochgezogenen Schultern kündeten von der Anspannung, die ihn ergriff.

»Sechs also«, sprach Aurel. »Der Bauch, der Darm, das Bauchnetz, die Leber, die Gallenblase, die Milz.«

»Was haben sie noch gesagt?«, fragte Emy beunruhigt.

Wieder zuckte Alaïs die Schultern. »Frère Lazaire hat von Aurel gesprochen ...«

»Verdächtigen sie ihn etwa, damit zu tun zu haben?«, rief Emy. Noch nie hatte sie ihn so laut werden hören, und noch nie hatte er die schmalen Augen derart weit aufgerissen.

»Der Darm wiederum besteht ebenfalls aus mehreren Teilen. Auf das *Duodenum* folgt das *Jejunum*, hernach das *Ileum*, das *Cecum*, das *Colon* und das *Rectum* ...«

Emy hob abwehrend die Hand, als wollte er den Bruder zum Schweigen bringen. Der achtete nicht darauf, umso mehr hingegen Alaïs, die gewahrte, wie Emys Gesichtsausdruck immer panischer wurde.

»Das *Duodenum* ist, wie sein Namen schon sagt, so lang wie ...«

»Sei still!«, fuhr Emy ihn an.

Aurel hob verwundert den Blick, befremdet von dem ungewohnt forschen Tonfall.

»Aber es ist doch …«, setzte er an.

Er brach ab, weil er es nun wohl auch hörte – das, was Emy so panisch stimmte und was Alaïs ebenso bemerkte: schleifende Schritte, Gemurmel.

Alaïs und Aurel standen wie erstarrt, während Emeric sich als Erster zu rühren vermochte. »Licht aus!«, zischte er, um sogleich selbst die Fackel auf den Boden zu werfen und sie auszutreten.

Alaïs' Augen brauchten eine Weile, bis sie sich an die Finsternis gewöhnt hatten und erste Konturen daraus erstanden: Emys und Aurels Gestalt und schließlich der Leichnam des alten Ricard. Der Macht des Sehens beraubt, horchte sie umso angestrengter. Doch da war nichts mehr, kein Raunen, keine Schritte. Erleichtert stieß sie die Luft aus, die sie unwillkürlich angehalten hatte.

Doch in dem Augenblick, da Aurel Emy anhieß, die Fackel wieder zu entzünden, wurde das Tor des Schuppens geöffnet, unendlich leise und unendlich langsam. Sie sahen zuerst die Hand am Tor, dann die Gestalt, die an der Schwelle stehen blieb anstatt einzutreten.

Alaïs seufzte befreit. Gottlob nicht ihre Eltern.

»Mein Gott, Josse!«, fuhr sie den jungen Mann an, und ihre Stimme geriet zänkisch. »Musst du uns so erschrecken?«, rief sie. »Und was hast du überhaupt hier verloren?«

Er blickte sie an wie eine Fremde, trat dann an den Tisch, wo die Leiche lag.

»Die Frage ist doch eher: Was habt ihr hier verloren?«

Seine Stimme klang so abweisend, als hätte er noch nie mit ihr geredet, noch nie versucht, ihr einen Kuss aufzudrücken, als wäre er noch nie des Nachts betrunken vor ihrer Kate gestanden, um eine gemeinsame Zukunft heraufzubeschwören.

»Geh!«, sagte Alaïs forsch. »Geh einfach!«

Josse starrte angewidert auf den Leichnam, woraufhin Aurel

sich hastig vor ihn stellte, als müsste er den Toten beschützen. Da er sich nicht rührte, trat Alaïs auf Josse zu, packte ihn am Arm und versuchte, ihn hinauszuziehen.

»Geh!«, sagte sie wieder.

Fünf Schritte folgte er ihr, dann hielt Josse inne und schüttelte ihren Arm ab.

»Nein«, sagte er, und diesmal klang er heiser vor Wut. »Diesmal schickst du mich nicht weg. Régine hat mir gesagt, dass du nichts taugst… und sie hatte recht.«

Alaïs verdrehte ungeduldig die Augen, bereit, Beleidigungen zu ertragen, wenn der Glupschäugige nur endlich verschwände und sich nie wieder in ihr Leben mischte.

Hoffentlich erzählt er Régine nicht, was er gesehen hat, dachte sie noch. Doch im nächsten Augenblick erkannte sie, dass seine Schwester eine harmlose Bedrohung war, verglichen mit dem, womit Josse aufzuwarten hatte.

Er stieß einen Pfiff auf, und sofort stürmten mehrere Männer in den Schuppen. Schon hatte der eine Emeric schmerzhaft den Arm umgebogen, schon bekamen zwei andere Aurel zu fassen und zwangen ihn auf den Boden.

Das Mondlicht fiel schroff und kalt durch die geöffnete Tür. Es färbte nicht nur Josses Gesicht bläulich weiß wie das der Leiche, sondern auch jenes von Frère Lazaire.

Mit zitternder Hand schlug er ein Kreuz über seinem Gesicht, als er den Schuppen betrat. »Hier also verrichtet ihr eure gottlosen Taten!«, raunte er.

Alaïs kannte die Männer, die den Schuppen gestürmt hatten – und doch deuchten sie sie wie Fremde. Auch Remi befand sich unter denen, die eben mit Aurel rangen – ungeachtet dessen, dass dieser sein Kind gerettet hatte. Obwohl der *Cyrurgicus* kräftig war, konnte er gegen die Übermacht der Männer nichts ausrichten und musste sich trotz anfänglicher Gegenwehr auf die Knie drücken lassen.

»Wusst ich's doch, dass von euch nichts Gutes kommt«, erklärte Frère Lazaire, der nun, da er näher trat, nicht furchterregend wirkte, sondern eher überdrüssig. »Wusst ich's doch … Mit welchen Werken habt ihr hier den Teufel erfreut?«

Keiner der Eindringlinge hatte bislang Alaïs beachtet. Sie rang damit zu fliehen, die Mutter zu benachrichtigen – und sah sich doch außerstande zu gehen, ohne zu wissen, was hier geschehen würde.

Plötzlich hob Aurel mühsam den Kopf. »Wir haben nichts Verbotenes getan«, presste er zwischen den Lippen hervor.

Frère Lazaire umrundete Ricards Leichnam, nicht minder angewidert als zuvor Josse.

»Ihr habt diesem unglücklichen Menschen ein Leben in der Ewigkeit genommen«, erwiderte Frère Lazaire. »Wie soll der Allmächtige dereinst seinen Leib der Auferstehung zuführen, wenn dieser Leib zerstückelt ist? Wie soll er am Tag des Jüngsten Gerichts Rechenschaft ablegen, wenn er nicht stehen, nicht sehen kann und ihm Gedärm aus dem Magen quillt? Sagt mir das! Was ihr getan habt, ist noch schlimmer als der Mord an einen irdischen Leib.«

Aurel wand sich unter den festen Griffen, seine Stimme geriet darob angestrengt: »Dann wundert mich, dass auch Männer Eures Standes Sektionen vornehmen. Zumindest in Montpellier ist das nicht ungewöhnlich. Gewiss, meist sind es Laien, die es wagen, aber ich kenne manchen Priester, der ebenso wenig davor zurückschreckt, vorausgesetzt, er berührt am gleichen Tag die Hostie nicht. Wie oft hab ich als Student dabei zugesehen? Warum sollte es dann verwerflich sein, wenn ich es tue?«

»Es ist nicht recht, in das Fleisch eines Menschen zu schneiden«, ereiferte sich Frère Lazaire. »Gott selbst ist es vorbehalten, den Menschen zu geißeln. Und wenn er es mit einer Krankheit tut, geschieht es, um diesen zu bestrafen. So steht es auch in der Heiligen Schrift: Nur wer vor seinem Schöpfer sündigt, wird krank und ist darum den Händen des Arztes ausgeliefert. Chirurgie ist Teufelswerk!«

Aurel schnaubte. »Aber Gott selbst praktizierte doch so etwas wie Chirurgie, als er den Menschen aus Staub formte und als er Eva aus einer Rippe Adams erschuf. Und als der Blinde zu Jesus Christus trat und ihn um Heilung bat, hat jener eine Paste aus Staub und Speichel gerührt und sie ihm auf die Augen gerieben.«

Wütend suchte Alaïs Josses Blick und hoffte, er würde es spüren, all ihre Verachtung, all ihren Hass. Doch er beachtete sie nicht. Als Aurel geendigt hatte, zerrte Josse ihn plötzlich hoch und schlug ihm mit der Faust in den Leib. Aurel wand sich und stöhnte.

»Ihr maßt Euch an, zu sein wie Gottes Sohn?«, fragte Frère Lazaire. Er runzelte die Stirn – ebenso angewidert wie zuvor, als er Ricards Leichnam inspiziert hatte. »Der gleiche Hochmut hat den Teufel geritten, und der ist vom Himmel gefallen wie ein Stern.«

Aurel suchte zu antworten, doch zunächst kam nichts anderes heraus als Würgen. Feucht troff es von den Lippen – war es nur galliger Speichel oder gar Blut?

»Seit wann ist Hochmut nicht nur eine Sünde, sondern obendrein ein Verbrechen?«, spuckte Aurel schließlich mühsam hervor. »Was genau wollt ihr uns nachweisen als Rechtfertigung dafür, uns gewaltsam festzuhalten?«

»Das soll mir ein Leichtes sein, Euch eine Untat nachzuweisen. Zu welchem Zweck habt Ihr wohl die Leiber der armen Toten aufgeschnitten, wenn nicht, um schwarze Magie zu betreiben?«

Ein Raunen ging durch die Menge, und am lautesten schrie Remi auf.

Aurel lachte gurgelnd. »Was ich tue, hat mit Magie nicht das Geringste zu tun.«

»Das behauptet Ihr. Wollen wir doch sehen, ob ich nicht die Wahrheit aus Euch herausbekomme«, rief Frère Lazaire mit einem Blick auf Josse.

Diesmal schlug Josse seine Faust nicht in Aurels Leib, sondern mitten in sein Gesicht.

»Hör auf!«, schrie Alaïs. »Wag es nicht, dich an ihm zu vergreifen, du Dummkopf!«

Josse fuhr drohend herum.

»Dummkopf!«, wiederholte sie voller Trotz.

Er hob die Hand, als wollte er auch sie schlagen. »Du nennst mich nicht wieder so, du nicht! Wie eine läufige Hündin bist du diesem Satansjünger nachgelaufen!«

»Bitte«, flehte nun Emy mit schwacher Stimme. »Bitte, mein Bruder ist gewiss bereit, Buße zu tun, wenn auch nicht …«

Niemand hörte auf ihn. Ein weiterer Schlag ließ Aurel zusammenzucken. Hätten die Männer ihn nicht festgehalten, er hätte sich nicht länger aufrecht halten können.

»'s dauert nicht mehr lange, dann werdet Ihr nicht nur Blut, sondern auch die Wahrheit ausspucken«, rief Frère Lazaire, doch sein unwilliges Gesicht passte nicht zu seinen höhnischen Worten. Mehrere Schritte war er zurückgetreten, als beschmutzte die Gewalt, die von Josses Händen ausging, die Luft – und zugleich seine Seele.

»Was tut Ihr nur, Frère Lazaire?«, erklang da plötzlich eine bekannte Stimme.

»Mutter!«, rief Alaïs erleichtert und lief rasch zu Caterina, die wohl schon seit einer Weile am Eingang der Scheune gestanden haben musste. Doch diese suchte nur den Blick des Franziskaners.

»Ihr wisst es so gut wie ich, dass Ihr über das Schicksal dieser Männer nicht entscheiden könnt«, setzte sie hinzu.

Frère Lazaire widersprach ihr nicht. »So ist es! Vor ein Inquisitionsgericht gehören sie! Verdienen es nicht weniger, verbrannt zu werden als die verfluchten Katharer.«

»Welch ein Unsinn!«, rief Caterina und schüttelte empört den Kopf. »Was wisst Ihr von den Katharern? Die Katharer hassen den menschlichen Körper, sie glauben nicht, dass Gott ihn erschaffen hat, sondern dass er von einem bösen Demiurgen stammt.«

»Eben!«, fühlte sich Frère Lazaire nur bestärkt. »Wer sonst also würde sich an einem Leichnam vergreifen, wenn nicht die Katharer? Schließlich leugnen sie auch die Auferstehung des Fleisches.«

Caterina schüttelte wieder den Kopf. »Kein Katharer würde freiwillig Fleisch und Blut berühren! Und schon gar nicht würde er einen Leib aufschneiden! Vor der Inquisition hat dieser Mann nichts verloren, das wisst Ihr so gut wie ich.«

Frère Lazaire kaute nervös auf seiner Unterlippe. Überdruss stand ihm nun deutlich ins Gesicht geschrieben. Mochte er die unerhörten Ereignisse auch zur Sensation hochpeitschen, indem er oft genug den Satan beschwor oder die Ketzer – insgeheim wusste er wohl, dass es lediglich ein stinkender Leichnam, zwei wahnwitzige Fremde und ein vorlautes Mädchen waren, die ihn von der Nachtruhe abhielten. »Ehe diese Sache nicht geklärt ist«, knurrte er nach einer Weile, »geht hier niemand einfach seines Weges.«

Rasch überschritt er die Schwelle der Scheune.

»Sie bleiben eingesperrt«, verkündete er, »so lange, bis wir uns geeinigt haben, was zu tun ist.«

Wen er außer sich damit meinte und wohin er nun ging, da er in die dunkle Nacht entschwand, blieb ungesagt.

Die Zeit verrann träge. Zunächst hatte Alaïs sie noch damit zugebracht, aufgeregt an den hölzernen Wänden entlangzugehen und nach draußen zu spähen, um zu erkennen, was dort passierte. Doch es gab nicht sonderlich viel zu sehen. Die Männer, die offenbar Josses Befehlen folgten, hatten den Schuppen umstellt. Sie würden von dieser Pflicht wahrscheinlich alsbald genauso gelangweilt und ermüdet sein wie Alaïs vom Eingesperrtsein.

Es war das eine, an Aurels Seite viele heimliche Stunden hier zu verbringen, etwas anderes war es jedoch, nun in diesem engen, stickigen Raum gefangen zu sein. Nicht nur die Untätigkeit und die Angst vor dem Bevorstehenden setzten ihr immer mehr zu, je weiter die Nacht fortschritt, sondern auch ein fast unerträglicher Durst.

Ob die beiden Männer ebenso litten, konnte sie nicht sagen. Emy war in der Ecke stehengeblieben und schüttelte fortwährend den Kopf. Konnte er nicht fassen, was passiert war? Galt sein

Unverständnis Frère Lazaires Worten? Oder haderte er mit dem Bruder, der sie rücksichtslos in eine solche Lage gebracht hatte, daraus jedoch nichts lernen wollte?

Denn anstatt die Gefangenschaft zu beklagen, rappelte sich der verletzte Aurel mühsam auf, kaum dass die Männer ihn losgelassen hatten, und trat nach einer Weile wieder zu dem aufgeschnittenen Leichnam, um weiter darin zu wühlen. Frère Lazaire mochte sich zwar Sorgen um das Seelenheil des alten Ricard machen, doch in der Aufregung hatte er vergessen, dessen Leichnam vor den Händen des *Cyrurgicus* in Sicherheit zu bringen.

»Bist du wahnsinnig?«, entfuhr es Alaïs, als sie sah, was er tat.

Erstaunt blickte Aurel auf. »Warum?«, fragte er. Seine Stimme klang gepresst vor unterdrückten Schmerzen und zugleich so verständnislos, als habe sie ihn gebeten, einen Eimer frischer Milch fortzuschütten.

Emy indes trat schweigend zu Aurel, berührte ihn sacht an der Schulter und brachte ihn dazu, dass er sich ihm zuwandte. Sie tauschten einen kurzen Blick, dann senkte Aurel die braunen Augen und trat von dem Leichnam zurück.

Alaïs konnte nur in Aurels trotziges Gesicht sehen, wusste nicht, was sich in Emys Zügen abgespielt hatte, und noch weniger, woher die unerwartete Macht kam, die Emy seinem Bruder gegenüber ausspielte. Doch da die beiden stumm blieben, verkniff sie sich die Frage.

Still blieb es in der Zeit, die folgte. Erst am Morgen wurden wieder Stimmen laut, jedoch von draußen. Alaïs vernahm, wie sich ihre Mutter mit den Männern anlegte, die ihr dreist den Zutritt verweigern wollten, um den Gefangenen etwas zu trinken und zu essen zu bringen.

»Dieser Schuppen ist immer noch meiner!«, erklärte Caterina schroff. »Und ich betrete ihn, wann ich will.«

Allein bei dem Gedanken an frisches Wasser deuchte Alaïs ihr Mund noch ausgedörrter. Erleichtert nahm sie wahr, dass Caterina sich offenbar durchzusetzen wusste und Josse den Befehl gab, den Schuppen zu öffnen. Doch ehe Caterina ihn betreten konnte, ertönte Hufgetrappel – ein fremdes Geräusch in Saint-Marthe, denn die Bewohner des Dorfs waren zu arm, um sich Pferde zu halten, und Gäste kamen selten.

Caterina schien ebenso erstaunt. »Wer ist das?«, entfuhr es ihr.

In den Morgenstunden war Frère Lazaire wieder an die Stätte des Frevels zurückgekehrt. Alaïs hatte ihn durch die Ritzen nicht kommen sehen, aber vernahm nun deutlich seine Stimme, als er erklärte: »Ich habe den Comte benachrichtigt. Wir sollen die drei Übeltäter zu ihm bringen.«

Alaïs sah, wie die Mutter nach Luft schnappte. Sie selbst war nicht minder überrascht.

Der Comte war die dunkle Gestalt ihrer Kindheit. Jeder wusste, dass es ihn gab und er irgendwo darüber wachte, dass die Menschen ihm Abgaben zahlten. Doch man sah ihn niemals. Ein Spiel war es unter den Kindern, sich ihn möglichst furchterregend auszumalen, mit Warzen und Hakennase und Buckel. Ihr Vater, der dem Comte einmal begegnet war, bestätigte dergleichen jedoch nicht. Ray war als Vertreter der Fischer in den Rat gewählt worden, der einmal jährlich mit den sechs Vertretern des Comte zusammentraf und die wichtigsten Belange der umliegenden Dörfer besprach.

Genau daran schien auch Caterina zu denken. »Was habt ihr hier zu suchen?«, rief sie schrill. »Da drinnen im Schuppen ist die Tochter eines Ratsmitglieds! Ihr könnt sie nicht einfach mitnehmen! Wartet, bis mein Mann Ray wieder zurück ist! Er wollte nur …«

Die Männer des Comte achteten nicht auf sie. Alaïs hörte, wie sie von ihren Pferden sprangen, näher kamen, und wie schließlich einer von ihnen die Tür zum Schuppen aufriss. Das grelle Sonnenlicht tat weh, als schnitte ein Messer in die Augen. Alaïs fuhr zurück und verbarg sich unwillkürlich hinter Emy.

Aurel indes trat den Männern forsch entgegen. Im Licht wurden die Verletzungen, die er erlitten hatte, noch deutlicher: Sein Gesicht war blutverkrustet, sein Auge färbte sich bläulich.

»Gut, dass die Angelegenheit einer Klärung unterzogen wird«, sagte er. »Ich habe nichts Verbotenes getan!«

Die Männer, allesamt dunkel gekleidet, manche von ihnen auch mit Kettenhemd, stürmten an ihm vorbei zum Leichnam und musterten ihn. Angewidert verzog einer das Gesicht, ein anderer lachte und klopfte sich auf die Schenkel, als hätte er noch nie etwas derart Lustiges gesehen. Auch Frère Lazaire lugte erneut in den Schuppen und schlug ein Kreuz über dem Toten – wohl erst jetzt innewerdend, dass er ihn in der Nacht einfach im Schuppen vergessen hatte. Diese Nachlässigkeit schien ihn zu beschämen. Er verlor kein weiteres Wort, sondern sah schweigend zu, als einer der Männer wortlos auf Aurel zuging, um ihn zu fesseln.

Rüde ging er vor, war offenbar gewillt Widerstand einzudämmen, noch ehe der sich regen konnte. Ähnlich wie zuvor Josse schlug er Aurel in den Bauch, um befriedigt zuzusehen, wie er auf die Knie sank. Aurels Gesicht verzerrte sich vor Schmerzen.

»Das Mädchen«, flehte Emy, als zwei der Männer auch ihn packten, »bitte lasst das Mädchen in Ruhe!« Willig streckte er ihnen die Hände entgegen, als könnte er sie dadurch gnädiger stimmen.

Die Männer gingen nicht darauf ein, sondern banden wortlos auch ihn. Dann zerrte einer von ihnen so abrupt an seinen Fesseln, dass Emy wankte und beinahe stürzte. Es war jener Mann, der beim Anblick von Ricards Leiche gelacht hatte – und jetzt lachte er wieder, befreiter nun, nicht ganz so schrill.

»Wir sollen dem Comte alle vorführen, die an der Sache beteiligt sind. Also halt's Maul!«

Alaïs leistete keinen Widerstand, sondern senkte schnell die Augen. Weder wollte sie in das Gesicht der Mutter blicken, die nicht weit von ihr stand, noch wollte sie sehen, wie viele Dorfbewohner sich nunmehr um den Schuppen versammelt hatten – die einen ängstlich, die anderen höhnisch, manche erschrocken verstummt, wieder andere aufgeregt tuschelnd. Gewiss war auch die zahnlose Bethilie dabei, gewiss Josses Schwester Régine.

Erst als sie dicht bei den Pferden standen, hob Alaïs den Kopf und musterte neugierig deren braune Leiber. Derlei Tiere hatte sie nicht oft gesehen. Mit dunklen Augen glotzte eines der Pferde sie an, schlug unruhig mit dem Schweif und schnaubte – vielleicht, weil es den Geruch der Toten an ihr witterte.

Dann zogen sich die Fesseln plötzlich schmerzhaft um ihr Handgelenk. Sie hatte erwartet, man würde sie auf einen der Pferderücken hieven, doch die Männer des Comte hatten anderes im Sinn. Zu Fuß mussten die Gefangenen hinter den Reitern herlaufen, und jene drosselten das Tempo kaum. Alaïs musste regelrecht rennen, um nicht auf den Boden gerissen und dort über dorniges Gebüsch geschleift zu werden.

Alaïs hörte das Tuscheln hinter ihrem Rücken lauter werden, aber sie drehte sich nicht um, als sie Saint-Marthe verließen. Schlimm genug war die Demütigung, derart gebunden aus der Heimat verschleppt zu werden.

Aus dem Augenwinkel gewahrte sie, dass Aurel aus der Nase blutete. Doch Emy richtete sich nicht an ihn, sondern an sie, als er schließlich besorgt fragte: »Wird es gehen?«

Witterte er die Angst, die trotz der Morgensonne kalt an ihr hochkroch? Weder ihm noch sich selbst wollte Alaïs ihre Furcht eingestehen, stattdessen presste sie die Lippen aufeinander und nickte stur.

Was folgte, war ein langer, mühseliger Marsch – aber keiner von ihnen stürzte, auch Aurel nicht.

VII. Kapitel

Ihnen war angekündigt worden, dass sie vor den Comte geführt werden sollten. Doch als sie endlich am Ziel eintrafen, jenem großen steinernen Haus, eine einst wehrhafte, doch mittlerweile heruntergekommene Burg, erwartete sie nicht die Amtsstube des Comte, sondern ein finsterer Kerker.

Als die Pferde angehalten wurden, hatte Alaïs das Gefühl, ihre Zunge sei auf die doppelte Größe angeschwollen. Ihre Augen tränten von dem beißenden Sonnenlicht, ihre Füße fühlten sich an wie blutige Stümpfe. Doch keiner der Männer achtete darauf. Noch einmal zogen sie schmerzhaft an dem Strick, bevor Alaïs durch ein Tor gestoßen wurde. Modrige Kälte umgab sie, als man sie durch einen Gang zerrte und schließlich über eine Treppe in ein dunkles Loch hinabstieß. Der Gestank machte Alaïs würgen. Sie schrie auf, voller Panik, man hätte sie von den anderen getrennt und sie müsse ganz alleine an diesem Ort ausharren. Doch dann ertönte erneut ein Poltern. Wie zwei Mehlsäcke wurden die beiden Brüder in den Kerker geworfen. Während sie sich auf den Beinen hatte halten können, kamen Aurel und Emy ins Stolpern und krachten zu Boden. Der bestand aus kleinen, spitzen Steinen, die sich schmerzhaft in die ohnehin schon wunden Fußsohlen schnitten, und aus einem bräunlichen Matsch – vielleicht Stroh, das langsam verfault war, vielleicht Exkremente von früheren Gefangenen.

Emy war der Erste, der sich wieder aufrappelte. »Geht es dir gut?«, fragte er.

Alaïs, die nicht wusste, ob sie gemeint war oder sein Bruder, nahm erleichtert wahr, wie sich ihre Augen langsam an das fahle Licht gewöhnten. Der Ort, an dem sie sich befanden, schien kein Zimmer zu sein, vielmehr eine Höhle im Inneren der Erde, nicht von Menschenhand, sondern einst von Wassermengen geformt. Von den Wänden tropfte es. Obwohl es faulig roch wie alles hier, stürzte sie an eines der Rinnsale, öffnete den Mund und versuchte, etwas von dem Nass zu erhaschen. Endlos lange schien es zu dauern, bis sie das Gefühl hatte, ein wenig die trockene Kehle befeuchten zu können. So gierig auf Wasser störte sie kaum, wie erdig und verdorben es schmeckte.

Als sie sich wieder umdrehte, sah sie, dass Aurel sich – anders als Emy – nicht aufgerappelt hatte. Er war sitzen geblieben, hatte die Beine überkreuzt und scherte sich nicht um den klebrigen Untergrund. In dieser Lage begann er, erst seinen Leib abzutasten, dann sein Gesicht.

Er zuckte zusammen, als seine Finger die Wunde um sein Auge erspürten, doch er ließ sich von den sichtlichen Schmerzen nicht abhalten, so lange prüfend zuzudrücken, bis etwas Blut floss. Dieses betrachtete er eingehend und, wie Alaïs befand, nicht ohne Faszination. Ihr Grauen, in jenem schimmligen Loch festzustecken, wandelte sich zunächst in Befremden ob seines Verhaltens, dann in Ärger.

War es möglich, dass er etwas Gutes aus seinen Verletzungen zog?

Gerade befühlte er den Magen, klopfte zunächst auf seine Bauchdecke und drückte dann tief, bis ihm ein Schmerzenslaut entfuhr.

»Hör auf damit!«, zischte sie jene Worte, die ihr manches Mal auf der Zunge gelegen hatten, wenn er in Leichen wühlte – und die sie sich doch immer verkniffen hatte. »Was du tust, ist widerwärtig!«

Wie so oft hörte er nicht auf das, was sie sagte. Doch diesmal nahm sie es nicht schweigend hin.

Sie stellte sich vor ihn, stampfte auf den Boden.

»Hör auf damit!«, rief sie wieder, und diesmal klang es kreischend. »Es ist schon schlimm genug, was deinetwegen geschehen ist! Hättest du nur niemals die Leichen ausgegraben!«

Nun endlich hob Aurel den Blick, eher verblüfft als betroffen.

»Ich habe dich nicht gezwungen, mir zu helfen«, meinte er nüchtern, um sich alsbald wieder mit seinen Wunden zu beschäftigen.

»Natürlich hast du mich nicht gezwungen«, tobte Alaïs, und trotz allen Ärgers empfand sie es als wohltuend, der unerträglichen Anspannung Luft zu machen. »Aber du hast mich niemals abgehalten! Keinen Gedanken hast du daran verschwendet, was passieren könnte… was *mir* passieren könnte, wenn alles auffliegt!«

Wieder traf sie sein verblüffter Blick. »Am besten fährt man im Leben, entscheidet jeder für sich selbst«, bemerkte er kühl.

Schlagen hätte sie ihn können, wenn er nicht schon geschlagen geworden wäre. Erneut stampfte sie mit dem Fuß auf den Boden.

»Bitte«, murmelte Emy gequält. »Bitte… so streitet euch doch nicht. Es macht wirklich keinen Sinn. Besser wär's, wir würden uns überlegen, was wir dem Comte zu unserer Verteidigung sagen.«

»Das ist doch ganz einfach!«, stieß Aurel leichtfertig aus, als wäre der Gedanke daran ebenso sinnlos wie die Überlegung, wer an ihrer Lage Schuld trage. »Ich werde ihm sagen, dass man den Krankheiten nicht Herr werden kann, kennt man den Körper nicht. Und dass mein Tun keinen anderen Zweck hatte, als eben diesen Körper kennenzulernen.«

Alaïs schnaubte.

Emy hob beschwichtigend die Hand. »Das wird ihn herzlich wenig interessieren. Wir sollten uns genau zurechtlegen, was wir sagen und wie wir es tun. Alaïs, weißt du mehr über ihn? Wie mächtig ist der Comte? Kann er überhaupt ein Urteil über uns fällen?«

Sie zuckte die Schultern. Ihr Ärger war heftig ausgefallen, hatte sich aber in den wenigen Vorwürfen erschöpft. Emys besorgte

Stimme machte sie müde – viel zu müde, um darüber nachzudenken, was ihre Eltern ihr alles über den Comte erzählt hatten.

»Ich … Ich glaube, sein Name ist Henric de Robessard. Aber viel mehr weiß ich nicht über ihn«, stammelte sie. »Ich denke, unter dem Comte steht der *Seigneur*, aber auch den hab ich noch nie in meinem Leben gesehen. Und zu dem Comte muss man *Seigneur Comte* sagen und ihm die Hand küssen … oder den Daumen.«

Emy nickte. »Dem Comte unserer Heimat unterstehen mehrere Dörfer. Er residiert in einer Burg mit einer mächtigen Mauer. Eine Mühle und eine Bäckerei zählen dazu. Und er verfügt über ein Dutzend Reiter. Jährlich mussten wir sechs *Sous coronats* Abgaben an ihn zahlen.«

Während er erzählte, ging Alaïs auf, dass sie nicht mehr über Aurels Herkunft wusste, als dass er den Namen seines Dorfes trug und sein Vater ihn häufig geschlagen hatte – nicht aber, ob jener ein Bauer war, unter welchen Bedingungen Aurel gelebt hatte und wie es ihm gelungen war, die Heimat hinter sich zu lassen und in Montpellier zu studieren.

»Ich habe keine Ahnung, wie hoch die Abgaben sind, die von uns gefordert werden …«, murmelte sie.

»Und was bringt es auch, darüber nachzudenken?«, rief Aurel leichtfertig. »Wenn er ein Mann mit Verstand ist, wird er mir zuhören. Wenn nicht, wird er mich aufhängen wie einen wildgewordenen Hund.«

Er sprach so unbekümmert, als zählte sein eigenes Leben nicht sonderlich viel.

Und wenn er wirklich am Galgen hinge, dachte Alaïs, nicht mehr ärgerlich, nur verbittert, so würde er noch darüber nachdenken, wie seine Sehnen, Knochen und Muskeln dabei aussähen …

Sie stieß einen verächtlichen Laut aus – dem augenblicklich ein ängstlicher Aufschrei folgte. Von oben ertönten Schritte und Stimmen. Die Männer, die sie in dieses feuchte Verlies gestoßen hatten, waren gekommen, sie wieder zu holen.

Man zerrte sie hoch, so roh, dass Alaïs auf den glitschigen Stufen ausglitt. Sie fühlte, wie spitze Steine sich in ihre Hüften, ihre Oberschenkel bohrten, wie sie sich den Ellbogen an der rauen Wand aufschürfte. Als wenig später das Sonnenlicht sie traf, blinzelte sie. Sie waren nicht lange im Kerker gewesen, und doch empfand sie sämtliche Farben als so grell, als wäre sie wochenlang von der Welt weggesperrt gewesen. Obwohl es hier draußen nicht klamm und kühl war wie unten, erschauderte sie. Schlimm genug, einmal in diesem Loch gefangen gewesen zu sein – doch wie sollte sie es überleben, wenn man sie ein zweites Mal dorthin zurückbrachte, dann womöglich mit dem Urteilsspruch, dass es ihr für lange Zeit, vielleicht für ewig bestimmt war?

Sie wollte das Licht förmlich aufsaugen, einen Vorrat anlegen für trübe Stunden, doch die Männer zerrten sie so schnell weiter, dass sie alsbald auf nichts anderes achten konnte als auf den Weg. Er war mit ungleichmäßigen Steinen gepflastert – etwas, was sie noch nie gesehen hatte. Nicht minder beeindruckend waren die Mauern, auf die es nun zuging. Als Alaïs unmittelbar vor ihnen stand, wirkten sie noch höher als beim ersten Anblick. Die größeren Fenster waren mit dicken Balken verschlossen, weiter oben gab es Luken, doch es ließ sich nicht erkennen, ob jemand von dort auf sie herabschaute.

Rasch warf sie einen Blick auf Aurel und Emy, die weder den Weg noch das Gebäude sonderlich zu beachten schienen. Wahrscheinlich hatten sie in Montpellier schon dergleichen gesehen. Vielleicht bestand eine Stadt wie Montpellier auch nur aus solch riesigen Steinhäusern.

Erneut ging es durch ein Tor, das diesmal jedoch nicht in ein Kerkerloch, sondern in die Burg führte. Nach dem blendenden Sonnenlicht sah Alaïs im dunstigen Inneren für einen Augenblick gar nichts. Blind stolperte sie über einen Boden, der, wie sie merkte, aus Holz gezimmert war. Durch eine weitere Türe ging es, so niedrig, dass die Männer ihr den Kopf herunterdrückten, damit sie nicht dagegenschlüge. In jenem zweiten Raum war es wieder heller, nicht vom Tageslicht, sondern dank des Feuers, das trotz des warmen Wetters im Kamin prasselte.

Eine Weile nahm Alaïs nichts weiter wahr als dieses gewaltige, steinerne Gebilde, in dem selbst armdicke Holzscheite winzig wirkten. Als sie sich schließlich umsah, erkannte sie, dass alles in diesem Saal riesig war. An dem länglichen Holztisch konnten sicher an die zwanzig Menschen sitzen. Der Teppich an der Wand, auf dem zu sehen war, wie zwei Männer mit ihren Hunden jagten, wäre groß genug gewesen, um ihre ganze Kate einzuhüllen. Wohingegen sie in der heimatlichen Stube nur die Hand zu heben brauchte, um die rußgeschwärzte Decke zu berühren, war jener Saal so hoch, dass die Stube gewiss vier Mal hineingepasst hätte. Schwere Balken stützten das Gewölbe, das einem umgedrehten Schiff glich. Die Stühle rund um den Tisch waren leer – ihre Sitze waren aus Leder gefertigt, die Lehnen mit aufwändigen Schnitzereien versehen –, doch aus einer der Fensternischen tönte Gemurmel.

Vier Männer standen dort zusammen, in viel bunteren Kleidern, als Alaïs sie jemals gesehen hatte. In Saint-Marthe trug man Grau und Braun, hier jedoch Purpur und Nachtblau, funkelnde Gürtel und schwere Ketten um den Hals. Einer der Männer hatte einen großen, schweren Schlüssel daran hängen.

War das Comte Henric de Robessard?, fragte sie sich. Wer aber waren dann die anderen? Und vor allem: Waren sie allesamt hier, um über Aurels Untat zu richten?

Obwohl niemand sie ihr abgenommen hatte, schnitten sich die Stricke nicht länger schmerzhaft in ihre Hand, sondern hingen nun, da nicht länger daran gezerrt wurde, lockerer am Armgelenk. Sie fühlte, wie es kribbelte, als Blut hineinfloss, während sie angespannt darauf wartete, was geschehen würde.

Das Gemurmel der Männer ebbte nicht ab. Kein einziges Mal hatten sie sich nach den Ankömmlingen umgeblickt, obwohl Alaïs sicher war, dass ihnen nicht entgangen war, was hinter ihrem Rücken geschah. Der eigene Atem und das eigene Herzpochen klangen immer lauter in ihrem Kopf. Doch nicht nur sie wurde immer ungeduldiger. Ohne Vorwarnung trat einer der Männer, die sie gebunden und hierher gezerrt hatten, vor und schlug Aurel so fest auf den Rücken, dass der zu Boden fiel. Er unterdrückte einen Klagelaut, Alaïs hingegen schrie auf, und erstmals tat sich etwas in der Fensternische. Die Blicke der vier trafen sie, eher verdrießlich als empört.

Jener, der am kleinsten wirkte und am müdesten aussah, hob wortlos die Hand, woraufhin die anderen nickten und ohne Hast den Saal verließen. Um Aurel schlugen sie einen möglichst großen Bogen.

Alaïs ahnte, dass jene Männer die engsten Mitarbeiter des Comte waren – ein Richter, ein Schatzmeister, vielleicht einer der Notare. Sie war erleichtert, denn wenn Comte Henric alleine über ihren Fall entschied, dann konnte das doch nur bedeuten, dass er ihn nicht für besonders schwerwiegend befand und dazu keine hilfreiche Stimme brauchte, die ihm Rat zuflüsterte.

Allerdings, und dieser Gedanke kam ihr, als sie in Emys sorgenerfülltes Gesicht sah: Wenn er der Einzige war, der über sie richtete, wer war dann da, um sie zu verteidigen?

Der Comte maß sie nur flüchtig und gab schließlich auch den Männern, die sie hergeschafft hatten, ein Zeichen zu gehen.

Nunmehr allein mit ihm und den Brüdern, hatte Alaïs das Gefühl, dass der Saal immer größer und größer würde und sie selbst darin schrumpfte.

Unvermittelt setzte der Comte zu reden an, ohne Gruß, ohne höfliche Floskel.

»Man sagt euch nach, ihr hättet die Leichen angesehener Bürger geschändet. Was habt ihr dazu vorzubringen?«, fragte er schlicht.

Aurel rappelte sich auf. Es fiel ihm sichtlich schwer, und er musste sich mit den gefesselten Händen am Boden aufstützen, um genügend Kraft zu finden. Emy wollte ihm helfen, doch als er zu seinem Bruder trat, schüttelte Aurel knapp den Kopf und plagte sich verbissen ohne Beistand weiter. Tief atmete er ein, als er endlich stand.

»Ich habe nichts Unrechtmäßiges getan«, bekannte er schließlich. Seine Stimme klang nicht stolz wie sonst, sondern gepresst.

Immer noch wahrte Comte Henric Abstand. Es war schwer, seine Miene zu deuten. Sein Gesicht wirkte grau, alt und müde. Mochte seine Kleidung auch edler sein und sein Stand mehr Vornehmheit versprechen, so nahm Alaïs doch jene gefasste Ergebenheit ans Leben wahr, wie sie auch die Alten von Saint-Marthe bekundeten: jenes kampflose, gleichwohl manchmal übellaunige Aufgeben von Erwartungen, die niemals erfüllt worden waren. *Es gibt den Fisch, den es gibt*, sagten jene Männer, wenn sie vom Meer kamen und die Ausbeute nur mager ausgefallen war. Und auch wenn der Comte nie eigenhändig Fisch gefangen hatte, gewiss würde sein Urteil ähnlich ausfallen, befände er sich an der Stelle der abgehärteten Männer.

Nun seufzte er, anstatt etwas zu sagen.

»Sektionen zur Erforschung der menschlichen Anatomie sind kein Verbrechen«, fuhr Aurel fort. »An der Universität von Montpellier …«

Unwirsch hob der Comte die Hand, so wie zuvor, da er wortlos den Befehl erteilt hatte, mit den Delinquenten allein gelassen zu werden. »Erklärt mir nichts!«, fiel er Aurel ins Wort. »Ich weiß, dass an der Universität dergleichen üblich ist. Doch dort werden zu diesem Zweck Gesetzesbrecher verwendet, keine rechtschaffenen Menschen. Man kann sich die Leiber, die man braucht, vom Henker erkaufen, aber man gräbt sie nicht aus!«

Seine Stimme war schärfer geworden, sein Gesicht jedoch nicht lebendiger. Einen einzigen, kurzen Schritt trat er nun auf sie zu, was Aurel wohl als Aufforderung wertete, es ihm gleichzutun.

»Es ist ein göttlich Werk, den Schmerz zu stillen«, bekundete er knapp. »Das sagte der große Hippokrates, und Henri de Mondeville hat ihn oft zitiert. Ich will nichts anderes. Dies ist der Zweck, dem meine Studien dienen.«

Ein Laut glitt über die Lippen des Comte, den Alaïs nicht zu deuten vermochte. Ein verächtliches Pfeifen oder ein schwermütiges Schluchzen?

Wieder hob er die Hand, doch diesmal nicht zum Zwecke eines Befehls, sondern irgendwie hilflos. »Wisst ihr eigentlich, in welche Lage ihr mich bringt?«, fragte er sie.

Er drehte sich um, begann auf und ab zu gehen, nur langsam zunächst, dann immer schneller. Im Takt seiner Schritte fing er an zu sprechen.

»Einst war die Provence stark und unabhängig«, sagte er, »ich kann mich noch an die Geschichten meines Vaters erinnern, wenn er davon erzählte. Er kannte Raimond Bérenger V. persönlich, und es wäre uns allen viel Leid erspart geblieben, hätte jener Söhne gehabt, die von seinem Geiste und seinem Blute gewesen wären: aufrechte Provençalen, stolz und stark. Doch er hatte diese Söhne nicht, nur Töchter, und so kam Charles d'Anjou ins Land und hat es sich unterworfen. Er sah sich als König, als alleiniger Gesetzgeber, ja, als noch viel mehr: die einende Macht sei er, den Provençalen eine Art strenger Vater, gar der Vertreter Christi, der auf Recht und Anstand zu pochen habe.«

Alaïs hatte den Blick gesenkt, als er zu sprechen begann, nun hob sie überrascht die Augen. Mit vielem hatte sie gerechnet, nur nicht mit diesen Worten, die nichts mit der toten Louise oder dem toten Ricard zu tun hatten, sondern von einer Verbitterung kündeten, die so viel älter war als dieser Tag. Obwohl er ihnen den Rücken zuwandte, schien dem Comte ihre Überraschung nicht entgangen zu sein.

»Ihr wundert euch, warum ich das sage?«, fragte er. »Nun, einst hätte ich selbst über diesen Fall entscheiden können. Einst hätte ich selbst ein Urteil darüber gesprochen, welche Strafe einer verdient, der die Leiber der Toten schändet. Aber was bin ich denn noch nach dem Willen des Königs? Nichts, rein gar nichts! Keine Entscheidungen kann ich treffen, die nicht vom Königlichen Rat in Aix abgesegnet werden – und muss dafür noch dankbar sein. Schließlich könnte es uns Grafen noch schlimmer treffen, wir könnten gar vom Hof in Neapel aus regiert werden.

Wir seien nicht länger nur für uns selbst verantwortlich wie früher, sondern für das ganze Land, heißt es. Pah! In Wahrheit besagt das nur, dass wir nicht mehr unsere eigenen Herren sind, sondern dem König mit Leib und Seele gehören, auch wenn dieser nun Robert heißt und nicht mehr Charles. Gott verdamme seine machthungrige Seele! Wehe, unseresgleichen wagt, etwas gegen diesen König zu sagen. Dann schleift uns prompt irgendein Spitzel an den Hof, um uns schmählich zu verleumden.«

Seine Schritte hatten sich beschleunigt. »Boten, Ausrufer, Gerichtsdiener – niemandem kann man mehr trauen. Emporkömmlinge allesamt. Vom König ermutigt, alles anzuzeigen, was nach Aufruhr riecht. Er wartet nicht einmal auf ihre Anzeige, nein: Er lässt sie alle jährlich zu sich kommen, auf dass sie genau berichten, was sie über unsereins vernommen haben. Ein flüchtiges Wort, in Weinlaune ausgesprochen, landet rasch in einem der Bücher, die der König eigens für diesen Zweck angelegt hat.«

Er spie die Worte förmlich aus, verschluckte sich schließlich an einem und begann zu husten. Röchelnd tönte es durch den Saal. Als er sich ihnen wieder zuwandte, war sein Gesicht verkniffen. Derart aus dem Takt gebracht, schien er nicht zu wissen, wie er weitermachen sollte, und starrte sie schweigend an. Aurel nutzte den Moment, um noch einen Schritt nach vorne zu machen.

»Ich habe nichts Unrechtes getan«, wiederholte er seine vorhergehende Beteuerung.

Comte Henric hustete wieder, vielleicht lachte er auch bitter. »Das sieht der Franziskaner anders«, erklärte er. »Und da der König, wie ich weiß, die Franziskaner inniglich liebt, würde er ihm wohl zustimmen. Der König, dem ich ausgeliefert bin, ob ich's nun will oder nicht. Ich will es nicht. Andere Barone und Grafen hingegen, widerwärtige Buckler allesamt, haben sich blenden lassen.« Er schüttelte den Kopf, um wieder zu einer Rede anzusetzen, die Alaïs endlos deuchte. »Ja, leichtgläubig haben sie sich vom Versprechen einlullen lassen, an Macht zu gewinnen, wenn erst einmal das Piemont unserem Land einverleibt werde. Was wurde uns nicht allen damit verheißen? Dass uns nun endlich das Tal von Stura zugänglich wäre! Dass wir nun Einfluss über den Pass de Larche bekämen! Von wegen! In Wahrheit ist nichts anderes geschehen, als dass immer mehr dieser verfluchten Italiener und Franzosen nach unseren Ämtern greifen. Wenn ich mich morgen gegen den König erheben würde, so säße übermorgen einer von ihnen auf meinem Stuhl. Er wäre des Provençalischen ebenso wenig kundig wie des Okzitanischen – aber was soll's? Was zählen schon Familie und Tradition, wenn man beides mit einem Federstreich beiseitefegen kann?«

Er stand nun starr, als wären seine Füße mit dem Boden verwurzelt, und blickte nachdenklich vor sich. »Wisst ihr, dass der königliche Hof sogar darüber bestimmt, wer Waffen tragen darf und wer nicht? Früher konnten wir uns in grausamen Fehden wenigstens niedermetzeln, ohne dafür zur Rechenschaft gezogen zu werden. Und jetzt? Jetzt würde der Aixer Hof gewiss auch gerne festlegen, wann wir zu scheißen haben.«

Die derben Worte passten nicht zu ihm, und doch schienen sie ihm Vergnügen zu bereiten. Der Anflug eines Lächelns huschte über seine Lippen und bekundete kindlichen Trotz. Mochte er sich vieles verbieten lassen – das Reden nicht.

Noch einen weiteren Schritt machte Aurel auf ihn zu. Emy hob die Hände, schien ihn zurückhalten zu wollen, doch Aurel achtete nicht auf ihn. Obwohl Alaïs es nicht sehen konnte, war sie gewiss, dass seine braunen Augen sich werbend in das Gesicht des Comte bohrten.

»Offenbar sehnt Ihr Euch nach Freiheit«, hörte sie ihn leise sagen. »Versteht Ihr nicht, dass ich dasselbe will? Ich… ein Provençale wie Ihr.«

Der Comte de Robessard schnaubte. »Was Ihr wollt, ist mir völlig gleich. Vielmehr interessiert mich, was der Franziskaner will. Nämlich ein Exempel statuieren, wonach die Mönche den Herrschern vorgeben, was jene zu tun haben. So wie König Robert sich von seinem Beichtvater ins Ohr flüstern lässt, was er entscheiden soll.« Er stampfte auf, die schweren Eichendielen knackten. »Aber mit mir nicht«, zischte er, »Mit mir nicht.«

Seine Stimme wurde vom Prasseln des Feuers fast übertönt. Es fraß sich in ein besonders großes Stück Holz, loderte funkensprühend auf.

»Was werdet Ihr tun?«, fragte Aurel, und Alaïs wusste nicht, woher er die Kraft nahm, so kühl und furchtlos zu sprechen. Irgendetwas fehlt ihm, ging es ihr durch den Kopf – irgendetwas, was in anderen Menschen Furcht zeugt, aber auch Mitleid, was sie zu Betrügern und Heuchlern macht, aber auch zu Liebenden und Lachenden, was sie zur Vorsicht gemahnt, manch eigenen Gedanken bei sich zu behalten, und ihnen zugleich die Feinfühligkeit verleiht, die Gedanken der anderen zu lesen.

Nein, nichts davon konnte Aurel.

Nur Tote aufschneiden, dachte sie, das kann er.

Vielleicht konnte er auch mit dem Wissen, das er dabei erwarb, Menschen vor dem Tod bewahren. Aber das hatte sie noch nicht erlebt, Louise ausgenommen, und jene war am Ende doch verreckt.

»Was werdet Ihr tun?«, fragte Aurel wieder.

Alaïs wagte kaum, sich zu rühren. Wusste sie auch mit den meisten Worten des Comte nichts anzufangen, so ahnte sie doch, dass er im nächsten Augenblick über ihr Leben entscheiden würde.

»Ich?«, sprach da der Comte, und wieder klang es trotzig. »Ich soll etwas tun? Mitnichten werde ich das! Ich lasse mich doch nicht zum Lakaien eines dieser Bettelbrüder machen. Meine Familie hat in diesem Land geherrscht, als es noch keiner aus dem Haus Anjou betreten hatte und diese schmutzigen, ärmlichen Frömmler noch nicht aus ihren Löchern gekrochen waren, um fortan Ketzer zu verbrennen. Nein, gar nichts werde ich tun ... Das bleibt vielmehr euch überlassen!«

Sein Blick war sichtlich angewidert, als er Aurel musterte, so, als stünde Frère Lazaire an dessen Stelle vor ihm. Wahrscheinlich sah er auch keinen großen Unterschied zwischen einem ärmlich gekleideten Franziskaner und einem ebenso ärmlichen *Cyrurgicus*.

»Und was… was ist es, das Ihr von uns erwartet?«, fragte Aurel.

Henric de Robessard schüttelte wieder den Kopf, als könnte er solcherart jene unliebsame Unterbrechung seines Alltags rascher vergessen. »Ihr werdet heimlich aus dem Kerker fliehen«, erklärte er. »Zumindest wird alles danach aussehen. Und dann, dann möchte ich euch nie wieder auch nur in der Nähe meines Gebietes sehen.« Er machte eine kurze Pause, ehe er entschlossen hinzusetzte: »Mag mir der König auch den Einfluss darauf streitig machen. Das Land hier ist und bleibt das Erbe meiner Väter.«

Caterina hatte ihnen Essen mitgebracht. Sie sprach viel, viel mehr und viel schneller als sonst, und hielt den Blick gesenkt, als könne sie der Tochter nicht in die Augen sehen. Alaïs fühlte sich unbehaglich. Sie wusste nicht recht, ob die Mutter ihr zürnte, ob sie sich unendliche Sorgen machte oder ob in diesem Augenblick tatsächlich nur das zählte, was sich in jenem Korb befand, den sie ihr reichte.

»Gesalzener Aal«, erklärte Caterina. »Er hält sich eine Weile, auch in der Hitze. Ist besser als frischer Fisch. Leider haben wir kein getrocknetes Fleisch mehr. Aber hier – ein Stück Schinken. Er ist…«

»Mutter«, fiel Alaïs ihr ins Wort.

»Und etwas getrocknetes Obst. Noch vom letzten Jahr. Äpfel und Birnen, Pfirsiche und Pflaumen.«

»Mutter«, sagte sie wieder hilflos.

Sie hatte nicht damit gerechnet, Caterina hier anzutreffen. Nach den letzten Worten des Comte hatten die Männer sie wieder hinausgeschafft und so lange an den Fesseln gezerrt, bis sie erneut am Kerkereingang standen. Obwohl der Comte etwas anderes beschlossen hatte, war in Alaïs Panik aufgestiegen. Und wenn er sie doch wegsperrte von dieser Welt?

Aber dann hatten sie die Männer am Kerker vorbeigezogen, dorthin, wo die Bäume dicht standen und der Boden voller Nadeln knirschte.

»Hinfort mit euch!«, hieß es, und den Männern war anzusehen, dass sie am liebsten nach ihnen getreten hätten wie nach wilden Hunden. Sie befreiten sie nicht von den Fesseln. An den rauen Rinden mussten sie sie reiben, bis der Hanf durchgewetzt war und ihre Haut blutig.

Und dann war plötzlich Caterina aufgetaucht.

Erst nachdem sie erklärt hatte, welche Essensvorräte sie ihnen mitgebracht hatte, brach aus ihr hervor, dass sie ihnen gefolgt war, dass man sie nicht zum Comte gelassen, sie jedoch vor der Burg gewartet hatte.

Immer noch konnte sie ihrer Tochter nicht in die Augen sehen.

»Mutter... Er lässt uns frei«, stammelte Alaïs.

»Aber er schickt euch von hier fort.« Es war keine Frage, sondern eine Feststellung.

Heftig wehrte sich Alaïs gegen den Gedanken, dass sie fortan nicht nur heimatlos sein würde, sondern dass dies womöglich ein Abschied für immer war. Später, viel später würde sie darüber nachsinnen, vorerst gab es so viel anderes Unbegreifliches, das sie beschäftigte.

»Comte Henric hat ständig vom König geredet. Und dass jener den Franziskanern zugeneigt ist.«

Sie wollte etwas hinzufügen. Dass dies wohl der Grund für ihre unerwartete Freilassung wäre. Dass der Comte solcherart einem verhassten König trotzte.

Doch Caterina wartete nicht ab, bis sie zu Ende gesprochen hatte, sondern fuhr hektisch an ihrer statt fort: »König Robert hatte einen Bruder mit Namen Louis. Eigentlich hätte er der neue König werden sollen, doch er verweigerte den Thron. Der Papst machte ihn daraufhin zum Bischof von Toulouse – ein Amt, auf das er gerne verzichtet hätte, sah er sich doch als Bruder der Armen. Man sagt ihm viele Wunder nach. Er... Er wurde heilig gesprochen. Es gab ein großes Fest... vor nicht langer Zeit... in Marseille...«

Sie verhaspelte sich, stockte.

Wieder suchte Alaïs ihren Blick, doch Caterina bückte sich, hob nun nicht den Korb mit Proviant hoch, sondern Aurels Lederbeutel, der seine Bücher und Instrumente enthielt. Bislang hatten die Brüder schweigend das Zusammentreffen von Mutter und Tochter beobachtet, doch beim Anblick seines kostbarsten Besitzes entfuhr Aurel ein erleichterter Aufschrei. Hinstürzen wollte er zu ihr, ihn ihr entreißen, doch Emy hielt ihn zurück und trat nun selbst vor.

»Es tut mir leid«, sagte er leise. »Es tut mir leid, was geschehen ist. Aber … Aber wir werden für Eure Tochter sorgen.«

Er hatte die Schultern hochgezogen.

Anders als Alaïs sah Caterina ihn an. Kurz rechnete Alaïs damit, dass ihre Mutter auf ihn losgehen würde, auf ihn und vor allem auf Aurel, dass sie sie anklagen und wüst beschimpfen würde, weil sie Unheil über die Tochter gebracht hatten.

Doch die Tirade blieb aus. Caterina beachtete Aurel gar nicht; ihre ganze Aufmerksamkeit galt Emy.

»Geht nicht zu weit von hier fort!«, sagte sie. »Bleibt wenigstens in der Provence! Vielleicht … irgendwann … man wird nicht ewig darüber reden.«

Emy nickte, dann trat er zurück, zog auch Aurel mit sich, um den beiden Frauen einen unbeobachteten Abschied zu gönnen.

Eine Weile standen sie schweigend voreinander. Zu viel lag Alaïs auf der Zunge, doch sie konnte nichts von all dem sagen. Sie dachte an den Vater, an die Brüder und an das türkis glitzernde Meer ihrer Bucht.

»Mutter …«

Mit einer raschen Bewegung zog Caterina sie zu sich und drückte sie an ihre Brust. »Mögest du unter dem Schutz des himmlischen Vaters stehen«, murmelte sie. »Und möge Sainte Julie dich segnen, jene Märtyrerin, die schon seit Ewigkeiten von unserer Familie verehrt wird.«

Alaïs gewährte der Mutter, dass sie rasch ein Kreuzzeichen auf ihrer Stirn machte, dann trat sie etwas verlegen zurück. Sie konnte sich nicht daran erinnern, dass Caterina oft gebetet, den

Herrn im Himmel oder einen seiner vielen Heiligen angerufen hätte. Nie wäre sie auf die Idee gekommen, es könnte der Glaube sein, in dem Caterinas Stärke wurzelte. Nun, vielleicht fiel der Mutter bei dem plötzlichen Abschied auch einfach nichts anderes ein, um der Tochter Fürsorge angedeihen zu lassen. Vielleicht hätte sie zu diesem Zwecke nicht nur zum fernen Gott gebetet, sondern gar einen Pakt mit dem Teufel geschlossen, wenn er nur versprochen hätte, für Alaïs' Wohlergehen zu sorgen.

Zweiter Teil

Wanderschaft

Frühjahr 1321

VIII. Kapitel

Immer hatte Alaïs von einem Leben wie diesem geträumt: heute noch an einem Ort zu sein und morgen schon am nächsten, eine Gegend zu sehen und zu wissen, dass man nicht wiederkehren würde, eine Route nie ein zweites Mal zu nehmen. Sie hatte sich ausgemalt, wie es wäre, ständig auf fremde Menschen zu treffen, mit unterschiedlicher Statur und ungewohnter Tracht, und zu hören, wie verschiedene Akzente aufeinanderstießen. Welch eine Befreiung allein die Vorstellung, niemals stillsitzen zu müssen oder lästige Arbeiten zu verrichten, sondern sich den ganzen Tag zu bewegen – mal vor steinigen Küsten oder kargem Bergland, mal vor reifen Feldern, blühenden Wiesen und dick behangenen Olivenbäumen!

Dennoch währte es lange, bis sie sich in das neue Leben fügen und es genießen konnte. Die Eile der ersten Tage, das stete Trachten zu rennen – es ward nicht von Neugierde bedingt, von der Lust, möglichst viel zu riechen, zu hören, zu sehen, sondern von dem Grauen des Kerkers, der ihr in Freiheit umso fauliger, umso enger, umso finsterer erschien.

Sie träumte wieder davon, nackt im Wasser zu liegen und sich darin den grässlichen Geruch abzuwaschen – und da sie sich so nicht reinigen konnte, tat sie es auf andere Weise: indem sie nicht gerade ging, sondern häufig um sich selber kreiste und solcherart möglichst viel Widerstand gegen den mal heißen, mal frischen Wind spürte. Erst wenn sie vor Schweiß klebte und ihr Herz ihr bis zum Hals schlug vor Anstrengung, konnte sie frei atmen.

Wenn sie später an diese Zeit zurückdachte, erinnerte sie sich an nichts als an den Drang, sich stets aufs Neue ihrer Freiheit zu vergewissern. Sie wusste nicht mehr, welche Worte sie damals mit Aurel und Emy gewechselt hatte, ob die Brüder von gleichem Grauen gezeichnet waren wie sie und wie lange es gedauert hatte, bis Aurels Wunden verheilt waren.

Erst an dem Morgen, als sich herausstellte, dass Caterinas Essensvorräte aufgebraucht waren, tauschte sie mit Emy besorgte Blicke.

Emy stocherte eine Weile in der erloschenen Feuerstelle, die er am Abend zuvor errichtet hatte, und entschied schließlich: »Wir müssen uns unser Brot wieder verdienen.«

Aurel hob seine Hand. »Sieh nur!«, meinte er. »Sie zittert nicht mehr.«

Alaïs war entgangen, dass die Hand überhaupt jemals gezittert hatte und dies offensichtlich der Grund war, warum Aurel in den letzten Tagen keine Kranken behandelt hatte. Sein bläulich gefärbtes, geschwollenes Auge hatte sie das einzige Zeichen seiner Tortur gedeucht – erst jetzt erinnerte sie sich unscharf daran, wie einer von Josses Männern ihm auch schmerzhaft den Arm am Rücken verbogen hatte.

Hastig sprang Alaïs auf. Sämtliche Knochen taten ihr weh vom Liegen auf dem harten, kalten Boden. Wie so oft hatte sie kaum schlafen können, und die Nacht war ihr endlos erschienen. »Ich … ich kann auch meinen Beitrag leisten!«, rief sie. »Ich weiß, wie man Fische fängt, mein Vater hat's mir gezeigt. Und ich könnte den Bauern bei der Ernte helfen. Ich könnte aus den Weiden kleine Matten flechten und verkaufen. Irgendetwas fällt mir schon ein.«

Aurel blickte sie verwundert an, entweder von ihrem Tatendrang überrascht oder aber, weil er überhaupt erst inne wurde, dass er nicht mehr mit seinem Bruder allein unterwegs war.

»Nein«, sagte indes Emy und stocherte immer noch mit dem Zweiglein in der Asche. »Nein, du musst nicht für uns schuften. Es ist unsere Schuld, dass du in diese Lage geraten bist. Also tragen wir Verantwortung für dich. Wir werden so gut es geht dafür sorgen, dass es dir wohl ergeht.«

Selten machte er so viele Worte auf einmal. »So ist es doch, Aurel, nicht wahr?«, fragte er abschließend und hob nun den Blick.

Aurel grummelte irgendetwas, was Alaïs nicht verstand. Es klang nach Zustimmung, und sie wollte nicht näher erkunden, wie aufrichtig diese gemeint war.

Doch Emy verlangte mehr. »Nicht wahr?«, fragte er wieder.

»So ist es«, fügte sich Aurel erstaunlich kleinlaut. »Sie kann mir dann und wann auch behilflich sein.«

Alaïs warf verwirrte Blicke zwischen dem Brüderpaar hin und her und wusste nicht, aus wem sie weniger schlau wurde: aus dem stolzen *Cyrurgicus*, dem nichts je etwas anzuhaben schien, oder aus dem älteren Bruder, der sich meist als willfähriger Lakai erwies, wortkarg, tumb und gleichgültig, um dann und wann so forsch zu befehlen, als obläge es im Zweifelsfalle ihm, Machtworte zu sprechen.

Emy erhob sich und schüttelte sich die Asche von seiner Tunika. »Dann lasst uns aufbrechen! Wir sollten nach einem größeren Dorf Ausschau halten!«

Mit der Zeit verblasste die Erinnerung an das Grauen des Kerkers. Als sie von Dorf zu Dorf zogen, wo Aurel Kranke behandelte und Emy dafür Geld eintrieb, wurde Alaïs wacher für die Menschen, denen sie begegnete, und die Gebräuche, die deren Leben bestimmten. In Küstennähe trafen sie auf viele Fischhändler, die von Hyères, Marseille und Berre kamen und ihre Fracht über Aix ins Landesinnere transportierten. Vertraut war der Geruch, der um sie schwebte. Alaïs wusste, am Dienstag, Donnerstag und Freitag wurde Fisch gegessen – und deshalb wurde er am Vorabend verkauft.

Ungewohnter waren für sie die Bauern, die vom Landesinneren her Waren brachten: getrocknetes Obst und dunkelbraune Nüsse, vor allem aber selbstgebackenes Brot, das verführerisch duftete. Manche schleppten die Ware auf dem Rücken, andere hatten Esel, was den Marsch erleichterte, aber höheres Brückengeld erforderte. Dann gab es wiederum Bauern, die nichts verkaufen wollten, sondern nur ihr Getreide zu den naheliegenden Mühlen brachten. Sie gingen schweigend, mit ernsten, gefurchten Gesichtern, indessen die Pilger, denen sie begegneten, ergriffen Psalmen sangen.

Zur heiligen Maria nach Rocamador wollten die einen, andere nach Saint-Maximin, um den Segen der heiligen Maria Magdalena zu erbeten, deren Gebeine man vor wenigen Jahrzehnten dort gefunden hatte.

Am meisten faszinierten Alaïs die fremd anmutenden Händler, die von weither kamen, nicht nur aus dem Norden Frankreichs, der Champagne, sondern, wie Emy berichtete, auch aus Flandern und aus England. Alaïs hatte die Namen dieser Länder nie gehört, und auch Emy wusste davon nur zu erzählen, dass sie erst nach wochenlanger Reise zu erreichen waren, nicht aber, wie es dort aussah, ob auch dort karge Berge die Landschaft zerklüfteten und dazwischen blühend satte Wiesen und Felder aus roter Erde standen wie hier.

Ihre teuren Handelsprodukte – Wolle und Tuch – bewachten sie streng. Das Einzige, was Alaïs zu Gesicht bekam, waren ein paar Amphoren Wein und Getreidesäcke, desgleichen die Rinder, die manche mit sich führten und die stets paarweise gebunden waren.

»Wohin ziehen sie?«, fragte sie, und wieder war es Emy, der zu antworten wusste.

»Entweder zu den großen Häfen an der Küste, um von dort nach Pisa und Genua zu reisen. Oder sie kommen von dort und gehen nun die Saône und dann die Loire entlang, bis sie Paris erreichen.«

Manche Wege waren schmal und erdig, andere breit und sogar gepflastert. Bunt war das Land an ihren Rändern, viel farbenfroher als das Gestein, das Saint-Marthe umgab, und die verdorrten, stacheligen Gräser und Büsche, die darauf hockten: Selbst auf den knorrigsten Bäumen sprießten hier noch Blüten, lila und gelb, rot und blau.

Anders als sein Bruder achtete Aurel nicht darauf und wusste auch nichts über das Land und seine Menschen zu erzählen. Er lebte allein dafür, Kranke zu behandeln wie in Saint-Marthe – und solcherart ihrer aller Lebensunterhalt zu verdienen. Bald gewöhnte sich Alaïs daran, dass sich stets das gleiche Schauspiel vollzog, wenn sie ein Dorf erreichten: Zunächst war es Misstrauen, das in den Gesichtern der Menschen geschrieben stand; nicht selten wurde Aurel als Quacksalber beschimpft, der ihnen nur das Geld aus der Tasche ziehen und ihr Leiden durch unsinnige Mixturen vergrößern wolle. Doch wenn sie beharrlich blieben und sich nichts von dieser Kränkung anmerken ließen, so bröckelte der Widerstand – und hatte sich erst jemand mit einem fauligen Zahn, einer eiternden Wunde oder einem schief zusammengewachsenen Bruch den Kundigen anvertraut, so folgten andere.

Schwieriger war es dort, wo sie auf Rivalen trafen: andere *Medici*, meist dunkel gekleidet und mit einem scheppernden Harnglas am Gürtel, mit dem sie sich als Vertreter ihrer Zunft auswiesen. Nicht selten geriet Aurel in Streit mit ihnen – so auch mit einem Mann, der ihn einzuschüchtern suchte, indem er sich als Schüler des großen Arnaldus de Villanova vorstellte.

Aurel grinste daraufhin breit. »Ach, Arnaldus de Villanova!«, rief er aus. »Ein wahrhaft großer Mediziner! Und ein gläubiger noch dazu. Was schreibt er in seinem Buch ›De maleficiis‹? Dass man das Schlafgemach eines Kranken mit Fischgalle ausräuchern soll? Wisst Ihr überhaupt, welchen Sinn das haben soll?« Er setzte eine kurze Pause, indessen sich das Gesicht des anderen verdunkelte. »Ich vergaß!«, rief Aurel da schon aus. »Es muss ja gar keinen Sinn machen! Schließlich steht im Buch Tobit diese Prozedur beschrieben – und ob diese nun einem Kranken hilft oder nicht, ist dabei völlig gleich. Wer will sich schon die Mühe machen, den menschlichen Körper zu erforschen, wenn es reicht, die Bibel nachzuplappern.«

»Arnaldus de Villanova war der Leibarzt zweier Könige und eines Papstes«, rief der Mann entsetzt, »und Ihr verhöhnt ihn?« Ärgerlich hob er die Hand und ballte sie zur Faust, war aber zu alt und dürr, um sich auf ein Kräftemessen mit Aurel einzulassen.

Im nächsten Dorf hingegen drohte ein anderer Medicus Aurel unverhohlen eine Tracht Prügel an, nachdem dieser ihn mit einem gewissen Miqueu Aucemant verglichen hatte.

Aurel zupfte an Emys Ärmel. »Wer ist Miqueu Aucemant?«, fragte sie.

»Soviel ich weiß ein Scharlatan«, raunte er ihr zu. »Vor allem alten Männern, die ihre Weiber nicht mehr begatten konnten, hat er Heilung versprochen. Nichts, was er tat, hat je genutzt, und bis heute erzählt man jedem künftigen Medicus, sich zu hüten, dessen Vorbild zu folgen. Denn am Ende musste er für seine Betrügereien eine so hohe Strafe zahlen, dass er für den Rest seines Lebens ruiniert war.«

Sprach's und eilte, um sich zwischen Aurel und den fremden Medicus zu stellen, bekundend, dass dieser es bei einer Rauferei mit mindestens zwei zu tun bekäme. Alaïs war nicht minder gewillt, das ihrige beizutragen. Im Beißen, Kratzen, Zwicken war sie, die mit zwei älteren Brüdern aufgewachsen war, schon als Kind gut gewesen. Der Verleumdete wich zu ihrem Bedauern vor dieser Übermacht zurück, nicht ohne bitterböse zu verkünden, dass er beim nächsten Mal besser für den Kampf gerüstet wäre.

Jenes Dorf betraten sie nicht wieder. In einem weiteren musste sich Aurel als Jude beschimpfen lassen, und im übernächsten war einer von diesen selbst zur Stelle, um sein Revier gegen ihn zu schützen. »Die guten provençalischen Ärzte sind Juden, und so einer bist du nicht – also hau ab!«

»Die guten provençalischen Ärzte sind die, die am meisten von ihrem Handwerk verstehen!«, gab Aurel wenig eingeschüchtert zurück. »Wollen wir einen Wettstreit aufnehmen?«

Der Jude zögerte, aber die Dorfbewohner wurden alsbald von dem Gerücht aus den Häusern gelockt, es stünde eine Prügelei bevor.

Begierig glotzend zogen sie einen Kreis um die Streitenden, doch der Zweikampf wurde auf andere Weise ausgetragen. Aurel schlug vor, dass sie um die Wette eine Wunde vernähen sollten – und da sich kein Mensch fand, der sich für dieses Experiment zur Verfügung stellte, wurde zu diesem Zweck ein armes Schwein herbeigeschafft, dem man die Haut aufritzte, ungeachtet des schrillen Gekreischs, welches das Tier ob dieser Tortur ausstieß.

Kaum war freilich die Voraussetzung geschaffen, auf dass sie ihr Können hätten messen können, errang Aurel den Sieg. »Das Schwein ist unrein! Das fasse ich nicht an!«, erklärte der jüdische Medicus empört und zog von dannen. Die Menschen johlten spöttisch, klopften Aurel auf die Schultern und vertrauten sich ihm nunmehr gerne an, indes das blutende Schwein so lange weiterkreischte, bis es gewahr wurde, dass es an seiner Wunde nicht sterben würde.

Emy pochte zwar darauf, von Patienten nur Geld als Bezahlung zu nehmen, aber nahm meist doch mit einem Abendessen und einem Schlafplatz vorlieb. Häufig aßen sie *Brodium* – jene Suppe, die für gewöhnlich aus dem Fleisch von Rind, Schaf und Schwein gemacht wurde und in die man hier, weil nicht genügend Fleisch da war, Kürbis oder Bohnen schnitt.

Nach den ersten Tagen war Alaïs immer hungrig. Jener Knoten, den sie aus Angst vor dem Ungewissen in ihrem Magen spürte, hatte sich rasch aufgelöst. Manchmal überkam sie ein Anflug von Heimweh: Dann sehnte sie sich nach den Eltern, der heimeligen Stube und dem vertrauten Schlafplatz. Doch meist verwehrte sie sich solche Gedanken, und zurück blieb die Lust auf den neuen Tag, auf neue Menschen, auf neue Dörfer.

Wenn sie am Abend zusammensaßen, redete Aurel viel, anstatt zu essen. Doch nicht Emy war es nun, der Aurels halbvolle Schüssel schließlich zu sich zog und sie leeraß, sondern Alaïs, die irgendwann gar nicht mehr darum bat, sondern das Einverständnis der Brüder, das der eine aus Appetitlosigkeit, der andere aus Pflichtbewusstsein gewährte, voraussetzte.

Mit der Zeit lernte Alaïs nicht nur das Land kennen, durch das sie kamen, und die Menschen, die hier lebten oder ihres Weges zogen, sondern auch die Eigenarten des Brüderpaares. Emy blieb zwar jener, der wenig Worte machte, stets hilfreich dem Bruder zur Seite stand und für Unterkunft und Essen sorgte, ohne dafür Dank zu erwarten. Doch manchmal zeigte seine Willfährigkeit Sprünge – so auch an einem besonders heißen Tag, einem Vorboten des drückenden Hochsommers. Das Land schien förmlich zu bersten ob seines knospenden, blühenden und zugleich schnell wieder verdorrenden Lebens. Die Sonne lockte und ließ wachsen – und saugte zugleich begierig aus, was sie eben noch verschwenderisch verschenkt hatte. Aurel achtete nicht auf den betörenden Duft, der in der Luft lag. Wie immer hatte er das nächste Dorf vor Augen und hoffte auf interessante Kranke, die seine Fähigkeiten herausfordern mochten. Alaïs langweilte sich, weil sie an diesem Tag noch keinen fremden Menschen begegnet waren, in deren Gesichter sie aufdringlich starren konnte. Emy hingegen verlangsamte plötzlich seine Schritte, blickte hoch zum Himmel, anstatt starr auf die Erde, und verließ schließlich den steinigen Weg, um in die Wiese hineinzulaufen, die ihm bis zu den Knien reichte. Zunächst streckte er sein Gesicht noch weiter der Sonne entgegen, dann bückte er sich, um seine Hände vom Gras kitzeln zu lassen. Er pflückte die eine oder andere Blume und roch daran – so begierig, wie Alaïs verwirrt feststellte, als wollte er sie sich in die Nase stopfen.

Nach einer Weile war er an die hundert Schritte hinter dem stur weitergehenden Aurel zurückgeblieben. Alaïs befand sich zwischen den beiden, blickte nach vorn und zurück und wusste nicht, wessen Rhythmus sie sich anpassen sollte: jenem Aurels, der von der Lust diktiert war, irgendeinen stinkenden Menschen aufzuschneiden, oder jenem Emys, der in der Wiese diesen sonderbaren Tanz vollführte.

Im Zweifelsfall lag ihr Aurels Trachten mehr, versprach es doch größere Schnelligkeit und kam somit ihrer stetigen Ungeduld zupass.

Dennoch blieb sie stehen und rief Emy zu: »Was treibst du denn?«

»Ich weiß es nicht!«, lachte Emy befreit. »Aber ist's nicht einfach schön, einmal innezuhalten, die Sonne zu fühlen und das Leben zu genießen?«

Innehalten und Genuss waren nichts, was für Alaïs zusammengehörte. Kopfschüttelnd sah sie zu, wie er weitere Blumen pflückte und obendrein die Beinkleider hochzog, um die nackte Haut in die Sonne zu halten. Schließlich ließ sie ihn stehen und hastete Aurel nach, der mittlerweile so weit entfernt war, dass er kaum größer schien als Alaïs' Hand. Forsch schritt er auf das Dorf zu, das mit seinem schiefen Kirchturm hinter der nächsten Wegeskreuzung lag.

So kam es, dass sie ohne Emy das Dorf erreichte, wo Aurel diesmal vermocht hatte, auch ohne Werben des Bruders Aufmerksamkeit zu erlangen. Geschrei und Klagen erwarteten sie, umherlaufende Menschen, die sich ihre Hände entweder vors Gesicht schlugen oder sie laut zusammenklatschten, um ihres Entsetzens Herr zu werden. Ein Zimmermann, so kündete es das Geheule, war bei der Arbeit am Dachstuhl so unglücklich gestürzt, dass sich ein Splitter Holz, groß wie ein Pfeil, durch seine Schultern gebohrt hatte.

Jämmerlich stöhnend lag der Verunglückte da, umgeben von hilflosen Verwandten, die es offenbar für eine gnädige Schicksalsfügung hielten, dass ausgerechnet jetzt ein kundiger Heiler auftauchte. Als Alaïs das Dorf erreichte, hockte Aurel bereits neben dem Mann. Sie war sich sicher, dass er versäumt hatte, vor der Behandlung den zu erwartenden Lohn abzuklären – viel zu fasziniert starrte er auf die Fontäne Blut, die von dem Mann spritzte. Keine noch so würzige Suppe hätte derlei Gier in Aurels Gesicht zaubern können.

Alaïs zuckte zurück. Das Geschrei des Unglückseligen klang so quälend, dass es in ihren Ohren schmerzte, und schon wollte sie davor fliehen. Doch Aurel, der nicht gewahrte, dass sie und nicht sein Bruder zu ihm getreten war, rief ihr einen Befehl zu.

»Schnell, Emy!«, kam es knapp. »Die Baumwollkompressen! Tränk sie mit Wein! Wir müssen die Blutung stoppen.«

Alaïs drehte sich hilflos um, suchte Emy zu erspähen, doch jener war wahrscheinlich immer noch damit beschäftigt, sich in der blumenreichen Wiese zu drehen und zu wiegen. Das Geschrei des Mannes wurde durchdringender, ebenso das Heulen der Frau, mit der er wohl verheiratet war.

»Nun mach schon!«, rief Aurel wieder.

Zuerst erzeugte der rüde Befehl nur Widerwillen – ähnlich jenem, mit dem sie auf die Aufforderungen ihrer Mutter reagierte, ihr beim Kochen zu helfen. Doch als er den Kopf hob, gewahrte, dass nicht Emy, sondern sie vor ihm stand und dessen ungeachtet knurrte: »Oder traust du dich nicht, ihn anzufassen?« – da erwachte ihr Trotz.

»Pah!«, machte sie leichtfertig. »Natürlich traue ich mich!«

Mochte sie zwar seinerzeit den Blick gesenkt haben, als er Louise aufschnitt, so hatte sie später oft genug zugesehen, wie er in den Leichen wühlte.

Hastig zog sie das Gewünschte aus dem Ledersack und träufelte etwas vom Inhalt des Weinschlauchs auf die Baumwolle. Er drückte sie auf jene Stelle, wo das Blut hervorschoss, und hob ungeduldig die Hand, kaum, dass sich die Wolle vollgesogen hatte.

»Siehst du denn nicht, dass ich mehr brauche?«, zischte er.

»Dann gib mir rechtzeitig Bescheid«, gab sie nicht minder unwirsch zurück.

Rasch wiederholte sie ihr Werk, und alsbald waren sie auf den notwendigen Rhythmus eingespielt.

Als der Blutfluss nachließ und aus der spritzenden Fontäne ein zähes Bächlein wurde, untersuchte Aurel den Holzsplitter, der im Fleisch des Mannes steckte. »Er ist fast durchbohrt worden«, erklärte er. »Wenn ich ihn herausziehe, dann könnte sich das Holz einem Widerhaken gleich in sein Fleisch bohren. Ich werde es wie bei einer Pfeilwunde machen. Ich drücke das Holz nach hinten, damit es auf der anderen Seite hinaustritt. Alaïs! Halt seinen Arm, damit er ihn nicht bewegen kann!«

Sie zögerte nur kurz, dann packte sie den Mann mit beiden

Händen, um ihn während der Behandlung ruhig zu halten. Alle Kraft musste sie darein legen, denn der Verletzte wollte wild um sich schlagen. Der Blutverlust hatte jedoch das Seinige getan und ihn so sehr geschwächt, dass Alaïs seiner – wenn auch mit Mühen – Herr wurde. Die Anstrengung ließ sie seine schrecklichen Schreie nicht hören, indessen die Umstehenden verängstigt und angewidert zurücktraten. Als der Splitter entfernt war, war ihre Stirn schweißnass. Salzig schmeckte es in ihrem Mund. Sie hatte nicht gemerkt, dass sie unruhig auf ihren Lippen gekaut und diese blutig gebissen hatte.

Obgleich sie sich dabei verausgabt hatte, den Verletzten zu bezähmen, kam kein Wort des Lobes von Aurel.

»Die Nadel!«, befahl er nun barsch.

Alaïs kramte wieder in dem Lederbeutel, wusste nicht recht, wonach sie suchen sollte, und förderte schließlich eine kleine Holzschachtel hervor. Ein samtiges Kissen lag darin und in diesem steckten Nadeln in verschiedenen Größen. »Ich brauche eine der starken, großen, keine von den runden. Jene sind nur für die Stellen des Leibes bestimmt, an die man schwer herankommt: Mund oder Augenhöhlen. Und wir nehmen keinen Seiden-, sondern einen Lederfaden.«

Während er den Faden um die Nadel wickelte – an ihrer Spitze, nicht an ihrem Ende, weil es solcherart leichter sei, die Nadel wieder herauszuziehen –, fugte er weitere Erklärungen hinzu. Dass ein *Cyrurgicus* immer gute Nadeln bei sich haben müsse, am besten aus Stahl, und dass man beginnen müsse, die Wunde dort zu nähen, wo sie am tiefsten sei, folglich in der Mitte, um sie zunächst rechts, dann links zu schließen, was wiederum bedeute, dass insgesamt eine ungerade Zahl an Stichen notwendig sei.

Alaïs fragte sich, warum er immer so viel redete. Um sich selbst Sicherheit zu verleihen oder um mit seinem Wissen zu prahlen?

»Hilf mir!«, forderte er wieder. »Du musst die beiden Wundränder aneinanderpressen, damit ich so schnell wie möglich nähen kann!«

Der Mann gab gurgelnde Geräusche von sich, war aber der

Ohnmacht zu nahe, um sich weiterhin zu wehren. Die Blutlache, die sich rund um ihn ausgebreitet hatte, versickerte im Sand und wurde schwarz. Aurel vollzog den ersten Stich und zog den Faden fest.

»Siehst du«, sagte er, »genau einen Fingerbreit voneinander entfernt müssen die Stiche sein. Es macht nichts, wenn noch frisches Blut fließt – es ist sogar gut, weil es die Wunde reinigt. Wenn man ein Geschwür aufschneidet, muss man sogar darauf warten, dass frisches Blut kommt.«

Das Geräusch, als er den Faden durch das offene Fleisch zog, war leise – und doch eindringlich. Es schmerzte in ihren Ohren, klang beharrlich wie ein Echo nach. Doch der Drang, einfach fortzulaufen, den sie zuvor verspürt hatte, war erloschen. Sie wusste nicht genau, was sie an Aurel fesselte, ob die Bestimmtheit seiner Behandlung, die erklärenden Worte oder die barschen Befehle – sie wusste nur, dass sich dieser Augenblick so tief, so heftig, so wahrhaftig anfühlte wie kaum ein anderer der oft so nachlässig verschleuderten Zeit. Jener Augenblick, währte er auch nur einige Atemzüge lang, schien mehr Gewicht zu besitzen als viele Tage. Wie lange es genau dauerte, die Wunde zu schließen, schließlich weitere Weinkompressen daraufzudrücken und einen Verband anzulegen, wusste sie später nicht mehr, nur, dass sie ihre schmerzenden Knie nicht spürte, nicht die Sonne, die auf sie hinabbrannte, nicht die Ausdünstungen der Umstehenden. Es gab nur den Verletzten, Aurel und sie auf der Welt und jene schien stillzustehen. Irgendwo anders mochte die Zeit ihren gewohnten Gang nehmen, sie aber unterlagen nicht ihren Gesetzen. Sie hockten an jenem kleinen Loch des Stundenglases, durch das alles, was war und ist und sein wird, drängt, an jenem Ort, wo die Gegenwart sich noch an die Vergangenheit klammert und die Zukunft bereits lockt.

Als Emy endlich hinzutrat, gab es nichts mehr zu tun. Er roch nach Wiese und Sonne.

»Wo bist du denn so lange geblieben?«, fuhr Aurel ihn an.

Emy kaute wieder einmal auf etwas, diesmal nicht auf einem

Grashalm, sondern auf einem Blumenstängel. Sein Blick ging zwischen dem Verwundeten und Alaïs hin und her.

»Wie es aussieht, hast du mich nicht gebraucht«, bemerkte er schlicht.

Nicht selten geschah's, dass Aurel des Abends mit einem Stück Leder oder der Schale eines Kürbis auf den Knien beim Feuer saß und daran die Stiche erprobte, mit denen sich Wunden schließen ließen. Und nachdem sie gemeinsam den Verletzten behandelt hatten, saß Alaïs, die das Nähen immer gehasst hatte, solange es ihre Mutter befohlen hatte, daneben, sah neugierig zu und probierte es schließlich selbst aus. Bis tief in der Nacht kauerten sie so über dem Feuerschein. Wie damals, als er Leichen aufgeschnitten hatte, zeigte Aurel keinerlei Anzeichen von Müdigkeit, und auch Alaïs verkniff es sich zu gähnen. Manchmal warf sie einen sehnsüchtigen Blick auf den schlafenden Emy, der seine Nachtruhe nicht zu opfern bereit war, aber dieses Alleinsein mit Aurel war zu kostbar, um der Erschöpfung nachzugeben. Er belohnte sie fast nie mit einem lobenden Wort – bestenfalls bekam sie Erklärungen zu hören, so kompliziert, dass sie sich nicht einmal die Hälfte davon merkte –, aber sie wollte keinen jener Augenblicke verpassen, da das Leben stillstand und ihr und ihm allein zu gehören schien.

Die Morgenstunden des nächsten Tages wurden oft zur Qual. Dann wusste sie kaum, wie sie die Augenlider offenhalten und nicht über die eigenen Füße stolpern sollte. Wenn die Müdigkeit gar hartnäckig auf ihren Schultern hockte und sie sie nicht einfach abschütteln konnte, fragte sie sich manchmal, ob sich die Anstrengung für Aurel lohnte und welche Rolle es war, die sie in seinem Leben einnahm. Doch da sie die Entscheidung für dieses Leben nicht willentlich getroffen hatte, fand sie es müßig, mit dessen Schattenseiten zu hadern. Es genügte ihr vorerst, dass es mit Abwechslung und Neuem und Erregung und fehlendem Stillstand einherging. Und wenn sie sich erst ausreichend bewegte, kehrten meist die Lebensgeister wieder und hielten sie frisch.

Nicht nur, wie man Wunden nähte, lernte sie, sondern auch, wie man sie ohne schmerzhafte Stiche heilen konnte.

So ließ sich aus Weihrauch, Drachenblut – ein rotbraunes Harz – und Eiklar eine Paste machen, die an den Wundrändern aufgetragen wurde. War diese getrocknet, so konnte man jene Ränder zusammennähen, ohne durch die Haut zu stechen.

Auch wie man mit älteren Wunden verfuhr, die nicht recht vernarben wollten, erfuhr sie. Hier war ein Pflaster angeraten – solcherart angefertigt, dass man ein Stück Leinen in warmes Wasser, Honig, Öl und Gerstenbrei tauchte und es auf der Wunde trocknen ließ.

Unterschiedliche Arten von Verbänden lernte sie kennen: die schlichten aus Leinen, Wolle und Baumwolltüchern, aber auch kompliziertere aus Lederlappen, Wergbäuschen und Federkissen. Einige Wunden ließen sich am besten schließen, legte man zunächst dünnes Bleiblech auf und band darüber erst den Stoff.

Manchmal war es nicht Aurel, sondern Emy, der sie belehrte. Mochte der jüngere Bruder nach allem gieren, was Menschenfleisch versprach – ob nun lebendig-frisches oder schon verwestes –, so zeigte der ältere nicht nur Freude an blühenden Wiesen, sondern an jeder Form von Düften, und die ausgefeilten Arzneien, die er braute und mit denen er experimentierte, verhießen ebendiese.

Erst nach und nach begriff Alaïs, dass er nicht nur still und heimlich für ihre Unterkunft und ihr Essen sorgte, sondern auch für die Zutaten, um daraus Salben zu machen. Emy war es häufig auch, der diese verkaufte, während Aurel als Medicus lediglich Empfehlungen abgab.

»Die Pharmazie ist eine eigene Wissenschaft«, erklärte er Alaïs, die verwundert war, warum Aurel nicht beide Funktionen, die des Arztes und die des *Apothecarius*, in sich vereinte. »An der Universität sind sie strikt voneinander getrennt. Und auf dass die einen nicht mit dem Geld verdienen, worin die anderen besser sind, gibt's ein Gesetz, wonach ein Medicus keine Apotheke mit sich führen darf.«

»Aber du darfst das doch auch nicht, wenn du es nicht studiert hast!«, rief Alaïs.

Er zuckte nur die Schultern. »Solange wir zu zweit unterwegs sind, fällt's nicht auf. So ist eben er der Arzt und ich der Apotheker. Ich habe schon als Kind gerne Tränke gebraut… für meine Mutter, die am Bluthusten litt. Leider ist sie trotzdem früh gestorben. Danach waren wir mit dem Vater allein.«

Selten sprach er über die Vergangenheit, und Alaïs ließ die Gelegenheit nicht ungenutzt, mehr über die Herkunft des ungleichen Brüderpaars zu erfahren.

»Was ist geschehen zwischen der Kindheit, da euer Vater Aurel so oft verprügelt hat, und der Zeit, da er ein Medicus in Montpellier wurde?«

Wieder zuckte Emy die Schultern und ließ keinerlei Gefühl erkennen. »War immer dasselbe. Vater wollte Aurel zum tüchtigen Bauern erziehen, und Aurel hat die Arbeit gehasst.«

Alaïs erinnerte sich daran, wie lästig es ihr stets gewesen war, Fische auszuweiden, und konnte ihm das nicht verdenken.

»Ich habe oft gefürchtet, dass mein Vater Aurel noch totprügeln würde«, fuhr Emy fort. »Aber dann ist er gestorben. Ganz ohne jede Krankheit. Er ist eingeschlafen und nicht mehr aufgewacht. Aurel hat es schrecklich bedauert.«

»Dass er starb?«

»Nein, dass es so leise geschah. Und ohne Schmerzen. Aurel hatte gehofft, er möge ihn leidend um Hilfe anbetteln und endlich erkennen, dass in ihm zwar kein Talent zum Säen und Ernten stecke, jedoch ein anderes.«

Alaïs zog verwirrt die Stirn kraus. »Ich habe nicht den Eindruck, dass Aurel Gewinn daraus zieht, wenn Menschen leiden und ihn um Hilfe anbetteln. Es reicht ihm doch, wenn sie blutend am Boden liegen.«

»Weil es eben Fremde sind, nicht unser Vater«, bemerkte Emy schlicht – und Alaïs fragte sich, ob mit dem Tod des Vaters in Aurel jene Gefühle gestorben waren, die sie an ihm vermisste: die Anteilnahme, die Besonnenheit, die Zurückhaltung, die Höflichkeit.

»Und danach?«, fragte sie. »Was ist geschehen, nachdem euer Vater tot war?«

»Wir sind fortgegangen. Ich habe Geld verdient, mit diesem und jenem, und Aurel hat studiert.«

Konnte man die Geschichte ihres Lebens in noch knappere Worte fassen, in kaum mehr als geheimnisvolle Andeutungen?

Alaïs war es leid, ihm jedes Einzelne Würmern gleich aus der Nase zu ziehen – und konnte sich eine letzte Frage doch nicht verkneifen.

»Und hast du dir nie überlegt, deiner eigenen Wege zu ziehen?«

»Hab's doch schon einmal gesagt. Ich bleib bei ihm, weil er der Klügere von uns ist.« Er machte eine kurze Pause. »Und weil er weniger vom Leben versteht.«

Widersprüchlich schien ihr, was er sagte – wie konnte er den Bruder zugleich für überlegen und für dumm erklären?

Doch dann schwieg sie, anstatt ihm weitere Offenbarungen abzuringen, ahnend, dass sie niemals schlau aus ihm werden würde und sie sich nicht entscheiden konnte, was er nun war: einfältig oder durchtrieben, willfährig oder störrisch wie ein Esel. Vielleicht war er beides zugleich – was es nicht einfacher machte, ihn zu verstehen. Doch es gab so viel zu lernen, so viele Eindrücke, mit denen sie fertig werden musste, da wollte sie sich nicht auch noch damit plagen, sein Wesen zu ergründen.

IX. Kapitel

Sie entfernten sich weiter von der Küste und kamen dorthin, wo das Land weicher und runder wirkte, nicht aufgewühlt von schroffem Fels, sondern von Feldern golden gefärbt. Rote, weiße und blaue Blumen wuchsen an ihren Rändern, und Alaïs verstand nun manchmal, warum Emy lieber daran roch als möglichst schnell zu Kranken zu eilen. In jenen Tagen nämlich erkrankten viele Menschen an der gleichen Seuche: Sie erbrachen das eben Gegessene, litten an heftigem Fieber und Nierenschmerz, sie beklagten unerträglichen Druck auf Kopf und Genick, und wenn sie husteten, so klang es bei allen feucht und nicht wenige spuckten gelben Auswurf aus.

Alaïs musste sich zwingen, nicht vor dem Gestank und dem Elend wegzulaufen, doch wie immer überwog der Trotz, sich vor Aurel zu beweisen, gegenüber dem anfänglichen Widerwillen, und wie immer verlieh seine Bestimmtheit ihr Kraft. So blieb sie, um zu lernen, wie man den Erkrankten am besten helfen konnte: mit Tränken aus Heilkräutern oder durch das Aufsetzen von Schröpfköpfen. Jene erzeugten Blasen, und wer Glück hatte, dem brachen sie auf. Der Eiter, der hervortroff, konnte dann nicht länger den siechenden Körper vergiften.

Alaïs blieb auch, als Aurel einem schreienden alten Mann die Hämorrhoiden mit glühendem Eisen ausbrannte. Und sie blieb, wenn sich die Skrofulösen um sie scharten – halbblind und den Leib über und über mit Geschwüren bedeckt. Aurel meinte, es gebe gegen jene Krankheit eigentlich kein Mittel, doch er fühlte sich offenbar dazu berufen, der Erste zu sein, der ein solches fand. Anstatt die stinkende Schar wegzuschicken, untersuchte er sie eingehend und schnitt manches Geschwür auf, um zu erkunden, was sich dahinter befand – gestocktes Blut, Eiter oder abgestorbene Haut.

Alaïs war stolz darauf, bei diesem Anblick nicht die Mahlzeit zu erbrechen, ja, irgendwann so abgebrüht zu sein, dass sie nicht einmal würgen musste oder sich die Nase zuhalten. Dennoch wurde sie mit der Zeit mürrischer. Mochte ihr Blick auf die Kranken nun geschulter sein, mochte sie immer häufiger darauf verzichten, Emy erst um Rat zu fragen, so blieb es doch ein Ärgernis, dass Aurel ihre Hilfe einfach hinnahm, ohne sich jemals dafür zu bedanken. Der Reiz des Fremden und Neuen bestach sie nicht länger; Kitzel und Aufregung genügten ihr nicht mehr als Lohn für ihre Bemühungen, und ihre Laune verdüsterte sich in gleichem Maße, wie sie sich selbst an die außergewöhnlichsten Prozeduren gewöhnte. Doch weiterhin schien es für Aurel keinen Unterschied zu machen, ob nun sie es war oder Emy, der ihm hilfreich zur Hand ging. Anstatt über eine willige und kundige Helfershelferin begeistert zu sein, wurde er vielmehr selbst zunehmend griesgrämig.

Indessen Alaïs ihren Ärger zu bezähmen versuchte, brach der seine unerwartet aus ihm hervor. Die Behandlungen jener Tage würden ihn überfordern, begann er zu klagen. Um seine Kenntnisse weiter zu schulen, müsse er seine anatomischen Studien wieder aufnehmen! Was nützte, stets zu wiederholen, was er bereits beherrschte – er wolle Neues lernen!

Auch das noch, dachte Alaïs verdrießlich. Nach mühseligen Tagen, umgeben von verfaulenden Horden, war die Vorstellung von bei Leichen durchwachten Nächten nicht erregend und geheimnisvoll wie seinerzeit in Saint-Marthe, sondern eine Zumutung – womöglich eine zu viel.

Doch nicht sie war es, die Aurels Ansinnen heftig widersprach.

»Du hast Alaïs damit einmal in Schwierigkeiten gebracht«, sagte Emy. »Du tust es nicht wieder.«

Er flüsterte nur, doch zu Alaïs' Erstaunen reichte das, Aurel fürs Erste mundtot zu machen.

In diesem Augenblick sah sie in Emy erstmals einen Verbündeten. Bislang hatte sie geglaubt, seine Fürsorge ihr gegenüber träfe sie nur zufällig, weil sie sich nun eben auch in Aurels Gefolge befand. Nun gewahrte sie, dass ihm ihr Wohl wichtig war – und sie beschloss, seine Bereitschaft zur Fürsorge zu ihren Gunsten auszunützen.

Sie wartete, bis sie mit ihm allein war, um dann zu fragen: »Kannst du mir helfen?«

»Womit?«

Sie blickte an sich hinab. Immer noch trug sie jene Kleidung – das Unterkleid, darüber eine Tunika –, in der sie seinerzeit von Frère Lazaire im Schuppen aufgestöbert worden war. Der schreckliche Fußmarsch, da sie gefesselt zur Burg des Comte gezerrt worden waren, hatte ebenso Spuren hinterlassen, wie es die Stunden im feuchten Kerker getan hatten. Und das Umherziehen der letzten Wochen, die Behandlung der Kranken, das häufige Nächtigen im Freien oder in dreckigen Unterkünften hatten noch mehr Flecke und Risse hinzugefügt. »Wir waren niemals reich«, sagte sie. »Aber meine Mutter legte immer Wert darauf, dass wir sauber waren.«

Sie fuhr sich durchs Haar, dessen Strähnen verfilzt und verklebt waren. Die Flechten, mit denen sie es zu bändigen suchte, hielten meist nicht lange.

Emy musterte sie, dann ging er, ohne ein Wort zu sagen. Für ein sonderbares Verhalten hätte sie das früher gehalten – nun war sie sicher, dass auf ihn Verlass war und dass sie nicht nachfragen musste, ob er ihr Begehr verstanden hatte.

Als sie das nächste Dorf verließen, trug er nicht nur frischen Proviant mit sich, sondern auch einen Ballen Leinen. Aurel, der ihn als Erster sah, meinte diesen einem falschen Zweck gewidmet. »So viel Verbände brauche ich nicht.«

»Soll ja auch kein Verband werden, sondern eine neue Tunika für Alaïs.«

Aurel runzelte verwirrt die Stirn, als hörte er zum ersten Mal davon, dass Menschen manchmal frische Kleidung bräuchten, doch da verlangte Emy auch schon: »Musst uns dafür auch eine deiner Nadeln leihen.«

Aurels Falten wurden noch tiefer, doch er schlug Emys Bitte nicht ab – so wie er dem Bruder eigentlich kaum entgegenhandelte. Er behandelte ihn nicht freundlicher als einen Dienstboten, sprach nur schroffe Befehle – und fügte sich ihm doch stets, gesetzt, dass dieser den Mund aufmachte und etwas forderte.

Als sie das nächste Mal rasteten, begann Alaïs an der Tunika zu nähen. So verlockend es gewesen war, die Kunst zu erproben, Wunden zu nähen, so langweilig war es, nun im Stoff herumzusticheln. Viel ungeschickter stellte sie sich an, stach sich mehrmals in den Finger, bis Blut troff und sie laut fluchte. Wortlos setzte sich Emy zu ihr, nahm ihr das Leinen ab und fertigte selbst die Tunika daraus. Alaïs beobachtete ihn zunehmend unbehaglicher aus dem Augenwinkel. War das ein rechter Mann, der sich mit Frauenarbeiten abgab? Rührte das Betragen aus jener Zeit, da die Mutter am Bluthusten gestorben und womöglich kein anderer da gewesen war, der Sorge hätte tragen können für den gestrengen Vater und den jüngeren Bruder? Der hatte wahrscheinlich schon damals lieber Menschenhäute zusammengefügt als Stoff.

Am Ende zählte freilich einzig das Ergebnis – ein zwar schlichtes, aber sauberes Gewand. Endlich würde sie hübsch wie früher sein! Endlich würde sie sich wieder als das Mädchen fühlen, das Spaß daran hatte, mit offenem Haar zu tanzen! Und konnte Aurel ihr weiterhin Lob schuldig bleiben, wenn er erst bemerkte, wie ansehnlich sie war?

Sie hatte eingesehen, dass sie es wohl falsch angestellt hatte, als sie nicht nur schweigend und willfährig neben dem Medicus gehockt hatte, sondern obendrein dreckig und verlottert. Sie hatte sich kaum von dem Bruder unterschieden, der auf Dank und Achtung nicht erpicht war. Ja, sie hatte Aurel viel zu wenig bekundet, dass sie anders und besonders war. Weitaus weniger schroff und gleichgültig würde er sie behandeln – so begann eine Hoffnung in ihr zu nagen –, wenn sie nicht nur auf den Willen setzte, ihm zu dienen, sondern auf jene Vorzüge, die ein junges Mädchen aufzuweisen hatte: glänzendes Haar nämlich, runde Lippen und eine wohlgeformte, schön gekleidete Gestalt. Er würde sich ihr gegenüber zuvorkommend gebärden, wenn sie erst nichts mehr mit Emy gemein hatte – weder mit dessen dreckiger Kleidung noch mit dessen Unauffälligkeit.

Ehe sie die neue Tunika anzog, wusch sie sich in einem der Flüsse. Indessen sie mit den Füßen tief im schlammigen Grund Halt suchte, tauchte sie mit dem ganzen Kopf unter. Der Dreck, der an ihr klebte, breitete sich wie eine dunkle Lache im Wasser aus. Sie rieb so lange den Schmutz von ihrer Haut, bis diese glühte, und entwirrte ihre Strähnen danach so ungeduldig, dass sie sie büschelweise ausriss. Wieder war Emy unauffällig zur Stelle – er hatte am Ufer gesessen, während sie badete, jedoch den Blick vor ihrem nackten Leib niedergeschlagen –, um ihr nun einen Kamm zu reichen. Er war nur aus Holz, nicht aus Elfenbein, wie jener kostbare, den ihre Mutter hütete. Doch er erfüllte seinen Zweck viel besser als ihre Hände.

Nachdem ihre Haare vom Filz befreit waren und in der Sonne trockneten, schimmerten sie rötlich. Mehrmals schüttelte sie den Kopf, um die weichen Locken zu spüren, und sie grinste, als sie bemerkte, dass sie dabei nicht unbeobachtet blieb. Emy, der bei ihr sitzen geblieben war, wagte sie nun anzustarren – desgleichen eine Gruppe Männer, die eben auf einem Floß den Fluss heraufkamen und Körbe, randvoll mit Kohlen, transportierten.

Sie tat, als würde sie sie nicht bemerken, und stellte sich doch solcherart in Position, dass jedermann ihr neues Kleid und die frisch gewaschenen Haare gut in Augenschein nehmen konnte.

Als das Floß vorübergeglitten war, wähnte sie sich bereit, nun auch Aurel zu betören und ihm solcherart das lang ersehnte Lob abzuringen. Sie fand ihn unter einem der Obstbäume, die zwischen zwei Weinfelder gepflanzt worden waren und hierzulande viel häufiger zu sehen waren als die Olivenbäume der Küste.

Mit geröteten Wangen trat sie auf ihn zu.

»Sieh nur... ich habe ein neues Kleid. Emy hat mir...«

»Sieh vielmehr du, was ich habe!«, fiel er ihr ins Wort. Sein Blick streifte sie nur, ohne an ihr hängen zu bleiben. Stattdessen hielt er ihr etwas entgegen, was sie zunächst für ein frisches Stück Fleisch hielt. Obwohl sie sich gewünscht hatte, er würde ihr neues Kleid und die glänzenden Haare bemerken, lief ihr dennoch das Wasser im Mund zusammen. Frisch gebratenes Fleisch hatten sie in den letzten Wochen nie gegessen. Der gut haushaltende Emy hatte es als zu teuer befunden.

Doch als Aurel es noch höher hob und sie genauer auf das Fleisch starrte, schlug sie sich die Hand vor den Mund. Der Hunger verging ihr augenblicklich, der Speichel schmeckte plötzlich bitter.

Indes war auch Emy nähergetreten, und auch er hatte erkannt, was Aurel freudig durch die Luft schwenkte, alsbald aber wieder auf den Boden legte, um es zu zerschneiden.

»Woher hast du das?«, rief er, und Alaïs entging nicht, wie streng er klang.

Aurel blickte kein zweites Mal hoch. Was er da sezierte, war ein menschlicher Arm, fein säuberlich auf der Höhe des Ellbogens abgetrennt. »Keine Angst«, meinte er, »ich habe keinen Leichnam ausgegraben.«

»Aber woher...«

»Ein Henker hat's mir verkauft!«, erklärte Aurel nun nahezu trotzig, als ränge ein Kind mit dem Vater, um die Grenze zwischen Verbotenem und Erlaubtem auszuloten. »Und du weißt: Mit den Hingerichteten kann man machen, was man will. Kein Mensch schert sich um deren Seelenheil.«

Dunkel erinnerte sich Alaïs daran, dass einst die zahnlose Bethilie in Saint-Marthe von einem Zauber gesprochen hatte, der Männer gefügig machen würde und für die man die Haare und Fingernägel eines Gehenkten bräuchte. Nicht selten verdiente sich ein Scharfrichter solcherart ein Zubrot, indem er den Leib des Gefällten förmlich ausweidete, um sämtliche Organe zu verkaufen. Bekannt war auch der Fall von einem, der aus der Leichenhaut Seife hergestellt hatte.

Plötzlich fühlte sich Alaïs nicht mehr frisch gewaschen, sondern besudelt. Ihr Kleid, mochte es auch neu sein, schien förmlich vollgesogen vom süßlichen Leichengestank.

»Schmeiß das weg!«, schrie sie auf. »Schmeiß das weg! Kannst du nicht einen Augenblick des Tages mit etwas anderem zubringen als mit stinkenden Kranken und Toten?«

Aurel hatte eben einen Nerv freigelegt. »Ich muss doch wissen, wo die Nerven sitzen! Sie dürfen bei Operationen nicht verletzt werden!«

Ärgerlich stampfte Alaïs auf, doch Aurel tat nichts weiter, als die Erdkrümel zur Seite zu streifen, die dadurch hochgesprungen waren. Es bekümmerte ihn auch nicht, dass sie weglief – das musste sie nur allzu bald einsehen, als sie sich umdrehte, ihn aber immer noch in seine schaurige Arbeit vertieft sah.

»Was ist er nur für ein Mensch!«, entfuhr es ihr, und sie fragte sich, ob Caterina, die ihn stets so misstrauisch betrachtet hatte, nicht recht gehabt hatte mit dem Urteil, wonach er eher verrückt denn begnadet, eher abartig denn mutig war.

Emy war ihr gefolgt. »Du weißt doch«, versuchte er zu erklären, »du weißt doch, dass der große Chirurg Henri de Mondeville sein Vorbild ist.«

In der Tat hatte sie diesen Namen schon mehrmals gehört und ihn sich als Einzigen gemerkt. »Hat jener etwa auch beim Henker Leichenteile gekauft?«

»Das weiß ich nicht«, meinte Emy. »Aber auf jeden Fall ist er sein Leben lang unverheiratet gewesen, um keine anderen Pflichten zu haben als einzig die, den menschlichen Körper zu erforschen.«

Alaïs lag manches auf der Zunge. Dass sie gewiss keinen Gatten brauchte, niemals einen solchen gewollt hatte, stattdessen Freiheit, die man bei einem Mann, der sich um kein Gesetz der Welt scherte, doch finden sollte. Nun gut, Freiheit hatte sie gefunden, und es war aufregend, mit ihm nach der Macht zu greifen, über Leben und Tod zu entscheiden – doch nicht immer, nicht ausschließlich! Sie mochte den Geruch nach Blut und Eiter und Tod ertragen – vorausgesetzt, er würde zwischendurch von frischer Luft verweht. Aurel aber schien keinerlei Abwechslung zu suchen, schien immer nur dasselbe zu wollen, in jener eintönigen Manie, mit der die Männer von Saint-Marthe ihre Fische fingen, blind für alles, was sonst geschah!

Das, was ihr eben noch so viel bedeutet hatte – die Nächte mit ihm zu durchwachen –, es konnte doch unmöglich alles sein, was ihr das Leben mit ihm einbrachte!

Ehe sie jedoch ihren Überdruss in einer wilden Tirade entladen konnte, kam ein Fremder auf sie zugehumpelt.

»Ich suche den Medicus!«, rief er.

Aus dem Augenwinkel nahm Alaïs wahr, wie Aurel augenblicklich den Kopf hob, den Fremden musterte.

Das war ihr zu viel. Den Kranken sieht er, aber mich nicht, dachte sie. Diesmal stürmte sie so schnell davon, dass Emy ihr nicht folgen konnte. Vielleicht versuchte er es auch gar nicht.

Trotzig blieb sie unter einem Maulbeerbaum sitzen, wo die beiden Brüder sie nicht sehen konnten, und ereiferte sich im Stillen über sämtliche Zumutungen des Lebens. Hatte sie nicht tagein, tagaus diese grässlichen, stinkenden Säfte und Pasten gebraut, ohne dass ihr Anerkennung widerfuhr? Wusste sie, wenn Aurel einen Kranken behandelte, nicht stets im Voraus, was er als Nächstes brauchte? Doch auch dafür kein Lohn. Und schließlich, und dieser Gedanke biss sich am hartnäckigsten in ihrem Kopf fest: Würde es nun immer so weitergehen?

Ihr Heimweh und ihre Sehnsucht nach den Eltern waren meist nicht über ein kurzes Hadern hinausgegangen. Nun hatte sie plötzlich mit den Tränen zu kämpfen, wenn sie an ihren Vater dachte, an den lustigen Spott, der er gerne mit anderen Menschen trieb, oder die Geschichten, die er zu erzählen wusste. Sie weinte auch um ihre Mutter, die zwar ein wenig zu streng war, aber zugleich immer fürsorglich, immer zur Stelle, wenn die

Tochter in Nöten war – nicht nur auf deren alltägliches Wohl bedacht, sondern auf ihr Lebensglück. Letzteres schien ihr plötzlich verspielt, und auch wenn sie den eigenen Fehler einsah, falsche Erwartungen gehabt zu haben, gab sie Aurel doch die noch größere Schuld an ihrem Schicksal. Seinetwegen hatte sie die Heimat verloren. Seinetwegen irrte sie durch die Welt ohne klares Ziel vor Augen.

Sie fluchte im Stillen auf ihn, bis die Tränen versiegten. Noch blieb sie hocken, wollte sich nicht die Blöße geben, mit rot verquollenen Augen zurückzukehren, doch irgendwann setzte ihr das Alleinsein zu, und sie rappelte sich auf, um wieder zu ihrem Lager zu trotten.

Dort blieb sie unbeachtet, denn noch immer war der Fremde zugegen, der Aurels Hilfe gesucht hatte. An seinem Gehabe ließ sich nicht erkennen, woran er litt – und auch Aurels absonderliche Untersuchungen machten es nicht augenscheinlicher. Zunächst ließ er den Mann singen, dann nahm er eine seiner Nadeln und stach ihm in den Daumenballen. Zuletzt ließ er ihn zur Ader und schwenkte das Blut unter genauer Betrachtung in einem Kelch.

»Was zum Teufel tut er da?«, fragte Alaïs Emy. Sie klang immer noch vorwurfsvoll, als wäre die Tatsache, dass sie es nicht wusste, nur eine weitere Zumutung in jener langen Kette an Kränkungen.

»Der Mann denkt, er könne vom Aussatz befallen sein«, antwortete Emy.

Unwillkürlich wich Alaïs zurück. Sie hatte noch niemals einen Aussätzigen aus der Nähe gesehen, war jedoch mit den Warnungen groß geworden, dass man diesen so weit wie möglich fernbleiben sollte. Die von Gott Gegeißelten lebten außerhalb der menschlichen Gemeinschaft, in Höhlen oder Leprosenhäusern, und sie trugen Glöckchen mit sich, um die Gesunden schon von weitem zu warnen. Auf ihrer Wanderschaft hatten sie einige Male derartige Glöckchen gehört und daraufhin die Route geändert – auf Emys Befehl hin, dem Aurel sich widerwillig fügte.

Doch von dem, was diese schreckliche Krankheit den Menschen anzutun vermochte, hatte sie bisher nur gehört: Zunächst, so hieß es, begannen einzelne Stellen des Leibes zu nässen, später wurden sie zu gefühllosen Geschwüren. Gliedmaßen starben ab oder wurden – da die Leidenden nicht rechtzeitig vom Schmerz gewarnt wurden – des Nachts im Schlaf von Ratten abgenagt.

»Gütiger Himmel!«, stieß sie aus und bekreuzigte sich schnell.

»Keine Angst«, meinte Emy. »Wie es aussieht, ist er gesund. Zwei andere aus seinem Dorf wurden vom Aussatz befallen, nachdem sie von einer Pilgerreise wiederkehrten, und nun lebt er im Wahn, der Fluch würde auch ihn treffen.«

Alaïs wagte es nun, näherzutreten, den Fremden zu mustern. Seine Gliedmaßen waren tatsächlich allesamt noch heil, seine Gestalt kräftig, sein Gesicht zwar faltig, aber nicht kränklich.

»Ihr leidet nicht am Aussatz«, bestätigte Aurel da schon Emys Urteil. »Ich habe in Eurem Blut keinen Rückstand von Erde gefunden, was auf ein Übermaß von schwarzer Galle schließen ließe. Ihr könnt singen, was kein Lepröser zustande bringt, und Ihr spürt jeden Einstich meiner Nadeln in Eurem Daumen. Beruhigt Euch, geht nach Hause und lebt zufrieden.«

Mit jedem Wort wurde seine Miene verdrießlicher, seine Stimme klang so vorwurfsvoll wie die von Alaïs. Wohingegen sie mit dem Umstand haderte, von ihm nicht gesehen zu werden, schien er im Stillen zu fluchen, weil er keinen echten Kranken angezogen hatte.

Der vermeintliche Aussätzige hingegen stieß ein triumphierendes Geheule aus, ließ sich auf den erdigen Boden fallen wie zum Gebet und hob dankbar die Hände gen Himmel. Immer wieder rief er: »Ihr habt mir das Leben gerettet! Ihr habt mir das Leben gerettet!«

»Ich habe nur festgestellt, dass Ihr nicht aussätzig seid. Das ist ein Unterschied.«

»O doch!«, bestand der Mann, »Ihr habt mir das Leben gerettet! Es wurden Gerüchte laut, von König Philippe von Frankreich selbst in die Welt gesetzt. Dass nämlich alle Leprösen in Frankreich des Hochverrats schuldig seien, da sie sich mit den Juden, dem Sultan von Babylon und dem muslimischen König von Granada verschworen hätten, die Brunnen des Königreichs zu vernichten. Eines Tages – es ist nicht mehr weit bis dahin – wird ein Lepröser mit dem Tod bestraft werden, das schwöre ich euch.«

Gleichwohl die aufdringliche Stimme des Mannes in den Ohren schmerzte, konnte sich Alaïs ein schadenfrohes Grinsen nicht verkneifen, als der vermeintliche Leprakranke immer wieder zu neuem Geheule ansetzte und schließlich vor lauter Freude Aurels Beine umfing. Jener zuckte unbehaglich zurück. »Seid Ihr von Sinnen, Mann?«

»Habt Dank, habt Dank, habt Dank! Ihr habt mir das Leben gerettet!«

»Das habt Ihr mir nun oft genug gesagt, nun geht!«

Endlich ließ der andere ihn los, stand wieder auf und ging, nein, lief davon, die Hände mehrmals in die Luft schleudernd, als trügen sie das erste Mal seit vielen Wochen keine Last.

»Was fällt ihm ein«, murrte Aurel, »sich derart aufzuführen.«

Sämtlicher Hohn erstarb in Alaïs, und zurück blieb jener nackte Zorn, mit dem sie zuvor im Stillen auf ihn geflucht hat.

»Ich dachte, einer deiner Zunft wäre für die Menschen da – und nicht die Kranken für ihn!«, fuhr sie ihn an, viel schärfer und verbitterter, als es der Anlass gebot.

Erstaunt wandte sich Aurel ihr zu. »Was redest du?«

»Dieser Mann freut sich, weil er sein Leben wieder hat, und du bist enttäuscht, dass er nicht ernsthaft krank ist? Am liebsten wäre dir doch gewesen, er litte am Aussatz und ihm wäre vor deinem Angesicht ein Finger abgefallen, nicht wahr? Dann hättest du dich gebückt, um diesen Finger zu zerstückeln. Vielleicht, Aurel Autard, hättest du zusehen sollen, kein *Cyrurgicus* zu werden, sondern ein Totengräber!«

Nie hatte sie mit derart schriller Stimme zu ihm gesprochen, nie derart wütend aufgestampft. Doch wie laut sie auch sprach, wie heftig sie sich gebärdete – sie hatte nicht das Gefühl, an ihn heranzudringen. Gleichgültig zuckte er die Schultern und drehte sich um – so wie er sich schon so oft von ihr abgewandt hatte, ganz gleich, ob sie ein neues Kleid trug oder nicht, ganz gleich, ob sie ihm hilfreich zur Seite stand, ganz gleich schließlich, dass er ihr nach dem, was er in Saint-Marthe angerichtet hatte, Obhut schuldig wäre. Sie vermeinte, Galle zu schmecken, als sie zusehen musste, wie sämtliche Vorwürfe an ihm abprallten, ja, nicht nur diese, sondern alles, was sie jemals zu ihm gesagt, für ihn getan hatte, was sie über ihn dachte und von ihm erhoffte.

Er scherte sich nicht um sie.

So nicht!, dröhnte es ihr durch den Kopf, und im nächsten Augenblick war sie auf ihn zugestürzt, packte ihn und schlug wie von Sinnen auf ihn ein. Zu überraschend fiel ihr Angriff aus, als dass er ihm etwas hätte entgegensetzen können, und im nächsten Augenblick lagen sie schon beide am Boden und drehten sich mehrmals um die eigene Achse. Hart stießen seine Knochen in ihr Fleisch.

Eigentlich fühlte sie ihn zum ersten Mal. Sie konnte sich zwar an seine Hände erinnern, als er sie damals, im Meer vor Saint-Marthe tanzend, gepackt und gehalten hatte, doch nicht an Schultern, die auf ihre stießen, nicht an einen sehnigen Bauch, der ihr den Atem wegpresste, nicht an schlaksige Beine, die sich ungelenk strampelnd zwischen die ihren verirrten. Sein Atem traf sie, Tropfen seines Speichels, vor allem aber der Blick seiner aufgerissenen Augen, in denen Überraschung stand, auch Schrecken und Verwirrung über so viel Nähe.

Sie schmeckte beides auch, nicht sicher, ob es eine Wohltat versprach, so dicht an ihn gepresst zu liegen, und doch lachte sie auf, triumphierend, dass er ihr nicht entkommen konnte, dass er vielmehr ihr gehörte, ganz und gar. Er versuchte zwar aufzustehen, doch aus Angst um seine geschmeidigen Hände wagte er es nicht, diese zu benutzen, als sie ihn noch fester packte, und ergab sich schließlich ohne Widerstand. Mühelos konnte sie ihn nun auf den Rücken wälzen, sich auf ihn setzen, ihn so gefangen halten.

Ja, ging ihr wieder durch den Kopf, er gehörte ihr, ganz und gar, er konnte sich ihr nicht entziehen!

Dicht beugte sie sich über sein Gesicht, senkte ihre Lippen ganz nahe an die seinen; noch ehe sie sich berührten, vermeinte sie Josses fleischige Lippen zu fühlen, die ihr seinerzeit einen Kuss gestohlen hatten. Nun war sie in der Lage, zu stehlen – nicht nur einen Kuss, sondern auch die Macht, seine Regungen den ihren zu unterwerfen, sich seinen Körper, ähnlich wie er den der Toten, anzueignen, seinen Blick, wenn er sie denn schon nicht freiwillig ansah, zu erzwingen.

Ich küsse ihn! Und dann muss auch er mich küssen! Er kann gar nicht anders!

Immer noch hielt sie Abstand, presste die Lippen nicht auf die seinen, labte sich allein an der Vorstellung, es zu tun – einer Vorstellung, die ebenso aufregend war wie kaum erträglich. Heiß und kalt wurde ihr in gleicher Weise. Die Gier, ihn zu beißen und zu küssen und zu lecken und zu schlagen und zu kneifen war so groß, dass sie nicht entscheiden konnte, womit sie anfangen sollte, und während sie noch schwankte, beschwor sowohl das eine wie auch das andere unendlichen Ekel. Sein Leib versteifte sich, und als sie seinen Atem nicht mehr spürte, nicht das Pulsieren seines Herzens, so war ihr kurz, als wäre er tot und als würde sie nicht seine warme Haut und sein kräftiges Haar berühren, sondern in Louises Gedärmen wühlen, aus denen sich nur Schmutz und Unrat pressen ließ. Vor lauter Schreck darüber, ihn noch mehr als zu bestrafen lieber loswerden zu wollen, packte sie ihn noch fester.

Das Röcheln, das er daraufhin ausstieß, ließ sie endgültig erkalten. Sie fuhr zurück mit dem heftigen Verlangen, sich augenblicklich zu waschen, in jenem Tümpel zu versinken, worin sie eben noch ihr Haar ausgespült hatte. Sie sprang auf, blickte wie erstarrt an sich herab, gewiss, dass dort, wo sie gerade noch den Druck seiner Glieder gespürt hatte, die Haut aufbrechen, Blut und Eiter hervorfließen müssten. Doch nichts dergleichen beschmutzte sie; sie sah nur, dass ihr neues Kleid Grasflecken abbekommen hatte und manche Falte.

Erst als sich auch Aurel wieder regte, hochsprang und so hastig davonstürmte, als wäre er vom Teufel gejagt, wurde ihr Mund von einem breiten Lächeln verzogen.

Ich hätte ihn küssen können, dachte sie, und nun, da sie nicht mehr kurz davorstand, fühlte sich von dem Gedanken nicht länger angewidert, sondern stolz. Ja, wenn ich es gewollt hätte, ich hätte ihn küssen können, ihn halten, ihn umarmen, ihn nicht wieder loslassen…

»Ja, ja«, rief sie ihm höhnisch hinterher, und jener wohlige Schauder, den sie eben noch fast schmerzhaft vermisst hatte, rann über ihren Rücken. »Flieh nur zu deinem Leichenarm!«

Emy floh nicht. Ihr sonderbares Treiben war ihm gewiss nicht entgangen. Doch nun saß er mit gesenktem Blick auf dem Boden, die Beine überkreuzt und wie so oft an einem Grashalm kauend. Seine Lippen zuckten verräterisch – war es ein Ausdruck der Belustigung oder des Entsetzens?

Nun prustete sie selbst los und kicherte so lange, bis aus ihrem Lachen ein Würgen wurde und aus schriller Belustigung Erschöpfung. Nichts blieb von ihrem Triumph, als sie schließlich sah, wie Aurel in der Ferne wieder den Leichenarm hochhob und sich in seine Arbeit vertiefte.

Ja, sie hätte ihn küssen können, aber sie hatte es nicht getan.

Emy hob fragend den Kopf.

»Was ist?«, fuhr sie ihn an, und der Zorn kehrte wieder, giftiger als zuvor, nur diesmal ohne Ziel, auf das sie ihn hätte richten können.

»Nichts. Gar nichts«, sagte er rasch.

Indes sie verärgert aufstampfte, zuckte Emy nur mit den Schultern und kaute weiterhin an seinem Grashalm.

Still verliefen die nächsten Tage. Emy hatte schon immer an Worten gespart, doch nun erwies sich auch Aurel als ausgesprochen maulfaul. Alaïs wusste nicht, ob er verwirrt war oder ärgerlich, ob er über ihre scharfen Worte und ihren unvermuteten Angriff nachdachte oder vielmehr befremdet war, dergleichen überhaupt ertragen zu müssen. Sie versuchte nicht, es zu ergründen, sondern wich seiner Gesellschaft aus und war auch nicht bereit, ihm wie sonst zur Hand zu gehen.

So trüb wie ihre Stimmung war das Wetter. Kühler Wind blähte ihre Kleidung, alsbald folgte Nieselregen. Alaïs fröstelte, umso mehr beim Anblick der an dieser Stelle breiter werdenden Rhône. Abgründig deuchte sie das dunkle Wasser, ganz ohne die Lieblichkeit von glitzernden Sonnenstrahlen. Das Tosen glich einem unheilvollen Chor ertrunkener Kreaturen, die Äste der Bäume, die in Ufernähe schwer ins Wasser hingen, wirkten wie ein unentwirrbares Dickicht.

Sie war erleichtert, in ein Dorf zu kommen – von Menschenhand errichtet, nicht von der geheimnisvollen Mutter Erde. Doch als Emy dessen Namen nannte, befielen sie wehmütige Erinnerungen.

An neuen Orten reizten sie die fremden Menschen. Doch der Name Tarascon war ihr vertraut, denn hier wurde die heilige Martha in gleicher Weise verehrt wie in ihrem Heimatdorf. Ihr Vater hatte ihr einst von dem Ungeheuer Tarasque erzählt, das hier wütete, schließlich aber von Martha von Bethanien bezähmt wurde, die mit ihren Geschwistern Maria und Lazarus in die Provence gekommen war. Die Bewohner, die wochenlang von dem Ungeheuer heimgesucht worden waren, hatten sich freilich nicht davon beschwichtigen lassen, dass sich im Angesicht der Heiligen seine böse, gefährliche Natur gewandelt hätte, sondern töteten es dennoch. Mit wüstesten Geräuschen hatte Ray den Untergang der armen Kreatur ausgeschmückt, mit Krächzen und Niesen, Kreischen und Getrommel, und obwohl Caterina mahnte, er möge das Kind nicht unnötig erschrecken, hatte Alaïs heftig gelacht.

Heute gab es nichts zu lachen. Der Marktplatz, der sie erwartete, war fast leer. Obwohl der Nieselregen endlich nachließ, hielt das kühle Wetter die Menschen in den Häusern.

Viel lahmer als sonst und ziemlich unschlüssig begann Emy, Aurel als kundigen Medicus anzupreisen. Alaïs achtete nicht auf seine Worte, sondern suchte in einer Nische der steinernen Kirche Zuflucht, wo sie müde und immer noch fröstelnd auf den Boden sank. In Aurels Gesicht hingegen breiteten sich Unrast und Missmut aus.

Unwillkürlich grinste sie und gönnte ihm die erzwungene Untätigkeit von ganzem Herzen. Sollte er sich nur zu Tode langweilen! Sollte er an dem schlechten Wetter nicht minder leiden als sie! Sollte er nur fühlen, wie es war, den eigenen Willen nicht zu bekommen!

Das Schicksal freilich, so musste sie alsbald feststellen, gebärdete sich nicht ähnlich rachsüchtig wie sie. Kaum hatte Emy begonnen, seine üblichen werbenden Worte zu sprechen – er setzte darauf, dass jene Menschen, die hier am Marktplatz fehlten, hinter geschlossenen Fenstern hockten und von dort aus lauschten –, da stürzte aus einem der Häuser eine Mutter, ihr Antlitz sichtlich erregt, und rief ihnen verzweifelt zu, dass den kleinen Sohn seit geraumer Zeit ein grässliches Leiden plage. So aufgewühlt und tränenreich sprach sie, dass es schwer war, den Worten einen rechten Zusammenhang zu entnehmen, doch nachdem Aurel mehrmals nachgefragt hatte, wurden die Symptome offensichtlich: Der Knabe litt an unerträglichen Schmerzen im Bauch, hatte große Probleme beim Wasserlassen und blutete nicht selten dabei.

Alaïs sah, wie aus Aurels gelangweilten, verhaltenen Gesten plötzlich ruckartige wurden. Seine Wangen begannen trotz der kühlen Luft zu glühen. Gar nicht schnell genug konnte er der Frau folgen.

Ein Kind leidet, und er ist begeistert, ging es Alaïs missmutig durch den Kopf.

Sie überlegte, ihm aus Trotz nicht zu folgen, war aber von der erhofften Wärme in der Stube zu sehr bestochen, um das Haus zu meiden. In dieser Gegend sahen alle Häuser gleich aus: Sie waren aus dem sandfarbenen, in der Sonne rötlich glänzenden Stein gehauen, die besseren hatten ein Dachgeschoss, die ärmeren, wie dieses hier, waren ebenerdig. Scharf biss der Rauch, der aus der Feuerstelle hochstieg. An Haken hingen getrocknete Kräuter und ein Laib Schinken von der Decke – Letzterer war vor Ratten dort am besten geschützt. Der kranke Knabe wälzte sich auf einem Stück Fell, das ihm die Mutter in der Mitte der Stube ausgebreitet hatte, er hatte keine eigene Schlafstatt. Mehrere Geschwister standen herum, beglotzten entweder hilflos oder gelangweilt den leidenden Bruder und wurden nun von der Mutter ins Freie geschubst.

Aurel indes hatte sich niedergelassen und machte sich am Leib des Kindes zu schaffen. Da Alaïs bei der Tür stehen geblieben war, konnte sie nicht genau erkennen, was er tat, nur, dass der Junge trotz Unwohlseins noch wach genug war, ein angstvolles Gesicht zu machen und Schreie auszustoßen, zunächst kaum lauter als ein Wimmern, dann hoch und laut. Es war nicht gewiss, ob er vor Angst oder vor Schmerzen schrie – nur, dass es eines Menschen bedurft hätte, der ihn hielt und ihm tröstend über die Stirn strich.

Die Mutter tat es nicht, war vielmehr starr vor Erleichterung, dass dieser Fremde sich seiner Sache sicher zu sein schien. Aurel hingegen war viel zu fasziniert von der Krankheit, um das Kind zu beschwichtigen, und Emy machte sich an dem Lederbeutel zu schaffen, um Werkzeug vorzubereiten für jene Operation, die Aurel nun ankündigte.

»Es ist ein Blasenstein«, stellte er fest, »ganz ohne Zweifel. Ungewöhnlich bei einem Knaben seines Alters, aber durchaus möglich.«

»Ihr könnt ihn gesund machen?«, stammelte die Mutter.

»Das kann ich, aber es wird nicht leicht sein.«

Ausufernd wie stets erklärte er die bevorstehende Operation – nicht anderen Menschen, sondern eher sich selbst, indem er sich die notwendigen Schritte vor Augen führte. Der Zeige- und Mittelfinger müssten in den After des Kranken eingeführt werden, um den Stein zu ertasten. Sobald dieser fixiert war, müsse die dünne Haut zwischen Skrotum und After mit einem halbmondförmigen Schnitt durchtrennt werden. Danach galt es, parallel dazu einen zweiten Schnitt um den Blasenhals zu setzen, der in jedem Fall größer als der Stein zu sein habe. Entweder lasse sich der Stein sodann mit der Hand entfernen, oder aber mit einem Haken, der möglichst stumpf und platt sein müsse.

Während er sprach, klang er unglaublich stolz. Weder gewahrte er, wie sich der Schrecken in den Augen des Knaben verstärkte, noch wie die Mutter still zu heulen begann, vor Angst und Ekel gleichermaßen schaudernd.

Warum kann er nicht einfach anfangen, dachte Alaïs ärgerlich, warum muss er aller Welt erst erklären, wie gut er's kann. Zunächst blieb sie still bei der Türe stehen.

Doch dann ging Aurel daran, den Jungen auf den Holztisch zu legen, wo ansonsten das kärgliche Mahl gegessen wurde. Darauf nicht vorbereitet, vergaß der Knabe zunächst, sich zu wehren. Kaum lag er auf der harten Tischplatte, begann er freilich nicht nur zu schreien, sondern mit Händen und Füßen um sich zu schlagen.

Aurel blieb davon unbeeindruckt, wandte sich um und ließ sich von Emy zwei Stricke reichen. Anstatt den Knaben mit Worten zu beschwichtigen, setzte er lieber darauf, der körperlich Stärkere zu sein. Als wäre es ein Tier, das man zur Schlachtbank führt, begann er, den Knaben mit Händen und Füßen an die Tischbeine zu fesseln, auf dass er sich nicht rühren konnte. Seine Bewegungen mochten nicht brutal gemeint sein, fielen aber so aus. Nun konnte Alaïs nicht länger ruhig stehen bleiben.

»Bist du verrückt geworden?«, schrie sie ihn an.

Der Knabe, der sich verzweifelt wand, hielt ob des unerwarteten Tons inne. Auch Aurel blickte überrascht hoch.

»Ich muss den Blasenstein entfernen! Er stirbt womöglich, wenn ich's nicht tue!«

Alaïs stampfte auf den lehmigen Boden. »Ja, hörst du denn nicht, dass er vor Angst brüllt?«

Aurel blickte noch erstaunter und legte dann den Kopf schief, als müsste er aufmerksam darauf lauschen, was ihm bis jetzt entgangen war.

Alaïs ballte ihre Hände zu Fäusten. »Du hast kein Herz, Aurel!«, zischte sie.

Er zuckte hilflos die Schultern. »Das Herz ist das wichtigste Organ im Körper des Menschen. Es sorgt dafür, dass arterielles und venöses Blut durch den Körper fließt. Ersteres bringt Lebenskraft. Letzteres ernährt den Körper.«

Alaïs verdrehte nur die Augen, dann wandte sie sich an den Jungen. »Schsch«, machte sie, indes sie ihm beruhigend über den Kopf strich. »Hab keine Angst, du musst nicht weinen.«

Sie lockerte die Knoten der Fesseln und befreite ihn daraus. Gleichwohl sie ihn von dem Zustand erlöst hatte, traf doch der erste Faustschlag sie. Obwohl der Schlag nicht fest war und sie den Kranken gleich zu bändigen versuchte, teilte der Knabe mehrere Tritte und Schläge aus. Wieder schrie er, die Augen zu Schlitzen zusammengepresst.

»Schsch«, machte Alaïs wieder.

»Wenn ich ihn nicht operieren kann, wird er vielleicht sterben, willst du das?«, schaltete sich Aurel wieder ein, der sie kopfschüttelnd beobachtet hatte.

Alaïs barg das verheulte Gesicht des Knaben an ihrer Brust. Langsam fielen seine Stöße gemäßigter aus, sein Geschrei verstummte. Sie konnte sich nicht daran erinnern, dass es ihr jemals nicht widerwärtig gewesen war, ein Kind zu halten. In ganz Saint-Marthe kannte sie keines, das nicht nach Milch und nach Urin roch, entweder noch unsicher durch die Welt tapste oder abenteuerlustig auf Streiche aus war – und den Erwachsenen sowohl in dem einen wie dem anderen Zustand eine Qual war. Sie hatte immer vollstes Verständnis für die Fischer, die zudroschen, wenn ihre Blagen ihnen lästig wurden – jedoch nie verstanden, welches Vergnügen ihr Vater, der als Einziger eine Ausnahme bildete, daran fand, mit den Kleinen zu spielen. Eines dieser Spiele, das ihr jetzt wieder einfiel, sah vor, dass er einen Medicus nachmachte, während die Kinder vermeintliche Krankheiten vortäuschten.

Doch in diesem Augenblick bedurfte es keinerlei Überwindung, den Knaben zu trösten. Als er sich endlich nicht mehr gegen ihren Griff wehrte, blickte sie Aurel herausfordernd an.

»Natürlich soll er nicht sterben«, erklärte sie, »natürlich sollst du ihn behandeln! Aber denkst du nicht, seine Schmerzen würden geringer ausfallen, wenn er nicht derart panisch gestimmt ist? Wenn er weiß, wer du bist und dass du ihm nichts Böses willst, wenn du ruhig erklärst, was du vorhast – dann wird es ihm doch leichter fallen, die Schmerzen zu ertragen! Er muss sich an dein Gesicht gewöhnen, deine Hände!«

Mit trotzig gerecktem Kinn hielt sie seinem Blick stand. Doch sie irrte, als sie Widerspruch erwartete, ja, insgeheim erhoffte, auf dass sie den Ärger, den sie nun schon seit Tagen wider ihn hegte, endlich ausspucken könnte.

Stattdessen runzelte er nachdenklich die Stirn, stützte sein Kinn auf seine Hand und betrachtete den Jungen aufmerksam. Dessen Atem hatte sich mittlerweile fast gänzlich beruhigt. Er hatte auch die Augen wieder geöffnet und starrte Aurel nun furchtsam an.

»Woher weißt du das?«, fragte er, an Alaïs gewandt. »Du kannst doch nicht lesen!«

»Muss ich lesen können, um zu wissen, dass ein friedliches Kind besser zu behandeln ist als ein brüllendes, ängstliches?«

Noch tiefer gruben sich die Falten auf seiner Stirn.

»Ich habe nicht daran gedacht … doch Henri de Mondeville hat Ähnliches beschrieben: Kranke, die dem *Cyrurgicus* vertrauen, können besser geheilt werden. Und dieser solle alles dafür tun, keine Gefühle zu zeigen und den Patienten nicht zu beunruhigen. Wie konnte ich das nur vergessen?«

Sie wusste nicht genau, ob seine Worte als Schelte für seine eigene Achtlosigkeit gemeint waren oder als Lob für sie. Doch in dem Augenblick erhob er sich schon, trat zu ihr und packte sie an den Schultern.

»Ich weiß nicht warum«, rief er begeistert, »aber du hast es genau richtig gemacht. Man behandelt nicht den Menschen an sich, sondern jede Person als ganz besonderes Individuum. Auch das hat Henri de Mondeville geschrieben. Ich habe das nicht bedacht – aber du, du hast genau gewusst, was zu tun war!«

Er lachte auf – jener Laut, der ihm häufig entfuhr, wenn er eine grundlegende Entdeckung machte. Noch nie hatte er sie derart begeistert angestrahlt, noch nie ihren Leib so fest an sich gedrückt.

Verwirrt zuckte Alaïs zurück, doch er bemerkte es gar nicht. »Du wirst mir künftig eine große Hilfe sein! Wenn dir gelungen ist, diesen Knaben zu beschwichtigen, so wirst du ebenso gut mit allen anderen ängstlichen Menschen umgehen können, nicht wahr? Du wirst sie beruhigen, du wirst ihnen alles erklären. Und du wirst dafür sorgen, dass sie mir vertrauen.«

Sein Lächeln war so mitreißend, dass sie schließlich gar nicht anders konnte, als es zu erwidern. Ebenso wenig konnte sie verhindern, dass sich das heftig ersehnte, so lange ausgebliebene Lob über sämtlichen Argwohn und Ärger der letzten Tage legte, ebenso süß und ebenso klebrig wie Honig.

Ihre Wangen glühten rot vor Stolz. Erst als sie auf das verheulte Gesicht des kranken Jungen blickte, fragte sie sich, ob Aurels Lob es wert war, künftig freundlich zu diesen Bälgern zu sein.

Die Vorstellung, ihn neuerlich zu streicheln, widerte sie an. Es war ihr unbegreiflich, mit welcher Hingabe sie ihn eben noch getröstet hatte.

X. Kapitel

Noch enger arbeitete sie fortan an Aurels Seite, auch weiterhin nicht gewiss, ob ihr das zum Vorteil gereichte, aber davon bestochen, dass sie zumindest einmal seine Aufmerksamkeit gewonnen hatte. Nun reichte sie ihm nicht nur Verbände und Salben, Nadeln und Tinkturen, sondern sprach vor der Behandlung mit den Menschen, erklärte ihnen, was geschehen würde, ermutigte und tröstete sie – und handelte nicht selten den Preis aus.

Von allem machte ihr das am meisten Spaß. Emy hatte sich bislang darum gekümmert, und er war bewährt genug darin, auf dass sie neue Medizin und ausreichend Essen kaufen und sich dann und wann eine Nachtunterkunft leisten konnten. Doch sie – und das bereitete ihr große Genugtuung – erwies sich als besser, nämlich unerbittlicher in den Forderungen. Wenn in ihr stiller Ärger auf Aurel hochstieg, wurde sie ihn häufig los, indem sie mit der zeternden Stimme eines Marktweibes mit einem störrischen Kranken feilschte. Noch leichter kam ihr das über die Lippen, als Trost zu spenden.

Emy indes wurde zunehmend träge. Immer öfter kam es vor, dass er weit hinter ihnen zurückblieb. Auf Wiesen und Weiden blieb er hocken, hielt sein Gesicht in die Sonne oder suchte, als die Strahlen immer beißender wurden, Labsal im Schatten von Bäumen.

Dass er so Nebensächliches wie einen milden Windhauch genießen konnte, befremdete Alaïs weiterhin, ebenso wie seine Weigerung, sich zu beeilen. Ein wenig besser verstand sie beiderlei Trachten jedoch, als die Sommerhitze immer gnadenloser das Land verbrannte, aus vormals frischen, grünen Wiesen braun verdorrte machte und sämtliche Farben der Blüten und Knospen mit einem unerträglich gleißenden Licht verschluckte.

Schon zeitig am Tag schien die Sonne förmlich zu zerfließen, als würde sie nach der weiten Reise, die sie morgens im Osten angetreten hatte, unerträglich schwitzen. Abends blutete sie nicht minder als Alaïs' Fersen, für die das lange Gehen immer mühseliger wurde. Irgendwo still zu sitzen, ward Labsal, am Abend einzuschlafen wie ein Stein, war ein Genuss.

Auch Aurel, nicht minder zäh als sie und stets bereit, den eigenen Körper zu knechten, zollte der Hitze schließlich Tribut und schlug eines Vormittags freiwillig eine Rast vor, die mindestens bis zum nächsten Tag dauern sollte.

Sie waren in der Nähe der Sorgue, deren Ufer sumpfig und dicht begrast waren, und Alaïs erinnerte sich an die Worte ihres Vaters, wonach man hier nicht nur Flusskrebse einsammeln, sondern auch die besten Saiblinge und Forellen des Landes fangen konnte. Gleichwohl er ein Fischer des Meeres war, hatte er lange vor ihrer Geburt hier mit bloßen Händen Fische gefangen – in Begleitung der älteren Brüder von Alaïs, die damals noch Kinder waren. Raimon war es nicht gelungen, die Fische ganz ohne Netz und Angel zu packen, doch Félipe hatte sich geschickter angestellt und noch Jahre später mit seinen Fängen geprahlt.

Alaïs hatte damals entgegnet, dass sie es gewiss genauso gut zustande brächte, woraufhin Caterina gemahnt hatte, den Frauen stünde es besser an, den Fisch zu braten, statt ihn mit bloßen Händen aus dem Wasser zu zerren. Nun freilich konnte die ferne Mutter kein entsprechendes Verbot aussprechen.

»Wenn du meinst«, sagte Emy, nachdem sie ihm vorgeschlagen hatte, nach Fischen zu jagen, »dann wollen wir es doch versuchen!«

Alaïs juchzte auf. »Wollen wir darauf wetten, wem es als Erstem gelingt, einen zu fangen?«, rief sie begeistert.

»Zu welchem Preis?«, fragte Emy. Er hatte sichtlich Spaß an dem Spiel.

»Wer ihn fängt, muss ihn nicht braten!«

Wenig später standen sie bis zu den Knien im Fluss. Das Wasser war eisig kalt, und sie mussten lange herumwaten, bis sie eine Stelle fanden, an der sie ruhig stehen konnten und nicht entweder von der Strömung mitgerissen wurden oder im sandig-schlammigen Grund versanken. Aurel achtete nicht auf sie. Er hatte sich im Schatten eines Apfelbaums niedergelassen und blätterte dort in seinen Büchern. Alaïs indessen knotete die Enden ihrer Tunika um die Hüften, damit sie einen freien Blick auf das Wasser hatte. Krebsrot waren ihre Füße von der Kälte, doch sie unterdrückte das Zittern und versuchte, so reglos wie möglich zu stehen.

»Man muss warten, bis die Fische unmittelbar vor einem schwimmen. Und dann heißt es, blitzschnell zuzupacken und sie ans Ufer zu werfen!«

Dies war leichter gesagt als getan. Nicht nur, dass ihre Füße vor Kälte gefühllos wurden, bis sich einer der Fische auch nur in ihre Nähe wagte. Obendrein waren diese flugs wieder in den Tiefen der Fluten verschwunden, wenn sie ihre Hand auch nur nach ihnen ausstreckte. Und als es ihr schließlich, nach langem Fluchen, doch gelang, eines der etwas trägeren Exemplare zu erwischen, zappelte der Fisch dermaßen in ihren Händen, dass er ihr sofort wieder entglitt.

»Das geht unmöglich! Diese Biester sind viel zu schnell und viel zu glitschig!«

Empört stampfte sie mit ihrem Fuß auf den schlammigen Grund des Flusses. Emy lachte so laut und herzlich, wie sie ihn noch nie hatte lachen hören – und Alaïs konnte nicht anders, als es zu erwidern.

»Na warte!«, meinte sie gespielt streng, um im nächsten Augenblick ihre Faust ins Wasser sausen zu lassen – diesmal nicht zum Zwecke, einen Fisch zu fangen, sondern um Emy nasszuspritzen.

Abwehrend hob er die Hände, doch er floh nicht, sodass alsbald nicht nur seine Kleidung nassgesogen war, sondern es auch von seinen Haaren troff. Er schüttelte den Kopf, woraufhin nun Alaïs ein nasser Regen traf.

Sie kreischte auf und genoss die Kühle doch.

Erneut wollte sie sich rächen, doch mitten in der Bewegung hielt sie inne.

»Sieh doch!«

Manch einen Kaufmannszug hatten sie schon gesehen, seitdem sie auf Wanderschaft waren. Nicht selten schlossen sich mehrere Händler zusammen, um so der Gefahr zu entgehen, Opfer von Räuberbanden zu werden. Doch nie war ein Zug so lang gewesen wie jener, der sich nun am Ufer der Sorgue entlangwälzte. Holzwagen an Holzwagen reihte sich, von Maultieren oder Eseln gezogen, von Männern begleitet, die auf ihre zerbrechlichen Waren achtgaben oder aber die Wagen stützten, wenn es galt, die Räder über Steine zu bugsieren. Einige Lastenträger waren dabei, große Pakete geschultert, und eine Menge Reiter, die vor allem zu Beginn und am Ende des Zuges darauf achteten, dass er nicht zu langsam wurde oder gar abriss.

Alaïs starrte hingerissen auf die vielen Menschen. »Das muss ein reicher Kaufmann sein!«, stieß sie aus.

Emy nickte. »In der Tat.«

Selbst Aurel, ansonsten nicht sonderlich interessiert an den Menschen, die die Welt mit ihm bevölkerten, hatte sich erhoben und blickte auf den Zug. Freilich ward seine Aufmerksamkeit nicht lange gefesselt. Schon ließ er sich wieder nieder und vertiefte sich in eines seiner Bücher.

Deswegen sah er nicht, wie der Zug plötzlich in Schwierigkeiten geriet, als er eine scharfe Kurve nahm. Eines der Räder rumpelte dabei besonders laut. Der Begleiter, der über diesen Wagen wachte, stieg vom Pferd und beugte sich nieder, schien es zu prüfen und gab schließlich den Befehl zum Weitermarsch – verfrüht, wie sich zeigte. Ein Knall ertönte, noch lauter als das bisherige Quietschen und Stöhnen und Schnauben. Das Rad brach nicht einfach entzwei oder fiel ab, nein, es schien förmlich vom Wagen zu springen und rollte hernach den kleinen Abhang herunter, der zwischen Weg und Fluss lag. Alaïs sah, wie es sich selbst dann noch drehte, als es längst in den Fluten versank. Der Mann, der es eben hatte überprüfen wollen, fluchte und beugte sich noch tiefer. Ihm entging, dass der Wagen, der bereits schräg lag, auf dem trockenen Boden noch weiterrutschte und gefährlich nahe an den Abhang herankam.

Alaïs hielt vor Schreck die Luft an, als sie das Unglück kommen sah.

»Gebt acht!«, schrie Emy, geistesgegenwärtiger als sie.

Es war zu spät. Mit einem Ruck rutschte der Wagen über die Böschung und traf dabei den Mann. Noch suchte er sich gegen das Gewicht zu stemmen – und vermochte die Wucht doch nicht zu mindern. Er schwankte, fiel, glitt auf der Böschung aus – und auf ihn prallte, all seine Last verlierend, der Wagen. Dieser stand erst wieder still, als der Mann ohnmächtig inmitten des zerborstenen Holzes im Wasser des Flusses lag, aus dem Alaïs und Emy eben noch hatten Fisch fangen wollen.

Alaïs und Emy waren als Erste bei dem Mann. Er lag mit dem Gesicht nach unten, und als sie ihn ans Ufer zerrten und auf den Rücken wälzten, waren sie sich sicher, er wäre tot. Als Emy sich freilich über seinen Mund beugte, erklärte er, ihn atmen zu hören.

»Nicht mehr lange«, meinte Alaïs jedoch und deutete auf den Kopf des Mannes. Mochten sich die Lebensgeister noch an ihn klammern, bald würden sie doch von der Macht des Todes verjagt. Eine riesige Wunde klaffte auf seinem Hinterkopf, legte den weißen Knochen frei, und aus jenem ragten Splitter des Wagens.

Emy wich unwillkürlich zurück, doch in diesem Augenblick war Aurel zur Stelle. So schnell war er das Flussbett heruntergehetzt, dass er dabei gestürzt war. Erde und Gras klebten an seinen Knien und Händen, und noch während er sie im klaren Wasser des Flusses wusch, bellte er Anordnungen. »Meine Instrumente, Emy, schnell! Und du Alaïs, sieh zu, dass du den

Kopf ruhig hältst. Wir müssen ein Stück Holz finden, auf das wir ihn legen können.«

Emy stand auf und gehorchte ohne zu zögern. Alaïs hingegen rührte den Mann nicht an.

»Aurel ... er ist so gut wie tot. Sein Kopf ist zertrümmert.«

»Na und?«, schnaubte er grimmig.

Widerworte lagen ihr auf den Lippen, doch dann sah Alaïs, wie von oben her Männer des Kaufmannszuges zusammenströmten und einen Kreis um den Verletzten bildeten. Nicht alle waren vom Mitleid getrieben. Einer stürzte auf den zerborstenen Wagen, der halb im Wasser lag, und versuchte unter lautem Schreien herauszuziehen, was dort an kostbarer Fracht vergraben lag, ehe der Fluss es raubte.

»Na, mach schon!«, rief Aurel, und endlich bückte sich Alaïs. Sie wollte sich vor den neugierigen Augen der Fremden nicht die Blöße geben, mit ihm zu streiten.

In diesem Augenblick ging ein Ruck durch den Verletzten. Nun hörte auch sie ihn atmen und noch mehr: Er würgte, schien sich erbrechen zu müssen, doch heraus kam nichts als ein fadendünner, gelblicher Schleim.

»Schnell!«, schrie Aurel. »Dreh ihn auf die Seite.«

Noch ehe sie zupacken konnte, kam er ihr zuvor.

»Er erbricht sich, ohne etwas gegessen zu haben«, sinnierte er. »Das ist ein schlechtes Zeichen.«

Es hielt ihn jedoch nicht davon ab, tastend den Kopf zu untersuchen. An verschiedenen Stellen klopfte er auf die Knochen des Hauptes und achtete genau auf die Geräusche.

»Still!«, schrie er jenem Mann zu, der immer noch unter lautstarkem Fluchen beschäftigt war, die Ware zu retten. Überrascht hob der den Kopf. Doch es war ein anderer, der rüde fragte, was Aurel da täte.

»Ich bin *Cyrurgicus*. Wenn dieser Mann hier überleben soll, dann nur durch meine Hand.«

Wieder klopfte er gegen den Kopf – der Laut klang schwerfällig und matt.

»Komm!«, sagte er zu Alaïs. »Halt ihm den Mund zu!«

Sie verbiss sich die Frage, welchem Zweck dies diente, denn sie wollte nicht ähnlich dümmlich erscheinen wie die glotzenden Zuschauer. Keiner von ihnen wagte einzuschreiten und Aurel an seinem Tun zu hindern, doch in den meisten Gesichtern breiteten sich Ungläubigkeit und schließlich Misstrauen aus.

Aurel achtete nicht darauf, sondern senkte sein Gesicht ganz dicht über den Kopf des Verletzten. »Siehst du«, erklärte er schließlich. »Die Luft beim Ausatmen bläht nicht die Wangen auf, was heißt, dass sie durch den Schädel entweicht. Und das wiederum bedeutet, es ist eine Fraktur. Noch besser könnte ich es belegen, hätte ich Tinte, um sie auf die Knochen zu schütten. Dadurch würde der Bruch sichtbar. Worauf es jetzt ankommt, ist, die Splitter zu beseitigen und den Knochen wieder einzurichten.«

Kurz schlich sich ein Zögern in sein Gesicht – ein befremdlicher Ausdruck, den Alaïs noch nie bei ihm gesehen hatte. Emy, der mit dem Lederbeutel an ihre Seite zurückgekehrt war, bemerkte ihn ebenso. »Aurel«, sagte er leise, damit die Umstehenden seinen Zweifel nicht hören konnten, »du hast das noch nie getan!«

Aurels gerunzelte Stirne glättete sich rasch wieder.

»Aber ich habe zugeschaut!«, rief er eifrig. »Erinnerst du dich? Ich habe dir erzählt … von jenem Mann, der an einer Geschwulst an der äußeren Hirnhaut gelitten hat. Man hat ihm den Schädel geöffnet und …«

»Dieser Mann ist gestorben.«

»Ja, weil man zu lange gewartet hat. Das Gewebe war schon verfault, der Kranke litt seit Ewigkeiten an erheblichen Kopfschmerzen. Gerade deswegen sollten wir uns beeilen.« Er hob den Blick und fuhr unvermittelt die Umstehenden an: »Was steht ihr rum und starrt mich an? Holt mir ein Holzbrett, das als Trage taugt. Eigentlich sollten wir ihn in ein Haus schaffen, doch das ist zu weit. Bringen wir ihn also zumindest in den Schatten.«

Obwohl das Misstrauen nicht aus den Gesichtern der Männer schwand, gehorchte man ihm.

Als der Verletzte endlich auf dem Holzbrett lag, regte er sich erneut. Seine Augen blieben geschlossen, aber er atmete heftig, erbrach wieder den Schleim und begann schließlich zu stöhnen. Alaïs, die bislang – Aurels Anweisung folgend – versucht hatte, seinen Kopf ruhig zu halten, kam nicht mehr gegen die Bewegungen an. Emy half ihr nun, doch auch gemeinsam vermochten sie nicht, ihn zur Ruhe bringen – zu übermächtig waren Schock und Schmerzen.

»Schnell!«, rief Aurel. »Gebt mir ein Seil, am besten ein gewachstes. Da hinein soll er beißen, auf dass er nicht seine Zunge erwischt.«

»Aurel…«, murmelte Emy wieder zweifelnd. »Er erträgt es doch jetzt schon kaum… Wie willst du ihn behandeln, wenn er doch…«

»Wir müssen Baumwolle in seine Ohren stopfen, damit er keine erschreckenden Geräusche hört, wenn ich die Schädeldecke weiter öffne.«

Emy sagte nichts mehr, aber zuckte die Schultern. Die Umstehenden antworteten mit einem Raunen auf Aurels Ankündigung. Alaïs verstand nicht alles, was sie sagten, nur manche Wortfetzen – und jene verhießen, dass man den Unglücklichen lieber in Frieden sterben lassen sollte, anstatt ihn derart zu martern.

»Aurel, du kannst doch nicht…«, setzte nun auch sie an.

Aurel stampfte ungeduldig auf.

»Dann stellen wir ihn eben mit einem Schlafschwamm ruhig.«

»Einem was?«, entfuhr es Alaïs.

»Einem *Spongium somniferum*«, sagte er schlicht, als wäre es leichter für sie, das lateinische Wort zu verstehen.

Indessen Aurel bereits in seinem Lederbeutel kramte, raunte Emy ihr zu: »'s ist ein Tolltrank. Erfunden von arabischen Medizinern, zunächst von den Salernern, dann von Theodoric übernommen.«

Einer der Umstehenden hatte nur das Wort Tolltrank vernommen und schritt nun empört auf Aurel zu. »Ein Tolltrank? Was zum Teufel habt Ihr vor? Wollt Ihr ihn vergiften?«

Irgendjemand bekreuzigte sich.

»Opium, Bilsenkraut, Alraunblätter gehören dazu«, begann Aurel aufzuzählen, »der Saft noch nicht reifer Maulbeeren, Thalmkraut und Thalmwurz, desgleichen Schierlingssaft, Eppensaft, Lattichsamen und Kellerhalskörner. Ja, das ist die rechte Mischung. Von allem gilt es ein Loth zu nehmen, es zu zerstoßen und durch ein Tuch zu seihen. Hinein wird ein Schwamm gelegt, bis er vollgesogen ist, und dann in die Sonne gestellt, bis er trocknet.«

Er sprach so schnell, dass man ihn kaum verstehen konnte. Doch die Fülle an Worten schien nicht nur ihm Festigkeit zu geben, sondern auch den zweifelnden Mann zu beschwichtigen.

»Ihr denkt wirklich, dass Ihr ihn retten könnt?«, fragte der.

Aurel zog etwas aus dem Lederbeutel hervor, das Alaïs an einen verschrumpelten Apfel erinnerte. »Man kann solche Schlafschwämme mehrmals gebrauchen«, erklärte Aurel. »Ich habe noch einen… Bringt mir Wasser vom Fluss! Wir müssen es über dem Feuer warm machen! Und ja…«, er wandte sich flüchtig an die Umstehenden. »Ja, ich denke, ich kann ihn retten.«

Nachdem der Schlafschwamm in warmes Wasser gelegt und ausgewrungen worden war, presste Aurel ihn an den Mund und die Nase des Patienten. Ob er wirklich seine Wirkung tat oder der Mann von Schmerzen und Erschöpfung in Ohnmacht getrieben wurde, vermochte Alaïs nicht mit Sicherheit zu sagen – in jedem Fall wurde sein Atem schwächer, und schließlich rührte er sich nicht mehr.

Mühelos konnte sie nun seinen Kopf festhalten, als Aurel ihn rasierte. Emy fragte unterdessen die Umstehenden, ob sie auch mit dergleichen wie Seide handelten – für den späteren Verband könne man nicht mit gröberen Stoffen als diesem arbeiten.

»Was habt Ihr vor?«, fragte einer daraufhin.

»Ich muss die Wunde vergrößern«, erklärte Aurel, »um die Splitter herauszuziehen. Zwei Schnitte werde ich machen, kreuz und quer. An den Spitzen der Hautlappen werde ich einen Faden festnähen, um sie zurückzuziehen und sie mit dem Messer vom darunter liegenden Knochen zu trennen.«

Wie zuvor, da es um den Einsatz des Schlafschwamms gegangen war, wurde Protest laut.

»Ihr könnt doch nicht den Schädel öffnen!«, rief einer.

»Er wird entweder sterben oder den Verstand verlieren!«, schrie ein anderer.

Aurel hob den Kopf, blickte in die zweifelnden Gesichter.

»Es mag euch sonderbar erscheinen«, setzte er an, »doch ist dies eine probate Maßnahme, auf die schon viele Chirurgen zurückgegriffen haben – auch bei anderen Krankheiten. Roger von Salerno hat geraten, den Schädel anzubohren, um die Schwermut eines Geisteskranken entweichen zu lassen. Ich freilich will gar nichts anbohren, vielmehr nur die Haut aufschneiden, um die gebrochenen Knochen wieder einzurichten.« Er wandte sich Alaïs zu, sprach jedoch mit lauter Stimme fort, sodass alle ihn weiterhin hören konnten. »Greif nun tiefer. Du musst seinen Nacken stützen – und deine Hände dürfen nicht zittern.«

Sie nickte, ihr Mund war wie ausgedörrt vor Aufregung. Der Nacken des Mannes fühlte sich kalt und feucht an. Sie beobachtete, wie Aurel den Schnitt der Kopfhaut vergrößerte. Ein Stöhnen wurde laut, doch es stammte nicht vom Kranken, sondern von den Umstehenden. Manch einer schien sich voll Ekel fortzudrehen, und auch in Alaïs' Magen grummelte es leicht. Doch das Unbehagen stieg nicht höher, brachte weder ihre Hände zum Zittern noch ihre Kehle zum Würgen.

Aurel fuhr fort zu sprechen, erklärte nicht nur, was er als Nächstes zu tun gedachte, sondern auch, warum dies angeraten war.

»Die alte Schule sieht bei Kopfverletzungen vor, dass alles Störende aus der Wunde zu befreien ist, sämtliche Fremdgegenstände wie zersplittertes Holz, auch die gebrochenen Knochen. Andere sagen, man möge dergleichen drinnen lassen, das Wichtigste sei, man greife nicht in die Wunde, weder mit den Fingern noch mit einem Instrument.«

Er machte eine kurze Pause. »Wie so oft ist der Mittelweg angeraten«, setzte er hinzu. »Ich folge darum dem Vorschlag von Henri de Mondeville. Alles, was leicht herauszulösen ist, soll man herauslösen, sagt jener, auch Knochenteile. Ist es hingegen schwer herauslösen, soll man sich bemühen, nur das unnatürliche Material zu entfernen oder die Knochenteile, die die *Dura Mater* verletzen. So es denn möglich ist, soll man mit seinen Händen arbeiten, jedoch nicht zu tief in die Wunde greifen. Erst wenn es den Fingern nicht gelingt, soll man zu Instrumenten greifen, aber nicht zu scharfen und spitzen.«

Flink gingen seine Finger ans Werk, während er sprach. Obwohl Alaïs ihren Blick starr darauf gerichtet hatte, hätte sie später nicht mehr beschreiben können, was er genau getan hatte. Seine Miene war konzentriert, aber so gleichmütig, als würde er einen Apfel schälen.

»Es verläuft alles gut!«, verkündete er schließlich. »Häufig muss man solche Operationen unterbrechen. Wenn der Puls zu schwach wird und die Gesichtsfarbe zu fahl. Eine derartige Pause darf wiederum nicht zu lange dauern. Aber seht ihr – hier ist es gar nicht notwendig. Ich werde den Schnitt über die Kopfhaut sogleich wieder zunähen.«

Trotz des Misstrauens hatte man ihnen – wie von Emy gefordert – Seide gebracht. Prüfend ließ Aurel seine Finger darüber gleiten, formte schließlich einen Ball daraus. »Ich werde sie nicht um den Kopf wickeln«, erklärte er, »sondern jenen Ball mit einem anderen Stoff auf die Wunde pressen. Das sorgt für mehr Druck. Macht Wein warm, damit wir die Seide darin tränken können! Und auf die Wunde sollten wir gesalzenen Honig träufeln.«

»Salz haben wir, aber keinen Honig.«

Aurel kniff nachdenklich die Augen zusammen. »Dann mach doch lieber ein Wundpflaster!«, befahl er Emy. »Es ist wichtig, damit es möglichen Eiter abzieht. Alaïs soll dir dabei helfen! Es ist nicht nötig, dass sie den Nacken länger stützt.«

Als sie den Verwundeten losließ, fühlte sie, wie steif ihre Glieder waren, wie ihr Nacken und ihre Knie schmerzten. Ihre

Haut kribbelte, als sie aufstand und sich streckte. Sie hatte kein Gefühl für die Zeit, die vergangen war, gewahrte nur, dass die Sonne nicht mehr so hoch am Himmel stand.

Wenn es um einfache Nähte ging, um Säfte gegen Fieber oder Salben für Abszesse, hatte ihr Emy kaum etwas voraus. Dieses Rezept freilich, das er ihr nun kundtat, kannte sie noch nicht. Man müsse Wegerich und Sellerie mit etwas Harz und geschmolzenem Wachs vermischen und dann Pistazienkerne hinzufügen, ehe ein Stück Leinen in jene Paste getaucht wurde, erklärte er ihr.

Als das Pflaster fertig war, begnügte sich Aurel nicht damit. »Wir müssen nicht nur seine Wunde behandeln, wir müssen ihn von innen stärken. Bereitet ihm einen Trank!«

Emy fragte nicht nach, welchen er wünschte, sondern schien es von allein zu wissen. Er fertigte den Wundtrank, indem er eine Unze frischen Zimt und eine halbe Unze frischen Ingwer und Paprikapulver, Galgant und Kardamom, Gewürznelken und schwarzen Pfeffer zerrieb, um zuletzt Wein unter die Zutaten zu mischen.

»Mach Feuer!«, hieß er Alaïs.

Er erhitzte die Mischung, bis kleine Bläschen entstanden, gab den Rest des Pulvers hinzu, den er zunächst noch übrig gelassen hatte, und rührte noch etwas Wein hinein.

»Eigentlich gehört noch Honig dazu… aber den haben wir eben nicht«, erklärte er.

Er ließ die Masse so lange kochen, bis eine klebrige Paste entstand.

»Wenn er tatsächlich genesen sollte, können wir ihm später noch ein anderes Pulver machen«, sprach er, »aus Nelkenwurz, Baldrian und Enzian, dazu ein wenig Habichtskraut. Auch das stärkt den Kranken.«

Emy reichte Alaïs den Becher. Der Verwundete schlief noch immer benebelt vom Schlafschwamm.

»Soll ich… Soll ich versuchen, ihm den Trank einzuträufeln?«, fragte sie.

Aurel verzog nachdenklich die Stirn. »Schlaf ist eines der besten Heilmittel. Doch er allein wird nicht reichen … Wir wecken ihn also auf, damit er etwas von dem Trunk nehmen kann.«

Der Wirkung des Schlafschwamms war nicht beizukommen, indem man den Ohnmächtigen rüttelte, ihm kaltes Wasser ins Gesicht oder in den Nacken träufelte. Stattdessen nahm Aurel ein Stück Baumwolle, tränkte es mit einem Sud von Fenchel, etwas Essig und Baumöl und schob sie dem Mann direkt in die Nase. Eine Weile röchelte er, ehe er mit dem Mund nach frischer Luft schnappte. Nur einen winzigen Spalt weit öffneten sich die Lider. Seine Augen tränten, ihre Farbe schien wie verwässert, sein Blick war so leer wie der eines Betrunkenen. Ob dies allein auf die Wirkung des Schlafschwamms zurückzuführen war?, fragte sich Alaïs. Oder ob das Herumwerken an seinem Kopf dazu geführt hatte, dass er sämtlichen Verstandes verlustig gegangen war?

Noch ließ sich nicht überprüfen, ob er jemals wieder ein vernünftiges Wort würde sagen können. Schwer genug war es, ihm ein paar Tropfen des Trankes einzuflößen. Er wehrte sich nicht, als sie den Becher an seine ausgedörrten Lippen setzte, doch anstatt zu schlucken, hustete er und spuckte zunächst alles wieder aus. Als der Becher endlich geleert war, war sie sich sicher, dass mindestens die Hälfte des Inhalts im Boden und in der Kleidung versickert war.

Aurel war indes nun auch aufgestanden. Er ging jedoch so forsch auf die Umstehenden zu, dass es nicht den Eindruck machte, als hätten auch seine Glieder unter der angespannten Arbeit gelitten.

»Zwei oder drei von euch müssen ihn unter strenger Aufsicht halten«, gab er seine Anweisungen. »Die nächsten drei Tage ist nichts anderes angeraten als dieser Trank. Danach darf er wieder Kost zu sich nehmen, aber nur leichte, versteht ihr?«

Die Männer wichen etwas zurück, senkten ihren Blick. »Brot darf er essen, aber nur aus Weizenmehl, und es darf weder zu frisch gebacken noch zu hart sein. Hühner und Kapaunen, Ziegen und sämtliche Wiesenvögel mit schmalem Schnabel darf er essen, auch Hühnereier, die in ihren Schalen gekocht wurden.

Aber die Kruste vom Fleisch muss entfernt werden, und er sollte nur zweimal etwas essen, am Morgen und am Abend.«

Alaïs hatte nicht den Eindruck, dass sich in den verschlossenen, immer noch misstrauischen Mienen Verständnis abzeichnete. Auch sie konnte sich den Unglücklichen nur schwerlich essend vorstellen, hielt es für ein Wunder, wenn er überhaupt bis zum nächsten Tag überlebte.

Doch Aurel fuhr fort: »Haltet alles von ihm fern, was schwer verdaulich ist, dicke Erbsensuppe, Mandelcreme oder Getreidebrei. Und zu trinken gebt ihm Wein, aber nicht den starken von Auxerre oder Montpellier… Ach ja, und wenn die Wunde sich entzündet, so spült den ganzen Kopf mit warmem Essig und Rosenöl.«

Forsch blickte er sie an, doch die Männer wichen immer weiter zurück.

»Wir müssen uns um ihn kümmern?«, fragte schließlich einer und schauderte sichtlich. Dass der Mann immer noch lebte, mochte zwar ihr Misstrauen vor ihm zerstreut haben – unheimlich war ihnen die Sache trotzdem.

»Von einem Verletzten gehen giftige Dämpfe aus!«, erklärte ein anderer erschrocken.

»Was ist, wenn er nicht mehr richtig im Kopf ist und den bösen Blick hat?«

»Ja genau!«, wurde ihm zugestimmt. »Seine Seele mag im Zustand tiefer Ohnmacht von einem Teufel entführt worden sein, und statt ihrer wohnt nun ein Dämon in seiner Brust.«

»Was für ein Unsinn!«, gab Aurel zurück, und fragte erneut, als genügte jener knappe Ausruf, um sämtliches Unbehagen zu zerstreuen: »Also, wer kümmert sich um ihn?«

Die Männer schwiegen, scharrten mit den Füßen, duckten sich. Manch einer warf einen verstohlenen Blick zu dem Verwundeten, der wieder reglos schlief.

»Ich werde dafür Sorge tragen«, ertönte plötzlich eine Stimme hinter ihnen. »Und als Dank, dass Ihr einen meiner Männer gerettet habt, gewährt mir die Gunst, dass ihr meine Gäste seid.«

XI. Kapitel

Alaïs wusste nicht, ob der Mann eben erst zu ihnen getreten war oder die ganze Zeit die komplizierte Operation verfolgt hatte. In seinem Gesicht standen nicht der Ekel und das Unbehagen der anderen geschrieben, sondern ehrlicher Respekt. Ein anerkennendes Lächeln umspielte seine Lippen – doch es erreichte die Augen nicht. Jene wirkten wach, aber zugleich kalt. Die spitze Nase verstärkte den Eindruck einer gewissen Rohheit. Doch glichen die harten Züge auch denen eines einfachen Mannes, der täglich um sein Brot zu kämpfen hat, so kündete das Gewand des Fremden von ganz anderem – nämlich von Eleganz und Reichtum, wie ihn Alaïs niemals zuvor in ihrem Leben gesehen hatte. Selbst der Comte de Robessard, bislang der ranghöchste Mensch, den sie getroffen hatte, war nicht so erlesen gekleidet gewesen.

Der Mann trug fast unanständig enge Beinkleider, durch die sich nicht nur jeder seiner Muskeln abzeichnete, sondern auch sein Geschlecht. Sie glitzerten, als wären sie mit goldenen Fäden durchwirkt. Die Tunika darüber war von durchdringendem Purpur und viel sauberer, als man es von der Kleidung eines reisenden Mannes erwarten konnte: Kein Fleck verunreinigte sie, kein Riss ging durch den Stoff. Auf dem Kopf trug er eine Mütze, wie sie Alaïs noch nie gesehen hatte – ein sonderbares Gebilde aus mehreren Stoffballen, das sich bei genauem Betrachten als Mütze mit einem langen Zipfel herausstellte, der jedoch zusammengerollt war. Am auffälligsten war sein breiter, gleichfalls golden glänzender Gürtel, an dem ein großer Dolch und eine ebenso große Geldbörse befestigt waren. Fortwährend spielten die Hände des Mannes entweder mit dem einen oder mit dem anderen. Auch später sah Alaïs seine Finger niemals ruhig stehen, stets schien er sich vergewissern zu wollen, dass er reich war – und dass er eine Waffe besaß, um diesen Reichtum, wenn nötig, bis aufs Blut zu verteidigen.

»Also«, wiederholte er eben, »ich trage Sorge dafür, dass sich jemand des Unglückseligen annimmt. Seid Ihr mein Gast?«

Aurel schien sich nicht sicher zu sein, was von dem Mann zu halten war. Anstatt zu antworten, beugte er sich wieder über den Verwundeten. Alaïs indes trat unauffällig zu Emy. »Siehst du die sonderbare Mütze?«, murmelte sie.

»Wahrscheinlich stammt er nicht von hier. Und in fremden Ländern gibt es wohl eine andere Tracht…«

Gleichwohl sie leise gesprochen hatten, hatte der Fremde sie gehört. Er musste die Ohren eines Luchses haben.

Wieder grinste er – diesmal nicht anerkennend, sondern etwas abfällig.

»Das ist richtig«, erklärte er. »Ich bin nicht von hier. Ich bin ein Kaufmann aus Florenz.«

Alaïs hatte den Namen dieser Stadt noch nicht gehört. Er klang nicht so, als befände sich diese hier in der Provence.

Auch in Aurels Blick breitete sich keinerlei Verständnis aus, ein Zeichen, dass es in der besagten Stadt keine medizinische Fakultät gab, die sein Interesse köderte.

Das abfällige Grinsen des Kaufmanns verstärkte sich. »Ihr scheint nicht viel von der Welt zu wissen«, deutete er ihre unbeeindruckten Gesichter. »'s gibt viele Kaufleute aus Italien, die in der Provence Handel treiben. Sie kommen aus Mailand und Turin, Lucca und Asti. Aber keine Stadt ist hierzulande so wichtig wie Florenz.«

Der Griff um seine Geldbörse wurde fester. »Mein Name ist im Übrigen Giacinto Navale. Dürfte ich auch den eines so großen Medicus erfahren, wie Ihr einer seid?«

Alaïs entging nicht, wie ein leichter Ruck durch Aurels Gestalt fuhr. Bislang hatte er dem Mann ebenso wenig Interesse gezollt wie allen Menschen, die keine Krankheit oder Verletzung aufzuweisen hatten. Doch dessen unerwartetes Lob – es klang aufrichtig, war von keinerlei Spott durchsetzt – ließ ihn nun vortreten und sich seinerseits vorstellen.

»Dieser Kranke«, fügte er dann rasch hinzu, »muss in den nächsten Tagen die richtige Betreuung erfahren.«

»Und warum übernehmt Ihr das nicht selbst?«, fragte der Kaufmann. Er wartete die Antwort nicht ab. »Wie es aussieht«, fuhr er fort, »können wir im Moment nicht weiterreisen, ohne diesem Armen den Tod zu bringen. Wir werden also hier unser Lager aufschlagen, eine Weile rasten, und wie ich schon sagte: Seid mein Gast! Speist mit mir! Schlaft in einem der Zelte! Ich mag Menschen, die wissen, was sie tun und die tun, was sie können.«

Er wartete Aurels Zustimmung nicht ab, sondern drehte sich um, rief Befehle, knapp und ohne jegliche Höflichkeit. Seine Finger streichelten indessen förmlich den Geldsack.

»Ach ja«, fiel ihm noch ein. »Seid gewiss, dass ich Euch anständig bezahlen werde! Nicht nur dafür, dass Ihr ihm das Leben gerettet habt, sondern dass Ihr seine Genesung überwacht.«

Damit schien das Geschäft für ihn besiegelt. Offenbar konnte er sich nicht vorstellen, dass irgendjemand auf der Welt ein Angebot ablehnen könnte, das einen ordentlichen Batzen Geld einbrachte.

Aurel blieb beim Verletzten sitzen, wohingegen Alaïs froh war, dass er ihrer Hilfe nicht länger bedurfte, und rasch aus seiner Nähe floh. Zu viel gab es zu beobachten, zu viel zu erforschen, um freiwillig Zeit mit einem schlafenden Kranken zuzubringen. Sie sah Navales Männer zu, wie sie das Lager aufschlugen, und lauschte den Worten einer fremden Sprache, die sie sich zuriefen, sobald sie unter sich waren. Die einfach gekleideten Lastenträger folgten mit flinken Händen den Befehlen, träge hingegen standen jene herum, die an ihren Gürteln ähnliche Dolche wie Giacinto trugen und sich wohl nur dann zuständig fühlten mit anzupacken, wenn es galt, die Waren gegen Angreifer zu schützen.

Jene Waren köderten Alaïs' Neugierde noch mehr als die Menschen, die sie beförderten: Feiner Seidenstoff zählte dazu, wie man ihn Aurel zuvor zum Zwecke eines Verbands gereicht hatte, desgleichen solcher, in den man dünne Fäden Gold eingewoben hatte. Gewürze aus dem Orient entdeckte sie schließlich, sorgfältig bearbeitetes Leder aus den baltischen Ländern und kostbare Metalle aus dem Norden. Die Händler, die sie bislang gesehen hatte, waren entweder einfache Menschen gewesen, die ihre Waren auf Ochsenkarren hinter sich herzogen, oder aber, so denn ihre Güter mehr Luxus verhießen, auf eine bestimmte Ware spezialisiert gewesen. Giacinto Navale hingegen schien mit allem zu handeln, was das Leben der Reichen annehmbarer machte.

Zuletzt stand sie staunend – wenngleich in sicherem Abstand – vor den prächtigen Pferden, die man um einen Baum gesammelt und dort angebunden hatte.

Alaïs bemerkte nicht, dass Emy zu ihr getreten war. »Er muss noch reicher sein, als ich auf den ersten Blick dachte«, murmelte er eben. »Hast du die große Geldbörse gesehen, die er mit sich trägt?«

»Weißt du, wo diese Stadt Florenz ist?«, fragte sie zurück.

Er zuckte die Schultern, deutete schließlich vage in Richtung Süden. »Muss jenseits der Grenze zum Piemont liegen, ich bin mir nicht sicher. Aber so weit ich weiß, gibt es viele florentinische Kaufleute in der Provence. In manchen Städten haben sie Filialen – Aurel und ich sind einmal an einer solchen vorbeigekommen. He!«, rief er plötzlich einem vorbeischreitenden Mann zu. »Woher kommt ihr gerade? Und wohin wollt ihr?«

Alaïs war überrascht über Emys forsche Stimme. Bis jetzt hatte sie ihn noch nie derart neugierig erlebt. Der Mann sagte etwas in einer fremden Sprache – vielleicht versuchte er auch, den provençalischen Dialekt zu sprechen und vermochte es nicht. Verständlich waren nur die Namen der Orte, die er benannte: Beaucaire, Saint-Gilles und Pézenas.

»Ich glaube, dort finden regelmäßig die großen Messen statt«, stellte Emy fest.

Sie gingen weiter, sahen schließlich sechs Männer in einem Kreis beisammensitzen. Alaïs konnte nicht genau erkennen, was in der Mitte stand, und beugte sich wissbegierig vor. Prompt sprangen zwei von ihnen mit finsteren Gesichtern hoch und fuchtelten furchterregend mit den Händen; einer zog gar den Dolch.

Alaïs fuhr erschrocken zurück, indes hinter ihnen ein spöttisches Lachen erklang.

Giacinto Navale trat auf sie zu und gab den Männern ein Zeichen, sich zu mäßigen. Nun erkannte Alaïs auch, was diese so streng bewachten: große Säcke, ähnlich der Börse, die Navale an seinem Gürtel trug, und wahrscheinlich randvoll mit Geld gefüllt.

»Sie lassen niemanden zu nahe kommen!«, erklärte er und blickte stolz auf seine Männer. »Das Geld muss streng bewacht werden, 's ist nämlich nicht meines, sondern das des Papstes.«

Alaïs riss die Augen auf. »Des Papstes?«, entfuhr es ihr erstaunt.

»Abgaben«, sagte Giacinto knapp. »Von den Bischöfen und Äbten, aber auch von den kleineren Kanonikern... wobei sie dann nicht so hoch ausfallen.«

Er zuckte die Schultern, als bedauere er, dass nicht von jedem viel zu holen war.

»Aber wie kommt es, dass Ihr als florentinischer Kaufmann ...«, setzte Emy an.

Giacintos blitzende Augen maßen ihn nachlässig und irgendwie verächtlich. »Das ist doch ganz einfach!«, rief er aus. »Der Papst, der König von Neapel und der Provence und die Stadt Florenz haben ein enges Bündnis miteinander geschlossen. Der König freilich droht stets, ein wenig zu mächtig zu werden – sodass der Papst im Zweifel lieber unsereinem seine Finanzen anvertraut als diesem.«

Alaïs hatte keine Ahnung, was er meinte, und auch Emy machte keinen sonderlich verständigen Eindruck. Giacintos Bereitschaft, Erklärungen abzugeben, hatte sich freilich erschöpft.

»Lasst uns nicht hier herumstehen. Das Mahl ist bereitet.«

Alaïs erwartete, dass irgendwo ein Lagerfeuer entfacht worden wäre und sie dort Platz nehmen würden. Doch derart ärmliche Gewohnheiten schienen nicht Giacintos Sache zu sein.

Er führte sie zu einem Zelt, das blitzschnell aufgestellt worden war. Den harten Boden hatte man mit Leder, geknüpften Teppichen und – offenbar dort, wo sich die Schlafstatt befinden sollte – mit Pelzen bedeckt. Auch Stühle waren gebracht worden, die sich, wie Alaïs mit Erstaunen feststellte, auf- und später wieder zuklappen ließen. Weiche Polster, gefüllt mit Daunenfedern, machten das Sitzen darauf annehmlich, und eben wurde eine runde Tischplatte, die man behelfsmäßig auf zwei Baumstämme gelegt hatte, gedeckt.

Alaïs lief das Wasser im Mund zusammen, als sie sah, mit welchen Speisen Giacinto Navale aufwartete. Ob er stets so edel aß oder nur, weil er Aurel eingeladen hatte, wusste sie nicht. Sie selbst hatte noch nie in ihrem Leben so fein gegessen. Da gab es krosses Perlhuhn- und Fasanenfleisch, zartrosa gebratenes Lamm in Minzsoße und schneeweißen, grätenlosen Fisch, der im Saft von Zitronen gekocht worden war. Kalbfleisch war in winzig kleine Würfel geschnitten, sodann mit Essig und ebenso kleinen Stücken von Apfel und Granatapfel vermischt worden. Die Krüge waren randvoll gefüllt mit Wein, der zum Teil erfrischend mit Quittensaft verdünnt war. Dick belegt waren weitere Platten mit Ingwerkonfekt und Mandelgebäck.

Doch nicht nur an den Speisen blieb ihr Blick hängen, auch an einer Gabel, wie sie sie zu Hause gebrauchten, nur dass diese hier aus Silber bestand. Das war auch das Erste, was Aurel wahrnahm, als er kurz nach ihnen das Zelt betrat.

»Er ist etwas fiebrig, aber die Haut um die Wunde ist von hellem Rosa«, erstattete er grußlos Bericht. »Nun schläft er und …«

Er brach ab, als er die Gabel sah. So dreist, wie damals, als er sie im Haus von Alaïs' Eltern einfach hochgehoben hatte, gebärdete er sich auch jetzt. Unaufgefordert nahm er sie, drehte sie in alle Richtungen und verkündete wie schon damals, dass dergleichen ein brauchbares Instrument sei.

Alaïs sah, wie Emy ihm den Ellbogen in den Leib rammte.

Giacinto Navale hingegen lachte grell und schien die Gier nach Kostbarkeiten nicht als Laster zu werten, sondern als brauchbare Eigenschaft, die seine Sympathie wachsen ließ. »Von einem Goldschmied habe ich sie. Er stellt dergleichen gewöhnlich nur für den Papst her. Doch wer etwas auf sich hält, der besitzt kostbares Besteck. Aber nun nehmt Platz, kostet von meinen Speisen, und gewiss sehnt sich Eure trockene Kehle nach einem frischen Schluck Wein!«

Alaïs war heilfroh, dass sie nicht länger warten musste, um endlich den hungrigen Magen zu sättigen. Ihre Hände fühlten sich klebrig an, und sie bedauerte, dass bei Navale trotz der übrigen Vornehmheit die Sitte nicht galt, wonach man sich vor dem Mahle zuerst in Zitronenwasser die Hände zu reinigen hatte. Doch als ihr der betörende Duft von krossem Fleisch in die Nase stieg, zählte nur noch die Überlegung, wie sie möglichst viel davon essen konnte, ohne dabei sämtliche Tischsitten zu vernachlässigen, die ihr die Mutter einst eingebläut hatte. Mochte der Hunger auch der stärkste Drang sein, wie eine Bäuerin, die mit bloßen Händen isst, wollte sie doch nicht wirken.

Allerdings, und das stellte sie nach den ersten Bissen fest, achtete ohnehin niemand auf sie. Emy aß leise, ebenso schnell wie sie und mit gesenktem Kopf. Aurel nippte gedankenverloren an dem Weinkelch, den Giacinto ihm gereicht hatte – und der Kaufmann selbst wiederum musterte den *Cyrurgicus* eindringlich. Sein Blick war wohlwollend – und zugleich wachsam.

»Ich habe Euch vorhin genau beobachtet«, meinte er schließlich, »und ich habe schon auf den ersten Blick erkannt, dass Ihr viel von Eurem Handwerk versteht.«

Alaïs vermeinte, dass eine sachte Röte über Aurels Wangen huschte, doch vielleicht kam diese auch von der Hitze, die sich unter den Lederwänden des Zeltes zu stauen begann. »Und Ihr scheint das zu schätzen«, antwortete Aurel hastig.

»Nun ja«, meinte Giacinto. »Die Wahrheit ist, dass ich lieber mit Dingen Handel treibe, die man berühren kann, als mit Fähigkeiten, die man nicht sieht. Wobei: Was Ihr mit dem armen Fausto gemacht habt, konnte man sogar sehr deutlich sehen. Ihr wisst Eure Hände einzusetzen. Mein Bruder wäre beeindruckt.«

»Euer Bruder?«

»Pio Navale«, sagte Giacinto. »Anders als ich verbringt er sein Leben in unserer Heimat – und ist einer der klügsten Männer, die ich kenne. Er beschäftigt sich mit Alchemie, Astrologie und Astronomie. Ich weiß, ich weiß ...«, sagte er rasch. Ihm schien nicht entgangen zu sein, dass Aurels Blick, eben noch hellwach, sich etwas verschlossen hatte, da er zwar Wissenschaften benannte, nicht aber die Medizin. »Von dem, was Ihr heute vollbracht habt, hat er wenig Ahnung. Doch könnte er auch nicht mit Verständigkeit in dieser Sache dienen, so doch mit Bewunderung und jeder Menge Neugierde – wie nur ein Mensch des Geistes sie besitzt, dem kluge Köpfe mehr wert sind als alles Geld der Welt.«

Seine Hände lösten sich unauffällig von der Börse und schlugen auf die drallen Oberschenkel. Er lachte kraftvoll. »Ich habe nie dazu gehört, weiß Gott. Mein Vater wusste, warum er mich in seine Fußstapfen treten ließ, nicht aber den träumerischen Pio, der nächtelang in der Bibliothek des heimischen Palazzos lesen kann, jedoch todmüde zusammenbräche, müsste er um Handelsgut feilschen. Wie auch immer ...«

Unvermittelt beugte er sich vor. Immer werbender, immer eindringlicher wurde seine Stimme, und jetzt erst wurde Alaïs gewahr, dass das, was er zu sagen hatte, nicht Ausdruck von Geschwätzigkeit war, sondern auf ein ganz bestimmtes Anliegen hinauslief.

Gleichzeitig herablassend und bewundernd beschwor er die umfangreiche Bildung und die vielen Talente seines Bruders, ehe er schließlich sagte: »Ich bin ein Mann, der nirgendwo zu Hause ist. Mal ziehe ich hier in der Provence von Ort zu Ort, mal verschlägt es mich in den Norden Frankreichs, dann geht es wieder heim nach Florenz, wo ich so lange dem Leben meines Bruders im behaglichen Palazzo zuschaue, bis es mir wieder einfällt, dass ich dafür nicht gemacht bin – und rasch aufs Neue aufbreche.«

Erstmals beugte er sich vor und schnitt ein großes Stück Fleisch ab. »Dieses Reisen ist schön und abwechslungsvoll und abenteuerlich. Es macht reich und welterfahren – aber zugleich lauern auf den Wegen viele Gefahren, erst heute wurde das wieder offenbar. Gebe Gott, dass der arme Fausto dank Eurer Hilfe überlebt. Ich dachte mir also: Warum schließt sich einer wie Ihr, der doch auch herumzieht, nicht einem wie mir an? Ich würde mich sicherer fühlen, wenn ich mich und die meinen in der Nähe solch kundiger Hände wüsste. Und Ihr müsstet nicht länger auf dem harten Boden schlafen, sondern könntet Euch auf weichen Pelzen niederlegen.«

Während er redete, war er mit dem Stück Fleisch durch die Luft gefahren, nun steckte es in seinen Mund. So riesig war es, dass er kaum kauen konnte und seine Wangen ungewöhnlich aufgebläht wirkten. Der Anblick erinnerte an die hauteng anliegenden Hosen und die pralle Geldbörse. Emy hatte den Kopf gehoben und zu essen aufgehört.

»Im Moment habe ich noch in der Provence zu tun, doch in einigen Monaten werde ich wieder einmal nach Florenz zurückgehen, wenn auch nur für kurze Zeit. Auch dorthin könnt Ihr mich begleiten.«

Erstmals währte seine Pause lange genug, dass Aurel auf sein Ansinnen antworten konnte.

»Nach Florenz?«, fragte er gedehnt. »Ich wüsste nicht, dass es dort eine bedeutende medizinische Fakultät gibt.«

Giacinto schluckte mühsam das Fleisch, Alaïs sah, wie sich sein Adamsapfel förmlich blähte. »Nun, mein Bruder ist in der Tat kein Mediziner. Aber wie ich schon sagte: sehr wissbegierig. Als ich ihn das letzte Mal sah, suchte er herauszufinden, wofür sich – abgesehen von der Seefahrt – die Kraft des Windes noch nutzen ließe. Ich kann mir denken, dass der Austausch mit einem Mann wie ihm für Euch gewinnbringend wäre. Sein Verstand legt sich keine Grenzen auf – und ich habe den Eindruck, bei Euch verhält es sich ähnlich.«

Aurel zuckte die Schultern. Es war ihm deutlich anzusehen,

dass ihn das Ansinnen des Kaufmanns unvermutet traf, er sich nicht entscheiden konnte, ob es Auszeichnung verhieß oder Einengung.

»Soviel ich weiß, ist das Leben eines *Cyrurgicus* unstet«, fuhr Giacinto Navale fort, »es sei denn, er lehrt an einer der großen Fakultäten oder weiß einen reichen Gönner hinter sich. Doch ist es wirklich das, was Ihr wollt? Wie Gaukler zu leben? Aufs Glück zu setzen, dass Kranke einem vor die Füße fallen – so wie heute?«

Wieder zuckte Aurel die Schultern.

»Und ist's nicht so, dass kleingläubige Menschen Euer Tun stets misstrauisch beäugen? Gar mancher würde Euch nicht wie ich zum Essen bitten, nachdem Ihr den armen Fausto auf wundersame Weise geheilt habt. Nein, viele würden in die Kirche laufen und angstvoll zu Gott beten, der es in seiner grenzenlosen Weisheit gewiss nicht vorgesehen habe, dass man ihm derart in sein Handwerk pfuscht.«

»Für das, was ich bin, hat man mich in diesem Jahr bereits geschlagen…«, entfuhr es Aurel, und er wirkte nicht länger verwirrt, sondern grimmig. »Als wäre es ein Verbrechen, ein guter *Cyrurgicus* zu sein! Und ein noch größeres, zu diesem Zwecke die menschliche Anatomie zu erforschen!«

Bis jetzt hatte Alaïs nicht vermutet, dass Bitterkeit an ihm nagte, hatte vielmehr gedacht, dass er die Erlebnisse von Saint-Marthe wie alte Kleidung abgestreift hätte, um sich unbekümmert dem Neuen zuzuwenden. Nun zog er – wohl beim Gedanken an Frère Lazaire – die Stirn kraus und ballte seine Hand zur Faust.

Doch nicht das war es, was sie am meisten überraschte. Indessen in Aurel Ärger aufkeimte, der ihn für Navales Angebot gewiss empfänglich stimmte, und jener es bekräftigte, indem er meinte: »Pio sieht in einem hungrigen Geist gewiss kein Verbrechen«, erhob sich Emy plötzlich mit einem Ruck.

»Mein Bruder und ich werden die Provence nicht verlassen«, stellte er entschieden fest.

Nicht nur Alaïs' Augen weiteten sich verwirrt, auch die von Giacinto. Sie fühlte, dass auch er auf ein Widerwort wartete und es ihn nicht minder undenkbar deuchte wie sie, dass Aurel sich dem eilfertig ausgesprochenen Entschluss seines Bruders fügte.

Doch nichts geschah.

»Wie ich schon sagte: Es gibt keine bedeutsame medizinische Fakultät in Florenz«, murmelte Aurel gleichmütig, bekundend, dass sich sein Widerstand um vieles entschiedener geregt hätte, wäre Gegenteiliges der Fall.

Giacinto schnitt ein weiteres Stück Fleisch ab, versenkte es zwischen seinen schmalen Lippen und bedrängte Aurel nicht weiter.

»Schade«, sagte er lediglich mit vollem Mund. »Aber vielleicht solltet Ihr einfach eine Nacht darüber schlafen.«

Später lagen sie in einem der Zelte, und die Teppiche und Pelze, die auf dem Boden ausgebreitet waren, stellten sich tatsächlich als so weich heraus, wie Alaïs erwartet hatte. Dennoch konnte sie nicht hingebungsvoll diese Annehmlichkeit genießen, war vielmehr aufgewühlt von dem, was beim Abendessen geschehen war.

»Warum«, wandte sie sich an Emy, »warum hast du Navales Vorschlag einfach abgelehnt?«

Emy, der eben mit einem lustvollen Seufzen seine Glieder gestreckt hatte, fuhr abrupt hoch. »Dass Aurel sich nicht mehr daran erinnern kann, wundert mich nicht. Aber du solltest es doch ganz genau wissen!«

Verwirrt zuckte Alaïs die Schultern. Die Vorstellung, in einigen Tagen von Navales Kaufmannszug zu scheiden, erfüllte sie mit Bedauern. Sie fühlte sich nicht nur um ein auch künftig weiches Nachtlager und erlesene Speisen betrogen, vor allem haderte sie damit, dass nicht einmal Aurel selbst, sondern Emy die Entscheidung getroffen hatte – jene seltene Macht ausspielend, deren Ursprung sie noch nie begriffen hatte.

»Was … Was soll ich wissen?«, fragte sie.

»Wir können die Provence doch nicht verlassen.«

»Warum denn nicht?«

Schnaubend schaltete sich Aurel ein. »Das wüsste ich auch gerne!«

»Wisst ihr tatsächlich nicht mehr, dass wir Alaïs' Mutter versprochen haben, hierzubleiben?«

Aurel kaute nachdenklich auf den Lippen: Suchte er sich dieses Versprechen ins Gedächtnis zu rufen, um dann zu bekunden, dass er für seinen Teil es nie gegeben hatte? Oder überlegte er, wie er Alaïs irgendwie loswerden konnte, ohne seinen fürsorglichen Bruder allzu sehr zu verstören?

In Alaïs keimte ein schlechtes Gewissen auf, dass ihr Caterinas eindringlicher Wunsch entfallen war – doch sie wollte diesem nicht nachgeben.

»Ach, wenn es das ist!«, rief sie schnell. »Auf mich müsst ihr keine Rücksicht nehmen! Meinetwegen gehe ich überall hin!«

Emy blickte sie erstaunt um. »Aber Alaïs … deine Mutter …«

»Meine Mutter weiß nicht viel von dieser Welt!«, rief sie entschlossen, gleichwohl das eine Lüge war und Caterina mehr gesehen hatte als sie. »Fest steht, dass ich im Augenblick nicht nach Saint-Marthe zurückkehren kann. Und welchen Unterschied macht's, wo ich die Zeit verbringe, bis es dereinst wieder möglich ist?«

Emy machte den Mund auf, um weiteren Widerstand zu bekunden, doch Alaïs war schneller als er.

»Giacinto Navale hat recht: Soll das Aurels Leben sein? Krampfadern von alten provençalischen Weibern zu behandeln, um hernach dafür fast umgebracht zu werden?«

Sollte das wirklich ihr Leben sein?, dachte sie im Stillen. Stets nur mit den beiden Brüdern zusammenzusein, sich an den ärmlichen Dörfern abzusehen, immer an allem sparen zu müssen, was das leibliche Wohl erst ausmachte …

»Hättest du denn keine Angst davor, das Land zu verlassen?«, fragte Emy, sichtlich verwirrt. »Wir würden Fremde sein … wir könnten die Sprache nicht sprechen …«

»Aber wir können sie lernen!«, rief sie eifrig.

Emy packte Aurels Schulter: »Nun sag doch auch etwas. Seit wann bist du an anderen Wissenschaften als der Medizin interessiert? Möchtest du tatsächlich Navales Bruder kennenlernen?«

»Wenn er tatsächlich so wissbegierig ist, wie es heißt … vielleicht könnte ich endlich wieder Leichen sezieren.«

»Du bringst Alaïs nicht wieder in Gefahr!«, rief Emy empört.

»Ach was«, meinte Aurel. »Stehe ich unter dem Schutz eines mächtigen und reichen Mannes, ist's keine Gefahr.«

Emy schloss seinen Mund wieder, verkrampfte jedoch die Hände ineinander. Er vermochte seinen Unwillen nicht in Worte zu fassen, doch augenscheinlich war er noch da.

»Es ist doch gut so«, versuchte Alaïs ihn zu beschwichtigen. »Es ist doch gut so.« Sie dachte an die köstlichen Speisen, die es leichter machen würden, Aurels Launen und seine Gleichgültigkeit zu ertragen. »Wir werden ein besseres Leben haben …«

Am nächsten Tag verkündete Aurel dem florentinischen Kaufmann seine Entscheidung. »Wenn Ihr tatsächlich Wert auf unsere Gesellschaft legt, dann begleiten wir Euch künftig – auch nach Florenz«, sagte er von oben herab, als folge er nicht einer gnädigen Einladung, sondern gewähre selbst größte Gunst.

Giacinto grinste spöttisch und zugleich zufrieden. Ähnlich musste er bei einem gelungenen Geschäft aussehen – und wahrscheinlich war Aurel auch genau das für ihn: eine exotische Ware, deren Preis sich nicht genau bestimmen ließ, die aber in bestimmten Umständen durchaus einträglich sein konnte, sei es als Retter in möglichen Notlagen, sei es als Mitbringsel für einen Verwandten. Wahrscheinlich sammelte er gern alles, was schillerte, und dazu gehörte eben auch ein Mann, der den zerborstenen Schädel eines anderen flickte.

»Gemach, gemach«, wiegelte Navale dennoch ab. »Ich hab's doch schon gesagt: Es dauert noch eine Weile, bis wir tatsächlich nach Florenz aufbrechen. Noch habe ich einiges hier zu erledigen.«

Unerwartet ließ seine Hand den Geldbeutel los. Er schlug Aurel auf die Schultern, tätschelte ihm dann die Wange wie bei einem kleinen Kind. Alaïs sah, wie Aurel zurückzuckte. Anmaßend kam ihr der florentinische Kaufmann vor, aufdringlich und besitzgierig, doch dieser wollte sich wohl von allem, was er sich einhandelte, mit sämtlichen Sinnen überzeugen.

Schließlich ließ er ihn wieder los.

»Was ist Eure nächste Station?«, fragte Emy. Immer noch waren ihm seine Zweifel anzuhören.

»Ach, nur eine kleine Stadt!«, rief Giacinto nachlässig aus. Um dann jedoch vielsagend hinzuzufügen: »Aber eine der wichtigsten der Welt. Wir reisen nach…Avignon!«

XII. Kapitel

Die Kopfverletzung des unglückseligen Fausto schien zu Aurels Zufriedenheit zu heilen. Nach zwei Tagen war er in der Lage, einige Sätze zu stammeln. Aufrecht stehen, gar eigenständige Schritte machen konnte er nicht – aber von nun an, so erklärte Aurel, war für die Heilung einzig Zeit notwendig, nicht mehr seine kundige Hand.

Giacinto Navale hingegen entschied, dass man nun genug Rücksicht auf den Verwundeten genommen hatte und es an der Zeit war aufzubrechen.

Nach der Hitze der letzten Tage hatte der Himmel ein weißes Kleid angezogen. Er wirkte jungfräulich rein, nicht befleckt von Wolken, nicht zerrissen von Unwettern, nicht geröstet von der Sonne.

Der Kaufmannszug setzte sich in Bewegung, und gleichwohl jeder Einzelne um seine Aufgabe wusste und diese gewissenhaft ausführte, reisten sie doch um vieles langsamer, als es ihnen zu dritt gelungen war. Hätten die Reiter zu Pferde auch ein höheres Tempo aufbringen können, die Männer, die manch Karren anschoben, vermochten es nicht. Schließlich galt es nicht nur, die Ware ans Ziel zu bringen, sondern vor allem, dass sie unbeschädigt blieb.

Giacinto Navale redete meist auf Aurel ein. Seltsam zwiespältig war dabei sein Gesichtsausdruck. Mal blitzte ehrlicher Respekt, sogar Bewunderung durch, mal Verachtung, die wohl nicht nur seiner schäbigen Kleidung galt, sondern auch der Unwissenheit, der Unbeholfenheit, was jene Bereiche des Lebens anbelangte, die nichts mit Medizin zu tun hatten. Und schließlich lag ein Hauch Gönnerhaftigkeit in seiner Miene, als wäre es insgeheim ein großer Spaß, einem, der sich so in eine Disziplin verbissen hatte, den Weg in ein breitgefächerteres Leben zu weisen.

Alaïs versuchte sich indessen an das zu erinnern, was sie über ihr vorläufiges Reiseziel gehört hatte. Anders als Florenz klang Avignons Name nicht fremd in ihren Ohren. Sie wusste, dass das die Stadt war, in der der Papst residierte.

Einst, als sie noch ein Kind gewesen war, hatte sie die Eltern darüber reden hören. »Warum ausgerechnet Avignon?«, hatte die Mutter geklagt. »Der Papst gehört nach Rom! Das ist seit alten Zeiten seine Stadt.«

Ray hatte die Ernsthaftigkeit in ihrer Stimme belächelt: »Das hat dir gewiss dein frommer Vater Pèire de Mont-Poix eingebläut, und obwohl er schon so lange tot ist, glaubst du immer noch daran? Obwohl er obendrein ein Ketzer war? Wie auch immer«, fuhr er rasch fort, und bei diesen Worten hatte er Alaïs auf seine Knie gehoben. »In Rom leben viele mächtige Familien: Sie heißen Colonna oder Orsini, Conti oder Gaetani – und sie bringen sich gerne gegenseitig um. Sie erwürgen sich, sie erstechen sich oder sie schicken einander vergiftete Speisen.«

»Hör auf, dem Kind Angst zu machen!«, warf Caterina grimmig ein.

Aber Alaïs hatte keine Angst, sie lachte quietschend, und Ray setzte hinzu: »Aus diesem Grund leben die Päpste schon lange nicht mehr in Rom; viel zu viel Tumult, viel zu viel Aufruhr, viel zu viel Gefahren gibt es dort. Ständig müssten sie Angst haben, ermordet zu werden. Bonifaz VIII. zum Beispiel hatte sich nach Anagni zurückgezogen. Allerdings hat ihm das nicht viel geholfen, und er wurde trotzdem ermordet. Und zwar mit einer Ohrfeige.« Er grinste, sodass Alaïs nicht recht wusste, wie ernst er diese Worte meinte. »Der Papst bekam eine Ohrfeige?«, fragte sie überrascht.

»Aber ja doch! Von einem gewissen Guillaume de… Guillaume de… ach irgendwas, ich weiß nicht mehr, wie er hieß, nur, dass er ein Gesandter des französischen Königs Philippe war. Von dem forderte der Papst nämlich Geld für neue Kreuzzüge, und als er es nicht rausrückte, hat er den König unter den Kirchenbann gestellt… Was das bedeutet? Ach, das ist nicht so wichtig, 's ist eine Sache, die nur Päpste und Könige betrifft.«

»Und fromme Christen!«, warf Caterina missmutig ein. »Aber zu jenen zählst du dich ja nicht.«

»Wie auch immer«, sprach Ray ungerührt fort. »König Philippe schickte jenen Guillaume zum Papst, damit er ihm ausrichte, dass der König den Papst nicht anerkenne, sondern für einen Ketzer halte.«

»Und dann gab er ihm eine Ohrfeige?«, hatte die kleine Alaïs gefragt. Ohne Zweifel war das für sie das interessanteste Detail der Geschichte.

»Genauso war's!«, meinte Ray und kicherte. »Und der Papst war darüber so erschüttert, dass er am nächsten Tag gestorben ist.«

Caterina schüttelte den Kopf. »Hör auf, dem Kind solch schändliche Geschichten zu erzählen!«

»Aber wenn es doch die Wahrheit ist! Der Nachfolger von Bonifaz, Coelestin, residierte dann im Königreich von Neapel. Er war ein uralter Mann. Mittlerweile ist auch er gestorben, aber wenn ich mich recht besinne, nicht an einer Ohrfeige.«

Alaïs lachte. »An einer Ohrfeige stirbt man doch nicht.«

»Papst Bonifaz schon. Coelestin hingegen hatte solche Angst vor einer Ohrfeige, dass er schließlich als Papst zurückgetreten ist. Und die Päpste nach ihm haben sich ganz genau überlegt, wo sie residieren könnten, ohne sich Ohrfeigen einzufangen. Und da ist ihnen eingefallen, dass sie jenseits der Alpen eine Grafschaft mit dem Namen Venaissin besaßen. Weißt du«, und mit diesen Worten wandte er sich wieder an ihre Mutter, »weißt du auch warum?«

»Warum sollte ich?«, schnaubte Caterina.

»Nun, weil das Venaissin zuvor Raimon gehörte, und damit bin nicht ich gemeint, nein, sondern der siebte Graf von Toulouse. Und warum übergab dieser wohl dem Papst das Gebiet? Natürlich! Um sich mit ihm gut zu stellen, weil er doch eigentlich ein Ketzer war. So wie dein Vater, Caterina, sich mit der Kirche gut stellte, indem er den frommen Katholiken mimte und seine Vergangenheit als Katharer verschleierte.«

Alaïs hatte damals nicht verstanden, was ihr Vater meinte und warum er auf diesem Umstand schmunzelnd herumhackte. Auch jetzt hatte sie keine Lust, tiefer in der Geschichte der eigenen Familie zu wühlen. Es genügte, von der Geschichte Avignons als Stadt des Papstes zu wissen – und darum Navales Worte deuten zu können, als er deren Bedeutung hervorhob.

»Seit der Papst dort residiert, sind viele Leute zugezogen. Fast ums Doppelte ist die Stadtbevölkerung gewachsen. Es gibt kaum Platz mehr innerhalb der Mauern, und doch ziehen immer mehr dorthin. Wer als Kaufmann etwas auf sich hält, hat eine Filiale in Avignon.«

Kurz ließ er den Beutel los, um sich auf die Brust zu schlagen – bekundend, dass er einer der Ersten gewesen war, der solch einen klugen Einfall gehabt hatte. »Das Klima des Rhônetals ist günstig. Nun gut, manchmal weht der Mistral schneidend kalt, aber die Felder gedeihen. Die Bauern sind arbeitsam, nicht etwa aufrührerisch wie das Pack rund um Marseille. Und seien wir ehrlich: Avignon liegt doch viel zentraler als das ferne Rom. So viele Völker des Nordens haben sich zum Christentum bekehrt. Will man zu ihnen einen Bischof schicken, so währt die Reise kürzer, nimmt sie von Avignon aus ihren Anfang.«

Aurel saß versunken auf dem Wagen. Die Gedanken, die er sich machte, drehten sich wohl nicht um die Residenz des Papstes. Emy hingegen hob kurz den Kopf. »Aber gehört ein Papst nicht nach Rom?«, fragte er, ähnlich wie Caterina einst Ray gefragt hatte.

»Ach was!«, stieß Giacinto hervor. »Rom ist doch dort, wo der Papst ist. Und irgendwann ist Avignon vielleicht noch größer und mächtiger als die Ewige Stadt.«

Er lachte schrill, fasziniert von dieser Größe und Macht. Alaïs konnte ihn verstehen. Wo der Papst residierte, war ihr gleich, doch auf eine Stadt, die aus allen Nähten platzte, wo reiche Menschen lebten, die nicht minder edle Speisen auftischten als Giacinto und in deren engen Gassen es stetig Neues zu entdecken gab, war sie neugierig geworden.

Die weichen Wiesenhügel der Provence wurden vor Avignon nackter. Das Land warf steinerne Wellen, deren Spitzen von grauem Basalt oder Gestrüpp gekrönt waren. Umso karger wirkte es, da die Sonne hinter einem graubefleckten Himmel verkrochen blieb.

»In welchem Haus lebt Navale wohl in Avignon?«, fragte Alaïs Emy an jenem Morgen, da sie in der Stadt eintreffen würden.

Wie die letzten Tage hockten sie auf einem der Wägen, in dem ansonsten Waren transportiert wurden, und sie genoss nicht nur den unerhörten Luxus, nicht gehen zu müssen, sondern auch die Vorstellung, welch edles Heim sie wohl erwarten würde. Wenn selbst Giacintos Reisezelt mit Fellen und Teppichen ausgelegt war, stand dann nicht zu erwarten, dass er in einem großen Haus aus Stein wohnte, das nicht minder teuer eingerichtet war? Und wenn er sich auch auf Reisen nur an feinsten Köstlichkeiten labte, wie würde sich seine Tafel dann erst in Avignon unter all den Delikatessen neigen?

Wortreich malte sie sich die Zukunft aus, doch Emy nickte nur dann und wann und sagte nichts dazu.

»Bist du nicht froh, dass wir ihn getroffen haben?«, fragte Alaïs schließlich ungeduldig. »Was machst du ein so sauertöpfisches Gesicht?«

Emy starrte auf seine Füße, schmal wie die Hände und dick verhornt vom vielen Laufen. »Wir haben deiner Mutter versprochen, in der Provence zu bleiben.«

»Nun und?«, rief sie aus, gereizt, dass er noch immer über den Wortbruch grübelte. »Du hast Giacinto doch gehört. Ehe wir in jene Stadt Florenz aufbrechen, bleiben wir eine Weile in Avignon. Lass uns doch einen Schritt nach dem anderen machen, und …«

Sie brach ab, denn der Wagen hielt so abrupt an, dass sie gegen die Holzplanke flog. »Was zum…«, entfuhr es ihr. Sie rappelte sich auf, wollte nach vorne blicken. Auch die anderen Gefährte standen still, desgleichen die Reiter, die den Zug bewachten. Stimmengewirr wurde laut – und dann das Blöken einer riesigen Schafsherde.

Manchmal hatten sie dergleichen Vieh gesehen, wie es auf den Wiesen weidete, doch dieses hier schien für den nächsten Viehmarkt bestimmt und darum aneinandergebunden. Einige der Tiere mussten auf dem Weg dorthin in Panik geraten sein, denn indessen sich das verzweifelte Mähen verstärkte, suchten manche aus der Menge auszubrechen, verhedderten sich an den Stricken und vollführten wirre Bocksprünge. Auf dem verstellten Weg gab es kein Fortkommen mehr, auch wenn mehrere Viehhändler gleichzeitig versuchten, den Tieren Herr zu werden, und mit Stöcken auf sie einschlugen oder kläffende Hunde auf sie hetzten.

Alaïs lehnte sich wieder zurück. »Dummes Getier«, murmelte sie, um sogleich fortzufahren: »Was denkst du, welches Geschirr Giacinto besitzt? Solches aus Silber, wie die Gabel, die er hier nutzt, oder gar aus Gold? Und was denkst du…«

»Sieh doch!«

Anders als sie hatte Emy weiterhin neugierig nach vorne gespäht. »Sieh doch!«, wiederholte er. »All diese Männer!«

Alaïs richtete sich wieder auf, erkannte nun, dass nicht nur Giacintos Kaufmannszug mit den Schafen zusammengestoßen war, sondern vor ihnen bereits eine andere Reisegruppe, die noch umfangreicher war als die des Florentiners. Als sie aus dem Wagen sprang und sich nach vorne drängte, sah sie eine Horde bewaffneter Ritter, die noch auffälliger gekleidet waren als die Männer, die Giacintos Reichtümer bewachten. Sie trugen Wappenhemden über dem Kettenwams, silberne Sporen und Helme; über Letztere konnten sie jederzeit das Visier klappen, das sie nun auf die Stirn hochgeschoben hatten. Zur rechten Seite war an ihrem Gürtel ein kleiner Dolch angebracht, zur linken ein Schwert.

Auch unbewaffnete Männer gewahrte sie, mit wattierten Jacken aus besticktem Samt und glänzenden Hüftgürteln bekleidete, und auch solche, die in schlichtes Schwarz gehüllt waren.

Ihre aufgeregten Stimmen übertönten das Blöken der Schafe und gerieten nicht minder durcheinander. Indessen der eine die Hände gen Himmel rang, andere verwirrt den Kopf schüttelten und wieder andere nervös kicherten, konnte Alaïs kein Wort verstehen, nur, dass sie die Langue d'Oc sprachen, den okzitanischen Dialekt. In den Ohren manch eines einfachen Provençalen mochte jene Sprache fremd klingen, doch für Alaïs war es die Sprache ihrer Eltern. »Was ist passiert?«

Sie hatte Aurel erblickt, der ebenso wie sie das Gefährt verlassen hatte. An seiner Seite stand Giacinto. Eben schien der Florentiner Kaufmann in der aufgewühlten Menge ein vertrautes Gesicht entdeckt zu haben. Er trat zu einem der schwarz gekleideten Männer, der anders als die Übrigen wie erstarrt stand. Alaïs nahm wahr, dass er groß war – er überragte den Kaufmann mit Leichtigkeit – und sehr hager.

»Was ist passiert?«, fragte sie wieder.

Aurel zuckte die Schultern. »Die Tiere«, er deutete auf die Schafe, deren Gestank sich wie eine dichte Wolke um sie ausbreitete, »die Tiere sollten auf den Markt gebracht werden. Nach Carpentras.«

Nun, so viel hatten sie selbst schon erahnt.

Die Viehhändler hatten unterdessen mit ihren rüden Schlägen und Rufen vermocht, die meisten Schafe zusammenzutreiben. Ein Durchkommen gab es dennoch nicht, denn eine der Kutschen der vorausgehenden Reisegruppe war von den Schafen nicht nur aufgehalten, sondern vom Weg abgedrängt worden. Anders als jener Lastenwagen von Giacintos Kaufmannszug war sie nicht über die Böschung gerutscht, doch ein Rad hing darüber, und das andere, nunmehr das ganze Gewicht der Achse tragend, war geborsten.

Auf einmal verstummten die Ritter und Knappen, die edlen Männer und Priester und beugten sich damit dem hageren Dunklen, der nun befehlend die Hand hob und etwas zu Giacinto Navale sagte. Zu undeutlich klangen zunächst die Worte, sodass Alaïs ihren Sinn nicht verstand. Doch als Giacinto den Namen des Palastes von Châteauneuf-Calcernier erwähnte, schüttelte der Dunkle den Kopf und bekundete diesmal klar und deutlich, dass sie nicht von dort gekommen seien, sondern vom neu erworbenen Château de Monteux, nahe Carpentras.

Aurel trat ungeduldig von einem Fuß auf den anderen und spitzte erst die Ohren, als weitere Wortfetzen zu ihnen drangen.

»Am Arm verletzt... nein, nicht ausgerenkt... eine blutende Wunde...«

Aurel stürzte beinahe zu den beiden hin.

»Warte!«, rief Emy ihm noch verlegen nach, doch da war es schon zu spät.

»Braucht Ihr meine Hilfe?«, fragte Aurel.

Der dunkel gekleidete Mann drehte sich unglaublich langsam zu ihm um. Nun sah Alaïs, dass seine Lider das halbe Auge bedeckten – als wären ihm die Menschen zu wenig wert, um sich die Anstrengung abzuringen, sie mit unverstelltem Blick zu mustern.

Er sah Aurel flüchtig an, dann hatte er sich schon wieder abgewandt. Giacinto hingegen trat hastig auf Aurel zu, nahm ihn beiseite und raunte ihm einen Namen ins Ohr. Der schien Aurel wenig zu bekümmern, ungeduldig rang er mit den Armen. Doch Giacintos beschwörender Blick brachte ihn zumindest dazu, kein zweites Mal seine Hilfe anzutragen.

»Wo ist der Leibarzt?«, wandte sich der florentinische Kaufmann wieder an den dunkel gekleideten Mann.

Dieser hob leicht die Schultern – das einzige sichtbare Zugeständnis, dass sie sich in einer Notlage befanden. »Guillelmo da Brescia weilt in Paris«, hörte Alaïs ihn sagen. »Und Gaufridus Isnardi ist in Avignon geblieben. Der *Apothecarius* versucht ihm zu helfen, aber...«

Er brach ab und hob ein zweites Mal die Schultern, was für die Umstehenden offenbar ein Zeichen war, wieder aufgeregt durcheinanderzurufen. Alaïs, bislang vor allem von der Rüstung der Ritter fasziniert, sah nun in die Gesichter der Priester. Ganz junge, rotwangige waren dabei, deren Statur denen der Knappen glich, desgleichen ältere, faltige, die sich freilich nicht würdevoller benahmen, sondern tuschelten, die Hände über den Kopf zusammenschlugen oder mit den Füßen scharrten.

Der Einzige, der still stand und die Lippen aufeinanderrieb, war der Hagere. Doch auch dessen Miene wurde immer gequälter, unsicherer.

Dann plötzlich verstummten sie alle. Vom beschädigten Wagen ertönte ungeduldiges Gebrüll. Es war eine heisere, gleichwohl durchdringende Stimme, von Schmerzenslauten dunkler gefärbt, als sie wahrscheinlich ansonsten klang. Einige der Knappen ließen sich vor Schreck zu Boden fallen, als könnten sie sich solcherart verstecken.

Auf dem Gesicht des Hageren erschienen rote Flecken.

»Soll ich nicht doch ...?«, setzte Aurel an, und in seine braunen Augen trat jener Schimmer, der die Nähe eines Leidenden oder Verwundeten erahnen ließ.

Erneut drehte sich ihm der Dunkle zu. Seine Lider hingen immer noch schwer über den Augäpfeln, aber diesmal blieb sein Blick länger an Aurel haften. »Ich kann Euch doch nicht zu ihm lassen«, murrte er. »Einer wie Ihr kommt doch nicht in ... seine Nähe.«

»Und wer seid Ihr, das zu bestimmen?«

Einer der Priester, zugleich der dicklichste und verschwitzteste, kicherte auf, ehe er sich die Hand mit einem klatschenden Geräusch vor den vorlauten Mund schlug.

»Still«, rief Giacinto rasch dazwischen, und als er einen weiteren Namen in Aurels Ohr flüsterte, stand Alaïs nahe genug, um ihn zu verstehen. »Ihr redet mit Gasbert de Laval.«

Aurel zuckte die Schultern.

»Er ist der päpstliche Kämmerer«, fügte Giacinto hinzu.

»Hört auf!«, erklang da plötzlich wieder die wütende Stimme aus dem Wagen, diesmal nörgelnd. »Ihr fügt mir ja noch schlimmere Verletzungen zu als das gebrochene Rad!«

Ein kleiner, geduckter Mann fiel nahezu aus der Kutsche, als er ihr hektisch zu entsteigen suchte, seine Wangen glühend rot gefärbt, und ihm folgte – viel gesetzter und darum würdevoller – ein zweiter, groß und schmal, mit ungewöhnlich weißem Gesicht. Er hielt sich den verletzten Arm, doch die mürrische Miene, die er an den Tag legte, schien weniger von Schmerzen zu zeugen als von Verächtlichkeit.

Sobald er seiner ansichtig wurde, senkte Giacinto den Blick, ja, tat noch mehr, um seinen Respekt zu bekunden: Er fiel auf die Knie.

»Es ist der Papst höchstselbst«, raunte er Aurel zu. »Johannes XXII.«

Er schien dem alten Mann nicht das erste Mal gegenüberzustehen und wagte dennoch nicht, ihn anzusehen.

Auch sein Kämmerer, der Gasbert de Laval hieß, wie Alaïs nun wusste, hatte den Kopf eingezogen. »Heiliger Vater, es tut mir von Herzen leid, dass Ihr dieses Ungemach zu erleiden habt. Doch ich ...«

Der Papst trat näher. Das Erste, was Alaïs an ihm auffiel, waren seine roten Sandalen, dann, als ihr Blick höherglitt, die Handschuhe mit aufwändigen Goldstickereien. Nicht minder hell funkelte die Brosche an der Brust, die das *Pluviale* – den halbkreisförmigen Mantel – zusammenhielt.

Aurel war aufrecht stehen geblieben. »Ich bin *Cyrurgicus*«, fiel er Gasbert ins Wort, als wäre damit alles gesagt, um seine Dreistigkeit zu erklären. »Ich kann Euch helfen!«

»Ein *Cyrurgicus*!«

Jener Mann, der eben rotgesichtig aus dem Wagen gestürzt war – offenbar der besagte *Apothecarius* –, fuhr empört herum. Sein Gesicht wurde noch einen Farbton dunkler, sein Blick flackerte. »Ein *Cyrurgicus*!«, kam es ein zweites Mal, so quietschend hoch, als würde eine Frau sprechen. »Was wir hier brauchen, ist ein richtiger Medicus ...«

Giacinto, der sich rasch erhoben hatte, schien beschwichtigend die Hand auf Aurels Schulter legen zu wollen. Doch da war jener schon forsch zum Papst geschritten, wagte ihn zwar nicht anzufassen – was er bei jedem anderen Patienten getan hätte –, aber musterte die Verletzung eingehend. Alaïs konnte aus der Ferne nicht erkennen, wie schwer sie wog – da es in Aurels Augen nicht aufglomm, war sie sicher, dass es kaum mehr als ein Kratzer war. Doch wohingegen bei jedem anderen Aurels Interesse spätestens jetzt geschwunden wäre, beugte er sich noch tiefer über den Arm des Papstes.

»Eine Decke!«, befahl er. »Wir brauchen eine Decke, um die Wunde vor der Luft und ihren schädlichen Miasmen zu schützen!«

»Was fällt Euch ein!«, rief der päpstliche Kämmerer. »Ihr könnt Euch nicht einfach dem Heiligen Vater nähern!«

Er war kaum zu hören, denn eben gerieten sämtliche Stimmen durcheinander. Der Rotgesichtige bekundete mit weiterhin quietschender Stimme, was Alaïs schon geahnt hatte, dass er nämlich der *Apothecarius* des päpstlichen Hofes sei, und wenn er auch den päpstlichen Leibärzten nicht annähernd an Wissen nahekomme, so sei er doch für die Gesundheit des Papstes zuständig – viel mehr zumindest als ein dahergelaufener *Cyrurgicus*.

Giacinto wiederum trat ebenfalls näher und begann eine Lobeshymne auf Aurel zu singen. Detailliert beschrieb er dessen Operationsmethoden am Kopf eines Mannes, der ohne Aurel gewiss das Zeitliche gesegnet hätte. Es zeigte sich, dass er darin geübt war, seine Waren anzupreisen und auch liebgewonnene und besonders teure ohne Wehmut zu verkaufen, Hauptsache, sie brachten am Ende Gewinn.

Aurel selbst schaltete sich nun auch wieder ein, indem er bekundete, dass die Wunde des Papstes üble Folgen haben könnte, würde sie nicht ausreichend behandelt – und dafür sei niemand besser geeignet als er.

Eine Weile ging es wild durcheinander. Einige der Edelknappen kicherten, einige der Ritter, die den Papstzug begleiteten, grummelten.

Doch schließlich war es die – noch mürrischere, noch nörgelndere – Stimme des Papstes selbst, die dem Aufruhr ein Ende machte.

»Schluss jetzt!«

Er hob die noch heile Hand, und alle verstummten – nur Aurel nicht.

»Die Wunde muss gereinigt und genäht werden. Auf dass kein Fremdkörper und kein Schmutz zurückbleiben, würde ich sie mit der *Tenacula* etwas tiefer einschneiden, bis das frische Blut aus ihr strömt. Das ist ein chirurgisches Instrument aus starkem Stahl mit scharfer Schneide.«

Gleichwohl Papst Johannes immer noch die Hand erhoben hielt, konnte sich der *Apothecarius* nicht verkneifen, wieder das Wort zu ergreifen.

»Was für ein Unsinn!«, zischte er. »Das weiß selbst einer wie ich, dass man Wunden dieser Art nicht so behandelt. Reinigendes Blut! Pah! Zum Eitern muss sie gebracht werden, damit alles Giftige aus ihr entweicht.«

Aurel schüttelte den Kopf. »Ein Irrtum ist das, ein schlimmer Irrtum: Eiter fördert die Heilung nicht, sondern behindert sie und muss darum unbedingt vermieden werden.«

»Ich wusste, dass Ihr ein Quacksalber seid, schon auf den ersten Blick! Die Wunde muss tatsächlich vergrößert werden, aber nicht, um sie zum Bluten zu bringen, sondern um sie mit Eiweiß zu füllen. Danach kann man sie mit etwas Gänsefett einreiben.«

»Was eine denkbar schlechte Entscheidung wäre«, erwiderte Aurel grimmig, »denn das Tierfett würde die Form der Wunde verändern. Auch Puder ist nicht angeraten, denn das verursacht trockene Krusten und darunter kann sich Eiter bilden – und nein, ich sage es noch einmal: Eiter muss in jedem Fall vermieden, anstatt mit Absicht verursacht werden. Nachdem die Wunde ausgeblutet ist, muss man sie sofort schließen, sagt Henri de Mondeville, mit nicht zu festen Nähten und dünnen Fäden, und nicht mit gewachsten im Übrigen. Anschließend legt man Weinkompressen auf, um die Wunde von der Luft fern- und sie zugleich warmzuhalten. Und da Ihr schon von Eiweiß sprecht – nun, falls die Wunde nicht zu bluten aufhört, so kann man Eiweiß mit zwei Teilen Weihrauch, einem Teil Aloe und fein gehacktem Hasenfell mischen und so lange rühren, bis es die Konsistenz von Honig hat. Aber erst, nachdem die Wundränder genäht wurden, darf ein Verband gemacht werden, ganz sicher nicht zuvor!«

Er hatte so schnell gesprochen, dass der *Apothecarius* ihn nicht unterbrechen konnte. Auch nachdem er geendigt hatte, fiel jenem nichts dagegen zu sagen ein. »Ein *Cyrurgicus*!«, wiederholte er stattdessen nur, als wäre mit dieser Beleidigung alles gesagt. »Ein *Cyrurgicus*!«

Seine Stimme kippte vor Aufregung. Viel ruhiger hingegen sprach der päpstliche Kämmerer Gasbert de Laval, wenngleich seine Meinung ähnlich ausfiel. »Ihr solltet diesem Fremden nicht vertrauen«, raunte er dem Papst zu. »Wir wissen nichts über ihn.«

Verdrießlich glitt der Blick von Johannes XXII. über Aurel, geriet bei den Flecken auf seiner Tunika ins Stutzen. Doch der Ekel, der sich auf seiner Miene ausbreitete, verdunkelte nicht seine Urteilskraft. »Wir wissen, dass Giacinto Navale ihn kennt und offenbar nicht für einen Quacksalber hält. Und wir wissen, dass man Giacinto Navale für gewöhnlich trauen kann.«

»Aber Navale ist ein Händler, kein Medicus!«, rief der Apothecarius. »Was weiß er über die rechte Behandlung einer Wunde?«

»Iaquetus Melioris!«, brüllte der Papst mit einem Mal, so durchdringend und unerwartet, dass nicht nur Alaïs zusammenzuckte. »Kein weiteres Wort mehr, es sei denn, ich bitte darum!«

Der ganze Hofstaat senkte den Kopf, die eben noch kichernden Pagen so tief, dass ihnen die Haare schützend ins Gesicht fielen. Der Kämmerer begann unruhig auf den Lippen zu kauen, nur Giacinto lächelte spröde.

Offenbar waren Wutausbrüche dieser Art allen bekannt – und gerade deswegen gefürchtet.

Die Augen des Papstes richteten sich wieder auf Aurel. Trotz seiner Erregung war sein Gesicht bleich geblieben und der Blick starr. Jetzt erst sah Alaïs, wie ein dünnes Rinnsal Blut von seinem Arm troff.

»Woher nehmt Ihr die Sicherheit, zu wissen, was zu tun ist?«, fragte er nunmehr wieder leise und gedehnt.

»Ich habe in Montpellier studiert«, antwortete Aurel hastig, »und danach habe ich lange Zeit Erfahrungen gesammelt. Ich habe alle wichtigen medizinischen Schriften gelesen. Ich bin kein Stümper und kein Quacksalber, ich bin einer der besten meiner Zunft.«

Die Mundwinkel des Papstes zuckten – es war nicht gewiss, ob vor neuerlichem Ärger oder weil er schmunzelte. »Hoffart ist eine Sünde.«

»Mit Verlaub«, sprach Aurel. »Eben noch wurde als einer Eurer Leibärzte, der bedauerlicherweise nicht zugegen ist, Guillelmo da Brescia genannt. Glaubt mir, er würde Ähnliches raten wie ich. Ich weiß, was in seinen Werken geschrieben steht, mit denen er bewiesen hat, welch kundiger *Cyrurgicus* er ist. Er war ein Schüler des Taddeo von Bologna, und jener hat von Ugo de Borgognoni gelernt, dass frische Verletzungen zu reinigen und hinterher mit einem in Wein getränkten Verband zu schützen sind. Borgognoni wiederum hat die Chirurgie des großen Roger mit dem Wissen der Luccheser Ärzte verbunden und außerdem die Chirurgie von Abulcasis einbezogen, die ihrerseits auf Aegina fußt.«

Wie immer ermüdete Alaïs die Aufzählung von so vielen Namen, doch auf den Papst hatten sie eine ganz andere Wirkung. Nur knappe Worte machte er, nachdem Aurels lange Rede geendet hatte. »Hoffärtig, aber nicht unwissend.«

Offenbar war dies als Aufforderung zu verstehen, ihn zu behandeln. Der *Apothecarius* schnappte mit rotem Gesicht nach Luft, die Pagen kicherten wieder erstickt, der päpstliche Kämmerer jedoch trat auf Aurel zu und flüsterte ihm etwas ins Ohr, vielleicht eine Warnung, sich keinen Fehler zu erlauben. Aurel schnaubte nur verächtlich, ehe er sich um den höchsten und wichtigsten all seiner Patienten kümmerte.

Alaïs konnte nicht erkennen, was Aurel mit dem verletzten Arm anstellte. Falls es ihm Schmerzen bereitete, so zeigte es der Heilige Vater nicht. Lediglich die Stirn runzelte sich unwillig, als würde eine hartnäckige Fliege um seinen Kopf schwirren.

Wer hingegen nicht zu grummeln aufhören konnte, war Iaquetus Melioris. Er schritt den Kreis ab, der sich um den Papst und den Medicus gebildet hatte, suchte die einen lediglich mit Blicken aufzufordern, gleichen Ärger über die Anmaßung des Fremden zu bekunden wie er selbst, andere, indem er sich vorbeugte und ihnen etwas zuraunte. Keiner rührte sich. Nur der Papst hob nach einer Weile die eine heile Hand, und diese schlichte Geste genügte. Iaquetus zog den Schädel ein, drängte mürrisch zwei der Edelknappen auseinander und verschwand hinter dem Gefolge. Nun, ohne sein Grummeln, war es totenstill. In der Ferne raschelte Wind im Geäst, Vögel sangen und die Schafe blökten noch immer aufgeregt. Aber vom Hofstaat kam kein Laut.

Klar und deutlich stach darum Aurels Stimme hervor, als er sich flüchtig umwandte, Alaïs zu sich winkte und hinzusetzte: »Ich brauche…«

Sie wartete nicht ab, bis er zu Ende gesprochen hatte, ergriff den Lederbeutel und wollte zu ihm hasten. Sie kam ganze drei Schritte, dann schloss sich vor dem Papst eine Mauer aus Menschen. Die bewaffneten Ritter stellten sich ihr ebenso in den Weg wie die dunklen Priester und die bunt gekleideten Pagen.

Sie starrte sie verwirrt an. »Aber ich muss doch…«

»Keine Frau kommt in die Nähe des Papstes.«

Sie konnte nicht genau erkennen, wer diesen Satz gesagt hatte. Vielleicht der strenge Kämmerer? Nun, da sie seinen Blick suchte, starrte er allerdings hoheitsvoll an ihr vorbei. An ihrer statt trat nun Emy vor, übernahm schweigend den Beutel – und auch die Pflicht, Aurel zu assistieren. Alaïs öffnete den Mund, wollte protestierten, doch da packte Giacinto Navale sie am Arm und zerrte sie fort. Erst als sie bei einem der Wagen seines Kaufmannszugs angekommen waren, ließ er sie wieder los.

»Was fällt dir ein, dich so aufzuführen!«, herrschte er sie an.

»Ich?«, entfuhr es Alaïs gekränkt. »Aber ich habe doch nur…«

»Hast es doch gehört. Der Papst duldet keine Weiber in seinem Umfeld.«

Trotzig kniff sie die Lippen aufeinander und verbiss es sich mit Mühe zu sagen, dass sie entsprechend geschult sei, Aurel zu helfen.

Giacinto interessierte sich ohnehin nicht für das, was in ihrem Kopf vorging, sondern ließ sie einfach stehen.

Ärgerlich stampfte Alaïs auf und ging dann unruhig umher. Sie war die Einzige, die sich bewegte, denn das Gefolge des Papstes beobachtete Aurel ebenso steif wie Giacintos Männer. Im gleichen launischen Takt, wie sie auf den Boden trampelte, kamen ihr Flüche in den Sinn: dass man es wagte, sie zurückzuweisen, obwohl sie an Aurels Seite so viel gelernt hatte! Dass man vor allem aber auch glaubte, es wäre Gunstbezeugung, ließe man sie in die Nähe des blutenden Alten, anstatt ein Opfer für sie! Welchen Kitzel versprach es schon, schlaffe Haut zusammenzuflicken? Ihretwegen konnte sie gerne drauf verzichten – ja, sie konnte auf all die eitrigen, zahnlosen Kopfwunden, stöhnenden, speienden, sich windenden Kreaturen verzichten! Konnte auf diesen Fausto verzichten, auf Giacinto Navale, auf den sonderbaren Emy, auch auf…

So weit zu denken, dass sie auch auf Aurel verzichten wollte, kam sie nicht, denn endlich setzte Getuschel ein und sie vermeinte, den *Cyrurgicus* wieder eifrig sprechen zu hören.

An seiner statt schälte sich Emy aus der Menge, mit gleichmütigem Gesicht wie immer, als machte es keinen großen Unterschied, ob er nun die offenen Füße einer Bauersfrau verband oder die Armverletzung eines Papstes.

Alaïs stürzte auf ihn zu. »Ist es gut gegangen? Können wir nun endlich weiter?«

Emy zuckte die Schultern. »Aurel hat einen Holzsplitter entfernt, die Wunde gereinigt und genäht, und hernach habe ich einen Verband aus den Samen und Blättern von Eibisch und Malven angelegt«, erstattete er bereitwillig Bericht.

»Aber nun können wir weiter, nicht wahr?«, wiederholte sie.

Wieder zuckte Emy die Schultern, doch diesmal war es nicht Ausdruck von Gleichmut, sondern Verlegenheit. »Der Papst hat Aurel zum Abendmahl in seinen Palast eingeladen… zum Dank für seine Dienste. Und mich auch… weil ich sein Bruder bin…«

Der Anflug eines Grinsens stahl sich auf sein Gesicht, bekundete weniger Dankbarkeit für diese große Ehre als guten Appetit auf eine gewiss ganz besondere Tafel.

»Aber…«, setzte Alaïs an.

Sie sah, wie Aurel sich von der Kutsche des Papstes entfernte, alsbald von Giacinto abgepasst wurde, der ihm vertraulich die Hand auf die Schulter legte – eine viel freundlichere, weniger rohe Geste als zuvor, da er Alaïs fortgezerrt hatte. »Das habt Ihr gut gemacht!«, raunte er Aurel zu, und seine Wangen glühten, als habe er zu der medizinischen Prozedur wesentlich beigetragen. »Die Einladung des Papstes ist eine seltene Ehre!«, setzte Giacinto hinzu.

Noch wollte Alaïs nicht glauben, dass Aurel sich tatsächlich davon geschmeichelt fühlte, war sich vielmehr sicher, dass er im Zweifelsfall lieber tief im Fleisch eines einfachen Mannes geschnitten hätte als nur oberflächlich in dem des Heiligen Vaters. Doch zu ihrer Überraschung zeigte sich, dass Aurel Autard bestechlich war – nicht von einer schlichten Wunde, jedoch davon, dass der bedeutendste Mann der Christenheit ihn für einen großen und fähigen *Cyrurgicus* hielt.

Er blickte nicht frei von Scham auf seine fleckige Tunika. »So aber kann ich kein zweites Mal vor den Heiligen Vater treten«, erklärte er.

Alaïs traute ihren Ohren kaum. Nie hatte sich Aurel darum geschert, wie schmutzig er war und wie verlottert sein Gewand, nie hatte es ihn bekümmert, welchen Eindruck das auf andere Menschen machte.

»Ich werde natürlich dafür sorgen, dass Ihr anständig gekleidet seid!«, rief Giacinto schnell.

Und ich?, wollte Alaïs fragen. Was ist mit mir?

Weder Aurel noch Giacinto nahmen sie noch wahr.

»Gräme dich nicht!«, sagte Emy leise, als könnte er ihre Gedanken lesen. »Es ist doch nur für einen Abend.«

Sie hob den Blick und las Mitleid in seinen Augen. Er schien ehrlich zu bedauern, dass sie, die nun über lange Wochen zu ihnen gehörte und ein immer wichtigerer Teil einer eingeschworenen Gemeinschaft geworden war, das Brüderpaar nicht in den Papstpalast würde begleiten können, doch das war ihr kein Trost.

Alaïs schluckte schwer. Mochte Aurel auch das Gebot nicht aufgestellt haben, wonach Frauen sich dem Papst nicht nähern durften – sie konnte sich nicht erinnern, dass seine Gleichgültigkeit ihr gegenüber sie jemals so bitter enttäuscht und sich wie ein Verrat angefühlt hatte.

Dritter Teil

Avignon

Sommer und Herbst 1321

XIII. Kapitel

Den letzten Teil der Wegstrecke nach Avignon verbrachte Alaïs mit Giacinto und Emy im Wagen, wohingegen Aurel vom Papst gebeten worden war, ihn in seinem Gefährt zu begleiten. Der Ärger über die Zurückweisung, die sie erfahren hatte, saß Alaïs noch eine Weile im Magen, doch schließlich überwog die Neugierde auf eine fremde Stadt.

Noch kündigte nichts sie an. Alaïs hatte erwartet, dass die Straße, so kurz vor Avignon, immer breiter und menschenreicher werden würde, doch stattdessen vermeinte sie, immer tiefer in eine Einöde zu geraten. Kniehoch und in sattem Grün wuchsen rechts und links des Weges Wiesen, von Feldern aber, die der Sommer anderswo golden färbte, war nichts zu sehen, nur in der Ferne ein paar Weinberge.

»Alles sumpfig«, erklärte Giacinto Navale. »Zu nichts zu gebrauchen.«

Dabei beließ er es. An Land, das keine Frucht mehr brachte, wollte er seine Gedanken offenbar ebenso wenig verschwenden wie an Menschen, die ihm zu nichts nutze sein konnten. Und dazu gehörte Alaïs ohne Zweifel.

Emy hingegen war zumindest Aurels Bruder, und als dieser sein Erstaunen darüber bekundet hatte, wie Aurel derart rasch das Vertrauen des Papstes gewinnen konnte, zeigte sich Giacinto ihm ausreichend gewogen, um mit ihm zu reden.

»Das ist wahr. Er gewährt es nicht vielen.«

Getuschel hatte eingesetzt, als des Papstes Ansinnen ruchbar wurde, sich auf dem letzten Wegstück von Aurel begleiten zu lassen. Gasbert de Laval, steif wie zuvor, nur deutlich verdrießlicher, hatte die Priester, Knappen und Pagen schließlich zum Schweigen gebracht. »Es ist gut, wenn er über die Verletzung wacht«, hatte er aus einer Gunstbezeugung eine Notwendigkeit gemacht.

Giacinto Navale hingegen deutete es nun anders.

»Euer Bruder scheint ihn in der Tat beeindruckt zu haben«, fuhr Giacinto fort. »Doch so verwunderlich, wie es scheint, ist das nicht. Der Papst ist keiner, der sich von der Herkunft und dem Äußeren eines Menschen blenden lässt. Er ist von Natur aus misstrauisch, müsst Ihr wissen, was wiederum bedeutet, dass er dem eigenen Blick mehr traut als den Worten seiner Einflüsterer. Gasbert de Laval ausgenommen – jener ist als Kämmerer sein engster Berater, doch selbst der musste dem Heiligen Vater heute seinen Willen lassen.«

Er lachte, als schien ihn zu freuen, dass dieser dunkel gewandete Mann das Nachsehen gehabt hatte, doch sein Spott geriet nicht beißend wie so oft, sondern gutmütig.

»Und warum ist er derart misstrauisch?«, fragte Emy.

Alaïs blickte durch die Luke hinaus. Inmitten des sumpfigen Gebiets ragten nun erstmals Mühlen auf, und sie sah, wie die Bauern, die dort ihr Getreide mahlen ließen, innehielten und zusammenströmten, um den Zug zu bestaunen. Sie passierten einen Nebenfluss der Sorgue – nicht von Gottes, sondern von Menschenhand gemacht, wie sie später erfuhr. Mit dieser Umleitung des Wassers konnten zwar nun die Mühlen betrieben werden, aber aus dem umliegenden fruchtbaren Land waren dafür nutzlose Sümpfe geworden.

»Warum der Papst misstrauisch ist und sich einzig auf das eigene Urteil verlässt? Er hat allen Grund dazu!«, rief Giacinto eben aus. »Als er gewählt wurde, lagen die Kardinäle im Streit miteinander. Die Italiener und Gascogner waren sich spinnefeind. In den Wochen, ja Monaten der Wahl gingen die Anhänger regelmäßig aufeinander los, schlugen sich und brachten sich sogar um, anstatt einen Nachfolger von Papst Clemens zu küren.

Daraufhin hat der König von Frankfurt die Kardinäle in Lyon eingesperrt und gedroht, sie so lange nicht freizulassen, bis ein Papst gefunden wäre. Johannes hat wohl nie vergessen, dass dieser Zwang – und nicht die Begeisterung für ihn – ihm schließlich das mächtige Amt eingetragen hat. Und er war auch weiterhin nicht zu eitel, um zu verkennen, warum man ihn und keinen anderen erwählt hatte. Schlichtweg, weil er der Älteste war und man vermeinte, er würde ohnehin bald sterben und man könne solcherart in Ruhe seine Nachfolge vorbereiten. Er hat sie alle getäuscht.«

Wieder lachte er, diesmal deutlich überheblich. Vielleicht lag es daran, dass man auch von ihm einst weniger erwartet hatte, er es aber trotzdem zu diesem dicken Geldbeutel gebracht hatte und dazu, am Hofe des Heiligen Vaters für seine Dienste geschätzt zu werden. Gönnte er nicht zuletzt darum Aurel den Triumph? Weil jener zwar manche Anfeindung zu ertragen hatte, manche Verächtlichkeit – nun aber mit dem Papst speisen würde?

In der Ferne, dort wo die Wiesen das Himmelblau trafen, war nun ein schmaler, gelblicher Streifen zu sehen; er wurde breiter, schließlich zur Ahnung einer Häuserflut. Alaïs hatte erwartet, dass eine solch wichtige Stadt wie Avignon von dicken Mauern umgeben sein würde. Doch jene, auch das erfuhr sie später, waren geschliffen worden, als König Louis VIII. die flüchtenden Albigenser besiegt hatte, und keiner der späteren Könige – selbst der jetzige Robert nicht – hatte sich die Mühe gemacht, sie wieder aufzubauen.

Inmitten des Tals – nicht länger sumpfig war es hier, sondern voller Heideland – ragten nun befestigte Türme auf, die Spitzen von Kirchen und Konventen. Eben noch dünne Striche am Horizont wurden sie immer größer, desgleichen wie die Rhône, die sich an der Stadt des Papstes vorbeischlängelte, zunehmend lauter rauschte. Dunkel strömte das Wasser, wild und voller gewaltsamer Strudel.

Als sie das Ufer des Flusses erreichten, löste sich ein überraschter Aufschrei aus Alaïs' Kehle. Ähnlich wie zuvor die Bauern bei den Mühlen neugierig geglotzt hatten, ließen hier die Zimmerleute ihre Arbeit ruhen. Sie hatten ihre Werkstätten in der Nähe jenes Hafens eingerichtet, wohin die Flößer ihr Holz brachten. Doch nicht diese waren es, die Alaïs' Aufmerksamkeit fesselten, vielmehr eine riesige Steinbrücke, die über den Fluss führte, wuchtig und breit und gekrönt von einer Kapelle, die auf mächtigen Säulen thronte. Diese wiederum reichten tief in das dunkle Wasser. Die Strudel, an anderer Stelle noch gewaltsam brausend, mochten dem Stein nichts anhaben, sie schienen vielmehr im Kreis darum herum zu tanzen und längst der vergeblichen Kraftprobe leid zu sein, sie einzureißen.

Auch Giacintos Blick wurde ehrfürchtig, gleichwohl er diese Brücke oft gesehen und sie ebenso oft überschritten haben musste. Wahrscheinlich gehörte sie zu einem jener Bauwerke, an deren Größe man sich nie gewöhnt und die stets erneut vor Augen halten, was der kleine Mensch mit Gottes Hilfe zu leisten vermag.

Alaïs' Augen lösten sich von der Brücke, glitten höher zu einem schroffen Felsen, der die Stadt krönte und auf dessen Spitze drei Gebäude errichtet waren. Sie schienen eins zu werden mit dem Gestein, nicht darauf gebaut, sondern daraus erwachsen zu sein. Schwindelerregend musste es sein, von dort aus ins Land zu blicken – und unvorstellbar mühsam, jene Höhe zu erklimmen.

Schon der Fußmarsch mochte schweißtreibend sein – um wie viel härter jedoch wäre die Arbeit jener Steinträger, die eben ihre Lasten in Richtung der Gebäude schleppten?

»Der Bischofspalast soll noch größer werden«, erklärte Giacinto. »Als der Papst noch Jacques Duèse hieß und nur einer von vielen Bischöfen war, allerdings der von Avignon, hat er bereits hier gewohnt, gleich neben der Kathedrale und dem Schloss des Grafen. Doch was eines Bischofs würdig ist, mag für einen Papst nicht reichen. Nun lässt er sein altes Heim befestigen und schmücken.«

Alaïs blickte in das Gesicht eines der Steinträger, das von einer dicken Staubschicht überzogen war. Nicht nur der Rücken wurde von der Last nach unten gedrückt, sondern auch der Nacken. Stur blickte der Mann auf den Weg, als hätte er sich schon seit Wochen nicht mehr aufgerichtet und ob der Mühsal längst die Lust am Schauen verloren.

»Pack aus den Bergen«, meinte Giacinto leichtfertig. »Taugt zu nichts anderem als Lasten zu schleppen. Die Bauern aus dem Tal der Saône sind tüchtiger. Handeln mit Essen und mit Stoffen, und manch einer von ihnen gelangt hier zu Reichtum.«

Der Wagen machte einen Ruck, sodass sie fast nach vorne fiel. Kaum merklich hatte Giacinto den Befehl gegeben, anzuhalten.

»Hier scheiden sich die Wege«, erklärte er. »Mein Haus liegt nahe dem Papstpalast, doch nicht unmittelbar daneben. Ihr solltet zusehen, dass Ihr Eurem Bruder folgt, denn die Einladung hat schließlich euch beiden gegolten.«

Emy blickte ihn unsicher an, blinzelte dann in Alaïs' Richtung. Jenes bittere Gefühl, ausgeschlossen zu werden, überkam sie wieder, doch sie suchte ihm nicht nachzugeben, ballte ihre Hände zu Fäusten und redete sich ein, dass ihre Trennung nicht länger währen würde als einen Abend und eine Nacht.

»Ihr achtet auf sie?«, fragte Emy den florentinischen Kaufmann und zögerte noch, auszusteigen.

»Nun geh schon!«, murrte Alaïs.

»Lasst Euch die Tafel des Papstes nicht entgehen«, bekräftigte Giacinto Alaïs' Worte.

Erst als Emy verschwunden war, ging Alaïs auf, dass Giacinto seine Bitte nicht bejaht hatte, sondern die Antwort darauf schuldig geblieben war.

Giacintos Haus lag in der Nähe der Brücke. Der Wagen ruckelte über die Pflastersteine. Mühsam war es, durch die Gassen zu kommen, mancherorts war der Durchgang so schmal, dass wohl nicht einmal zwei Ochsen nebeneinander getrieben werden konnten. Die meisten Häuser hatten nur winzige Luken, und die Türen waren so niedrig, dass man sich bücken musste, um hindurchzukommen. Etwas großzügiger wurden die Gebäude schließlich, als sie erneut das Flussufer erreichten, wo Alaïs die andere Seite der Brücke bestaunen konnte. Sie schien hier nicht weniger wuchtig und majestätisch, doch an manchen Stellen war sie von den Blessuren der Zeit nicht unbehelligt geblieben. Einzelne Steine waren herausgerissen worden und wurden von ebenso buckligen Arbeitern wie die, die sich schweißüberströmt hoch zum Papstpalast schleppten, ersetzt. Ein mühseliges Unterfangen musste das sein, bedurfte es zu diesem Zwecke doch nicht nur vieler Arbeitskräfte auf der Brücke, sondern auch auf den kleinen Booten darunter.

Als sie den Fluss zuvor passiert hatten, hatte ihre Aufmerksamkeit nur Avignon gegolten, nicht jenem hohen Turm auf der anderen Seite der Rhône oder der mächtigen Abtei Saint-André in dessen Nachbarschaft. Erst jetzt nahm sie die vielen Soldaten wahr, die diesen Turm und somit auch den Eingang zur Brücke bewachten. Mochte man dem Papst eben eilig die Passage gewährt haben, sämtliche anderen Reisenden mussten erst eine lange Kontrolle über sich ergehen lassen, ehe sie die Stadt betreten durften. Das Stimmengewirr, das noch über den Fluss schwappte, bestand aus okzitanischen Lauten, wie sie im Gefolge des Papstes gesprochen wurden, aus provençalischem Dialekt, wie das einfache Volk ihn hier nutzte, und aus Französisch.

Alaïs lauschte aufmerksam. »Woher kommen die vielen Franzosen?«, fragte sie.

»Woher wohl?«, meinte Giacinto und klang nicht länger gefällig, sondern unfreundlich. »Hier, auf dieser Seite der Brücke, sind wir in der Grafschaft Venaissin, dort drüben ist bereits Frankreich.«

»Aber ich dachte, Avignon befindet sich auf provençalischem Boden.«

»Avignon ja – aber jener Teil der Stadt, der sich auf der anderen Seite der Rhône befindet, heißt Villeneuve und ist französisch. Auf französischem Boden sind wir auch hierher gekommen.«

»Deswegen die vielen Soldaten!«

Ehe sie eine weitere Frage stellen konnte, machte Giacinto

eine müde Bewegung, um sie zum Schweigen zu bringen. Fortan blickte er durch sie hindurch, als wäre sie Luft.

Sie fühlte sich verloren, als der Zug endgültig zum Stehen kam. Giacinto sprang vom Wagen, und sie folgte ihm, ohne zu wissen, was sie erwarten würde, freilich vom unangenehmen Gefühl beschlichen, dass sich niemand darum scherte, was aus ihr wurde.

Es ist nur für eine Nacht, dachte sie wieder. Morgen würde sie mit Aurel und Emy zusammenstoßen, und wenn Giacinto auch keinerlei Interesse an ihr hatte, so geboten es doch Anstand und Sitten, ihr die Gastfreundschaft bis dahin nicht zu verwehren.

Der Anblick seines Hauses lenkte sie ohnehin von den Sorgen ab. Während die meisten anderen schmal und einstöckig waren, glich jenes einem Palast. So hoch waren die Steine übereinander gebaut, dass sie zurücktreten und den Kopf in den Nacken legen musste, um den Himmel zu erschauen. Waren die Fenster und Türen anderer Gebäude möglichst klein gehalten, um ihr Inneres vor der Sommerhitze zu bewahren, öffnete sich das Tor von Giacintos Heim so weit, dass die Wagen des Zuges mühelos in den Innenhof fahren konnten. Weniger breit, aber nicht minder hoch waren die Fenster, von Säulen gestützt, die in einen kunstvollen Bogen mündeten. Alaïs hatte gewiss noch nicht alles von dieser Stadt gesehen – und war sich doch sicher, dass es nicht viele Häuser wie dieses gab.

Im Innenhof plätscherte ein runder, aus hellem Stein gehauener Brunnen, über dessen Becken tiefgrüne Blätter und rote Blumen rankten.

So ins Schauen vertieft, bemerkte sie gar nicht, wie eine Frau auf sie zukam. Erst als diese sie am Arm packte, fuhr sie herum. Giacinto war verschwunden, indessen seine Männer die Lasten entluden und sie dabei keines Blickes würdigten.

»Bist du das Mädchen?«, fragte die Frau unwirsch.

Ihre Stimme klang älter und schnippischer, als ihr weiches Gesicht es verhieß. Sie hatte runde, leicht gerötete Wangen, eine hohe, glatte Stirn, die von hellblondem Haar eingerahmt war, und sie wäre eine Schönheit gewesen, wenn die Haut um das Kinn nicht bereits erschlafft gewesen wäre und die blauen Augen nicht derart zusammengekniffen gewirkt hätten.

»Ich bin Alaïs. Azalaïs Montpoix«, stellte sie sich rasch vor.

War das womöglich Giacintos Frau? Hatte er sie damit beauftragt, sich um den Gast zu kümmern?

Ihre Worte bestätigten es nicht. »Und ich bin Marguerite«, sagte die Fremde, doch es klang nicht freundlich, eher spöttisch, als wollte sie sich über Alaïs' Vorstellung lustig machen. »Und nun komm mit!«

Alaïs folgte ihr über den Hof und musterte Marguerite unauffällig von der Seite. Nein, Giacintos Frau konnte sie nicht sein – zu einfach war das knöchellange Wollkleid mit den langen Ärmeln, das sie trug. Freilich, der Gürtel war wiederum edler als der einer gewöhnlichen Dienstbotin. Das Unterkleid, das hervorblitzte, schien nicht aus grobem Leinen geschneidert, sondern aus feinerem, glänzenderem Stoff, und am Halsausschnitt war eine kurze Reihe von Stoffknöpfen angebracht, wie Alaïs sie nur selten gesehen hatte.

Über das Schauen hatte sie den Schritt verlangsamt. Ungeduldig drehte sich Marguerite nach ihr um.

»Nicht einschlafen, Mädchen, nun komm schon!«

Alaïs schloss hastig wieder zu ihr auf. »Wer seid Ihr?«, fragte sie. »Und wohin bringt Ihr mich?«

Die Frau verdrehte gereizt ihre Augen. »In die Küche, wohin denn sonst!«, rief sie ungehalten.

Alaïs entspannte sich. In der Küche würde sie gewiss ein reiches Mahl erwarten, und als ihr, kaum dass sie das Innere jenes steinernen Palastes betreten hatten, verheißungsvolle Gerüche entgegenschwappten, zog sich ihr Magen fast schmerzhaft zusammen. Noch größer als der Hunger war freilich ihr Erstaunen, als sie sah, wie groß die Küche war. Kein kleiner Raum mit einer Herdstätte, wie sie sie von zu Hause kannte, erwartete sie, vielmehr ein Saal, in dem die Fischerkate, in der sie aufgewachsen war, gut und gerne dreimal Platz gefunden hätte.

Sie riss die Augen auf, langsam innewerdend, dass nicht nur der Raum sondern auch das Mobiliar und die Arbeitsgeräte um vieles größer waren als alles, was sie kannte: die Kisten und Schränke, in denen die Lebensmittel konserviert wurden, der Feuerbock beim Herd, über dem Sieder und Bratpfanne hingen, die Kesselstange, auf der mehrere Töpfe befestigt waren, die Dreifüße, auf denen ein weiterer Kessel stand. Der Spieß, der sich über dem Grill drehte, war so lang, dass man darauf nicht nur zwei Hühner aufspießen konnte, sondern derer zehn und obendrein noch zwei Schweine.

Ungemein laut ging es zu. Da war ein Zischen und Brodeln, da wurde getuschelt und gerufen, da wurde gehackt und geraspelt, geknetet und gestampft.

Einer der Köche schnitt eben ein saftiges Stück Fleisch auseinander, füllte es mit kleingeschnittenen Zwiebeln und Knoblauch und wickelte es in Speck ein, ehe er es in die eingefettete Bratpfanne legte und ein zischender Laut ertönte.

In einem anderen Topf kochte das Fleisch dampfend in seinem eigenen Sud; der betörende Geruch nach Thymian und Rosmarin stieg hoch, und eben rührte der Koch Eier und Mandeln in die Soße, auf dass sie sämig wurde. In einem weiteren Kessel ward *Pebrada* zubereitet – Rindfleisch in Pfeffersauce –, in wiederum einem anderen Kutteln mit Safran gewürzt und mit geschmolzenem Käse verrührt.

Aus ihrem Appetit wurde Gier. Gar nicht abwarten konnte sie, davon zu nehmen, und im Kopf traf sie bereits die Entscheidung, wonach es sie am stärksten gelüstete. Marguerite jedoch machte keine Anstalten, ihr etwas zu essen zu geben, sondern musterte sie nur abfällig.

»Du bist doch halbwegs sauber, oder?«

Alaïs fühlte sich von der langen Reise verschwitzt und staubig, aber sie nickte. Sie wollte lieber essen und sich hinterher erst waschen als umgekehrt.

Doch das war der Frau nicht im Sinn gewesen, als sie die Frage stellte. »Gut«, meinte sie, »dann kannst du Brot backen.«

Sie klatschte in die Hände, woraufhin sich ein rotgesichtiges Mädchen aus dem Kreise jener schälte, die in der Küche ihren Dienst verrichteten. »Zeig ihr die Backstube!«, forderte Marguerite sie auf. Das Mädchen nickte. Alaïs aber fuhr empört herum. »Ich soll in der Backstube arbeiten? Wie kommt Ihr nur darauf? Ich will etwas zu essen haben!«

»Dann musst du's dir erst verdienen, Mädchen, oder was glaubst du, wer du bist?«

»Ich bin mit Aurel Autard nach Avignon gekommen!«

»Nun«, meinte Marguerite verächtlich. »Den kenne ich nicht. Und wenn du mit ihm gekommen bist, wo ist er dann?«

»Er ist der Gast des Papstes.«

Ein flüchtiges Lächeln huschte über Marguerites Lippen. »Aber du ganz offensichtlich nicht. Denkst du etwa, Giacinto Navale hat Lust, eine faule Maid durchzufüttern? Keiner achtet aufs Geld wie er, das solltest du nie vergessen. Los jetzt!«

Alaïs konnte kaum fassen, was ihr geschah. Sie wurde nicht als Giacintos Gast behandelt, sondern wie eine schäbige Küchenmagd?

Sie war geneigt, der anderen zu widersprechen, augenblicklich die Küche zu verlassen und sich empört bei Giacinto zu beschweren. Doch zum einen wusste sie nicht, ob sie ihn in diesem riesigen Haus je finden würde, und zum anderen hielt sie es für noch aussichtsloser, seine Aufmerksamkeit zu gewinnen. Womöglich würde er ihr gar die Türe weisen, zeigte sie sich bockig. Und wohin sollte sie gehen – hier, in einer Stadt, die ihr fremd war, und in einer Welt, in der gottgeweihte Männer Weiber vom Papst fernhielten, und sie darum von Aurel getrennt worden war?

Was sie zuvor nur verärgert hatte, stimmte sie nun mutlos.

»Ich werde arbeiten«, erklärte sie durch zusammengepresste Lippen. »Aber erst muss ich etwas essen. Ich sterbe vor Hunger.«

»Iss das, wovon du glaubst, es stünde dir zu«, erklärte Marguerite kühl. »Aber denk nicht, du wärst hier von großem Wert.«

Alaïs konnte sich nicht erinnern, jemals so hart geschuftet zu haben wie in der *Farnaria* von Giacinto Navale – einem engen, rauchigen, heißen Raum, der fast gänzlich von einem riesigen Ofen, der *Mastra*, ausgefüllt wurde. Riesige Laibe schob man hinein, Weißbrot oder *Panis cum toto*, das man Schwarzbrot nannte – Ersteres war für die hohen Herrschaften bestimmt, Letzteres für Diener wie sie.

Bei der Zuteilung der Arbeit war Alaïs übervorteilt worden. Sie hatte kaum den Raum betreten, da war eine Magd auf sie zugesprungen und hatte Marguerite diensteifrig vorgeschlagen, Alaïs könne an ihrer statt das Mehl sieben, weil sie selbst am Waffeleisen gebraucht würde.

Alaïs hatte keine Ahnung, was Letzteres war und was man damit backen konnte – dass es Pasteten und Kuchen waren, erfuhr sie erst viel später. In diesem Augenblick dachte sie nur, dass die Arbeit am Waffeleisen wohl eine heiße war, das Sieben von Mehl hingegen viel angenehmer. Von wegen! Nicht nur in der Küche war alles viel größer als sie es gewohnt war, auch der Trog, in dem der Brotteig angerührt wurde, war fast so groß wie sie selbst, und um das Sieb überhaupt zu erreichen, das darübergespannt war, musste sie eine kleine Leiter hinaufklettern. Das allein wäre noch nicht schwer gewesen – umso mehr aber, riesige Säcke und Kisten voller Mehl von dem Getreidespeicher auf der anderen Seite der Küche hierher zu bringen, nach oben zu schleppen und den Inhalt in das Sieb zu kippen, um ihn von Rückständen an Halmen und Schalen zu reinigen.

Schon nach wenigen Gängen begann der Rücken zu schmerzen, und aus jeder Pore brach ihr der Schweiß aus – indessen die Maid beim Waffeleisen unangestrengt ihren Teig rührte und mit dreistem Grinsen Alaïs' Schufterei beglotzte. Am liebsten hätte Alaïs sie an ihren Haaren gerissen, die sich unter der Haube hervorstahlen. Am liebsten hätte sie Marguerite in den Trog geworfen. Und am allerliebsten hätte sie einen der schweren Mehlsäcke um Aurels Gesicht geschlagen. Mit der Zeit verging ihr das Fluchen auf die Frauen und auf Giacinto Navale, doch der Zorn auf den *Cyrurgicus* wurde immer hitziger, immer gnadenloser. Na warte, schimpfte sie innerlich, du wirst noch bereuen, dass du dich nicht um mich scherst! Dir werd ich's schon heimzahlen, dass du mich erst in diese Lage gebracht hast!

Sie wusste weder wann noch wie ihr das gelingen würde, doch allein die Aussicht auf mögliche Rache gab ihr Kraft, die mühevollen, drückenden Stunden zu überstehen.

Endlich verkündete ein beleibter Mann den Feierabend. Alaïs floh augenblicklich in den Innenhof, um zunächst Luft zu schöpfen und dann etwas von dem erdig schmeckenden Wasser aus einem der Holztröge zu trinken. Der Himmel war mittlerweile grau und spuckte Nieselregen. Sie hob die Wange der kühlenden Feuchte entgegen, und als sie das Gesicht wieder sinken ließ, war es nass, als hätte sie geweint. Kummer und Zorn fühlte sie nicht mehr: Vom Bedürfnis, sich zu setzen, am besten hinzulegen, war beides gänzlich ausgemerzt. Müde hielt sie Ausschau nach Marguerite, doch die war verschwunden, und so oblag es ihr selbst, sich einen geeigneten Ort für die Nachtruhe zu suchen.

»Wo… Wo schlafe ich?«, fragte sie in die Runde der Dienstboten.

»Dort, wo wir alle schlafen«, ward ihr knapp erklärt.

Es stellte sich heraus, dass jeder schlief, wo er auch arbeitete. Die einen in der Küche, die anderen in der Bäckerei, wieder andere in den Vorratskammern. Allein der Gedanke an den beißenden Rauch, dem sie den Tag über ausgesetzt gewesen war, war ihr unerträglich. Zwar hockte er auch in der Küche in jeder Ecke, doch diese war höher als die *Farnaria* und besaß in der Mitte der Decke einen dünnen Rauchabzug. Auch roch es dort nach mehr als nur nach verbranntem Mehl. Unauffällig schlich sie sich zu einer der Holzbänke, und ehe ein anderer ihr diesen Platz streitig machen konnte, lag sie schon zusammengerollt und gab sich schlafend. Nicht lange musste sie es vortäuschen, sondern wurde von ihrer Müdigkeit übermannt. Als sie später plötzlich aufschreckte, fühlte sich ihr Mund ausgetrocknet an und ihr Kopf wie geschwollen. Sie glaubte, nur wenige

Augenblicke geschlafen zu haben, doch dann sah sie, dass Dämmerlicht durch die Ritzen kroch. Die anderen schliefen noch. Sie hörte es am Schnarchen, bei den einen laut und durchdringend, bei den anderen lediglich ein seufzendes Schnaufen. Eben noch hatten diese Geräusche ihren Schlaf nicht gestört, doch nun, da sie sich wieder niederlegte, vermeinte sie, ihr Kopf müsse davon platzen.

Verflucht, warum muss ich hier sein?, dachte sie wütend. Wie konntest du mir das antun, Aurel Autard?

Sie wälzte sich eine Weile hin und her, fand aber keine Ruhe mehr und entschied schließlich, an die frische Luft zu gehen. Sie durchquerte die Küche, kam von dort in jenen Gang, den sie am Tag zuvor erstmals beschritten hatte, und trat in den Hof.

Von der trägen Morgenstimmung, die noch über der Küche lastete, war dort nichts zu merken. Reges Treiben herrschte, als wären die Nacht und ihre Stille schon seit vielen Stunden vorüber. Stimmen gingen wild durcheinander – am lautesten stritten zwei Männer, die irgendetwas von Reitpferden und Silber faselten und dass sie für ihre Dienste lieber damit ausbezahlt würden, als mit Geld. Doch worum es in Wahrheit ging und wie der Streit endete, erfuhr sie nicht. Die Unruhe im Hof erfrischte Alaïs noch mehr als der kühle Luftzug. Wie am Abend zuvor war der Himmel grau. Einige Pfützen bekundeten, dass es die ganze Nacht über geregnet hatte, und ihre Haare lockten sich alsbald feucht an ihren Schläfen.

Sie blickte sich um. Niemand scherte sich um sie, und auch von der blonden Marguerite, die sie mit schroffer Stimme zur Arbeit hätte treiben und darauf pochen können, dass sie sich ihr täglich Brot im Schweiße ihres Angesichts verdiente, war weit und breit nichts zu sehen. Allein beim Gedanken an die raucherfüllte *Farnaria* brach ihr der Schweiß aus und schmerzte ihr der Rücken.

Alaïs lugte zum Tor, das weit offen stand, entschied, nicht länger über sich bestimmen zu lassen, und durchschritt es, um Emy und Aurel suchen zu gehen.

Schon bei ihrer Ankunft in Avignon war Alaïs das unglaubliche Gewühle aufgefallen. In den Morgenstunden ließen sich die engen Gassen zwar noch durchschreiten, ohne dass man ins Stocken geriet – doch jene satte Ruhe, die bei Tagesanbruch über Saint-Marthe lag, schien in der Stadt des Papstes niemand zu kennen. Stimmen schwirrten durch die Luft, Menschen kamen aus allen Himmelsrichtungen geeilt, Gerüche vermischten sich – manche wohltuend lieblich, andere unerträglich beißend.

Noch war die Stunde der Morgenmahlzeit nicht gekommen, da schienen sämtliche Händler schon Gier auf schmackhafte Speisen entfachen zu wollen. Einer pries laut dicke, runde Käselaibe aus der Dauphiné und der Auvergne an und rühmte sich, damit auch den päpstlichen Hof zu beliefern. Ein anderer versuchte, seinen köstlichen Honig zu verkaufen, der dunkelbraun von hölzernen Löffeln troff. Zu dem menschlichen Gekreische kam Gegacker, als Alaïs sich der *Pollasseria* näherte – jener Straße, wo mit Enten und Gänsen, Tauben, Kapaunen und Hähnchen gehandelt wurde. Manche wurden lebend verkauft, anderen wurde vorher der Kopf umgedreht oder gar abgehauen, wieder andere wurden schon so zeitig am Morgen auf eisernen Stangen kross gebraten. Leichtfüßig wich Alaïs den rötlichen Blutspuren aus, die sich über die Straße zogen. Vor dem übrigen Unrat – Federn, Hühnerdreck und zertretenes Futter – gab es hingegen kein Entkommen.

Nach Blut roch es auch am Place Vie, wo die Fleischhauer in ihren Ständen schufteten. Hier stieß Alaïs auf eine riesige Schlachtbank, zu der die noch lebenden Tiere paarweise gebunden geführt wurden, ehe man ihnen die Kehle durchschnitt, sie ausbluten ließ und – umsurrt von dunklen Fliegen – zerteilte. Jene Männer, die mit gleichmütigem Gesicht und gekonnt auf das Fleisch einhackten, schienen längst taub geworden für das unwillige Muhen, Blöken und Grunzen.

In Saint-Marthe war nur an ausgewählten Tagen Vieh geschlachtet worden. Sämtliche Familien hatten sich daran beteiligt, und hinterher wurde das Fleisch geteilt. Doch in Städten gab es, wie sie nun erfuhr, einen eigenen Beruf zu diesem Zwecke, und wer diesem nachging, tat den ganzen Tag nichts anderes.

Ein bestimmtes Amt – viel weniger blutig, stinkend und anstrengend – hatte wohl auch jener Mann inne, der in einer schief zusammengezimmerten Bretterbude am anderen Ende des Platzes hockte. Zu ihm kamen die auswärtigen Händler, die ihre mitgebrachte Ware in Avignoneser Maße und Gewichte umrechnen und umfüllen lassen mussten, ehe sie sie auch verkaufen durften. Dafür bezahlten sie diesen Mann, der offenbar ein Experte für sämtliche Maßeinheiten war – die meisten mit verdrießlichem Gesicht, aber doch freiwillig, weil es keine andere Möglichkeit gab.

Ein Mann deutete eben auf einen Karren, auf dem zwei Dutzend Weinfässer gelagert waren. »An die hundert Sester habe ich hier.«

»Von Sester spricht man hier aber nicht«, belehrte ihn der Mann. »Kannst den Wein entweder nach Saum messen wie das Getreide, was sich wiederum danach richtet, welche Last ein einziges Saumtier tragen kann. Oder du verkaufst den Wein gemäß der Einheit der *Tonelli*. Vierundsechzig Sester passen hinein, zehn Sester wiederum ergeben einen Saum.«

Der Weinhändler grunzte unwillig, der Mann der Maße jedoch grinste – entweder befriedigt darüber, dass er durchschaute, in welch komplizierte Maßeinheiten sich die Welt einteilen ließ, oder gierig auf die Aussicht nach Lohn. Alaïs hörte kaum mehr zu, als er beim nächsten Händler die Aufteilung von Zentner in Pfunde erklärte und die Aufteilung des Pfundes in Unzen.

Sie verließ den Platz, durchschritt weitere der engen Gassen, erblickte immer neue dieser kleinen, schief gebauten Häuschen, jedoch kein Gebäude, das dem Palast eines Papstes glich. Schließlich sah sie ein, dass sie ihn auf sich gestellt nicht finden würde, und sie fragte einen fremden Mann danach. Als sie ihn ansprach, hatte er ihr seinen Rücken zugewandt. Erst als er antwortete, konnte sie sein Gesicht sehen – und zuckte zurück, nicht nur ob des grässlichen Anblicks, den sein verunstaltetes

Antlitz bot, sondern auch ob der Woge fauligen Gestanks, die ihm entströmte. In den Gassen von Avignon roch es alles andere als frisch, zu viel Unrat sammelte sich hier, zu viel verkommene Nahrungsmittel. Doch der Mann stank noch übler, er roch nach verwesendem Fleisch.

»Was willst du?«, fragte er, undeutlicher gar als die alte Bethilie aus Saint-Marthe, der die beiden Schneidezähne fehlten.

»Wo ist der Palast des Papstes?«, fragte sie wieder.

»Hast etwa Hunger, Täubchen?«, nuschelte der Mann. »Dann flattere gefälligst woanders hin! Mach uns ja nicht den Hafer streitig.«

Alaïs wusste nicht, was er meinte, doch da er so übel roch, wich sie freiwillig zurück. Erst später erfuhr sie, dass der Papst regelmäßig Getreide aus seinen Vorräten opferte, um damit die Armen zu speisen. Rasch lief sie in die andere Richtung davon. Sie entkam so zwar dem üblen Gestank, doch im Wirrwarr der Straßen, die oft nicht gerade verliefen, sondern gebogen, fühlte sie sich alsbald gefangen wie in einem Labyrinth. Unmöglich deuchte es sie nun nicht mehr nur, den Palast des Papstes zu finden, ja, allein zum Hause Giacinto Navales zurückkehren zu wollen, wäre ein unsinniges Trachten gewesen.

Unschlüssig lehnte sie an einer Ecke, verschnaufte und wurde fast von einem Pferd niedergerissen. Dessen Reiter trieb es ungeduldig an, blind für die menschlichen Hindernisse, die sich ihm in einer überfüllten Stadt entgegenstellten. Seinem finsteren Gesicht nach zu schließen, hätte er es wohl in Kauf genommen, manchen Knochen zu Brei zu stampfen – vorausgesetzt, er erreichte nur rechtzeitig sein Ziel. Nachdem Alaïs ihren ersten Schrecken überwunden hatte, hob sie fluchend die Faust wider ihn, doch da war er schon davongeritten, und das Einzige, was noch an ihn erinnerte, waren die Hufspuren und der aufgewirbelte Staub.

»Würde dem lieber nicht mein Fäustchen zeigen!«, traf sie da eine Stimme. »Hast du nicht sein langes Schwert gesehen?«

Die Stimme war unangenehm, hoch und quietschend. Doch das Gesicht der Frau, von der sie kam, war weniger verunstaltet und dafür viel freundlicher als das des Bettlers. Vor allem stank sie nicht.

»Das ist einer der Kuriere des Papstes«, erklärte sie ungefragt und erwies sich als eine, die gerne tratschte. »Früher schickte er Mönche und Priester, doch da die Straßen unsicher sind und viele ihr Ziel nicht erreichten, sind's nun bewaffnete Ritter, die sich auf den Weg machen.«

Sie lachte, ohne zu erklären, was daran zu lustig war.

»Ich muss zum Palast des Papstes!«, flehte Alaïs.

Das Lachen verstummte. Der Mund verzog sich abschätzend. »Mädchen, Mädchen, unsereins hat dort nichts verloren!«

Alaïs stampfte auf. »Aber ich muss!«

Die Frau verzog abschätzig den Blick. »Nun gut«, meinte sie. »Nicht weit vom einstigen Haus des Bischofs ist das Almosenamt. Es mag geduldet werden, dass du dort auftauchst – auch wenn du nicht wirklich hungrig aussiehst.«

Von wegen! Alaïs knurrte der Magen. Mochte sie am Tag zuvor auch genug zu essen bekommen haben, die Arbeit hatte an ihren Kräften gezehrt, sodass sie wieder hungrig war.

Schon deutete ihr die Frau den Weg, und ohne zu danken, ließ Alaïs sie stehen. Aus dem Augenwinkel sah sie noch, wie die Frau ihr kopfschüttelnd nachblickte.

Wieder musste sie achtgeben, dass sich kein Ellbogen in ihren Leib rammte oder Männer auf Pferden sie niederrissen. Sie stieß auf jene Steinträger, die sie bereits bei ihrer Ankunft gesehen hatte. Stur gingen sie geradeaus, achteten jeweils nur auf den nächsten Schritt, jedoch nicht auf die Menschen, die ihnen entgegenkamen oder sich an ihnen vorbeizwängten. Fast wäre Alaïs mit einem von ihnen zusammengestoßen.

»Pass doch auf!«, zischte sie. Der Mann hörte gar nicht auf sie, schleppte nur stoisch seinen Stein, und trotz des Ärgers verlangsamte Alaïs ihren Schritt. Hatte Giacinto nicht erzählt, dass der Palast des Papstes vergrößert wurde, und war es darum nicht ratsam, jenen Männern zu folgen, die die Steine womöglich dorthinschleppten?

Sie lief unauffällig hinter einem her, nutzte dessen Schatten und zog wie er den Kopf ein. Sie bemerkte darum nicht, dass die Häuser, je höher sie kamen, weniger dicht beisammenstanden und sie schließlich durch ein Tor schritten. Erst danach hob sie den Kopf – und war enttäuscht.

Hier sollte der Papst residieren?

Nun gut, die Häuserflut, auf die sie stieß, war aus Stein und so hoch wie die von Giacinto, doch sie versprach keinerlei Liebreiz: Weder gab es prächtige Säulen noch runde Fenster, nur flache Wände, die erst nach und nach errichtet worden waren, sodass sie nicht zusammenpassten, sondern ein unregelmäßiges Rechteck bildeten. Der Steinträger ging unverdrossen voran, Sonne brach durch die eben noch graue Wolkenwand und fiel auf ihr Gesicht. Sie schützte ihre Augen mit der Hand, um zu erkennen, wohin sein Weg führte – nämlich zu einer kleinen Kirche, nicht weit von den übrigen Gemäuern.

Als er darin verschwunden war – das Hämmern bekundete, dass an dieser Kirche eifrig gebaut wurde –, drehte sie sich ratlos im Kreis.

Bis jetzt hatte sie das Gefühl gehabt, sie müsse nur den Mut haben, diesen Weg zu wagen, dann würde sich der Rest schon fügen. Nun blieb ihr nichts anderes übrig, als von einem Fuß auf den anderen zu treten und sich einzugestehen, wie verloren sie sich in dieser fremden Stadt fühlte.

Immerhin hatte sich der Gestank, der in den Gassen hockte, verflüchtigt. Neben einem der Gebäude – war es das Wohnhaus des Papstes, die *Präpositur*, das Dekanat? – machte sie einen kleinen Garten aus. Zwei Apfelbäume standen dort, Rosen- und Weinstöcke. Es roch würzig nach Salbei und Majoran, und irgendein Bohnengewächs kletterte an den Wänden hoch. Als sie schnupperte, nahm sie noch durchdringendere Düfte wahr. Sie folgte ihnen, hörte nun auch Stimmen und sah schließlich einen Edelknappen dort stehen, ähnlich bekleidet wie jene, die am Tag zuvor im Gefolge des Papstes Aurels Dreistigkeit bekichert hatten. Vor sich um den Leib geschnürt trug er eine große Holzlade, in der sich ähnliche Ledersäckchen befanden, wie sie Aurel zur Verwahrung von Heilmitteln gebrauchte. Jene verteilte er an die umstehenden Männer, um – sobald ihm der Vorrat ausging – weitere aus schweren hölzernen Kisten nachzufüllen, die hinter ihm standen und von zwei finster blickenden Rittern bewacht wurden.

»Das muss fürs nächste Jahr reichen«, erklärte er laut, »also geht sparsam damit um. Hier sind die Gewürze für den Koch – Myrrhe, Lavendel und Kümmel – und das sind die für den *Speciarius*: Ingwer, Pfeffer und Zimt, Zucker aus Kaffa oder aus Babylon.«

Alaïs beobachtete staunend, wie nicht nur der Gewürzmeister seine Ware ausgeliefert bekam, sondern auch der Apotheker seinen Anteil an den Gewürzen und der Kerzenmeister seinen Talg. Jener, so hörte sie nun, war wiederum nicht nur für die Kerzen, Fackeln und Laternen zuständig, sondern auch für die richtige Aufbewahrung von Käse.

»Damit soll ich auskommen?«, raunzte einer der Männer unwillig. »Bei dieser Menge an Talg müssen wir demnächst alle im Finstern wandeln. Soll der Heilige Vater über seine Füße stolpern und sich sämtliche Knochen brechen?«

Bislang hatte man sie nicht gesehen. Doch just in dem Augenblick, da Alaïs ein vertrautes Gesicht erblickte – es war das des *Apothecarius* Iaquetus Melioris, der eben für sich beanspruchte, dass er und nicht etwa der Kerzenmeister das Wachs zu verwalten hätte, genauso im Übrigen wie den Honig, fiel dessen Blick auf sie. Er schien nicht mehr zu wissen, dass sie zu Aurel gehörte; es zählte einzig, dass sie eine Frau war – und als solche hier nichts zu suchen hatte.

»Wie kannst du es wagen, auch nur in die Nähe des Palastes zu kommen?«, rief er mit zittriger Stimme. Alle anderen wandten sich ihr zu: der Edelknappe, die Ritter, der beleidigte Kerzenmeister. Sie alle stießen, ob dieses Ausmaßes an Respektlosigkeit, ein empörtes Schnaufen aus.

Es stimmte Alaïs nicht verlegen, nur wütend. »Ich wäre gerne woanders«, rief sie unbedacht. »Das könnt Ihr mir glauben! Aber ich muss zu Aurel Autard.«

Der Edelknappe verbiss sich ein Grinsen. Der Kerzenmeister hingegen nutzte den Augenblick, da er unbeobachtet war, und steckte rasch etwas aus dessen Lade ein – vielleicht war es jener Teil des Wachses, auf den er Anspruch erhoben hatte und den man ihm verweigerte. Der *Apothecarius* hingegen grummelte bitter: »Diesen Namen hab ich schon gestern entschieden zu oft gehört. Also halt's Maul und verschwinde.«

Alaïs machte keine Anstalten zu gehen. »Ich will doch nur…«

Doch schon folgte einer der Ritter einem unausgesprochenen Befehl und trat träge auf sie zu. Noch gab er ihr die Chance, freiwillig von dannen zu ziehen, doch er ließ keinen Zweifel, dass er sie notfalls packen und vom Hof schleifen würde. Ehe sich Alaïs fügte und ehe der Mann Gewalt anwandte, war mit einem Mal eine schwache Stimme zu hören: »Tut ihr nichts! Sie… Sie gehört zu mir.«

Der *Apothecarius* schnaubte unwillig und verdrehte seine Augen.

Es war Emy.

XIV. Kapitel

Er verzichtete auf ein Wort des Grußes, packte sie nur am Arm und zog sie mit sich, bis sie den Hof verlassen hatten und vor einer Mauer stehen blieben.

»Komm, schnell fort!«, rief er. »Hier sind Frauen nicht geduldet!«

Sie riss sich los. »Denkst du, das hätte ich nicht hinlänglich selbst herausgefunden?«

Emy entging ihr gereizter Tonfall nicht. Verlegen senkte er den Blick. »Es tut mir leid«, murmelte er.

»Was?«, fauchte sie. Zu viel Ungemach hatte sie in den letzten Tagen getroffen, um nun zu wissen, welches davon er meinte.

»Dass wir uns gestern nicht ausreichend darum gekümmert haben, was mit dir geschah«, sagte er rasch.

Er klang ehrlich bedauernd, aber Alaïs schüttelte abweisend den Kopf. Die Wahrheit war doch: Aurel hatte sich nicht um sie geschert, Emy wäre hingegen durchaus dazu bereit gewesen. Im Zweifelsfalle hatte sich freilich seine Angst, der Bruder könnte im Gefolge des Papstes unliebsam auffallen, als größer erwiesen, als die Sorge, was ihr bei Giacinto Navale widerfahren konnte.

Er hob – als tauge dies zur Versöhnung mehr als sämtliche Worte – seinen Ledersack. »Hier!«, sagte er stolz. »Du weißt doch, dass der Papst uns gestern zum Abendmahl eingeladen hat, und ich habe das von der Tafel mitgenommen.«

Alaïs wollte sich davon nicht ruhig stellen lassen. Sie rümpfte die Nase, anstatt in der Tiefe des Beutels zu wühlen, obgleich ihr

Magen weiterhin vor Hunger knurrte. »'s ist sicher eine Sünde, den Papst zu bestehlen!«, erklärte sie spitz.

»Aber hier gibt es alles im Überfluss!«, rief Emy beeindruckt aus. »Du kannst dir nicht denken, wie groß die Küche ist.«

»An Küchen mag ich gar nicht denken.« Ihr Rücken schmerzte, wenn sie sich die Schufterei vom Vortag vor Augen hielt.

Doch Emy war trotz seines schlechten Gewissens nicht davon abzubringen, fortzufahren: »Die Mauer, die sie von den Nachbarräumen trennt, ist ungeheuer dick. Und die hölzernen Pfähle erst, die sie stützen! Und das Brot und der Wein werden nicht etwa dort gelagert – nein, es gibt eigene Räume dafür. Denk dir das! Ein ganzer Raum nur für den Wein!«

Er deutete in Richtung des Gemäuers. »Siehst du jenen Turm? Dort schläft der Papst. Im Erdgeschoss ist ein großer Saal für die Festmähler und darunter der Keller für den Wein.«

Er beugte sich vor, um noch weiter in die Richtung zeigen zu können. »Dort sind die Latrinen, und von der Küche führt ein eigener Abfluss dorthin! Stell dir nur vor, man muss das schmutzige Wasser und den Unrat nur hineinkippen, dann fließt alles von selbst fort. Man sagte mir, das sei alles ganz neu. Erst vor zwei, drei Jahren wurde der Abfluss errichtet, so wie sich auch manch anderes verändert hat unter dem neuen Papst. Früher soll es zwei Küchen gegeben haben, aber er hat sie zu dieser einen neuen vereinigt, zur *Coquina nova*.«

»Und was geht mich das an?«, schnaubte Alaïs.

Eben noch hatte sie das Essen verschmäht, doch nun griff sie gierig nach dem Lederbeutel und zog ihn an sich. Das Erste, auf das ihre Hände stießen, war eine rot glänzende Wurst. So verführerisch duftete sie, dass sie sofort hineinbiss. Sie konnte sich trotz ihrer schlechten Laune einen Ausruf der Begeisterung nicht verkneifen, so würzig schmeckte sie.

»Sie ist aus reinem Schweinefleisch gemacht!«, sagte Emy begeistert.

Derlei Verschwendung war ihr fremd. Die Würste, die sie kannte, hatten immer auch aus Hammelfleisch bestanden – und aus Gedärmen. Doch dieses Fleisch hier war rosig und weich und quoll ihr saftig und salzig aus der Haut entgegen.

»Die Schweine kommen nicht von hier. Sie werden in Genua gezüchtet, nur für den Gebrauch des Papstes. Was für eine Verschwendung!«

Es klang bewundernd, nicht verächtlich.

Alaïs steckte den letzten Rest der Wurst in den Mund und kramte weiter in dem Beutel. Emy hatte ihr auch etwas Speck mitgebracht mit einer dicken, glänzenden Fettschwarte, desgleichen Früchte – und eine klebrige Masse.

Rasch zog sie den Finger zurück. »Was ist denn das?«

Es fühlte sich ekelhaft an, aber zumindest roch es gut. Ehe er ihr Antwort gab, leckte sie vorsichtig an ihren Fingern. Wieder entfuhr ihr ein begeisterter Laut.

»Das ist Zuckerkonfekt, das man in Rosen- und Fenchelwasser eingelegt hat. Auch daran wird nicht gespart.«

Sie aß den Lederbeutel bis zum letzten Krümel leer, und während der ganzen Zeit erzählte Emy ausführlich, was er gesehen, gehört, erlebt hatte, wie es im Papstpalast aussah und welche Menschen dort lebten. Nur das Wichtigste sagte er nicht.

Solange sie mit dem Essen beschäftigt war, dachte sie selbst nicht daran. Doch als sie nichts Nahrhaftes mehr im Lederbeutel fand, fragte sie ungeduldig: »Und nun? Wie geht es nun weiter? Wo ist dein verfluchter Bruder? Er sollte doch schon längst ...«

Sie brach ab. Ihr war nicht entgangen, dass Emy rasch den Blick senkte. Sie wusste es zu deuten, noch ehe er auch nur ein Wort sagen konnte.

»Wie?«, entfuhr es ihr. »Sag bloß, er ist noch länger Gast des Papstes! Ihm kann diese enge, dreckige, laute Stadt unmöglich gefallen!«

Genau genommen hätte sie ihr selbst sehr gut gefallen und sie hätte sie als bunt, erregend und als Hort von Abenteuern empfunden, wäre nicht der erste Ort, den sie genauer hatte kennenlernen müssen, eine Küche gewesen.

Emy senkte den Kopf noch tiefer. »Der gestrige Abend ... war ihm ganz angenehm… Und darum hat er beschlossen, vorerst hier…«

Er kam nicht weiter. Alaïs war aufgesprungen und hatte die Hände zu Fäusten geballt. Der Lederbeutel war ihr von den Knien gerutscht. »Was redest du da?«, entfuhr es ihr. »Sag mir nicht, dass er… dass er hierbleiben will! Avignon war nur als kurze Zwischenstation gedacht! Aurel wollte doch Giacinto begleiten, auch nach Florenz!«

Emy zuckte hilflos mit den Schultern, bekundend, dass Aurel die Pläne umgeworfen hatte, nicht er. »Ich fürchte, es hat sich seit gestern einiges geändert«, gestand er kleinlaut. »Er… Er hat den Papst für sich eingenommen. Frag mich nicht wie… er war klug genug, nur von Operationen zu sprechen, die er gerne durchführen würde, nicht von Leichen, die aufzuschneiden ihn nicht minder interessieren würde. In jedem Fall…«, er stockte. »In jedem Fall hat der Papst ihm angeboten, ihn in den Kreis seiner Leibärzte aufzunehmen.«

»Leibarzt des Papstes?«, rief Alaïs schrill. »Lieber Himmel, was will Aurel denn bei diesem alten Mann?«

Emy lächelte flüchtig. »Der alte Mann ist das Oberhaupt der Christenheit.«

»Sei's drum! Er hatte doch nur diese lächerliche Wunde am Arm! Wenn sie verheilt ist, kann Aurel nichts mehr für ihn tun.«

»Der Papst ist ein Mann des Verstandes. Aurels Dreistigkeit mag ihn abstoßen, nicht aber dessen Wissen und kluge Überlegungen. Offenbar hat er einst die Juristerei studiert – mit nicht geringerem Ehrgeiz als Aurel die Medizin. Und… und du kannst dir nicht vorstellen, welches Gehalt ihm geboten wurde: ganze fünf Livres und fünfzehn Sous für ein Jahr.«

Alaïs glaubte vor Wut zu ersticken. »Seit wann schert sich Aurel ums Geld?«, schrie sie. »Darum hat er sich doch noch nie gekümmert! Wie kann er eine Entscheidung wie diese treffen, ohne mich auch nur zu fragen? Und wie kann er es obendrein wagen, nur dich vorzuschicken, anstatt mir selbst in die Augen zu sehen, wenn ich es erfahre?«

Sie stampfte auf, spähte über Emys Rücken Richtung Papstpalast, bereit, erneut zu dem verbotenen Ort zu stürmen. Und würden sich sämtliche Knappen, sämtliche Soldaten, sämtliche Priester ihr entgegenstellen – alle würde sie zur Seite drängen, würde sie schlagen und kratzen, bis sie vor Aurel stünde und er ihr versicherte, dass er ihr Schicksal nicht leichtfertig aufs Spiel gesetzt hatte, um sie nun in Avignon sich selbst zu überlassen. Unmöglich konnte er das tun!

Noch keinen Schritt weit war sie gekommen, als Emy sich ihr in den Weg stellte und sie festhielt. Sie hatte nicht einmal bemerkt, dass er überhaupt aufgesprungen war. Verbittert kämpfte sie nun gegen seinen ungewohnt hartnäckigen Griff.

»Lass mich los!«, kreischte sie. »Er soll es mir selbst sagen! Dieser verdammte Hurensohn! Dieser verfluchte Bastard! Dieser …«

Keine Beschimpfung fiel ihr ein, die schlimm genug war.

»Alaïs, komm zu dir!«

Seine Stimme war verlöschend leise, doch seine Berührungen blieben fest. Er hielt sie an beiden Händen, damit ihre Fäuste ihn nicht treffen konnten, und zog sie schließlich an sich; so dicht war ihr Kopf an seine Brust gepresst, dass sie kaum atmen und nichts sehen konnte. Sie strampelte mit den Füßen, traf sein Schienbein und kicherte hysterisch auf, als sie den Schmerzenslaut hörte, der ihm entfuhr. Doch nach einer Weile war sie zu erschöpft, um sich zu wehren, zu erschöpft auch, um weiterzufluchen.

»Wie kann er mir das antun?«, stöhnte sie in seine Brust. »Warum bin ich ihm so gleichgültig?«

Das Schlimmste an allem war: Seine Entscheidung erboste sie – aber sie überraschte sie nicht. Verwunderlich war, dass er sich in die Dienste des Papstes stellen wollte, jedoch nicht, dass sich seit Saint-Marthe nichts geändert hatte, dass all ihr Fleiß, ihr Mut, ihre Wissbegierde, ihr Eifer sie Aurel nicht nähergebracht hatten. Sie war sich in diesem Augenblick gar nicht sicher, ob sie ihm überhaupt nahe sein wollte, ob sie an ihn gelehnt stehen wollte wie an Emy, seinen Geruch atmen, das leise Beben seines Leibes spüren. Viel mehr als Aurel zu umarmen, wünschte sie sich, ihn zu schlagen, ihn anzuschreien, ihn zu verfluchen, vor allem aber ihm die Gewissheit abzutrotzen, dass es sich gelohnt hatte, nächtelang bei den Leichnamen auszuharren, aus der Heimat vertrieben zu werden und zu lernen, Kranke zu heilen.

»Alaïs …«

Emys Stimme klang heiser. Erst jetzt gewahrte sie, dass ihr Speichel auf seine Tunika getropft war und dass sie ihn noch nie umarmt hatte. Sein Körper fühlte sich nicht fremd an, vertraut vielmehr wie der ihrer älteren Brüder, die sie, als sie noch klein gewesen war, manchmal hochgehoben, in die Luft geworfen und sie wieder aufgefangen hatten. Vor Freude gekiekst hatte sie damals. Jetzt fühlte sie sich nur ausgelaugt – und verbittert.

»Und du?«, sie ließ ihn los, rückte von ihm ab. »Was soll aus dir werden? Hat sich Aurel wenigstens darüber Gedanken gemacht?«

Kurz wünschte sie, er würde sie nicht einfach loslassen, würde sie noch einmal packen, festhalten, umarmen, würde sie nicht der Welt ausliefern, die für jedes Fünkchen Freiheit, das sie schenkt, ein noch größeres Maß an Mühsal einfordert. Doch als er sie nicht wieder umarmte, sagte sie sich trotzig, dass sie gut und gern darauf verzichten konnte.

»Hab dir doch von der Küche erzählt.« Es klang kleinlaut. »Nicht nur, dass sie so groß ist – zwei Oberköche arbeiten dort, und ihnen unterstellt sind vier Unterköche.«

»Ach?«, fragte Alaïs bitter. »So will man dich dort schuften lassen?«

»Über diesen Köchen steht der Einkäufer«, fuhr er fort. »Das ist Guillelmus Martini. Er verwaltet die Speisekammer und hat dafür zu sorgen, dass sie stets aufgefüllt ist und dass die Waren, die für den päpstlichen Hof gekauft werden, stets die besten und frischesten sind. Ihm … ihm kann ich zuarbeiten. Für immerhin einen halben Florus pro Tag. Es bliebe also genug Geld, dass Aurel und ich ein *Domus* mieten. Und vielleicht …«

Er sprach nicht weiter, aber sie konnte seine Worte erahnen.

»Und darauf lässt du dich ein?«, entfuhr es ihr wütend. »Du hast sie doch gesehen ... die vielen Priester gestern. Weder du noch Aurel seid geweihte Männer. Ihr habt hier nichts verloren!«

»Das ist nicht wahr. Es scheint der Laien viele hier zu geben, die im Papstpalast ihre Arbeit verrichten. Nur eben keine Frauen ... Aber falls wir ein eigenes *Domus* haben, dann ...«

»Was dann? Dann soll ich für euch kochen und kehren und backen und dabei verkümmern und vor Langeweile sterben?«

Er seufzte. »Dieses Herumziehen«, wandte er ein, »dieses Herumziehen ist doch ermüdend. Zunächst bringt es Abwechslung, aber nach einigen Monaten, Jahren ... Vielleicht ... vielleicht ist es gut, wenn wir hier sesshaft werden. Aurel war so glücklich gestern Abend. Und ich würde das Versprechen halten, das ich deiner Mutter gegeben habe – dass du zumindest in der Provence bleibst ... Avignon gehört genau betrachtet nicht dazu – aber trotzdem liegt es viel näher an deiner Heimat als dieses ferne Florenz.«

Er suchte ihren Blick, doch sie starrte an ihm vorbei. »Du magst damit zufrieden sein. Aber denkst du, ich hab all das auf mich genommen, um als Küchenmagd zu enden?«

»Womöglich ändert Aurel seine Meinung bald wieder«, sprach Emy verlegen. »Er mag's, wenn man ihn bewundert – und ebendas tut der mächtigste Mann der Christenheit. Doch morgen schon sehnt er sich vielleicht nach etwas Neuem. Und bis dahin ...« Er bückte sich nach dem Lederbeutel, der unbeachtet auf die Erde gefallen war, und klopfte den Staub ab. »Ich ... ich kann für dich sorgen. Ich kann dir zu essen bringen.«

Immer unbehaglicher schien ihm zu werden, er zog die Schultern hoch, als wollte er den Kopf dazwischen vergraben. Und dies war es, was Alaïs am meisten erboste – dass er ihr zeigte, wie viel Zögern, wie viel heimliche Zweifel des Bruders Entschluss in ihm zeugten, er jedoch nicht gewagt hatte, ihm zuwiderzuhandeln. Wo war der Emy, der gegenüber Giacinto darauf bestanden hatte, dass sie die Provence nicht verlassen durften und der erst widerwillig nachgegeben hatte, als sie sich dafür eingesetzt hatte, es doch zu tun? Wo war der Emy, der vor den Dörfern seinen Schritt verlangsamt hatte und lieber an aufspringenden Blüten roch als an dahinsiechenden Leibern?

Damals hatte sie seine Sturheit, am eigenen Tempo festzuhalten und dem des Bruders zu trotzen, oft gestört – nun fühlte sie sich darum betrogen.

»Wirklich…«, bekräftigte er, »ich sorge für dich. Und Aurel wird das Seinige tun…«

»Niemals!«, schrie sie auf. Sie wusste nicht, was unwahrscheinlicher war – dass Aurel ihr tatsächlich seine Hilfe angedeihen ließe oder dass sie, nach allem, was geschehen war, bereit war, sie anzunehmen.

»Alaïs, ich lass dich nicht im Stich, ich…«

»Ach halt den Mund!«, schrie sie ihn an, um nicht minder giftig hinzuzusetzen: »Glaub nicht, ich brächte mich nicht selbst durch. Ich bin mitnichten auf euch angewiesen! Ich sollte froh sein… wahrhaft froh, dich und Aurel endlich los zu sein! Oder glaubst du tatsächlich, dass es jemals ein Vergnügen war, mit euch zu leben? Hau bloß ab du, verschwinde zu deinem verfluchten Bruder und sag ihm, dass er nur nicht glauben soll, ich wartete irgendwo auf ihn. Ich habe genug von euch, so genug… und nun geh endlich! Geh!«

Er rührte sich nicht. Da stampfte sie ein letztes Mal auf, wandte sich schließlich ab und schied grußlos von ihm.

Als Alaïs zurückkehrte zum Haus von Giacinto Navale, stand Marguerite an der Tür der Bäckerei, die Hände in die Hüften gestützt, und starrte ihr missmutig entgegen.

»So also hast du's dir gedacht. Einfach verschwinden und hinterher wiederkommen, wann es dir passt.«

Alaïs gab keine Antwort, sondern rümpfte nur trotzig die Nase und verdrehte die Augen. Weiterhin wortlos wollte sie an Marguerite vorbeigehen, doch da packte jene sie am Arm. Ihr Griff war fest und schmerzhaft.

»So geht das nicht. Wenn du Teil von Giacinto Navales *Familia* bist, hast du dich den Regeln zu unterwerfen.«

Alaïs fühlte sich zu ausgelaugt, um sich gegen die Standpauke zu wehren, war kurz geneigt, einfach zu nicken und sich hernach von dannen zu schleichen – doch der ebenso lauernde wie verächtliche Blick von Marguerite verbitterte sie. Die Wut gab ihr Kraft. Blitzschnell riss sie sich los, und ehe Marguerite sie aufs Neue packen konnte, hatte sie deren Hand schmerzhaft umgebogen. Zugleich fuhr sie ihr mit der anderen an die Kehle und drückte zu.

»Ich werde arbeiten, um mir mein Essen zu verdienen«, rief Alaïs heiser. »Wüsst' nicht, wie ich sonst überleben könnte. Aber ich werde mich von dir nicht in den Staub treten lassen. Hast du mich verstanden?«

Marguerite japste nach Luft, ihr Gesicht rötete sich und ihre ohnehin schon großen, blassblauen Augen traten hervor. Da erst ließ Alaïs sie wieder los, trat zurück und schüttelte sich den Staub von den Kleidern.

Langsam verklang Marguerites Keuchen, ihr Atem beruhigte sich wieder. Eine Weile standen sie nur starr voreinander und maßen sich. Alaïs rechnete mit einem Gegenangriff und verfolgte jede Regung der anderen, um sich rechtzeitig vor der Strafe zu schützen. Jener war sie sich gewiss. Zwar hatte sie nicht herausgefunden, welche Stellung Marguerite in diesem Haushalt innehatte – einer dahergelaufenen Maid wie ihr mochte es dennoch nicht zugestanden sein, sich derart brüsk gegen sie zu erheben.

Zu ihrem Erstaunen lächelte Marguerite jedoch plötzlich. »Du gehörst zu den Starken«, stellte sie fest. An ihrer Kehle waren Alaïs' Fingerabdrücke sichtbar. »Das gefällt mir.«

Sie nickte ihr zu und entfernte sich. Erst als sie die Tür zum Gang erreicht hatte, drehte sie sich noch einmal um. »Und jetzt mach, dass du wieder in die *Farnaria* kommst.«

Nicht nur anstrengend und heiß war die Schufterei in der Bäckerei, sondern vor allem unendlich langweilig. Alaïs' Leib war vom langen Wandern gestählt. Das Stehen und Kneten, Stampfen, Mörsern und Backen allein hätten ihr in den kommenden Wochen nicht sonderlich zugesetzt, umso mehr aber tat das die Eintönigkeit. Die Menschen, mit denen sie zusammenarbeitete, sprachen wenig. Sie wusste nicht einmal, wie sie hießen. Vielleicht hatten sie ihr ihre Namen auch einmal gesagt, doch da sie sonst nichts preisgaben – woher sie kamen, ob sie schon immer im Dienst von Giacinto Navale gelebt hätten und was sie von ihm wussten –, waren sie ihr wieder entfallen.

Das Einzige, was Abwechslung brachte, waren die Fremden, die regelmäßig in der Bäckerei auftauchten.

Das erste Mal waren es zwei Männer, die sie grob beiseite drängten und den Ofen für sich beanspruchten, um dort zehn Laibe Roggenbrot zu backen.

»He!«, schrie sie empört, als der Ellbogen des einen sie traf. Alsbald freilich gewahrte sie, dass ihr dieses rüde Verhalten immerhin eine Pause einbrachte. Sie wischte sich den Schweiß von der Stirn und lehnte sich an einen der Tische, wo ansonsten geknetet wurde.

»Und wer seid ihr?«, fragte sie.

Anders als Giacintos Dienstboten schwiegen diese Männer nicht. Der eine grinste, als er sie anzüglich musterte, sprach dann von einem Kardinal, in dessen Diensten er stehe – in der Villeneuve lebe jener, man müsse nur die Brücke überschreiten, schon sei man da –, und da der keine eigene Backstube besitze, lasse er sich jene hier mieten.

Alaïs verzog befremdet die Brauen. Auch in Saint-Marthe nutzten mehrere Familien ein und denselben Ofen, doch sie konnte sich nicht vorstellen, dass ähnliche Sitten auch in solch hohen Kreisen üblich waren.

»Geld hätte der Kardinal für eine eigene *Farnaria* schon«, erklärte da bereits der Mann, »aber eben keinen Platz, so eng wie die Häuser hier stehen. Und Giacinto Navale verdient wiederum gut daran, die eigene Backstube zur Verfügung zu stellen.«

Giacinto Navale schien seinen Reichtum auf viele Arten zu

mehren. Nichts gab es, weder das alltägliche Leben betreffend noch dessen besondere Finessen, wo er nicht irgendwie seine Hände im Spiel hatte und das Beste für sich herausholte.

So erfuhr Alaïs, dass er in eigens dafür bestimmten Lagerhallen Getreide hortete – vor allem Weizen, den Händler aus Arles, Tarascon, sogar aus dem fernen Burgund oder aus dem direkten Umland von Avignon brachten. Denn dessen Preis, so erzählte man ihr, war starken Schwankungen unterworfen. In Jahren guter Ernte war er billig zu haben, ein andermal mochte er doppelt so viel kosten. Giacinto nun erwarb in guten Jahren so viel wie möglich, um ihn in schlechten teuer zu verkaufen.

Neben den Menschen, die den Backofen mieteten, kam einmal im Monat ein streng blickender Mann unangekündigt vorbei. Wann immer er erschien, zuckte die Dienerschar ängstlich zusammen. Alaïs hingegen musterte ihn unverhohlen. Gespannt wartete sie zu erfahren, welches Amt er trüge, um solchen Respekt zu verdienen, und brachte alsbald in Erfahrung, dass er derjenige war, der das Gewicht der Brote kontrollierte. Die Mischung des Teigs unterlag strengen Bestimmungen – war es nun für den privaten Gebrauch bestimmt oder nicht –, und die Größe der Laibe war genau festgelegt. Dass derlei Kontrolle notwendig war, um die Armen nicht um ihr Geld zu betrügen, verstand sie – nicht aber die Freude, die dieser ansonsten griesgrämige Mann an seiner Aufgabe zu finden schien. Ähnlich liebevoll und zugleich besitzgierig strich er über die Brotlaibe wie Giacinto über seine Geldbörse.

Giacinto selbst sah sie in den nächsten Wochen kaum, und schließlich entnahm sie dem seltenen Getuschel der anderen, dass er wieder auf Reisen war, wohin und wie lange genau, das wüsste man nicht. Alaïs vermutete, dass er in seine Heimatstadt Florenz aufgebrochen war, wie er es ihnen einst angekündigt hatte – nur, dass sich die Pläne, sie mitzunehmen und seinem Bruder Pio Navale vorzustellen, zerschlagen hatten.

Dies war der Moment, wo sämtliches Elend ihres Lebens über ihr zusammenschlug. Unendlich traurig war es für sie, ans Reisen und Herumziehen auch nur zu denken. Die Mühsal, die das unstete Leben mit sich gebracht hatte, verblasste in den Stunden, da sie sich vor dem heißen Ofen abmühte. Es zählte einzig, dass sie damals jeden Tag neue Orte gesehen hatte und nie lange an einem verweilen musste. Unruhig hatte sie sich seinerzeit auch oft in Saint-Marthe gefühlt – doch nie hatte sie sich im eigenen Los derart gefangen gewähnt wie jetzt. Das Allerschlimmste war, dass sie Emy belogen hatte, als sie trotzig die Freude bekundet hatte, die beiden Brüder los zu sein. Kein Tag verging, ohne dass sie Aurel verfluchte, und kein Tag verging, ohne dass sie sich nach ihm sehnte und nach all dem, womit er sie immer hatte anstecken können: diesem Drang nach Freiheit, dieser Selbstherrlichkeit, sich sämtlichen Geboten zu widersetzen, dieser Dreistigkeit, selbst den Tod noch zu verhöhnen. Sich verbieten, ihn selbst zu vermissen – das konnte sie, nicht aber, sich nach dem Leben an seiner Seite zu verzehren, jeden Tag ein bisschen mehr, bis die Verzweiflung ihr das Fluchen endgültig ausgetrieben hatte.

Ein wenig half, dass sich Emy entgegen ihrer ablehnenden Worte dann und wann vom päpstlichen Palast fortstahl, um sie zu besuchen. Dann steckte er ihr Leckereien von der Tafel zu und tröstete sie damit, dass Aurel – noch geblendet von Lob und Anerkennung – vielleicht schon bald die Lust verlieren mochte, einem zwar alten, aber sehr gesunden Papst zu dienen. Rüde gab sie ihm zunächst zu verstehen, dass er sich die Sorge sparen könnte; wie sie es bereits gesagt hatte, sie käme allein zurecht. Doch Emy schien dem nicht zu trauen, kehrte immer und immer wieder, und am Ende hatte sie, wenn auch nicht ihm, so zumindest sich selbst kleinlaut einzugestehen, dass dies die Stunden waren, die ihr Kraft und Mut gaben, und dass sie ohne ihn, mit dem sie in Erinnerungen an ihr verlorenes Leben schwelgen konnte, noch mehr verzweifelt wäre.

Noch etwas anderes hielt sie aufrecht: dass es trotz des harten Schuftens zwischendurch Gelegenheit gab, sich aus dem Haus zu stehlen. Sie gab vor, frisches Wasser zu holen, und kehrte erst viel später wieder zurück, und da sie nie zur Rede gestellt wurde – bis auf Marguerite fehlte die Aufsicht über die Dienstboten, und jene scherte sich nicht wirklich darum –, wurde Gewohnheit daraus. Zunächst blieb sie in Giacintos Palast, erforschte die Räume, die neben der Küche lagen – meist Lager für Waren oder Nahrung –, und wagte sich schließlich in den ersten Stock hinauf. Als sie sich an den hohen, steinernen Räumen, den Tapisserien und den Wandbehängen sattgesehen hatte, verließ sie wie am ersten Tag das Haus, um durch Avignons Straßen zu streunen.

Bald kannte sie die Gässchen und die Gebäude in der unmittelbaren Nachbarschaft. Obwohl Avignon aus allen Nähten platzte und gewiss mehr Menschen Häuser suchten als derer zur Verfügung standen, stieß sie hier vor allem auf Lagerhallen – ähnlich derer, die Giacintos Dach beherbergten – und auf Ställe. Offenbar wollte man die vornehme Nase des Papstes nicht mit Gestank belästigen, sodass die Ritter und Adeligen aus seiner Gefolgschaft ihr Getier weit vom Palast entfernt unterbrachten.

Alaïs wagte sich nicht an die Pferde heran – unheimlich groß schienen sie ihr, das Schnauben wirkte bösartig, die geblähten Nüstern spöttisch. Doch eines Tages erblickte sie anstelle der Pferde ein gar sonderbares Tier. Es war an einen Pfahl gebunden und etwas größer als ein Pferd, besaß jedoch eine andere Statur. Sein Fell war gelblich, auf dem Rücken hockte ein riesiger Buckel, und die Lippen – es kaute lustlos – waren wulstig.

Alaïs wagte nicht, näher zu treten, aber sie betrachtete das Tier fasziniert. War es eine Missgeburt? Aber warum hatte man es dann nicht getötet, sondern gab ihm ganz allein einen Stall?

»Das ist ein Kamel«, sagte plötzlich eine leise Stimme hinter ihr. Sie fuhr herum und fühlte sich ertappt – sah dann jedoch keinen gestrengen Stallmeister, der sie zur Rede stellte, sondern ein Mädchen. Es reichte ihr kaum bis zu den Hüften, war ebenso klein wie zart und hatte doch so feine Züge, dass Alaïs vermeinte, in das Gesicht einer erwachsenen Frau zu sehen.

»Ein Kamel?«, fragte sie. Ihr Blick glitt über die Gestalt des Kindes. Es trug ein helles Kleidchen, und die Haare, fast weißblond, waren sauber und gekämmt.

»Darauf reiten die Männer, die viel weiter im Süden leben und viel weiter im Osten«, belehrte sie das Kind mit ernster Stimme.

»Und was macht es dann hier im Stall?«

Sie trat näher und blickte in kohlschwarze Augen, die nicht zum hellen Haar passten. Das Mädchen blieb seltsam reglos, als wäre es im Boden verwurzelt. Ein befremdendes Kind. Alle anderen Kinder, die Alaïs kannte, tollten oder quengelten, plärrten oder stotterten, waren verrotzt oder mit blauen Flecken übersät, mit Schrammen und mit Dreck. Ihr Blick fiel auf die Füße des Mädchens. Sie waren nicht nackt, sondern steckten in dünnen Lederschuhen.

»Das Kamel stammt von Robert«, erklärte das Mädchen indes. Es warf einen fragenden Blick auf Alaïs, und als sich in deren Gesicht nur weiteres Unverständnis ausbreitete, setzte es hinzu: »Robert ist der König von Neapel und der Provence. Ihm gehört auch Avignon, aber er lässt den Papst hier residieren. Und wenn er hierher auf Besuch kommt, dann bringt er dem Papst Geschenke mit.«

»Und darunter war auch dieses Kamel?«, fragte Alaïs. Sie konnte sich nicht vorstellen, dass dieser alte, mürrische Mann, den sie einmal gesehen hatte, sonderlich Freude an dem Tier fände. Deswegen stand es wohl auch angebunden hier.

»Manchmal bekommt der Papst auch Ochsen geschenkt«, fuhr das Mädchen ernsthaft fort.

Irgendwie passend, dachte Alaïs grinsend, dass es ein Ochs und kein wilder Hengst ist.

»Und junge Hirsche«, sagte das Kind. »Dafür sind aber andere Ställe angemietet worden.«

»Mir scheint, du weißt sehr viel über das Leben in Avignon.«

»Ich wurde hier geboren!«, stieß das Mädchen hervor, als wäre dies ein Gut, auf das man besonders stolz sein und mit dem man wuchern konnte.

»Und deine Eltern wissen, dass du dich hier herumtreibst?«

Damit schien Alaïs einen wunden Punkt berührt haben, denn

augenblicklich senkte das Mädchen seinen Blick. Im nächsten Moment ertönte prompt lautes Rufen.

»Roselina!«, klang es. »Roselina!«

»Ist das dein Name?«, fragte Alaïs.

Das Mädchen nickte kleinlaut, sah sich dann um, als könnte es sich hier irgendwo verstecken, aber entschied sich seufzend dagegen. Das Kamel glotzte träge.

»Roselina, was treibst du hier? Du sollst mit keinen … Fremden reden!«

Ein Schatten erschien an der Tür. Er gehörte wohl zur Mutter des Mädchens. Obwohl Alaïs im Gegenlicht ihr Gesicht nicht erkennen konnte, war ihr die Stimme nur allzu vertraut. Roselina war die Tochter von Marguerite.

Wortlos ging Marguerite an Alaïs vorbei, ergriff die Tochter am Arm und wollte sie schweigend aus dem Stall ziehen. Zunächst versteifte sich das Kind, schien alle Macht darein legen zu wollen, hierbleiben zu dürfen. Doch offenbar hatte es zu oft die Erfahrung gemacht, dass die Mutter die Stärkere war, und die Gegenwehr erlahmte. Willig folgte Roselina Marguerite.

Als die beiden den Stall fast verlassen hatten, erwachte freilich Alaïs' Widerstand. Nicht, dass ihr sonderlich viel an der Gesellschaft eines Kindes lag. In Saint-Marthe hatte sie Kinder immer gemieden und nie verstanden, wenn Gleichaltrige mit glänzenden Augen von Mutterschaft sprachen, als wäre das ein wahrhaft erstrebenswertes anstatt lediglich aufgezwungenes Lebensziel. Doch sie wollte sich nicht zur dreckigen Dienstbotin abstempeln lassen, deren Umgang Marguerite für ihre Tochter offenbar zu unfein schien. Obendrein – auch das musste sie anerkennen – war Roselina ein Kind jener Art, mit dem sich reden ließ wie mit einem Erwachsenen. Und es gab nicht viele Menschen in Avignon, denen sie Fragen stellen konnte, um mehr über die Stadt und ihre Gebräuche zu erfahren.

»Was denkst du eigentlich, wer ich bin, dass du mich nicht mit deinem Kinde reden lässt?«, fragte sie schroff.

Marguerite wandte sich kaum um, aber blieb immerhin stehen. »Du bist eine wie ich«, sagte sie schlicht. »Eine, die gewohnt ist, zuzupacken und zu schuften – was auf Dauer den Rücken krümmt. Roselina soll lernen, gerade zu gehen wie eine Dame.«

Alaïs hatte nie mit ihrem Stand gehadert, es eher lästig gefunden, wenn ihre Mutter Caterina auf feine Tischsitten pochte, die sie einst – als sie noch Grafentochter, nicht, durch leidige Umstände verursacht, Fischersfrau war – eingebläut bekommen hatte und später an ihre Kinder weitergab, als letztes Zeichen, dass edles Blut in ihren Adern floss. Aber jetzt reifte erstmals Stolz in Alaïs.

»Was weißt du schon, wer ich bin?«, schnaubte sie.

Marguerite antwortete nicht darauf. »Was machst du eigentlich hier?«, fragte sie stattdessen. »Solltest du nicht in der Bäckerei sein?«

Mit forschen Schritten folgte ihr Alaïs ins Freie. Das Mädchen wirkte im hellen Licht noch blasser, die Adern hinter seiner Haut noch dunkler.

»Wenn ich wie du sein soll … wie kommt's, dass ich den Brotteig zu kneten habe, du aber nie?«

»Ich habe nicht gesagt, dass unsereins es nicht zu etwas bringen kann. Aber Roselina … sie soll noch viel weiter kommen. Und deswegen will ich einfache Weiber wie dich nicht in ihrer Nähe wissen.«

Kurz war Alaïs geneigt, sie ähnlich grob zu packen wie damals am ersten Tag, diebisches Vergnügen hätte sie in solchem Kräftemessen gefunden. Jedoch scheute sie sich, die Mutter vor den Augen des Kindes anzugreifen. So sehr sie Marguerites anmaßende Worte verärgerten, ein wenig verstand sie deren Drang, dieses zarte, reine Geschöpf zu beschützen.

»Was soll's«, knurrte sie unwillig. Sie folgte Marguerite nicht zu Giacintos Haus, um wieder zurückzukehren in die Bäckerei, sondern stapfte erneut in den Stall des päpstlichen Kamels.

Als Marguerite fortging, hörte Alaïs noch, wie sie Roselina tadelte, sich die Hände schmutzig gemacht zu haben.

XV. Kapitel

»Alaïs?«

Mehrfach wurde ihr Name wiederholt, ehe die Stimme sie aus den Tiefen eines traumlosen Schlafs hervorzerrte. Alaïs fuhr hoch und konnte sich im Dunkeln nicht recht orientieren. Auch morgens fiel es ihr oft schwer sich zu vergegenwärtigen, wo sie gelandet war – umso mehr aber nun, da durch die Ritzen der Balken nur schwarze Nacht floss und das Herdfeuer kaum mehr spendete als einen schwachen, dunkelroten Schein.

In dessen Licht tanzten Marguerites blonde Locken, als sie an Alaïs rüttelte.

»Alaïs, wach auf!«

Alaïs brummte. Seit ihrer letzten Begegnung im Stall des Kamels waren mehrere Tage vergangen. Alaïs hatte sich vorgenommen, ihr strikt aus dem Weg zu gehen, und Marguerite hatte wohl Ähnliches im Sinn gehabt – zumindest bis jetzt.

»Nun komm schon, steh auf!«

»Soll ich jetzt mitten in der Nacht schuften? Ist es das, was du willst? Ach, lass mich doch in Frieden!«, wehrte Alaïs mürrisch ab. Sie entzog der anderen ihren Arm und ließ sich wieder auf die hölzerne Bank sinken. Das Laken unter ihr roch nach Brot, dem saftigen, körnigen ebenso wie dem flockig weißen. Für hungrige Nasen mochte es keinen lieblicheren Duft geben, aber Alaïs hatte ihn derart satt, dass sie am liebsten wieder in den geruchlosen Schlaf geflüchtet wäre.

Marguerite ließ nicht locker. »Komm mit mir!«, sagte sie. »Bitte, komm mit!«

Trotz der knappen Worte klang ihre Stimme nicht befehlend, sondern flehentlich, und schließlich vermochte Alaïs ihre Ohren nicht mehr zu verschließen. Unwillig stand sie auf.

»Du… du bist doch mit einem Medicus nach Avignon gekommen, nicht wahr?«, sprach Marguerite hektisch, während sie sie aus der Küche führte. »Und er soll ein außergewöhnlich guter sein, nicht wahr? Sonst wäre er nicht Leibarzt des Papstes geworden.«

Bis zu diesem Augenblick war Alaïs nicht gewahr gewesen, dass Marguerite derart gut über sie Bescheid wusste. Am ersten Tag nach ihrer Ankunft hatte sie mit Aurels Namen nichts anfangen können. Doch mittlerweile musste sich herumgesprochen haben, wen Giacinto Navale von seiner letzten Reise nach Avignon mitgebracht und wessen Gunst dieser hatte erringen können.

»Ich muss ihn sprechen!«, setzte Marguerite hinzu. »Ich bedarf seiner Dienste! Kannst du mich zu ihm bringen?«

»Bist du etwa krank?«

Alaïs rieb sich die schlaftrunkenen Augen, doch auch mit klarem Blick ließ Marguerites kräftiger Körper auf keinerlei Weh schließen.

»Ich nicht«, murmelte Marguerite, »aber…«

Sie waren durch den Saal gegangen, der sich an die Küche anschloss, und von dort in einen der Gänge gelangt, die Alaïs bis jetzt nicht kannte. An dessen Ende befand sich eine Tür aus Eichenbohlen, die Marguerite nun aufstieß. Sie hob die Öllampe, die sie in ihren Händen hielt und die ausreichend Licht verströmte, um die Kammer zu erleuchten.

Ohne Zweifel war die Einrichtung edel. Das Bett war aus massivem Holz gebaut, und die Matratze, die darauf lag, sah dick und weich aus – ganz anders als der harte Strohsack, auf dem Alaïs zu schlafen gewohnt war.

Sie trat ein und ging zu dem Bett, auf dem das schwarzäugige, bleiche Mädchen mit seinem fast weißblonden Haar lag und zu ihr heraufstarrte – nicht mehr altklug und wissend wie bei ihrer ersten Begegnung, sondern mit geröteten Augen.

»Roselina«, sagte Alaïs ihren Namen, um sich dann an Marguerite zu wenden. »Was fehlt ihr?«

»Das Bein… Sie sollte das Haus nicht verlassen, aber sie macht es wieder und immer wieder. Sie hat sich an einem Holzscheit den Fuß aufgerissen, und nun ist die Wunde rot und eitrig und ich habe Angst, dass Wundbrand daraus wird. Verstehst du nun, warum ich die Hilfe deines Medicus brauche?«

Alaïs gähnte und erklärte schlicht: »Für so etwas brauchst du keinen Medicus wie Aurel Autard einer ist. Viel zu minder wäre ihm eine solche Aufgabe. Aber ich…«, sie konnte sich ein stolzes Lächeln nicht verkneifen und ebenso wenig, ihre Schultern zu recken, »ich kann dir helfen.«

Alaïs ließ sich am Bett des kranken Kindes nieder und befühlte dessen Stirn, die warm, aber nicht fiebrig heiß war. Roselina starrte sie aus dunklen Augen an.

»Kannst du dich noch an mich erinnern?«, fragte Alaïs. »Du hast mir das Kamel des Papstes gezeigt… Ich bin Alaïs.«

Sie versuchte, möglichst sanft und unaufgeregt zu klingen, um das Kind nicht zu verschrecken – und fühlte sich zurückversetzt in jene Zeit, da sie Aurels Kranke beruhigt hatte. Dass sie sich jetzt besondere Mühe gab, lag nicht nur am Mitleid mit dem Kind, sondern weil sie die Überlegenheit über Marguerite auskosten konnte. Mochte ihr diese ansonsten mit schriller Stimme befehlen, nun kniete sie sich als ängstliche Mutter vor die Schlafstatt der Tochter, hob die Decke und legte das Beinchen frei, auf dass Alaïs die Wunde inspizieren konnte.

»Ist es wahr?«, fragte sie bang. »Kannst du ihr wirklich helfen?«

Alaïs musterte den Schnitt, der sich an Roselinas Wade entlangzog. Er war tiefrot, aber was Marguerite für Eiter gehalten hatte, war nur sämiges Blut. Sie presste die Hautränder zusammen, und ob des Drucks fügten sie sich augenblicklich aneinander.

»Hab schon Schlimmeres gesehen«, meinte sie knapp, um dann hinzuzusetzen: »Ich glaube nicht, dass man es nähen muss.«

»Glauben allein ist mir zu wenig!«, fuhr Marguerite sie an und offenbarte etwas von ihrer sonstigen Schroffheit.

Doch als Alaïs nickte und energisch bekundete: »Ich bin mir sicher, dass man es nicht nähen muss. Ich werde ihr einen Verband machen«, da bekam ihre Stimme wieder einen flehentlichen Ton. »Dann tu das! Ich bitte dich!«

Alaïs erhob sich und winkte Marguerite, ihr zu folgen. »Wir kommen gleich wieder«, sagte sie in Richtung des Kindes, das sie ernsthaft, aber wortlos musterte, und schritt zügig zurück zur Küche. »Muss schauen, ob ich die richtigen Zutaten habe, um eine heilende Paste zu machen«, erklärte sie knapp.

Marguerite eilte ihr nach. »Ich … ich kann dir alles besorgen!«, erklärte sie.

»Mitten in der Nacht?«

»Ich habe Zugang zu den Vorratskammern. Ich bringe dir, was immer du brauchst.«

»Lass mich erst nachsehen, was ich in meinem Lederbeutel habe.«

Einmal mehr fragte sich Alaïs, woher Marguerites Macht in Giacintos Haus rührte, obwohl sie nicht wie eine Dame hoher Herkunft wirkte. War sie des Kaufmanns Geliebte und Roselina sein Kind? Aber war Giacinto ein Mann, der der Mutter eines Bastards so viel Einfluss zugestehen würde?

Das konnte sie sich nicht vorstellen. Doch vor allem zählte es, diesen Einfluss für ihre Zwecke zu nutzen.

Sie hatte ihre Schlafstatt erreicht, an deren Fußende der Lederbeutel lag, in dem Caterina ihr seinerzeit den Proviant mitgegeben hatte. Nachdem er aufgebraucht gewesen war, hatte fortan Emy das Essen getragen, sie hatte jedoch im eigenen Beutel immer mehr von dem gesammelt, womit sie Aurels Behandlungen unterstützt hatte.

Eine Weile kramte sie schweigend darin. »Hier!«, meinte sie schließlich und hob ein kleines Leinensäckchen. »Ich könnte ein Malvenpflaster machen!«

»Und das ist gut?«

»Zumindest würde es die Schmerzen lindern. Allerdings bekämpft es die Entzündung nicht… Nein, ich werde etwas anderes tun.«

Marguerite bestaunte ehrfürchtig die weiteren Leinensäckchen, die Alaïs hervorzog. »Was stehst du rum?«, fuhr Alaïs sie an und genoss es, so barsch zu sprechen. »Hol einen Kessel und bring darin möglichst klares Wasser zum Kochen.«

Marguerite drehte sich so dienstbeflissen um, dass sie beinahe über einen der Schlafenden gefallen wäre. Der grummelte jedoch nur, aber erwachte nicht.

Wenig später hing der dampfende Kessel über der Feuerstelle. Alaïs verkochte Samen und Blätter des Eibischs zu einer dicklichen Brühe, ließ sie auskühlen und zerstampfte den Sud mit einem Mörser.

»Wein!«, befahl sie dann knapp und herrisch. »Ich brauche Wein.«

Prompt reichte ihr Marguerite einen Schlauch.

Alaïs schüttete den Wein in den Sud und ließ ihn wieder aufkochen. Danach forderte sie von Marguerite gesiebte Kleie und rührte diese so lange ein, bis eine stark riechende Paste daraus geworden war. Sie nahm den Kessel von dem Haken, der über der Feuerstelle hing.

»Ich brauche noch mehr Wein, Baumwollbauschen und sauberes Leinen!«, befahl sie barsch.

Wieder beeilte sich Marguerite, ihr das Gewünschte zu bringen, dann gingen sie zurück in Roselinas Kammer.

Alaïs tränkte das Stück Baumwolle in dem noch warmen Saft, wrang es aus und legte es direkt auf die verletzte Stelle. Roselina verzog ihr Gesicht, bekundete aber keine Schmerzen. Vorsichtig begann Alaïs nun, das Leinen um die Baumwolle zu wickeln.

»Morgen siehst du nach der Wunde«, erklärte sie Marguerite. »Aber du darfst die Baumwolle nicht gewaltsam abreißen, verstehst du? Befeuchte sie mit Wein, dann löst sie sich ab. Wenn sich die Wunde noch mehr rötet oder gar eitert, dann müssen wir etwas anderes versuchen. Aber das glaube ich nicht. Sie wird gut und schnell verheilen, und in wenigen Wochen wirst du nicht einmal mehr eine Narbe sehen.«

Mit Argusaugen hatte Marguerite sie bei der Behandlung belauert. Nun, da Alaïs sich wieder aufrichtete, ließ ihre Anspannung sichtbar nach. »Du denkst wirklich, dass das genügt?«, stammelte sie.

Alaïs konnte sich den Triumph nicht verkneifen, die andere derart kleinlaut zu sehen. Deutlich zögerte sie mit der Antwort, um dann jedoch – nicht ohne Überheblichkeit – zu bekunden: »Es wird alles gut werden. Du hast dir viel zu viele Sorgen gemacht.«

»Macht sich eine Mutter jemals zu viele Sorgen?«

Alaïs zuckte die Schultern, wusste nicht recht, worüber sie mehr erstaunt sein sollte – darüber, dass Marguerite überhaupt solche Liebe zu ihrem Kindlein empfand, oder darüber, dass diese sie so zahm und ängstlich machte. Wo war die dreiste, derbe Frau geblieben, die schroffe Befehle ausstieß? Im faden Feuerschein glich diese nur mehr einem Schatten.

»Und der Verband genügt?«, fragte Marguerite.

Größer noch als das Verlangen, der Müdigkeit nachzugeben und zurück auf die Schlafstatt zu sinken, war Alaïs' Wunsch, jenen Moment, da sie sich als die Kundigere erwies, noch länger auszukosten.

»Ich könnte ihr zur Stärkung einen Trank bereiten, wie ihn der Mediziner Guillelmo da Saliceto empfiehlt.«

»Dann tu das!«, forderte Marguerite sie auf, um rasch hinzuzufügen: »Bitte!«

Erneut kochte Alaïs in der Küche Wasser auf, diesmal mit wilden Trauben, Mandeln und Granatapfel.

Als sie zurückkehrten, war Roselina eingeschlafen. Alaïs, die wusste, dass der Trank für die Heilung nicht unbedingt nötig war, hätte sie schlafen lassen, doch Marguerite rüttelte sie hastig wach. Roselina sah den Krug, leckte sich über die trockenen Lippen und streckte gierig ihre Hände danach aus. Doch als Alaïs ihn ihr reichen wollte, schlug die eben noch so um das Wohl des

Mädchens besorgte Mutter hart auf dessen Hände. Ob des Klatschens fuhr Alaïs erschrocken zusammen. Roselina verzog ihre Miene hingegen kaum, schien dergleichen Bestrafung vielmehr gewohnt.

»Es tut mir leid!«, murmelte sie hastig.

Trotz des verletzten Beines erhob sie sich von ihrem Bett, setzte sich auf einen hölzernen Stuhl und wartete darauf, dass Marguerite etwas von dem Trunk in einen kleinen Becher geschüttet hatte. Hernach breitete sie über dem Schoß der Tochter ein Leinentuch aus und gab ihr erst dann zu trinken. Trotz sichtlichem Durst bemühte sich Roselina, nicht allzu große Schlucke zu machen.

»Ich mag eine einfache Bauernmaid sein!«, murmelte Marguerite, und Alaïs war sich nicht sicher, ob die Worte für sie bestimmt waren oder für Roselina. »Aber meinem Kind soll man diese Herkunft nicht ansehen. Es soll gute Manieren haben.«

Artig reichte die Kleine der Mutter den Becher. Jene nahm das Tuch zurück und deckte das Mädchen, sobald es zurück in sein Bett geklettert war, fürsorglich zu, streichelte über seine Stirn und hauchte ihm einen Kuss auf die Wangen.

Eine Weile noch hatte Alaïs das Kind betrachtet, sich schließlich aber zum Gehen gewandt und den Gang betreten. Der Triumph, den sie eben noch gefühlt hatte, schwand. Der Anflug von Dreistigkeit, mit der sie unwillkürlich Aurels Gebaren nachgeäfft hatte, wenn er sein umfangreiches Wissen ausspielte, gab der Müdigkeit nach.

Sie konnte die Wunde eines kleinen Mädchens versorgen und Heiltränke brauen – doch hatte jene Kenntnis nicht immer nur dem Zwecke gedient, vor Aurel damit aufzutrumpfen und ihm den eigenen Wert vor Augen zu halten?

Am Ende der Nacht schien nicht die Gewissheit zu bleiben, einem Kind geholfen zu haben, sondern einzig die, dass er so unendlich weit weg war und dass das, was sie sich an seiner Seite angeeignet hatte, künftig vielleicht anderen Menschen helfen würde, niemals aber ihr.

Doch sie war noch nicht wieder zurück zu ihrer Schlafstatt gelangt, als sich herausstellte, dass diese düsteren Gedanken sie trogen.

»Alaïs!«, rief Marguerite sie plötzlich zurück. »Alaïs!«

Sie drehte sich träge um und sah die andere auf sich zulaufen, immer noch nicht als die herbe, schroffe Frau, wie sie sie kannte, sondern in der ungewohnten Gestalt der besorgten Mutter. Nachdem Marguerite sie erreicht hatte, ergriff sie Alaïs' Hand und drückte sie fest. »Hab Dank!«, stammelte sie. »Hab Dank für deine Hilfe!«

So schlagartig wie eben wechselte erneut Alaïs' Stimmung. Inmitten von Triumph und Verzweiflung rührte sich noch etwas anderes: kalte Berechnung.

»Sind nette Worte alles, womit du deinen Dank ausdrückst?«, gab Alaïs schroff zurück und entzog der anderen ihre Hand.

Obwohl sie im Dunkeln kaum etwas von Marguerites Gesicht erkennen konnte, war ihr, als würde ein flüchtiges Lächeln auf deren Lippen huschen. »Hast du Hunger?«, fragte sie.

»Ha!«, lachte Alaïs kalt. »Ich backe den ganzen Tag Brot, und du denkst, ich habe Hunger? Oder glaubst du etwa, ich wäre so dumm, mir nicht so viel zum Essen zu nehmen, wie ich brauche?«

Marguerites Lächeln wurde breiter. »Gut«, gab sie zu. »Hab mich wohl falsch ausgedrückt. Ich meinte nicht Hunger, sondern Appetit – Appetit auf etwas Besseres als stets nur das trockene Brot, dann und wann eine Schüssel Eintopf mit zähem Fleisch oder fade Grütze. Etwas viel Besseres.«

Noch im Reden hatte sie sich umgewandt. »Komm!«, winkte sie.

Alaïs folgte ihr zögerlich zu einer Tür im untersten Stockwerk, die sie bis jetzt immer abgesperrt vorgefunden hatte. Marguerite griff nach ihrem Gürtel, an dem ein schwerer Schlüsselbund hing, und sperrte sie auf.

»Es gibt im Haus viele Vorratskammern«, erklärte sie, »in dieser hier werden nur jene Speisen aufbewahrt, die Giacinto selbst oder einigen Kardinälen der Nachbarschaft serviert werden.«

Alaïs war trotz der verführerischen Gerüche, die ihr aus dem Raum entgegenschwappten, abwartend an der Türe stehengeblieben. Marguerite hingegen betrat ihn dreist und griff schon nach der ersten Platte. Obwohl nur trübes Mondlicht durch die runde Fensterluke fiel, fand sie sich mühelos zurecht.

»Probier nur!«, sagte sie und hob das Tuch, das die Platte bedeckte. »Dies ist ein Gericht aus Navales Heimat. Längst haben es auch die Provençalen für sich entdeckt. *Crosete sieue rafiole*, so etwas Ähnliches wie Lasagne.«

Alaïs hatte weder von dem einen noch von dem anderen je gehört, aber sie trat nun näher und beugte sich über die Platte. Sie aß noch nicht von jenem Gericht, befühlte nur vorsichtig die obere Teigschicht, viel dünner und feiner als eine harte Brotkruste.

Marguerite war weniger zurückhaltend. Nicht zum ersten Mal schien sie heimlich bei Nacht in diesem Raum zu stibitzen. Sie griff nach einem Löffel und begann aus einer anderen Schüssel zu essen. »*Carnes in Galatina*«, erklärte sie mit vollem Mund, um freilich schon nach wenigen Bissen genug davon zu haben und weitere Gerichte nachzustopfen. Sie probierte von allem, aß wild durcheinander, Zuckerbrot, das während der Festtafeln als Zwischengericht gereicht wurde, Konfekt aus Piniennüssen, Rosinen und Orangen, Apfel- und Birnenkuchen, Pasteten aus Feigen und Paradiesäpfel. Sie aß so schnell, dass ihr der Speichel aus dem Mund troff und ihre Wangen alsbald verklebt waren.

Alaïs dachte an ihre Strenge, als Roselina zu gierig nach dem Heiltrunk gegriffen hatte. Offenbar hielt sie sich selbst nicht an das Gebot, manierlich zu essen. Ihrer runden, weichen Gestalt und dem hängenden Kinn war anzusehen, dass sie sich ihrer Gier nicht selten hingab – im Übrigen einer Gier, die auch Alaïs nicht fremd war.

Sie nahm nun auch von dem Zuckerbrot und tauchte es tief in ein Butterfass. Beides war so weich, dass es in ihrem Mund förmlich schmolz, und jetzt verstand sie, warum Marguerite so schnell und so viel essen konnte – weil man nicht mühsam darauf kauen musste.

Sie folgte ihrem Beispiel, machte sich über alle möglichen Platten her, aß Süßes und Salziges, Scharfes und Saures wild durcheinander.

»Ich habe noch nie so viel gegessen«, bekannte Alaïs mit vollem Mund, »und so gut…«

Obwohl Marguerite genießerisch schmatzte, wiegelte sie ab. »Ach was«, meinte sie leichtfertig. »Das ist noch gar nichts im Vergleich zu dem, was die hohen Gäste des Papstes zu essen bekommen. Nicht die gewöhnlichen Gesandten natürlich, so er diese denn überhaupt zu Tisch bittet. Aber wenn er Könige empfängt, dann werden schon einmal gebratene Vögel aufgetragen, die mit nichts anderem gefüttert worden sind als mit Mandeln.«

Alaïs steckte ihren Finger in den Honigtopf und leckte ihn ab. »Und welchen Nutzen hat das?«

»Nun, offenbar wird das Fleisch besonders zart. Und es werden die besten aller Fische serviert, nicht etwa nur Lachs und Forellen, wie sie feine Leute essen, sondern Störe und Delphine.«

Obwohl sie eine Fischerstochter war, hatte Alaïs noch nie von Letzteren gehört. »Was sind Delphine?«

Marguerite zuckte die Schultern. »Ich weiß es nicht. Nur, dass ihr Fleisch so weich ist, dass es im Mund zergeht, und von weither gebracht wird. Aber das Besondere sind nicht nur die Gerichte, sondern auch, wie man sie präsentiert. Einmal hat man einen ganzen Hirsch serviert. Man hat ihm das Fell abgezogen, aber sein Geweih auf dem Kopf belassen, und nachdem die einzelnen Stücke gebraten worden waren, hat man sie solcherart übereinandergelegt, dass er wieder wie ein lebendiges Tier aussah.«

Alaïs kniff die Augen zusammen. Ihr Hunger war längst gestillt, die Gier hielt noch an – auch wenn sie zwischendurch aufstoßen musste und sich ein übler Geschmack in ihrem Mund bildete.

»Und woher weißt du das alles?«, fragte sie misstrauisch. »Ich dachte, Frauen dürften dem Papst nicht zu nahe kommen.«

Jene Erfahrung im Hof des Papstpalastes, da man sie fast gewaltsam fortgeschafft hatte, war ihr noch allzu deutlich in Erinnerung.

»Nun, edle Frauen lässt man zumindest bis zum Konsistorium im Erdgeschoss vor. Auch wenn der Papst nicht sonderlich glücklich ist, wenn es geschieht. Stell dir vor: Einmal war Clementia zu Gast, die Witwe von König Louis. Sie wollte hier in Avignon auf ihren Bruder warten, unseren König Robert. Der Papst hat sie zwar kurz empfangen, ihr jedoch kein Gemach angeboten, sondern sie auf die mühselige Reise zu den Dominikanerinnen von Aix geschickt, damit sie dort eine Unterkunft finde.«

Sie lachte mit vollem Mund. Noch mehr Saft lief ihr über das Kinn, Krümel hafteten an ihren Mundwinkeln.

»Wenn aber nur edle Frauen in den Palast dürfen, so begreife ich immer noch nicht, warum du so viel über die dortigen Sitten weißt!«, meinte Alaïs und klang schnippisch. Sie konnte es nicht benennen, aber irgendetwas an Marguerite war ihr unheimlich. Ein wenig zu schnell schien jene ihre Launen zu wechseln, zu unberechenbar deuchte sie der Wechsel von der schroffen Befehlshaberin zur besorgten Mutter und nun zu einem gefräßigen, geschwätzigen, schier unersättlichen Weib. Auch wenn ihr das Schrille, Gierige nicht fremd war und dem eigenen Wesen glich, wappnete sie sich insgeheim vor dem, womit Marguerite sie als Nächstes überraschen würde.

Marguerites Lachen wurde lauter. Anstatt ihre Frage zu beantworten, erzählte sie unter lautem Kichern: »Weißt du, was das größte Problem ist? Wenn Könige oder Kaiser zu Besuch kommen, so werden sie schon vor der Stadt von den Kardinälen empfangen und dann feierlich nach Avignon geleitet. Im Palast dürfen sie dann dem Papst die Füße küssen, die Ranghohen unter ihnen gar den Friedenskuss mit ihm tauschen. Jedes Mal freilich stellt sich das Problem, wie der Papst nun die Gattinnen der hohen Herren empfangen soll. Er will die gekrönten Häupter nicht beleidigen, indem er ihre Frauen vor den Kopf stößt – aber sich von ihnen gleichfalls küssen zu lassen, ist ihm unvorstellbar.«

»Und was geschieht stattdessen?«

»Soviel ich weiß, ist mittlerweile eine Lösung gefunden worden. Die hochwohlgeborenen Gattinnen dürfen zwar die Haut des Heiligen Vaters nicht berühren, aber als Zeichen ihrer Ehrerbietung zumindest dessen Siegelring küssen. Ich nehme an, sie erproben im Voraus, wie sich das zustande bringen lässt, ohne dass ihre Lippen auch nur flüchtig seine Finger streifen.«

Sie küsste sich selbst schmatzend auf die Hand, um es in falscher Weise vorzumachen – solcherart bekundend, dass ihr die Zurückhaltung der edlen Frauen nicht lag.

Danach wurde sie ernst. »Und woher ich das weiß?«, griff sie Alaïs' Frage auf, und ihre Worte klangen nicht länger belustigt, sondern hart. »Ich halte die Ohren und die Augen offen, das ist alles. Sonst überlebt man nicht in einer Stadt wie Avignon. Und genau genommen ist es das Einzige, was ich je konnte – die Augen und Ohren offen halten. Oder nein«, sie schüttelte den Kopf, »das ist nicht alles: Ich war auch gut im Beinespreizen.«

Alaïs senkte den Blick, um den Anschein zu geben, letzteres Geständnis überhört zu haben. Doch Marguerite hatte sich nicht einfach verplappert, um es gleich danach zu bereuen. Vielmehr trat sie nun forsch auf Alaïs zu und zwang sie, ihr ins Gesicht zu sehen.

»Oder was denkst du, wer Roselinas Vater ist?«, fragte sie, und ihr Blick wurde hart wie ihre Stimme, verkrampft wie das Lächeln und traurig wie ihre plötzlich herabhängenden Schultern. »Ein Ehemann, dem ich ein sittsames Weiblein bin? Nein, es gibt keinen Ehemann. Und ich bin viel zu arm geboren, um ein sittsames Weib zu sein.«

Alaïs wusste nichts dazu zu sagen, sondern schwieg betreten. Die Frauen von Saint-Marthe würden leugnen, dass Armut und Anstand ein Gegensatz waren. Doch noch mehr verwirrte sie, dass nicht zusammenpasste, was Marguerite sagte und wie sie es tat: Sie sprach über den Verlust der Ehre, als würde sie sich verachten, und legte einen Tonfall darein, als würde sie zugleich damit prahlen. Und wenn es stimmte, dass sie arm und ehrlos war – woher nahm sie dann die Macht, über diesen Haushalt zu befehlen, und die Dreistigkeit, sich an den Speisen gütlich zu tun?

Alaïs brachte nichts mehr herunter, aber Marguerite fraß immer mehr in sich hinein. Eben griff sie nach einem kleinen Kästchen aus Holz, das auch ohne Inhalt verführerisch duftete. Konfekt wurde darin aufbewahrt, noch erleseneres als jenes, das Alaïs schon gekostet hatte.

»Sieh nur!«, rief Marguerite. »Dieses Küchlein ist mit Gold überzogen!«

Im fahlen Mondlicht schimmerte es nur schwach. Was Marguerite als Gold ausgab, hätte ebenso gut Butter sein können.

»Echtes Gold?«, rief Alaïs. »Und man isst es?«

Marguerite machte den Mund weit auf und stopfte es hinein. »Ja«, lachte sie kauend. »Man isst es.«

Alaïs blickte sie halb bewundernd, halb befremdet an. »Wie viel Brot man dafür kaufen könnte!«, stieß sie aus.

Marguerite schluckte. »Willst du wie die Armen denken oder wie die Reichen? Wie ich schon sagte: Ich war arm, bitterarm. So arm will ich nie wieder sein – und meine Tochter soll es niemals werden.«

Sie stellte das Kästchen ab, hob plötzlich ihre Hände, die im Mondlicht fettig glänzten.

»So isst man nicht. So sollte man nicht essen«, sagte sie plötzlich.

Alaïs war verwundert. Bis jetzt hatte sich Marguerite nicht anmerken lassen, dass sie sich ihrer Gier wegen schämte, und auch jetzt klang sie trotzig. Dennoch fuhr sie fort: »Ich bin, die ich bin. Man kann mich mästen und in feine Kleider stecken, aber die Bauerntochter wird man mir nicht austreiben können. Roselina hingegen soll es besser haben. Sie ist eine duftende Rose, ich nur eine stinkende Margerite.«

In Alaïs' Magen grummelte es. Was im Mund so köstlich geschmeckt hatte, fühlte sich im Magen an wie schwere Steine. Sie legte ihre Hand auf den Bauch, der gewölbt war, als würde sie ein Kind tragen.

»Darfst du … darfst du das denn einfach?«, fragte sie nun, da es für solche Bedenken eigentlich zu spät war. »Ich meine, dich hier bedienen … mich hierher einzuladen …«

»Kann tun, was ich will«, meinte Marguerite knapp.

»Nun«, setzte Alaïs an, »nun, dann könntest du vielleicht auch wollen, dass ich nicht länger in dieser heißen Bäckerei zu schuften habe. Immerhin …«, sie machte eine kurze Pause, »immerhin könnte Roselina wieder einmal meine Hilfe brauchen und …«

»Wie viel Brot hier gebacken wird und von wem, ist mir völlig gleich. Meinetwegen kannst du es gerne bleiben lassen«, Marguerite zuckte unwirsch die Schultern und schien leugnen zu wollen, dass sie Alaïs mit harten Worten die Schufterei befohlen hatte. Plötzlich grinste sie. »Ich sehe schon: Mit dir kann man Spaß haben. Lässt dich nicht unterkriegen und nimmst, was du bekommst – gerne auch mehr.«

Alaïs lag es auf den Lippen, zu sagen, dass es nicht ihre Idee war, Giacintos Speisekammer zu plündern und sich an den teuersten Speisen zu vergreifen. Doch ehe sie den Mund auftat, beugte sich Marguerite so dicht zu ihr, dass deren Locken ihr Gesicht kitzelten, und flüsterte ihr etwas ins Ohr.

Als Alaïs das verschwörerische Grinsen erwiderte, das um Marguerites Mund spielte, fühlte sie sich zum ersten Mal, nachdem Aurel sie schmählich im Stich gelassen hatte, so beschwingt und abenteuerlustig wie einst an seiner Seite.

XVI. Kapitel

Avignon war eine Stadt, wo es mehr Priester gab als anderswo und mehr Beamte, mehr Händler und mehr Steinmetze, mehr Häuser, mehr Kirchen – und mehr Tavernen. Die einen mochten rauchige, finstere Spelunken sein, in denen man sich die Krätze holte, die anderen heimelige Stuben, in denen Kräuter in das Herdfeuer geworfen wurden, um für Wohlgeruch zu sorgen – doch hier wie dort suchte man dasselbe: sein Leben für einige Stunden zu vergessen, mit Wein, mit Tanz, mit Gesang.

Ehe Marguerite sie am nächsten Tag dorthin mitnahm, hatte Alaïs nie einen vergleichbaren Ort gesehen. Sie konnte sich an Streitgespräche ihrer Eltern erinnern, wenn ihre Mutter dem Vater vorwarf, er hätte in der Jugend viel zu viel Zeit damit verbracht, sich beim Würfelspiel zu verschulden oder sich sinnlos zu betrinken. Woraufhin der Vater lachend den Kopf geschüttelt hatte: »Gespielt habe ich ein wenig zu viel, das gebe ich zu, aber Wein habe ich nie recht vertragen und mich immer zurückgehalten.«

Alaïs, so stellte sich heraus, lernte den Wein zu vertragen. Sie gewöhnte sich mit der Zeit auch an die Enge, den Schweißgeruch, das Grölen und die dreist zupackenden Hände, selbst an die krächzende Stimme mancher Sänger, die sich Troubadoure schimpften.

Bereits am ersten Abend hörte sie einen, der irgendeine fromme Legende zum Besten gab. Schon als sie sich der Taverne näherten, waren die schiefen Töne zu vernehmen – unerträglich aber wurden sie, kaum öffnete Marguerite die knarzende Tür.

»Wer will denn das hören?«, schimpfte Marguerite, noch ehe er die erste Strophe vollendet hatte. »Das klingt ja so erbärmlich, als würde man eine Katze ersaufen!«

So dicht hing in dem niedrigen, windschief gebauten Raum der Dunst, dass Alaïs kaum das Gesicht des Sängers erkennen konnte und noch viel weniger das eines Fremden, der nun zu dessen Verteidigung einschritt.

»Ach Marguerite«, sprach er ganz selbstverständlich ihren Namen aus, was verriet, dass sie eben so oft hier zu Gast war wie er selbst. »Lass ihn mit deiner spitzen Zunge in Ruhe, den armen Mann! Es gibt doch kaum mehr Troubadoure.«

»Was auch sein Gutes hat, wenn alle so schlecht singen wie er«, nörgelte Marguerite.

»Aber, aber«, wehrte sich der Troubadour nun selbst. »Ich singe euch von Saint Trophime, über dessen Leben ein gewisser Raimond Féraut berichtet hat.«

»Wenn dein Heiliger so fromm ist wie an diesem Ort die Pfaffen, dann weiß ich, warum du mit derart schiefer Stimme singst«, höhnte Marguerite, um dann hinzuzusetzen: »Im Übrigen singst du nicht nur absonderlich, sondern sprichst mit fremdem Dialekt. Woher kommst du?«

Wenn es ihr darum gegangen war, seinen Gesang zum Verstummen zu bringen, dann hatte sie es nun geschafft. Mit sichtlichem Stolz baute sich der Mann vor ihr auf: »'s ist lange her, dass die guten Musiker und Sänger aus dem Süden kamen. Troubadoure aus dem Languedoc oder der Provence sind selten geworden. Ich stamme aus Paris, wie die meisten meiner Zunft.«

Alaïs riss die Augen auf. Nie hatte sie einen Menschen gesehen, der aus Paris kam – eine jener riesigen Städte, die selbst einen Ort wie Avignon in den Schatten stellten.

Marguerite gab sich weniger beeindruckt. »Stimmt es, dass in Paris die Häuser noch schiefer und kleiner und enger sind als hier?«

Einer der Männer, die weiter hinten um einen Tisch saßen und dem Geplänkel bislang nur mit halbem Ohr gefolgt waren, lachte. »Noch kleiner und noch schiefer und noch enger ist gar nicht möglich!«

Der Troubadour plusterte sich auf, doch ehe er ein Wort zur Verteidigung seiner Geburtsstadt sagen konnte, war Marguerite bereits weggegangen.

»Dann sing lieber von Paris anstatt von den Heiligen!«, war das Einzige, was sie ihm über ihre Schultern noch zuwarf.

Schon war sie an den Tisch der Männer getreten, die hinten im Raum saßen. »Schenkt mir Wein ein, damit ich dieses Gekrächze ertragen kann!«

»Ach Gott, Marguerite!«, rief einer der Männer. »Bist doch ein starkes Weib, kannst sicher noch mehr ertragen als nur das.«

»Natürlich kann ich das!«, lachte sie und warf ihren Kopf in den Nacken. Die Blicke der Männer blieben an ihrer hellen Kehle hängen und wanderten tiefer zum Ausschnitt ihrer Tunika. Jene Wirkung schien Marguerite bezweckt zu haben, denn eine Weile verharrte sie so, ehe sie den Kopf wieder senkte. »Aber eben dazu brauche ich Wein.«

Der Mann rief der Wirtin einen Befehl zu. Zugleich wanderte sein Blick von Marguerite zu Alaïs. »Scheinst mir nicht die Einzige zu sein, Marguerite, die eine trockene Kehle hat. Wer ist das schüchterne Mädchen, das du mitgebracht hast?«

In der Tat hatte Alaïs, seit sie die Taverne betreten hatten, alles nur aus gesenkten Augen betrachtet. Als Marguerite vor einigen Tagen in der Speisekammer damit geprahlt hatte, dass sie ihr nicht nur die erlesensten Speisen in Avignon auftischen könnte, sondern auch den besten Wein und das obendrein an dem verruchtesten Ort der Stadt, war ihr das nach einer Abwechslung ganz nach eigenem Geschmack erschienen. Doch nun war sie von den vielen Eindrücken, die auf sie einprasselten, eher verstört.

Dicht standen die Bänke aneinander, sodass die Rücken derer, die an einem Tisch saßen, an die der anderen stießen und dort, wo sich die Kleidung hochgeschoben hatte, nacktes, verschwitztes Fleisch aufeinanderrieb. Rauch stand zum Schneiden dick, er waberte von jenem Kamin herüber, wo auf einem Spieß Spanferkel und Hühnchen brieten. Laut wie das Grölen und der Singsang war das Klopfen der Würfel.

Doch auch wenn Alaïs derartige Stätten nicht kannte, als schüchtern wollte sie nicht gelten.

Stolz trat sie neben Marguerite und straffte die Schultern. »Ich bin Azalaïs Montpoix, man nennt mich Alaïs.«

»Man nennt dich Alaïs, so, so«, meinte grinsend der Mann. »Und soll ich dir was sagen: Einen anderen Namen will ich auch gar nicht wissen. Hier rufen wir uns Joanon und Tomas und Girart. Wie wir ansonsten heißen und welchen Rang wir tagsüber einnehmen, das kümmert niemanden. Das ist nämlich Sinn und Zweck dieses Orts: nicht sein zu müssen, wer man ist.« Er schlug mit der Hand auf den Tisch. »Nun beeil dich doch, Wirtin, damit die beiden hübschen Mädchen nicht dürsten müssen!«

Alaïs hatte noch nie so guten Wein getrunken, wie in jener hitzigen, lauten Nacht. Sie kannte *Nectar* – Wein mit Gewürzen und Honig – oder jene Mischung aus Honig, Wasser und Wein, die *Tempra*, doch in den Tavernen von Avignon hockten Menschen beisammen, die so viel von dem roten Gesöff verstanden wie kaum anderswo auf der Welt. Mit weniger als dem Besten gaben sie sich nicht zufrieden.

»Das nennst du gut?«, rief einer, nachdem die Wirtin die Becher gefüllt hatte und sie zum ersten Schluck angesetzt hatten. Süß und kräftig erschien Alaïs das Gesöff, doch der Mann, der sich als Joanon vorgestellt hatte, warf den Becher ungeleert einfach hinter seine Schultern, wo er klirrend aufschlug. Die rote Lache, die sich ausbreitete, störte ihn nicht. »Das Wasser des Flusses könnte nicht fauliger schmecken!«

»Was willst du denn?«, keifte die Wirtin zurück. »Der kommt aus dem Rhônetal!«

»Pah! Die guten Weine stammen aus Burgund.«

»Du meinst die teuren«, rief einer dazwischen.

»Vielmehr die, die eigentlich nur der *Cellerar* des Papstes kaufen und ausschenken darf, nicht unsereins.«

Joanon beugte sich zu Alaïs. »Das Schöne ist: Hier müssen wir nicht nur nicht sein, wer wir sind, hier müssen wir auch nicht tun, was wir sollten. Also …«, er warf den Blick in die Runde, »wer will nun Papstwein saufen und wer hat zu viel Angst, ob dieser Anmaßung in die Hölle zu kommen?«

Ob der Wein für den Papst bestimmt war oder nicht – Marguerite trank ihn in jedem Fall wie Wasser. Drei Becher kippte sie herunter, der letzte war mit Muskat gewürzt, wie es einer neuen Mode entsprach. Als es freilich ans Bezahlen ging, wandte sie sich hilfesuchend an Joanon.

»Willst doch gewiss solch armen Mägdelein wie mir und meiner lieben Freundin deinen Großmut beweisen.«

Und noch bevor der andere etwas sagen konnte, säuselte sie schon: »Hab vielen Dank!«

Ihre Bewegungen wurden weich und katzenhaft.

»Du könntest mir deinen Dank gern tatkräftiger beweisen«, gab der Mann mit einem feuchten Blick zurück, der erneut wohlwollend über Marguerites Leib glitt. Alaïs, der der Wein heiß in den Kopf gestiegen war, erwartete schon, er würde mit den Händen danach greifen. Doch zu ihrem Erstaunen wahrte er Abstand.

»Wenn es ein Kuss ist, so vergiss es!«, blökte Marguerite spöttisch.

»Würde ich das wagen?«, grinste er. »Nein, ich dachte nur, wenn wir diese unerträgliche Musik schon zu ertragen haben …«, er deutete auf den Troubadour, der eine sichtlich beleidigte Miene machte, »dann könntest du vielleicht dazu tanzen.«

Marguerite stellte den Kelch so schwungvoll ab, dass der Wein hochspritzte. Dicht saßen die Männer gedrängt, doch nun wichen sie zurück, um ihr Platz zu machen.

Über ihre Köpfe hinweg lächelte sie Alaïs zu. Jung und mädchenhaft wurden ihre erschlafften, etwas aufgedunsenen Züge, und jene Gier, mit der sie in der Speisekammer das Essen in sich hineingestopft hatte, war hier eine unbändige, weinselige, lallende Lebenslust, die keinen Gedanken ans Morgen verschwendete.

»Nun komm, Alaïs!«, lockte sie. »Vermagst doch sicher auch deine Hüften zu schwingen. Lass uns den armen Männern diesen Gefallen tun. Sie kriegen doch sonst kaum etwas Schönes zu sehen.«

Die Männer grölten ermunternd, und Alaïs fühlte sich gleichzeitig aufgestachelt, ihnen zu gefallen, und beschämt, sich derart preiszugeben. Noch röter wurde ihr Gesicht, und als Marguerite sie nun an der Hand nahm und mit sich zerrte, sträubte sie sich kurz.

»Sei doch nicht so schüchtern!«, traf sie eine lockende Stimme. »Tanz, mein hübsches Mädchen! Ich geb dir auch den Takt vor!«

Prompt begannen die Männer, mit den Händen zu klatschen. Während Marguerite die Hände in die Hüften stemmte und sich so hurtig im Kreis zu drehen begann, dass ihr Kleid sich blähte, stand Alaïs immer noch steif da. Sie konnte tanzen, sie hatte getanzt, damals auf dem Dorfplatz von Saint-Marthe, als Remis Sohn die Flöte spielte und sie alles gegeben hätte, um Aurels Blick auf sich zu ziehen. Ihre Haare waren ihr um den Kopf geflogen, Schweiß hatte ihr Gesicht bedeckt, die Fußsohlen gebrannt.

»Nun, tanze doch auch, schöne, fremde Azalaïs!«

Ja, sie konnte tanzen – aber wollte sie es auch, nun, da es Aurel nicht zu betören galt, nur Fremde, die bereits girrten und lachten, noch ehe sie überhaupt einen Schritt getan hatte? Nun, immerhin glotzten sie sie alle an, riefen sie beim Namen, sorgten dafür, dass ihr Weinkelch nicht leer wurde, ganz anders als Aurel – Aurel, der sie vergessen und verraten hatte.

Wenn er sein eigenes Leben in Avignon hatte, warum nicht sie das ihre?

»Aber natürlich tanze ich!«, rief sie da plötzlich laut. Ein schrilles Kieksen folgte den Worten und riss auch dann nicht ab, als sie dem Troubadour das Zeichen gab, mit dem Lautenspiel fortzufahren und sich wild im Kreis zu drehen begann.

Wochen folgten, an die sich Alaïs später kaum erinnern konnte. Tagsüber verbrachte sie Zeit mit Roselina oder sie schlief – nunmehr in der Kammer von Marguerite, die sie auch weiterhin von der täglichen Arbeit in der Bäckerei entband. Nachts soff sie Wein, bis sie zu trunken war, um an etwas anderes zu denken als an das Hier und Jetzt. Und jenes Hier und Jetzt bestand aus Tanz und Gesang und lachenden Gesichtern – ein eintöniges Treiben, das Alaïs freilich nie als eintönig empfand, weil sie eben zu trunken war, um darüber nachzudenken. Sie tanzte wilder, sang mutiger und lachte lauter, als sie es je getan hatte, nicht nur, weil sie das alles lustig fand, sondern weil ihr alsbald zu schwindlig war, als dass sie zwischen lustig und ernst, glücklich und unglücklich, verzweifelt und fröhlich hätte unterscheiden können. Sie sehnte sich nicht länger nach dem alten Leben mit Aurel, weil es für Sehnsucht eines Ziels bedurfte, auf das man sich richten konnte. Doch Alaïs richtete sich auf nichts, sondern drehte sich im Kreis, so schnell und wild und wirr, dass aus den vielen Gesichtern um sie herum eins wurde, und dieses eine jeder und alles hätte sein können – selbst Aurel. Manchmal, wenn sie die Taverne noch nüchtern betrat und irgendjemand »hübsches Mädchen!« schrie, wünschte sie sich, er könnte es hören und müsste sich fragen, wie er sie jemals hatte übersehen konnte. Doch dann trank, würfelte, sang sie, ergriff sogar einmal selbst die Laute – und seine einstige Blindheit schmerzte nicht mehr, weil sie selbst blind für alles wurde.

Marguerite nannte sie »meine liebe Freundin«, und irgendwann glaubte Alaïs auch, dass sie es waren – gute Freundinnen, fast Schwestern –, obwohl sie sich später nicht erinnern konnte, viele Worte mit ihr getauscht zu haben.

Einmal, als sie klar im Kopf war, wagte sie zu fragen, wer der Vater von Roselina sei, doch Marguerite lächelte nur vielsagend, blieb aber stumm. Giacinto Navale, da war sich Alaïs sicher, konnte es nicht sein. Das Herz, einer einstigen Geliebten ein schönes Leben zu bieten und obendrein für einen Bastard zu sorgen, der noch dazu ein Mädchen war, besaß er nicht. Jedoch – dies war der Schluss, zu dem sie letztlich kam – würde es zu ihm passen, dem wahren Kindsvater einen Gefallen zu tun und umgekehrt auf dessen Gefälligkeit zu setzen, was wiederum bedeutete, dass jener hohen Ranges war. Wahrscheinlich waren das die meisten, denen sie nächtens begegneten, auch wenn diese nur im Sonnenlicht auf Ehre und Würde Wert legten, im Finsteren aber nach jener Geselligkeit suchten, die ein steifer Hof nicht gewährte.

Rasch lernte Alaïs, warum Frauen wie Marguerite Tavernen betreten konnten, als wären sie dort zu Hause. Warum man ihnen teuren Wein anbot, ohne je eine andere Gegenleistung als ein spöttisches Wort einzufordern, und begeistert klatschte, wenn sie tanzten: Die Männer von Avignon waren leichter zu amüsieren und zufriedenzustellen als anderswo – schlichtweg, weil es viel zu wenig Frauen zu ihrer Unterhaltung gab.

Zu der *Familia* der Kardinäle gehörten Kapläne und Sekretäre, Knappen und Kammerdiener, aber keine Haushälterinnen und so gut wie keine Mägde. Die Ritter wiederum waren meist unverheiratet und teilten sich nicht selten ein Haus, desgleichen wie die vielen Juristen, die in der Kanzlei des Papstes oder für die verschiedenen Tribunale arbeiteten. Manche von ihnen hätten sich nie herabgelassen, einen derartigen Sündenpfuhl aufzusuchen, einige aber brachten nicht die Willenskraft auf, sich den Verlockungen zu widersetzen, und umso mehr gaben jene der Versuchung nach, die niedrigere Ämter innehatten: die Notare, die Kuriere und Schreiber. Die meisten stammten nicht aus Avignon, sondern kamen von weither, und das Heimweh und das steife Zeremoniell ketteten die weniger Frommen und weniger Ehrgeizigen aneinander und trieben sie in diese heimliche, kleine Welt.

Alsbald waren Alaïs die meisten Gesichter vertraut, und zu einigen dieser Gesichter fielen ihr irgendwann auch Namen ein: Da war Imbert Guine, einer der Sekretäre des Arnaud de Trian – jener ein enger Anverwandter des Papstes, Justizmarschall und zugleich Verwalter des Venaissain. Anstatt sich im Ruhme seines Herrn zu sonnen, klagte Imbert stets über seine steifen Hände, weil jener ihm so viel zu schreiben aufnötigte.

Dann gab es Vidal Olvenqui, einer der fünf Priester, die nebst Notaren, Kurieren, Schreibern und Juristen dem Schatzmeister dienten, und der zu weinen begann, wenn er zu viel getrunken hatte.

Und schließlich lernte sie Christophe Bedesque kennen, einen Gascogner, der zum Gefolge des Bischofs von Bordeaux gehörte. Jener kam, wie viele seinesgleichen, zu einem Ad-Limina-Besuch nach Avignon, und wohingegen man den Priestern eine angemessene Unterkunft bot, mussten sich die einfachen Dienstboten selbst eine besorgen. Viele von ihnen durchsoffen die Nacht lieber in Tavernen, als sich in dreckigen Herbergen die Krätze zu holen.

Nur drei Tage war er hier – und nutzte jede freie Minute, um Alaïs' Gunst zu erringen. Zuerst warf er ihr nur hungrige Blicke zu, dann ließ er ihr Wein nachschenken, und ehe sie nach dem Kelch greifen konnte, hatte er ihn schon gehoben, um ihn an ihre Lippen zu führen. Flüchtig stießen ihre Finger zusammen, die seinen schweißig und warm. Sie glaubte sie auch dann noch zu spüren, als er schon losgelassen hatte, und trank so schnell, dass ihr hernach schwindelte. Und wieder berührte er sie, diesmal, indem er sie vermeintlich stützte. Als sie später auf ihre Schulter sah, gewahrte sie dort die Abdrücke seiner feuchten Hände. Sie schwankte zwischen Ekel und geheimem Kitzel. Letzterer gewann schließlich die Oberhand, denn wo immer sie in den nächsten Tagen auftauchte, war er bereits und wartete auf sie. Dass er sein Leben oder zumindest die Nächte auf sie allein ausrichtete, schmeichelte ihr.

Als er am dritten Tag mit weinerlichem Ton gestand, er müsse am nächsten Morgen von ihr scheiden, bedauerte sie es aufrichtig. Und als er sie schließlich zu sich zog, um sie zu küssen, wehrte sie sich nicht, obwohl sein Atem säuerlich roch und seine Lippen weich und fleischig waren. Mit malmenden Bewegungen machten sie sich über die ihren her. Der Atem wurde ihr knapp, so fest war sein Gesicht an ihres gepresst. Noch machte es ihr nichts aus, noch dachte sie trotzig an Aurel. Siehst du!, hätte sie ihm am liebsten zugerufen. Diesen Mann hier muss ich nicht zwingen, mich anzufassen. Nicht gewaltsam muss ich mich auf ihn hocken, auf dass er mir nicht entkommt! Nicht kämpfen muss ich, um ihn zu küssen, so wie ich bei dir darum gekämpft habe!

Doch Aurel hatte sie nie geküsst. Tiefer Ekel hatte sie zurückgehalten. Ekel, der sie auch jetzt befiel. Bei Aurel hatte ihn dessen Steifheit heraufbeschworen, bei Christophe der weiche, fette Leib, der förmlich zu zerlaufen schien, als er nun an sie gepresst war. Und so unterschiedlich die Männer auch waren, der Widerwille gegen sie schmeckte gleich.

Sie begann, sich in seinem Griff zu winden. Er merkte jenen Widerstand nicht, machte ungerührt weiter. Doch noch bevor sie ihn verstärken konnte, kam ihr eine andere zuvor.

Marguerite hatte sie am Arm gepackt und fortgezerrt, noch ehe sie sich selbst befreien konnte. Christophe protestierte, gleichwohl auch er nur wenig Luft bekommen hatte und nun aufgeregt schnaufte.

»Das reicht für einmal Abschiednehmen«, erklärte Marguerite schroff. Sie ließ Alaïs nicht los, sondern zog sie aus der Taverne und stieß sie schließlich in die kalte Nachtluft. »Was tust du nur, Alaïs?«

Gleichwohl erleichtert, dass sie ihn nicht selbst hatte loswerden müssen, fühlte sie sich zurechtgewiesen wie ein kleines Kind. »Was geht's dich an? Ich habe doch nichts weiter …«

»Küsst du ihn, will er mehr, dessen kannst du dir gewiss sein. Und mehr solltest du ihm nicht geben.«

Alaïs hatte viele Gesichter von Marguerite gesehen und sich an viele gewöhnt, das sittenstrenge aber war ihr neu. Sie wusste, dass das, was sie hier trieb – zu tanzen, zu necken, zu trinken –, jemandem wie ihrer Mutter nicht gefallen hätte. Als ehrloses Weib hätte sie sie womöglich beschimpft, als leicht zu verführen und als beim Tanzen weit weniger faul als beim Tagwerk. Doch Marguerite hatte bislang nicht den Anschein erweckt, als steckte sonderlich viel Anstand in ihrem aufgedunsenen Leib.

»Hör mir gut zu«, fuhr sie nun jedoch streng fort, »denn du

scheinst eine zu sein, die lieber erst handelt und dann denkt. Du bist hier, um selbst Zerstreuung zu finden – lass dich nicht dazu herab, die ihrige zu sein.«

Alaïs starrte sie verständnislos an. »Wer bist du nur?«, entfuhr es ihr.

»Das Schicksal meinte es gut genug mit mir, dass es mich in der Gosse tanzen lässt, anstatt mich roh darein zu stoßen. Doch für mehr als Gosse, ob tanzend oder fallend, reicht's eben nicht. Nicht für mich zumindest. Vielleicht wird Roselina irgendwann …«

»Ja, ja«, schnaubte Alaïs, »die blühende Rose … während du die stinkende Margerite bist … Willst du mir ernsthaft erklären, dass dich nicht die Lust an diesen dreckigen Ort treibt, sondern einzig das Trachten, dich selbst zu beflecken, auf dass sich Roselina noch weißer, noch reinlicher von dir abhebt?«

Marguerite widersprach nicht, zuckte nur die Schultern. »Ich würde Roselina totschlagen, fände ich sie irgendwann saufend in der Taverne. Du hingegen sollst deinen Spaß meinetwegen haben – treib ihn nur nicht zu weit, auf dass er nicht zu deinem Unglück wird. Wir können an diesem Ort frei lachen und uns im Kreise drehen, weil die Männer hier nur halbe Männer sind, für die schon der Anblick von Weibern Abenteuer genug ist. Hüte dich vor den ganzen. Und hüte dich davor, dein Herz zu verlieren.«

Ihr Blick wurde prüfend. »Das hast du doch noch nicht, oder? Du liebst doch niemanden, den zu lieben sich nicht lohnt?«

Alaïs kaute verlegen auf ihren Lippen, um schließlich unwirsch zu erwidern: »Gewiss nicht!«

Viel später erst sann sie darüber nach, ob sie nicht doch gelogen hatte, weil ihr Herz in Wahrheit Aurel gehörte. Doch je länger sie nachdachte, desto mehr zweifelte sie daran. War die Erregung, die er in ihr heraufbeschwören konnte, nicht bloß jene, die ihn befiel, witterte er einen Leichnam oder einen Kranken in seiner Nähe? Und war es nicht unsinnig, dieses Maß an Eigennutz für Liebe zu halten, und die Leere, die ohne ihn in ihrem

Leben zu klaffen schien, für geopfertes Herzblut? Eine Leere im Übrigen, die sie, wenn auch nicht endgültig zuschütten, so doch betäuben konnte, und die darum kaum mehr Schmerz gebar und noch weniger Zorn?

Wortlos gingen sie an diesem Abend wieder in die Taverne. Alaïs blickte unauffällig in Christophes Richtung und war enttäuscht, dass er sie missachtete, anstatt wie bisher hungrig nach ihr Ausschau zu halten. Doch die leise Enttäuschung nagte nicht lange an ihr. Morgen schon würde er ohnehin nicht wiederkehren, und an einem gab es in Avignon keinen Mangel: an jungen Männern, auf die zu Hause kein Weib wartete und die die verschwiegene Dunkelheit nutzten, um der Geselligkeit zu frönen und sich an der Hoffnung zu laben, sie wären nicht ganz allein auf dieser Welt.

Mit jenem guten Appetit, den Marguerite in Navales Speisekammer gezeigt hatte, griff sie auch in den Tavernen zu. Sie erzählte zwar gern von den außergewöhnlichen Köstlichkeiten des päpstlichen Hofs, und wenn sich in Navales Kammer eine blumenförmig gebackene Pastete aus Datteln, Mastix und Zimt stibitzen ließ, aß sie gern davon. Doch Alaïs hatte das Gefühl, dass ihr das Einfache und Fette noch besser schmeckte: Hähnchen und Schweinefleisch, auch ohne die teuren Gewürze gebraten. Wenn sie an einem Knochen oder Rippchen nagte, triefte oft das ganze Gesicht vor Fett, doch sie scherte sich nicht drum und wischte es sich erst viel später mit dem Ärmel ab.

Alaïs aß zwar ebenfalls mit gutem Appetit und frönte dem Wein, dass sie am nächsten Morgen oft mit bohrenden Kopfschmerzen erwachte und das Licht meiden musste – und doch widerte sie, die sie mit Caterinas strengen Tischsitten aufgewachsen war, Marguerites Anblick an.

»Ich weiß, ich weiß«, bekundete jene oft kreischend vor Lachen, obwohl Alaïs ihr Missfallen nur mit Blicken, nicht mit Worten bekundete, »du bist eine, die selbst mit diesem Ding umgehen kann, das man Gabel nennt. Ich freilich nicht. Versprich mir …«

Ihre Stimme wurde verschwörerisch leise. »Versprich mir, dass du es Roselina beibringst. All das, was zum Leben einer feinen Dame gehört und was ich niemals beherrschen werde. Versprich es mir!«

Seit Alaïs ihr von der adeligen Herkunft ihrer Eltern erzählt hatte, war sie für Marguerite an Wert gestiegen, und sie zögerte nicht, dies zu ihren Gunsten auszunutzen. Als Marguerite von ihr forderte, Roselinas Erziehung zu überwachen, so versprach sie es gerne, nicht nur, weil ihr mit der Zeit an dem bleichen, altklugen Kind lag, sondern auch, weil sie Marguerite irgendwie mochte. Sie wurde nicht schlau aus ihr, und Marguerite zu mögen, hieß immer zugleich ein wenig angeekelt, befremdet oder verwirrt zu sein. Doch die Maßlosigkeit der anderen verhalf ihr dazu, Teil eines verrückten Lebens zu sein, wo das Trachten nach einer Ordnung auf jene Menschen abgeschoben wurde, die irgendwo da draußen in ebenjenen wüst Feiernden ihr geheimes Vorbild sahen.

In einer der Nächte erlebte sie Marguerite von einer wiederum neuen Seite. Der Herbst kündigte sich mit schneidender Kälte an. In weiter Ferne kratzte das Morgengrauen an der Nacht, doch noch war es zu dunkel, um den Unrat zu sehen, auf den sie traten – was durchaus sein Gutes hatte, wie Alaïs befand. Obwohl frische Luft auf sie klatschte wie kaltes Wasser, war ihr Geist vom Wein betäubt. Ihr Gang geriet schwankend, ihre Worte nuschelnd, indes Marguerite wieder Herrin ihrer Sinne war, als streifte sie die Stunden in der Taverne ab wie ein altes Gewand. Alaïs verließ sich ganz auf sie, als sie den Weg nach Hause suchten, hängte sich an ihrem Arm ein und bemühte sich lediglich, nicht zu stolpern.

»Das Leben macht Spaß hier in Avignon«, lallte sie. »Keine Arbeit, genug zu essen, die Freiheit, zu tun, was man will!«

»Psst!«, machte Marguerite. »Hier müssen wir leise sein.«

Alaïs blickte sich um. Sie erkannte nicht, wo sie waren, nur, dass es totenstill war. Die Häuser standen so dunkel und reglos, als würde hinter den kleinen Luken niemand leben.

»Wir sind in der Judengasse«, erklärte Marguerite.

Alaïs erinnerte sich an den jüdischen Medicus, der sich einst mit Aurel gestritten hatte, und verzog abfällig den Mund.

»Aus Frankreich wurden sie vertrieben«, fuhr Marguerite fort, »aber in der Provence haben sie Unterschlupf gefunden. Zweihundert Familien leben hier unter dem Schutz des Papstes. Allesamt Händler oder Geldwechsler.«

»Sollen sie dankbar sein für die sichere Heimat und sich nicht über zwei hübsche Mädchen aufregen!«, lallte Alaïs, aber dann fügte sie sich und hielt den Mund, denn sie musste sich ohnehin auf ihre Schritte besinnen.

Ihre Füße kribbelten und fühlten sich zugleich so schwer an, als wäre sämtliches Gewicht ihres Körpers dorthin gesackt. Ungemein mühevoll war es, sie zu heben – umso mehr, als sie plötzlich auf ein Hindernis stieß. Etwas Dunkles, Großes lag vor ihnen auf der Gasse.

»Mein Gott!«, rief Marguerite entsetzt.

»Willst du jetzt doch die Juden aufwecken?«, höhnte Alaïs.

Schon hatte sich Marguerite von ihr freigemacht und sich über das Hindernis gebeugt.

»Das ist ein Mensch!«

Alaïs zuckte die Schultern. Wenn er so reglos lag, dann bedeutete es wohl, dass er nicht mehr lebte, aber sie war zu benommen, um das zu bedauern.

»Wahrscheinlich ein stinkender Bettler…«, murrte sie, »der kann doch froh sein, wenn er sein elendes Leben hinter sich hat…«

Sie wollte weitergehen, doch schaffte es nicht, gerade Schritte zu machen. Halb schwankend, halb tänzelnd drehte sie sich im Kreis.

Marguerite indes hatte den Mann auf den Rücken gewälzt.

»Mein Gott!«, rief sie wieder.

Unwillig blickte Alaïs auf sie herab. »Was ist?«

»Das ist kein Bettler, sondern ein Priester.«

Alaïs hätte den Betrunkenen gerne liegen gelassen, doch Marguerite hatte anderes im Sinn. Sie rüttelte ihn fortwährend an den Schultern, versuchte, ihn zu wecken, und als das nicht gelang, erklärte sie: »Wir müssen ihn hier fortschaffen!«

Alaïs lachte auf. »Wie stellst du dir das vor? Er ist viel zu schwer für uns beide! Und außerdem ist er gewiss schon hinüber, so steif wie er daliegt …«

Dies schien nun auch Marguerite zu befürchten, doch just in dem Augenblick, als sie vor ihm zurückweichen wollte, stöhnte der Mann auf. Die Lebensgeister kehrten zunächst nur in der Form eines Zitterns zurück, dann, indem er ruckartig auffuhr und eine übelriechende Masse ausspie. Alaïs trat angewidert zurück.

»Ich bin einsam«, brach es aus dem Mann hervor. »Ich bin so einsam.«

»Komm schnell, lass uns gehen!«, forderte Alaïs. »Jetzt ist er doch wieder wach!«

Auch Marguerite war vor dem Erbrochenen zurückgeschreckt, aber sie blieb weiterhin an seiner Seite stehen. »Ich kenne diesen Priester«, murmelte sie nachdenklich. »Er bekleidet ein hohes Amt. Er steht Gasbert de Laval sehr nahe, ist mit ihm verwandt und …«

Mühsam erinnerte sich Alaïs an den schwarz gekleideten Kämmerer des Papstes. »Kann mir nicht vorstellen, dass diese missgelaunte Krähe sonderlich Gefallen an einem Trunkenbold findet …«

Alaïs hakte sich wieder bei Marguerite ein, wollte sie nun endlich weiterziehen, doch Marguerite versteifte sich. Der Mann war wieder in Ohnmacht gesunken.

»Wenn wir ihn hier liegen lassen, wird er womöglich sterben. Du … du musst Hilfe holen.«

»Soll ich etwa Gasbert de Lavals Nachtruhe stören?«, fragte Alaïs schnippisch. Der unerfreuliche Zusammenstoß mit dem Betrunkenen und die kalte Nachtluft hatten sie wieder etwas nüchterner werden lassen – ein Zustand, der sie mürrisch stimmte.

Marguerite zauderte, beugte sich hinab. Das Erbrochene war

im Boden versickert. Sie schien ihn im Nacken stützen zu wollen, auf dass er an den Resten im Mund nicht erstickte – und schrie plötzlich entsetzt auf.

Alaïs lehnte sich an eine der Hauswände. »Was plärrst du denn wie ein Marktweib, das seine billige Ware nicht schnell genug loswerden kann?«

Marguerite antwortete nicht auf ihre Frage.

»Hol Aurel Autard!«, forderte sie knapp.

»Ja, freilich!«, lachte Alaïs. »Weil ein Mägdelein wie ich es nachts viel leichter hat, in den Palast des Papstes vorzudringen, als am Tage!«

»Aurel Autard lebt nicht mehr im Palast des Papstes, wusstest du das nicht? Er hat ein eigenes *Domus* bezogen, gemeinsam mit seinem Bruder, der für den Einkäufer des Hofes arbeitet.«

Alaïs war verwirrt. Emy war in den letzten Wochen mehrmals zu Giacintos Haus gekommen, doch sie hatte ihn nicht empfangen – weniger von Stolz davon zurückgehalten, als von Kopfschmerzen und Müdigkeit.

»Nun mach schon!«, drängte Marguerite, um ihr dann mit knappen Sätzen zu beschreiben, wo sich das *Domus* befand.

Alaïs fühlte sich unwohl, als sie kurz darauf allein durch die Dunkelheit lief. An Marguerites Seite hatte sie sich nie davor gefürchtet, was in den engen, finsteren Gassen lauern mochte – erst jetzt malte sie sich aus, wie sie in die Hände finsterer Diebe oder Frauenschänder fiel. Sie lief umso schneller, und als sie in der Nähe des Papstpalastes ankam, keuchte sie. Die Häuser hier sahen alle gleich aus. Die Holzbalken, die über die Fenster gezogen waren, glotzten sie wie schwarze Augen an.

Und alles nur wegen dieses trunkenen Priesters, dachte sie, während sie sich unsicher umblickte, sich jedoch nicht entscheiden konnte, an welchem der Häuser sie anklopfen sollte.

»Emy!«, schrie sie einfach.

Marguerite hatte sie zwar angewiesen, Aurel herzubringen, aber sie zögerte keinen Augenblick, zunächst nicht bei ihm, sondern bei dessen Bruder Hilfe zu suchen.

»Emy!«

»Willst du wohl still sein?«, keifte jemand aus einem der Häuser. »Hör zu schreien auf!«

Dem Befehl folgte sie nur allzu gerne. So schnell stirbt man nicht am Wein, dachte sie, indessen sie sich schon wieder zum Gehen wandte. Seit wann braucht ein Besoffener einen *Cyrurgicus*?

Doch dann öffnete sich quietschend eine Türe.

»Was ist passiert, Alaïs?«, fragte Emy.

Wenig später waren sie zu dritt auf dem Weg zu jener Stätte, wo sie zuvor den Betrunkenen gefunden hatten, am mürrischsten nicht länger Alaïs, sondern Aurel, der von seinem Bruder geweckt worden war. Laut bekundete er, was auch Alaïs durch den Kopf gegangen war: dass man an Wein nicht stürbe, und seit wann ausgerechnet das Wohl eines Betrunkenen in seinen Händen läge.

»Wenn dieser Priester tatsächlich ein Verwandter von Gasbert de Laval ist, solltest du ihm beistehen«, mahnte Emy, »ganz gleich, woran er leidet. Gasbert de Laval verachtet dich.«

»Na und?«, schnaubte Aurel, und obwohl Alaïs ihn lange nicht gesehen hatte, war ihr der verächtliche Ton seiner Stimme so vertraut, als hätte er fortwährend in ihren Ohren getönt. »Was habe ich als Leibarzt des Papstes mit ihm zu schaffen?«

Oft hatte sie sich vorgestellt, ihn wiederzusehen. Anfangs, um ihm ihre ganze Wut ins Gesicht zu schleudern, später, um hochmütig über ihn hinwegzusehen, zuletzt, um ihm aufmüpfig vorzuhalten, dass sie ohne ihn viel besser lebte – umgeben schließlich von Männern, die lieber tanzende Frauen sahen als verreckende Kranke. In jedem Fall hatte sie den Moment des Wiedersehens auskosten wollen, ihm stolz und erhaben begegnen. Doch die Hast und die nächtliche Kälte vertrieben jeden Anflug von Triumph.

»Also«, fragte Aurel wieder, »was habe ich mit Gasbert de Laval zu schaffen?«

»Er ist der Kämmerer«, erklärte Emy eindringlich. »Jedermann, der zum Hofstaat gehört, hat mit ihm zu schaffen.«

Als sie die Gasse im Judenviertel erreichten, war diese leer. Weit und breit war keine Spur von Marguerite und dem Priester zu sehen.

»Was für eine Verschwendung von Zeit!«, knurrte Aurel.

Alaïs nickte grimmig.

Emy hingegen zuckte die Schultern.

Doch dann regte sich ein Schatten an der Schwelle eines Hauses.

»Hierher!«, rief Marguerite. »Kommt hierher!«

Alaïs folgte ihr verwirrt. Wie hatte es Marguerite nur geschafft, den Betrunkenen dorthin zu schaffen?

Aurel schien darauf schon eine Antwort gefunden zu haben. »So schlimm kann es um ihn nicht stehen, wenn er immerhin schon wieder gehen kann«, sagte er misslaunig.

Hätte ich bloß nicht auf Marguerite gehört, ging es Alaïs durch den Kopf. In ihren Schläfen begann es schmerzhaft zu pochen, und ihre Augenlider wurden immer schwerer.

Marguerites Stimme klang freilich immer noch panisch. »Kommt schnell her! Seht euch das an!«

Im Haus, in das sie den Priester geschafft hatte, war es stockfinster, und als Alaïs es betrat, stieß sie prompt gegen einen Gegenstand, der laut krachend zu Boden fiel.

»Verflucht …«

Doch dann hob Emy seine Fackel und das einstöckige *Domus* stand im warmen Licht. Der Raum, der sich vor ihnen auftat, war so groß wie anderswo drei Räume zusammen. Alaïs erkannte, dass hier niemand lebte, sondern dieses Haus – wie so viele andere in Avignon – als Lager diente, entweder für den Papst oder für einen seiner Kardinäle, der zu wenig Wohnraum hatte, um all seine Besitztümer unterzubringen.

An jeder freien Ecke war Geschirr gestapelt: silberne Karaffen, Tassen aus Keramik, Glasbecher und Löffel aus Gold, von allem so viel, dass Alaïs es nicht zählen konnte.

Ihre Augen blieben an einem Kupfergefäß hängen – ein derart glänzendes hatte sie noch nie gesehen. Das Kupfergeschirr in Giacintos Haushalt war mit einem Zinnüberzug versehen, um das kostbare Material vor der Abnützung zu schützen, mit diesem hier hatte aber wohl noch nie jemand gekocht. Doch just als sie es berühren wollte, überprüfen, wie glatt es sich anfühlte, senkte Emy die Fackel über den betrunkenen Priester und tauchte dadurch große Teile des Raums wieder ins Dunkel.

»Ich hatte Recht«, sagte Marguerite eben, die den Kopf des Priesters stützte. »Es ist Laurent Bonredon. Ein Vetter von Gasbert de Laval – und zugleich einer seiner Kapläne. Vielleicht ...« Sie zögerte ein wenig. »Vielleicht sollte man ihn holen.«

Alaïs trat näher, versuchte den säuerlichen Geruch des Erbrochenen zu ignorieren. »Mitten in der Nacht?«, stieß sie aus. »Hast du den Verstand verloren? Auch wenn es sein Vetter ist ...«

Sie schüttelte entrüstet den Kopf, doch zu ihrem Erstaunen gewahrte sie, dass Emy ihre Einschätzung nicht teilte, sondern sich augenblicklich erhob und das Lagerhaus verließ.

»Er will doch nicht allen Ernstes Laval holen?«, fragte Alaïs.

Niemand antwortete ihr. Nur der betrunkene Priester stieß ein Stöhnen aus. Ein paar Silben folgten. »Ich bin einsam«, glaubte Alaïs zu verstehen, »ich bin so einsam ...«

Wieder schüttelte sie den Kopf, wollte entrüstet bekunden, dass Marguerite ihm alleine den Kopf halten mochte, wenn er sich wieder erbrach, sie selbst aber nach Hause zurückkehren würde. Doch dann stellte sie fest, dass nicht nur Emy ganz anders handelte als erwartet, sondern dass auch Aurel auf den Mann hinstürzte, als gelte es, ihn den Fesseln des Todes zu entreißen. Im flackernden Schein der Fackel, die Emy inzwischen Marguerite in die Hand gedrückt hatte, glänzten seine braunen Augen.

Das letzte Mal hatte sie ihn so erlebt, als einem von Giacintos Männern der Schädel zertrümmert worden war.

Sie kam nicht umhin, Laurent Bonredon genauer zu mustern. Wieder sagte er etwas, und diesmal klang seine Stimme nicht nur rau, sondern wie erstickt. Ihr Blick fiel auf das rote Mal, das sich einer engen Kette gleich um seinen Hals zog, und sie atmete heftig aus vor Schreck.

»Verstehst du nun, warum's gut ist, einen kundigen Medicus hier zu haben?«, fragte Marguerite.

XVII. Kapitel

Noch zwei oder drei Mal wiederholte Laurent mit heiserer Stimme seine Klage: »Ich bin einsam … so einsam.«

»Was meint er damit?«, fragte Alaïs erstaunt, doch Marguerite zuckte die Schultern und antwortete knapp, dass sie es sich nicht erklären könnte.

Schließlich verstummte Laurent und stöhnte erst wieder auf, als Aurel ihm die sichtlich schmerzende Kehle abtastete. »Wir müssen ihm das Atmen erleichtern«, erklärte Aurel und zog etwas aus seinem Beutel, was Alaïs bis dahin noch nicht gesehen hatte – ein dünnes, hölzernes Rohr, das er dem Priester in die Kehle schob. Sie war sich sicher, jener würde würgen, doch Aurel übte zugleich einen Druck auf den Kehlkopf aus – vielleicht, um genau das zu verhindern. Als er vermeinte, das das Röhrchen tief genug in der Kehle steckte, beugte er sich hinab und blies in regelmäßigen Abständen hinein. Eine Weile wiederholte er das, dann zog er das Rohr heraus und beugte sich über das Gesicht des Mannes. Offenbar atmete jener wieder mit festen Zügen, denn Aurel nickte befriedigt.

Marguerite senkte die Fackel tief über Laurents Gesicht. Eben noch bläulich fahl, nahm es eine kräftigere Farbe an.

Als Emy mit Gasbert de Laval zurückkam, sah er nicht aus, als wäre sein Leben jemals bedroht gewesen.

Alaïs konnte sich kaum mehr an Gasbert de Laval erinnern. Sie wusste, dass er eine magere, dunkle Gestalt in des Papstes Nähe gewesen war, der sich ob Aurels dreisten Auftretens äußerst missbilligend gezeigt hatte. Doch als er nun mitten in der Nacht in das Lager stürmte, wirkte er weder sonderlich würdevoll noch starr, sondern ernsthaft besorgt.

»Wo ist er?«, rief er und verlangsamte seinen Schritt erst dann, als er die beiden Frauen erblickte. Alaïs konnte sich der Schadenfreude nicht erwehren, dass Laurents Kopf ausgerechnet auf ihren Schenkeln ruhte. Sie hatte Marguerite auf Aurels Wunsch hin abgelöst, sah er sie bei der von ihm geplanten Prozedur doch als hilfreicher an.

»Was machen die Weiber hier?«, brummte Gasbert, doch es klang kleinlauter, als Alaïs es erwartet hatte.

Marguerite hielt seinem Blick ruhig stand. »Wenn wir nicht wären, wäre er womöglich in der Gosse krepiert«, gab sie schroff zurück. »Wäre Euch das lieber?«

Gleichwohl Alaïs nichts ferner lag, als dem verhassten Kämmerer Respekt zu erweisen, war sie über Marguerites anmaßenden Tonfall entsetzt. Gasbert jedoch wies sie nicht zurecht, sondern senkte den Blick, um sich alsbald Aurel zuzuwenden und seinen Ärger an ihm loszuwerden.

»Warum mischt Ihr Euch ein?«, zischte er, alten Hader bekundend, mit dem er wohl immer noch zu kämpfen hatte, weil ein fremder, dahergelaufener *Cyrurgicus* ohne sein Zutun ein solch wichtiges Amt errungen hatte.

Aurel antwortete nicht. »Er hat versucht, sich aufzuhängen«, erklärte er lediglich kühl. »Nachdem er sich gründlich betrunken hat. Im Übrigen hat ihm ausgerechnet das das Leben gerettet. Denn seine Hände haben wohl zu stark gezittert, um einen brauchbaren Knoten zu binden. Der scheint sich prompt gelöst zu haben, noch ehe er ihm wirklich sämtliche Luft abpressen konnte. Er war sogar noch in der Lage, einige Schritte zu taumeln und sich den Strick vom Hals zu reißen, ehe er schließlich liegen blieb.«

Gasbert zuckte zusammen. Trunkenheit mochte ein Laster sein – doch es war eine lässliche Sünde. Viel schwerer, denn von Höllenstrafen geahndet, wog das Vergehen, sich selbst das Leben zu nehmen. Er wich zurück, als hätte Laurent nicht nur sich selbst mit der grässlichen Untat beschmutzt, sondern seinen ganzen Stand. Doch er fing sich rasch. »Hat er … hat er gesagt, warum er es tat?«

Aurel schwieg. Alaïs indes warf Marguerite einen fragenden Blick zu. Sollten sie von der Einsamkeit berichten, über die Laurent geklagt hatte?

Doch Marguerite sagte nichts – selbst dann nicht, als Gasbert forsch wiederholte: »Also … hat er irgendetwas gesagt?«

»Begnügt Euch doch damit, dass ich ihn gerettet habe«, meinte Aurel kühl.

Gasbert runzelte die Stirne. »Maßt Euch nicht zu viel an«, brach es aus ihm hervor. Sein Ärger war nicht frisch, sondern wirkte irgendwie faulig, als hätte er sich über Wochen im schimmeligen Seelenkeller angesammelt und dort gewuchert. »Ich weiß, dass Ihr Euch am Hof des Papstes heimisch fühlt, aber Ihr seid kein Priester! Nie werdet Ihr dem Papst so nahe kommen. Vergesst das nicht! Vergesst das niemals!«

»Wie sollte ich es vergessen? Ich bin *Cyrurgicus.*« Aurels Stimme ließ keinen Zweifel offen, welches ihn als das wertvollere Amt deuchte.

»Eben! Und somit könntet Ihr gar nicht Priester werden. *Ecclesia abhorret a sanguine* – die Kirche schreckt vor Blut zurück.«

Verächtlich blickte er auf Aurels Hände, als klebte besagtes Blut daran.

»Was werft Ihr mir eigentlich vor?«, fragte Aurel. »Dass ich nicht bin wie … er?« Nachlässig deutete er auf Laurent, der in Ohnmacht gesunken schien, aber weiterhin ruhig atmete. Stattdessen war es nun Gasbert, der scharf die Luft einsog. Mochte es die Sorge um Laurents Leben gewesen sein, die ihn hierhertrieb – nun musterte er ihn vor allem mit Scham.

Doch anstatt sie vor Aurel zuzugeben, blickte er über seinen Kaplan hinweg, als habe er mit all dem nichts zu schaffen, und wechselte rasch das Thema.

»Worüber … worüber spricht der Papst mit Euch?«, fragte er, daran rührend, was ihm wohl am meisten zusetzte. »Was vertraut er Euch an? Ich weiß, dass er viel Zeit mit Euch verbringt, doch nicht, womit Ihr um sein Vertrauen buhlt. Jetzt habt Ihr die Gelegenheit, es zu sagen und meines zu erringen. Niemand am Hof von Avignon hat Geheimnisse vor mir!«

»Wenn niemand Geheimnisse hat, dann doch wohl auch der Papst nicht«, gab Aurel zurück. »Warum kommt Euch darum in den Sinn, dass er mit mir über etwas spricht, was er Euch verschweigt?«

Gasberts Augen wurden schmal. »Ich halte alles zusammen.« Was er sagte, klang kaum lauter als ein Raunen. »Ich bin … wie ein Vater für all diese Diener Gottes. Ich bin es, der die Fäden knüpft.«

Aurel lächelte kühl. »Ist das womöglich der Grund, warum sich dieser Mann hier den Strick genommen hat?«, fragte er.

Alaïs konnte gerade noch verhindern loszuprusten. Sie bemerkte, dass sich auch Marguerite auf die Lippen biss. Emy hingegen lachte nicht. Erst jetzt sah Alaïs ihn nicht weit von Gasbert entfernt stehen. Ihr war nicht aufgefallen, dass er an die Seite des päpstlichen *Camerarius* zurückgekehrt war. Beschwichtigend trat er nun zwischen Gasbert und Aurel.

»Der Mann lebt, das ist das Wichtigste. Vielleicht … vielleicht sollte er hierbleiben, bis er genesen ist.«

Schweigen breitete sich aus. Alaïs konnte sehen, wie Gasbert de Laval mit seinem Ärger rang, wie tief sich die Zornesfalten in sein ansonsten unbewegtes Gesicht gruben. Seine Kiefer knirschten, doch dann obsiegte die übliche Starre.

Er nickte schwach – zwar zum Nachgeben bereit, aber nicht dazu, seine Zustimmung in Worte zu kleiden.

Alaïs bebte in der kalten Nachtluft. Wenn sie die stickigen Tavernen verließen und ihre Körper noch hitzig von Tanz und Wein waren, erwies sich die Abkühlung als angenehm. Doch das lange Stehen in der Lagerhalle hatte sämtliche Wärme aus ihrem Leib schwinden lassen, und nun kam ihr der Weg zu Giacintos Haus endlos vor.

Mit klappernden Zähnen fragte sie schließlich: »Warum hasst Gasbert Aurel dermaßen?«

»Woher soll ich das wissen?«, gab Marguerite zurück – sehr unwirsch, sehr schnell auch, als verböte sich jedwede Frage.

Alaïs verlangsamte ihren Schritt, indes Marguerite stur weiterging. »Du kamst auf die Idee, Gasbert de Laval zu holen!«, rief Alaïs ihr nach. »So kannst du mir doch auch sagen, was du über ihn weißt.«

Kurz machte Marguerite den Anschein, als würde sie an ihrem zügigen Schritt festhalten, doch dann blieb sie stehen. »Ich weiß, was alle wissen«, erklärte sie knapp. »Dass er nach dem Papst der mächtigste Mann am Hofe ist. Dass er aus Chercynois stammt, wie der Papst. Und dass er zu dessen *Familia* gehörte, lange bevor jener von den Kardinälen gewählt wurde.«

»Dann hat er Glück gehabt. Er konnte ja nicht wissen, dass sein Herr dereinst mächtigster Mann der Kirche sein würde.«

»Pah!«, Marguerite lachte auf. »Ein Mann wie Gasbert de Laval verlässt sich nicht auf sein Glück. Er war immer schon ehrgeizig und hat in Paris und Orléans studiert. Eine Weile war er Kanzler von König Robert, dann machte ihn der Papst zu seinem Kämmerer und später zum Bischof von Marseille. Dort ist er freilich nie. Er hat seine Vikare, die sich um sein Bistum kümmern.«

Sie nahm ihren schnellen Gang wieder auf.

»Das erklärt immer noch nicht, warum er Aurel derart hasst.«

Marguerite lachte spöttisch und rau. »Seit wann macht der Ehrgeiz die Menschen anderen geneigter? Ich glaube, die Antwort ist eine schlichte. Er meint zu wissen, was der Papst denkt, und glaubt darum, er könnte jeden Schritt voraussehen. Es muss ihn verwirren, dass Aurel regelmäßig mit dem Papst zu Abend isst. Obwohl doch bekannt ist, dass er – so es sich denn um kein Festessen handelt – sein Mahl am liebsten allein einnimmt. Und obendrein lässt er sich von Aurel oft auf seinen Spaziergängen durch den Palast und den Garten begleiten.«

Alaïs wusste nicht, was sie mehr verwirrte: wie sich einer wie

Aurel den Papst hatte geneigt stimmen können, oder warum Marguerite von all diesen Dingen wusste. Sie fragte sie, und Marguerite erklärte freimütig: »Hast doch gesehen, wie viele Menschen ich kenne. Wie soll mir da etwas in Avignon entgehen?«

Alaïs hatte nie auf die Gespräche geachtet, die Marguerite in den Tavernen führte. Sie wusste, dass deren Gier nach fettem Fleisch genauso groß war wie nach Tratsch und Klatsch – sie selbst jedoch war taub für alles, was nichts mit dem eigenen Leben zu tun hatte.

»Warum hast du mir nie erzählt, dass Aurel und Emy in einem eigenen *Domus* leben?«, fragte sie nun.

»Weil du nie danach gefragt hast«, unterbrach Marguerite sie, »und weil ich darum nicht den Eindruck hatte, es könnte dich interessieren. Du hast nie auch nur seinen Namen erwähnt.«

Alaïs suchte etwas zu entgegnen, doch da waren Marguerites Gedanken längst wieder zu Gasbert geschweift. »Nun ja«, meinte sie, »vielleicht ist's für den *Camerarius* gut zu lernen, dass nicht alles nach seinem Willen geht. Schließlich ist er noch jung…«

»Jung?« Nach Alaïs Empfinden war er uralt.

Doch Marguerite meinte grinsend: »Erst vierundzwanzig Jahre, stell dir vor!«

Alaïs riss die Augen auf. Das musste auch Aurels Alter sein, und doch gab es in ganz Avignon wohl kaum zwei Männer, die sich so wenig glichen wie diese beiden.

Doch nicht nur das erstaunte sie. »Und warum weißt du auch das so genau?«, fragte sie.

»Giacinto treibt doch die Abgaben für den Papst ein. Und Gasbert de Laval überwacht wiederum die Finanzen. Er war auch schon zu Gast in Giacintos Haus, obwohl er ansonsten nie gemeinsam mit Laien isst.«

Alaïs schüttelte verständnislos den Kopf. Was für eine seltsame Welt es war, in die sie da geraten war! Eine Welt, wo ein Priester eher Verständnis fand, wenn sich ein anderer erhängte, als wenn ein Ungeweihter Einfluss erlangte. Eine Welt, aus der man Frauen wie sie notfalls gewaltsam fernhielt und zugleich, wiewohl im Heimlichen, Dunklen, Frauen wie Marguerite so viel Wissen gewährte und bei ihnen der Einsamkeit entfloh. Ob es diese Einsamkeit war, die Laurent Bonredon dazu getrieben hatte, sich selbst morden zu wollen – oder ein viel quälenderes, viel dunkleres Geheimnis?

Sie dachte nicht weiter darüber nach.

Was geht's mich an?, überlegte sie, und sie sah nun, da der Morgen graute, zu, endlich nach Hause zu kommen und sich von dieser langen Nacht auszuruhen.

Die nächsten zwei Tage verbrachte der Priester in der Lagerhalle. Alaïs hätte gerne darauf verzichtet herauszufinden, ob und wie schnell er genas, doch Marguerite schickte sie mit einem Korb voll Essen zu ihm, und so betrat sie die Lagerhalle ein zweites Mal, diesmal am lichten Tage. Ehe sie den Korb vor dem Kranken hinstellte, musterte sie ausgiebig das kostbare Geschirr. Manches davon glänzte so stark, dass sich ihr Gesicht darin spiegelte. Es sah fremd aus, glich nicht mehr dem Antlitz, das sie vor einigen Monaten noch gesehen hatte, wenn sie sich im Meer von Saint-Marthe gespiegelt hatte. Kantiger traten die Knochen hervor, hatten das Kindliche, Rundliche vertrieben und schienen zugleich ihre Augen zu vergrößern. Ihr Haar trug sie nun bei Tag unter einem Tuch gebändigt, nicht aber bei Nacht, wo es ihr den Rücken herrunterrann wie damals, als sie in Aurels Gegenwart getanzt hatte.

Schließlich trat sie von den Regalen fort und brachte dem Priester das Essen. Sie wollte nicht mit ihm sprechen, sondern eilig wieder gehen, und er machte es ihr leicht, weil er sie nicht zu bemerken schien, sondern blicklos vor sich hin starrte. Eine Träne bahnte sich ihren Weg, doch weder ward sie von weiteren begleitet, noch wischte er sie ab.

Schulterzuckend wandte sich Alaïs ab, um dann zu gewahren, dass sie nicht die einzige Besucherin des Genesenden war. Aurel war gekommen, um nach ihm zu sehen. Nachdem er die Halle betreten hatte, waren seine Augen so stur auf den Kranken gerichtet, dass er sie nicht zu bemerken schien.

Warum sollte er mich auch ausgerechnet jetzt sehen?, dachte sie bitter.

Doch dann hob er den Kopf und musterte sie flüchtig. »Was machst du hier?«, fragte er, als wüsste er nicht mehr, dass sie und Marguerite es gewesen waren, die den Mann gefunden hatten.

Wenn man ihn fragte, warum auch ich hier in Avignon lebe – wahrscheinlich wüsste er auch das nicht, ging es ihr durch den Kopf.

»Und was machst du hier?«, gab sie zurück. Es war das erste Mal seit langem, dass sie mit ihm allein war – der Priester zählte nicht, so still wie er dalag –, doch es erfüllte sie nicht mit Freude oder mit Hass, lediglich mit Missmut.

Aurel deutete verwirrt auf Laurent. »Ich bin gekommen, um nach …«

»Das meinte ich nicht!«, fuhr sie ihn scharf an. »Ich meinte: Was machst du hier in Avignon? Ich dachte, du wolltest der größte *Cyrurgicus* deiner Zeit werden, und jetzt hockst du hier bei einem Papst, von dem es heißt, dass er trotz seines hohen Alters ein gesunder, kraftvoller Mann ist! Ja, und dass er Papst ist, interessiert dich nicht im Geringsten! Warum hast du Gasbert de Laval nicht einfach gesagt, worüber er mit dir spricht?«

Die eigentlichen Fragen stellte sie nicht – vielleicht, weil es zu spät dazu war: Warum konntest du so leicht auf mich verzichten, die ich dir solch eine treue Helfershelferin war? Warum hast du keinen einzigen Gedanken an mich verschwendet, nachdem sich unsere Wege trennten?

Aurel zuckte die Schultern. Der gleiche Überdruss, der sie überkommen hatte, breitete sich auf seinem Gesicht aus. Sie war nicht sicher, ob dieser ihr galt oder nicht vielmehr der Tatsache, überhaupt hier in der Lagerhalle zu sein. Vielleicht hatte Emy ihn geschickt – ebenso wie sie selbst nicht aus freien Stücken hergekommen war, sondern weil Marguerite es gewünscht hatte.

»Ich habe Gasbert nichts sagen können, weil ich es nicht mehr wusste.«

»Das kann ich mir lebhaft vorstellen!«, rief sie bitter aus.

»Warum solltest du einem Gesunden zuhören, und wäre es auch der Papst? Er müsste sich mindestens ein Bein gebrochen haben, damit es dich interessierte! Nur verstehe ich dann noch weniger, warum du hierbleibst. Warum gehst du... gehen wir nicht endlich fort?«

Erst als sie es aussprach, begriff sie, dass sie das längst nicht mehr wollte, dass sie vielleicht die einstige Freiheit vermisste, an jedem Tag neu entscheiden zu können, wohin der Weg ging, jedoch nicht das schlechte Essen, die kalten Nächte und die dreckigen Wirtshäuser, vor allem aber: dass sie selbst in den hellwachen Augenblicken, wenn Aurels Anspannung und Konzentration auf sie übergegangen waren, wenn sie alles vergessen hatte bis auf diesen Kampf um Leben und Tod, nicht halb so oft gelacht hatte wie hier in Avignon.

»Es gibt eine Universität in Avignon«, rief Aurel eifrig. »Und eine medizinische Fakultät. Letztere hat keinen sonderlich guten Ruf. Alle Professoren, die etwas auf sich halten, gehen nach Montpellier. Aber ich denke mir... wenn der Papst mich nur ließe... wenn er mir nur freie Hand gäbe... so könnte ich aus diesem Ort ein zweites Salerno oder ein zweites Bologna machen. Mag jetzt noch nicht die rechte Zeit gekommen sein. Er braucht sehr lange, bis er Entscheidungen trifft, aber wenn der Tropfen stetig auf den Stein fällt...«

Der Überdruss war aus seinem Gesicht geschwunden, seine Augen weiteten sich, seine Wangen wurden fleckig.

»Und es ist nicht der einzige Grund!«, fuhr er fort. »Du kannst dir nicht vorstellen, wie viel ich hier lernen kann...«

»Im Papstpalast?«, rief sie. »Dort lässt man dich doch sicher keine Toten aufschneiden!«

»Das nicht. Aber der Papst besitzt eine riesige Bibliothek.« Seine Wangen begannen förmlich zu glühen. »Undenkbar viele Schriften sind dort versammelt, Manuskripte und Bücher aus aller Welt. Übersetzungen des Constantinus Africanus, aber vor allem auch der *Canon Medicine* von Avicenna. Ich habe Letzteren noch nie in Händen gehalten, desgleichen nicht die Isagoge

Johannitii des Hunayn ibn Ishāq. Jener war Leibarzt zweier Kalifen und hat genaue Beschreibungen verschiedener Eingriffe festgehalten. Und selbstverständlich sind sämtliche Schriften der großen Salerner vollständig vorhanden. Die *Cyrurgia Rogers* oder das *Antidotarium Nicoli.* Ich habe gehört, dass in der Gefolgschaft von König Robert ein Heide lebt. Er heißt Kalonymos ben Kalonymos, und er ist damit beauftragt worden, die Schriften von arabischen Gelehrten zu übersetzen, auch eines gewissen Averroes. König Robert wiederum ist es, der dem Papst reiche Geschenke macht – darunter viele Bücher. Wer weiß, was ich in den nächsten Jahren noch in Händen halten kann.«

»Hör auf!«, unterbrach sie ihn. »Hör auf! Oder denkst du tatsächlich, das interessiert mich, oder ich könnte mir auch nur einen Namen merken?«

Er hielt inne, betrachtete sie verwirrt. Nun, gewiss geschah's nicht zum ersten Mal, dass er sie anschwieg, weil er ihr nichts zu sagen hatte – doch neu war, dass sein Anblick sie nur müde stimmte, seine Gegenwart nur gelangweilt, seine Besessenheit von der Chirurgie nur angewidert. Nichts hatten sie sich zu sagen, nichts hatten sie gemeinsam.

Ich brauche ihn nicht, dachte sie plötzlich. Ich brauche ihn nicht, um zu singen, zu tanzen und mit Männern Spaß zu haben, um mit Marguerite lachend durch Avignons nächtliche Straßen zu laufen oder mit Roselina heimlich die ausländischen Gesandten zu beobachten, um hinterher deren Geschenke anzusehen. Ich brauche ihn längst nicht mehr.

Kurz erschreckte sie die Kälte, die in ihr hochstieg und die all die Gedanken, die sie an ihn verschwendet hatte, alles Hoffen auf seine Aufmerksamkeit, alles Bemühen, ihm zu Diensten zu sein, ihm zu gefallen, so lächerlich und sinnlos machten. Kurz fürchtete sie, löste sie ihr Geschick von dem seinen, ein ödes Leben, in dem fortwährende Trunkenheit die Frage nur vertrieb, nicht löste, was sie denn – ob mit ihm, durch ihn oder ohne ihn – überhaupt wollte.

Unvermittelt trat sie auf ihn zu, betrachtete den schmächtigen

Körper, beschwor herauf, wie sie ihn einst an sich gezogen, ihn zu Fall gebracht hatte, wie sie ihn hatte küssen wollen und nicht küssen können – weil Unbehagen sie davon abhielt und die gleiche Fremdheit, die auch jetzt diesen tiefen Graben zwischen sie schlug.

»Was tust du?«, fragte er.

Da erst ging ihr auf, dass sie ihre Hand auf seine Schultern gelegt hatte, nicht liebevoll, nicht zärtlich, eher prüfend – so wie er als *Cyrurgicus* Wunden prüfte. Schwelte rein gar nichts mehr von jenem Verlangen in ihr, dass sie – irgendwie – zu ihm gehörte und er – irgendwie – zu ihr? Blieb von der prickelnden Erregung, die er in ihr heraufzubeschwören vermocht hatte – weil er so anders war, so verrückt und so beseelt von seinen Zielen – nicht wenigstens ein Funke?

Sie hoffte darauf, dass ihr einstiges Trachten Recht bekäme – und wünschte doch zugleich etwas ganz anderes: dass sie dieses Trachten für immer abschütteln konnte und alleinige Herrin ihres Lebens würde, wie nichtssagend oder reich es auch sein mochte.

Nun hob sie auch die zweite Hand, strich über sein Gesicht, hielt ihn, als er zurücktreten wollte, fest, um aus seinem Widerstand ein wenig Lebendigkeit zu pressen, aus seinem verlegenen Zurückweichen ein wenig Triumph. Immerhin erreichte sie, dass sein Blick, nach dem sie stets so verlangt hatte, nun auf sie gerichtet war: scheu und verwundert, abgestoßen und irgendwie verletzlich. Doch das Einzige, was er erzeugte, war ein Schauder, der ihr über den Rücken lief.

»Es geht mir gut«, stieß sie hervor. Sie ließ ihn nun endlich los und trat von ihm weg, weiter, immer weiter. »Es geht mir so gut ... hier in Avignon ... an Marguerites Seite. Was bin ich froh, nicht ständig kranke, verletzte und sonst wie blutende und eiternde Menschen sehen, ihre Ausdünstungen nicht riechen, ihr Gejammer nicht hören zu müssen. Ich ... ich brauche dich nicht, Aurel. Wahrscheinlich habe ich dich nie gebraucht. Ich bin glücklich, erst jetzt, erst ohne dich.«

Und dann begann sie zu lachen, laut und schrill und befreit, und sie drehte sich lachend um, ohne seine Antwort abzuwarten. Gewiss wäre er sie ihr ohnehin schuldig geblieben.

Am nächsten Tag kehrte sie noch einmal in das Lagerhaus zurück. Erneut war es Marguerites Wunsch, dass sie Laurent etwas zu essen brachte. Es lag ihr auf den Lippen zu fragen, warum sie es nicht selbst tat, doch sie scheute sich, in Marguerite zu dringen, vielleicht, weil sie in den letzten Tagen so gedankenverloren war.

Ein letztes Mal noch, dachte sie. Morgen gehe ich gewiss nicht wieder hin.

Sie hatte geplant, sich erneut in den funkelnden Gefäßen zu spiegeln und sich an dem Anblick zu freuen, doch als sie das Lagerhaus betrat, fand sie Laurent nicht alleine vor. Zwei Männer standen dort bei ihm, einer beugte sich über ihn und befühlte seinen Hals – und es war nicht Aurel. Laurent machte ein unwilliges Gesicht, schien mehrmals die Hände wegschlagen zu wollen, aber verkniff es sich. Seine scheuen, unsicheren Blicke galten dem dunklen Mann, der steif vor ihnen stand und schließlich dem anderen bekundete, es sei nun genug.

Rasch hatte sich Alaïs hinter einer der großen Kisten verborgen, lugte aber hervor und suchte die Gesichter zu erkennen. Gasbert de Laval war ihr vertraut, nicht jedoch der zweite Mann. Doch daran, wie Gasbert ihn ansprach, erkannte sie ihn als Gaufridus Isnardi, einen der Leibärzte des Papstes. Bis jetzt hatte sie nicht gewusst, ob sein Groll wider Aurel ebenso groß war wie der des Kämmerers oder des *Apothecarius* – nun erfuhr sie, dass er nicht minder darüber verärgert war, einen Rivalen bekommen zu haben.

»Warum habt Ihr nicht mich geholt, sondern diesen Autard?«, fragte er gerade.

Laurent hatte sich erhoben. Es war das erste Mal, dass Alaïs ihn stehen sah. Er war kleiner und dünner, als sie vermutet hatte, vielleicht aber auch nur, weil er mit gesenktem Kopf dastand und die Worte des anderen über sich ergehen ließ, als beträfen sie ihn nicht.

»Hab's Euch doch schon gesagt«, erwiderte Gasbert. »Die Weiber haben diese Wahl getroffen ... mich hat man erst später informiert.«

»Ich verstehe nicht, was der Heilige Vater an diesem ungezogenen Autard findet. Er grüßt mich nicht einmal, als wäre ich einer der Lakaien und darum unsichtbar! Und ebenso wenig verstehe ich«, nun glitt sein Blick erstmals zu Laurent und er sprach ihn direkt an, »warum Ihr Euch zu dieser Sünde habt hinreißen lassen.«

Laurent atmete schwer. Ein Ton kam über seine Lippen – entweder eine nuschelnde Erklärung oder ein viel zu leise geratener Klagelaut.

Alaïs verstand nicht, was er sagte, aber sah nun, wie Gasbert de Laval ihn fest an den Schultern packte. »Du musst endlich vergessen, was damals geschehen ist! Du hast Gott um Vergebung deiner Sünden gebeten, und er hat sie dir gewährt. Du hast ausreichend Buße getan, nun darfst du die Gnade Gottes nicht unterschätzen. Frevel ist's, weil Hochmut, wenn man an nichts anderes denken kann, als an die eigenen Untaten. Auch bei der Reue, so ehrlich sie sein will, gilt es, dass die Ersten die Letzten sein werden.«

Laurent sagte nichts mehr, versuchte es auch gar nicht, sondern wandte sich schweigend ab. Doch das war Gasbert nicht genug. Er umrundete ihn, sodass er wieder in sein Gesicht sehen konnte.

»Von nun an kein Wort mehr über diese schändliche Angelegenheit, hast du mich verstanden?«

Laurent nickte zaghaft.

Gaufridus indessen rieb sich nachdenklich das Kinn. »Denkt Ihr, dass auch Autard schweigen wird?«

Alaïs duckte sich, denn eben schritt Laurent an ihr vorbei. Doch sein Blick war so starr auf den Boden gerichtet, dass er sie wohl auch dann nicht bemerkt hätte, wenn sie direkt neben ihm gestanden hätte.

Noch tiefer verbarg sie sich im Schatten der Truhe, konnte die beiden nicht mehr sehen, aber gut hören.

»Es hilft, dass er sich für andere nicht zu interessieren scheint«, sprach Gasbert de Laval eben. »Vielleicht hat er morgen schon vergessen, Laurent jemals begegnet zu sein. Und er weiß auch nichts von dessen dunkler Vergangenheit. Trotzdem ...«, seine Stimme klang so gepresst, als würde er die Hände zu Fäusten ballen, »trotzdem schenkt mir nichts und niemand die Gewissheit, dass er sich nicht verplappern wird. Bislang war er nur lästig – jetzt ist er gefährlich. Ach, was wünschte ich, ich hätte etwas gegen ihn in der Hand!«

»Habt Ihr mehr über ihn herausgefunden?«, fragte Gaufridus nachdenklich. »Wisst Ihr mittlerweile, woher er kommt?«

Gasbert stieß einen verächtlichen Laut aus. »Nichts, was mir nützlich wäre. Er soll in Montpellier studiert haben. Pah! Wenn er ein wirklich großer Medicus wäre, warum glich er einem abgerissenen Halunken, als wir seinerzeit auf ihn stießen? Und war das damals tatsächlich nur Zufall?«

»Den Zusammenstoß mit den Schafen und die Verletzung des Heiligen Vaters hat er nicht verursacht.«

»Aber zu seinen Gunsten genutzt! Ich für meinen Teil werde wachsam bleiben, und wenn es etwas gibt, was dieser Mann vor uns verbirgt, dann werde ich es herausfinden und gegen ihn verwenden, das schwöre ich Euch. Die geweihten Männer stehen über den ungeweihten. So wird es dereinst im Himmelreich sein. So ist es bereits hier auf Erden.«

Die Männer beendeten ihr Gespräch und folgten nun Laurent in Richtung des Tores. Alaïs wagte kaum zu atmen, legte sich flach auf den Boden. Dann waren die Schritte auch schon verklungen, und sie war allein mit ihren Gedanken, auch mit ihren Erinnerungen. Daran, dass Aurel, der stets begeistert die Namen sämtlicher großer Ärzte aufzählte, aber erstaunlich schweigsam wurde, wenn es um die Zeit in Montpellier ging. Dass er sich zwar rühmte, dort studiert zu haben, es jedoch nie mit weitschweifenden Erzählungen ausgeschmückt hatte.

Was geht's mich an?, dachte sie – genauso, wie sie vor einigen Tagen gedacht hatte, als Marguerite ihr über Laval und dessen

Karriere berichtet hatte. Sie erhob sich und rieb sich die schmerzenden Glieder.

Es war Aurels Sache, dass Gasbert de Laval ihn hasste – und Aurel brauchte sie nicht mehr. Mit Aurel hatte sie nichts mehr zu schaffen.

Sie versuchte, weder darüber nachzudenken noch über das, was Laurent Bonredon getan hatte und warum. In den Jahren, die folgten, gelang ihr das mühelos.

Vierter Teil

Intrigen

Sommer 1323

XVIII. Kapitel

Der Fisch hatte glupschige Augen und eine dicke Unterlippe. Bis dicht an die Oberfläche schwamm er heran, schien jene glasige Grenze zwischen Wasser und Luft überschreiten zu wollen und sank dann doch wieder auf den dunkelgrünen Grund hinab, wo Algen wucherten. Kleine Strudel stiegen hoch, wo seine Flosse durch das Wasser pflügte.

»Wird der Papst ihn aufessen?«, fragte Roselina.

Alaïs zuckte die Schultern. »Ich weiß nicht, welchen Fisch der Papst bevorzugt. Deine Mutter sagte mir einst, es wären Delphine und Störe.«

»Und wo sind die Delphine?«

Wieder zuckte Alaïs die Schultern. Gehört hatte sie von jenen besonderen Fischen schon oft, sie gesehen aber noch nie.

Hier bei den Resten der alten Stadtmauer, deren Graben mit Wasser gefüllt war und von dem man ein kleines Bächlein in einen Fischteich leitete, wurden Karpfen und Maifische gezüchtet. Eigentlich auch Forellen.

»Aber Forellen werden zurzeit in Avignon nicht gegessen!«, hatte Stephanus Johannis erklärt. »Der Papst kann sie nicht leiden.«

Stephanus gehörte der Teich, und er wachte strikt darüber, dass nicht ein gewöhnlicher Bürger Avignons oder auch nur eine freche Katze heimlich nach dem fischten, was ausschließlich für die Tafel des Heiligen Vaters bestimmt war.

Misstrauisch hatte er sich anfangs auch gegenüber Roselina und Alaïs gezeigt. Doch mit den Jahren hatte er gelernt, dass die beiden satte Bäuche hatten und ihn nicht berauben wollten, sondern vielmehr an einem der wenigen Orte, die im brütend heißen Sommer zu ertragen waren, ein kühles Plätzchen suchten. Träge hockten sie am erdigen Rand des Teiches, auf dem Alaïs zunächst ein Stück Leinen ausbreitete, damit keine grünen Grasflecken auf Roselinas Kleid verblieben. Stephanus hatte sich in sein kleines Haus zurückgezogen – nicht nur ein Zeichen, dass er ihnen traute, sondern vor allem auch dafür, dass die Sonne dem Alternden zusetzte.

»Sollen wir ihn füttern?«, fragte Roselina und deutete auf den Fisch, der wieder Richtung Oberfläche gestiegen war, als spielte er mit ihnen.

»Er scheint mir fett genug«, erklärte Alaïs. »Der Papst mag mageres Fleisch, so heißt's.«

In Avignon wurde viel über Essen gesprochen, nicht nur von Marguerite, die die nächtlichen Plünderungen der Speisekammer nicht aufgegeben hatte. Die Armen neideten den Reichen deren Köstlichkeiten. Die Reichen verglichen mit Argusaugen, was auf dem Tisch des Nachbarn landete. Und alle gemeinsam beredeten sie, was der Papst aß – ob beim letzten Festmahl mit ausländischen Gesandten oder während privater Tafeln.

Alaïs, die sich nachlässig gegen die Mauer gelehnt hatte, richtete sich auf. Die Schatten fielen nun tiefer, die Sonne strahlte nicht mehr senkrecht vom Himmel. Der Wind trieb zwar heiße Luft mit sich, aber immerhin stand er nicht mehr gänzlich still.

»Denkst du, er lässt sich anfassen?«, fragte Roselina und neigte sich tiefer über den Teich.

»Er würde sofort davonschwimmen. Und außerdem«, setzte Alaïs hinzu. »Und außerdem ist es jetzt Zeit, nach Hause zu gehen. Dort zeigst du deiner Mutter, dass du dein weißes Kleidchen nicht schmutzig gemacht hast!«

Roselina verzog unwillig das Gesicht, doch es dauerte nicht lange, bis sich ihre Miene wieder glättete. Nie erwachte in dem Kind echter Widerstand gegen die strenge Mutter – vielleicht, weil es nicht aufrührerisch genug war, vielleicht, weil ihm dazu

Alaïs' Unterstützung fehlte. Diese konnte auch nach all den Jahren nur schwer fassen, dass eine so derbe, füllige Frau von ihrer Tochter verlangte, sich an der dreckigen Welt nicht zu beschmutzen. Aber im Zweifelsfall handelte sie, wie Marguerite es sich wünschte.

Nicht ungern verbrachte sie Zeit mit der Kleinen. So wie Marguerite ihr einst das Avignon der Nacht und seine eigenartigen Gesetze erklärt hatte, wusste ihr Roselina des Tags manch Stätte zu erschließen. Wie die Mutter war sie mit dem Talent ausgestattet, stets ein wenig mehr zu wissen als der Rest. Doch nach einer gewissen Zeit des Zusammenseins wurde Alaïs ihrer meist überdrüssig. Mit dem Kind zu reden war ihr nicht lästig, umso mehr jedoch, ständig darauf zu achten, dass sie auch sauber blieb.

»Warum denn jetzt schon?«, rief Roselina.

»Ich habe noch etwas zu tun …«

»Und was?«

Alaïs zuckte die Schultern. Das Schöne an ihrem Leben war, dass sie nichts tun musste, aber alles tun konnte und sich vor niemandem zu rechtfertigen hatte. Ihre einzige Pflicht war, Roselina zu erziehen, auf dass diese ordentlich zu essen lernte und ihre Sprache frei von Marguerites Derbheiten blieb.

Dafür bekam Alaïs die Nächte geschenkt, so viele Nächte, laute, schrille, berauschende, in stickigen Tavernen und unter weinseligen Männern, voller verbotener Scherze und Narreteien und Würfelspiel, das sie öfter verlor als gewann – was nichts machte, weil ein keckes Auflachen ihrerseits genügte, auf dass ihr die Schulden erlassen wurden.

Wie einst, als jener Christoph Bedesque um sie geworben hatte, warnte Marguerite auch später noch häufig: »Lass dir bloß keinen Bastard andrehen.«

Das hatte Alaïs ganz gewiss nicht vor, und dennoch war sie über die harschen Worte verwundert. »Roselina ist auch ein Bastard«, entfuhr es ihr. »Und trotzdem das Kostbarste in deinem Leben.«

»Weil sie einen Vater hat, der sie versorgt… und somit auch mich. Um eine wie dich hingegen schert sich niemand. Ich tu's, Alaïs. Aber nur, damit du mir mit meinem Kind hilfst, nicht damit du dein eigenes brüllendes Bankert großziehst.«

Sie rümpfte abfällig die Nase. Trotz der Nähe und Freundschaft zu Alaïs war ihr Tonfall oft bösartig und beißend, vor allem dann, wenn Alaïs an die Frage rührte, wer Roselinas Vater war. Auf Marguerites Ratschläge hörte Alaïs dennoch – nie gab sie den Grundsatz auf, bei Männern Spaß und Zerstreuung zu suchen, ihnen beides auf ihre Kosten aber nie zu geben.

»Nun komm schon«, drängte Alaïs und zog die Kleine vom Fischteich fort. »Ich bringe dich nach Hause, und dann«, sie seufzte, um zu zeigen, dass es ihr eher eine lästige Pflicht als ein ehrliches Bedürfnis war, »und dann muss ich einen Brief an meine Mutter schreiben.«

Sie führte Roselina zu Navales Haus, um sich danach gleich wieder in das Gedränge der Gassen zu stürzen. Anders als einst blickte sie sich nicht neugierig und suchend um. Längst kannte sie jede Straße, jeden Platz, jede Kirche. Sie wusste, wo gebaut wurde und wo man Häuser niederriss, um noch größere zu errichten, wo die Straßen gepflastert waren und welche Orte man mied, weil dort die meisten Pferde durchgetrieben wurden und ihr Mist den Boden verklebte. Schwierig genug war es, überhaupt sauber zu bleiben – obwohl es sich viele vornehme Männer trotzdem nicht nehmen ließen, sich nach der neuesten Mode zu kleiden, und die war weiß. Sie von morgens bis abends reinlich zu halten, so wie es auch Roselinas Aufgabe war, stellte eine nicht geringere Herausforderung dar, als sich im Trubel seinen Weg zu bahnen.

Avignon platzte aus allen Nähten. Schon damals, bei ihrer Ankunft vor mehr als zwei Jahren, hatte Alaïs kaum verstehen können, wie so viele Menschen auf so wenig Platz zu leben vermochten. Doch seitdem hatte die Stadt noch mehr Händler, noch mehr Kunsthandwerker, noch mehr Steinmetze, noch mehr Zimmerleute angezogen – und noch mehr Tauben, die mit ihren rissigroten Krallenfüßen durch die Gassen staksten oder dicht an ihrer aller Köpfe vorbeiflatterten.

Auf der Suche nach Platz für ihre Werkstätten und Häuser wurden die Menschen immer einfallsreicher: Es gab nicht wenige, die sie mitten auf belebten Straßen errichteten, darunter sogar ein Kardinal. Und da dadurch manch ein Weg versperrt war, wurden auf den Dächern Gehsteige errichtet. Auch außerhalb der Stadt, wo die Häuser windschief standen und auf den unebenen Straßen manches Wagenrad zu Bruch kam, wurde es zunehmend enger. Nicht selten blieben die gebrochenen Achsen einfach achtlos liegen, sodass Nachkommende darüber stürzten und sich sämtliche Knochen brachen. Mochte Avignon eine junge, aufblühende Stadt sein – ihr Boden und der ihrer Vororte war grindig und vergrätzt wie der Schädel eines ungewaschenen Alten.

Wenigstens hatte man den riesigen Schweinemarkt gleich neben dem Friedhof von Saint-Pierre außerhalb der Stadt untergebracht, weil niemand das ständige Gequietsche der Tiere, die sich gegenseitig in der Enge tot traten, ertragen konnte. Juweliere, Goldschmiede und Geldwechsler hatten ihrerseits diesen Platz erobert und hockten in winzigen, überhitzten Boutiquen, in denen für höchstens einen oder zwei Kunden Platz war.

Alaïs grüßte nun manchen dieser Männer – bezogen doch nicht wenige ihr Handelsgut von Giacinto Navale. Manchmal fragte sich Alaïs, ob irgendwo in Avignon ein Solidus gewechselt wurde, an dem der Florentiner keinen Anteil besaß, und ob irgendwo Männer Waren feilboten, die nicht von ihm abhängig waren, weil sie von ihm etwas gepachtet oder geborgt hatten, weil er ein dunkles Geheimnis von ihnen wusste oder weil er sie mit den richtigen Kontakten versorgt hatte. Längst musste er so reich sein, dass er wohl nie wieder einen Finger hätte krumm machen müssen – und auch nie mehr prüfend über seine Geldbörse hätte streifen müssen, um sich zu vergewissern, dass sie prall gefüllt war. Doch das tat er noch immer, desgleichen wie der harte Zug um seinen Mund, der Gier verhieß und Hunger, nicht geschwunden war. Verändert hatte sich nur, dass seine Beinkleider noch strammer saßen, förmlich zu platzen drohten, und dass sein Gürtel nicht mehr locker saß, sondern sich förmlich ins Fleisch schnitt.

»Irgendwann reißt seine Kleidung, und er steht nackt vor uns«, hatte Marguerite grinsend prophezeit, als sie ihn das letzte Mal gesehen hatten. Das war eine Weile her; Giacinto war seitdem wieder auf Reisen.

Alaïs beschleunigte den Schritt. Trubel und Menschenmassen mochten ihr den Tag nicht vergällen. Doch sie hasste den Gestank der Stadt, der sie jetzt im Sommer stets wie ein Schlag traf und der von den verdreckten Gassen kam oder von den trüben Flüssen.

Sie war erleichtert, Aurels und Emys *Domus* zu erreichen. Nicht nur das Haus war den beiden Brüdern übergeben worden, in den letzten Jahren hatte der Papst ihnen auch häufig Geschenke überbringen lassen, die es behaglich machten: Mobiliar aus dunklem Eichenholz, einige kostbare Teppiche, Kerzenständer und – ein ganz besonderes Geschenk, das die kalten Winter, derer sie nun auch schon zwei erlebt hatte, besser ertragen ließ – kupferne Wärmflaschen. Heute war es zu heiß, um sich jene Wohltat vor Augen zu halten, die sie versprachen, aber es hatte Stunden gegeben, da Alaïs Emy überaus dankbar war, wenn er ihr eine von diesen auslieh.

»Emy!«, rief sie nun seinen Namen. »Emy, bist du da?«

Als keine Antwort ertönte, pochte sie an die Holztür. Vielleicht war er in Pernes, wo die Einkäufer die Besorgungen für den päpstlichen Hof machten. Innerhalb des Kreises jener war er wegen seiner Zuverlässigkeit und Gründlichkeit zu einem der Höchsten aufgestiegen. Er musste sich nicht um Milch und Getreide bemühen, sondern einzig um erlesene Luxuswaren.

Da niemand ihr öffnete, stemmte sich Alaïs gegen die Türe. Wie meist war sie nicht verriegelt und gab nach.

Durchdringende Düfte erwarteten sie in der Stube. Zu den vielen Geschenken, die der Papst machte, gehörten auch Obst und

Salz, Brennholz oder Kohle, Besteck und Tafelzubehör, und – stets zu Ostern und zu Weihnachten ausgeteilt – Gewürze.

»Emy?«, rief sie wieder.

Kein Laut kam von ihm, aber sie hörte nun gedämpft Aurels Stimme und folgte ihr hinaus in den kleinen, von schiefen Mauern begrenzten Innenhof. Mit etwas Mühe hätte man hier einen Garten schaffen können, doch statt der Saubohnen, wie die Minderen Brüder von Avignon sie gerne ernteten, kletterten nur ein paar verdorrte Weinranken über die Wände. Vielleicht hatte Emy irgendwann versucht, den Hof so behaglich zu gestalten wie das Innere des *Domus* und es dann aufgegeben, weil der Boden doch stets aufs Neue von Gästen zertrampelt wurde – jenen Gästen, zu denen Aurel auch in dieser Stunde sprach.

»Der kindliche Fötus entsteht, wenn sich zwei Spermien treffen, eines des Mannes und eines der Frau«, hörte sie ihn dozieren.

Er stand in der Mitte des Hofes. Um ihn herum hockten junge Männer, Studenten allesamt, die meisten von ihnen im nahen Kloster der Benediktiner untergebracht. Dort fanden nicht selten auch die Vorlesungen statt, in den Fächern, die zum Baccalaureat führten, oder in jenen, die die Spezialisierung auf eine Disziplin vorsahen. Doch Aurel, seit einigen Monaten Professor der Universität von Avignon, lehrte lieber im privaten Umfeld, und das verstand Alaïs umso besser, als sie hörte, wie er das heutige Thema vertiefte.

»Durch das Menstruationsblut beginnt der Fötus zu wachsen. Es ist nämlich unerlässlich für dessen Ernährung, weshalb eine Frau, die schwanger geht, monatlich nicht blutet. Die Plazenta, die nach der Geburt abgeht, ist die gestockte Masse von jenem Menstruationsblut, das nach den neun Monaten übrig geblieben ist.«

Die jungen Männer hatten den Kopf gehoben. Als sie die junge Frau erblickten, die sich zu ihnen gesellt hatte, erröteten sie. Doch Aurel bemerkte nichts davon, sondern dozierte ungerührt weiter.

»Aufgrund seiner Entstehung aus Spermien und Menstruationsblut ist der menschliche Körper eine Masse aus spermatischem und menstruellem Gewebe. Die Nerven zum Beispiel, sie bestehen aus spermatischem Gewebe, das Fleisch hingegen aus menstruellem.«

Einer der jungen Männer ließ die Wachstafel, auf die er bis eben noch einzelne Wörter geschrieben hatte, sinken, räusperte sich und deutete unbehaglich auf Alaïs. Doch immer noch war Aurel für sie blind.

»Kommen wir nun zu der Frage, wie die männlichen und weiblichen Spermien am besten zueinanderfinden. Die bestmögliche Größe des Penis liegt zwischen vier und sechs Fingerbreit. Auf diese Weise ist er lang genug, dass er in die Nähe des Uterus vordringen kann. Zugleich ist er nicht zu lang, sodass eine ausreichende Wegstrecke bleibt, damit die Spermien auskühlen können.«

Der eine Student räusperte sich noch lauter. Die anderen hingegen zogen ihre errötenden Köpfe ein.

»Der rechte Hoden ist größer als der linke«, fuhr Aurel fort, »denn dort wird alles überflüssige Blut aus dem menschlichen Körper gesammelt, um die Spermien zu produzieren.«

Nun endlich fasste sich der verlegene Student den Mut, nicht nur mit Gesten, sondern auch mit Worten einzugreifen. »Vielleicht sollten wir es auf später verschieben?«

Aurel fuhr herum, nahm jetzt erst Alaïs wahr. Die kurze Pause, die er machte, nutzten die Studenten, um hastig aufzuspringen und dem Hof zu entfliehen, darum bemüht, möglichst viel Abstand zwischen sich und die junge Frau zu bringen, die eben gehört hatte, was eine Frau ganz gewiss nicht hören sollte.

Jene Meinung teilte Aurel nicht. Er war über den plötzlichen Aufbruch seiner Zuhörer sichtlich enttäuscht.

Alaïs trat unsicher von einem Bein auf das andere. Selten hatte sie sich in den letzten Jahren mit Aurel allein in einem Raum aufgehalten, und nie war es seine Anwesenheit gewesen, die sie zum

Domus lockte, sondern immer nur die seines Bruders. Dass sie hin und wieder auf Emys Gesellschaft Wert legte, hätte sie niemals zugegeben, jedoch, dass sie ihn zu einem bestimmten Zwecke brauchte: nämlich, um Briefe an ihre Eltern zu schreiben. Genau betrachtet diktierte sie nur, er schrieb – und er sorgte auch dafür, dass einer der päpstlichen Kuriere sie nach Saint-Marthe brachte. Sie wusste nicht genau, womit Emy diese bestach – ob mit Essen, Kleidung oder wichtigen Informationen –, nur, dass sie sich mit Caterina und Ray austauschen konnte. Gerne hätte sie selbst sich damit begnügt, sich des Wohlergehens der Eltern ein, zwei Mal im Jahr zu vergewissern und dann auch ihrerseits Nachricht von dem ihren zu geben. Doch leider gaben sich ihre Eltern nicht damit zufrieden, ja, sie pochten nicht nur darauf, häufiger von ihr zu hören, sondern obendrein auch darauf, dass sie in die Heimat zurückkehren sollte. Die fromme Guillelma sei gestorben, so verkündigte eine ihrer Nachrichten, und Frère Lazaire hätte dies zum Anlass genommen, stillschweigend und ohne Abschied von Saint-Marthe zu scheiden. Nicht länger gebe es einen Grund für ihre Verbannung. Seitdem musste Alaïs immer wieder neue Ausflüchte finden, warum es nicht möglich war. Die letzten Wochen hatte sie einfach gar nicht mehr geschrieben – um heute freilich vom schlechten Gewissen hierher getrieben zu werden.

»Hast du gesehen?«, fragte Aurel unvermittelt. »Es kommen schon viel mehr Studenten zu mir als zu Jules Aleni. Der Mann versteht vielleicht etwas von Medikamenten, aber nichts vom Körper. Ein guter *Apothecarius* kann man bei ihm werden, kein *Cyrurgicus*. Letzteres strebt diese Schar aber an. Nicht mehr lange, und ich werde mit ihnen Leichname sezieren.«

Alaïs musterte ihn nachlässig. Er war nicht mehr so hager und schlaksig wie früher. Er war gewiss groß und wendig genug, um nicht dicklich zu wirken, aber er machte nicht den Eindruck, als würde er so oft aufs Essen verzichten wie einst. Das braune Haar war glatt und schulterlang, aber gerade geschnitten und nicht von Dreck verklebt. Vor allem aber seine Kleidung hatte sich geändert: Keine fleckige Tunika aus einfachem Leiden trug er mehr, sondern einen Wams aus schwarzem Samt, der ihn erwachsener und ernster aussehen ließ.

Seit der Begegnung in der Lagerhalle war er ihr fremd geblieben. Kaum erinnerte sie sich noch an die heftigen Gefühle, die er einst in ihr hatte erwecken können. Sie begegnete ihm mit jener Höflichkeit, die man einem alten Bekannten schuldet, war aber stets erleichtert, wenn sie nicht mit ihm reden musste – so auch jetzt, als hinter ihr Schritte ertönten und sie nicht länger mit ihm allein war. Emy kam, schwer beladen mit Körben, und nickte ihr flüchtig zu, während er sie vorsichtig abstellte. Auf Aurel verharrte sein Blick länger – und strenger.

»Was machst du hier?«

Alaïs wollte schon zur Rechtfertigung ansetzen, gewahrte dann jedoch, dass die Frage nicht ihr galt.

»Was wohl!«, rief Aurel. »Eben waren Studenten da. Ich habe sie belehrt.«

Emy stellte nach den Körben den Beutel ab, den er über den Schultern trug. Gewiss befand sich darin sein Anteil der Waren, die er heute für den Hof eingekauft hatte.

»Du solltest beim Papst sein«, sagte er, »du bist viel zu selten bei ihm. Vor allen anderen Pflichten bist du sein Leibarzt!«

Aurel hob abwehrend die Hand. »Und als solcher habe ich nicht viel zu tun. Er tut doch längst, was ich ihm rate, und nicht zuletzt darum ist er gesund. Er isst Fisch mit grünem Traubensaft anstatt fettes Fleisch. Er verzichtet auf Nussöl und trinkt jeden Morgen Wasser, um den Magen zu reinigen. Er geht nicht zu bald nach dem Essen schlafen, weil die Nahrung erst das untere Ende des Magens erreichen soll.«

Aurel klang zufrieden über den Gehorsam eines Mannes, dem man eine große Vorliebe für Ordnung und Logik nachsagte. Nicht zuletzt darum hatte Johannes XXII. einst die Rechtswissenschaften als sein Studienfach auserkoren, und aus dem gleichen Grund mochte es ihm nicht schwer fallen, sich den Anweisungen eines Mediziners zu beugen, so sie denn vernünftig klangen.

»Also … was sollte ich ihm noch sagen?«

Emy seufzte, und an seiner überdrüssigen Miene erkannte Alaïs, dass sie nicht zum ersten Mal darüber diskutierten. »Es geht nicht darum, was du zu ihm sagst, sondern dass du ihm zuhörst. Er … er befindet sich in einer höchst schwierigen Lage. Wahrscheinlich ist er froh, wenn er sie mit einem besprechen kann, dem er vertraut. Und dir vertraut er!«

»Was habe ich schon mit der hohen Politik zu tun?«

»Jeder in dieser Stadt zollt ihr großes Interesse! Wie kannst du nur ein derartiger Ignorant sein! Ach, Aurel …«, wieder seufzte er. »Du bist kein Priester. Du bist nicht einer von … ihnen, sondern jeden Tag aufs Neue auf die Gunst des Papstes angewiesen. Entweder du stimmst ihn dir geneigt – und das bedeutet, dass du Zeit bei ihm verbringen musst – oder du lässt dich weihen.«

»Du weißt, was das bedeuten würde!«, rief Aurel entschieden. »Man kann nicht Priester und *Cyrurgicus* gleichzeitig sein.«

»Rühmst du nicht oft genug den großen Theodoric, Sohn von Ugo da Lucca? War jener nicht Dominikanermönch und setzte trotzdem seine medizinische Karriere fort? Zu operieren ist doch nur dem verboten, der regelmäßig die Messe liest – und das tun nicht alle der Minderen Brüder.«

Zutiefst befremdet über das Ansinnen runzelte Alaïs die Stirn. Unmöglich war es, sich Aurel als Mönch zu denken, wenngleich sie bei genauerer Betrachtung zugeben musste, dass er manches mit einem solchen gemein hatte: das asketische Leben, das einem einzigen Zweck geweiht ist und das sämtliche Annehmlichkeit, die der gemeine Mensch sucht, mit Verachtung oder Gleichgültigkeit straft.

Aurel schüttelte den Kopf. »Warum drängst du mich, Bruder, wozu mich nicht einmal der Papst drängt?«

Emy gab nach – jedoch nur in der einen Sache. Aurel in Ruhe lassen wollte er nicht. »Hat der Papst mit dir über den Kriegszug gesprochen?«

Aurel zuckte nur die Schultern.

»Nun sag schon!«

»Was geht's dich an?«

Das fragte sich Alaïs allerdings auch. Warum erwies sich Emy als derart hartnäckig? Und von welchem Krieg schwafelte er?

Auch abends in den Tavernen wurde nicht selten von diesem oder jenem König gesprochen, von aufrührerischen Äbten und abgesetzten Bischöfen, von abtrünnigen Ländern und von Unruhen außerhalb Avignons. Nichts davon hätte sie freilich wiedergeben können, wenn man sie danach gefragt hätte – und Aurel schien ebenso wenig davon zu wissen.

»Ich habe keine Ahnung von Kriegen«, bekannte er freimütig, um etwas versöhnlicher hinzuzufügen: »Letztens haben wir über den Körper des Menschen geredet und die Auferstehung des Fleisches. Der Mensch sei nur vollkommen, sagt der Papst, wenn sich die Seele im Körper befände. Folglich könne auch nur zur Anschauung Gottes gelangen oder in die Hölle verdammt werden, wer einen solchen Körper habe. Und das wiederum bedeute, dass die Seelen nicht unmittelbar nach dem Tode, sondern erst am Jüngsten Tag, wenn sie sich nach der Auferstehung des Fleisches wieder mit dem Körper vereinigen, in den Himmel oder die Hölle eingehen.«

Erstaunlich viele Worte machte er, doch Alaïs war sich sicher, seine Rede bliebe auf weniger begrenzt, stünde nicht der Gedanke an den menschlichen Körper im Mittelpunkt.

»Du bist mächtiger als du denkst, Aurel«, sagte Emy leise. »Der Papst weiß, dass du unparteiisch bist, dich nicht zum Sprachrohr missbrauchen lässt, keine eigenen politischen Interessen verfolgst. Du könntest ihm Ratschläge geben, die weit über das hinausgehen, was er essen sollte und was nicht und …«

»Und welche Ratschläge sollten das sein?«

Emy seufzte zum wiederholten Mal. »Du wüsstest es, wärst du nur ein wenig achtsamer für das, was auf der Welt geschieht.«

Eine Weile noch blieb Alaïs bei Emy hocken, nachdem sich Aurel ins obere Stockwerk zurückgezogen hatte. Zunächst schrieb Emy einen Brief an ihre Mutter, in dem – wie von ihr vorgegeben – von vielen Verpflichtungen die Rede war, die die Tochter in Avignon hielten. Später hatte er begonnen, etwas auf eine Wachstafel einzuritzen. Alaïs beugte sich vor, doch es war zu mühsam, die einzelnen Buchstaben zu entziffern.

»Ich schreibe den Essensplan für die päpstliche Tafel«, erklärte er, noch ehe sie fragen konnte. Er klang stolz, fast ein wenig wie Aurel, wenn jener sich seiner Talente rühmte. Auch wenn Emy immer ein wenig träger und versonnener wirkte als sein besessener Bruder, an seinen Aufgaben hier in Avignon hatte er sichtlich Gefallen gefunden.

»Es gibt strenge Regeln, welche Vorspeisen aufzutragen sind. Pasteten und gebackene Feigen werden es morgen sein. Dann folgen zwei Hauptgänge, entweder zwei Fleischgerichte oder zwei Fischgerichte. Mischen darf man beides nie – es sei denn, es handelt sich um Wild. Dann kommen die Zwischengänge und schließlich der Nachtisch aus Früchten und Konfekt.«

Sie betrachtete sein konzentriertes Gesicht.

»Du bist zufrieden hier, nicht wahr?«, stellte sie fest.

Sie dachte an seine Worte, mit denen er sie damals, am ersten Morgen in der Stadt des Papstes, hatte beschwichtigen wollen: dass Aurel bald nach Abwechslung gieren und darum nicht für ewig in Avignon bleiben würde, dass er der Enge der Gassen und noch mehr der Enge mancher Geister rasch überdrüssig wäre und neue Pläne schmieden würde, die ihn von hier fortführten. Er hatte sich geirrt – und war offenbar froh darüber.

»Ich denke doch«, meinte er knapp.

»Warum machst du dir dann diese … Sorgen?«

Er ließ die Wachstafel sinken. »Du hast davon auch keine Ahnung, nicht wahr?«

»Wovon?«

»Dass der Papst Krieg führt. Nicht hier, sondern weit fort. Und doch spricht man in Avignon über nichts anderes.«

Was immer ein Krieg bedeutete – ihrem Geschmack nach hatte ein solcher zu viel mit Blut und Schweiß, mit Verwundeten und Toten zu tun. Gerne hätte sie verzichten können, mehr zu erfahren, doch Emy schob die Wachstafel zur Seite und redete sich die Sorgen von der Seele.

»Bertrand du Poujet«, brach es aus ihm hervor. »Bertrand du Poujet sollte im Auftrag des Papstes die Ghibellinen in Italien unterwerfen und solcherart dessen Autorität in Bologna und der Romagna wiederherstellen. Am Anfang war er erfolgreich. Aber dann... dann haben sich seine Begehrlichkeiten auf Mailand gerichtet, und dort ist er, wie man nun erfährt, in schlimme Bedrängnis geraten. Ludwig von Bayern kam dem dortigen Ghibellinen Matteo Visconti zu Hilfe, und Bertrand musste die eben errungene Stadt notgedrungen wieder räumen. Zwar verlor er nicht auch die Gebiete der Romagna – gespottet wurde auf Seiten des feindlichen Lagers dennoch über ihn.«

Er endete mit bedrücktem Gesicht.

»Aber was hat das mit Aurel zu tun?«, fragte Alaïs ungeduldig. Einst, als Giacinto sie ins ferne Florenz hatte führen wollen, war sie neugierig auf das Land jenseits des Pass de Larche gewesen. Mittlerweile war ihr Avignon abwechslungsreich und aufregend genug.

Emy zuckte die Schultern. »Nicht viel...«, meinte er zögerlich. »Vielleicht so gar nichts. Es ist nur...«

»Ja?«

»Es ist nur, dass des Papstes Laune sichtlich getrübt ist. Von verlorenen Schlachten muss er hören, von einem Mann, der sich anmaßt, Kaiser zu sein, obwohl der Papst dessen Gegenspieler immer favorisiert hat. Und all die Streitigkeiten mit den Franziskanern erst...« Alaïs' gelangweiltes Gesicht war ihm offenbar nicht entgangen, denn etwas schneller setzte er hinzu: »Sein Temperament war stets unberechenbar, gefürchtet seine Zornausbrüche. Doch so deutlich wie jetzt klagte früher niemand über den schwierigen Umgang mit ihm. Was ist, wenn Aurel ihn eines Tages reizt? Ohne es zu wissen, weil er nichts von seinen Sorgen versteht?«

»Ich dachte, der Papst schätzt gerade das an ihm«, rief sie leichtfertig. »Dass er mit ihm nicht über diese Sorgen reden muss.«

»Mag sein, mag sein, aber da ist immer noch Gasbert de Laval. Ganz gleich, wie viele Jahre nun schon vergangen sind – er gönnt einem Mann, der kein Priester ist, nicht diesen Rang, nicht dieses Vertrauen des Papstes, heute so wenig wie damals, als wir nach Avignon gekommen sind.«

»Hat er das seitdem jemals wieder gesagt?«

»Ich habe gehört, dass er mit aller Macht zu verhindern suchte, dass Aurel als Professor an der Universität lehrt. Es ist ihm nicht gelungen, und seitdem ist sein Blick noch missbilligender geworden. Er scheint ständig auf der Suche zu sein – nach einer Schwäche von Aurel, einem Fehler, irgendeinem Geheimnis. Es wundert mich schon lange, dass er nicht herausgefunden hat, was ...«

Er hielt inne.

»Dass er was nicht herausgefunden hat?«, fragte Alaïs.

Emy senkte seinen Blick. »Richtig«, meinte er leise. »Du weißt ja gar nichts davon.«

»Wovon weiß ich nichts?« Alaïs wurde ungeduldig.

»Du weißt nicht, was damals in Montpellier geschehen ist«, erklärte er zögernd, »damals, nach dem Tod von Bernard de Gordon ...«

Alaïs stöhnte. Für gewöhnlich war es Aurel, der eine Fülle von Namen vor ihr ausbreitete. Seit wann war jene schlechte Angewohnheit auf den Bruder übergegangen?

»Wer zum Teufel ist Bernard de Gordon?«

»Bernard de Gordon war Professor in Montpellier. Er hat Aurels Talent erkannt, ihn gefördert. Er ließ ihn sogar sein *Demonstrator* sein. Das ist jener, der vorführen darf, was der Professor erklärt, ja, dem jener auch gestattet, Leichen zu sezieren, wohingegen es sonst nur ihm vorbehalten bleibt. Aber vor fünf Jahren starb er unerwartet ...«

»Und dann?«, fragte Alaïs. »Was ist dann geschehen?«

In diesem Augenblick ertönten die Schritte von einer Horde Edelknappen und Waffenknechte. Alaïs fuhr erschrocken herum, denn sie konnte sich deren plötzliches Erscheinen nicht erklären. Doch Emy beschwichtigte sie mit einer knappen Geste. Die jungen Männer hätten nicht ausreichend damit zu tun, für den Schutz des Papstes zu sorgen, erklärte er. So wurden sie, ob es ihnen nun gefiel oder nicht, nicht selten damit beauftragt, Einkäufe von einem Ort zum anderen zu schleppen. Das wiederum taten sie unter seiner Aufsicht und wollten ihn nun fragen, wohin sie was zu bringen hatten.

Alaïs stand auf. Der Augenblick, Emy noch weiter zu bedrängen, war verstrichen. Und bis zu ihrem Wiedersehen hatte Alaïs – schlichtweg, weil es ihr nicht wichtig genug war – vergessen, dass die Brüder ein Geheimnis teilten, das in die Zeit zurückreichte, die sie in Montpellier zugebracht hatten. Erst einige Wochen später fiel es ihr wieder ein.

XIX. Kapitel

Das Unheil begann an einem Tag, da ganz Avignon auf den Beinen war, ein großer Tag, einer von denen, über den man sich die Gesichter rot schwatzt und von dem man später seinen Kindern erzählt. Denn dann würde man es wieder schmecken – jenes stundelange Stehen im dichten Gedränge, jenen Blick auf die Farben der prächtigen Roben, jenen säuerlichen Geschmack nach Wein, der zu später Abendstunde an das gemeine Volk ausgeschenkt wurde.

Große Feiern waren der Stadt nicht fremd. An die vier Dutzend Feste, zu denen das Volk zusammenströmte, um Spalier zu stehen, waren im letzten Jahr gezählt worden – feierliche Prozessionen vor besonderen Messfeiern, Empfänge von Botschaftern oder die Übergabe der goldenen Rose an einen christlichen Prinzen, die stets am vierten Fastensonntag stattfand. Die Rose war ein außergewöhnliches Schmuckstück, mit Balsam und Muskat bestrichen, in deren Mitte ein Saphir prangte, und es galt als besondere Ehrerbietung des Heiligen Vaters, wenn er sie verlieh. Im April diesen Jahres hatte außerdem ein gewisser Raimund Johannis eine gewisse Bernarda geheiratet, die Tochter des Petrus de Via, der wiederum ein Neffe des Papstes war. Das einfache Volk hatte sich tagelang das Maul über das prunkvolle Hochzeitsgeschenk zerrissen: zwei goldene, mit Perlen und kostbaren Steinen besetzte Kronen seien es gewesen – zu sehen hätten diese aber nur die wenigsten bekommen. Alaïs hatte sich vor Marguerite gerühmt, mehr darüber zu wissen – standen doch Emy und Aurel im Dienst des Papstes. Fantasievoll hatte sie die Kronen beschrieben, obwohl weder der eine noch der andere darüber gesprochen, sie wahrscheinlich auch nie gesehen hatte.

Doch keines dieser Feste erregte so viel Aufsehen wie jenes Ende Juli. Die Vorbereitung währte viele Tage, und König Robert war eigens zu diesem Anlass nach Avignon gereist.

Emy berichtete ausführlich von den Geschenken, die der König dem Papst bei seiner Ankunft übergeben wollte. Ein Kamel war diesmal nicht darunter, jedoch ein weißer Schimmel, einige kostbare Ringe und goldene Weinhumpen.

Beim Mahl thronte der Papst auf einem purpurnen Kissen, indessen der König auf derlei Bequemlichkeit und auch auf den Fußschemel verzichtet hatte. Somit war er, der zur Rechten des Heiligen Vaters saß, deutlich kleiner. Noch niedriger saßen die Würdenträger an den Nebentischen, die, anders als die Tafel des Papstes, nicht mit roten Tüchern bedeckt waren, sondern mit weißen.

In Strömen war schwerer Wein aus Burgund geflossen, doch ob König Robert jenen Luxus genießen konnte, war zu bezweifeln. Einer seiner Beichtväter war Franziskaner, und jenem sagte man nach, dem König stets mit der Mahnung in den Ohren zu liegen, ein schlichtes Leben zu führen. Königin Sanchia hielt sich in jedem Fall daran, denn die Kleider, die sie trug, waren von einem farblosen, rauen, kratzigen Stoff, mit dem sie aller Welt bekundete, dass die Freuden des hiesigen Lebens bedeutungslos waren im Bemühen um ewiges Seelenheil.

Das Volk strömte zusammen, als Robert und Sanchia ihre Unterkunft bezogen. Für gewöhnlich residierten sie während ihrer Aufenthalte in Avignon im nahen Sorgue, doch der dortige Palast war bereits an andere Gäste vergeben, weshalb sie im ehemaligen Rathaus nächtigten. Die Menschen verfolgten den langen Zug, der von Rittern in glänzenden Rüstungen angeführt wurde. Und auch, als die gekrönten Häupter längst verschwunden waren, zerstreuten sie sich nicht, sondern durchwachten die halbe Nacht, um sich – die Frommen betend, die weniger Frommen trinkend – auf das eigentliche Fest einzustimmen, das am nächsten Tage folgen würde.

Dann nämlich sollte der große Dominikanergelehrte Thomas von Aquin heiliggesprochen werden. Wohlwollende Stimmen meinten, es sei dies ein Gefallen, den der Papst dem König bereite – stand jener doch den Bettelorden nahe. Boshafte Stimmen hingegen lästerten, der Papst wolle, indem er einen Dominikaner derart würdigte, vor allem den Franziskanern eins auswischen – insbesondere Michel de Césène, dem Ordensoberen, der kürzlich noch in einer alten Streitfrage verkündet hatte, Christus habe keinen Besitz gehabt, was wiederum der Papst als Häresie verurteilte.

Dicht gedrängt standen die Würdenträger, Priester und Prälaten an jenem Tag in Notre-Dame des Doms, wo der König die Einleitung zur Predigt, die die Kanonisation empfahl, vortrug, um danach vor dem Papst auf die Knie zu fallen.

Ausführlich wurde diese Szene später ausgeschmückt, doch noch mehr als das interessierte Alaïs die anschließende Aufforderung des Papstes, dass die Avignoneser nach der Heiligsprechung wie zu Weihnachten feiern sollten. Sie ließ sich das nicht zweimal sagen – genauso wie sämtliche Mägde und Knechte aus Giacintos Haushalt, die ihr Tagwerk ruhen ließen. Auch der Hausherr selbst, in den letzten Monaten häufig unterwegs, hatte jenen Anlass genutzt, wieder einen längeren Aufenthalt in Avignon zu nehmen, und Alaïs sah ihn kurz in der Nähe der prunkvollen Prozession, die nach der Messe von der Kirche zurück zum Papstpalast führte. Er machte allerdings kein staunendes, sondern ein verdrießliches Gesicht. Zwei Reiter hatten ihre Pferde so dicht an ihm vorbeigeführt, dass Dreck an seiner wie immer zu engen Hose hochgespritzt war.

Jene Reiter waren Genuesen. »Übles, geldgieriges Pack«, hörte Alaïs ihn schimpfen.

Aus Roquebrune kamen sie oder aus Monaco – beides Grafschaften, die König Roberts Vater Charles Genua überlassen hatte, nachdem er mit der Stadt ein Bündnis gegen die Aragoneser geschlossen hatte. Alaïs konnte sich das Grinsen nicht verkneifen. Wer diese Genuesen waren und dass man sie in Avignon hasste, weil ihnen schlechtes Benehmen nachgesagt wurde, war ihr gleich – doch dass Giacinto, dem sie stets gleichgültig gewesen war, ein derartiges Missgeschick geschah, erfüllte sie mit Schadenfreude. Deutlich kleiner fiel diesmal im Übrigen seine Geldbörse aus – war es doch ratsam, den Reichtum an Tagen wie diesen nicht satt zur Schau zu stellen, sondern ihn lieber vor Diebespack zu schützen.

Dieses mischte sich dreist in die Menge und nutzte Augenblicke wie jenen, da der Papst vom Fenster seines Palastes aus den Segen spendete. Alle starrten dann auf ihn, nur ebenjene nicht, die sich unauffällig durch das Gedränge wühlten und den einen oder anderen Geldbeutel, kostbare Gürtel oder Broschen mitgehen ließen.

Auf den Segen verzichtete Alaïs, jedoch nicht auf die vielen Straßenfeste, die auch während der kommenden Tage ungemindert ihren Fortgang nahmen. Diese Feste zogen nicht nur die Bevölkerung Avignons an, sondern auch jene Menschen, die tageweise für das Großereignis angestellt worden waren, von weit her kamen und hinterher die Gelegenheit nutzten, die Stadt des Papstes genauer in Augenschein zu nehmen. Gaukler und Akrobaten verdienten sich an jeder Ecke ihr Geld, und notdürftig aufgestellte Tafeln bogen sich unter Köstlichkeiten, die der Papst und der König gespendet hatten.

Alaïs zog mit Marguerite und Roselina umher. Das Kind ließ sich von der Aufregung anstecken, die Mutter hingegen wurde immer verdrießlicher, wurden doch mit jedem Tag die Gassen verdreckter. Am Abend des dritten Tages entschied sie, vorzeitig mit dem Kind heimzugehen.

»Warum denn jetzt schon?«, klagte Alaïs.

»Warum denn jetzt schon?«, klagte auch Roselina.

Marguerite blieb streng. Fast verächtlich blickte sie nun auf die Menge, durch die sie eben noch selbst begeistert geschlendert war. Nicht weit von ihnen wurde an einer Theke Wein ausgeschenkt, daneben drehten sich an einem Bratspieß krosse Hühnchen. Ein Jongleur mit seltsamer Hose – das eine Bein war grün, das andere rot – erfreute die Menge, indem er zuerst mit Äpfeln, dann mit Birnen, zuletzt mit Eiern jonglierte. Als er Letztere fallen ließ, ward ihm nicht nur mit spöttischem Grölen geantwortet; vielmehr sahen sich die Umstehenden ermutigt, sich nach dem Unrat zu bücken, der die Straßen verklebte, und nach ihm zu werfen, bis er um Gnade bettelte. Leichter hatte es ein Gaukler, der ein Hündchen durch einen Reifen springen ließ, und am meisten Gaffer zog jener an, der an einem Strick einen Tanzbären mit sich zog.

»Ich will doch noch den Bären sehen!«, bettelte Roselina. Doch Marguerite ließ sich nicht erweichen.

»Es reicht! Das ist etwas fürs gewöhnliche Pack. Sollen die ihren Spaß dran haben.«

Alaïs kniff gekränkt ihre Lippen zusammen. Sie hatte ihren Spaß – gehörte sie darum zum Pack? Und seit wann war Marguerite ein Kind von Traurigkeit?

Nun, dachte Alaïs missmutig, sobald sie mit ihrem eigenen zusammen war …

Als die beiden von dannen gezogen waren, die eine widerstrebend, die andere fordernd, stürzte sie sich alleine in das Treiben, bestaunte Quacksalber und Zauberkünstler, Geschichtenerzähler und Troubadoure – oder solche, die sich so nannten.

Als die Nacht sich über die Straßen senkte und die Menschen zu ihrem Bedauern stiller wurden – das einfache Volk beugte sich der Finsternis, wie sich zeigte, gehorsamer als die noblen Herren, die sie für ein heimliches Leben nutzten – wollte sie sich auf den Heimweg machen und traf nicht weit vom Palast auf Emy und Aurel.

Ersterer machte einen angestrengten, müden Eindruck, Letzterer einen gelangweilten.

»So viel Trubel wie heute, das wünschte ich mir immer!«, stieß sie atemlos hervor.

»Für so viel Trubel gibt's erstaunlich wenig Verletzte«, knurrte hingegen Aurel.

Emy verbiss sich ein Grinsen. »Im Papstpalast steht seit Tagen keiner mehr still, so viel gibt es zu tun. Bin froh, wenn es vorbei ist«, bekannte er.

Alaïs schüttelte über solch eine unverständliche Vorliebe, das Leben in geordneteren und folglich stilleren Bahnen verlaufen zu sehen, den Kopf.

»Habt ihr den Tanzbären gesehen?«, fragte sie schnell.

»Er tanzt nicht. Er folgt nur jenen Bewegungen, die man ihm einst eingebläut hat, indem man ihn auf glühenden Kohlen gehen ließ«, warf Emy ein.

»Dann muss er dicke Narben an den Füßen haben«, meinte Aurel, und Alaïs sah, wie sein Interesse erwachte. Schon sah sie ihn vor dem Bärenzwinger stehen, um das Untier zu untersuchen.

»Kann mir nicht vorstellen, dass er sich anfassen lässt. Wahrscheinlich reißt er dir den Kopf ab.«

Aurel zuckte die Schultern, machte den Mund auf, offenbar, um zu erwidern, dass er, wenn er nur wollte, schon Wege finden würde, das Tier zu bezwingen. Doch ehe er etwas sagte, erstarrte er plötzlich. Sein Blick war über die Menge geglitten und bei einem Gesicht hängen geblieben, das er offenbar kannte. Ungläubigkeit breitete sich in seinen Zügen aus.

»Aurel, was …«

Fast tonlos kroch ein Name über seine Lippen. Alaïs hatte ihn noch nie gehört, doch nun drehte sich auch Emy nach den drei Männern um, die sich aus der Menge lösten und direkt auf sie zusteuerten. Es schien der Mittlere von ihnen zu sein, der Aurel erschreckt hatte.

»Wir müssen …«, setzte Emy an.

»Aurel Autard!«, rief eben einer der Männer. »Dass wir Euch finden, trifft sich gut. Dieser Mann hier«, er deutete auf den Begleiter, »ist auf der Suche nach Euch. Er ist ein Medicus aus Montpellier und will es sich nicht entgehen lassen, den vielgerühmten *Cyrurgicus* des Papstes …«

Aurel ließ ihn nicht zu Ende sprechen. Noch ehe die drei ihn erreicht hatten, zog er den Schädel ein, drehte sich um und rannte davon, als würde der Teufel selbst nach ihm jagen.

Alaïs und Emy hatten Mühe, ihm zu folgen. Sie war geübt darin, ihren Ellbogen einzusetzen, um durch Avignons enge Gassen zu kommen, doch heute reichte das bewährte Mittel nicht aus. Die Leute schlugen zurück oder konnten auch dann nicht ausweichen, wenn sie es wollten, weil sie selbst von der Menge Getriebene waren. Erst als sie den Platz de L'Horloge verlassen hatten, ward es etwas lichter – und Aurels Schritte wurden noch zügiger.

»Wohin rennst du denn?«, rief Alaïs ihm nach. Aurel aber hatte seine Schultern hochgezogen und drehte sich nicht um.

»Weißt du, was er ...?«, setzte Alaïs in Emys Richtung an, während sie Mühe hatte, Schritt zu halten. Emys Gesicht war bleich wie das seines Bruders, doch ehe er antworten konnte, hielt eine zänkische Stimme sie auf.

»Javier Autard!«, schrie der Mann. »Javier! Musst gar nicht vor mir davonlaufen! Ich habe dich gesehen! Und einen wie dich würde ich in der tiefsten Hölle, wo der Schwefel des Teufels in den Augen beißt, noch erkennen!«

Alaïs sah, wie Emy zusammenzuckte. Ganz anders reagierte Aurel. In dem Augenblick, da aus seiner Flucht ein hoffnungsloses Unterfangen wurde, leugnete er, sie je geplant zu haben. Er ließ die Schultern sinken, blieb stehen und wandte sich gelassen um. Er wartete nicht, bis der Fremde auf ihn zugeeilt war, sondern trat ihm forsch entgegen.

»Ich laufe nicht davon«, bekannte er grußlos. »Schon gar nicht vor dir!«

»Javier!«, wiederholte der Mann, und diesmal klang es triumphierend.

Alaïs kramte in den Tiefen des Gedächtnisses und glaubte sich daran zu erinnern, dass Javier Aurels wahrer Name war, er sich später jedoch nach dem Dorf genannt hatte, aus dem er stammte.

»Javier Autard ...«

Der Fremde reichte ihm gerade mal zum Kinn, war jedoch doppelt so breit wie er. Nicht nur, dass sein Bauch einer mächtigen Kugel glich, obendrein waren seine Schultern und Beine ungemein stämmig, seine Hände glichen Pranken, sein Nacken quoll ihm förmlich über die Tunika. Auch wenn es ihm gelungen war, Aurel einzuholen – es hatte ihn große Mühe gekostet, wie sein schnaufender Atem verriet.

Doch anstatt sich auszuruhen, begann er zänkisch auf ihn einzuhacken: »Hier hast du dich also verkrochen. Und bist auch noch dreist genug, dich als großer *Cyrurgicus* feiern zu lassen! Welch eine Schande für unsere Zunft! Aber das passt gut zu dir – dich zu verstecken, anstatt dich der Wahrheit zu stellen!«

»Ich verstecke mich nicht! Schon gar nicht vor dir!«, entgegnete Aurel kühl.

»Aber vor Raymond de Molières – vor dem hast du dich versteckt!«

Emys Blick ging flink zwischen den beiden hin und her. Eben schien er Aurel etwas zurufen zu wollen, doch Alaïs störte dieses Trachten mit einer Frage. »Wer ist Raymond de Molières?«

»Der Kanzler der Universität von Montpellier«, raunte Emy.

»Ich verstecke mich auch nicht mehr vor Raymond de Molières!«, rief Aurel indes. »Pah! Du hast ja keine Ahnung, mit wem du es zu tun hast!«

»So bist du!«, zischte der andere errötend. »Trotzig und stolz selbst im Augenblick der Niederlage.«

»Niederlage? Du sprichst im Fieber! Denkst du etwa, du kannst mir schaden? So wie einst? Die Zeiten haben sich geändert, Ludovicus. Hier bin ich nicht ein einfacher Student. Hier bin ich …«

Aurel reckte sein Kinn, schien über jenen Ludovicus förmlich hinauszuwachsen, wollte stolz sein Amt benennen, doch Ludovicus kam ihm zuvor: »Hier bist du *Cyrurgicus* des Papstes. Ich weiß, deswegen wollte ich dich auch kennenlernen.«

Er warf kurz einen Blick über die Schultern, doch die beiden Männer, in deren Mitte er gegangen war und die ihm den päpstlichen Leibarzt hatten vorstellen wollen, waren ihnen nicht gefolgt. Vielleicht hatten sie sich vom Spiel eines Gauklers ablenken lassen, vielleicht hatten sie einfach keine Lust, an einem Tag wie diesem zu rennen.

»Kann mir nicht vorstellen«, knurrte Aurel, »dass du in der Zwischenzeit ein annähernd hohes Amt errungen hast. Deine Finger sind viel zu fett, um auch nur eine einfache Wunde nähen zu können.«

Seine Worte hätten den anderen einschüchtern sollen, aber sie erzielten nicht die erwünschte Wirkung. Anstatt gekränkt zu sein, brach Ludovicus in ein schrilles Lachen aus. Es ließ seinen Stiernacken förmlich anschwellen.

»Du bist ein Betrüger, Javier Autard!«, rief er. »Aber ganz gewiss bist du kein *Cyrurgicus*! Schon gar nicht der des Papstes! Nicht einmal einen Bauern dürftest du behandeln. Nichts bist du, gar nichts!«

Alaïs sah, wie Aurel seine Kiefer aufeinanderrieb – nicht vor Schrecken, wie Emy es nun tat, sondern vor Ärger. »Solange ich mit meinen Händen flinker bin als du mit deinen Pranken, Ludovicus, bin ich in jedem Fall mehr wert als du.«

»Ach ja?« Ludovicus' Blick wurde zuerst höhnisch, dann verschlagen. »Und wo ist dann deine *Licentia operandi*?«

Aurel schnaubte, blieb jedoch erstmals wortlos. Hoheitsvoll wollte er sich abwenden, doch da hatte Ludovicus ihn bereits gepackt. Mochten seine Hände auch nicht feinfühlig sein – kräftig waren sie auf jeden Fall.

»Du hast die *Licentia* nicht!«, kreischte Ludovicus. »Weil du sie nie bekommen hast! Weil man dich von der Universität verwiesen hat!«

Aurel versuchte, ihm die Arme zu entziehen, und da Ludovicus' Griff unerbittlich war, trat er schließlich mit den Füßen gegen seinen kugeligen Bauch. »Denk nicht, ich lasse mich von dir Straßenköter beißen! Ich stehe nicht nur in den Diensten des Papstes! Ich bin hier Lehrer vieler Studenten. Irgendwann wird die medizinische Fakultät von Avignon den Ruf derer von Montpellier in den Schatten stellen! Und es wird mein Verdienst sein!«

»Das wird ja immer schöner!«, lachte Ludovicus. »Wie viele

Menschen hast du hier wohl an der Nase herumgeführt? Und wie erbost werden sie sein, auf einen Betrüger gesetzt zu haben?«

»Ich musste niemanden betrügen! Weil jeder sehen kann, wie viel ich von der Chirurgie verstehe! Hier zählt nicht eitles Professorengebaren. Hier zählt, ob man einen Menschen zu heilen imstande ist!«

»Ach, und würde es auch noch zählen, wenn man von deiner Vergangenheit wüsste?«

Aurel gab es auf, sich von ihm zu befreien zu suchen, und trat auch nicht mehr gegen ihn. Seine Stimme freilich klang giftiger als noch zuvor. »Versuch's doch, meinen Ruf zu zerstören! Versuch es nur!«

»Nehmt ihn fest! Nehmt ihn fest!«, kreischte da Ludovicus.

Alaïs fuhr herum. Ob des hitzigen Streitgesprächs hatte sie nicht bemerkt, dass sie längst Aufmerksamkeit auf sich gezogen hatten. Mehrere Männer rotteten sich in einem Kreis um sie zusammen. Noch schienen sie amüsiert. Einige Ritter waren dabei, und ob Ludovicus' Forderung brachen sie in prustendes Gelächter aus.

»Er ist ein Quacksalber und Betrüger!«, kreischte Ludovicus wieder, und seine Stimme wurde brüchig.

Die Ritter lachten noch lauter – und Aurel stimmte in ihr Lachen ein. »Du bist hier ein Fremder, ganz anders als ich. Wer sollte auf einen wie dich schon hören?«

Auch Alaïs war nun geneigt, zu lachen. Mochte der Mann auch die Wahrheit sagen – sie für ihren Teil zögerte nicht, ihm zu glauben –, was sollte er damit schon bezwecken können? Vor allem an einem weinseligen Tag wie heute, da manches Wort gesagt wurde, das morgen schon kein Gewicht mehr hatte?

Doch im nächsten Augenblick blieb ihr das Lachen in der Kehle stecken. Auch die Ritter verstummten, selbst Aurel.

»Mich«, sagte Gaufridus Isnardi, »mich würde es sehr wohl interessieren.«

Es war zwei Jahre her, dass Alaïs den Leibarzt des Papstes zuletzt gesehen hatte – damals in der Lagerhalle, wo der schwermütige Laurent sich erholte. Als seine ebenso verdrießliche wie höhnische Stimme erklang, war's ihr freilich, als hätte sie ihn erst gestern reden hören. Oder vielmehr: über Aurel nörgeln, der es durch Zufall vermocht hatte, den gleichen Rang wie er einzunehmen. Die Bitterkeit darüber schien sich in der Zeit, die vergangen war, nicht gelegt zu haben, und entsprechend begierig suchte er herauszufinden, was sich hier zutrug.

»Was ist geschehen?«

Die Ritter blickten verlegen. Streitigkeiten zwischen Höflingen, die nicht selten in wüste Prügeleien ausarteten, bei denen ihre ganze *Familia* mitmischte, waren ihnen nicht fremd. Mal stritt man sich um die besten und größten Häuser, mal darum, wer mit seiner Kutsche in den engen Gassen die Vorfahrt hatte. Doch was Gaufridus' Aufmerksamkeit auf sich zog, mochte nicht so harmlos und spaßig sein.

»Nichts, was Euch angeht!«, schnaubte Aurel.

Doch Ludovicus war weniger wortkarg. Schnaufend schob er sich vor Aurel, hob die Hände und begann den Vorwurf zu wiederholen, ausschweifender nun, sich zwischen den Worten genügend Zeit zum Atmen gönnend. Alaïs verstand zwar Wort für Wort, doch die Aufregung war so groß, dass sich ihr Zusammenhang nicht erschloss. Von Montpellier war die Rede, von der medizinischen Fakultät, davon, dass Ludovicus heute ein Medicus sei, ein höchst angesehener im Übrigen. Als Student sei er Aurel das erste Mal begegnet, und sie hätten um ein angesehenes Amt rivalisiert – das des *Demonstrators*.

Seine Stimme überschlug sich. Von Betrug war unvermittelt die Rede, von Anmaßung und Leichenraub, von einem unehrenhaften Verweis.

Gaufridus hörte sich alles bedächtig an. Sein Lächeln wurde sichtbar breiter.

»Wenn das der Papst hört«, meinte er zufrieden und schien genug verstanden zu haben. »Wenn das …«

»Wenn der Papst was hören wird?«, ertönte hinter ihnen eine Stimme.

Alle fuhren sie herum, selbst der steife Aurel, und Alaïs hörte Emy verzweifelt aufstöhnen, als sie gewahrten, wer noch von dem Aufruhr angelockt worden war, von weiteren Soldaten umgeben und obendrein von einer Handvoll Priester, die Aurel ebenso neugierig wie abfällig anstarrten.

Schlimm genug, dass das Geplärre von Ludovicus Gaufridus Isnardis Aufmerksamkeit erregt hatte – nun hatte es ausgerechnet den noch schlimmeren Feind herangelockt: Gasbert de Laval.

Die Ritter standen augenblicklich steif, die Priester warfen sich wissende Blicke zu. Wahrscheinlich waren es Kapläne, die zur *Familia* Gasberts gehörten – und wahrscheinlich hatten sie gelernt, wie leicht sich ihrem Herrn eine Freude machen ließ, wenn man dessen Ablehnung für Aurel teilte.

Forsch wandte sich Gaufridus an die Ritter, ohne sich die Mühe zu machen, sich mit Gasbert erst abzusprechen: »Also, worauf wartet ihr? Dieser Mann hier hat gefordert, Aurel Autard festzunehmen – und ich kann dem nur zustimmen, auf dass den Vorwürfen in Ruhe nachgegangen werden kann.«

Ludovicus kicherte auf, doch die Ritter blieben starr und richteten ihre Blicke hilfesuchend auf Gasbert de Laval.

Der erwiderte weder Gaufridus' sattes Lächeln noch dessen verunsicherten Blick, als schließlich nicht geschah, was er verlangte. Keinerlei Triumph hatte sich in seinem Gesicht ausgebreitet, nur Nachdenklichkeit. Schließlich hob er langsam die Hand und deutete den Rittern an, sich zurückzuziehen.

»Es gibt hier nichts zu tun.«

Gaufridus zuckte sichtlich zusammen. »Aber …«

»Es gibt hier nichts zu tun«, wiederholte Gasbert, nicht lauter, aber schneidender. Gaufridus wagte nicht, noch etwas zu sagen, kaute unsicher auf seinen Lippen. Ein enttäuschter Aufschrei entrang sich indes Ludovicus' Kehle, als die Ritter tatsächlich gingen. Sein Stiernacken bebte. »Es kann doch nicht sein, dass…«

Gasbert maß ihn flüchtig, sprach knapp: »Ihr seid entlassen.«

Es war nicht gewiss, ob er Gaufridus meinte oder Ludovicus.

Jener öffnete erneut empört den Mund, wollte seine Vorwürfe nicht einfach übergangen wissen. Doch Gaufridus, der wohl ahnte, dass jener Punkt überschritten war, da es sich noch lohnte, auf den Kämmerer des Papstes einzuwirken, schüttelte den Kopf. Ludovicus schloss den Mund wieder. Seine Kiefer mahlten.

Gasbert de Laval wandte sich an Aurel und musterte ihn wie einen Fremden.

»Habt Ihr etwas zu diesen Vorwürfen zu sagen?«

Aurel kniff die Augen zusammen. »Wie lange habt Ihr auf diesen Moment gewartet?«, gab er zurück.

Gasbert blieb reglos. Nichts verriet die alte Feindseligkeit.

»Ob Ihr etwas zu diesen Vorwürfen zu sagen habt, will ich wissen.«

Ludovicus konnte sich nicht länger beherrschen: »Lasst nicht zu, dass er Euch belügt«, rief er dazwischen.

Gasbert warf ihm einen Blick zu, der Ähnliches verhieß wie der der Menge, als einer der Jongleure zuvor das Ei hatte fallen lassen. »Wie heißt Ihr?«

»Ludovicus Boquin. Und ich komme aus …«

»Also«, Gasbert unterbrach ihn scharf, und wandte sich wieder an Aurel. »Was habt Ihr zu sagen?«

Aurel reckte den Kopf. »Dass ich ein guter *Cyrurgicus* bin. Nichts weiter. Kein Mensch der Welt kann mir das in Abrede stellen.«

»Pah!«, schrie Ludovicus auf. »Ein Betrüger ist er!«

Gasbert hob wieder die Hand – ähnlich jener Geste, mit der er zuvor die Ritter vertrieben hatte.

»Wagt es nicht, den Leibarzt des Papstes zu verleumden!«

Alaïs war verwirrt. Alle waren es: Emy, der bisher kaum gewagt hatte, den Kopf zu heben. Aurel, der sich eben noch hinter einer Maske aus Trotz und Stolz verschanzt hatte. Gaufridus, der ob seiner Fassungslosigkeit regelrecht dümmlich wirkte.

Einzig Ludovicus mochte sich nicht damit abfinden, dass Gasbert sein Urteil bereits gefällt hatte.

»Aber …«, begann er.

»Haltet Ihr das für den rechten Ort, solch gewichtige Anschuldigungen zu klären?«, fuhr Gasbert de Laval ihn an. »Bettler balgen sich in der Gosse um ein Stück schimmliges Brot, nicht ehrenwerte Männer um Wahrheit und Gerechtigkeit.«

»Aber ...«

»Ich will nichts mehr hören. Aurel Autard besitzt das Vertrauen des Papstes. Wer will es ihm dann noch verweigern?«

Sprach's, straffte die Schultern und erklärte die Angelegenheit damit für beendet, indem er wortlos im Kreise seiner Priester von dannen ging.

Ludovicus und Aurel stritten auch dann noch, als nichts mehr von Gasbert de Laval oder Gaufridus Isnardi zu sehen war und sich die neugierigen Gaffer längst zerstreut hatten. Wie ein Rohrspatz keifte Ludovicus, während Aurels Stimme kalt und schneidend klang. Emy schien anfangs noch auf den Bruder einwirken zu wollen und versuchte halbherzig, ihn zu mäßigen. Doch Aurel schlug seine Hand zurück, viel zu beschäftigt damit, Ludovicus vorzuwerfen, sich dreist in sein Leben gemischt zu haben.

»Wenn du noch immer derart von der Vergangenheit besessen bist, so scheinst du heute nichts zu haben, was dich ausfüllt!«

»Du bist nicht allein auf dieser Welt, Javier! Auch du hast dich an Regeln zu halten!«

»Und wer bist du, sie mir aufzuerlegen?«

»Ich werde dich vernichten!«

»Was herauskommt, wenn du's versuchst, hast du uns eben aufs Vorzüglichste bewiesen!«

»Wag es nicht«, geiferte Ludovicus. »Wag es nicht ...«

Alaïs hörte nicht länger zu. Unverständlicher als die Vorwürfe, die sich die Männer gegenseitig an den Kopf warfen, war das, was eben geschehen war.

Sie zog Emy zur Seite. »Hast du das gesehen?«, fragte sie. »Da ist doch unglaublich! Ausgerechnet Laval? Hast du nicht selbst gesagt, er läge stets auf der Lauer und warte darauf, dass Aurel sich eine Blöße gibt? Und damals, in der Lagerhalle, habe ich ihn selbst sagen hören, dass er sich wünschte, ein Geheimnis von Aurel zu kennen, das ihn verletzlich macht!«

Emy kaute nachdenklich auf seinen Lippen. Spuren der Erschöpfung hatten sich in sein Gesicht eingegraben, als läge nicht nur ein Streitgespräch, sondern ein wüster Kampf hinter ihnen.

»Ich weiß nicht, warum Laval das getan hat«, meinte er fassungslos. »Ich weiß es einfach nicht ... Vielleicht hat er sich damit abgefunden, dass Aurel dem Papst nahe steht!«

»Aber er hat doch nur auf die Möglichkeit gewartet, ihm zu schaden!«

Emy zuckte die Schultern. »Wer weiß ... vielleicht hat er in den letzten beiden Jahren eingesehen, dass Aurel ihm kein wirklicher Feind ist. Und im Augenblick mögen seine Gedanken um anderes kreisen. Es gibt Gerüchte, dass er Erzbischof von Arles werden soll.«

Alaïs verstand nicht, was das eine mit dem anderen zu tun hatte. Doch es war nicht nur Gasberts Verhalten, das es zu ergründen galt. Rätselhaft klang immer noch in ihren Ohren nach, was Ludovicus Aurel vorgeworfen hatte.

»Was ist damals in Montpellier wirklich passiert?«, fragte sie.

Emy machte einen großen Schritt, um einem Berg mit dampfendem Pferdemist auszuweichen. Immer weiter entfernten sie sich von Aurel und Ludovicus, die nicht zu zanken aufhörten. Sein Zögern verriet, dass er ihre Frage gerne umgehen würde. »Das ist eine lange Geschichte ...«, setzte er gedehnt an.

»Deren Ausgang man sicherlich auch in wenigen Sätzen berichten kann.«

Er seufzte. »Es hat mit Raymond de Molières zu tun.«

»Der Rektor von der Universität zu Montpellier. So viel weiß ich mittlerweile auch.«

Emy seufzte wieder. »Er hat Aurel einst von der Universität verwiesen.«

»Nun und?« Alaïs konnte sich keinen Ort vorstellen, wo jemand wie Aurel sich keine Feinde machte.

»Ich habe dir doch erzählt ... von jenem großen Mediziner

Bernard de Gordon und dass jener Aurel stets gefördert hat. Als er noch lebte, war Aurel ein angesehener Student – viele dachten zwar, dass er zu vorlaut war, zu dreist und stolz, aber niemand sagte es offen, solange Bernard de Gordon seine schützende Hand über ihn hielt. Doch nach seinem Tod hat sich alles verändert. Raymond de Molières hat Aurel von der Universität verwiesen… nach einem schlimmen Streit. Es hatte mit Ludovicus zu tun, der sein Amt als *Demonstrator* übernehmen sollte, welcher als Einziger auf Anweisung des Professors hin Leichname sezieren darf. Du kannst ahnen, dass Aurel nicht kampflos aufgab und sich eines Tages vielmehr heimlich in den Raum schlich, wo eine solche Leiche für den Unterricht bereit lag.«

Er seufzte anstatt auszuschmücken, was Aurel mit jener Leiche getan hatte. Alaïs konnte es sich auch ohne erklärende Worte ausmalen.

»Der Aufruhr und die Empörung am nächsten Tag waren grenzenlos. Die einen bewunderten Aurel heimlich, die anderen verspotteten ihn, und Raymond de Molières verwies ihn von der Universität, ehe er die große Abschlussprüfung ablegen konnte. Und jene ist vonnöten, auf dass sich in diesem Land irgendwer rechtmäßig *Cyrurgicus* nennen darf.«

Wenn es weiter nichts war! Alaïs lachte erleichtert auf. »Es gibt doch so viele Quacksalber…«

Emy schüttelte den Kopf. »Ich habe noch den Klang von Aurels Stimme im Kopf, als er mir davon berichtet hat. Von jenem wüsten Streit mit dem Rektor, der seiner nächtlichen Untat folgte. ›Du denkst, du stehst ganz oben und blickst auf die andern hinab‹, hat Raymond zu ihm gesagt. ›Doch vergiss nie: Magst du auch denken, auf der Spitze einer Pyramide zu stehen – erbaut wurde sie von anderen. Dein oberster Stein hätte keinen Wert, hätten nicht viele andere die ihren herangeschafft.‹«

»Und was hat er daraufhin gesagt?«

»Aurel? Kannst du dir das nicht denken?« Emy verzog seine Lippen zu einem schmerzlichen Lächeln. »Er hat den Mund nicht gehalten, so wie er das nie konnte. Es war wie in Kindertagen.

Er wusste damals, wie schnell er unseren Vater zornig stimmen konnte; er wusste, wie schmerzhaft dieser ihn verprügeln würde. Trotzdem gab er nie klein bei – vielleicht nicht einmal trotzdem, sondern genau deshalb. Mochte er den Prügeln auch nichts entgegenzusetzen haben – zumindest das Heraufbeschwören, das lag in seiner Macht.«

»Aber kann Ludovicus ihm nun schaden oder nicht?«, fragte Alaïs ungeduldig.

»Der König von Sizilien, Friedrich II., hat einst ein Gesetz erlassen. Wer sich Medicus oder *Cyrurgicus* nennen will, muss sich erst von dazu auserwählten Männern prüfen lassen. Erst danach darf er seinen Beruf ausüben. Wer es widerrechtlich tut, dem drohen Kerkerhaft und der Verlust des gesamten Besitzes.«

»Aber Gasbert hat doch verkündet, Aurel besitze das Vertrauen des Papstes.«

»Das Vertrauen eines Papstes, der kaum etwas mehr hasst als Lüge und Verrat.«

»Aurel hat ihn nicht belogen … nicht wirklich zumindest …«

»Er hat sich den Titel *Cyrurgicus* zugesprochen – nenne es Anmaßung oder Lüge, ein Vergehen ist es in jedem Fall.«

»Aber Gasbert de Laval scheint sich doch schützend vor ihn zu stellen …«, meinte sie.

»Warum auch immer«, murmelte Emy. »Warum auch immer …«

Er zuckte die Schultern, sie tat es ihm gleich.

Sie ahnte, dass er von jener Stunde an warten würde. Darauf, dass Gasbert sein wahres Gesicht zeigen würde, dass Ludovicus seine Vorwürfe erneuerte, dass Gerüchte über Aurels Vergangenheit bis zum Ohr des Papstes dringen und dieser ihn zur Rede stellen würde.

Doch Tag um Tag verging – und nichts geschah.

XX. Kapitel

So plötzlich ward sie aus dem Schlaf gerissen, dass sie kurz nicht wusste, wo sie war. Alles um sie drehte sich, das Bild vor ihren Augen war verschwommen.

»Alaïs?«

Sie fuhr sich mit der Zungenspitze über die trockenen Lippen. In tiefste Schwärze schien sie eingetaucht – doch nun, da jene langsam von ihr abfiel, gewahrte sie, dass es helllichter Tag war. Grau waren zwar alle Farben des Raums, in dem sie schlief, denn die Fensterluken waren mit schweren Balken verschlossen, doch durch die Ritzen flossen schräg die Sonnenstrahlen; Staubflocken tanzten darin.

»Alaïs?«, tönte wieder die Stimme, die sie aufgeweckt hatte.

Sie gehörte nicht Marguerite, sondern einer der Mägde.

»Was willst du, Frau?«, fragte Alaïs schlaftrunken und verärgert. Für gewöhnlich störte man sie nicht.

»Ich will gar nichts. Aber da draußen steht ein Franziskaner und fragt nach Aurel Autard.«

»Der wohnt hier nicht.«

»Das habe ich ihm auch gesagt. Aber er hört nicht auf mich. Eigentlich kann er gar nicht auf mich hören. Denn er krümmt sich vor Schmerzen und hat sich schon zweimal erbrochen.«

Seufzend stand Alaïs auf. Aurel hatte einst gesagt, dass der Schlaf am Nachmittag nicht gesund sei – und sie musste ihm in diesem Augenblick recht geben. Ihre Zunge war trocken, der Geschmack in ihrem Mund übel, und ihr Kopf fühlte sich dick und schwer an.

Weiter als sonst deuchte sie der Weg bis zum Innenhof. Aus geschwollenen Augen sah sie dort den Franziskaner, der zwischen zwei Säulen stand – und wich augenblicklich vor ihm zurück. Eben begann er wieder zu würgen und drohte, sich über ihre Füße zu übergeben.

»Woher kommt er?«, fragte sie. Vier Klöster gab es in Avignon, die Franziskaner beherbergten, doch die Magd meinte, dass er mit König Robert in der Stadt eingetroffen sei.

»Aber der weilt doch schon lange nicht mehr in Avignon!«

Die Magd zuckte mit den Schultern. »Wie es scheint, ist er trotzdem geblieben.«

Alaïs musterte den Mann abschätzig. Die Kapuze seiner Kutte war trotz der Gluthitze tief in sein Gesicht gezogen; nicht mehr konnte sie von diesem erkennen als eine blasse Nasenspitze.

Sie wusste nicht, wie ihm zu helfen war, fühlte sich auch zu träge, um darüber nachzudenken.

»Also gut«, meinte sie schließlich. »Ich bringe dich zu Aurel, wenn es sein muss. Aber ich kann nicht versprechen, dass er überhaupt zu Hause ist.«

Lieber Zeit verschwenden als ihn anzufassen, dachte sie.

Das hastige Gehen vertrieb die Wolke aus Erschöpfung, leichter Übelkeit und Schwüle, die um ihren Kopf zu hängen schien. Nur einmal drehte sie sich kurz um, um sich zu vergewissern, dass der Franziskaner ihr folgte. Immerhin: Trotz seines Leidens hatte er keine Schwierigkeiten zu gehen, blieb lediglich ein, zwei Mal stehen, um sich an eine Hauswand zu stützen. Alaïs wartete ab, bis er seines Würgens Herr geworden war, und schritt dann weiter. Den ganzen Weg über konnte sie sein Gesicht nicht sehen. Unter der dunklen Kutte musste er unsäglich schwitzen, doch offenbar war dies sein geringstes Übel.

Als sie beim *Domus* ankamen, ließ er sich erneut schnaufend an die Wand sinken, und diesmal schien er zu keinem weiteren Schritt mehr fähig.

»Geht es?«, fragte Alaïs.

Der Mann stöhnte nur.

So unwillig, wie sie sich erwiesen hatte, nachdem sie geweckt worden war, war auch Aurel, als sie ihn durch lautes Klopfen nach draußen lockte. Sie wusste nicht, wobei sie ihn gestört hatte, nur, dass er seine Tätigkeit für wichtiger hielt, als einen speienden Franziskaner zu behandeln, der lediglich unter Übelkeit litt, nicht aber an einer blutspritzenden Wunde. Alaïs war sich sicher, dass er ihn – ob nun leidend oder nicht – einfach stehen gelassen hätte, wäre nicht auch Emy zugegen gewesen. Anders als sie hatte er keine Scheu, den Kranken zu berühren. Er stützte ihn und führte ihn ins Innere des *Domus*. Alaïs zögerte zunächst, den Männern zu folgen – schließlich hatte sie ihre Pflicht erfüllt. Doch an Schlaf war nicht mehr zu denken, und die Neugierde überwog, was dem Franziskaner nun tatsächlich fehlte.

Aurel hatte indes mit seiner Befragung begonnen.

»Habt Ihr Kopfschmerzen? Fühlt Ihr einen Druck auf der Brust? Habt Ihr schlechten Fisch gegessen?«

So schnell folgten seine Fragen aufeinander, dass der kranke Bettelmönch nicht antworten konnte. Immer noch fiel seine Kapuze tief ins Gesicht. Auf seiner Kutte klebten Essensreste und Dreck von Avignons Gassen. Als Alaïs angewidert darauf blickte, kam ihr unwillkürlich Frère Lazaires Kutte in den Sinn, sein vogelartiges Gesicht und sein gleichzeitig triumphierender und verdrießlicher Blick, als er nächtens Aurel beim Sezieren entdeckt hatte.

Mochte dieser Franziskaner hier auch nichts mit ihm gemein haben – die hängenden Schultern und die gebückte Haltung bekundeten, dass er auch bei guter Gesundheit kein sonderlich selbstbewusster Mensch war –, so war ihr der Anblick doch zuwider.

»Wenn Ihr keinen Fisch gegessen habt, was dann?«

Seine Stimme war merkwürdig hoch, als er antwortete, so, als würde er nicht wagen, sämtliche Kraft darein zu legen. Piepsend bekundete er: »Eselfleisch. Nur ein wenig Eselfleisch. Und Linseneintopf.«

Aurel schüttelte missbilligend den Kopf. »Nun, dann verstehe ich, warum Euch übel ist. Esel, Schnecken und Linsen – alles führt zu einem Übermaß an schwarzer Galle im Körper. Sucht jenes Übermaß auszugleichen, und es geht Euch besser.«

Er nannte die Zutaten eines Trunks, den er gegen die Übelkeit trinken sollte, bestehend aus Salbei, Honig und Essig. Der Franziskaner nickte, stand dann aber so schnell wie möglich auf und wandte sich Richtung Tür. Hatte er zuvor noch Schwierigkeiten gehabt, aufrecht zu gehen, so floh er nun ohne größere Anstrengung vor der Frage, ob und wie viel er zu zahlen gedenke.

Der ausbleibende Lohn schien Aurel nicht zu stören – vielmehr die Zeitverschwendung.

»Was sollte das?«, fuhr er Alaïs empört an.

»Wirfst du mir vor, dass ich dir einen Kranken gebracht habe?«, fauchte sie zurück. »Ich könnte gern drauf verzichten, glaub nicht, dass ich dich unbedingt sehen will. Aber was, wenn du deswegen einen verpasst, den es aufzuschneiden lohnt?«

Wortlos verließ er die Stube.

»Wie merkwürdig«, murmelte Emy, der alles stumm verfolgt hatte. »Wie merkwürdig, dass er wegen solch einer Lappalie Aurels Hilfe sucht...«

Alaïs zuckte die Schultern. »Er stammt nicht von hier. Wahrscheinlich hat er einfach nur nach einem Medicus gefragt.« Und schließlich – das gab sie vor Emy freilich nicht zu – war der Mann zuerst zu ihr gekommen, nicht zum *Cyrurgicus* des Papstes.

Emy gab sich mit der Erklärung zufrieden, zumindest verlor er kein Wort mehr über den Franziskaner, sondern bot ihr an, sie nach Hause zu begleiten.

Weiche Schatten schmiegten sich um das Grelle, Stechende, Hitzige des Tages. Sie kühlten ihn nicht aus; zu dicht standen die rötlichen Häuser, um wohltuendem Windgeplänkel zu erlauben, den trockenen Staub des Bodens aufzuwirbeln, doch die unbarmherzige Umarmung der Sonne ließ etwas nach.

Emy war schweigsam. Vielleicht, weil er immer noch über den Franziskaner nachdachte, vielleicht, weil ihn etwas anderes beschäftigte. Er ging mit gesenktem Kopf und hob ihn erst, als plötzlich ein lautes Rufen erklang.

Alaïs drehte sich um und sah in der Ferne einen Mann, der ihnen nicht nur etwas Unverständliches zurief, sondern obendrein heftig winkte. Überzeugt, dass er sie womöglich auf eine Gefahr aufmerksam machen wollte, die hinter ihrem Rücken drohte, blickte sie hektisch in sämtliche Richtungen. Doch die Straße war fast leer; die wenigen Menschen gingen ruhig ihres Weges.

Der Fremde hörte jedoch nicht auf, auf sie einzuschreien, selbst dann nicht, als er auf sie zugerannt kam und vor ihnen stehen blieb. Eine unbekannte Sprache nutzte er, die so unangenehm klang, als würde man zwei Münzen aneinanderreiben: Merkwürdig abgehackt waren die Laute, hatten nichts mit dem rauen Singsang des okzitanischen oder provençalischen Dialekts gemein.

»Was … was wollt Ihr?«

Während Alaïs zurückgewichen war, hatte sich Emy schützend vor sie gestellt. Prompt packte der Mann ihn an den Schultern und redete noch aufgeregter auf ihn ein.

»Ich verstehe Euch doch nicht!«, suchte Emy ihm entgegenzuhalten, doch die Rede riss nicht ab. Lediglich ein wenig leiser war er geworden.

Alaïs spitzte die Ohren, bemühte sich, aus den abgehackten Silben einen vertrauten Namen herauszuhören. Doch sie hätte nicht einmal sagen können, ob er sich stets wiederholte oder ständig Neues hinzufügte.

»Bitte!«, suchte Emy ihn wieder zu unterbrechen, und er begann, sich gegen den festen Griff zu wehren. »Was wollt Ihr denn? Es hat doch keinen Zweck, mit mir zu reden, wenn ich Euch nicht verstehen kann!«

Die Augen des Mannes schienen nahezu aus den Höhlen zu treten – war er verzweifelt, ängstlich, zornig? Suchte er Hilfe bei Emy, oder klagte er ihn einer Untat an? Nicht einmal das war seinen wirren Lauten zu entnehmen.

Ängstlich blickte sich Alaïs um, suchte nach Menschen, denen man trauen konnte. Die wenigen, die an ihnen vorbeikamen, hielten ihre Gesichter gesenkt. In einer Stadt wie Avignon ließ es sich am besten durch den Tag kommen, schenkte man dem Geschrei von Fremden keine Aufmerksamkeit.

Indessen sprach der Mann fort und fort. Was, wenn seine starken Hände sich nicht mehr damit zufrieden gaben, Emys Schultern zu packen? Was, wenn sie nach seiner Kehle griffen? Mochte er auch nichts Böses im Sinn haben – bedrohlich wirkte er ob jener fremden Laute und der kräftigen Gestalt, der Emy nichts entgegenzusetzen wusste, in jedem Fall.

»So lasst ihn doch«, stammelte Alaïs. Auf sie freilich achtete er gar nicht, genauso wenig, wie es ihn bekümmerte, dass sie nun laut um Hilfe zu schreien begann, zunächst zwecklos, dann jedoch, als sie eine Gruppe junger Männer um die Ecke biegen sah, wirkungsvoller.

Der Kleidung nach waren es Knappen des Papstes. Vielleicht war sie manchen von ihnen schon nachts in der Taverne begegnet, vielleicht aber auch in Aurels Haus, wenn diese dorthin Waren lieferten.

Anders als Avignons gleichgültige Bürger reagierten sie augenblicklich auf ihr Rufen und ihre verzweifelten Gesten. Ähnlich hastig, wie der Mann auf sie losgestürmt war, bildeten sie nun einen Kreis um ihn und forderten ihn auf, Emy endlich loszulassen und sich zu erklären.

Mochte er die Worte der jungen Männer auch nicht verstehen, so ließen ihre Gesichter wenig Zweifel daran, dass sie ihn notfalls mit Gewalt fortschaffen würden. Endlich ließ er Emys Schultern los, der sich die schmerzende Stelle rieb.

»Wer seid Ihr? Was wollt Ihr?«, bellte einer der Knappen.

Der Fremde schien zu überlegen, starrte auf den Boden und scharrte mit den Beinen. Doch dann, urplötzlich, lief er los und drängte sich an zwei der Knappen vorbei, die zu überrascht waren, um ihn zu packen.

»Nicht!«

Emy war es, der die jungen Männer davon abhielt, die Verfolgung aufzunehmen. »Nicht! Lasst ihn laufen! Es ist doch nichts weiter passiert.«

Alaïs stieß einen verächtlichen Laut aus. Nichts weiter passiert! Einen riesigen Schrecken hatte der Fremde ihr eingejagt! Wäre es nach ihr gegangen so hätte sie mit Freude zugesehen, wie die Knappen den Mann zu fassen bekämen und ihm zur Strafe ein paar Ohrfeigen versetzten. Das passte zu Emy, dachte sie gereizt, dass er lieber beschwichtigte, anstatt Strafe einzufordern.

»Kanntet Ihr den Mann?«, wandte sich indessen einer der Knappen an Emy.

Er schüttelte stumm den Kopf.

»Ein Deutscher«, meinte einer der jungen Männer. »So wie er sprach, war es ein Deutscher.«

Später, als sie sich von den Knappen getrennt hatten und sich ungestört auf den Weg zu Giacintos Heim machten, fragte Alaïs, was es damit auf sich hatte. Vielen fremder Länder Herren war sie in Avignon begegnet, doch meistens stammten diese aus südlicheren Gefilden.

»Denkst du tatsächlich, dass es ein… Deutscher war? Was wollte er dir wohl sagen?«

Emy rieb sich immer noch die Schultern. Mochte er auch gleichmütig wirken wie stets, am Beben seiner Hände erkannte sie, wie sehr ihm jene Begegnung zugesetzt hatte.

»Wenn es so war, zählte er wohl zu den Gesandten von Ludwig von Bayern.«

»Von wem?«, fragte sie verständnislos.

Er lachte, aber es klang wie ein Seufzen. »Ach herrje, Alaïs. Wie kann es sein, dass eine wie du, die hier in Avignon lebt, so wenig weiß? Ich habe dir doch erzählt – von jenem Krieg zwischen Guelfen und Ghibellinen. Er ist nach dem Tod von Heinrich VII. ausgebrochen.«

Alaïs konnte sich an nichts dergleichen erinnern.

»Friedrich von Österreich und Ludwig von Bayern kämpften lange Zeit um die Kaiserkrone – und im letzten Jahr hat Ludwig seinen Widersacher in Mühldorf am Inn besiegt. Der Papst, der Friedrich unterstützte, lebt seitdem in Angst, Ludwigs Truppen könnten Avignon besetzen, umso mehr, da der Feldzug von Bertrand du Poujet nicht den erwünschten Erfolg in Italien brachte, er in Mailand vielmehr scheiterte.«

Er seufzte wieder, als sie die Augen ob der vielen fremden Namen verdrehte.

»Was geht's mich an?«, rief sie.

Er schüttelte den Kopf. »Als wärst du Aurels Schwester, so redest du. Auch ihn kümmert's nicht, was rund um ihn geschieht.«

»Und was nützt es dir, dass du's weißt? Was dieser Wahnsinnige wollte, vermagst du dennoch nicht zu sagen.«

Sie beschleunigte den Schritt, als ließe alles Unverständliche und Befremdliche sich abschütteln, lief man nur schnell genug davon. Eine Weile erging sich Emy noch in Vermutungen, dann hatten sie Giacintos Haus erreicht und verabschiedeten sich ohne viele Worte.

Die Sommerhitze nahm auch Ende August kein Ende und trieb Alaïs stets aufs Neue zu dem vermeintlich einzig kühlen Ort in Avignon. Selbst dort schienen ihr die Sonnenstrahlen so klebrig wie die Fäden eines Spinnennetzes, das sich immer enger und immer vernichtender um sein Opfer spannt. Wenn sie gemeinsam mit Roselina die Karpfen in Stephanus' Fischteich beobachtete, so neidete sie den Fischen ihre kühle Umgebung und hätte sich am liebsten selbst darein versenkt, mitsamt der verschwitzten Kleidung – bis ihr Haar so nass und dunkel gewesen wäre wie die Schlingpflanzen.

Erstaunlich, dass Roselina nicht schwitzte. Das weiße Kleidchen war so trocken und rein, als hätten Marguerites gestrenge Mahnungen nicht nur die Macht, das Kind striktem Gehorsam zu unterwerfen, sondern auch, es gegenüber jedwedem Wetter unempfindlich zu machen. Das bleiche Gesicht war kaum gebräunt, lediglich ein paar Sommersprossen und Mückenstiche störten das glatte Weiß.

Roselina war heute nicht nur an den glupschäugigen Karpfen interessiert, sondern ebenso an der mächtigen Brücke Avignons.

»Stimmt es, dass Gott selbst die Brücke errichtet hat?«, fragte sie.

Alaïs wedelte mit der Hand, um Fliegen zu vertreiben, die die mittägliche Stille zersummten.

Jene Frage stellten nicht nur Kinder, sondern viele Menschen, die den Prachtbau zum ersten Mal sahen.

»Du weißt doch, wie die Brücke entstanden ist«, gab sie knapp zurück.

»Erzähl es mir noch einmal!«

Alaïs seufzte. »Muss das sein?«

»Bitte!«, flehte das Kind.«

Alaïs seufzte wieder. Jene Geschichte hatte nicht zum Schatz derer gehört, die ihr der Vater in Kindertagen über das Land, in dem sie lebte, zu berichten wusste. Wer freilich in Avignon lebte und täglich die Brücke bestaunten konnte, bekam sie wieder und wieder zu hören.

»Es gab einen jungen Schäfer, der lebte in Alvilard und er hieß Bénézet.«

Jedes einzelne Wort klang lustlos. »Ich dachte, er wäre ein Soldat gewesen?«, fragte Roselina dazwischen, offenbar, um sie zu mehr Gründlichkeit anzustacheln.

»Ach, ich weiß es nicht genau. Irgendwann später hat er eine riesige Truppe angeführt, dann muss er also auch ein Soldat gewesen sein. Er war also Schäfer und Soldat.«

»Gegen wen kämpfte er?«

»Das weiß ich auch nicht. Herrgott, nun unterbrich mich nicht andauernd.«

Roselina presste ihre Lippen zusammen, zum Zeichen, dass sie sich besser beherrschen wollte. Alaïs stützte sich auf den Ellenbogen. Das Gras kitzelte auf ihrer nackten Haut, indessen Roselina aufrecht stehen blieb. Nicht zum ersten Mal bemitleidete Alaïs sie für das steife Leben, das Marguerite dem Kind aufnötigte. »Nun gut, Bénézet führte seine Truppen, und eines

Nachts im Traum, vielleicht war es aber auch tagsüber, wobei, dann kann es kein Traum gewesen sein, weil man tagsüber nicht schläft…« Sie schlief des Nachmittags schon, ein Soldat wohl aber nicht. »Auf jeden Fall erschien ihm Christus selbst in diesem Traum, und Christus befahl, er müsse eine Brücke über die Rhône bauen.«

»Aber er wusste nicht, wo die Rhône fließt!«, warf Roselina hastig ein. Keinen Satz sollte Alaïs auslassen, kein Wort, sonst war die Geschichte nicht recht erzählt.

»So war's. Christus aber sagte, er solle sich nicht beunruhigen, er würde ihm schon den rechten Weg weisen. So verließ er seine Heimat, zog wandernd umher – und eines Tages begegnete er einem Engel, der ihn an das Ufer der Rhône brachte. Bevor er ihn dort verließ, gab der Engel ihm eine letzte Anweisung.«

»Wie schauen Engel aus?«

Auch davon hatte Alaïs keine Ahnung, aber das wollte sie nicht zugeben. »Soll ich dir von Engeln erzählen oder von der Brücke?«, fragte sie gereizt.

Roselina seufzte. »Von der Brücke.«

»Also gut. Der Engel gab Bénézet also eine Anweisung. Er müsse zum Bischof gehen und dort verkündigen: ›Jesus Christus schickt mich, um eine Brücke zu bauen.‹ Das tat Bénézet auch. Allerdings hatte er es so eilig, dass er nicht einmal die Sonntagsmesse abwarten wollte, sondern den Bischof mitten im Gottesdienst störte.«

»Und der wurde wütend?«, fragte Roselina begeistert.

»Sehr sogar! Vor allem, als Bénézet sein sonderbares Anliegen bekundete. Der Bischof hielt ihn für einen Verrückten und wollte ihn festnehmen lassen, doch als Bénézet immer aufs Neue wiederholte, was ihm der Engel zu sagen aufgetragen hatte – nun, da meinte er verdrießlich«, Alaïs äffte die Stimme des Bischofs nach, »›Nehmt diesen Stein hier und tragt ihn hinaus in den Hof!‹«

Roselina lachte.

»Es war ein großer Stein. Er lag bereit, weil die Kirche noch nicht fertig gebaut war. Zehn Männer bedurfte es, ihn zu tragen.

Doch Bénézet vertraute auf Gott. Er bückte sich, hob das Ungetüm auf, als wär's nur ein Kieselstein, und spazierte damit herum. Der Bischof erbleichte, fiel auf die Knie und fing zu beten an. Alle taten das, die Zeugen dieses Ereignisses wurden. Bénézet hingegen stellte den Stein nicht wieder ab. Er holte aus und warf ihn ins Wasser der Rhône, denn jener Stein sollte der Grundstein der Brücke werden.«

»Also hat doch Gott die Brücke gebaut und nicht der Mensch«, stellte Roselina fest. »Denn schließlich hatte Bénézet die Kräfte von Gott.«

Alaïs zuckte die Schultern. Sie lehnte sich zurück, ließ ihren Kopf ins Gras fallen. Ihr Haar breitete sich in einem großen Fächer um sie aus. Wenn sie durch die Straßen ging, trug sie es unter einem Tuch gebunden wie die verheirateten Frauen, um kein Aufsehen zu erregen, doch hier an Stephanus' Fischteich hatte sie das Tuch gelöst. Sie schloss die Augen vor dem grellen Himmelslicht.

»Und dann?«, fragte Roselina. »Was ist dann mit Bénézet geschehen?«

»Mhm?«

»Was mit ihm geschehen ist! Nachdem er die Brücke gebaut hat!«

»Ach, ich weiß nicht«, murmelte Alaïs schläfrig. »Er wurde ein Heiliger.«

»Wie wird man ein Heiliger.«

»Nun, der Papst erklärt, dass man es ist. So wie er es bei Thomas von Aquin erklärt hat.«

»Und warum?«

»Mhm?« Alaïs nickte fast ein, Roselina jedoch zerrte ungeduldig an ihrem Arm. »Und warum?«

Mit einem Ruck fuhr Alaïs hoch, schlug die Augen wieder auf. »Nun, lass mich doch, ich …«

Sie brach ab. Beim kleinen Fischerhaus von Stephanus hatte sie eine Regung wahrgenommen, doch diese stammte nicht von dem Alten, der die Karpfen des Papstes züchtete, sondern von einem Mann, dessen Statur ihr irgendwie bekannt vorkam. Er ging gebückt und mit hängenden Schultern, hatte einen schmalen Kopf und eine hagere Statur, und als er auf das Haus zuschritt, drehte er sich mehrmals um, offenbar ängstlich, dass man ihn ertappen könnte.

»Wie wird man ein Heiliger?«, fragte Roselina.

»Psst!«, machte Alaïs.

Woher kannte sie jenen Mann, diesen schleppenden Schritt? War sie ihm in einer der Nächte begegnet oder in Giacintos Haus? War er einer von Aurels Studenten?

Während sie ihn beobachtete, öffnete sich die Tür von Stephanus' Haus. Doch es war nicht dessen Gestalt, die sichtbar wurde, sondern die eines Mannes, den sie nie an dieser Stätte erwartet hätte: Gaufridus Isnardi, einer der Leibärzte des Papstes, der vor wenigen Wochen Ludovicus' Anklage noch so genüsslich aufgenommen hatte und dessen Genugtuung Gasbert de Laval freilich alsbald gedrosselt hatte.

»Wie wird man ein Heiliger?«, drängte Roselina wieder.

Alaïs sprang auf. »Hör zu … du musst hier warten, ja? Ich bin gleich wieder zurück, dann erzähle ich dir alles, was du willst, aber jetzt habe ich zu tun … allein … bleib hier …«

Sie prüfte nicht, ob das Kind ihre Befehle verstanden hatte und sich danach richten würde. Ohne einen Blick über die Schultern zu werfen, lief sie auf Stephanus' Hütte zu. Die letzten Schritte schlich sie möglichst lautlos. Die Wände des Hauses waren aus dunklem Holz errichtet, schief und knirschend. Nebst Tür und Kamin brachte eine kleine Luke Luft und Licht. Im Winter mochte sie zum Schutz vor dem schneidenden Wind zugehämmert sein, nun war nur eine dünne Tierhaut darübergespannt, durch die Alaïs nun spähte. Das Bild, das sich ihr bot, war gelblich und die Gestalten verzerrt, und doch erkannte sie jetzt den hageren, gebückten Mann, der sich hier mit Gaufridus traf.

Es war der Priester Laurent Bonredon – jener Mann, den sie vor fast zwei Jahren halbtot in der Gosse aufgelesen hatten, nachdem er sich den Strick hatte geben wollen. Seine schwarze, trotz der Hitze hochgeschlossene Kleidung bedeckte den Hals. Es ließ sich nicht erkennen, ob Narben von damaliger Untat zeugten.

Alaïs vergeudete keine Aufmerksamkeit daran, denn als sie hörte, was Gaufridus zu sagen hatte, ging ihr mit einem Mal auf, warum ihr nicht nur das Gesicht des Mannes bekannt war, sondern ihr auch seine Haltung, seine Statur vertraut erschienen waren.

»Die Franziskanerkutte hat dir gut gestanden, das muss man dir lassen.«

Laurent schnaubte unwillig.

»Doch!«, bestand Gaufridus. »Und dass man dich nicht wiedererkannt hat – weder dieser Autard noch das Mädchen, das häufig bei ihm ist –, das war eine tüchtige Leistung.«

Alaïs konnte es nicht fassen. Jener Franziskaner, der nach dem Verzehr von Eselfleisch bei ihr Hilfe gesucht hatte, war Laurent Bonredon gewesen?

Alaïs' Verwirrung und Empörung wuchsen und steigerten sich noch mehr, als es nun an der Tür klopfte. Sie duckte sich, hielt vor Schreck den Atem an. Wer immer sich dem Haus genähert hatte, mochte gesehen haben, wie sie vor einer der Luken stand. Doch als der Mann Gaufridus begrüßte, hörte sie am Klang seiner Stimme, dass er sich nicht ertappt fühlte, sondern satt und zufrieden. Jene Stimme war ihr auch vertraut. Aufgebracht hatte sie zuletzt geklungen, empört darüber, dass einer wie Aurel nicht zur Rechenschaft gezogen wurde. Jene Empörung freilich war mittlerweile geschwunden.

Ludovicus. Der Medicus aus Montpellier.

»Na endlich«, knurrte Gaufridus, als er ihn sah.

Ludovicus blickte sich in der kleinen Hütte um, Laurent zog den Kopf noch mehr ein. »Wo ist Gasbert de Laval?«, fragte er forsch. Doch Gaufridus enttäuschte ihn. »Ihr müsst Euch mit mir begnügen«, meinte er knapp. »Ich bin in seinem Auftrag hier.«

Laurent trat unruhig auf und ab. »Kann ich gehen?«

»Warum so eilig? Du bist doch hier, um deinen Lohn zu erhalten.«

Laurent lachte auf, doch es klang nicht befreit, sondern wie ein Schluchzen. »Judaslohn?«

Was immer ihn dazu getrieben hatte, sich als Franziskaner zu verkleiden – die Aussicht auf das Geld allein konnte es nicht gewesen sein. Denn sein Gesicht wurde immer jämmerlicher, als Gaufridus nun einen Lederbeutel aus dem Umhang kramte.

»Hör mir auf mit deinem Gezeter! Sei froh, dass Gasbert so großzügig ist. Einer wie du hat's nicht verdient.« Er spuckte die Worte nahezu aus. »Hier, zwei Kammergulden kannst du haben. Das ist mehr als genug.«

Zunächst schien Laurent zu zögern, das Geld zu nehmen. Dann streckte er vorsichtig die Hand danach aus. Gaufridus zwang es ihm geradezu auf, und als er es erst einmal hielt, so wagte er es nicht mehr abzuschlagen. Der Ausdruck seines Gesichts war noch jämmerlicher geworden, angewidert von dem Geld, vor allem auch von sich.

»Ich nehme es nicht für mich, das kannst du Gasbert sagen. Ich nehme es für die Mutter von …«

»Ich will es gar nicht wissen!«, unterbrach Gaufridus ihn scharf.

So gebückt wie Laurent gekommen war, verschwand er aus der Hütte. Alaïs duckte sich unwillkürlich, doch darauf hätte sie verzichten können. Er zog so tief den Schädel ein, dass er sie wohl auch dann nicht bemerkt hätte, wäre sie ihm direkt vor die Füße gesprungen.

Als sie sich wieder aufrichtete, war Ludovicus gerade am Nörgeln.

»Ich möchte keine Kammergulden«, meinte er. »Ihr Wert ist mir zu ungewiss. Mal wird er von den Geldwechslern zu hoch eingeschätzt, mal zu niedrig. Da sind mir die Florentiner Goldgulden lieber, immer mit gleichem Gewicht und gleichem Gehalt Gold gemacht.«

Gaufridus grunzte. »So wollt Ihr auch noch Ansprüche stellen?«

»Ich helfe Euch doch. Im Übrigen sogar gerne. Aber Ihr wisst, dass ich mit dieser Sache nicht in Verbindung gebracht werden will. Ich lass mir davon meinen Namen nicht schmutzig machen.«

»Das hat Gasbert de Laval Euch bereits versprochen, und er ist ein Mann, der zu seinem Wort steht. Im Gegenzug müsst Ihr als Zeuge bereit stehen, auf dass Ihr – wenn es so weit ist – dem Papst von Aurel Autards Vergangenheit berichtet.«

»Ei, freilich tue ich das!« Er lachte schäbig. »Hab mir ein paar schöne Geschichten ausgedacht. Obwohl bereits jene reichen würden, die sich tatsächlich zugetragen haben.«

Alaïs erbleichte – und das noch viel mehr, als sie erkannte, was Ludovicus nun Gaufridus im Gegenzug für den Beutel Geld übergab.

Eine Weile noch belauschte sie die Männer. Nachdem sie genug gehört hatte, wartete sie nicht, bis sie auseinandergingen, sondern stürmte davon.

In der Ferne sah sie, dass Roselina nicht mehr beim Fischteich stand, sondern sich ans Flussufer begeben hatte, um dort fasziniert ihr eigenes Spiegelbild zu betrachten. Der Gedanke daran, was ihr ob mangelnder Aufsicht dabei hätte zustoßen können, blieb lahm. Zu sehr war ihr Kopf mit dem angefüllt, was sie eben gesehen und gehört hatte.

Emy, dachte sie. Ich muss es unbedingt Emy sagen.

Er war der Einzige, der die finstere Intrige abwenden konnte.

Sie rief Roselina zu, dass sie sich nicht von der Stelle rühren sollte, und überlegte dann fieberhaft, wie sie Emy finden konnte. Zu dieser Tageszeit hielt er sich gewiss im Palast des Papstes auf, entweder in der Küche, im großen Saal oder in den Vorratskammern. Seit jenem Morgen vor zwei Jahren, da sie an diesem Ort vergeblich nach Aurel gesucht hatte und mit wüsten Beschimpfungen fortgeschickt worden war, weil sie nur eine Frau war, war sie dem Wohnsitz des Papstes nie wieder nahegekommen.

Die Erinnerung an die einstigen Schmähungen hätte sie heute nicht abgehalten. Doch als sie sich verschwitzt durch die Gassen gekämpft hatte, vorbei an der Kirche Notre-Dame des Doms, und schließlich zum Palast vordrang, tat es umso mehr eine schwere, schmiedeeiserne Türe.

Mittagszeit, fiel ihr ein. Es war ja Mittagszeit. Sobald die Glocke zum Mittag- oder Abendessen geläutet worden war, schloss der Pförtner die Palasttore und brachte die Schlüssel dem *Camerarius*. Nach dem Mittagessen wurden sie bald wieder geöffnet, nach dem Abendmahl blieben sie für die ganze Nacht geschlossen.

Suchend blickte sie sich um. Weit und breit war niemand zu sehen, weder einer der Kammerdiener noch einer der Ritter, denen sie eine Botschaft für Emy hätte übergeben können.

»Verdammt!«, stieß sie aus und stampfte mit dem Fuß auf. Die Hitze, die bereits am Fischteich feuchtheiß gewesen war, ballte sich wie eine Faust um sie, schien sie regelrecht zu erdrücken. Schweißflecken zeichneten sich um ihre Achselhöhlen ab, Schweiß rann ihr auch über das Gesicht. »Verdammt!«

Sie fuhr herum, als sie hinter sich ein Knarren hörte. Erstaunlich leer war der Platz eben gewesen, nur von ein paar trägen Bürgern bevölkert, die ihre Wege heute langsamer erledigten als sonst. Jener Gruppe Holzarbeiter hingegen, die nun auf das Tor zuging, schien die Hitze nichts anhaben zu können. Sie schleppten das Holz, das die Flöße zu einem der Avignoneser Häfen transportiert hatten, hoch zum Stapelplatz direkt unter dem Felsen.

Die Männer wurden schon erwartet. Zwar öffnete man ihnen nicht das große Tor, jedoch eine kleinere Seitentür. Alaïs stürzte auf den Mann zu, der in der Tür erschien und die Holzarbeiter zu sich winkte.

»Bitte!«, rief sie. »Bitte, ich muss zu Emy…« Sie biss sich auf die Lippen. »Zu Emeric Autard«, berichtigte sie sich.

Der Mann starrte sie verständnislos an. Entweder kannte er den Namen nicht oder er war verärgert, dass sie es wagte, ein solches Ansinnen überhaupt zu äußern. Doch seine Empörung erstarb in der Hitze. Er tat so, als hätte er sie nicht gesehen, und wandte sich den Holzarbeitern zu – was ihr die Möglichkeit gab, durch die Tür zu huschen. Im Hof schien sich die Hitze förmlich zu stauen. Das Licht war so flirrend, dass es ihr Tränen in die Augen trieb. Sie war nicht die Einzige, die kaum etwas sah: Sämtliche Männer, die hier mehr hockten als standen, schienen blind für sie.

Die einen, weil sie träge waren und unter der Last der Hitze schnauften, zwei weitere, weil sie sich in einem heftigen Streit miteinander befanden, den selbst die staubige Glut nicht zu dämpfen ermochte. Alaïs musterte sie nur flüchtig, schritt dann weiter.

Wahrscheinlich waren es Johannes Borie und Gabino Gallici, die beiden Unterköche. Emy hatte erzählt, dass sie sich spinnefeind waren und stets aufs Neue ankeiften, wenn es um die Verteilung von Häuten und Fleisch der Tiere ging, die am Hof geschlachtet wurden. Der *Panatare* war der Einzige, der sie mit seinem strengen Blick zum Verstummen bringen konnte – doch der, Hugo de Englisma mit Namen, war wohl nicht zugegen.

Alaïs hob den Kopf. Die Fenster des Papstpalastes – im Winter mit Holzbalken beschlagen – waren nun mit gewachsten Leinwänden geschlossen. Hinter einem von diesen nahm sie eine Regung wahr, und wenig später erschien im Hof ein aufgedunsener, wenngleich nicht wirklich dicker Mann.

»Benedictus!«, rief sie erleichtert.

Sie kannte Benedictus de Portu, den Kellermeister des päpstlichen Hofs. Manchmal war er Emys Gast – und noch häufiger konnte man ihn nachts in den Tavernen treffen. Er gehörte zu jenen, die saufen konnten, ohne hinterher zu stottern und zu lallen – lediglich die Haut kündete von jenem Laster, indem sie immer schlaffer wurde und von blauen Äderchen zerfurcht.

»Emy! Ich suche Emy!«

Er blickte sich unsicher um. »Du darfst hier nicht sein, Mädchen, das weißt du doch!«

»Aber ich muss mit Emy sprechen!«

Ihre Erregung blieb nicht unbemerkt. Er schüttelte zwar den

Kopf, verzichtete jedoch darauf, sie für ihr unerlaubtes Erscheinen erneut zu tadeln.

»Warte hier!«, knurrte er knapp, ehe er sich abwandte.

Sie suchte bei einem Brunnen Zuflucht – einerseits, weil dort ein wenig Schatten zu finden war, andererseits, um sich vor neugierigen Blicken zu verstecken.

Wenig später war Emy bei ihr. »Alaïs, was machst du…?«, setzte er an.

»Aurel«, stammelte sie. Die unerträgliche Hitze und das Entsetzen trieben ihr Tränen in die Augen. Sie perlten über ihre Wangen, vermischten sich mit Schweißtropfen. »Sie planen eine finstere Intrige gegen ihn…«

XXI. Kapitel

Sie erzählte ihm alles, was sie gehört hatte. Dass Ludovicus Gaufridus ein Gift überreicht hatte. Dass jener offenbar plane, es in das Essen des Papstes zu rühren. Der Heilige Vater würde freilich rechtzeitig gewarnt, bevor er es zu sich nähme – im Übrigen aß er stets von Tellern aus Feuerstein, die, wie man meinte, jegliches Gift entweichen ließen. Und anschließend würde sich herausstellen, dass Aurel der Übeltäter war, der kaltherzig diesen Anschlag geplant hatte.

Schließlich – so der Plan – gab es Zeugen, die bekunden konnten, dass er und sein Bruder mit den Franziskanern und den Deutschen unter einer Decke steckten. Einen Franziskaner habe man gerade unlängst am helllichten Tage in Aurels Haus gehen sehen, einen Deutschen habe man wiederum im Gespräch mit Aurels Bruder beobachtet. Und auf dass sich das Misstrauen des Heiligen Vaters verstärke, würde schließlich Ludovicus berichten, dass Aurel von jeher ein Betrüger und Quacksalber war, der sich zu Unrecht als *Cyrurgicus* ausgab.

Stockend gab Alaïs Wort für Wort wieder. Manches von dem, was in den letzten Wochen geschehen war, vermochte sie nun zu deuten – und doch war es schwierig, das eine mit dem anderen in Zusammenhang zu bringen.

»Verstehst du das?«, fragte sie, nachdem sie geendigt hatte. »Kannst du es dir erklären? Warum … warum diese heimliche Intrige? Gasbert de Laval hat offenbar dazu angestiftet, obwohl er doch vor wenigen Wochen noch verhindert hat, dass Ludovicus Aurel des Betrugs anklagte!«

Emy hatte sämtlichen Worten schweigend gelauscht, war dabei aber immer bleicher geworden. Nun machte sein Kiefer eine malmende Bewegung, als würde er wie so oft auf einem Grashalm kauen.

»Jetzt begreife ich«, presste er schließlich tonlos hervor. »Der kranke Franziskaner... der Deutsche, der auf mich einredete... Und zufällig kamen ausgerechnet päpstliche Knappen zu Hilfe...«

»Der Franziskaner war Laurent!«

Von allem war ihr dies am unbegreiflichsten: warum sich dieser Mann, der sich vor Jahren das Leben hatte nehmen wollen, zu jener Posse hinreißen ließ – von seinem geduckten Kopf her zu schließen, tat er es mit Unbehagen und Schuldgefühlen.

»Laurent... ein Franziskaner...«, begann Emy gedehnt, um dann auszurufen: »Jetzt begreife ich! Was für ein meisterhafter Plan!« Er schwieg kurz. »Und welch ein grausamer...«, setzte er hinzu.

Anders als er verstand Alaïs mitnichten, welche Rolle der Bettelmönch und der Deutsche in jener finsteren Verschwörung spielten, doch es war keine Zeit, es zu ergründen. »Ich habe dir alles gesagt, was ich weiß. Nun musst du Aurel warnen...«

Seine Hände schnellten vor, packten sie an den Schultern. »Warst du allein, als du das Gespräch belauscht hast? Oder war irgendjemand bei dir? Wenn es noch einen anderen Zeugen gäbe...«

Alaïs zuckte zusammen. »Roselina!«, brach es aus ihr hervor. »Mein Gott, ich habe Roselina einfach zurückgelassen! Sie war noch nie so lange allein...«

Verzweifelt versuchte sie zu überlegen, was sie dem Kind zuletzt befohlen hatte und ob es tatsächlich begriffen hätte, dass es sich nicht vom Flussufer rühren sollte.

»Das Kind hilft uns nicht«, meinte Emy verzagt.

»Sie war noch nie so lange allein. Ich muss...«, stammelte sie, »ich werde...«

Wie irr drehte sie sich im Kreis, wusste nicht, in welche Richtung sie zuerst hetzen sollte und warum. Wieder packte Emy sie an den Schultern. »Alaïs, hör zu! Du kannst nichts tun, nicht jetzt! Ich werde mich der Sache annehmen, geh du und suche das Kind! Und danach komm zu unserem *Domus*.«

Er nickte ihr aufmunternd zu, und sie erwiderte die Geste, Entschlossenheit daraus zehrend, dass er offenbar wusste, was zu tun war. Als sie über den Hof lief, stritten die Unterköche noch immer miteinander.

Die Brücke, fiel ihr wieder ein, sie hatte Roselina von der Brücke erzählt. Wahrscheinlich stand das Mädchen dort und bestaunte das Bauwerk mit Hingabe. Sie stürmte los, rammte – trotz leerer Gassen – einem Mann den Ellbogen in den Leib, als er nicht schnell genug auswich, und stieß einen vollgefüllten Korb Äpfel um. Der Mann spuckte ihr nach, die Frau, der die Äpfel gehörten, warf einen nach ihr.

Dann glitzerte vor ihr das Wasser der Rhône, sie erreichte das Flussufer, blickte nach rechts, nach links. Roselina war verschwunden.

Alaïs lief hin und her, aus ihrer Hektik wurde Panik. Obwohl sie sich zu sagen versuchte, dass Roselina ein vernünftiges Mädchen war, das nicht ohne triftigen Grund davonlief, wurde ihre Stimme zunehmend schriller, als sie wieder und wieder ihren Namen lief.

Anfangs suchte sie nur am Flussufer, dann in den Gässchen.

»Habt ihr ein kleines Mädchen gesehen?«, schrie sie die Menschen an, die ihren Weg kreuzten, und beschrieb das Kind eindringlich. Unmöglich, dass Roselina nicht auffiele, mit ihrem blassen Gesicht, ihren dunklen Augen und ihrem weißen Kleid. Das weiße Kleid, auf dessen Sauberkeit Marguerite so viel Wert legte! Alaïs mochte sich deren Vorwürfe gar nicht ausmalen – die Kleine sich selbst überlassen zu haben, nicht einfach vor Giacintos Haus, sondern inmitten der Stadt, die selbst an einem heißen Tag wie heute viel zu lebhaft pulsierte, viel zu schnell ihr

Antlitz wechselte, um einem Kind jemals ein vertrauter Ort zu sein.

»Roselina!«, schrie sie wieder. Die Menschen begegneten ihr abweisend, mitleidig oder gleichgültig. Niemand hatte ein Mädchen wie Roselina gesehen.

Ihre Unruhe wuchs, nicht nur aus Angst um das Mädchen, sondern auch, weil der Gedanke, was mit Aurel und Emy geschah, wieder aufflackerte. Sie verdrängte ihn, sagte sich, dass sie keinen Schritt mehr gehen könnte, würde sie sich allen Sorgen gleichzeitig stellen.

»Roselina!«, rief sie wieder.

Dort hinten, vor einer der Lagerhallen, standen mehr Menschen beisammen als anderswo. Offenbar gab es etwas Außergewöhnliches zu beobachten. Alaïs trat näher, sah, dass das Gebäude der Lagerung von Wein diente. Eben wurden Fässer über die Straße gerollt und schließlich auf einen Wagen gehoben.

Alaïs stürzte auf einen der Männer zu. »Habt ihr ein kleines Mädchen gesehen?«

Er starrte durch sie hindurch, schien sie gar nicht richtig wahrzunehmen. »Sind alle leer«, murmelte er mit Blick auf die Fässer. »Müssen nun fortgeschafft werden.« Er deutete auf einen anderen Karren, auf dem gleichfalls Fässer standen – diese allerdings randvoll gefüllt, um abgeladen und in Richtung des nunmehr geräumten Hauses gerollt zu werden.

»Griechischer Wein«, erklärte der Mann, obwohl Alaïs es gar nicht wissen wollte. »Robert von Neapel hat dem Papst zwanzig Fässer davon geschenkt. Jetzt muss er rasch getrunken werden, denn Wein ist ein leicht verderbliches Gut, hält kaum länger als das Jahr, in dem er gelesen und gekeltert worden ist.«

»Habt ihr ein kleines Mädchen …?«, setzte sie wieder an – und kam nicht weiter.

»Alaïs!«, rief ein schwaches Stimmchen.

Sie fuhr herum und sah auf der gegenüberliegenden Seite der Gasse Roselina stehen. Ihr weißes Kleid war noch sauber. Sie achtete auch jetzt darauf, nirgendwo entlangzustreifen, richtete ihren Blick jedoch neugierig auf die vielen Fässer. Die Erleichterung machte Alaïs' Beine zittern, doch sie zeigte sie nicht, sondern schritt nörgelnd auf das Mädchen zu.

»Roselina, ich sagte doch, du solltest dort bleiben, wo du …«

Diesmal unterbrach sie nicht die sanfte Mädchenstimme, sondern ein lautes Gerumpel. Sie fuhr herum, sprang unwillkürlich zurück. Einen Strick hatte man um jene leeren Fässer gebunden, die bereits auf dem Karren lagerten, doch nun, da man eine zweite Schicht darüberstapelte, erwies sich der Knoten als nicht ausreichend fest gebunden. Das erste Fass flutschte förmlich hindurch und fiel krachend auf den Boden, wo es in zwei Teile zersprang.

Morsche Fässer, wenn das Emy wüsste, dachte Alaïs. Doch in diesem Augenblick verstärkte sich das Gerumpel schon. Ein weiteres Fass, dann zwei, drei rollten vom Karren, zersprangen nicht, sondern kullerten über die Straße, die einen in die eine, die anderen in die andere Richtung. Alaïs stieß einen spitzen Schrei aus, als eines mit voller Wucht gegen sie knallte. Ein stechender Schmerz breitete sich von ihrem Schienbein aus. Auch weitere Umstehende schrien, als sie auseinanderstoben, um den Fässern zu entkommen. Da der Wagen in leichter Schieflage stand, wurden es immer mehr. Die Fässer folgten hintereinander, nebeneinander, übereinander und stießen schließlich an Hauswänden an.

Das Fluchen der Männer wurde zu einem Rauschen, als sich Alaïs, die sich eben noch das schmerzende Bein rieb, zu Roselina umdrehte. Sie stand an der gleichen Stelle wie eben, nur etwas steifer, mit schreckgeweiteten Augen. Einem erwachsenen Menschen mochten die Fässer bis zur Hüfte reichen, das Mädchen hingegen war kaum größer als ein solches.

Mit ungebremster Wucht rollten gleich zwei auf Roselina zu.

»Gib acht!«, schrie Alaïs.

Obwohl es geheißen hatte, sie seien leer, sprühte das eine einen roten Weinregen. Sie sah, wie sich Roselinas weißes Kleid verdunkelte, dann war der Blick auf das Mädchen von berstendem Holz verstellt.

Roselinas Blut war warm. Es sprudelte aus der Wunde, versickerte zuerst in ihrem weißen Kleidchen und saugte sich dann in Alaïs' Kleidung, die das Kind hochgehoben hatte. Ohne nachzudenken, war Alaïs mit der Verletzten losgerannt und lief nun über die Brücke. Die Menschen wichen zurück und verstummten. Alaïs vernahm nur Wortfetzen: *Hast du das gesehen... die Fässer... das Kind hat's getroffen... ein Splitter hat es durchbohrt... das wird nichts mehr... es sieht schon aus wie tot.*

Aber sie ist nicht tot, wollte Alaïs ihnen entgegenschreien, ich höre doch, wie ihr Herz pocht...

Womöglich war es jedoch nur das eigene oder das des Mannes, der ihr folgte. Sie kannte sein Gesicht nicht, aber von seinem Weingeruch her schloss sie, dass er zu den Männern zählte, die die Fässer entladen hatten und die Schuld an dem grässlichen Unglück trugen. Sein Mund war geöffnet, er rief ihr etwas zu, aber sie konnte ihn so wenig verstehen wie die Übrigen. Wahrscheinlich schlug er vor, an ihrer statt Roselina zu tragen – aber ihre Hände umkrampften das leblose Kind, dessen Gesicht so weiß war wie einst sein Kleidchen, das sich inzwischen dunkelrot verfärbt hatte.

Obwohl sie ihn nicht helfen ließ, blieb der Mann an ihrer Seite, bis sie Giacintos Haus erreichten. Die Menschen, denen sie nun begegneten, kannten Marguerite und auch ihr Kind, von dem sich nie genau sagen ließ, ob es lieblich war oder sonderbar, ob hübsch anzusehen, weil es immer sauber gekleidet war, oder befremdend, weil so viele dunkle Adern durch die weiße Haut traten. Auch die Menschen hier schienen sich etwas zuzurufen, doch den einzigen Laut, den sie vernahm, war Marguerites Schrei.

Wie zuvor der Mann versuchte sie, Alaïs das Kind zu entreißen, und diesmal verkrampfte sich Alaïs nicht, sondern überließ es willig der Mutter.

Der Körper war warm, dachte sie, und wenn er warm war, musste sie noch leben. Allerdings, und das ging ihr auf, während der Mann neben ihr erzählte, was geschehen war, mochte auch nur mehr das Blut warm gewesen sein, nicht der Leib.

Der Mann brachte keine klaren Worte zustande, stammelte wirr von einem Missgeschick: Die Fässer auf dem Wagen seien nicht ausreichend befestigt gewesen, das Kind habe ihnen im Weg gestanden.

Marguerite hörte zu schreien auf. Sie war auf den Boden gesunken, hielt Roselina an sich gepresst und legte sie dann vorsichtig nieder, ungeachtet des Unrats und des Drecks. Ganz dicht beugte sie sich über das Antlitz ihrer Tochter.

»Sie atmet!«, sagte sie. Es war kaum mehr als ein Flüstern. »Sie atmet noch!«

Alaïs' Blick blieb nicht beim Gesicht des Mädchens hängen, sondern glitt tiefer. Sie nahm nun wahr, was die aufgeregte Stimme des Mannes schon verkündet hatte: Ein Splitter des Fasses hatte Roselinas Leib durchbohrt. Er steckte immer noch darin, gleich einem Pfeil.

Alaïs sackte auf die Knie. »Es tut mir leid«, stammelte sie, »es tut mir leid, aber…«

Marguerite sah sie an und blickte doch durch sie hindurch.

»Aurel«, erwiderte sie, und diesmal geriet ihre Stimme befehlend. »Du musst sofort Aurel Autard herbringen!«

Wieder wichen die Menschen beiseite, als sie zurückhastete, diesmal nicht, weil sie ein verletztes Kind trug, sondern weil sie über und über mit Blut befleckt war. Sie ging wie im Traum, einzig dankbar, dass sie diesen Weg oft genug genommen hatte. Ihr Hals schmerzte, so sehr hatte sie sich beim Atmen verkrampft. Sie lehnte sich an den Türrahmen aus schwerem, dunklem Eichenholz, verschnaufte – und hörte schließlich aufgebrachte Stimmen.

Als sie die Tür öffnete, fiel ihr wieder ein, dass dieser Tag noch mehr an Unglück bereitgehalten hatte. Dass sie Aurel nicht einfach holen und zu Roselina bringen könnte, weil dieser selbst in großer Gefahr schwebte.

Das zumindest versuchte ihm Emy eben begreiflich zu machen, während er mit raschen Handgriffen ihren Besitz in Kisten und Ledersäcken verstaute.

Aurel verfolgte seine Bewegungen mit verwirrtem Blick. »Was ist denn passiert?«, fragte er ein ums andere Mal. »Wieso muss ich Avignon verlassen?«

»Wir haben keine Zeit. Womöglich haben sie den finsteren Plan schon beim Mittagessen umgesetzt.«

»Welchen Plan?«, murrte Aurel. »Was zum Teufel redest du?«

»Kannst du dich an den Franziskaner erinnern? Und an den Deutschen? Wobei ... als wir mit Letzterem zusammentrafen, warst du gar nicht dabei. Sei's drum. Das macht keinen Unterschied. Dass er mich mit Worten überhäuft hat, hat dem Zweck gedient, auch mich hineinzuziehen.«

»Hineinzuziehen – in was? Und warum dich?«

»Man wird mir vorwerfen, dass ich es war, durch den das von dir beschaffte Gift auf den Teller des Papstes kam. Des Öfteren schon bin ich sein Vorkoster gewesen, erinnerst du dich nicht, Aurel? Die Oberköche und die Einkäufer wechseln sich darin ab, eine *Proba* vom Teller des Papstes zu sich zu nehmen. Ich kann mir gut vorstellen, was just in dieser Stunde geschieht. Das Mittagsmahl wird aufgetragen; ehe der Papst auch nur einen Bissen isst, wird Gasbert mutig dazwischengehen. Man wird einem Köter das Fleisch vorsetzen und dieser wird elendiglich krepieren. Irgendein falscher Zeuge wird behaupten, ich sei um den Teller geschlichen, und prompt wird der vermeintliche Anschlag enthüllt, den wir beide geplant haben.«

Aurel schüttelte verständnislos den Kopf. »Warum sollte ich den Papst vergiften, und warum solltest du mir dabei helfen?«

»Keiner weiß genau, woher du kommst, Aurel. Selbst der Papst nicht. Du könntest dich mit den abtrünnigen Franziskanern zusammengetan haben ...«

Aurel schüttelte wieder den Kopf. Er schien noch an eine Welt zu glauben, in der das, was er für gänzlich widersinnig hielt, auch für jeden anderen Unsinn sein müsste.

»Abtrünnige Franziskaner?«

»Wenn du mir nur einmal zugehört hättest«, seufzte Emy. »Wenn du nur einmal ...«

Er brach ab. Er sah wohl ein, dass es keinen Sinn machte, verpatzte Möglichkeiten zu bereuen. »Ein tiefer Riss geht durch den Orden, seitdem der Papst Angelus Clarenus und die Fratizellen der Häresie bezichtigt und sie exkommuniziert hat. Sechs Jahre ist das her. Ein Teil der Franziskaner ist dem Urteil des Papstes gefolgt: François de Meyronnes zum Beispiel, der der Vertraute von Johannes war und blieb. Die Fratizellen hingegen und die, die mit ihnen sympathisieren, sind empört. Nicht wenige haben – aus Angst, als Ketzer zu enden – Unterschlupf bei Ludwig von Bayern gefunden. Jener wiederum ist des Papstes schlimmster Feind. Die Lage hat sich zugespitzt, nun, da Ludwig von Bayern zunächst in Mühldorf, dann in Italien siegreich war und damit droht, Avignon zu besetzen und einen Gegenpapst wählen zu lassen. Verstehst du nun endlich? Wenn man zuerst einen Franziskaner bei dir sieht und obendrein ein Deutscher mit uns zu tun hat – so fällt es leicht, dich einer Verschwörung zu bezichtigen. Und wenn außerdem Ludovicus erzählt, dass du kein *Cyrurgicus* bist …«

»Ich bin ein *Cyrurgicus*!«

Wieder seufzte Emy, schien um Worte zu ringen. Doch in diesem Augenblick erblickte er Alaïs.

»Gut, dass du hier bist. Am besten, du kommst sofort mit uns.« Sein Blick streifte sie flüchtig, er schien das Blut nicht zu bemerken.

»Nun warte doch!«, rief Aurel, »Denkst du, ich wehre mich nicht gegen die Anklage, den Papst vergiften zu wollen? Wenn ich einen Pakt mit einem Deutschen und einigen wild gewordenen Fratizellen geschlossen haben soll, dann muss man mir das beweisen. Und zwar vor Gericht.«

»Und vor welchem?«, fragte Emy ungeduldig. »Du gehörst nicht zu den *Cives*, zu den Bürgern Avignons. Nur jene fallen unter das städtische Gericht. Du hingegen wirst wie die *Curtesiani*, die Höflinge, behandelt – und jene werden vom päpstlichen Justizmarschall verurteilt. Aurel!«, Beschwörend hob er die Hände. »Du glaubst doch nicht ernsthaft, dass dieser im Zweifelsfall auf deiner Seite steht? Gasbert de Laval wird ihm Wort für Wort einbläuen, wie das Urteil zu lauten hat.«

Aurel schnappte nach Luft. Erstmals bröckelte sein Widerstand, er wusste nichts zu sagen. Dazu bereit, nun selbst eilig seine Sachen zu packen, war er freilich noch nicht. Steif blieb er stehen.

»Nun mach schnell!«, rief Emy. »Wenn wir rechtzeitig fliehen, und …«

Wieder war sein Blick auf Alaïs geglitten, und diesmal blieb er an ihr hängen. »Alaïs! Was hast du nur … Du bist voller Blut!«

Sie hob die Hand und war froh, dass sie nicht verräterisch zitterte. Nichts an ihr bebte mehr, auch ihre Lippen nicht. Taub fühlten sie sich vielmehr an, genauso wie die Zunge, und doch schaffte sie es, Worte zu formen. Sie dachte nicht über sie nach, traf nicht bewusst die Entscheidung, Aurel zu retten, nicht das Kind. »Nur Wein … ich bin gegen Weinfässer gelaufen … Es ist nur Wein.«

Sie hielt Emys Blick stand, vermeinte, darin ihre eigenen Gedanken zu lesen. Gedanken, die nur sie kannte: dass Aurel Roselina nicht helfen konnte, nicht in diesem Augenblick, da er sein eigenes Leben retten musste. Vor allem aber: dass Roselina sterben würde, wenn Aurel sie nicht zu retten versuchte.

Emy war näher getreten. »Alaïs, du siehst aus, als …«

»Wein!«, fiel sie ihm ins Wort und schluchzte trocken auf. »Es ist nur Wein.«

Auch Aurel hatte sie nun bemerkt, blickte verständnislos zwischen ihr und seinem Bruder hin und her.

»Was ist nur …?«, setzte Emy an. In diesem Augenblick verstummte er, schien etwas hinter ihrem Rücken zu erblicken. Noch stand sie in der geöffneten Tür, doch da packte er sie schon, zog sie hinein, schlug sie zu. Hastig schob er den Riegel vor und steckte den großen Schlüssel in ein schmiedeeisernes Schloss, wie es nur wenige Häuser in Avignon besaßen.

Ehe Alaïs begriff, was er bezweckte, hörte sie ein Klopfen, das zunehmend bedrohlicher wurde, das Holz beinahe zum Bersten brachte.

»Aufmachen!«, bellte eine fremde Stimme. »Aurel Autard! Aufmachen!«

Sie sahen sich entsetzt an. In Aurels Gesicht machte sich nicht länger nur Verständnislosigkeit breit, sondern auch Zorn. Als Erster löste er sich aus der Erstarrung, trat auf die Türe zu. Ehe er sie öffnen konnte, wurde er von Emy zurückgerissen.

»Bist du verrückt?«, rief er. Es gelang ihm nicht, die Stimme leise zu halten. »Sie sind gekommen, um dich zu holen … und gerätst du erst mal in ihre Hände …«

»Aber ich muss die Sache aufklären, ich muss …«

»Fliehen musst du! Das ist alles!«

Emy zog den unwilligen Bruder mit sich und deutete Alaïs mit einer ruckartigen Bewegung seines Kinns an, dass sie ihnen folgen solle. Da wurde noch heftiger an die Tür getrommelt. »Aurel Autard! Aufmachen!«

Emy führte sie in eine Kammer, die Alaïs noch nie betreten hatte. Offenbar wurden hier Vorräte gesammelt, der scharfe Geruch getrockneter Würste stieg ihr in die Nase. Ihr Magen verkrampfte sich.

»Los!«, Emy deutete auf das Fenster, das nicht eckig war, sondern rund und gerade mal so groß, dass sich ein erwachsener Mann hindurchzwängen konnte.

»Meine Bücher …«, stammelte Aurel. »Meine Instrumente …«

»Geh!«, rief Emy. Nichts Fürsorgliches stand in seinem Gesicht, nur nackte Angst. Dennoch lief er rasch in den Hauptraum zurück und kam mit Aurels altem Lederbeutel wieder. Aurel war inzwischen zwar widerstrebend, aber doch gehorsam als Erster durchs Fenster geklettert. Eben mühte sich Alaïs damit ab. Leicht war es, sich hochzuwuchten und den Kopf hinauszustrecken, doch viel schwerer, sich so zu drehen, dass sie mit den Füßen voraus unten ankam. Sie verhedderte sich in ihrem Kleid, dann an den stacheligen Zweigen eines Gewächses, das draußen die Hausmauer hochkletterte. Sie hörte, wie ihre Tunika aufriss, und gleich darauf spürte sie einen brennenden Schmerz an ihrem Knie. Ein Zweig hatte ihre Haut aufgeritzt. Vor lauter Schrecken ließ sie einfach los, fiel tiefer als erwartet und wurde mit neuem, diesmal noch durchdringenderem Schmerz bestraft. Das eben nur blutende Knie hatte sich beim Aufprall unnatürlich verrenkt.

Sich windend wälzte sie sich am Boden, um freilich, sobald der Schmerz ein wenig verklungen war, aufzuspringen. Sie humpelte, konnte mit dem schmerzenden Bein kaum auftreten und eilte sich doch, sich unter die Menschen zu mischen – nunmehr geistesgegenwärtig genug, um nicht mehr auf Emys Befehl zu warten. Dieser war als Letzter gefolgt, packte nun wieder den wartenden Aurel und zog auch ihn in die Menschenmasse.

Avignons enge Gassen hatten sie nie gestört wie andere – doch an keinem Tag war sie so dankbar dafür gewesen wie an diesem. Die Männer, die Aurels *Domus* gestürmt hatten, würden die Flüchtenden in diesem verwinkelten Labyrinth kaum finden.

»Geht allein!«, schrie sie den Brüdern zu, um unsicher hinzuzusetzen: »Später …«

Emy hatte keine Zeit, ihr zu widersprechen. Er duckte sich, zog den Bruder hinter sich her, und schon nach kurzer Zeit war nichts mehr von ihnen zu sehen.

Alaïs nahm die andere Richtung und lief zurück zu Giacintos Heim, fast erleichtert, dass der Schmerz noch immer so grässlich pochte und sie nicht darüber nachdenken konnte, was sie Marguerite sagen sollte.

XXII. Kapitel

Die Sonne stach nicht mehr, als sie zurückkehrte zu Giacintos Haus; der Himmel stand fleckig. Sie wusste nicht, wie viel Zeit vergangen war – sie hatte die eine oder andere Gasse als Umweg genutzt. Wenn Roselina bereits tot wäre, so machte es keinen Unterschied, ob sie mit Aurel kam oder ohne ihn.

Doch die Menschen, die sich vor Giacintos Haus versammelt hatten – sie erkannte einen seiner Köche, einige Mägde aus der Backstube und ein paar junge Männer aus dem Gefolge – erwarteten sie aufgeregt.

Später erfuhr sie, dass Wetten darauf abgeschlossen worden waren, ob ein bekannter Medicus wie Aurel den hoffnungslosen Fall noch wenden konnte oder nicht. Die einen waren der Meinung, dass Gott sterben ließe, wem er solch eine Wunde zugefügt hatte. Andere hingegen führten an, dass Aurel immerhin der Leibarzt des Papstes war, solcherart von Gott also durchaus gesegnet.

Alaïs huschte mit gesenktem Kopf an ihnen vorbei, hörte nur, dass Roselina lebte, und biss sich die immer noch tauben Lippen blutig, ehe sie jenes Zimmer betrat, in dem sie einst Roselinas Wunde behandelt hatte – eine so viel harmlosere.

Mit geducktem Schädel trat sie ein, achtete nicht auf Marguerite, sondern fixierte das bleiche Kind. So energisch schritt sie auf sie zu, als wäre sie selbst Aurel – und darum nicht etwa entsetzt und betroffen, sondern vielmehr angezogen von einer ungewöhnlichen Verletzung und besonderen Herausforderung.

Als hätte sie dergleichen tausendfach getan, griff sie nach dem

Handgelenk des Mädchens, fühlte den Puls. Er war schwach, flackerte. Täuschte sie sich, oder wurde er zunehmend noch schwächer? Roselinas Augen waren geschlossen, das Gesicht weißer als sonst, die Adern an den Schläfen dunkler, nicht wie geringelte Würmer, sondern wie Risse in hellem Ton. Ihre Hände waren eiskalt, ihre Füße ebenso, und in ihrem Nacken stand kalter Schweiß.

Als Letztes blickte Alaïs auf ihre Leibesmitte, dorthin, wo der Splitter steckte. Das Blut floss nicht mehr frisch und hell, sondern war zu einer dunklen, klebrigen Masse gestockt.

»Wo ist Aurel?«, schrie Marguerite. »Wo ist Aurel Autard?«

Schweigend ließ sich Alaïs nieder, tat, als hätte sie die Frage überhört, obwohl das schlicht unmöglich war. Nie hatte Marguerite dermaßen durchdringend geschrien, nie dermaßen schrill. Mehrfach wiederholte sie die Frage – und dann, dann war es plötzlich still. Sie hatte die Antwort an Alaïs' Gesicht abgelesen. Das Schweigen, das folgte, war fast noch schmerzhafter, machte es Alaïs unmöglich, Roselina ein zweites Mal zu berühren. Mehrfach hob sie die Hand, um ihren Puls zu ertasten, aber jedes Mal zuckte sie zurück. Sie wusste nicht genau, was ihr die Scheu auferlegte – fand sie es unangemessen, Aurels Platz einzunehmen, weil es nicht über ihr Versäumnis hinwegtäuschen konnte, ihn hierher zu bringen? Oder hatte sie Angst, den Tod des Kindes festzustellen?

Einzig ihr Blick war weniger zögerlich, fixierte erneut die Wunde am Leib, stellte fest, was sie nicht auszusprechen wagte. Daran stirbt sie. Es gibt Wunden, die sind heilbar – und es gibt solche, die sind unheilbar.

Zu Letzteren – sie hatte den Klang von Aurels Stimme im Ohr, wahrscheinlich hatte er es irgendwann einmal ausgesprochen, als er sezierte – zu Letzteren gehörten Verletzungen an der Leber und der Gallenblase, an den Nieren, dem Uterus oder dem Magen.

»Du musst sie wach halten!« Diesmal schrie Marguerite nicht, sondern flüsterte. »Bitte, lass sie nicht einschlafen! Der Schlaf und der Tod sind doch Brüder.«

»Ich…«, stammelte Alaïs, »ich…«

Sie kannte Mittel, eine drohende Ohnmacht zu vermeiden. Man konnte dem Kranken aufs Ohr schlagen, seinen Namen schreien, eine Feder in seinen Mund stecken, auf dass er würgte.

Aber sie wusste nur allzu gut, dass eine schwache Natur keine Behandlung vertrug. Auch das hatte Aurel irgendwann einmal gesagt, irgendeinen der vielen Ärzte zitierend, in deren Tradition er sich wähnte. »Wir könnten versuchen, die Schmerzen zu lindern. Du musst Wein mit Wasser aufkochen und Hafer hinzurühren, in einen kleinen Sack geben und ihn auf… auf…«

Auf die Wunde legen, hatte sie sagen wollen, aber das konnte sie nicht, obwohl sie immer noch darauf starrte. Sie blickte auch dann nicht hoch, als Marguerite sich erhob und nach einer Weile mit dem Geforderten wiederkehrte. Nicht dann, als Giacinto Navale plötzlich in der Tür erschien und fragte, was geschehen sei. Sie sah ihn nicht an, und sie hörte nicht zu, als Marguerite es ihm berichtete.

Schließlich bedeckte sie die Wunde mit dem Haferpflaster. Mehr konnte sie nicht tun, konnte nur warten, zusehen, wie die Zeit versickerte und Roselinas Leben schwand.

Alaïs wusste später nicht mehr, wann sich die kindliche Seele vom Leib befreit hatte, durch das Fenster entwischt und zum Himmel gestiegen war, hoffentlich von Engeln empfangen, nicht von Dämonen. Eigentlich konnten es nur wenige Dämonen sein, nicht zahlreiche wie bei einem Menschen, der viele schwere Sünden auf sich geladen hatte.

»Schläft sie?«, fragte Marguerite.

Alaïs nickte. Sie hielt Marguerite für verständig genug, um nicht hinzufügen zu müssen, dass Roselina niemals wieder aufwachen würde.

Giacinto verließ den Raum, das spürte Alaïs an dem Luftzug, als die Türe sich öffnete und wieder schloss. Noch weitere Male war das der Fall. Menschen kamen, erhaschten einen Blick auf das tote Kind, bekreuzigten sich rasch und lugten dann neugierig in Marguerites Richtung. Vielleicht wurden wieder Wetten abgeschlossen, diesmal darauf, wie die Mutter es aufnahm, mit gottgefälligem Schweigen, irrem Gekreisch oder erbärmlichem Geheule.

Marguerite tat nichts dergleichen. Wortlos ergriff sie eines jener Leinentücher, die Alaïs eben noch auf die Wunde gepresst hatte. Sie tat es ihr gleich, sodass Alaïs schon vermeinte, sie würde den Tod der Tochter nicht begreifen, sondern kämpfe immer noch damit, den Blutfluss zum Stocken zu bringen. Doch Marguerite hatte anderes im Sinn. Sie wartete, bis sich das Leinen mit der klebrigen Masse vollgesogen hatte, dann hob sie es hoch, um es über der Tochter auszuwringen. Wo immer Roselinas Kleidchen weiß geblieben war, beschmutzte sie es mit Blut.

»Was tust du denn?«, fragte Alaïs leise. Sie brachte es nicht zustande, sie davon abzuhalten, aber sie starrte sie fassungslos an.

»Der Tod ist nicht sauber«, sagte Marguerite ein ums andere Mal. »Der Tod ist nicht sauber, ich komme ihm nur zuvor.«

Und dann plötzlich ließ sie das blutdurchtränkte Leinen auch auf Roselinas Gesicht klatschen, einmal, zweimal, immer fester, als wollte sie das Kind nicht nur verunreinigen, sondern obendrein schlagen, aus Strafe, weil es sich nicht sauber gehalten hatte.

»Hör auf!«, flehte Alaïs, die kaum ertragen konnte, dem zuzusehen. »Ich bitte dich, hör auf!«

»Der Tod ist nicht sauber«, bekundete Marguerite wieder. »Ich komme ihm nur zuvor. Sie gehört doch mir … nicht ihm …«

Wieder klatschte das Leinen. Roselinas starres Gesicht war nunmehr bedeckt von Blutklumpen, ihr helles Haar war ebenso verkrustet wie ihre Wimpern. Bei ihrem Anblick musste Alaïs an die Toten denken – die Toten von Saint-Marthe, die Aurel zerstückelt und zerschnitten und ausgeweidet hatte. An das Auge der toten Louise, das er hochgehalten und von allen Seiten besehen hatte. Der Leichengeruch stieg ihr in die Nase, obwohl Roselina noch lange nicht zu faulen begann.

»Bitte, hör auf!«, flehte sie.

Tatsächlich hielt Marguerite kurz inne. »Aber weißt du«, sagte sie plötzlich, und es klang nicht verzweifelt, sondern verträumt, »aber weißt du, auch das Leben ist nicht sauber. Die Leiber der Menschen stinken und schwitzen und pissen und scheißen … ob sie nun in Lumpen gehüllt sind oder in edle Gewänder. Das ist die Wahrheit. Das ist die einzige Wahrheit. Ich dachte, ich könnte … sie davor bewahren, wenigstens sie.«

Behutsam trat Alaïs an sie heran. Sie versuchte, Roselinas blutiges Gesicht nicht zu beachten, legte ihre Hände um Marguerites Schultern und zog sie von der toten Tochter fort. Nie war sie dem prallen, rosigen Leib der anderen derart nah gekommen, nie hatten deren blonde Locken sie gekitzelt wie jetzt.

»Sag nichts«, murmelte sie. »Sag nichts mehr.«

Marguerite schwieg. Wieder spürte Alaïs einen sanften Luftzug, denn wieder hatte sich die Türe geöffnet. Irgendjemand spähte hindurch, um das tote Kind zu begaffen. Alaïs hob den Kopf, erkannte, dass Giacinto zurückgekehrt war, doch er war nicht alleine. An seiner Seite stand Gasbert de Laval, sich bekreuzigend wie der Rest.

Er trat nicht näher, sondern blieb an der Türschwelle stehen. Immer wieder bekreuzigte er sich, zunächst mit gesenktem Blick. Dann hoben sich seine Augen und blickten zwischen Marguerite und Roselina hin und her. Abscheu und Ekel standen darin und auch – nicht viel ließ in seinem Gesicht darauf schließen, nur der leere Blick seiner schmalen Augen und die Falten seiner Stirn – ein Anflug von Trostlosigkeit. Er schien sich davor schützen zu wollen, indem er nicht näher kam – und war doch vom Anblick der trauernden Mutter zu sehr gefangen, um einfach zu gehen.

In gleicher Weise wie sein Blick mal das tote Kind, mal Marguerite streifte, wanderte auch der von Alaïs hin und her. Jahrelang hatte sie gerätselt, doch nun begriff sie es: Gasbert de Laval war Roselinas Vater.

Schließlich ging er, so lautlos, wie er gekommen war. Kein Wort der Trauer, kein Wort des Trostes, kein Wort des Mitleids war ihm über die Lippen gekommen. Und doch war er Giacinto gefolgt, als jener ihn vom Unglück hatte wissen lassen.

Marguerite, die bis dahin nicht hatte erkennen lassen, ob sie die Anwesenheit des päpstlichen Kämmerers überhaupt bemerkt hatte, hob den Kopf.

»Ich stamme aus Quercy«, sagte sie kühl in Alaïs' Richtung, ehe diese etwas hatte fragen können. »Ich stamme aus Quercy, der Heimat von Laval. Meine Eltern waren Bauern, sie konnten mich nicht ernähren. Verkauft haben sie mich für einen Sack Hafer, gleichgültig, ob ich zugrunde gehen würde. Aber ich ging nicht zugrunde. Ich war hungrig, verstehst du? So hungrig. Und hungrige Menschen sind wach. Sie strengen sich an, sie schuften hart. Ich war Magd im Palast seiner Familie.«

Alaïs begriff, glaubte zu begreifen. *Ein junger Mann aus bester Familie.*

»Das ist doch nicht möglich!«, begehrte sie dennoch auf, als ließe sich, wenn sie diese Tatsache nur entschlossen abstritt, auch alles andere von seiner Endgültigkeit befreien. »Nichts war ihm wichtiger als die Würde seines Amtes! Er gehört nicht zu jenen, die trinken und feiern und sich mit Huren wälzen, um …«

»Ich war arm wie die anderen, dreckig wie die anderen, aber meine Hüften waren runder und mein Haar war blonder«, fiel Marguerite ihr ins Wort. »Frag mich nicht woran es liegt. Aber blondes Haar ist wie die Sonne: Die lässt selbst das schäbigste Land freundlich wirken, das bei schlechtem Wetter nur anwidern würde. Mein Haar war also blond, und mein Leib war noch frisch – und der seine noch nicht bezwungen vom festen Willen. Einmal muss man sündigen, um zu wissen, dass man es nie wieder tun will.«

Gedankenverloren hielt Marguerite inne. Erstaunlich deuchte es Alaïs, dass sie in ihrem Schmerz so ruhig sprechen konnte – erstaunlich und auch wieder nicht. Marguerite hatte so oft bewiesen, dass sie viele Gesichter besaß, sodass das eine weiterreden konnte, indessen das andere den Verstand verlor.

»Er hat mich seit damals nicht wieder angerührt. Ich habe dir doch erzählt, dass er in Wahrheit noch jung ist, so jung. Doch damals ist er von einem Tag auf den anderen gealtert, um zehn Jahre, um zwanzig, ich weiß es nicht. Er wurde geweiht, und seitdem glaube ich, dass das Wirken des Heiligen Geistes nicht lebendig macht, sondern einfach nur alt. Uralt.«

Alaïs schüttelte den Kopf. »Das mag ja alles sein und doch: Laval hat Aurel gehasst, weil jener kein Priester war. Er sah von ihm sein Amt beschmutzt, obwohl er selbst herumgehurt…«

Sie biss sich auf die Lippen. Gasbert de Laval gegenüber wollte sie Verachtung zeigen, nicht Marguerite schlecht machen. Doch an jener prallten ihre Worte ab.

»Es ist eine Gemeinschaft, eine klar umgrenzte Gemeinschaft. Es gibt ein Drinnen und ein Draußen. Entweder gehört man dazu – oder eben nicht. Aurel hat nicht dazugehört. Hätt' er's getan, hätte ihm Gasbert de Laval die eine oder andere Schwäche nachgesehen. Es ist leichter, einem Bruder zu verzeihen als einem Fremden.«

Alaïs schwieg, nichts fiel ihr zu sagen ein, umso mehr, da Marguerite nun wieder aufstand und zur toten Roselina trat.

»Er wusste nichts von dem Kind… bis zu dem Tage, als Laurent… als Laurent…« Sie brach ab. »Laurent Bonredon hat schon einmal versucht, sich das Leben zu nehmen.«

Alaïs schüttelte verwirrt den Kopf. Sollte all das nun noch mit dem Priester in Verbindung stehen, der sich einst den Strick hatte nehmen wollen und nun als Franziskaner verkleidet an der Intrige gegen Aurel mitgewirkt hatte?

Marguerite freilich hörte nicht zu reden auf. »Als damals diese Sache mit den Ketzern war… du weißt schon, jene drei, die sie verbrannt haben… da brachte Laval Laurent nach Quercy, damit er sich dort verstecken konnte. Laurent wollte sich aber nicht verstecken, er wollte sich lieber töten. Auch damals habe ich ihn gefunden, so wie später in Avignons Straßen. Auch damals habe ich ihn gerettet. Und als mir Laval dankte, so, wie man einer Fremden dankt, da tat ich, was ich sonst nie gewagt hätte: Ich kniete mich vor ihm auf den Boden und sagte: ›Ich will, dass mein Kind sauber bleibt, wenigstens mein Kind.‹ Hätte ich gesagt, dass mein Kind genügend zu essen haben solle und nicht an der Schufterei sterben, dass ich mir bessere Kleidung für die Kleine erhoffte und eine bessere Zukunft, nun, vielleicht hätte er das nicht verstanden. Aber dass man sauber bleiben will, das hat er begriffen. Er hat mich nach Avignon gebracht… zu Giacinto… weil Giacinto keinem Pfaffen eine Gefälligkeit schuldig bleibt. Giacinto handelt mit Waren… und handelt mit geheimem Wissen. Vielleicht hat Laval mir auch gar nicht um meinet- oder Roselinas willen geholfen. Vielleicht war er einfach nur dankbar, weil ich Laurent davon abgehalten habe, eine zweite Todsünde zu begehen.«

Was war die erste?, wollte Alaïs fragen, die nicht wusste, von welchen Ketzern Marguerite da geschwafelt hatte.

Es blieb keine Zeit, etwas zu sagen. Einen Augenblick hatten die nüchternen Worte Marguerites Trauer bezähmt, nun brach sie sich erneut Bahn. Sie stieß einen Schrei aus, der Alaïs durch Mark und Bein ging – nicht nur verzweifelt und hoffnungslos, sondern unglaublich wütend.

»Es tut mir leid«, murmelte Alaïs. »Es tut mir so leid.«

Marguerite hörte sie nicht.

Sie hockten die ganze Nacht bei dem toten Kind, Alaïs schweigend, Marguerite nach dem schrecklichen Schrei nur mehr murmelnd. Dem Klang nach konnte Alaïs nicht entscheiden, ob es ein inbrünstiges Gebet war oder ein verbitterter Fluch. Als der Morgen graute, erschien ein Priester in Begleitung zweier Männer, um Roselina zu holen und zu beerdigen. Alaïs war sicher, dass Gasbert de Laval ihn geschickt hatte. Sie kannte den Mann nicht, und auch in Marguerites Gesichtsausdruck ließ nichts darauf schließen, dass sie ihn schon einmal gesehen hatte.

Alaïs, die die letzten Stunden über auf dem kalten Boden gekauert hatte, stand auf. Sie hatte Angst, Marguerite würde den Männern nicht gestatten, die tote Tochter wegzubringen, und wollte gerüstet sein, um die Tobende zu beschwichtigen. Doch

Marguerite hob nicht einmal den Blick. Dass die Tochter begraben werden sollte, stachelte sie nicht zu Widerstand an. Sie war nicht einmal bereit, sie zu begleiten. So erleichtert Alaïs auch war, weil sich die andere als gefasst erwies, so befremdet war sie, dass ihr an Roselinas Körper nichts zu liegen schien.

»Komm!«, sagte sie leise und stieß sie an den Schultern an. »Komm, du musst Abschied nehmen.«

Doch Marguerite rührte sich nicht. Man hatte Roselina schon in ein Tuch gerollt und hinausgetragen, als sie endlich zu reden begann. »Noch mehr tot als sie schon ist, kann sie nicht werden. Und noch dreckiger auch nicht«, bekundete sie.

Ratlos blieb Alaïs stehen, wollte sie zu nichts zwingen und zugleich nicht hinnehmen, dass sie starr hocken blieb. Nach einer Weile schließlich fiel ihr ein Mittel ein, Marguerites Lebensgeister zu wecken.

Sie eilte in die Küche und sammelte in zwei Schüsseln die Reste der köstlichen Speisen, die am Abend zuvor serviert worden waren, dabei innewerdend, dass es dort, wo die einen sterben und trauern, immer andere gibt, die sich die Wänste vollschlagen. Sie nahm von der Safranpastete und vom Fisch, der mit Reis und gerösteten Mandeln bestreut war. Einen mit farbigen Stoffen ausgekleideten Korb, der ansonsten zum Transport von Eiern diente, füllte sie mit Feigen und Datteln, Weintrauben und Nüssen.

Beladen eilte sie zurück in Roselinas Kammer, wo erdrückend der Blutgeruch hing. Er hatte bereits schwarze Fliegen angelockt, die lästig brummten, nicht nur über Roselinas rot durchtränkter Schlafstätte, sondern auch um Marguerites Gesicht. Jene hatte selten Eleganz versprüht und doch hatte Alaïs sie nie so elend gesehen. Ihre Haare hatten sich gelöst, fielen ihr strähnig ins Gesicht. Ihr Kleid war nicht nur fleckig vom Blut, sondern klebte vor Schweiß. Ihre Haut war nicht frisch und rosig, sondern aschfahl.

Bei ihrem Anblick ging Alaïs durch den Kopf, was Marguerite eben noch über Roselina gesagt hatte: Noch mehr tot als sie schon ist, kann sie nicht werden. Und noch dreckiger auch nicht.

Doch eine tote Marguerite deuchte sie noch entsetzlicher, noch grauenhafter als eine tote Roselina. Das Mädchen hatte stets den Eindruck vermittelt, es würde nicht in den Niederungen des Irdischen versunken sein, sondern darüberflattern wie ein Schmetterling – sei es, weil es eine entsprechende Leichtigkeit besessen hatte, sei es, weil Marguerite nichts anderes duldete. Doch Marguerite war immer ein wenig zu laut, ein wenig zu dreist, ein wenig zu grobschlächtig. Sie reizte die Männer nicht nur, weil sie lebendig war, sondern weil sie zu viel von dieser Lebendigkeit besaß. Sie war eine Frau, die zum Kommen reizte, nie zum Bleiben, bei der man Sehnsüchte stillen konnte, aber sich zugleich sicher sein konnte, dass sie keine neuen hervorrief. Sie lockte für Stunden, aber fesselte nicht fürs Leben.

»Marguerite«, sagte Alaïs leise. »Ich habe dir etwas zu essen gebracht.«

Sie selbst, das wusste sie, würde keinen Bissen hinunterbekommen – aber Marguerite schien ihr verführbar. Das Essen hatte sie immer geliebt, nicht mehr als ihr Kind, jedoch so sehr, dass sie dieses Laster für sich beanspruchte, Roselina hingegen darben ließ und ihr mit strengen Tischsitten den guten Appetit und das gierige Stopfen austrieb.

Marguerite blickte mit stumpfen Augen auf den Fisch. Dann schnellte ihre Hand vor, jedoch nicht, um danach zu greifen, sondern um die Platte aus Alaïs' Hand zu schlagen. Die Soße troff auf den Holzboden, die Fliegen schwirrten hungrig.

»Marguerite …«

Da hob sie wieder die Hand, ergriff die andere Platte, die Alaïs balancierte, desgleichen den Korb, nahm ihn, ließ ihn auf den Boden krachen, sprang schließlich auf und stampfte mit der gleichen Inbrunst auf die Früchte, mit der sie einige Stunden zuvor noch das blutige Leinen auf das tote Gesicht der Tochter geklatscht hatte.

Alaïs zuckte zusammen.

»Marguerite, bitte! Ich weiß, dass dein Kummer übermächtig scheint und du …«

»Mein Leben ist vorbei!«, unterbrach sie sie kalt.

»Sag das nicht! Sie war deine Tochter, du wolltest das Beste für sie … aber du hattest doch ein Leben vor ihr. Ein Leben … neben ihr. Du hast immer gewusst, es zu genießen, dich daran zu erfreuen … wenn Roselina nicht zugegen war sogar noch mehr als in ihrer Anwesenheit.«

»Meinst du?« Marguerite starrte sie mit irren Augen an. »Frauen, die aus der Armut kommen und keine Ehre haben … was bleibt ihnen schon anderes übrig, als auf Tischen zu tanzen und Wein zu saufen und Gold zu fressen, um glücklich zu sein? Aber das alles hat keinen Wert. Eine Nacht gleicht der anderen, jedes Lachen ist billig und schäbig, die Gosse bleibt die Gosse, auch wenn du dich auf Zehenspitzen in ihr drehst.«

Unter der Düsternis, unter der Schuld regte sich das Gefühl von Kränkung in Alaïs. »Willst du sagen, ich stamme aus der Gosse, nur weil ich Vergnügen an den Avignoner Nächten habe?«

Marguerite lachte kalt. »Du hast dein Herz nie an etwas gehängt«, sagte sie verächtlich. »Du weißt doch nicht, wofür du lebst. Du säufst, bis du nicht mehr klar denken kannst, und lebst einfach vor dich hin – möglichst so, dass du keine Opfer zu bringen hast. Aber ich … ich hatte Roselina. Und sie war so viel wertvoller, als ich es bin.«

»Warum trittst du dich selbst in den Staub? Warum verachtest du, was von dir bleibt, wenn du nicht ihre Mutter bist? Warum war deine Liebe für sie wie ein Kerker, aus dem du fliehen musstest, um fröhlich zu sein? Und warum hasst du dich jetzt, anstatt dich ein wenig … frei zu fühlen?«

Sie erwartete, dass Marguerite neue Beleidigung hinzusetzen, das Leben schlecht machen würde, das sie geteilt hatten. »Ich wollte nicht frei sein«, sagte sie leise. »Freiheit heißt für unsereins Hunger und Dreck. Ich wollte, dass sie es besser hat – genug zu essen und saubere Kleidung. Ach Alaïs … warum hast du nicht darauf geachtet, dass sie sauber bleibt?«

Sie hatte jene Frage die ganze Zeit über erwartet, sich dagegen gewappnet, und nun traf sie sie doch schutzlos. »Ich…«, stammelte sie, »ich…«

Doch Marguerite erwartete keine Antwort. Wortlos drehte sie sich um und ging hinaus.

Alaïs musste sich regelrecht zwingen, Marguerite zu folgen. Gott allein mochte ahnen, was sie in ihrem Gemütszustand zu tun bereit war. Sie musste es verhindern – wenngleich sie sich nach etwas ganz anderem sehnte: sich zu verkriechen nämlich und nie wieder der anderen gegenübertreten zu müssen.

Als sie in den Hof gelangte, war von Marguerite nichts zu sehen. Sie spürte Erleichterung, wollte sich dieses Gefühl aber nicht erlauben.

Plötzlich nahm sie eine Bewegung wahr, aus jener Ecke des Hofs, in der sich der Eingang zur Küche und zur Bäckerei befand. Im Schatten der Mauer hockte Marguerite, hatte sich niedersinken lassen. Sie war nicht allein. Ein Mann saß bei ihr, einen Weinschlauch in der Hand. Er nuckelte daran wie ein Kind an den Brüsten seiner Amme und reichte ihn schließlich Marguerite.

»Ich bin einsam«, lallte Laurent Bonredon weinerlich. »Ich bin so schrecklich einsam.«

Marguerite trank nicht langsam wie er. Sie kippte den Wein förmlich in sich herein. Sie verschluckte sich, hustete. »Ich auch«, ihre Stimme klang nicht trunken, sondern nüchtern und kalt. »Ich auch.«

Bis zu diesem Augenblick hatte sich Alaïs wie gelähmt gefühlt. Doch als sie Laurent sah, kehrten die Lebensgeister in sie zurück, und aus der übermächtigen Schuld, nicht ausreichend auf Roselina aufgepasst zu haben, formte sich die Anklage, dass andere sie mit ihrer gemeinen Verschwörung dazu erst getrieben hatten.

Mit Fäusten ging sie auf den Priester los, schlug auf seine Brust, die sich schwammig anfühlte, hieb so lange auf ihn ein, bis ihm der Weinschlauch entglitt. »Du Betrüger!«, kreischte sie. »Du verdammter Betrüger!«

Laurent starrte sie mit wässrigem Blick an. Marguerite achtete gar nicht erst auf sie. Doch Alaïs konnte nicht aufhören – zu groß war die Wohltat, all das Entsetzen und den Ekel, die Ohnmacht und die Angst aus sich hinauszuspeien. Sie stampfte auf den Boden, als würde sie ihn treten.

»Wie konntet Ihr dieses grässliche Spiel mitmachen! Warum, zum Teufel, habt Ihr Euch als Franziskaner verkleidet?«

Ihre schrille Stimme war nicht unbemerkt geblieben. Wie am Tag zuvor beglotzte eine Gruppe von Menschen sie. Ihre Blicke waren müder, gleichwohl die Sensation, dass ein niederes Mädchen auf einen Priester losging, bei weitem erregender auf sie zu wirken schien als Roselinas schrecklicher Tod. Und doch – nach der Fülle an Leid und Tod war es abstoßend zu sehen, dass Laurent mit Tränen antwortete. Manch einer senkte den eben noch aufdringlichen Blick, als Laurent zu schluchzen begann.

»Gasbert würde nicht wagen, eine Kutte zu entweihen, indem er sie einem gibt, dem sie nicht zusteht«, stammelte er. »Ich war als Franziskaner gekleidet, weil ich einer bin…«

»Was für ein Unsinn!«, schrie Alaïs. »Ihr tragt doch jetzt keine Kutte, und an dem Abend damals…«

»Weil ich einer war«, berichtigte sich Laurent.

Alaïs verstand kein Wort, vor allem nicht, wie er auch nur auf die Idee kommen konnte, dies sei eine Rechtfertigung für seinen schäbigen Betrug. Während er immer mehr in sich zusammensank, wollte sie erneut auf ihn losgehen, ihn anschreien, ja, ihn schlagen, wenn es Not tat.

Eine Hand riss sie zurück.

»Bist du wahnsinnig, so ein Geschrei zu machen? Willst du alle Blicke auf dich ziehen? Was machst du überhaupt noch in Avignon?«

Alaïs hatte Giacinto Navale noch nie so laut erlebt. Er zerrte sie mit sich und blieb erst stehen, als er sie wieder ins Haus gebracht hatte.

»Also…«, fragte er nunmehr ruhiger, jedoch nicht weniger widerwillig. »Du wagst es, in Avignon zu bleiben?«

Verständnislos starrte Alaïs ihn an. »Aurel…«, fiel ihr ein.

»Richtig, Aurel ist fort. Sein Bruder auch. Und jeder weiß, dass du zu ihnen gehörst. Du warst doch dabei, als sie geheime Absprachen mit einem Franziskaner und mit einem Deutschen getroffen haben – beides Erzfeinde des Papstes.«

»Das ist Unsinn… Teil einer Verschwörung!«, rief Alaïs. »Sie haben keine Absprachen…«

»Aber das ist es, was alle denken!«, unterbrach er sie scharf. »Und wenn die beiden schon geflohen sind, dann wirst du als Zeugin dienen, dass Aurel versucht hat, den Papst zu meucheln.«

Alaïs erschrak. Gasbert de Laval hatte sie vorhin hier gesehen.

»Ich verstehe das alles nicht!«, rief sie. »Warum hat Laurent an der Sache mitgewirkt? Aurel hat ihm das Leben gerettet, nachdem Laurent versucht hatte, sich zu erwürgen, damals vor zwei Jahren.«

Giacinto Navale verdrehte die Augen und seufzte. Kurz schien er damit zu ringen, ob sie es überhaupt wert war, Zeit an sie zu verschwenden. Doch dann begann er zu sprechen – wohl weniger, um ihre Frage zu beantworten, als vielmehr, um seinem Ärger Herr zu werden, in diese Lage geraten zu sein.

»Du weißt doch, dass der Papst die Fratizellen als Ketzer verurteilt hat – jene Gruppe unter den Franziskanern, die sich dem Armutsideal noch entschiedener verpflichten wollte. Sie sahen sich als neuer franziskanischer Ordenszweig und erbaten die Zustimmung des Papstes. Sechs Jahre ist das her. Er hat ihren geistigen Führer Angelus Clarenus nach Avignon vorladen lassen und dort exkommuniziert. Clarenus gelang noch die Flucht, aber viele seiner Anhänger – sie nannten sich damals noch Spiritualen, den Orden der Fratizellen hat Clarenus erst später gegründet – wurden eingekerkert. Die Hartnäckigen unter ihnen wurden verbrannt, genauso wie einst die Katharer, so sie denn nicht vom falschen Glauben abließen.«

»Aber wenn Laurent ein Fratizelle…«

»Ja, ein Fratizelle war er. Vor allem aber ein Vetter von Gasbert de Laval. Denkst du, er lässt sich seinen Ruf vom Rauch des Scheiterhaufens beflecken, auf dem einer seiner Familie steht?«

»Er hat Laurent gerettet …«

»Sagen wir es so: Er hat dafür gesorgt, dass niemand mehr um dessen Vergangenheit wusste – dass er nämlich lange Jahre in einer Gemeinschaft lebte, deren Mitglieder nunmehr fast alle tot, weil verbrannt worden sind. Nur Laurent konnte sie nicht vergessen. Wäre ich Laval, ich würde nicht auf sein Schweigen setzen.« Giacinto schnaufte abfällig. »Laurent sieht sich als Judas und ist nicht stark genug, sich zu erhängen. Er verachtet, wofür Laval steht, und fügte sich doch seinem Wunsch, als jener ihn drängte, wieder in den Schoß der Kirche zurückzukehren. Jeden Tag reut es ihn, sich von ihm helfen zu lassen, und doch lässt er sich auf weitere Possen ein, auf dass ihm diese Hilfe auch weiterhin gewährt bleibt. Er fühlt sich einsam ohne seine einstigen Mitbrüder, und irgendwann wird er sich ins Grab saufen, wenn er schon keinen schnelleren Weg wagt, um endlich dort zu liegen zu kommen. Ach herrje«, wieder schnaubte er, »noch erbärmlicher als schwache Menschen sind jene, die auch noch um ihre Schwäche wissen.«

Giacinto spuckte aus, um im nächsten Augenblick selbstgefällig zu grinsen. »Aber was soll's«, setzte er hinzu, »mir hat das alles immer genützt.«

Sie dachte an Marguerites Worte. Giacinto handelt mit Waren – und mit geheimem Wissen.

»Ihr habt Marguerite in Eurem Haushalt aufgenommen. Und aus Dank hat Laval Euch zum wichtigsten Hoflieferanten gemacht. Marguerite wiederum hat Euch, um ihre Stellung hier zu sichern und um sich wie eine Hausherrin aufspielen zu können, alles anvertraut, was sie jemals an interessantem Wissen in Erfahrung bringen konnte … darunter auch, dass Lavals schüchterner Kaplan ein dunkles Geheimnis hat.«

»Ich würde Laurent nie verraten.«

Das glaubte sie ihm sogar. Man mochte Giacinto vieles vorwerfen – an Treue für die, mit denen er Geschäfte machte, fehlte es ihm nicht.

Alaïs drehte sich um, suchte der vielen Gedanken Herr zu werden, die auf sie einprasselten.

»Du kannst hier nicht bleiben«, sagte er knapp. »Mach, dass du mein Haus verlässt! Ich will nicht …«

Er sprach nicht weiter, aber sie wusste, was er meinte. Sie war das Band zwischen ihm und Aurel. Ohne sie würde man leichter vergessen, dass er es einst gewesen war, der dem Papst den *Cyrurgicus* vorgestellt hatte.

»Aber was soll ich nur tun, ich weiß doch nicht …«

Sie war den Tränen nahe. Giacinto rümpfte die Nase.

»Ich weiß doch nicht, wohin Aurel und Emy geflohen sind«, fügte sie hinzu.

Sein Gesicht blieb hart. Sie hörte ihn schon sagen, dass ihn das nichts anginge, dass ihm ihr Wohl immer gleich gewesen war. Doch er bedachte wohl, dass ihm ein heulendes, kopfloses Mädchen deutlich mehr Schwierigkeiten einbringen würde als eines, dessen er sich annahm.

»Aber ich weiß es«, sagte er. »Oder denkst du, mir entgeht, was in Avignon geschieht? Einer meiner Handelszüge ist eben nach Nizza aufgebrochen. Sie werden den Weg über das Tal der Durance nehmen, über Draguignan und Grasse. Ich habe dafür gesorgt, dass Aurel und sein Bruder sich ihnen anschließen. Unter ihnen wird man die beiden nicht vermuten – und dich auch nicht.«

Die Tränen, die sie mühsam unterdrückt hatte, traten ihr in die Augen – aber sie perlten nicht über ihre Wagen. Anstatt zu weinen, lachte sie plötzlich bitter. »Es ist erstaunlich, dass Gasbert de Laval ausgerechnet Euch zum Helfershelfer gemacht hat, als es um Marguerites Verbleib und Roselinas künftiges Wohl ging. Wo Ihr doch kein Pfaffe seid, und er gerade darauf so viel Wert legt.«

Giacinto zuckte die Schultern. »Keiner wusste so gut wie er, dass die Pfaffen die Frucht seines Leibes und obendrein jene, die sie getragen hat, als Sünderinnen schmähen würden. Wer nicht geweiht ist, verdient keine Gnade und kein Mitleid. Ich hingegen war immer gut zu Roselina und Marguerite.«

Aus schlichtem Eigennutz, dachte Alaïs im Stillen.

»Roselina starb seinetwegen«, murmelte sie. »Gasbert weiß es nicht, aber er allein trägt die Schuld.«

Giacinto maß sie flüchtig. »Er allein?«, fragte er. »So viel ich weiß, war sie in deiner Obhut.«

Alaïs schluckte schwer. »Ich habe nicht mit Absicht …«

Er hob abwehrend die Hand und sagte das, was er wahrscheinlich die ganze Zeit hatte sagen wollen. »Halt den Mund! Es ist mir völlig gleich …«

Er sah hinaus in den Hof, und Alaïs folgte seinem Blick. Laurents Gesicht war rot vom Wein. Marguerite hatte sich auf den dreckigen Boden fallen lassen und suhlte sich dort wie eine Sau.

Alaïs drehte sich nicht noch einmal um, als sie die Stadt nur mit dem, was sie am Leibe trug, verließ. Stattdessen hockte sie zitternd auf einem Wagen des Kaufmannszugs, der Richtung Süden aufgebrochen war, einzig bemüht, nicht an das zu denken, was geschehen war. Es gelang ihr nicht. In ihrem Kopf drehte es sich, bis ihr schwindlig und übel war. Wurde sie im Wagen hin- und hergeworfen, legte sie keinen Widerstand darein, als wäre ihr Leib nichts weiter als ein seelenloses Handelsgut. Andere bestimmten die Richtung. Andere schließlich vollzogen auch Giacintos Befehl, sie mit den beiden Männern zusammenzuführen, die vor ihr geflohen waren.

Das war in der Nähe des Meers, doch dessen kraftvolles Rauschen und salziger Duft konnten sie nicht beleben – ebenso wenig wie Aurels und Emys Gesichter, die noch ratlos dreinblickten ob der Ungeheuerlichkeit, die ihnen widerfahren war. Sie begrüßten sich nicht, standen einander starr gegenüber und regten sich schließlich erst, als die Stimme eines Mannes ertönte: »Was ist nun? Kommt ihr mit uns oder sollen wir ohne euch weiterziehen?«

Alaïs konnte sich später nicht mehr erinnern, wer diese Entscheidung gefällt hatte, ob Aurel, Emy oder einer der Florentiner. Doch als die Übelkeit langsam nachließ und sie begriff, dass sie nicht länger in Avignon sein würde, da fand sie sich in der gleichen Lage wieder wie einst, als sie Saint-Marthe hatte verlassen müssen: allein mit zwei flüchtigen Männern, die an dem Ort, von dem sie kamen, als Gesetzlose galten. Ohne Geld und Besitz und nur mit dem Talent ausgestattet, Kranke zu heilen.

XXIII. Kapitel

In den nächsten Tagen freilich heilte Aurel niemanden. Er war benommen wie sie und ließ sich von Emy stets aufs Neue erklären, welcher Intrige sie zum Opfer gefallen waren. Jedes Mal reagierte er, als hätte er es noch nicht gehört. Jedes Mal fuhr er trotzig auf und verkündete, er ließe sich von einem Gasbert de Laval den Ruf nicht verderben. Und jedes Mal schwieg er schließlich, als Emy ihm vorhielt, dass dagegen nichts zu machen sei, außer, dass sie so schnell wie möglich weitergingen. Keiner wusste, ob Gasbert de Laval sich mit diesem Sieg begnügte. Durchaus möglich war es, dass er ihnen seine Häscher nachschickte.

Nachdem sie sich von Giacintos Handelszug getrennt hatten, blieben sie in Küstennähe, gingen manchmal an sandigen Stränden oder – wo es steinig und zerklüftet war – auf ausgetretenen Maultierpfaden weiter. Ein wenig erinnerte Alaïs diese Landschaft an ihre Heimat, mit dem Unterschied, dass die Buchten nicht so tief ins Land hineinreichten und es förmlich zerrissen, sondern sich viele weiche Hügel aneinanderreihten. An einer Stelle hatte das Meerwasser in eine Klippe ein Loch gegraben, und als Emy es durchschritt, entdeckte er dahinter eine Höhle, die weit ins Innere führte. Einst mochte es eine Grotte gewesen sein, die tief im Wasser stand. Die Wände waren feucht, doch der Schlamm und die Algen waren längst zu einem lehmartigen Boden gestockt.

»Lasst uns hier für einige Tage bleiben!«, sagte Emy. Es klang wie ein Vorschlag – und war bereits eine Entscheidung. Denn weder Alaïs noch Aurel hatten Kraft, etwas dagegen einzuwenden. Emy war es auch, der Fische fing, der die Zapfen jener Bäume sammelte, die sich an die karge Klippe klammerten, und daraus ein Feuer machte, und der schließlich zu einer längeren Erkundung aufbrach. Vielleicht würde er Wasser finden, vielleicht auf Menschen stoßen, denen er etwas zu essen abkaufen konnte.

Erneut gaben weder Aurel noch Alaïs ihre Zustimmung, sondern nahmen es hin. Schweigen senkte sich über sie, nachdem Emy gegangen war.

Je länger sie in der Höhle hockte, desto weniger vermochte Alaïs, sich zu rühren. Und je länger sie sich nicht rührte, desto mehr fror sie. Sie wusste nicht, ob das Zittern von tief drinnen kam oder weil es in der Grotte so kalt und feucht war, nur, dass schließlich ihre Zähne klapperten.

Emy, dachte sie, Emy würde es bemerken. Er würde ihr ein Tuch umhängen oder darauf achten, dass das Feuer kräftig brannte. Ihr selbst war es gleich, als die Flammen immer magerer wurden, schließlich zu einer roten Glut schrumpften – und auch Aurel scherte sich nicht darum.

Anders als sie, die sich nicht zu rühren vermochte, ging er unruhig auf und ab. Mehrmals drohte er auf den glitschigen Steinen auszurutschen.

»Verflucht!«, rief er. »Verflucht! Ich bin so weit gekommen. Ich hatte den Papst auf meiner Seite, die Studenten schätzten mich. Dank mir hätte sich die medizinische Fakultät in Avignon in eine Richtung entwickeln können, die selbst Bologna oder Montpellier in den Schatten gestellt hätte. Irgendwann in vielen Jahrhunderten hätte man nicht mehr von diesen beiden Städten oder von Salerno gesprochen, sondern von Avignon! Und mein Name, mein Name wäre gerühmt worden. Ich hätte alles grundlegend verändert, die anatomischen Studien, die Operationen. Du kannst dich doch noch daran erinnern – an das Rohr, das ich seinerzeit jenem Priester ins Maul geschoben habe, auf dass er besser atmen konnte. Ich wollte diese Technik verfeinern. Jenes Rohr darf nicht aus Holz sein, es müsste biegsam sein, um es möglichst weit in den Rachen zu bringen, vielleicht aus Leder, vielleicht aus …«

»Hör auf!«, unterbrach sie ihn. Ihre Stimme klang dunkel.

Aurel schüttelte den Kopf. »Diese kleingläubigen, neidischen Buckler haben meine Laufbahn ruiniert! Diese dummen, unseligen ...«

»Hör auf!«, unterbrach sie ihn wieder, und ihre Stimme wurde schriller.

»Ich hätte ...«

Alaïs sprang auf. So hastig hatte sie sich schon lange nicht mehr bewegt, und sie fühlte das Blut, das in die eben noch abgeknickten Glieder floss. »Du hättest ein kleines Mädchen womöglich vor dem sicheren Tod retten können«, unterbrach sie ihn scharf. »Und das ist in diesem Augenblick das Einzige, was zählt. Verstehst du nicht? Es geht nicht um dich! Niemanden hier interessiert, was du denkst und was du fühlst! Es ... es geht um Roselina!«

Aurel fuhr herum, musterte sie. Dann schweifte sein Blick verwirrt durch die Höhle, als gewahrte er erst jetzt, dass er allein mit ihr war.

»Wovon redest du?«, fragte er verständnislos.

Er hat nicht einmal bemerkt, dass Emy gegangen ist, dachte Alaïs bitter.

Es war wohltuend, ihm zu zürnen, auf altvertraute Weise, die sie an ein lange vergangenes Leben erinnerte, das so viel aufregender, beschwingter und farbenfroher gewesen war als diese Stunde. Vermeintlich verjährte Wut stieg in ihr hoch, so frisch mit einem Mal, als hätte sie sie gerade erst vergiftet.

»Halt endlich dein Maul, Aurel Autard!«, fuhr sie ihn an. »Es ist nicht nur deine Welt, die in Trümmern liegt. Irgendwo in Avignon trauert eine Mutter um ihr Kind ... und kann nicht weinen, sich nur betrinken. Ich bin schuld daran, ich bin schuld ... aber du bist es auch. Weil du nicht gekommen bist, weil du nicht kommen durftest ... weil du dir mit deinem Stolz und deiner Dreistigkeit alle Welt zum Feind machst! Auch deinetwegen ist Roselina tot, auch deinetwegen!«

Er schüttelte verwirrt den Kopf. »Sag, hast du den Verstand verloren?«

Das Kribbeln in ihren Füßen hatte nachgelassen. Sie sprang auf ihn zu, achtete nicht darauf, dass sie auf die erloschene Feuerstelle trat und ihre dünnen Lederschuhe rußig schwarz wurden. Seit Jahren war sie ihm nicht so nahe gekommen.

Schwindel erfasste sie, der pelzige Geschmack auf ihrer Zunge verstärkte sich. Nicht nur Erschöpfung und Trauer plagten sie, auch der Mangel an Wein, süffigem, süßem Wein, der sie stets sämtliche Unbill des Lebens – und dazu zählte auch Aurel – hatte vergessen lassen. Nun gab es keinen Wein mehr in ihrem Leben – dafür wieder ihn.

»Sag, hast du den Verstand verloren?« Diesmal schrie er. Unvermittelt hatte sie seine Hände gepackt und sie sich um den Kopf gelegt. Seine Finger waren kalt. »Und wenn es so wäre? Dann hilf mir doch! Schneide mir den Kopf auf, zieh mir den Hautlappen ab, durchbohre meine Knochen – und gib ihn mir wieder, meinen Verstand!«

Er wollte ihr kopfschüttelnd die Finger entziehen, doch sie ließ ihn nicht los. »Oder kannst du es etwa nicht?«, rief sie kreischend, und plötzlich sprühten ihre Augen Tränen. »Obwohl du doch der größte *Cyrurgicus* deiner Zeit sein willst? Oh, du kannst so vieles nicht. Du kannst die Zeit nicht zurückdrehen, du kannst ein totes Mädchen nicht lebendig machen. Nur dein verfluchtes Maul kannst du halten, wenigstens das! Also hör auf, dich im Selbstmitleid zu suhlen!«

Jetzt endlich ließ sie seinen Kopf los. Speichel trat ihr in die Mundwinkel, so laut schrie sie. Er brannte nicht – nicht so wie die Tränen.

Aurel schüttelte wieder den Kopf, blickte sich erneut suchend in der Höhle um, als erhoffte er sich jemanden, der ihn vor dem wilden Mädchen bewahren könnte. Doch Emy war nicht hier. Emy war gegangen, um etwas zu essen zu holen.

»Wie ... wie redest du mit mir?«, fragte er hilflos.

»So wie offenbar noch keiner mit dir geredet hat!« Ihre Stimme hallte von den Wänden. »Die einen intrigieren heimlich hinter deinem Rücken, und Emy ist zu buckeln gewohnt. Aber ich, ich lasse mich nicht mehr von dir blenden. Ein Mann wie kein anderer, das warst du mir vor langer Zeit. Frei wie keiner. Skrupellos wie keiner. Stolz wie keiner. Keine Frau wolltest du haben und kein Kind, weil alles, alles dich von der großen *Cyrurgia* fernhalten könnte. Und doch konntest du nicht verhindern, dass ein Kind starb. Drum frage ich mich: Bist du wirklich so anders? Bist du wirklich nicht verführbar? Kannst du tatsächlich auf deinem blassen Thron hocken bleiben, während ein lautes, frisches, starkes Mädchen wie ich um dich buhlt?«

All das war sie in diesem Augenblick nicht, vermeinte auch, sie könnte es nie wieder sein, und doch trat sie noch dichter an ihn heran, atmete ihm ins Gesicht. Sein Blick flackerte, seine Wangen röteten sich.

»Lass mich in Ruhe.« Er wollte sich abwenden.

»Das kannst du, nicht wahr!«, schrie sie und erschrak selbst über die Wucht, mit der all die alte Kränkung erneut über sie kam, sich mit ihrem gegenwärtigen Schmerz verband, sich zum unerträglich festen Knäuel aus Verbitterung und Trauer, Enttäuschung und Schuld verschlang. »Das kannst du ja so gut! Den Blick vor mir senken, einfach fortgehen, mich vergessen, weil ja nur dein Leben zählt, dein verfluchtes Leben. So hast du's immer schon gehalten! Du hast mich nicht angesehen, du hast mir nicht zugehört, du hast mir nie gedankt! Aber die Wahrheit ist, Aurel Autard, dass ich dir dein Leben gerettet und dafür ein anderes aufs Spiel gesetzt habe. Ich dachte, du wärst mir gleich, und doch habe ich Roselina achtlos stehengelassen und bin zu Emy gerannt, um euch zu warnen. Tu nicht, als würde es mich nicht geben! Ist denn irgendwo ein Kranker, ein Leidender, dem Blut und Eiter aus den Poren quellen? Gibt es hier einen Verwesenden, in dessen stinkenden Därmen du wühlen kannst? Mitnichten! Nur ich bin da, also sieh mich an! Hör mir zu! Nimm mich!«

»Was zum Teufel willst du denn?«

»Was ich will?«, kreischte sie. Weitere Tränen quollen aus ihren Augen. »Ich dachte, es ginge dir immer nur darum, was du willst. Und ich weiß sogar, was das ist. Ich weiß das ganz genau.

Du willst jeden Körper bis auf den Grund erforschen, jede Faser, jeden Knochen, jedes Fleckchen Haut, jedes Tröpfchen Blut. Aber wenn es so ist – warum erforscht du nicht den meinen? Alles muss man wissen, alles muss man verstanden haben, um ein guter *Cyrurgicus* zu sein – so ist es doch, nicht wahr? Wann aber hättest du jemals mich verstanden?«

Sie machte keine Pause zwischen den Worten. Sie reihten sich so eng aneinander, dass weder Platz für Stille war noch für Scham. Und als sie ihr schließlich ausgingen, setzte sie seinem unsicheren Schweigen etwas anderes entgegen. Ruckartig zog sie sich das Leinenkleid von den Schultern. »Hier, befühle es, das Fleisch meiner Brüste! Wie oft hast du dergleichen aufgeschnitten, aber hast du jemals gefühlt, wie weich und wie rund wir Frauen sind?«

Sie packte seine Hand, jene langen, feingliedrigen Finger, die ansonsten so geschickt, so beherrscht waren. Nicht einmal ein Zittern gönnte er ihnen, wenn er Menschen aufschnitt. Nun aber zitterten sie, bebten, wussten nichts zu tun. Sie gab ihnen die Richtung vor, legte sie auf ihre Haut, ihre warme, pulsierende Haut.

»Alaïs ...«

Sie packte die Hand fester, führte sie über ihren Hals, ihre Brüste, ihren Bauch. Der Stoff ihres Kleides rutschte noch tiefer. »Ja«, sagte sie. »Das wusstest du nicht. Wie weich und wie rund wir Frauen sind. Und wie feucht.«

Er zuckte zusammen, wollte ihr wieder die Hände entziehen, doch sie ließ es nicht zu.

»Alles, alles weißt du über die Männlichkeit! Wie Kinder gezeugt werden und wie das am besten geschieht! Aber hast du dich selbst schon mal berührt, hat irgendjemand dir Lust verschafft?«

Jetzt endlich ließ sie seine Hand los – aber frei gab sie ihn nicht. Als die kühle Luft ihre nackte Haut traf, schmiegte sie sich an ihn, presste ihre spitzen Brüste auf seine hervorstehenden Rippen.

»Alaïs …«, er klang heiser. »Alaïs …«

»Verbiete es dir doch nicht! Dein Leben ist ruiniert … und meines auch. So halte mich wenigstens fest!«

Ihre Stimme geriet krächzend. Unfähig war sie, ein weiteres Wort zu sagen. Ihrem Körper allein blieb es vorbehalten, zu reden, Aurel einzufordern – und die Gewissheit, dass es sich lohnte, auf sein Leben gesetzt zu haben und nicht auf das von Roselina.

Bilder stiegen vor ihr auf. So fremd waren sie ihr, als würden sie aus einem anderen Leben stammen oder aus einem Traum, der niemals Wirklichkeit gewesen war. Das Bild von Aurel, den sie mit Meerwasser bespritzte. Das Bild von Aurel, mit dem sie rangelte, nachdem er dem Henker einen Leichenarm abgekauft hatte. Auf den sie einschlug, damit er sie endlich sehen würde.

Sie krallte sich an ihn, riss ihn zu Boden. Er stöhnte auf, als der harte Stein sich in seinen Rücken bohrte, wälzte sich in eine bessere Lage, was bedeutete, dass nun sie unter ihm zu liegen kam. Auch sie bekam den rissigen Boden unangenehm zu spüren, doch dieses Weh war umso vieles leichter zu ertragen, als das, was in ihrem Inneren wütete und das sie zu vergessen suchte, indem sie Aurel am Nacken umschloss und seinen Mund auf den ihren herabzerrte. Diesmal hielt sie ihn nicht auf Distanz wie einst, als die Macht über ihn sie berauschte. Diesmal küsste sie ihn gierig, denn selbst wenn er immer noch Starre, Steife und Tod verhieß – noch lebloser als sie sich fühlte, konnte er gar nicht sein.

Er schmeckte weich, rau und salzig. Sie küsste seine Lippen nicht nur, sondern saugte sie eher in sich hinein, hoffte, er könnte sie ausfüllen und alles vertreiben, was sonst in ihr hockte. Wieder überkamen sie Erinnerungen, und wieder fühlte sich das frühere Leben nicht wie das eigene an. Hatte es ihr in den letzten Jahren wirklich gereicht, zu saufen und zu tanzen und zu lachen? Hatte sie wirklich geglaubt, sie würde Aurel nicht brauchen?

Nun, eigentlich brauchte sie Aurel auch jetzt nicht, nicht den stolzen, eitlen, gelehrten Medicus – nur seinen Leib und seinen Mund. Nicht einmal weich und süß musste beides sein, nicht einmal zärtlich und entgegenkommend. Es reichte, dass sein Widerstand schließlich erlahmte, dass er wie starr auf ihr liegen blieb.

Sie gab seinen Mund wieder frei, aber tastete nun nach seiner Hand. Wie zuvor begann sie sie über ihren Körper zu lenken, über ihre Brüste hin zu ihrer Leibesmitte. Er packte nicht zu, aber er verweigerte ihr seine Finger nicht. Ihr Blick traf seine braunen Augen. Leer waren sie zunächst, dann kehrte einen kurzen Augenblick lang etwas in sie zurück, das sie kannte – der Anflug von Neugierde, die bislang nur den Kranken und den Toten gegolten hatte. Nun stahl sie sich etwas davon, vielleicht, weil sie – obwohl ihr Puls lebendig raste, ihre Haut zu brennen schien – noch nie zuvor jenen Kranken und Toten so sehr geglichen hatte. Dann schloss er die Augen, war nicht mehr Aurel, sondern irgendein Fremder, kantig, ungelenk, etwas hilflos, aber Mann genug, um sie vergessen zu machen. Nie rang sie so viel Nähe von ihm ab wie in dieser Stunde – und nie hatte sie weniger von ihm gewollt.

Irgendwann hatte sie das meiste ihrer Kleidung abgestreift. Sie fühlte seine behaarten Beine, spreizte ihre. Ob des Drucks seines Leibes waren ihr die Füße taub geworden. Umso spitzer war der Schmerz, als er in sie eindrang. Etwas Warmes floss über ihre Schenkel. Wahrscheinlich war es ihr Blut. Sie gedachte seiner Worte, dass Blut eine Wunde zu heilen vermochte – und vielleicht, das hoffte sie, ehe sie die Augen schloss, vielleicht mochte das ihre die Wunden ihrer Seele heilen.

Als Emy zurückkehrte, ging Aurel nach draußen, ohne den Bruder auch nur eines Blickes zu würdigen.

Alaïs hörte, wie Emy ihm etwas zu essen anbot – er hatte Datteln und Feigen, ein paar Streifen getrocknetes Hammelfleisch und zwei Fladen aus dunklem Roggenbrot gekauft –, doch es ertönte keine Antwort, nur hektische Schritte. Bald darauf trat Emy zu ihr, beugte sich zu ihr herab. Sie wusste nicht, ob er sie musterte, etwas von dem erahnte, was geschehen war und was sich nun, da es vorüber war, wie ein wirrer Traum anfühlte. Sie blickte an sich hinab, um nachzusehen, ob sie ihre Kleidung geordnet hatte. Keine trügerischen Spuren gab es zu erspähen.

Trotzdem fühlte sie sich schäbig wie eine Lügnerin, als sie eine gleichmütige Stimme aufsetzte und vermeintlich ungeduldig ausrief: »Ich sterbe, so hungrig bin ich!«

Emy reichte ihr zu essen, nahm sich selbst, und gemeinsam verzehrten sie das Mahl. Er hatte das Feuer wieder entfacht und legte alle paar Bissen frisches Holz nach. Es war feucht und brannte nicht richtig, schien eher, nach Meer und Algen stinkend, im schweren Rauch zu verglimmen. Alaïs hustete ob der kratzenden Luft. Schon die ersten Bissen waren ihr im Hals stecken geblieben, aber sie zwang sich weiterzuessen. Wie konnte sie damit auch aufhören, wenn sie Emy eben beteuert hatte, hungrig zu sein?

Doch so sehr sie darum kämpfte, ihn ihre vermeintliche Gier glauben zu machen – alsbald fühlte sie sich ertappt. Sie gewahrte seinen Blick auf ihr ruhen, nachdenklich, verwirrt.

»Geht es … geht es dir gut?«, fragte er.

»Mir ist so kalt«, stammelte sie – die zweite Lüge, denn während sie bislang gefröstelt hatte, stieg ihr nun die Scham heiß ins Gesicht. Hastig leckte sie sich über ihre Lippen. Sie schmeckten nach Aurel, das glaubte sie zumindest. Sie wusste nicht genau, wie Aurel schmeckte, sie hatte ihn früher nie geschmeckt. Plötzlich war ihr, als würde sie seine eckigen Knochen noch spüren, an sämtlichen Stellen ihres Körpers, der sie nicht mehr wie der eigene deuchte, obwohl der Schmerz, der in ihrer Scham pochte, sich feucht und klebrig anfühlte, und der in ihrem Rücken, wo sie auf den harten Steinen gelegen hatte, so echt und durchdringend.

»Geht es dir gut?«, fragte Emy wieder.

Sie ließ das Stück Brot sinken. »Warum«, fragte sie, »warum kümmerst immer du dich um das Essen?«

Obwohl sie ihn nicht anblickte, war sie sicher, dass er verwirrt die Stirn in Falten legte. »Wie kommst du darauf?«

»Ich weiß es nicht … Es ist nur so: Ganz gleich, wo wir sind, wie groß die Not, wie ausweglos die Lage ... Du bist es, der Feuer macht. Und du bist es, der Essen holt. Warum tust du das?«

Er schwieg eine Weile, hüstelte schließlich des Rauches wegen. »Es war schon immer so«, meinte er, »als damals unsere Mutter starb, habe ich ihre Pflichten übernommen. Ich konnte nicht viel tun. Konnte Aurel nicht vor unserem Vater beschützen. Aber Essen kochen, das konnte ich schon.« Er machte eine kurze Pause. »'s ist wohl meine Bestimmung, auf meinen Bruder aufzupassen.«

»Aber dein Bruder steht dort draußen und glotzt aufs Meer. Du sitzt hier bei mir.«

»Komm her«, sagte er da plötzlich, erhob sich, rückte an sie heran. Sie sah ihn kaum, weil der Rauch so dicht stand, aber sie spürte seinen Körper, nicht ganz so sehnig, nicht ganz so eckig wie der von Aurel. Ihr Kopf sank in seinen Schoß.

An ihn gekauert schlief sie ein.

Seit jenem Tag in der Grotte konnte Alaïs nicht mehr mit gutem Appetit essen. Nach jedem Bissen schien sich ihr Magen zu verkrampfen. Nach einigen Wochen wurde es noch schlimmer. Sie übergab sich nach jeder Mahlzeit.

Lange waren sie in der Grotte geblieben, waren schließlich weiter die Küste gen Süden gezogen. Unter ihren Füßen knirschten die Zapfen und Nadeln der Bäume. An den flachen Stränden versanken sie im Sand, was das Gehen zwar weniger schmerzhaft, jedoch viel anstrengender machte. Irgendwann wurde sie blind für den Weg, den sie nahmen. Sie kämpfte nur mehr damit, sich auf den zunehmend wackligen Beinen aufrecht zu halten.

Eines Morgens übergab sie sich, ohne dass sie zuvor etwas gegessen hatte. Danach wälzte sie sich zur Seite und blieb im Sand liegen. Sie hielt die Augen geschlossen, und dennoch drehte sich die ganze Welt. Unmöglich, dass sie aufstehen konnte. Unmöglich, auch nur einen Schritt zu machen. Unbegreiflich war ihr, weshalb sie sich jemals nach Fremde und Aufbruch gesehnt hatte. Beides verhieß nun nichts Weiteres als Anstrengung.

»Ich kann nicht mehr«, murmelte sie, »ich kann nicht mehr weitergehen.«

Emy kniete sich neben sie und stützte ihren Kopf. »Du bist doch sonst immer gesund und kräftig gewesen!«

»Ich bin nicht mehr die Alte. Es hat sich etwas verändert.«

»Was ist mit dir geschehen, Alaïs? Sag es mir!«

Sie biss sich auf die Lippen. »Roselina… Ich bin schuld an Roselinas Tod. Und daran, dass Marguerite den Verstand verloren hat.«

Ihre Worte schienen ihn nicht zu erreichen. »Kann es sein… kann es sein, dass du ein Kind bekommst?«, fragte er.

Zum ersten Mal seit langem suchte sie seinen Blick. Er aber senkte den seinen. Eine sachte Röte überzog sein eckiges Gesicht.

Seit wann er es wohl wusste?, fragte sie sich. Und wusste es auch Aurel?

In den letzten Wochen war er kaum mehr als ein Schatten seiner selbst gewesen, immer da, aber immer unauffällig. Es war ihr recht gewesen, dass er kaum sprach, nicht an die Scham rührte, die in ihr aufstieg, wann immer ihr Blick seine Gestalt streifte. Erst jetzt ging ihr auf, wie ungewöhnlich sein Schweigen war. Kein Lob auf seine eigenen Fähigkeiten war ertönt, kein Wort der Hoffnung auf eine große Zukunft. Ob jene ihn ebenso blass deuchte wie sie die eigene?

»Was soll ich denn jetzt tun?«, stammelte sie.

Emy legte ihren Kopf sanft auf den Boden. Die Röte war aus seinem Gesicht geschwunden, seine Lippen waren schmal geworden.

»Ich werde mit Aurel sprechen.«

Aurel näherte sich ihr schweigend. Sie saß am Feuer, das Emy an einem jener Rastplätze entlang der Küste entzündet hatte. Das Holz knisterte und spuckte kleine Tröpfchen Meerwasser, die sich darin festgesogen hatten. Verlegen rang er mit den Händen.

»Komm mit!«, sagte er schließlich.

Sie fragte sich, wohin er sie locken wollte und warum, gewahrte dann aber, dass Emy nicht weit von ihnen hockte. Offenbar wollte er verhindern, dass der Bruder ihm zuhören konnte.

Langsam stand Alaïs auf, ihr Kopf drehte sich, ihr Magen verkrampfte sich wieder. Sie folgte Aurel einige Schritte über den klammen Sandstrand. Als sie zurückblickte, sah sie die Spuren ihrer Füße.

»Was willst du von mir?«, fragte sie.

Aurel streckte einfach nur seine Hände nach ihr aus. Kurz vermeinte sie, er wollte sie umarmen, ungelenk und steif, wie es seine Art war, und die Rührung darüber war so stark, dass ihr Tränen in die Augen stiegen. Ehe sie freilich über die Wangen liefen, stellte sich heraus, dass Aurel sie nicht umarmen wollte, sondern ihren Bauch abtastete, dann ihre Brüste. Seine Augen waren so ausdruckslos wie immer, wenn er einen Kranken untersuchte, nur seine Wangen waren flammend rot und verrieten seine Verlegenheit.

Sie ließ es über sich ergehen. Die Tränen versiegten. Seine Berührungen waren ihr fremd, besonders an vertraulichen Körperstellen. Es war, als hätte sie nie bei ihm gelegen.

Irgendwann trat er schweigend von ihr fort, ging zurück zum Feuer und zu Emy, nein, eigentlich rannte er förmlich. Die Spuren, die er im Sand hinterließ, waren diesmal viel tiefer. Sie sah, dass er etwas zu seinem Bruder sagte.

Emy erhob sich ganz langsam, hielt den Kopf immer noch gesenkt. Er schüttelte den Sand ab, ehe er sich seinem Bruder zuwandte, seine Lippen bewegte, ihm offenbar eine Frage stellte. Sie wollte zu ihnen gehen, aber konnte es nicht. Ein unsichtbarer Bannkreis schien sich um die beiden Brüder gesponnen zu haben. Obwohl sie so ruhig voreinander standen, fühlte sie förmlich die Spannung, die zwischen ihnen herrschte und die sie sich nicht recht erklären konnte.

Auf Emys Frage hin nickte Aurel schließlich.

Und dann – Alaïs stieß einen entsetzten Schrei aus, als sie es sah – hob Emy seine Hand und schlug Aurel ins Gesicht, so fest, dass jener wankte und zu Boden ging.

Alaïs wusste später nicht mehr, wie lange sie an jener Stelle verblieben war, wo Aurel sie untersucht hatte. Nachdem er sich wieder erhoben hatte und Emy keine Anstalten machte, noch einmal zuzuschlagen, hatte sie sich rasch abgewandt, war zu einem der spitzen, weißen Steine getreten und hatte sich daneben auf einem Bett halb getrockneter, halb fauliger Algen niedergelassen.

Was immer zwischen den beiden Brüdern vorging, sie hatte das Gefühl, es sei ebenso respektlos, sie zu mustern wie einen nackten Menschen, der sich nicht ausreichend bedecken kann.

Das Herz hämmerte ihr bis zum Hals. Sie dachte daran, was Emy ihr so oft von seinem Vater erzählt hatte – dass jener Aurel häufig geschlagen hatte und er ihn nicht selten davor bewahrt hatte. Nun hatte er selbst zugeschlagen.

Das Licht war so diesig, dass die ferne Grenze zwischen Meer und Himmel verschwamm. Selbst als sie unterging, blieb die Sonne blass. Ihr Licht war ebenso kalt wie das des Mondes.

Als der Himmel grau und das Meer vor ihr schwarz wurde, trat jemand zu ihr. Es war Aurel. Seine rechte Wange war rötlich verfärbt. Sein Kiefer schien ihm zu schmerzen, er rieb seine Zähne prüfend aufeinander, betastete dann die Schwellung in seinem Gesicht.

»Warum… warum hat er dich geschlagen?«, zischte Alaïs plötzlich. Aus dem Unbehagen der letzten Stunden wurde Ärger. Über Emy. Über Aurel. Über sich selbst.

»Was wir getan haben, nun, das haben wir getan«, fuhr sie fort. »Es geht ihn gar nichts an.«

Aurel tastete weiterhin sein Kinn ab.

»Emy… Emy wird dich nach Saint-Marthe zurückbringen«, sagte er unvermittelt.

Trotz Schwindel und Übelkeit sprang sie auf, scharrte mit den Füßen im Sand und in den Algen. Sie fühlten sich klebrig an. »Wovon redest du? Ich kann doch nicht nach Saint-Marthe zurück! Ich kann doch…«

»Der Bettelmönch hat das Dorf schon seit langem verlassen!«, fiel er ihr ins Wort, dann ließ er seine Hand erstmals von seinem Kiefer sinken, durchpflügte stattdessen unruhig sein Haar.

»Du weißt doch noch«, setzte er leise hinzu. »Du weißt doch noch, wie es damals war … als wir von Dorf zu Dorf gezogen sind, von Stadt zu Stadt … bevor wir nach Avignon kamen.«

Sie presste die Lippen zusammen.

»So … so kannst du nicht leben«, wieder rieb sein Kiefer aufeinander, diesmal nicht, um seine Funktion zu prüfen, sondern, weil es ihm unangenehm schien, weiterzusprechen. »Nicht mit einem Kind!«, brach es schließlich aus ihm heraus.

Unwillkürlich legte Alaïs ihre Hände auf den Bauch. Er deuchte sie flach, kein bisschen gewölbt. Unmöglich, dass darin Aurels Samen heranwuchs, sich in ihrem Leib ausbreitete, ihn ganz und gar vereinnahmte. Ihr die Freiheit raubte.

»Du hast vor deinen Studenten in Avignon über das Geschlecht des Mannes und die Zeugung eines Kindes gesprochen, ohne zu erröten. Und nun bringst du es kaum fertig auszusprechen, dass ich schwanger gehe?«

Ihr Tonfall geriet keifend. Manchmal hatte sie ihre Mutter mit ihrem Vater so sprechen gehört, nur dass es bei der Mutter nach einem Spiel geklungen hatte, das Ray prompt mit einem spitzbübischen Lächeln zu erwidern wusste, nicht nach Bitterkeit.

»Du wirst nach Saint-Marthe zurückkehren«, stammelte Aurel. »Emy … Emy wird dich begleiten. Er wird dich heiraten. Damit deine Ehre wiederhergestellt ist.«

Er sagte es, als habe er es mühsam auswendig gelernt.

»Du hast dich nie um deine eigene Ehre geschert, warum jetzt um die meine?«

Sein Blick flackerte. »Ich bin Medicus. Ich bin *Cyrurgicus*. Männer wie ich haben keine Familie. Das weißt du, das hast du immer gewusst. Ich werde nach Bologna ziehen. Dort … dort lehren die besten Mediziner. Glaube mir, Alaïs …«

Der Klang ihres Namens war so fremd. Vielleicht lag es daran, dass er ihn so selten genannt hatte, dass er sich so selten direkt an sie gewandt hatte. Vielleicht aber auch daran, dass sie ihren Namen nicht wollte, genauso wenig wie ihren Körper. Er gehörte ihr ja auch nur mehr vom Kopf bis zum Hals. Alles darunter war im Besitz des Kindes, auch die Beine, die einstmals auf Tischen getanzt hatten und die sie nun in die Heimat zurückführen würden.

»Alaïs, ich habe darüber nachgedacht. Und ich sehe keinen anderen Weg … es tut mir leid.«

Er drehte sich um, ging zurück, nicht auf dem trockenen Sand, sondern im dunklen Wasser, auf dem die bleiche Mondsichel zerrann. Die Spuren, die seine Füße diesmal hinterließen, wurden augenblicklich weggespült.

Sie blieb hocken, weigerte sich, zum wärmenden Feuer zurückzukehren, auch dann noch, als das letzte Licht vor der Nacht floh und sie erbärmlich fror. Es machte ihr nichts aus, den Körper so leiden zu lassen, im Gegenteil. Wie sonst hatte sie noch Macht über ihn, wie sonst konnte sie sich der Entscheidung, die Aurel über ihren Kopf hinweg getroffen hatte, widersetzen?

Dann plötzlich löste sich ein Schatten aus der Dunkelheit, zunächst nur eine weitere von vielen, nicht lebensfähigen Gestalten ihrer Vergangenheit, die sie im Zustand zwischen Frieren und Einnicken heimsuchten, sie verspotteten oder bemitleideten, weil ihr altes Leben verloren war. Doch jener Schatten hielt sich länger als der Rest, gewann an Konturen, legte schließlich eine Decke um ihre Schultern.

»Du frierst, Alaïs«, sagte Emy. Er sprach ihren Namen aus, so wie Aurel es getan hatte, doch bei ihm war es keine Besonderheit, er hatte es oft getan. Von ihm hatte sie es nie ersehnt.

Sie schüttelte die Decke ab. Ihr Körper gehörte doch schon dem ungewollten Kind – wie konnte er sich anmaßen, sich ihm gegenüber fürsorglich zu erweisen.

»Warum … warum hast du Aurel geschlagen?«, fragte sie bebend.

Er ließ sich neben ihr im Sand nieder, schien lange um eine Antwort zu ringen. Jene fiel schließlich knapp aus. »Ich war glücklich in Avignon.«

Erstmals ging ihr auf, dass es nicht nur ihr gelungen war, sich in der Stadt des Papstes ein Leben zu schaffen, das nicht allein von Aurel bestimmt war. Sie mochte in ihren durchtanzten Nächten Freude gefunden haben – er in seiner Verantwortung als Einkäufer des päpstlichen Hofes, die so viel weiter reichte als die Aufgabe, nur für seinen Bruder, später auch für sie zu sorgen.

»Ich war glücklich in Avignon«, wiederholte er. »Ich war damals auch glücklich in Montpellier. Ich habe als Pferdeknecht geschuftet, damit wir ein Dach über dem Kopf hatten und genug zu essen, und wenn es auch ein einfaches Leben war, so stand fest, was ich zu tun hatte und was Aurel. Das dachte ich zumindest. In Wahrheit hat er nicht nur studiert, sondern sich Feinde gemacht – so wie er sich überall Feinde macht. Weil er den Mund nicht halten kann. Weil er sich nicht begnügt, irgendwo Zweiter zu sein. Weil er nicht höflich ist, nicht aufmerksam, nicht fähig, sich anzupassen.« Er machte eine kurze Pause, in der die Bitterkeit seiner Worte nachklang. »Ich war glücklich in Avignon«, sagte er ein drittes Mal.

»Was geschehen ist… das kannst du doch nicht ihm anlasten… nicht ihm allein.«

»Kann ich nicht?«, fuhr er auf, und sie war nicht sicher, ob er sie richtig verstanden hatte. Sie hatte die Verschwörung von Avignon gemeint, doch sein flackernder Blick – das Mondlicht leuchtete ausreichend, um ihn wahrzunehmen – bezeugte, dass er wohl an das dachte, was Aurel und sie in der Grotte getan hatten.

»Ich dachte, du lebst dafür, dass du deinen Bruder vor sich selbst beschützt. Er hat dir eine Fingerkuppe abgehackt – hast du nicht gesagt, du wolltest verhindern, dass irgendwann eine ganze Hand draus wird?«

Emy senkte die verstümmelte Hand, vielleicht, um sich den einstigen Schmerz in Erinnerung zu rufen.

»Im Augenblick scheint es mir, dass du mehr Schutz brauchst als er.«

Eine neue Woge der Übelkeit erfasste Alaïs. Am liebsten hätte sie ihm vor die Füße gespien, aber dann erhob sie sich plötzlich und stapfte davon. Leise wie immer folgte er ihr.

»Hast du denn kein Rückgrat, Emy?«, fauchte sie. »Immer warst du der Diener deines Bruders – und jetzt willst du gar seinen Bastard großziehen?«

Er streckte seine Hand aus – es war die heile. Alaïs duckte sich. Unerträglich war es ihr, sich von ihm berühren zu lassen, unerträglich die Erinnerung daran, wie sie ihren Kopf in seinen Schoß gelegt hatte. Allein der Gedanke an diese Vertraulichkeit trieb Schamesröte in ihr Gesicht – weil sich nicht nur die Erinnerung an Emys unaufdringliche Gegenwart damit verknüpfte, sondern dieser hastige, schmerzvolle, unbequeme Akt zwischen ihr und Aurel.

»Wenn wir heiraten, dann ist das Kind kein Bastard«, sagte er leise. Er ließ seine Hand wieder sinken.

Alaïs blieb stehen, und das Leben, das vor ihr aufragte, deuchte sie ebenso felsig und öde und stinkend wie die Grotte, in der sie bei Aurel gelegen war.

»Schämst du dich nicht, Emy, dass du stets tust, was er sagt, anstatt eine eigene Entscheidung zu treffen?«

Wieder wich er ihrem Blick aus, diesmal nicht, um auf die fehlende Fingerkuppe zu starren, sondern hinaus aufs schwarze Meer.

Sie konnte den Gedanken, den er spann, nahezu hören.

Du tust es doch auch. Du lehnst dich doch auch nicht auf.

»Es ist jämmerlich, so schwach zu sein«, murmelte sie, nicht sicher, ob sie ihn oder sich selbst meinte.

Fünfter Teil

Die Insel hinter dem Horizont

Frühjahr 1328

XXIV. Kapitel

Wieder in Saint-Marthe zu leben, war wie in alter Kleidung zu stecken. Verblichene Fettflecken erinnerten an Mahlzeiten, die lange vorbei waren, der modrige Geruch gemahnte daran, dass die Kleidung lange Zeit in Truhen verrottet war. Hier und da kniff sie, weil man größer oder runder geworden war. Vertraut fühlte sich alles an und zugleich so alt. Das Verjährte hielt warm – aber der Wunsch nach Frischem, Sauberem ließ niemals nach. Alaïs trug das alte, neue Leben so steif, als könnte sie solcherart verhindern, mehr damit in Berührung zu kommen, als unbedingt nötig. Sie suchte, wann immer es möglich war, jenen einzigen Ort auf, den es früher noch nicht gegeben hatte – das hieß, es hatte ihn zwar gegeben, aber er hatte damals noch nicht diese große Bedeutung für sie gehabt.

Die Gefühle, die sie hier, fünf Jahre nach ihrer Heimkehr aus Avignon, erwarteten, waren schmerzhaft und düster. Zumindest aber gehörten sie zur Gegenwart und waren frei vom schalen Geschmack dessen, was davor lag.

Sie beugte sich tief hinunter, sank dann mit ihren Knien auf die warme Erde, wühlte darin und spürte, wie sich kleine Brocken unter ihre Fingernägel gruben. Sie hatte früher nicht gewusst, dass Erde so stark riechen konnte, so widersprüchlich auch, gleichzeitig fruchtig und modrig nämlich, feucht und trocken, süß und verdorben. Sie hatte früher auch nicht gewusst, dass sie diesen Ort wieder und wieder aufsuchen würde.

Einst war sie mitten in der Nacht hier gestanden, als Aurel und Emy den Körper des alten Ricards ausgegraben hatten. Nun kam sie am Morgen, um bis zum Mittag zu bleiben, und sie betrauerte Aurélie, die Tochter, die sie geboren und die der Vater, der nunmehr seit Jahren in der Ferne weilte, nie gesehen hatte.

Sie konnte sich nicht erinnern, dass ihr bei der Geburt ein lauteres Geräusch über die Lippen gekommen war als ein Stöhnen. Sie schrie nicht, auch nicht im heftigsten Schmerz. Vielleicht war dieser Schmerz auch gar nicht heftig im Vergleich zu dem, den andere Mütter auszustehen hatten, wenn sie große, runde Kinder auf die Welt brachten, die beim ersten Atemzug kräftig plärrten. Die kleine Aurélie wimmerte nur und verhielt sich solcherart genauso leise wie die Mutter. Sie war nicht größer als jene Spanne zwischen Alaïs' Ellbogen und ihrer Hand, leicht wie eine Feder und ihre weiße Haut verschrumpelt wie ein Apfel. Alaïs hatte noch nie ein Kind wie dieses gesehen, so farblos, so regungslos. Sie wagte kaum, es zu halten – aber sie stellte sich vor, was Aurel bei dessen Anblick getan hätte. Hätte er Aurélie gescheut oder hätte er begierig auf ihren Tod gewartet, um diesen bleichen, kleinen Körper aufzuschneiden?

Der Tod ließ nicht lange auf sich warten. Indessen Alaïs sich nicht traute, das Kind zu berühren, weil es doch zerbrechen könnte wie das kostbare Glas am Avignoneser Hof, trugen Emy und ihre Mutter es mit Hingabe hin und her, als wollten sie der Kleinen durch den Rhythmus ihrer Schritte Lust aufs Leben machten. Caterina war es auch, die Aurélie an Alaïs' Brust legte – doch es kam keine Milch. Vielleicht wäre sie da gewesen – dessen war sich Alaïs sicher, noch über Monate schmerzten ihr die Brüste, waren groß und hart wie Stein –, doch Aurélie hatte keine Kraft zum Saugen. Sie schnappte nach der Brustwarze wie nach Luft, aber dann ließ ihr winziges Mäulchen sie sofort wieder los.

»Sie ist viel zu früh geboren«, hörte Alaïs später die Mutter zu ihrem Vater sagen. »Sie ist zu kraftlos für diese Welt.«

Trotz aller Scheu hielt Alaïs die Tochter, als jene einschlief und nicht mehr aufwachte, hielt sie und betrachtete sie verwirrt. Der Moment, da der Tod endgültig seine Flügel über sie gebreitet hatte, war ihr entgangen. Aurélie schien kaum durch ihn verändert, war ebenso bleich, ebenso reglos wie zuvor. Irgendwann wurde sie kalt, und Emy, der Tränen in den Augen hatte, obwohl er nicht der Vater war, nahm sie ihr schließlich ab und hüllte sie in ein warmes Tuch.

Warum versucht er, sie zu wärmen?, dachte Alaïs. Sie kann doch kalt bleiben, sie wird doch ohnehin in kalter Erde begraben.

Aurel würde nicht kommen, sie auszugraben – und sie würde ihm nicht helfen, es zu tun, wenn er es versuchte. In den nächsten Wochen, als sie meist im Bett lag, zwischendurch vom Fieber befallen, das sie fantasieren ließ, stellte sie sich oft vor, wie er versuchte, ihr Kind zu rauben so wie alle anderen Toten von Saint-Marthe. Und sie stellte sich vor, wie sie Aurel jenes Messer, das er zum Sezieren bereitgelegt hatte, in den Leib rammte. Auf dass er ihn spürte – jenen Schmerz, der seit Aurélies Tod in ihr wucherte, jedoch niemals laut wurde. Schließlich hatte sie auch bei ihrer Geburt nicht geschrien.

»Alaïs …«

Die Stimme war verstörend leise, spiegelte geradezu lächerlich die eigene Tonlosigkeit wider. Sie mochte Trauer und Bitterkeit ertragen – immerhin noch starke Gefühle –, diese dumpfe Hilflosigkeit jedoch nicht.

Sie blickte kaum hoch. Sie wusste ja, wer ihr nachgekommen war.

»Alaïs …«

Sie hob die Hand, noch ehe Emy sie an den Schultern zu fassen bekam. Seine Berührungen waren nie aufdringlich, immer nur liebevoll, aber sie konnte sie nicht ertragen, nicht seit damals, nicht seit jener Nacht.

Ein halbes Jahr, nachdem sie Aurélie zu Grabe getragen hatten, starb Caterina. Es war ein gnädiger Tod für sie und ein grausamer für Ray, der tagelang nicht fassen wollte, dass sie zuerst gegangen war und das so plötzlich. Drei Tage lang hatte sie Kopfschmerzen gefühlt, am dritten so stark, dass sie sich kaum aufrecht halten konnte. Sie legte sich nieder, schloss die Augen und tat sie niemals wieder auf.

Im Schlaf sei sie gestorben, hieß es, so wie Aurélie.

Ab diesem Zeitpunkt konnte Alaïs nicht mehr schlafen. Sie mied das Bett, das ihr seit Monaten der einzige Zufluchtsort gewesen war, und blieb tagelang auf den Beinen. Sie fischte – mit karger Ausbeute – im Meer, weil Ray es verweigerte. Sie nahm den Fisch aus und salzte ihn, weil Caterina es nicht mehr tat. Mit Estela, der Frau ihres Bruders Félipe, der einst als Händler durch das Land gezogen war, seitdem er verheiratet war, jedoch immer länger in Saint-Marthe weilte, bereitete sie das Totenmahl vor.

Estela schlug vor, Eintopf zu kochen und Fisch zu braten, doch das war Alaïs zu wenig. Sie verlangte vielmehr, es müssten solch feine Speisen auf den Tisch kommen, wie man sie in Avignon servierte – das sei sie Caterina schuldig. Jene sei schließlich als Grafentochter geboren worden, ihr Totenmahl sollte einer solchen würdig sein.

Sie hatte kaum Gewürze für Pasteten, doch sie zerstampfte Pinien- und Granatapfelkerne mit einem Mörser. Sie schnitt die Feigen nicht einfach auf, sondern zerstampfte auch sie zu Mus. Selbst mit dem Fisch verfuhr sie ähnlich, indem sie ihn zerhackte.

Nach dem Tag an der Herdstelle hörte sie, wie Estela zu Emy sagte, Alaïs habe offenbar den Verstand verloren. »Es ist, als koche sie für alte Menschen, die keine Zähne mehr zum Beißen haben.«

Caterina war alt gewesen. Zum Zeitpunkt ihres Todes hatte sie an die fünfzig Jahre gezählt, aber sie hatte noch all ihre Zähne gehabt. Aurélie hingegen keinen einzigen. Sie hatte nie etwas zu sich genommen, nicht einmal einen Schluck Milch von ihren Brüsten.

Jene schmerzten und juckten, als Emy Alaïs sanft nahm und nach Hause führte, geradewegs in ihr Bett. Obwohl sie es gerne weiter gemieden hätte, ahnte sie, dass sie sich nicht länger auf den Beinen halten konnte. Doch wenn sie schon liegen musste, dann wenigstens nicht allein.

Sie klammerte sich an Emy fest und ließ ihn nicht gehen. »Ich will nicht schlafen und sterben«, sagte sie.

»Das wirst du nicht. Du bist jung – und kräftig.«

»Wer weiß, womit Gott mich noch bestrafen will.«

»Warum soll Gott dich bestrafen?«

Da erzählte sie es ihm. Dass sie an Roselinas Tod schuld war. Und dass ihr der himmlische Vater darum auch Aurélie geraubt hatte. Und noch mehr erzählte sie. Wie sie sich in der Grotte an Aurel geklammert hatte, in der Hoffnung, er könnte ihr Leben einhauchen und Sinn.

Nun klammerte sie sich an Emy, und er erwies sich trotz aller Unbeholfenheit, die er nicht gänzlich verbergen konnte, als so viel weicher, so viel fürsorglicher als sein Bruder. Er streichelte ihr tränenüberströmtes Gesicht, ihre harten Brüste, ihren Leib, der ihr – obwohl so viel Zeit seit Aurélies Geburt vergangen war – immer noch aufgedunsen vorkam. Sie wehrte sich nicht, ließ es zu, schob den Stoff ihrer Kleider beiseite, auf dass sie die Liebkosungen auf der nackten Haut erfahren konnte.

Sie glühte unter seinen Händen, als hätte sie Fieber – und kurz wünschte sie sich das auch: wünschte, die Hitze würde steigen und steigen, sie langsam verbrennen, bis nichts mehr von ihr da war, nur Asche.

Aber noch war sie da, und sie blieb da, rückte lediglich ein wenig zur Seite, damit Emy sich zu ihr ins Bett legen konnte, sie weiter streicheln und liebkosen, ihr weiter Wärme schenken. Unscharf erinnerte sie sich, dass er sie schon einmal umarmt hatte, damals in Avignon, als er ihr verlegen berichtet hatte, dass Aurel der Leibarzt des Papstes werden würde. Sie hatte ihn verachtet in diesem Augenblick, doch seine Umarmung war ihr brüderlich erschienen. Nun verachtete sie sich selbst so viel mehr als ihn, und seine Umarmung war nur am Anfang brüderlich, dann nicht mehr. Dann nämlich zog sie ihn auf sich, öffnete ihre Beine, schob ihr Kleid über die Hüften, begierig und fordernd, als hinge ihr Leben davon ab.

Zunächst schluchzte sie, dann stöhnte sie. Irgendwann, er lag auf ihr, war in sie eingedrungen, schrie sie, viel lauter als sie jemals geschrien hatte. Sie wusste nicht, ob vor Kummer oder vor Lust. Vielleicht war ihr Körper gar nicht fähig, Letztere zu empfinden – oder vielleicht war sie nicht fähig, die Regungen ihres Körpers wahrzunehmen. Es war nicht wichtig. Wichtig war nur, dass Emy da war und da blieb – obwohl er von ihrer Schuld wusste, obwohl er ahnte, dass sie nicht nur um Aurélie, sondern auch um Aurel weinte und dass sie ihn gleichzeitig verfluchte. Er küsste ihre Tränen fort, er küsste ihre Lippen – nicht gierig, wie sie Küsse kannte, sondern zärtlich. Und sie erschauderte, bebte, schluchzte und war dankbar für die Ahnung, die er ihr schenkte: dass es noch mehr auf dieser Welt gab als nur sie und den Tod.

Wohlig fühlte es sich an, unter Emy zu liegen, weich, beruhigend – und am Ende erstickend. Irgendwann verstummten alle Laute in ihrem Mund. Nur mehr sein Atem war zu hören, wie er schneller wurde und wie er schließlich aufstöhnte – so leise freilich, dass sie sich nicht sicher war, ob alles nur ein Traum gewesen war.

Erst jetzt fiel ihr auf, dass es zwischen ihren Schenkeln nicht weh getan hatte, nicht so weh wie damals mit Aurel in der Grotte, nicht so weh wie in der Stunde, da sie Aurélie geboren hatte. Was hielt den Schmerz zurück – Emys Zärtlichkeit, nach anfänglicher Scheu erstaunlich entschlossen, obwohl sie ihn doch zum ersten Mal bei einem Weib zu liegen wähnte, oder ihre eigene Taubheit?

Er ließ sie nicht los, als er einschlief, und sie rückte nicht von ihm ab, bis sie in den Schlaf sank. Eng umschlungen wachten sie auf. Ehe sie die Augen vor seinem Blick senkte, das wusste sie später noch, fuhr sie ihm durch das wirr abstehende Haar. Auch erinnerte sie sich daran, dass er daraufhin lachte – ein heller, warmer, weicher Ton. Der bereitete ihr, anders als sein Körper, anders als seine Umarmung, nun doch Schmerzen. Ihre Tochter war tot, ihre Mutter war tot – und er lachte?

Sie rückte von ihm ab und verbot ihm, ihr jemals wieder so nahe zu kommen, nicht sicher, ob es galt, ihm den eigenen Körper zu versagen oder sich selbst seinen Trost.

Neun Monate später gebar sie eine zweite Tochter. Sie wurde Raymonda genannt, nach ihrem Großvater, hatte kräftiges schwarzes Haar und eine ebenso kräftige Stimme. Sie schrie unentwegt, und als Alaïs sie an ihre Brust legte, trank sie sofort mit lautem Schmatzen.

Eine Weile war Emy neben Aurélies Grab stehengeblieben, hatte sie zunächst kein zweites Mal gedrängt, mit ihm zu kommen. Doch nun, da sie ihre Hände immer tiefer in der Erde wühlte, sich nicht lösen konnte von der Erinnerung an ein Kind, das zunächst ein fremder Eindringling gewesen war, das sie dann mit Hilflosigkeit und auch ein wenig Befremden erfüllt hatte, als es schwächlich und zum Sterben verdammt in ihren Armen lag und das ihr nun, da es nicht mehr da war, immer noch Tränen der Trauer abpresste – ja, da begann er unruhig mit den Füßen auf dem Boden zu scharren.

»Lass uns zurückgehen«, sagte Emy leise. »Besser, du verbringst nicht so viel Zeit … hier …«

Kurz schien es, als wollte sie sich fügen. Sie wehrte sich nicht gegen seine Hand, als er sie hochzog. Sie ging sogar einige Schritte. Doch dann schrie sie auf. »Warum nicht? Darf ich nicht um meine Tochter trauern? Du hast ja eine, du hast Raymonda, du musst keinen Kummer um Aurélie leiden – aber ich, ich habe das Recht hier zu sein, wann immer ich will!«

»Niemand will es dir absprechen.«

»Natürlich wollt ihr das!«, rief sie unbeherrscht. »Das habt ihr euch doch alle gedacht, als Raymonda geboren wurde. Dass ich nun ein neues Kind habe und nicht mehr um das alte trauern müsste.«

»Alaïs, was denkst du nur! Das ist nicht wahr!«

»Doch«, erwiderte sie trotzig. »Doch, genauso war es.«

Mit eiligen Schritten stapfte sie davon. Kleine Brocken der roten Erde stoben in die Luft. Emy folgte ihr mit hängenden Schultern, und obwohl sie seine Gestalt nur aus den Augenwinkeln musterte, erfüllte sie sie doch mit Zorn.

Wie kann man nur derart schwach sein!, dachte sie – so, wie sie es damals dachte, als Aurel ihn gedrängt hatte, sie zu heiraten. So wie sie es seitdem immer wieder gedacht hatte. Wenn er sich ihren schrillen Launen fügte. Wenn er es hinnahm, dass sie sich gehen ließ, nicht kämmte, sich nicht wusch, sich keine saubere Kleidung anzog.

Und sie dachte es auch in Momenten wie diesem – wenn ihr aufging, wie erneut ein Tag unter ihren Händen zerrieselt war wie erdige Klumpen. Sie verschwendete ihre Zeit an Aurélies Grab, und nicht immer mochte sie sich vortäuschen, dass es Kummer war, der sie dazu trieb. Manchmal flackerte die Ahnung auf, dass der Trotz sie viel stärker an das tote Kind band als die Erinnerung an sein bleiches Gesichtchen, dass es auch nicht das Kind war, von dem sie nicht lassen konnte, sondern sein ferner Vater, dass sie auf jenen wiederum gerne hätte verzichten können – zumindest an jedem anderen Ort der Welt, nur hier in Saint-Marthe eben nicht. Hier schmerzte die Erinnerung an ihn, weil es die Erinnerung an ihre Freiheit war, die Erinnerung an Tage, da sie tat, was sie wollte, und wollte, was sie tat.

Als sie in jene Kate zurückkehrten, wo sie ihre Kindheit verbracht hatte und wo sie nun, nach Caterinas Tod, mit ihrem Mann, ihrem Kind und ihrem Vater lebte, fühlte sie sich so schwer, als habe sie nicht nur an einem Grab gesessen, sondern darin gelegen, erstickt und erdrückt von der Erde. Fremd klangen in diesem Augenblick die Geräusche aus dem Haus, kündeten nicht von ihrer Verzagtheit, sondern klangen licht und leicht wie das Zwitschern eines Vögelchens.

»Sie hat in einer Höhle gelebt. Ja, die letzten Jahre ihres Lebens hat sie sie gar nicht mehr verlassen«, hörte sie Ray sagen.

Auf seinen Knien hockte Raymonda und beobachtete ihren Großvater mit ernster Miene. Er hatte es schwer, sie zum Lachen zu bringen, aber fesseln konnte er sie mit seinen Geschichten ohne Mühe. Von der heiligen Maria Magdalena erzählte er eben, wenngleich diese Geschichte wenig Ähnlichkeiten mit jener von Jean Gobi dem Älteren hatte, Prior des Dominikanerkonvents in

Saint-Maximin, der in einem Buch die Wunder der Heiligen zusammengefasst hatte. Doch ihre Frömmigkeit und ihre Verbundenheit mit dem auferstandenen Christus, den sie als Erste gesehen, jedoch nicht hatte berühren dürfen, interessierte weder Ray noch seine Enkeltochter.

Er schmückte vielmehr den Zustand ihres Leibes zu jener Zeit aus, da sie sich als Eremitin weinend und betend und seufzend den Lebenserinnerungen hingegeben hatte.

»Sie hatte Haare, die bis zum Boden reichten, und wenn sie einen falschen Schritt machte, dann stieg sie darauf.«

Ein Geräusch entfuhr Raymondas Mund, das man für ein Kichern hätte halten können. Alaïs konnte nicht sehen, ob sich ihre Lippen dabei verzogen. Das Gesichtchen war von einer Fülle schwarzen, glatten Haars verborgen, wie es einst auch über Caterinas Rücken geflossen war.

»Und sie hatte Warzen, riesige große Warzen an ihren Händen!«, schmückte Ray sämtliche Einzelheiten aus. »Und ihre Fingernägel waren so lang, dass sie sich um die Hand wanden.«

Wieder ertönte jenes Glucksen.

»Hör auf!«, fuhr Alaïs ihn an. »Das ist lästerliche Rede! So darf man nicht über eine Heilige sprechen!«

Sie trat auf die beiden zu und zog Raymonda unwirsch vom Schoß des Großvaters. Das Kind versteifte sich unter ihrem Griff, aber wehrte sich nicht. Es hatte wohl längst gelernt, dass es meist nach kurzer Zeit wieder von den sonderbaren Anwandlungen der Mutter befreit war, jenem Gemisch aus Widerwillen und der unerfüllten Sehnsucht, die zweitgeborene Tochter könnte mit Unschuld und Liebreiz gutmachen, wo das eigene Leben versagt hatte. Aber Raymonda wirkte weder liebreizend noch unschuldig. In ihren dunklen Augen witterte Alaïs nichts von jener Leichtgläubigkeit und Gutmütigkeit, wie sie anderen Kindern oft ins Gesicht geschrieben stand, nur Vorsicht, als habe sie mit der Muttermilch eingesogen, dass jene, die ihr ebendiese Milch schenkte, sie ihr nicht von Herzen gönnte.

Manchmal quälte es sie, dass das Kind ihr nichts bedeutete.

Und manchmal quälte sie das Kind, um nicht darüber nachdenken zu müssen. Nie willentlich geplant war das, nie, um Raymonda ernsthaft zu schaden. Nur manchmal, da kniff sie ihr in den Arm oder zog sie an den Händen – und hörte nicht auf, wenn die Kleine quengelte, nein, tat es noch einmal, tat es so oft, bis sie sich ertappt fühlte, von Emy, der eifrig über seine Tochter wachte, oder von ihrem Vater Ray.

Letzterer zeigte seine Trauer über Caterina nie, scherzte vielmehr oft, lachte viel, und manchmal vermochte er Alaïs damit aufzuheitern. Doch in letzter Zeit – es gab ihr einen Stich, als sie das feststellte – bemühte er sich häufiger darum, Raymonda zum Lachen zu bringen und sie mit aufregenden Geschichten zu unterhalten als seine Tochter. Vielleicht, weil es sich mehr lohnte. Und vielleicht, weil Raymonda das rabenschwarze, glatte Haar von Caterina hatte.

»So darf man nicht über eine Heilige sprechen!«, wiederholte Alaïs bitter.

»Seit wann bekümmert's dich, wie in diesem Haus über Heilige gesprochen wird?«, fragte Ray indessen verständnislos.

Alaïs schüttelte unwirsch den Kopf. »Ich will nicht, dass du ihr solchen Unsinn erzählst.«

Die heilige Maria Magdalena war ihr völlig gleich. Aber als ihr Vater diese so grässlich beschrieb, so war's ihr, als würde er sie selbst verhöhnen – ihre Zotteln, die verfilzt und glanzlos über ihren Rücken fielen, ihre Lustlosigkeit, sich auch nur die geringste Fürsorge zukommen zu lassen.

Zumindest schien er zu erkennen, dass er ihr zu nahe getreten war, und wechselte rasch das Thema.

»'s ist jetzt auch keine Zeit mehr, Geschichten zu erzählen, sondern zu essen. Was gibt es?«

Alaïs zuckte nur die Schultern, während Emy sogleich schweigend den Eintopf auftrug.

Nachdem sie vom Grab zurückgekehrt waren, war er es auch gewesen, der den Tisch gedeckt hatte, mitsamt den Servietten, auf die Caterina einst so viel Wert gelegt hatte. Danach hatte er noch einmal den längst köchelnden Eintopf umgerührt, und nun verteilte er ihn in die Näpfe aus Zinn.

Alaïs fragte nicht, ob sie ihm dabei helfen sollte. Am Anfang hatte sie noch aus Trotz jede Unterstützung im Haushalt verweigert, hatte insgeheim damit gerechnet, auf das gleiche Gezänk zu stoßen, mit dem ihre Mutter mal mehr, mal weniger erfolgreich eingeklagt hatte, sie möge ihre Pflichten tun. Doch obwohl sie darauf gewartet und sich bereits mögliche Widerworte zurechtgelegt hatte – Emy forderte nichts. Auf ihren Reisen hatte er für ihr Wohlergehen gesorgt, als Einkäufer am päpstlichen Hof von Avignon hatte er sich um andere gekümmert, und jetzt tat er es wieder – ohne jemals Worte darüber zu machen. Nachdem sie Raymonda nicht mehr mit ihrer Brust genährt hatte, war er es gewesen, der sie fütterte, und irgendwann hatte sie auch aufgehört, das Kind zu kämmen, ihm Kleidchen zu nähen und es am Abend zuzudecken.

Längst war kein Trotz mehr dabei, nur mehr Gleichgültigkeit – und manchmal auch Langeweile. Wie sie da saß, fühlte sie sich nicht nur nutzlos, sondern schwer und träge, als hätte sie nicht nur von einem zum anderen Tag mehr Jahre auf dem Buckel, sondern auch mehr Gewicht.

Der Geruch des Eintopfs stieg ihr in die Nase. Sie rümpfte sie angewidert. »Muss es immer dasselbe sein? Tagein, tagaus nur Bohneneintopf?«

Fast hoffte sie, Emy würde ihre Worte zurückweisen, würde ihr vorhalten, dass sie mehr zu essen bekämen, wenn sie den Garten hinter der Kate so emsig beackerte wie die anderen Frauen von Saint-Marthe. Würde ihr vielleicht sagen, was ihr selbst manchmal durch den Kopf ging: dass es ihre eigene Schuld war, dass sie sich nicht mehr Avignoneser Köstlichkeiten ins gierige Maul stopfen konnte, und dass es obendrein schäbig war, diesen nachzutrauern, wo es doch zuförderst den Tod zwei Menschenkinder – Roselina und Aurélie – zu beklagen galt.

Nun, meist waren ihre Schuldgefühle tatsächlich stärker als der Appetit. Dann deuchte das karge Mahl sie als gerechte Strafe.

Nur manchmal, in Augenblicken wie diesen, erhob sich der Trotz und sie fragte sich, ob sie es tatsächlich verdiente: ein Leben an der Seite eines Fischers, denn zu einem solchen war Emy unauffällig und klaglos geworden.

Sie schob die Schüssel zurück. »Ich bring's nicht herunter.«

Von Emy kam kein Wort, nur ein hilfloses Schulterzucken.

Ray hingegen lachte auf. »Als ihr seinerzeit durch die Lande gezogen seid, war das Essen wohl nicht besser. Doch wenn du davon erzählt hast, hast du dich darüber nicht beklagt.«

Alaïs schwieg betroffen, nicht ob des Spottes des Vaters, oder der Wahrheit, die er traf, sondern weil ihr ein Gedanke durch den Kopf huschte, verräterisch und eine Sehnsucht anstachelnd, die sie sich nicht erlauben wollte.

Damals war alles leichter gewesen. Damals war Aurel dabei gewesen.

Der eigennützige Aurel, dem immer gleich war, was mit ihr geschah.

Und zugleich der lebendige, mitreißende, entschlossene, dreiste Aurel, der Tod und Teufel nicht scheute und an dessen Seite sie Augenblicke erlebt hatte, in denen nichts zählte als das Hier und Jetzt, da jeder Herzschlag, jeder Atemzug Bedeutung besaßen, anstatt sich lustlos aneinanderzureihen.

»Also«, riss ihr Vater sie aus den Gedanken, »seit wann mag dem vornehmen Mäulchen nichts mehr schmecken?«

»Spottest du über mich?«, fuhr Alaïs ihn an. »Oder willst du mich schlecht machen wie all die anderen Dorfweiber?«

Allen voran dachte sie an die alte Régine, die ihrem Bruder Josse immer noch mehr Aufmerksamkeit zollte als den eigenen Kindern, aber doch stets lobte, welch eine vorzügliche Tochter ihre Dulceta war. Innerhalb von drei Jahren hatte diese ihrem Mann Pierre drei Söhne geschenkt. Dass jene Söhne strohdumm waren und ihr Geheule lästiger war als das von Raymonda, zählte nicht. Grobschlächtig, einfältig, aber angesehen waren auch die Kinder, die Josse gezeugt hatte – mit der schielenden Aiglentina aus dem Nachbardorf, die zu seinen glupschigen Augen passte.

Sie sah, dass ihr Vater zu einer neuerlichen Rede ansetzen wollte – neckisch wie früher und zugleich bissiger seit Caterinas Tod. Doch Emy kam ihm zuvor.

»Vielleicht hat sie recht«, sagte er rasch. Es deuchte sie eigenartig, dass er über sie, aber nicht mit ihr redete. Doch ihre Gereiztheit verflog augenblicklich, als er fortfuhr.

»Wir sollten wieder einmal Fleisch essen. Der Fischfang war doch reichlich in diesem Frühjahr, wir können es uns leisten.«

»Willst du Dulceta eines ihrer Zicklein abkaufen?«, fragte Ray.

»Ich dachte eher…«, Emy zögerte, ehe er fortfuhr. »Ich dachte eher, dass wir's uns auf einem Viehmarkt holen. In Arles oder in Marseille.«

Alaïs riss die Augen auf. Allein die Namen dieser Städte zu hören, tat weh, verhießen sie doch, dass irgendwo Menschen in engen, überfüllten Gassen weiterhin lebten und drängten, schrien und sangen, soffen und tanzten, indessen sie in dem kleinen Dorf verrottete.

Ray hob die Augenbraue. Alaïs konnte seinen Einwand förmlich hören. Dass ein so weiter Weg – unmöglich sei die Strecke an einem Tag zurückzulegen – ein zu großer Aufwand war. Dass er sich nicht lohnte, da sich Ziegen und Schafe auch andernorts kaufen ließen. Doch stattdessen nickte er, und in seinen Augen glomm jene Lust nach Abwechslung auf, die auch Alaïs ins Gesicht geschrieben stand. Fast gleichzeitig riefen Vater und Tochter: »Das wollen wir tun!«

Als Emy einen Bissen vom Eintopf nahm, lächelte er ein wenig, erleichtert, die launische Frau an seiner Seite zufrieden gestellt zu haben, gequält, weil das so schwer war und so selten gelang.

»Hab Dank«, murmelte Alaïs, und es war nicht gewiss, ob sie die Mahlzeit meinte oder seinen Vorschlag. In jedem Fall aß sie zum ersten Mal seit langem mit gutem Appetit.

XXV. Kapitel

Der Fußmarsch nach Marseille war heiß und mühselig. Raymonda quengelte, Emy schwitzte stumm, Ray machte sich über das Ächzen seiner Knochen lustig. Und Alaïs war so glücklich, dass sie hätte laut schreien mögen – schlichtweg, um zu erproben, ob ihre Stimme so frei war, wie sie sich fühlte. Es war schon hell gewesen, als sie mit dem Boot die erste Wegstrecke zurückgelegt hatten. Doch als sie an einem Fleckchen Erde an Land gingen, das Alaïs noch nicht kannte und das jene herausfordernde Fremde verhieß, die sie im engen Saint-Marthe vermisst hatte, hatte sie das Gefühl, die gleißenden Sonnenstrahlen tanzten um sie und sie mit ihnen. Der Blick aufs Meer, in Saint-Marthe so eintönig geworden, verhieß hier schimmernde Türkistöne und am Horizont die weiß funkelnde Weite. Der schroffe Boden, auf dem mit nackten Sohlen zu gehen wehtat, war keine Unbill für Alaïs, sondern ein Abenteuer. Das stachelige Gebüsch, das sich dann und wann darum rankte und, verfing man sich darin, blutige Kratzer an den Waden riss, wuchs in Saint-Marthe nicht und ward darob für Alaïs kein lästiges Beiwerk, sondern eine willkommene Prüfung, welche die Menschen teilte: in solche, die förmlich am Heimatboden klebten und weinerlich gestimmt waren, rutschte ihnen dieser unter den Füßen weg. Und in solche, die für die Wanderschaft geboren waren und folglich geübt, jedem Hindernis auszuweichen, jeder Gefahr zu trotzen, jede unvorhersehbare Situation zu meistern.

Je länger sie gingen, desto frischer fühlte sie sich. Mochte der Schweiß fließen, mochte der Atem schnaufend geraten – jene bleierne, dunkle Schwere, die sonst auf ihr lastete, fiel ab. Sie fühlte sich, wie sie sich in den letzten Jahren nur in ihrem wiederkehrenden Traum gefühlt hatte: Im tiefen, kalten Wasser sah sie sich darin schwimmen, und sie trug nicht das geringste Fetzchen Stoff an ihrem Leib, war nackt und ungebunden.

Sie lief der Familie stets ein wenig voraus, drängte, wenn sie rasteten, und wurde aufgeregter, als sie in die Nähe jener Stadt kamen, die den wichtigsten und größten Hafen der provençalischen Küste beherbergte.

Massives Kalkgestein, je nach Einfall der Sonnenstrahlen weiß oder gelblich schimmernd, kündigte sie an, desgleichen die dichten Nadelwälder. Mancherorts begegneten sie hier Holzarbeitern, die Bäume fällten, die zum Schiffbau bestimmt waren.

Der Weg wurde breiter, und die Menschen, die darauf in die Stadt zogen, wurden zahlreicher: Kaufleute waren es vor allem, die von Marseille aus zu den großen Häfen des Königreichs von Neapel aufbrechen wollten: nach Trani, Bari und in die Stadt Neapel. Nun im Frühling brachten sie Brot und Wein, Salz und Öl. Im Herbst hingegen, so wusste Alaïs' Vater zu berichten, waren vor allem Schweinehändler unterwegs, nicht nur mit lebendem Vieh, sondern mit schon verarbeitetem Pökelfleisch, mit Wurst und Schinken.

Legten die Händler den Weg zunächst noch schweigend zurück, so beteiligten sie sich eifrig am Stimmengewirr, kaum dass sie die Stadtmauer erreicht und durch das Tor in die kleinen Gässchen gelangt waren. Von dort ging es zum großen Marktplatz, wo die Meeresbrise – je nachdem, wie stark und aus welcher Richtung der Wind wehte – erfrischend salzig oder faulig stinkend in die Nase stieg.

Alaïs hatte das Gefühl, ihre Ohren müssten bersten ob all der Rufe, die hier durcheinandergingen. Da stritt ein Händler mit dem anderen, weil jener sich um den festgelegten Höchstpreis für die Waren nicht geschert hatte. Da kutschierte einer laut fluchend ein Fuhrwerk durch die Menschenmasse, das mit Eisen beladen war – vom grimmigen Gesicht her zu schließen, schien er gewillt, jeden niederzufahren, der sich ihm in den Weg stellte.

»Es ist für den Bau von Flotten bestimmt… und von Waffen«, erklärte Ray und beschrieb der immer noch quengelnden Raymonda, um welche Waffen es sich handelte: spitze Pfeile und scharfe Dolche, Schwerter, die noch größer waren als sie, und Schilde, mit denen sich das funkelnde Sonnenlicht reflektieren und direkt in die Augen der Feinde schleudern ließ. Alaïs hörte nicht weiter zu. Eine Weinamphore war neben ihr zerbrochen, und der Händler suchte keifend den Schuldigen dafür auszumachen. Am Stand daneben kümmerte man sich nicht darum, sondern pries lautstark *Biscuits* an – jenes Brot, das eigens für die Seefahrer gebacken wurde.

Fremde Laute nahm sie wahr – die Sprache der Genuesen, die nicht nur in Fréjus und Arles, sondern auch hier Handel trieben.

Sie wollte weitergehen, noch mehr Eindrücke erhaschen, durstig nach jedem Tröpfchen Leben, wollte sich den Gedanken ans gleichfalls laute und schmutzige und enge Avignon hingeben – erstmals Erinnerungen, die ihr nicht weh taten. In einer Horde von Menschen, wo man so vieles wahrnimmt und sich so wenig davon merkt, zählten weder einzelne Gesichter noch einzelne Stimmen. Was der eine fühlte und was der andere trieb, ging unter wie ein winziger Kieselstein im weiten, mitreißenden Meer, und gerne tauchte sie ein, um nur eine von schrecklich vielen zu sein.

Sie hielt erst inne, als ihr Vater sie am Arm packte und auf Emy deutete. Jener war vor den Ständen stehen geblieben, an denen gesalzenes, schon genau portioniertes Fleisch verkauft wurde.

An dem Stand, wo das Fleisch frisch war, roch es verheißungsvoll. An anderen, wo es schon tagelang in der Sonne hing, verströmte es den süßlich-modrigen Geruch nach Fäulnis. Alaïs sah, wie Emy einige Worte mit den Händlern wechselte. Sie verstand nicht, was er sagte, sah jedoch, wie aufmerksam seine Miene war und wie entschieden er den Kopf schüttelte, als man ihm offenbar schlechtes Fleisch anzupreisen suchte. Dachte auch er an

Avignon, an seine Zeit als Einkäufer, da er stets die beste Ware auszuwählen und auf den Preis nicht zu achten hatte?

Diesem Luxus konnte er sich heute nicht hingeben. Immer noch kopfschüttelnd schloss er zu Alaïs und Ray auf.

»Frisches Fleisch ist zu teuer«, stellte er fest. »Denkt euch! Für ein *Livre* Schafsfleisch verlangt man ganze fünf *Deniers*! Lasst uns nach ganzen Schafen sehen.«

Die lebenden Tiere – Rinder und Pferde, Ziegen, Schweine und Zuchtschafe – wurden etwas außerhalb des Marktes verkauft. Der Blick auf den Hafen war hier verstellt, weswegen Ray es vorzog, nicht mitzukommen, sondern nahe am Wasser zu bleiben. Beißend und schwer war der Gestank nach den Tieren. Alaïs hielt unwillkürlich die Luft an und versuchte, sich den Duft von kross Gebratenem vorzustellen.

Sie hatten in der letzten Zeit fast nie Fleisch gegessen. Zu Ostern hatten sie, wie es üblich war, geschmortes Zicklein genossen. Emy hatte es zubereitet und zu diesem Anlass erstmals wieder von Avignon geredet. Den Bediensteten des päpstlichen Hofes war dort der Lohn nicht selten in Form von frischem Fleisch ausgezahlt worden. An den Fleischtagen zwischen Ostern und Mariä Himmelfahrt hatte es meist Lamm oder die Keulen von kastrierten Böcken gegeben.

»Schafshäute! Frische Schafshäute!«, brüllte eben ein Händler in ihr Ohr. »Zwölf könnt ihr für achtzehn *Sous* haben, oder dreizehn für einen *Florin*!«

»Wir wollen keine Haut, sondern das ganze Schaf«, erklärte Alaïs.

Sie hörte Raymonda auf Emys Arm kichern. Lachte sie – was selten genug geschah – über die Worte der Mutter oder den Anblick der vielen Tiere?

Der Händler wies nun in das Gatter, als Aufforderung, sie möge sich selbst ein Tier aussuchen. Der Geruch, der sich darüber staute, war noch bissiger. Dicht standen die Schafe aneinandergedrängt, nicht wenige mit räudigem Fell. Eine bessere Hausfrau als sie hätte wohl zu feilschen begonnen und den Preis ordentlich heruntergedrückt. Doch sie hatte keine Lust, sich mit dem dicklichen Händler anzulegen, der wie seine Tiere stank, und Emy widersprach nicht, als sie plötzlich laut erklärte: »Den nehmen wir!«

Sie deutete auf einen Bock, der es irgendwie vermocht hatte, einen Bannkreis um sich zu ziehen und als Einziger alleine stand. Kohlrabenschwarz war sein Gesicht, das Fell mit Kot verklebt, aber zumindest buschig dicht.

»Ist aber ein besonders wilder Bursche!«, gab der Händler zu bedenken, als ginge es um einen störrischen Menschen, nicht um ein Tier.

Jener Einwurf forderte Alaïs geradezu heraus. »Das wollen wir schon sehen!«, bekundete sie grimmig und betrat das Gatter. Emys Lippen zuckten, Raymonda, die er auf seine Schultern gewuchtet hatte, juchzte, als stünde ein spannendes Schauspiel bevor. Alaïs dachte, dass die Tochter kaum jemals ihretwillen so begeistert geklungen hatte. Vielleicht tat sie es jetzt auch nur darum, weil ihr die Schafe gefielen, nicht aber die Mutter, die sich fluchend an ihnen vorbeidrängte und sich dem Bock näherte. Der senkte drohend seine Hörner, kaum witterte er sie, und stampfte auf den Boden wie ein wilder Stier.

Alaïs wickelte das Hanfseil, das sie mitgebracht hatte, fester um die Hand.

»Nun stell dich nicht so an«, murmelte sie. Als sie langsam auf ihn zuschritt, senkte er seine Hörner tiefer. Noch wagte er nicht zuzustoßen – zumindest so lange nicht, bis sie versuchte, das Seil um seinen Kopf zu schlingen. In diesem Augenblick freilich begann er wild den Kopf zu drehen, boxte ihr schließlich in die Oberschenkel, nicht schmerzhaft, weil er keinen Anlauf genommen hatte, aber lästig.

»Nun stell dich nicht so an!«, rief Alaïs wieder. Entschlossen presste sie ihre Lippen aufeinander und versuchte erneut, die Schlinge um den Hals des Tieres zu legen. Wieder brachte ihr das nur einen Stoß ein. Sie wankte, beinahe fiel sie.

Sie hörte ein Lachen. War es das des Händlers oder gar Emys?

Sie fühlte sich verspottet, bloßgestellt in einem plötzlich todernsten Kampf, den sie nicht gewinnen konnte. Mit beiden Händen versuchte sie nun, die Hörner festzuhalten. Kurz konnte sie den sich windenden Kopf auch packen – doch nun hatte sie keine Hand mehr frei, um das Seil aufzuheben, das auf den erdigen Boden gefallen war.

Wieder war ein Lachen zu hören, und diesmal kam noch etwas hinzu: ein widerspenstiger Blick aus dem kohlrabenschwarzen Gesicht – der Blick einer Kreatur, die sich nicht binden und halten lassen wollte.

»Verflucht!«, rief Alaïs, unerwartet den Tränen nah, als wäre ihr Unvermögen, den Widder zu binden, das Eingeständnis eines viel schändlicheren Scheiterns.

Da plötzlich hielt er den Kopf still. Sie vermeinte, er würde endlich nachgeben, sich ihren Händen fügen. Doch in dem Augenblick, da sie sich nach dem Seil bückte und es aufheben wollte, fuhr er zurück, tänzelte fast verspielt und rammte ihr dann seine Hörner mitten in den Leib.

Der Schmerz war so groß, dass er ihr die Luft zum Atmen nahm. Sie keuchte, kämpfte darum, stehenzubleiben. Gewiss würde er zu einem zweiten Stoß ansetzen, wenn sie sich nicht rechtzeitig rüstete. Doch der Widder drehte ihr dreist sein Hinterteil zu, indessen sie sich keuchend am Gatter festhielt, und marschierte hoheitsvoll von dannen.

Langsam ließ der Schmerz nach, ihr Leib entkrampfte sich. Sie schmeckte Blut im Mund, gewahrte, dass sie sich auf die Lippen gebissen hatte.

Jetzt erst drangen wieder Laute an sie heran, und sie hörte, dass niemand mehr lachte. Der Händler stieß ein drohendes »Na warte!« aus, das gegen den Widder gerichtet war. Emy fragte besorgt, ob sie verletzt sei.

Und dann erklang da noch eine andere Stimme. Eine, die sie hier, am Viehmarkt von Marseille, nicht erwartet hätte, die sich so verzerrt anhörte, als stammte sie aus einem finsteren Traum.

»Brauchst du Hilfe?«, fragte Aurel Autard.

Emy fuhr herum. Raymondas Juchzen erstarb. Dass der Widder die Mutter in den Bauch gestoßen hatte, hatte sie noch lustig gefunden, nicht aber den hageren Fremden, der plötzlich neben ihnen aufgetaucht war. Alaïs nahm ihren Vater an seiner Seite wahr. Aurel hätte sie wohl niemals gefunden, wäre Ray ihm nicht am Hafen begegnet und hätte ihn zu ihnen geführt.

Alaïs stand wie erstarrt. Sie fühlte nicht, wie ein Tropfen Blut aus ihrem Mundwinkel perlte und über das Kinn rann.

»Bist du verletzt?«, fragte Emy wieder, als hätte er den Bruder nicht gesehen, obgleich seine Augen doch starr auf ihn gerichtet waren.

»Soll ich dich untersuchen?«, fragte Aurel, irgendwie heiter, als wäre es vom Schicksal trefflich geplant worden, dass er in jener Rolle in ihr Leben zurücktrat, in der er sich am liebsten sah.

Alaïs schüttelte rasch den Kopf und wischte sich das Blut ab. Sie wankte, als sie zum Tor ging, nicht gewiss, ob es vom Stoß des Widders kam oder von der Überraschung, Aurel zu sehen.

Sie öffnete eben das Tor des Gatters, als Emy seinen Bruder endlich ansprach: »Was machst du hier?«

Aurel entging die Knappheit der Worte, das Rüde in der Stimme. »Wenn ihr wüsstet! Wenn ihr wüsstet, was ich alles erlebt habe! Und was nun erst bevorsteht!«

Er warf seinen Kopf zurück. Sein braunes Haar war länger geworden, reichte nun weit über die Schultern. Es war schief geschnitten wie eh und je, aber es glänzte und manche Strähnen schienen fast blond. Sein Gesicht war ausgezehrter als in der Avignoner Zeit, aber braun gebrannt.

»Ich bin mit Pio Navale hier«, fuhr er fort. »Ihr könnt euch doch an Pio Navales Namen erinnern? Es ist Giacintos Bruder, von dem er einst erzählt hat und zu dem er uns seinerzeit hatte bringen wollen. Nun, damals ist es ganz anders gekommen. Vor einiger Zeit aber bin ich ihm endlich in Florenz begegnet.«

»Ich dachte … Ich dachte, du wolltest nach Bologna gehen …«, sagte Alaïs leise. Die Zunge schmerzte beim Reden. Sie schmeckte immer noch Blut.

»Bologna! Ach was!«, stieß Aurel aus und wedelte mit den Händen durch die Luft, als genügte diese knappe Bewegung, um den einstigen Plan beiseite zu fegen. »Ich dachte, dass dort die größten Professoren der Medizin lehrten! Mondino de Liuzzi, Niccolò Betruccio oder Alberto da Bologna. Habe auch gehört, dass sie regelmäßig Leichensektionen durchführen! Aber die Wahrheit ist, dass ich dort nicht viel Neues gelernt habe. Zumindest nichts, womit ich nicht schon selbst experimentiert hätte. Das ignorante Pack wollte sich gar nicht auf mich einlassen, wollte nicht von meinen Erfahrungen zehren. Wie einen Studenten haben sie mich behandelt.«

Wieder wedelte er mit den Händen.

Alaïs fiel es nicht schwer, seine Worte zu deuten. Also hatte er es geschafft, sich an einer der wichtigsten medizinischen Fakultäten Europas unbeliebt zu machen mit seinem Hochmut, seiner Gedankenlosigkeit, seinem Widerstandsgeist.

Sie verfluchte ihn innerlich dafür, und dann – sie konnte nicht anders – musste sie plötzlich lächeln. Weil er der Alte war, dem von der Verzagtheit in der Grotte nichts mehr anzusehen war. Weil die Jahre ihn älter, aber nicht weiser hatten werden lassen, was den Trugschluss möglich machte, es wäre nicht so viel Zeit seit ihrer letzten Begegnung vergangen, öde, traurige, nachdenkliche, einsame, enge Zeit, sondern nur ein Augenblick, zu kurz, um Spuren auf ihrer vernarbten Seele zu hinterlassen. In ihrem Leib pochte der Schmerz, verstärkt von ihrem Puls, der zu rasen begann.

»Und dann?«, fragte sie, und es klang nicht mehr ablehnend, sondern begierig. »Was hast du dann gemacht?«

Noch ehe er antworten konnte, trat Emy dazwischen. Er hatte Raymonda von seinen Schultern genommen und trug sie nun auf dem Arm. Sie quengelte wieder missmutig anstatt zu juchzen. »Das hat Zeit bis später«, erklärte er knapp.

Nie hatte Alaïs in den letzten Jahren darüber nachgedacht, wie Emy zu seinem Bruder stand. Sie selbst hatte es ja ihrerseits nicht tun wollen, nicht überprüfen, ob ihr Hass oder ihre Sehnsucht nach Aurel größer waren. Jetzt erst erfasste sie, dass Emy ihm nicht verziehen hatte.

Na und, ging es Alaïs trotzig durch den Kopf, und die Erinnerung an die Zeit, da Aurel vor allem Veränderung und Freiheit gebracht hatte, war stärker als jene, da seine Besessenheit von der Chirurgie sie nur mehr gelangweilt hatte. Na und, er hätte sich ja nicht fügen müssen …

»Du musst uns mehr erzählen!«, sagte sie an Aurel gewandt.

»Siehst du nicht, dass das Kind müde und hungrig ist?«, zischte Emy.

Noch nie hatte er in einem derartigen Tonfall mit ihr geredet. Überrascht wandte sie sich ihm zu – im gleichen Augenblick, da auch Aurels Augen auf den Bruder glitten, ihn maßen und schließlich bei dem schwarzhaarigen Mädchen hängen blieben. Rasch senkte er den Blick. Doch da trat Emy mit dem Kind direkt vor ihn, sodass er gar nicht anders konnte, als es noch einmal anzuschauen.

»Das ist Raymonda«, erklärte Emy. »Und sie ist meine Tochter.«

Pio Navale hatte wenig mit seinem Bruder gemein. Giacinto zog es vor, seine Hände stets an der Geldbörse zu haben, immer wieder aufs Neue zu ertasten, dass er nicht arm war, und zugleich waren seine Augen stets flink und wach geblieben, um keinen Menschen zu unterschätzen und keine gewinnbringende Situation zu übersehen.

Pio Navales Blick hingegen rutschte, auch wenn er sein Gegenüber anblickte, oftmals ins Weiße, was einen furchterregenden Eindruck machte und davon kündete, dass er wohl lieber sah, was er sich in seinem Kopf ausmalte, als das, was unmittelbar vor ihm lag. Er war einer, der noch über das kleinste Hindernis stolperte, versehentlich Wein ausschüttete, weil er mit der Hand gegen den Kelch stieß, und regelmäßig seine Speisen auf die Kleidung tropfen ließ. Als Alaïs ihn beobachtete, wie er mit seinem hölzernen Löffel durch die Luft fuchtelte, anstatt ihn in den Mund zu stecken, musste sie an Aurels Gewohnheit denken, das meiste stehen zu lassen.

Aurel hatte sie zum ebenso lärmenden wie stinkenden Hafen geführt und dort in eine Taverne, in der der Wein- und Schweißdunst noch dichter hingen als in den Spelunken Avignons. Als sie den schwülen Raum betrat, konnte Alaïs fast nichts sehen. Doch so sehr die aufgedunsenen Gesichter sie zunächst abstießen, die dort grölend beisammensaßen, so sehr begannen doch zugleich ihre Beine zu zucken in Erinnerung daran, wie sie vor einem ähnlichen Publikum getanzt hatte.

Befremdend schien ihr Aurels Gegenwart an diesem Ort, den dieser allerdings ganz selbstverständlich betrat, und als sie die Mitte des Raums erreichten, blieb sie erstmals zögernd stehen und sah sich nach Emy um. Jener – er trug Raymonda, die stumm und mit aufgerissenen Augen die fremde Welt bestaunte, in die sie da geraten war – hatte auf Aurels Einladung, sie Pio Navale vorzustellen, ebenso verhalten reagiert wie auf das plötzliche Erscheinen seines Bruders. Doch er hatte sie nicht zurückgewiesen, auch wenn er nun den Eindruck machte, er würde sich am liebsten selbst dafür verfluchen. Einzig Ray hatte sich nicht bestechen lassen, sondern der Weite des Hafens und des sich verdunkelnden Himmels dem Vorzug vor einem stickigen, engen Raum gegeben.

»Nicht stehen bleiben!«, rief Aurel ihm lachend über die Schultern zu. »Kommt nur weiter! Und seid unbesorgt, wir bleiben nicht hier in der Schankstube!«

Dann führte er sie bereits eine knarzende Treppe nach oben, wo es – Alaïs hätte nicht erwartet, über einer rauchigen Taverne dergleichen vorzufinden – einige hohe, aufgrund großer Fenster lichte Räume gab, die offenbar der Unterbringung von großzügig zahlenden Gästen dienten.

»In Marseille wird Navales Schiff beladen … für die lange Reise brauchen wir schließlich viel Proviant!«

Wieder warf Alaïs einen ratsuchenden Blick auf Emy. Ob er ahnte, woher Aurels begeisterte Stimme rührte? Was hatte er mit Pio Navale, Giacintos Bruder, zu schaffen? Alaïs verband mit dem Namen nicht viel, wusste nur, dass jener an den Wissenschaften interessiert war. Sie konnte sich nicht erklären, was das mit der großen Reise zu tun hatte, die er offensichtlich plante.

Eben war Emy auf der letzten Stufe der Treppe stehen geblieben. »Vielleicht… vielleicht sollten wir nicht hierbleiben. Das Kind ist müde.«

Derlei Eindruck machte Raymonda nicht. »Ach was!«, rief Alaïs, um sogleich hinzuzusetzen: »Er ist dein Bruder! Und du hast ihn seit Jahren nicht gesehen! Willst du nicht wissen, wie es ihm ergangen ist?«

Emy sagte nichts, doch auch Aurel war dessen Zögern nicht entgangen. »Nun beeilt euch!«, rief er. »Ihr könnt mit uns essen! Pio Navale ist der gastfreundlichste Mensch, den ich kenne. Als ich seinerzeit nach Florenz kam, habe ich gestunken wie ein Bettler, und doch hat er mich empfangen wie einen König.«

Alaïs konnte sich vorstellen, in welchem Zustand er gewesen sein musste, ganz auf sich gestellt, ohne aufmerksamen Bruder an der Seite, der für Mahlzeiten, Kleidung und eine Schlafstatt sorgte.

Aurel stieß die Tür zu einem der Räume auf. Um einen länglichen Tisch herum saßen mehrere Menschen, Männer vor allem, aber es waren auch Frauen darunter. Alaïs erkannte Giacintos Bruder auf den ersten Blick. Nicht, weil er ihm sonderlich ähnlich gesehen hätte, aber weil sie nahezu gleich gekleidet waren: mit einem weinroten Wams aus edlem Samt und ziemlich engen Hosen. An seiner Seite hockte eine Frau, wohl sein Eheweib, die, selbst wenn sie lächelte, verdrossen dreinblickte.

»Stellt Euch vor, Signore Navale!«, rief Aurel, unbekümmert, dass er womöglich die Mahlzeit störte. »Stellt Euch vor, ich habe meinen Bruder getroffen. Und dessen Frau.«

Pio Navale hob den Kopf, und da erlebte Alaïs zum ersten Mal, wie sein Blick, nachdem er kurz auf ihnen geruht hatte, ins Weiße verrutschte. Raymonda schrie entsetzt auf.

Emy streichelte beruhigend über ihren Kopf. »Ich sagte doch, das Kind ist müde!« Er klang nörgelnd.

Doch Aurel hatte bereits auf der Bank Platz genommen und winkte Alaïs und Emy einladend zu sich. Sie zumindest ließ sich nicht lange darum bitten, zumal ihr der Duft der Speisen verführerisch in die Nase stieg. Pasteten aus Fleisch, Geflügel und Wildbret befanden sich auf den Platten, desgleichen in Mehl gewälzter und in Zitronensaft gebratener Fisch.

So aufgeregt sie war, Aurel wiederzusehen, Fremde zu treffen und von einer Reise in die Ferne zu hören – in diesem Moment erwachte vor allem die Gier, endlich wieder von ähnlich edlen Speisen zu kosten wie einst in Avignon. Der Grütze, dem harten Brot, dem Fisch der letzten Jahre war sie so überdrüssig.

Als Aurel ihr nun eine Platte hinschob und sie den ersten Bissen Fleisch nahm, ja, als sie schließlich erfuhr, was Pio Navale plante und Aurel mit ihm zu schaffen hatte, so erschien ihr beides so köstlich, so belebend, so appetitanregend, dass sie sich wohl auch mit viel weniger zufriedengegeben hätte, um ihren einstigen Groll gegen Aurel zu begraben.

Sie aßen, sie tranken, und sie hörten zu, als Pio Navale von seiner anstehenden Reise sprach. Deren Ziel benannte er vorerst nicht, jedoch das, was ihn dazu trieb. Wie Giacinto einst über seinen Bruder angedeutet hatte, war dieser einer, der seinen Verstand in immer neue Sphären trieb.

Er hatte sich mit Geometrie und Astronomie, mit Mathematik und Musik beschäftigt. Er kannte die Werke der heidnischen Philosophen, ebenso wie die der scholastischen Theologen. Er hatte Roger Bacon und Robert Grosseteste, Albertus Magnus und William von Ockham, Thomas von Aquin und dessen Gegenspieler Johannes Duns Scotus gelesen.

Und dann hatte er eines Tages in seiner Bibliothek gesessen, ein riesiger Raum im Palazzo des Vaters, der vom Boden bis zur Decke mit Büchern vollgestellt war: in verstaubtes Leder eingefasste Bände, mit glänzenden Metallkanten und goldenen Schlössern. Und plötzlich hatte er das Gefühl gehabt, sämtliche Schriften, für die in diesem Raum Platz war, zu kennen, für jene

Bücher aber, die er noch nicht kannte, keinen Platz mehr zu haben.

»In diesem Augenblick«, erzählte er, und wieder verrutschten seine Augen ins Weiße. »In diesem Augenblick dachte ich mir, dass die Welt viel größer sein müsste, als ich sie mir bislang vorgestellt hatte. Weil es noch unendlich viele Bücher gibt, die geschrieben werden müssten, und jene wiederum unendlich viel Platz bräuchten. Und Gott, der vom Menschen will, dass er zur Erkenntnis kommt, muss doch in seiner vorausblickenden Weise diesen Platz geschaffen haben. Hätte er sonst im Korintherbrief versprochen, dass der Mensch dereinst nicht nur in Bruchstücken, sondern alles durch und durch erkennen wird?«

Es fiel Alaïs schwer, ihm zu folgen, und noch weniger wusste sie, worauf er hinauswollte. Sie sah, dass die Frau an Pio Navales Seite immer schmallippiger wurde, dass Aurel hingegen immer breiter grinste. Er wusste wohl, was Pio Navale sogleich hinzufügen würde.

»Nun, eines der Bücher, die in meiner Bibliothek standen, war das *Buch der Wunder*. Ein irreführender Titel, könnte man doch meinen, dass jener, der es geschrieben hat, ein gewisser Marco Polo, sich den Inhalt nur ausgedacht hat, um die Welt in möglichst großes Staunen zu versetzen. Ich hingegen – im Übrigen habe ich die französische Übersetzung gelesen – habe daraus viel gelernt. Nicht nur, dass es Länder jenseits unserer Welt gibt und dass dort Sitten und Gebräuche herrschen, wie wir sie uns nicht vorzustellen vermögen. Sondern darüber hinaus, dass die Erfahrungen, die der Mensch auf langen Reisen machen kann, ein kostbares Gut sind, ja, ein Schatz, den er auch lange nach der Rückkehr mit sich trägt, um ihn immer wieder aufs Neue anzublicken und sich an seinem Funkeln zu erfreuen. Marco Polo hockte im Kerker, als er seine Erinnerungen aufschrieb – und ich bin mir gewiss, dass ihm die Mauern nicht so eng dünkten wie manchen Mitgefangenen, gab es selbige doch nicht in seinem Kopf.«

Er machte eine kurze Pause, ehe er fortfuhr. »Und ein anderes Buch habe ich gelesen, das mich nicht minder begeistert hat als das von Signore Polo. Aus der Feder des großen Raimundus Lullus stammt es, und man mag es auf den ersten Blick für ein Buch über die Seefahrt halten. Doch in Wahrheit ist es ein Buch über die Sprachen – und die Notwendigkeit, möglichst viele von diesen zu beherrschen. Seit Gott der Allmächtige den Menschen bestrafte, weil der seinen Turm zu Babel in dreiste Höhen baute, vermögen wir nicht mehr, in einer Zunge zu reden. Und wenn uns nicht der Heilige Geist – wie am Pfingstfest den Aposteln – die Macht verleiht, auch fremde Laute zu verstehen, müssen wir uns selbst die Mühe machen, sie zu erlernen. So rät es auch Raimundus Lullus: nämlich sämtliche Sprachen derer, die unseren Glauben noch nicht teilen, zu lernen. Und ich für meinen Teil denke, dass der klügste Mensch auf Erden nicht der ist, der sämtliche Bücher gelesen hat, sondern der, der sämtliche Sprachen spricht.«

Alaïs war erleichtert, dass seine lange Rede endlich beendet war.

»Und aus diesem Grunde wollt Ihr auf eine Reise gehen?«, entfuhr es ihr vorlaut. Sie konnte das, was Pio Navale wortreich erklärte, nicht einordnen. Bei jedem Satz, den er hinzugefügt hatte, hatte sie erhofft, mehr von dem zu erfahren, was Aurel angekündigt hatte: von jener Fahrt in ein fremdes Land. Stattdessen schwafelte er von Büchern, die ihr nie etwas bedeutet hatten, und von Sprachen, von denen sie immerhin einige beherrschte – wahrscheinlich jedoch nicht so viele wie dieser Mann.

Ob ihrer Frage drehten sich sämtliche Anwesende zu ihr um. Auch Pio Navale musterte sie nun eingehender, jedoch nicht streng ob ihres vorlauten Gebarens, sondern sichtlich erfreut, Neugierde erzeugt zu haben.

»Ja«, sagte er schließlich bedächtig und faltete seine Hände. Anders als sein Bruder bereitete es ihm keine Überwindung, sie stillzuhalten. »Ja, dies ist einer der Gründe: fremde Sprachen zu erforschen. Und ein anderer ist, dass ich reich an jenem Schatz werden möchte, den ich vorhin erwähnte, als ich von Marco Polo im Kerker berichtete – dem Schatz der Erinnerung.«

Sein Bruder Giacinto hätte wohl laut geprustet. Das Trachten hätte er verstanden, nicht aber dessen Ziel. Zu den vielen Gütern, mit denen er wuchern konnte – nicht nur Dinge, die man anfasste, sondern auch Menschen, die ihre dunklen Geheimnisse oder ihre reichen Talente zu außergewöhnlichen machten –, gehörte in seinen Augen gewiss nicht die Erinnerung.

»Und wohin soll denn nun Eure Reise gehen?«, fragte Alaïs.

Emy hatte sich zurückgelehnt, um Raymonda, die eingeschlafen war, eine möglichst bequeme Stellung zu ermöglichen. Er schien gar nicht hinzuhören.

Ehe Pio Navale antworten konnte, beugte sich seine Frau vor – die erste Regung, die Alaïs an ihr beobachtete. Selbst als sie den Löffel zum Mund geführt hatte, hatte ihr Kopf keinerlei Ruck nach vorne gemacht. »Das ist eine wahrlich gute Frage«, warf sie mit gehobener Braue ein und bekundete dadurch, dass es nicht zuletzt diese Reise war, die ihrem Gesicht jenen verdrießlichen Ausdruck verlieh. Doch die schlechte Laune verdunkelte nur ihren Blick, ihr Mund lächelte, und Pio Navale störte sich nicht an ihren Worten.

»Die Grüne Insel!«, rief er begeistert. »Ich möchte die Grüne Insel sehen! Raimundus Lullus behauptet, dass man auf jenes Land stoße, segelt man immer weiter westwärts. Ein Paradies voll Blumen und Vögeln sei es, das einst die Karthager und Phönizier besungen hätten. Ich habe…«, er stockte und stand auf, als bedürften seine Worte einer feierlichen Haltung. »Ich habe mich lange darauf vorbereitet. Ich habe viele Gäste empfangen, Männer, die fremde Sprachen sprechen, die ferne Länder bereist haben, die etwas von Seefahrt verstehen. Aus Genua kamen sie, dessen Kaufleute lange das Mittelmeer beherrschten, aus Aragon, das Genua schließlich den Rang ablief, zuletzt viele Portugiesen, in deren Händen das ozeanische Meer ist. Und am Ende habe ich eine Schar gefunden, die bereit ist, mir zu folgen und diese Grüne Insel zu entdecken.«

Wieder hob seine Frau die Augenbrauen, ein wenig leidend, ein wenig skeptisch, aber auch – das erkannte Alaïs nun – mit aufrichtiger Zuneigung. Pio Navale ließ sich wieder in seinen

Stuhl fallen. Ehe sie etwas sagen konnte, berührte er kurz ihre Hand. Nur flüchtig verharrten seine Finger auf den ihren, schienen keinen sonderlichen Reiz darin zu finden, fremde Haut zu ertasten. Und doch schien er die Vergewisserung zu brauchen, dass er nicht allein war, weder hier in Marseille noch künftig auf dem riesigen Weltenmeer – ganz gleich, dass seine Begleiterin einen so widerwilligen Eindruck machte.

»Ich weiß nicht, wie lange ich fortbleiben werde«, erklärte er. »Und so hat mein Weib Bianca beschlossen, mich zu begleiten.«

Alaïs war erstaunt zu hören, dass es ihre Wahl gewesen war und nicht seine, dass sie sich selbst dazu aufgerafft hatte, anstatt von ihm überredet zu werden. Doch Bianca nickte, als er geendigt hatte, was wohl heißen sollte, dass ein Mann, der alle Sprachen sprechen wollte, über Widerspruch nicht hinweggehen würde, würde jener denn laut. Nur Biancas Verdrossenheit konnte er nicht hören, denn die machte sich keine Worte, sondern blieb leise.

Alaïs indes, die sie so deutlich fühlen konnte, spürte Ärger hochsteigen – und Neid. Eine Reise zu einer fernen Insel! Ein unvorstellbares Abenteuer! Und dieses Weib hockte da, als habe es eine Kröte verschluckt und als wäre es eine größtmögliche Gnade, dass sie ihrerseits dem Mann folgte – anstatt umgekehrt ein Geschenk!

»Und was hast du damit zu schaffen?«, hörte sie plötzlich Emy zu Aurel sagen. Emy hatte sich bislang nicht zu Wort gemeldet. Jetzt ließ seine Stimme keinesfalls Begeisterung erkennen, nur Unverständnis. »Du wolltest den menschlichen Körper erforschen, und nun treibt es dich auf eine Insel jenseits der bekannten Welt?«

Aurel war mit einem glänzenden Blick, der ansonsten nur Kranken galt, Navales Rede gefolgt. »So wie du es sagst: jenseits der bekannten Welt«, rief er nun, sichtlich von dieser Vorstellung beflügelt, »jenseits unseres Horizontes gar. Und genau das ist es, was ich mir erhoffe. Dass sie nichts gemein hat mit allem, was wir kennen.«

Durch die letzten Worte klang Bitterkeit. Sie verrieten mehr als seine flüchtige Erzählung über den Aufenthalt in Bologna. Viele Misserfolge mussten den Weg der letzten Jahre gepflastert haben, mehr als er zugab. Weitere Menschen mussten sich über ihn erregt, gegen ihn intrigiert, ihn verjagt haben, wie seinerzeit in Avignon. Hinter seinen blitzenden Augen lag kurz ein ähnlicher Verdruss wie in Biancas Miene, und seine hektischen Bewegungen mochten nicht darüber hinwegtäuschen, dass er älter geworden war – und vielleicht auch etwas müder.

»Ich weiß nicht, wie lange wir unterwegs sein werden«, erklärte Pio Navale. »In jedem Fall brauchen wir einen guten Medicus auf Reisen. Ich bin meinem Bruder Giacinto dankbar dafür, dass er die Begegnung mit Signore Autard ermöglicht hat.«

Er lächelte Aurel zu, aber er sah ihn nicht an. Bislang hatte er keinem ins Gesicht schauen können. Würde er, wenn seine Augen doch stets ins Weiße verrutschten, überhaupt diese ferne, Grüne Insel sehen? Und Bianca, die jetzt schon ausgezehrt schien von der Mühsal einer langen Reise und die doch nicht ihre Hand unter der seinen wegzog? Und erst Aurel, der vor Jahren noch gesagt hatte, dass ihn keine Wissenschaft außer der Medizin interessiere?

Kurz dachte Alaïs, dass es eine höchst sonderbare Schar war, die hier in Marseille auf den Aufbruch wartete. Kein Einziger schien mit festen Schritten auf der Welt zu wandeln. Vielmehr schien zwischen jedem von ihnen und dieser Welt ein dickes Kissen aus Sehnsucht und Fernweh, Ausweglosigkeit und Bitternis, Erstarrung und Verklärung zu liegen – für den einen weich, den anderen hart, aber auf jeden Fall solcherart, dass man den Boden nicht spürte. Aber dem Befremden, das in ihr hochstieg, wollte sie nicht nachgeben. Sie hob ihren Weinkelch, trank hastige Schlucke und labte sich nicht nur an dem süßlich schmeckenden Trunk, sondern auch an der Macht der Hoffnung, die in der Luft lag – der Hoffnung auf ein ganz anderes, ganz neues, niemals erprobtes Leben.

XXVI. Kapitel

Später standen sie im Freien, die Schiffe des Hafens ragten wie ein dunkler Wald von ihnen auf. Die Betriebsamkeit des Tages hatte nachgelassen, doch dann und wann erklang noch Lärm: bellende Köter, fluchende Betrunkene, kichernde Huren. In den letzten Stunden war es Alaïs zunehmend heiß geworden. Nun kühlten ihre geröteten Wangen ab. Das Kribbeln, das in ihrer Leibesmitte hockte, ließ jedoch nicht nach, sondern verstärkte sich vielmehr schmerzhaft, da sie den Moment des Abschieds gekommen sah.

Aurel gehörte ja nicht länger zu ihnen, er gehörte zu jenem Pio Navale, der die weiteste Reise antreten wollte, von der Alaïs jemals gehört hatte.

»Ihr seid doch morgen noch in Marseille!«, rief er eben aus, indessen Emy ungeduldig von einem Fuß auf den anderen trat und Alaïs nicht wusste, wie sie damit fertig werden sollte, Aurel hier einfach stehen zu lassen – ihn und diese Verheißung von Fremde und Freiheit. »Ihr müsst unbedingt das Schiff von Navale sehen! Es ist eines der größten und prachtvollsten, die es je gegeben hat. Wir werden sehr zeitig lossegeln, lange vor Sonnenaufgang, aber wenn ihr früh zum Hafen kommt, dann …«

»Seid wann verstehst du etwas von Schiffen?«, meinte Emy und klang nicht mehr nörgelnd, sondern ungemein müde. Raymonda hob schlaftrunken ihr Köpfchen, aber ließ es bald wieder auf seine Brust sinken.

»Ihr solltet es euch ansehen, ehe wir in See …«

Emy wartete nicht darauf, dass er den Satz zu Ende brachte.

»Das Kind muss schlafen«, erklärte er barsch, dann stapfte er davon. »Und morgen früh kehren wir zurück nach Saint-Marthe. Wir haben in Marseille alles erledigt, was es für uns zu tun gab.«

Weder trachtete er danach, sich vom Bruder zu verabschieden, noch sich zu vergewissern, dass Alaïs ihm folgte. Sie blieb zögerlich stehen und hatte das Gefühl, Aurel erklären zu müssen, warum Emy sich derart abweisend benahm. Allerdings verstand sie es selbst nicht und wollte es eigentlich auch nicht tiefer ergründen. Diesen Abend nicht einfach zu Ende gehen lassen wollte sie, ihn vielmehr festhalten – ihn und die Verheißung, dass es eine Welt jenseits der ihren gab.

»Ist es wirklich das, was du willst?«, fragte sie plötzlich, obwohl ihr eigentlich andere Worte auf der Zunge lagen: Es wäre das, was ich will.

Aurel hatte Emy nachgestarrt, fuhr nun herum. Immer noch kam der nächtliche Hafen nicht zur Ruhe. Das Heulen eines Betrunkenen mischte sich mit dem Schnattern von Gänsen, die am nächsten Tag auf dem Markt angepriesen werden würden. Das Gekeife einer Alten, die vergeblich Schlaf suchte, mit dem Greinen eines zahnenden Kindes.

»Was meinst du?«, fragte er.

»Du wolltest Tote aufschneiden und Krankheiten ergründen. Und jetzt treibt es dich auf eine Insel, wo kein Mensch lebt?«

Leicht zu durchschauen war ihr Trachten, seine Begeisterung zu beflecken – schlichtweg, weil sie sie nicht teilen durfte. Doch wie stets erkannte er nicht, was sie in Wahrheit zu der Frage antrieb.

»Was kümmert mich die Insel?«, fragte er zurück. »Aber verstehst du nicht … auf diesem Schiff und wo immer wir landen wird es so sein, als gäbe es inmitten der großen Welt eine eigene, kleine, völlig abgeschottete Welt. Pio Navale … Er schert sich nicht um Gesetze und Gebote. Er wird mich machen lassen, was immer ich will.«

Etwa wieder Tote aufschneiden?, ging es Alaïs durch den Kopf.

Doch sie sagte es nicht laut; viel zu erstickend wäre ihre Stimme wohl geraten, zusammengepresst von Neid und Missgunst. Machen, was man will …

Plötzlich trat Aurel vor, erfasste sie an den Händen und drückte sie. Alaïs zuckte zusammen, nicht wegen dieser Berührung, sondern ob der Erinnerung an eine ganz andere, an seine harten Knochen, seine sehnige Gestalt, vor allem an die Steine, die sich ihr in den Rücken gebohrt hatten, damals, als er auf ihr lag, in der Grotte. Ward der salzig-faulige Geruch, der ihr plötzlich in die Nase stieg, von der Erinnerung heraufbeschworen? Oder hing er schon den ganzen Tag, einer schweren Glocke gleich, über dem Hafen von Marseille?

»Ich habe immer gedacht, dass ich der größte *Cyrurgicus* dieser Zeit und dieser Welt sein möchte! Aber weißt du … diese Welt verdient mich vielleicht nicht. Eine eigene muss ich mir schaffen, wo nicht zählt, was diese engstirnigen Quacksalber und frömmlerischen Pfaffen gebieten! Wo nur mein Wort und mein Wille gelten.«

Sie hatte ihm die Hände entziehen wollen, doch mit jedem Wort, das er sprach, verstärkte er den Druck, und nach anfänglichem Ekel und Unbehagen war es etwas anderes, das er in ihren Körper jagte und ihn hellwach stimmte: das Gefühl, dass ihr ganzes Leben auf diesen Augenblick zugelaufen war und nun, da er gekommen war, allen überflüssigen Ballast abwarf.

Wieder wurde ihr die Kehle so eng, dass sie meinte zu ersticken, diesmal nicht an Neid, sondern an dem bloßen Gedanken, nach Saint-Marthe zurückzukehren und dort mit einem Kind zu leben, das ihr fremd war, und mit einem Mann, der sich damit begnügte, Feuerholz zu hacken, Fisch zu fangen und Essen zu kochen.

»Ich ertrage es nicht!«, stieß sie aus, und erst als es gesagt war, gewahrte sie, dass sie es nicht nur gedacht, sondern tatsächlich laut geschrien hatte.

Aurel blickte sie verständnislos an, und rasch biss sie sich auf die Lippen. Schäbig deuchte es sie, ausgerechnet ihm seine Gefühle offenbart zu haben. Sollte sie ihn dafür, dass er sie im Stich gelassen, ja, erst in diese Lage gebracht hatte, nicht besser mit Stolz bestrafen?

Doch wenn auf eine Sache Verlass war, dann darauf, dass Aurel nicht tief genug in die Gefühle anderer Menschen drang, um sie gegen diese auszuspielen. Wenn sie sich schwach gab, würde sie von ihm kein Mitleid bekommen, aber auch keinen Hohn oder Verachtung.

»Kommt doch mit!«, erklärte er leichtfertig, als sei es das Selbstverständlichste der Welt. »'s ist kein übliches Schiff, das da aufbricht. Pio Navale lässt sich von seiner Frau begleiten, manche der Seemänner haben auch ihre Frauen dabei. Schließlich wollen wir die Fremde nicht nur erforschen, sondern dort leben – und dafür bedarf es einiger Familien.«

Trotz der kühlen Luft fühlte Alaïs ihre Wangen wieder heiß werden. Doch ehe sie sich zu Zweifel, gar Widerspruch aufraffen konnte, fuhr er schon eifrig fort: »Emy ist doch nicht als Fischer geboren! Und jetzt ist das Kind groß genug …«

Er fuhr nicht fort. Hielt er Raymonda womöglich für seine eigene Tochter? Sah er denn nicht, dass sie viel zu klein war, um damals in der Grotte gezeugt worden zu sein?

Ehe die Fragen aus ihr herausbrachen, schnellten Aurels Hände erneut vor. Wieder ergriff er die ihren, drückte sie.

»Rede mit Emy! Schlag ihm vor, mit aufzubrechen! Er ist doch damals nur zurückgeblieben …«

Wieder brachte er den Satz nicht zu Ende.

Weil du es von ihm verlangt hast, ging es Alaïs durch den Kopf. Weil du dir eine Lösung ausgedacht hast, die dir am besten bekam. Weil du niemals überlegt hast, was aus mir werden würde.

Und doch, ich würde meine Seele verkaufen, um mit dir zu gehen.

Sie entzog ihm rasch die Hände.

»Ich muss zurück«, sagte sie, ohne zu bekunden, was sie von seinem Vorschlag hielt und ob sie bereit war, darüber auch nur nachzudenken.

Emy war noch wach, als sie die Unterkunft erreichte. Sie konnten keine der üblichen Herbergen bezahlen, wo sich die Menschen aneinanderdrängten, sich gegenseitig mit ihrem Schnarchen wachhielten und der Preis für eine Schüssel Grütze weit über ihrem Wert lag – wo man aber immerhin ein festes Dach über dem Kopf hatte und Wände, durch die es nicht zog. Hier war das nicht der Fall. Jeder Luftzug war zu spüren, und es gab keine Möglichkeit, ein wärmendes Feuer zu entfachen. Immerhin war es ein ruhiges Plätzchen, das Ray ihnen da beschafft hatte. Alaïs wusste nicht, wie er das anstellte, aber ihr Vater schien auch in der Fremde stets Menschen zu kennen, von denen sich Hilfe erwarten ließ und die er auch überzeugen konnte, diese Hilfe zu gewähren. Ein Fischer, den er aus Hyères zu kennen vorgab, ließ sie in seinem Schuppen nächtigen, wo sein Boot stand und wo Netze und Reusen aufbewahrt waren. Faulig stank es nach Algen und Schlamm, aber die Geräusche von den Straßen waren gedämpft, und das liederliche Diebespack, vor dem man sich in Marseille zu schützen hatte, würde nicht auf die Idee kommen, an dieser Stätte Reisende auszurauben.

Alaïs sah, dass Emy Raymonda in das Boot gebettet hatte. Er selbst hingegen war starr daneben stehen geblieben – entweder, weil er den Schlaf der Kleinen bewachen wollte oder aber, weil er es aussichtslos fand, eigenen zu finden.

Alaïs blickte sich im finsteren Schuppen um. Von ihrem Vater war – wie schon am Nachmittag, da sie den Widder kaufen wollten – nichts zu sehen. Früher war er in den dämmrigen Morgenstunden oft im Freien herumgestreunt, doch seit dem Tod der Mutter schien er auch die dunkle Nacht nicht zum Schlafen zu nutzen, sondern zum Alleinsein.

Dass sie ihn nicht antraf, bedauerte sie. Mit ihm hätte sie darüber reden können. Mit ihm hätte sie ergründen können, ob Aurels Vorschlag einer vorwitzigen Laune entsprungen war oder ihm die Gesellschaft von ihr und seinem Bruder tatsächlich fehlte.

Doch auch wenn Ray nicht hier war – darüber schweigen konnte sie nicht.

Emy hatte sich noch nicht zu ihr umgewandt, da sprudelte es schon aus ihr hervor. Sie gab Aurels Worte nicht einfach nur wieder, sondern schmückte sie aus, und als sie erst einmal begonnen hatte, ihre Fantasie zu nutzen, verstieg sie sich immer weiter ins Reich der Lüge. Dass Aurel sich nach ihnen sehnte, bekundete sie. Dass er ohne sie mit dem Leben nicht zurechtkäme. Dass es ihm schwerfiele, ein guter *Cyrurgicus* zu sein, wenn keine kundige Hand ihm helfe.

Mit jedem Satz versteckte sie ihren eigenen Trieb, dem faden Leben zu entkommen, tiefer unter dem Trachten, Aurel einen Gefallen zu tun.

Doch als sie schließlich endigte und die Worte in der Stille hängen blieben, da gewahrte sie, wie sehnsüchtig sie einer Antwort harrte, die nicht nur seine Willfährigkeit gegenüber dem Bruder bewies, sondern sein Wissen um ihre heimlichen Wünsche. Unmöglich auch, dass es nur die ihren waren. Suchte er nicht selbst seit langem nach einer Gelegenheit, Saint-Marthe zu entkommen und wieder das Leben von früher aufzunehmen? Wenn Aurel sie aufforderte, ihn zu begleiten – so entband er ihn doch von der Pflicht, die er ihm einst aufgetragen hatte!

Langsam drehte sich Emy zu ihr um. Sie versuchte, ihn gleichmütig anzusehen, die Angelegenheit weiterhin zur Sache seines Bruders zu machen, nicht zu der eigenen. Doch wenn sie zuvor Aurel auch ihre Hand entzogen hatte, immer nackter, immer unverstellter wurde ihre Gier, noch mehr davon zu spüren: von dieser Verheißung, dass ihr Leben nicht vorbei war.

Emy schüttelte langsam den Kopf. »Er glaubt doch nicht ernsthaft«, stieß er aus, »er glaubt doch nicht ernsthaft, dass ich das Kind einer solchen Gefahr aussetze!«

Die Züge entglitten ihr erst, als er sich schon wieder abwandte und nun selbst ins Boot stieg, um sich neben die schlafende Raymonda zu legen. Sie fühlte, wie Tränen in ihr aufstiegen und hochspülten, was ihre nüchternen Worte noch verbergen hatten können: Unverständnis und Hoffnungslosigkeit und schließlich Wut. Auf ihn losgehen hätte sie wollen, auf ihn mit Fäusten einschlagen. Wie konnte er es wagen, ihre Träume mit einem schlichten Satz abzutun? Wie konnte er es wagen, sich jenem Bruder zu widersetzen, dem er vor einiger Zeit noch mit hängendem Kopf nachgeschlichen war wie ein Hund? Wie konnte er dessen Weisung folgen, sie zu heiraten, sein Kind groß zu ziehen – nun aber nicht dessen Einladung?

Sie ballte die Hände zu Fäusten, doch mehr Regung erlaubte sie sich nicht.

Vielleicht hätte sie es gekonnt, wenn Emy dergleichen erwartet hätte, wenn er sich gegen Widerspruch gerüstet hätte. Doch so selbstverständlich, wie er sich schlafen legte, vermeinte er wohl, sie sei nichts weiter als Aurels Sprachrohr gewesen, jedoch nicht selbst bestochen von dessen wahnwitziger Idee.

Alaïs bestieg das Boot nicht, sondern ließ sich davor niedersinken, lehnte sich daran und starrte auf die dunkle, feuchte Erde. Die Tränen versiegten, die Wut und ihr Unwille auch. Nur die Hoffnungslosigkeit blieb.

Die Zukunft war plötzlich ein nackter, farbloser Schlund, an dessen Rändern sie entlanglief. Wenn sie gewagt hätte, sich vorzuneigen und in dessen Tiefe zu lugen, so hätte sie vielleicht etwas erkennen können, was Geschmack und Lärm und Lebensfrische verhieß. Doch nun winkte ihr weit hinter dem öden Loch Aurel zu. So vieles mochte er verheißen, was sie verachtet hatte und noch immer hasste: seine Blindheit und Kälte, über sämtliche ihrer Willensregungen hinwegzublicken, die Besessenheit von Fleischigem, Blutigem, Eitrigem. Doch all das mochte zwar schwer wiegen, die Waagschale aber nicht zu seinen Ungunsten nach unten zerren. Er war viel zu ungebärdig und umtriebig, viel zu halsstarrig und wankelmütig, um die Lasten, die man ihm auferlegte, nicht sogleich wieder abzustoßen – mit einem barschen Wort, einem verächtlichen Schulterzucken, einem raschen Schritt. Konnte sie das auch? Musste sie nur einmal mit dem Kopf schütteln, um alle lästigen Pflichten los zu sein? War es nur Trug, dass sie sich mit einem Mal so leicht und ungebunden fühlte, oder war sie es tatsächlich, weil sie, sie allein, es sich zugestand?

Sie setzte sich auf, und es gab keine Hand, die sie zurückzerrte. Sie erhob sich und konnte über den weichen Boden tappen, ohne Geräusche zu machen. Sie musste sich nicht ankleiden, weil sie ihre Tunika gar nicht erst abgelegt hatte, aber selbst wenn das notwendig gewesen wäre, so hätte kein Widerstand ihre Bewegungen aufgehalten. Sie nahm den Lederbeutel, in dem sich Reste ihres Proviants befanden. Auf diesen wollte sie nicht verzichten, doch immerhin suchte sie die wenigen Münzen zusammen, die sie besaß, und legte sie auf den Boden.

Niemand ertappte sie. Niemand stellte sich ihr in den Weg. Sie tat nicht, was sie entschieden hatte, sondern sie entschied sich, indem sie es einfach tat, indem sie der ersten Regung folgte, die ihr in den Sinn kam. Und es war so einfach zu gehen, sich nicht umzudrehen, sich nicht zu fragen, ob Raymonda morgen weinen würden, wenn sie erwachte und die Mutter nicht vorfinden würde, nicht zu überlegen, ob Emy ihren Fortgang bedauern würde.

Sie beugte sich über das Boot. Raymonda lag zusammengeringelt wie eine Katze. Ihr dunkles Haar bedeckte ihr Gesicht, ein dünnes Laken ihren Körper. Kein Stückchen ihrer Haut war sichtbar, über das man noch hätte streicheln, es liebkosen können. Emy hatte seinen Arm um sie gelegt, sie schlafend ganz dicht an seine Brust herangezogen, die sich regelmäßig hob und senkte. Entspannt waren seine Züge, bekundeten weder finstere Träume noch aufgewühlte Gedanken, die ihn im Schlaf heimsuchten und noch einmal verlockend anboten, was er im wachen Zustand so voreilig zurückgewiesen hatte.

Alaïs hob die Hand, wollte über seinen Kopf streichen, dann über den der Kleinen, doch ehe sie sie berührte, zuckte sie zurück. Es schien ihr nicht zuzustehen. Die beiden gehörten einander, doch nicht mehr ihr. Als sie ihre Hand zurücknahm, zog ein merkwürdiges Kribbeln über ihre Haut, von Schmerz und Unbehagen kündend und ein ganz klein wenig von Kälte, die sich in ihr ausbreitete, die eigene und die der Nacht. Sie konnte ihr entkommen, wenn sie sich zu den beiden legte, ihre Nase in Raymondas

Haar senkte und Emys Hand ertastete, um sich daran festzuhalten. Nicht mehr erbärmlich frösteln würde sie wie jetzt, aber vielleicht – und das ging ihr durch den Kopf, als sie nun von dem Boot zurücktrat und das Kribbeln verebbte – ersticken.

Sie ging ins Freie, blickte hoch zum nackten, kahlen Mond. Sein Schein war zu matt, um sie bloßzustellen, um der Schuld und der Kälte mehr Gewicht zu geben. Mühelos schritt sie weiter, fühlte sich geborgen von Blicken, die sie vorwurfsvoll treffen und sie in den Kreis ihrer kleinen Familie zurückbefehlen könnten.

Rasch lief sie in Richtung des Hafens, und erst dort traf sie auf ein Hindernis.

»Was treibst du hier, Alaïs?«, fragte ihr Vater, der in den stillen Stunden der Nacht auszog, um Freiheit zu suchen, doch der immer – und das unterschied ihn von ihr – am Morgen wieder zurückkehren würde.

Sie rang um eine Ausrede, stammelte etwas von Kopfschmerzen, die sie wachgehalten hätten, von der frischen Nachtluft, die sie suchte, doch dann verstummte sie. Rays Blick war auf ihren Lederbeutel gefallen, und als er ihn wieder hob, ihre Augen suchte, da wusste sie, dass sie ihm nichts vormachen konnte. Es fiel ihr schwer, in seinem Gesicht zu lesen; es war zu dunkel. Nur, dass er nicht lächelte wie sonst, dass kein Spott in seinen Augen aufblitzte, das sah sie.

Plötzlich wusste sie, dass es keinen Menschen gab, dem sie sich leichter erklären konnte. Und keinen anderen, bei dem es ihr gerade darum so schwer fiel. Vorwürfe hätte sie mit Trotz beantworten können, Trauer mit eigener Verzweiflung, Strenge mit Stärke.

Doch nichts dergleichen kam von ihm, und so fiel ihr Bekenntnis äußerst schlicht aus, fast tonlos.

»Ich will frei sein«, sagte sie.

Er nickte verspätet, als erreichten ihre Worte ihn erst nach einer Weile. Kein überraschter Aufschrei ertönte aus seinem Mund, kein Runzeln zerfurchte seine Stirn. Er nickte, nickte immer wieder, wandte sich dann ab, als gäbe es nichts zu sagen – und dann, im letzten Augenblick, als sie tatsächlich befürchtete, er könnte sie einfach so stehen lassen, da fuhr er herum und knurrte: »Und was willst du dann von Aurel Autard?«

Da war er – jener Vorwurf, gegen den sie sich gerüstet hatte und der nun nichts damit zu tun hatte, dass sie ihr Bündel geschnürt und einen schlafenden Emy, eine schlafende Raymonda, ohne jede Erklärung zurückgelassen hatte.

»Wenn du wirklich frei sein willst, Alaïs, dann laufe der Freiheit nach, nicht ihm«, setzte er hinzu.

Sie war verwirrt. »Aber er ist es doch, der mir die Freiheit schenkt!«, begehrte sie auf. »Ich kenne keinen anderen Menschen, der sich so gegen jegliche Fessel sträubt wie er.«

Wieder nickte Ray, aber diesmal mit hängenden Schultern. Er hatte seinen Kummer um Caterina fast nie gezeigt, doch nun fühlte sie, wie Traurigkeit sich um ihn ausbreitete wie eine dunkle Wolke. Vielleicht ward sie nicht nur vom Verlust eines geliebten Menschen gezeugt, vielleicht rührte sie noch viel tiefer, an jene Melancholie, die sie schon in ihren Kindertagen manchmal hatte aufblitzen sehen. Meist lachte er darüber hinweg. Doch jetzt – jetzt lachte er nicht. »Gegen seine Fesseln wehrt er sich. Nicht gegen die deinen. Die musst du selbst durchtrennen.«

Sie presste ihr Bündel an sich, hielt sich daran ebenso fest wie an dem Trotz, der sie davor bewahrte zu erschaudern. »Ich dachte, du würdest mich als Einziger verstehen.«

»Und ich verstehe dich auch«, sagte er. Er trat ganz dicht zu ihr, packte sie an den Schultern, zwang sie, ihm ins Gesicht zu sehen. Er war ihr fremd, weil er so ernst war und so nah, weil da plötzlich etwas in seinen Augen stand, was sie selbst an sich kannte: nicht mehr nur Trauer und schmerzliche Sehnsucht, sondern Hader ob vergeudeter Gelegenheiten. »Ja, ich verstehe dich«, bekräftigte er. »Aber ich will, dass du begreifst, was dich treibt und warum. Lauf ihm nicht blind nach und vor allem nicht ihm allein. Das, was du dir ertrotzt, soll dir gehören, nur dir – nicht ihm geopfert sein.«

Ihre Kehle wurde eng. Sie blinzelte die Tränen weg. »Hat jemals etwas dir allein gehört, Vater? Du warst doch nie ein freier Mann. Es war doch immer Mutter da …«

Er schüttelte den Kopf. »Ganz am Anfang nicht. Es gab eine Zeit, da lebte ich für mich und sonst für niemanden. Ein Teil von mir hat's sehr genossen. Ein Teil von mir hat sich immer danach zurückgesehnt. Vielleicht ist's dieses Erbe, an dem du schleppst.«

Er sprach von Last, und obwohl sie sich gerade noch so leicht gefühlt hatte, ahnte sie, was er meinte. Sie schüttelte sich wie ein nasser Hund.

»Wenn du dich heimlich nach Freiheit verzehrtest«, murmelte sie, »hast du dir dann nie überlegt, Mutter und uns Kinder einfach zu verlassen?«

Ernst und ausdruckslos war sein Gesicht bis jetzt gewesen, nun lächelte er wehmütig. Wenn er jemals – unverstellt von Spott und Leichtfertigkeit – bekundete, wie sehr Caterina ihm fehlte, so war es in diesem Augenblick. »Ich hätte es vielleicht getan … wenn ich mir jemals vollends sicher gewesen wäre, dass sie mich liebt.«

»Du denkst, es war nicht so?«, fragte sie verwirrt. Sie hatte den strengen, nörgelnden Tonfall im Ohr, mit dem Caterina oft auf den neckischen des Vaters geantwortet hatte, aber sie erinnerte sich ebenso gut an jenes Gefühl von Geborgenheit und Wärme, das sich nur bei zwei Menschen erleben lässt, die einander nahestehen und einander trauen.

»Vielleicht. Vielleicht auch nicht. Ich kenne kaum ein anderes Paar, das derart zusammengehört wie wir. Und doch, vor vielen, vielen Jahren, da habe ich deiner Mutter etwas angetan … nein, nicht ich selbst. Jedoch trage ich die Schuld, dass sie in eine … bestimmte Lage geriet. Es waren meine Dummheit und mein Eigensinn. Und bis zu dem Augenblick, da sie starb, war ich mir nicht sicher, ob sie mir wirklich verziehen hat. Womöglich war ein Großteil ihres Herzens mit mir versöhnt – doch nicht das ganze.«

»Und deswegen bist du immer bei ihr geblieben? Aus Schuld?«

»Nein, nein«, sagte er hastig. »Nicht aus Schuld, sondern aus Trotz. Beweisen wollt ich ihr, dass ich ein guter Kerl bin… trotz allem.«

Sie schwiegen. In der Ferne kläffte wieder ein Hund. Irgendwo dort wachte Aurel – er wachte ja meistens, schlief so gut wie nie, schlief nicht wie Raymonda, die ihren Leib an Emy presste, um seine Wärme zu suchen. Vielleicht wurde jener davon wach, strich ihr über das Gesichtchen, dachte gar nicht daran, sich zu vergewissern, dass sein Weib noch da war. Erst am Morgen würde er es bemerken.

»Weißt du, Alaïs«, murmelte Ray, »die Freiheit hat viele Gesichter. Das Schönste ist die Ungebundenheit. Das Hässlichste das Fehlen aller Sicherheit. Mögest du niemals in diese Fratze sehen. Und dennoch: Es wäre mir sogar lieber, du würdest diese Fratze ertragen müssen, als ständig nur Aurels Gesicht.«

Alaïs löste sich aus seinem Griff. »Ich wusste, dass Mutter ihn nicht mochte, aber nicht, dass es dir auch so geht. Neidest du ihm, dass er ein guter *Cyrurgicus* ist und du nie einer werden konntest?«

Ray lachte auf, doch es klang gepresst, nicht leicht wie sonst. »Wenn's nur ums Mögen geht, dann mag ich ihn sogar sehr gerne. Und würde ihn noch lieber mögen, wäre er nur weit genug fort von dir.«

Er neigte sich vor, doch er packte sie nicht wieder an den Schultern, nahm stattdessen ihr Gesicht, um es an seine Brust zu pressen, an ihren Haaren zu riechen. Sie dachte an den Abschied von Caterina, damals, nachdem sie die Burg von Comte Henric de Robessard verlassen hatten. Sie hatte geglaubt, jener Abschied würde für immer währen, und doch war sie Caterina wieder begegnet, als sie schwanger und an Emys Seite nach Saint-Marthe zurückgekehrt war.

Nur Ray, das wusste sie plötzlich, obwohl ihre Zukunft selten so leer und bilderlos vor ihr stand wie in diesem Augenblick, nur Ray würde sie nicht wiedersehen.

»Du willst nicht, dass ich ihm folge, und gibst mir doch deinen Segen?«

»Ich gebe den Segen dir, nicht ihm.«

Wieder presste er sie an sich, und sie fragte sich, ob auch er ein Gebet murmeln würde, wie Caterina es getan hatte. Doch kein Laut kam aus seinem Mund. Wieder kläffte in der Ferne ein Hund, wieder lallte ein Betrunkener.

XXVII. Kapitel

Aurel hatte von einer kleinen Welt innerhalb der großen gesprochen, und genau das war das Schiff.

In manchem war es ein Abbild von Saint-Marthe, denn es waren immer dieselben Gesichter, denen man begegnete, und man gewöhnte sich an die Eigenarten der Menschen: Da gab es den Koch, der mit seinen Hühnern redete, die steuerbord in Käfigen eingesperrt waren, die gleich neben den Zwiebeln hingen. Ob die Hühner deswegen so empört gackerten oder wegen des stürmischen Seegangs, war nicht auszumachen. Da gab es den hinkenden Logbuchschreiber, der gern die Nase rümpfte – vorzugsweise über schlichte Männer, die nicht zu schreiben verstanden wie er. Da gab es unglaublich kräftige Männer, die am Morgen der Abreise mit Hilfe von Bauchgurten und einem Hebebaum Pferde aufs Schiff geschafft und dies so leicht hatten aussehen lassen, als hätten sie die Tiere notfalls auch einfach schultern können. Ein Pferdeknecht wachte über die Tiere, und man sagte ihm nach, dass er sie allein durch den Klang seiner Stimme beruhigen oder antreiben, zum Fressen oder zum Stillstehen bringen konnte.

Ja, es war eine überschaubare Gesellschaft – und doch empfand Alaïs sie auch nach einigen Tagen noch als erfrischend und bunt. Das lag an Pio Navale, der regelmäßig den Hauptmast umschritt, der die Rah mit dem Großsegel trug, stolz daraufblickte und bei jedem zweiten Schritt zu stolpern drohte. (Die Matrosen erzählten sich lachend, er sei einige Male bereits tatsächlich gefallen, was bei seinem unachtsamen Blick kein Wunder war.) Das lag an Bianca, die ihrem Tag zwei Tätigkeiten widmete: zum einen dem Trachten, aus ihrer Kajüte, die über den Lagerräumen und der Küche und unter der des Steuermanns lag, einen Raum zu machen, der dem ihres Florentiner Palazzos weitgehend glich. Zum anderen rieb sie ihr Gesicht mit Mandelmilch ein, um es weiß zu halten und um dem salzigen Wind, der durch die Ritzen wehte, einen süßlichen, lieblichen Duft entgegenzusetzen. Und es lag auch an Simeon, dem Juden, der Navale begleitete, ein ebenso schwarzäugiger wie schwarzhaariger Mann, der stets mit leicht geducktem Kopf durchs Leben ging und darauf achtete, nirgendwo anzustoßen. Er trug stets ein Lächeln im Gesicht, sodass Alaïs zunächst meinte, er gehörte zu den besonders gutgelaunten Menschen. Doch dann erzählte er, weiterhin lächelnd, von seiner Herkunft. Er war ein Geldwechsler aus Arezzo, der mit seiner Familie ein friedliches Leben geführt hatte, bis zu dem Tag, als den Menschen in seiner Stadt einfiel, dass er kein hilfreicher Geschäftsmann, sondern ein Halsabschneider und Wucherer sei, den man zu meucheln hätte. Auf solch eine Idee, so Simeon, kämen die Menschen im besten Fall nur jedes halbe Jahrhundert. Wenn es misslich lief, leider schon alle zehn Jahre. In diesem Fall waren sie durch ein paar Predigten von Bettelmönchen aufgehetzt worden, sodass es nicht nur bei Schmähungen geblieben war, sondern eine Horde Jugendlicher durch die Stadt gezogen war, um alle Juden entweder zu erschlagen oder aber in ihr Haus zu sperren und dieses anzuzünden. Simeons Familie war Letzteres widerfahren. Bis auf ihn wurde sie ausgerottet, denn ihm war es gelungen, aufs Dach zu fliehen und von dort hinabzuspringen, die Todesschreie seiner Kinder, seiner Frau und seiner Eltern in den Ohren.

Als er geendigt hatte, lächelte er immer noch, und da ging Alaïs auf, dass er lächelte, um nicht zu weinen, zu schreien oder den Verstand zu verlieren. Sie wollte das Leid nicht ergründen, das hinter dem dunklen Blick lag, nicht jetzt, da sie doch wähnte, das Dunkle und Schwermütige des eigenen Lebens hinter sich gelassen zu haben. Aber sie mochte ihn, weil er sich bis auf das falsche Lächeln nicht verstellte, sondern stets die Wahrheit sagte.

Er spottete über Bianca, die so sehr versuchte, die Reise zu verdrängen, indem sie möglichst viel Heimat in die Fremde mitschleppte. Und er spottete über Navale, der ihn einst bei sich aufgenommen hatte, weil er sich von Simeon im Hebräischen unterrichten ließ, und der – wie Simeon meinte, nunmehr so viele Sprachen beherrschte, eine einzige aber nicht. »Und zwar die wichtigste«, fügte er hinzu.

»Und welche wäre das?«, fragte Alaïs, die viel Zeit bei Bianca verbrachte. Navales Frau hatte es so gewünscht. An sonderlicher Sympathie mochte es nicht liegen, vielmehr daran, dass man Alaïs – so sagte sie es am Tag, da der Anker gelichtet wurde – die bäuerliche Herkunft nicht ansähe. Alaïs lag es auf der Zunge zu sagen, ihr Vater sei ein Fischer, kein Bauer. Doch für eine Frau wie Bianca machte das wohl keinen Unterschied.

»Also, was ist das für eine Sprache, die Pio Navale nicht kennt?«, fragte sie Simeon, der nicht nur Hebräisch beherrschte, sondern auch das Spiel mit der Flöte, womit er wiederum nicht seinen Herrn, sondern Bianca erfreute – schlichtweg, weil er damit das Meeresrauschen und das Gekreisch der Möwen übertönte. »Zwei Arten zu sprechen gibt's«, erklärte Simeon. »Man spricht mit Worten, und kennt man möglichst viele, fällt manches leichter, zum Beispiel der Handel. Doch der Mensch spricht auch mit Blicken und Gesten, mit dem Ausdruck seiner Augen und dem Runzeln seiner Stirn. Die Wörter lügen oft, die Mienen nicht. Navale beherrscht viele Wörter, seine Miene aber nicht. Und noch weniger durchschaut er, was den Menschen in Wahrheit treibt.«

Alaïs zuckte hilflos die Schultern und wusste damit nichts anzufangen. »Und was treibt den Menschen?«, fragte sie schließlich.

»Ein Mann wie Pio Navale will Grenzen überschreiten und glaubt, wenn er es tut, werden ihm alle anderen folgen. Der gewöhnliche Mann aber liebt es, Grenzen zu setzen, zwischen sich und dem nächsten, möglichst auf dessen Kosten.«

Seine Stimme klang milde, und sein Mund lächelte wie stets.

Nur sein Blick war trüb, und als er auf den weiten Horizont glitt, ging Alaïs auf, dass er wie Navale gern reiste – nicht, um in die Fremde zu gelangen, sondern möglichst weit weg von dem Vertrauten.

Nie war sie selbst so weit aufs offene Meer gefahren. Als sie ein Kind gewesen war, hatte ihr Vater sie manchmal zum Fischfang mitgenommen – was selten genug vorkam, weil es die Mutter für viel zu gefährlich befand. Nicht zuletzt aufgrund der Standpauke, die jedes Mal von Caterina zu erwarten stand, hatte er darauf geachtet, das Ufer im Blick zu behalten. Mochte sich also in der einen Richtung das unendlich weite Meer erstreckt haben, in der anderen war doch stets der Küstenstreifen zu sehen gewesen.

Nun war es erstmals anders. Alaïs ging vom breiten Heck zum schnabelförmigen Bug, vom Vorderschiff Richtung Schiffsbauch, drehte Runden im Schiffsforum, wo sich der Hauptmast befand – und stieß immer wieder auf Grenzen aus dunklem Wasser, weißer Gischt, scharfer Luft und blauem Himmel – und das nicht nur für wenige Augenblicke, sondern mehrere Tage lang. Fremd und neu war zunächst alles auf dem Schiff gewesen, doch nachdem sie sämtliche Winkel erforscht hatte, wurde es kleiner und kleiner – und mit ihm schien sie selbst inmitten einer riesigen und zugleich unbesiedelten Welt zu schrumpfen. Gott mochte an fruchtbarer Erde gespart und es zum Los des Menschen gemacht haben, das Wenige, das blieb, mit Schweiß zu beackern. Doch beim Wasser war er verschwenderisch gewesen. In Saint-Marthe hatte Alaïs oft die Grenze des Horizonts fixiert, bis ihr die Augen tränten, und sich die Welt ausgemalt, die dahinter läge. Nun erkannte sie, dass das Besondere am Reisen nicht das Erforschen eines fremden Landes war, sondern das mögliche Fehlen eines solchen. Es war die ebenso erregende wie nagende Furcht, es gäbe nur mehr dieses Schiff und diese Menschen und sonst nichts, außer abgrundtiefes Wasser.

So also schmeckte die Essenz von Freiheit. So salzig, so schnittig, so wackelig, so schwindlig, so eintönig, so bläulich. Ihre Melodie war schlicht. In Ufernähe hatten noch kreischende Möwen das Schiff umkreist, doch irgendwann blieben sie fern. Neben den Geräuschen des Schiffs gab es nichts zu hören als den heiseren Chor der aufspritzenden Wellen und des röhrenden Windes.

Oft stand sie allein im Schiffsforum. Bianca mied das Freie, Aurel auch, nur Simeon gesellte sich manchmal zu ihr, und wenn er nicht schwieg oder über die Natur des Menschen sprach, beantwortete er die vielen Fragen, die sie stellte.

Warum das Schiff des Nachts mehr Tempo zulegte als des Tags. Woher kundige Matrosen das Wissen nahmen, am Geschmack des Wassers ihre Position ablesen zu können. Warum sie manchmal gegen eine Flaute anruderten, manchmal nicht.

Umgekehrt fragte er nichts, wollte nicht wissen, woher sie kam und was sie auf das Schiff trieb. Er ersparte ihr das Geständnis, dass sie nicht nur vor der Heimat floh, sondern vor Mann und Tochter, dass sie freiwillig auf die Familie verzichtete, die man ihm grausam geraubt hatte.

Sie überlegte, ob es daran lag, weil ihm die Neugierde fehlte – oder weil er keiner erklärenden Worte bedurfte, um sie zu durchschauen, nur ihrer Miene. »Was verrät dir mein Gesicht über mich?«, fragte sie einmal unverhohlen.

Er zuckte die Schultern. »Es gibt Menschen, die stehen ruhig, und es gibt Menschen, die laufen«, meinte er nach einer Weile. »Ich gehöre zu Letzteren, weil ich es muss, und du gehörst zu Letzteren, weil du es willst. Aber ich weiß nicht, ob Müssen und Wollen so weit auseinanderliegen.«

Alaïs schwieg. Wie so oft, wenn Simeon etwas sagte, vermeinte sie, dass es überaus klug und bezeichnend wäre, würde sie es nur ergründen können. Aber dies hätte erfordert, seine Worte immer und immer wieder zu wiederholen, sie von allen Seiten zu betrachten; ja, sie vorerst festhalten zu müssen. In jener windigen, bodenlosen Weite widersprach das jedoch nicht nur ihrer Natur, sondern dem Gesetz, dass hier nur glücklich werden konnte, wer sich nicht umdrehte und an Vertrautes krallte.

Sie sah Aurel in den ersten Tagen selten. Während sie entweder Zeit bei Bianca verbrachte oder aber das Schiff erforschte, hockte er in jenem Raum, den Pio Navale als seine Bibliothek eingerichtet hatte und wo er seinen Geist mit Schriften sättigte. Er las etwa im *Compendium Medicinae,* das Gilbertus Anglicus aufgeschrieben hatte, der wiederum ein Leibarzt des englischen Königs gewesen war. Mochte Navale zwar in Marseille bekundet haben, dass ihm irgendwann die neuen Bücher ausgegangen wären, so hatte er es doch nicht übers Herz gebracht, die alten in der Heimat zurückzulassen.

Nicht nur Aurel, sondern auch Navale selbst hielt sich häufig dort auf, wie sie nach einigen Tagen herausfand. Da geschah es nämlich, dass er sie zu sich rufen ließ.

Sie hatte erwartet, dass auch Aurel zugegen wäre, doch stattdessen traf sie ihn allein an. In dem stickigen Raum roch es salzig wie überall und zugleich staubig, als würden sich zwischen all den meist kunstvoll mit Leder eingefassten Buchdeckeln nicht nur Pergamentseiten befinden, sondern auch der Dreck und Staub von Jahrzehnten.

Etwas unsicher blickte sie auf Giacintos Bruder. Nie war sie bisher allein mit ihm gewesen, und jener merkwürdig weiße Blick war ihr unheimlich. Doch offenbar war er ihr freundlich gesinnt.

»Simeon sagte mir, dass du viele Fragen stellst«, begann er. »Das ist gut. Der Mensch wird lebendig durch seine Fragen, nicht durch die Antworten, die er erhält.«

Sie zuckte die Schultern. »Ich wollte nur wissen, ob …«

»Du musst es nicht leugnen. Du bist neugierig, Kind, das gefällt mir.«

Alaïs verbiss es sich, ihn darauf aufmerksam zu machen, dass sie kein Kind, sondern eine Frau war, die immerhin schon zwei Mal geboren hatte. Allerdings schien Pio Navale sich so alt und erfahren zu fühlen, dass er wohl alle übrigen Menschen als Kinder betrachtete.

»Wie viele Sprachen sprichst du, Kind?«, fragte er unvermittelt.

Alaïs zögerte. »Okzitanisch wie meine Eltern. Ein wenig französisch. Den provençalischen Dialekt unseres Dorfs. Und mein Vater hat mir beigebracht, auf Italienisch zu zählen.«

»Das ist zu wenig, viel zu wenig.«

Alaïs schwieg hilflos, nicht sicher, auf was er hinauswollte.

»Ich sage es immer wieder«, fuhr er darauf fort. »Alles wäre leichter auf der Welt, wenn alle Menschen alle Sprachen sprechen könnten – oder aber, wenn es nur eine einzige Sprache gäbe, die dafür jeder verstünde.«

Er beugte sich tief über das Buch, das vor ihm auf dem Lesepult lag. »Raimundus Lullus hatte die Idee zu einer solchen Weltsprache«, fuhr er fort. »Aus arabischen, hebräischen und lateinischen Lauten müsste sie bestehen und jedem Kind von klein auf gelehrt werden, damit man sich überall verständigen könnte.«

Da er auf das Buch blickte, nicht auf sie, nutzte sie die Gelegenheit, sich im Raum umzusehen. Die vielen Bücher köderten ihr Interesse kaum, umso mehr aber ein seltsames Ding, das auf jenem Tisch stand, an dem Navale saß. Es war ein kugelförmiges Gebilde aus poliertem Kupfer, Ebenholz und Elfenbein, in dessen Mitte eine Nadel saß und leicht zitterte.

Pio Navale, gleichwohl noch immer über die Weltsprache sinnierend, war ihr Blick nicht entgangen. Bedächtig, nahezu ehrfürchtig strich er über das Gebilde.

»Ein Kompass«, sagte er. »Er vermag selbst bei Sturm oder Nebel den Weg zu weisen.«

Alaïs schwieg weiterhin. Sie hatte keinerlei Ahnung, was ein Kompass war, doch da er so selbstverständlich davon sprach, setzte er wohl voraus, dass sie von dergleichen schon gehört hatte.

Neben dem Kompass lag ein großes Stück Pergament, nicht mit Buchstaben beschrieben, sondern mit vielen kleinen Kreisen und Strichen. Diesmal mochte sie sich nicht verkneifen zu fragen, was das sei.

»Eine Seekarte natürlich!«, meinte er lächelnd. »Siehst du hier, die vielen Striche? Windstriche nennt man sie. Daraus entstehen

Richtungslinien, und jene wiederum bilden ein Netz, das über bekannte Punkte läuft.«

Alaïs verstand kein Wort von dem, was er sagte, aber er fuhr begeistert fort: »Um einen Punkt auf dem Meer zu bestimmen, benutzen die Seefahrer die im Zenit stehende Sonne und den Winkel, den sie auf einem Trigonometrie-Tisch bilden.«

»Das heißt«, sagte sie, »dies hier ist ein Bild – ein Bild vom Meer, auf dem wir uns befinden.«

»Und hier«, erklärte er, »hier ist die Karte zu Ende. Aber die Welt ist es nicht. Ich glaube, das ist die wahre Natur des Menschen, die ihn vom Tier unterscheidet und ihn zum Ebenbild Gottes macht: dass wir weiter denken als wir schauen können. Und darum macht es mir nichts aus, dass ich mittlerweile so schlecht sehe, denn ich kann ja immer noch weit denken.«

Es war ihr neu, dass sein stets ins Weiße verrutschender Blick damit zu tun hatte, dass er die Sehkraft verlor.

Plötzlich griff er nach etwas und hielt es sich vor die Augen, und als Alaïs es sah, entrang sich ihr ein verblüffter Ausruf. Neu waren ihr Kompass und Seekarte gewesen, dieses Gebilde wirkte jedoch noch befremdlicher.

»Hast du das noch nie gesehen?«, fragte Pio Navale.

»Was ist das?«

»Ein gewisser Bruder Alexander della Spina fertigte dergleichen an. Er ist nun mehr als zehn Jahre tot, doch ich war einer der Wenigen, der es sich damals schon beschaffen konnte.«

Zwei Gläser waren es, die sich Pio Navale vor die Augen hielt. Sie waren mit Holz eingefasst und mit einem Stück Horn aneinandergefügt. Als Pio Navale seinen Blick hob, wirkten seine Augen viel größer – und das Weiß, das hervorblitzte, noch unheimlicher.

»Ich muss gestehen«, meinte er, »ich habe nicht den Eindruck, dass ich mit dieser… Brille besser lesen kann. Aber ich schätze das Trachten des Menschen, viel zu sehen, oder, wenn möglich, alles zu sehen. Wir sollten weder die Grenzen der Sehkraft hinnehmen noch die Grenzen der Welt.«

Er ließ die Brille wieder sinken.

»Deswegen mögt Ihr Aurel Autard, nicht wahr?«, fragte sie. »Weil er den ganzen Körper erkennen und durchschauen will, weil er sämtliche Krankheiten am liebsten sehen würde.«

Ohne die Brille wirkten Pio Navales Augen plötzlich klein. »Du kennst Aurel Autard?«, fragte er.

Sein Erstaunen spiegelte sich in Alaïs' Blick.

»Das wisst Ihr nicht?«, rief sie. »Aber warum sonst wäre ich hier? Ich war an seiner Seite, an jenem Abend in Marseille, beim Essen… Könnt Ihr Euch nicht erinnern? Ich war doch Euer Gast?«

Er hob hilflos die Hände. »Unscharf… unscharf…«, stammelte er, bekundend, was sie immer schon geahnt hatte: dass er lieber in Büchern las, als in den Gesichtern der Menschen.

»Ich dachte, er hätte mit Euch geredet. Auf dass ich Euch bei dieser Reise begleiten darf. Eure Frau…«, fast trotzig sagte sie das nun, »Eure Frau ist dankbar für meine Gesellschaft.«

Bei Biancas Erwähnung huschte ein Ausdruck schlechten Gewissens über sein Gesicht. »Gewiss, gewiss«, sagte er schnell. »Ich hoffe, sie fühlt sich nicht ganz so verloren auf weiter See, weiß sie andere Weiber um sich. Was hingegen Signore Autard anbelangt: Nun, er redet viel mit mir. Aber ich kann mich nicht besinnen, dass dabei jemals ein anderer Name fiel als jene der großen Ärzte. Ich glaube nicht, dass er jemals von dir geredet hat, mein Kind. Wenn du ihn freilich tatsächlich kennst, dann weißt du, wie er ist.«

»Ja«, meinte Alaïs, und plötzlich schmeckte es schal in ihrem Mund. »Ja, das weiß ich wohl.«

»Wie es auch sei«, meinte er begütigend, ehe er sie entließ. »Wann immer du Fragen hast – mir kannst du so viele stellen, wie du willst.«

Die Abendsonne spiegelte sich im Meer und krönte die Wellen mit weichem Licht anstelle von spitzer, weißer Gischt. Der Wind wehte lau und vermochte doch, Alaïs Haare hochzuwirbeln.

Sie fand Aurel versunken in der Nähe des Hauptmastes und – wie sie feststellte, als sie näher trat – irgendwie verdrossen.

»Bis auf die Seekrankheit sind alle leidlich gesund«, stellte er fest, als wäre dies eine persönliche Kränkung.

Woher nimmt er das?, fragte sich Alaïs, und wieder schmeckte es schal in ihrem Mund. Woher nimmt er das Recht, so ungeduldig zu sein? Die Erwartung, alle Welt müsste ihm mit Wunden und Schmerzen zu Diensten sein?

Als sie seine verdunkelte Miene musterte, gewahrte sie, dass er nicht nur älter und ausgezehrter aussah als einst in Avignon, sondern dass seine früher kindliche Ungeduld nun den Anstrich von Hader und Entrüstung trug. Mochte ihm beides auch früher nicht gänzlich fremd gewesen sein, erst jetzt hatte es tiefe Falten gegraben und den Zug um seinen Mund erkalten lassen.

»Navale weiß nicht, dass du und ich … zusammengehören.« Es klang merkwürdig, und rasch setzte sie hinzu, »irgendwie … zusammengehören«.

Sie wusste ja selbst nicht, auf welche Weise. Wusste desgleichen, dass sie kein Bekenntnis seinerseits brauchte – Pio Navale war auch ohne selbiges freundlich zu ihr gewesen. Und doch ließ der Groll nicht nach, dass er so wortreich die Reise gepriesen und sie dazu eingeladen hatte, aber keinen Gedanken daran verschwendet, was geschehen würde, wenn Bianca sie ablehnen und Pio Navale sie als lästig befinden würde.

»Er wusste nicht einmal, dass du mich kennst.«

»Und warum sollte er es wissen?«, fragte Aurel verwirrt.

»Warum hast du mich von Emy weggelockt, wenn ich dir nichts bedeute?«, gab sie zurück.

Erst als sie es ausgesprochen hatte, fühlte sie, dass es an ihr nagte – das schlechte Gewissen, einfach gegangen zu sein, und noch mehr die eigene Unfähigkeit zu benennen, wer er für sie war und was sie ihm bedeutete.

»Wovon redest du?«, fragte er.

»Sag, ist dir entgangen, dass ich hier bin, dein Bruder aber nicht? Ich … ich habe Emy einfach zurückgelassen. Ohne Erklärung. Ohne Abschied. Und unsere Tochter … unsere gemeinsame Tochter … auch sie habe ich im Stich gelassen. Ich tat es doch … deinetwegen.«

Sie stammelte, senkte den Blick – und dachte plötzlich an Simeons Worte, wonach die Menschen mit ihren Worten lügten, mit ihrer Miene und ihren Gesten aber nie.

»Meinetwegen? Ich will die Insel hinter dem Horizont sehen. Und ich dachte, du wolltest das auch.«

Wieder stieg Groll in ihr hoch, nicht über ihn, sondern über sich, weil ihre Worte klangen, als haderte sie mit ihrer Entscheidung. »Seit wann schert dich, was ich wollen könnte? Bislang war es dir doch auch immer gleich!«, stieß sie aus.

»Was soll die Aufregung? Möchtest du wieder heimkehren?«

»Nein! Natürlich nicht!«

»Und warum beklagst du dich dann?«

Sie zuckte die Schultern, denn sie wusste es nicht. Schweigend standen sie beisammen, indessen der Wind kühler wurde, das Meer schwärzer und das rote Abendlicht blasser.

»Die Insel«, sagte er, und der harte Zug um seinen Mund wurde weicher. »Diese Insel liegt außerhalb der christlichen Welt. Dort ist alles erlaubt, verstehst du?«

Sie schüttelte den Kopf, verstand mitnichten.

»Es hat mit Papst Benedikt zu tun. Einst hat er verboten, was insbesondere während der Kreuzzüge üblich gewesen war: Viele der Ritter hielten in ihren Testamenten fest, dass, wenn schon nicht ihre Leichen, so doch ihre Herzen in der Heimat bestattet und dort betrauert werden sollten. So wurde es Brauch, ihre Brust nach dem Tod zu öffnen, das Herz einzubalsamieren und zu verwahren. Papst Benedikt verbot dies, meinte er doch, es würde die Auferstehung des Fleisches am Ende der Zeiten erschweren. Da fragte man ihn, ob jenes Verbot auch noch gelte, wenn Christen auf heidnischem Gebiet stürben – fernab jeglicher Kirche und fernab des geweihten Bodens. Und denke dir: Hier gab er nach. In Gebieten jenseits der christlichen Welt, so verkündete er, gelte diese Bestimmung nicht.«

Ein Bild stieg vor ihr auf, nicht von toten Leibern, in denen Aurel wühlte, sondern von der grünen Küste, die Pio Navale heraufbeschworen hatte, vom Paradies mit wilden Pflanzen und Vögeln, wohin seit Ewigkeiten kein Mensch mehr gelangt war, wo alles frisch war, auch das eigene Leben. Sie wollte etwas sagen, den Eifer teilen. Doch dann störte sie Stimmengewirr. Es kam näher, stammte von einigen Matrosen. Sie riefen Aurels Namen, und als sie ihn erreicht hatten, berichteten sie von einem Gefährten, der eben vom Mastbaum gefallen war. Er könne nicht mehr aufstehen, sein Knie sei irgendwie verrenkt.

»Na endlich«, knurrte er, und das Bild von der Grünen Insel verlosch vor ihren Augen.

Nach einigen Tagen verflog der Reiz des Neuen und Fremden. Am Morgen stand nicht länger die Frage, welche neuen Eindrücke sie aufsaugen würde, sondern ob ein guter oder schlechter Tag bevorstünde. Ein guter war, wenn die See glatt und tiefblau war und dennoch der Wind reichte, das Segel zu blähen und das Schiff anzutreiben. Ein schlechter, wenn ein trüber Himmel unruhige Wellen spiegelte und heftiges Schaukeln Schwindel und Kopfschmerz bereiteten. Alaïs litt nicht so heftig daran wie Bianca, die sich an manchen Tagen öfter übergab, als dass sie zwischendurch wieder ihren Magen füllen konnte. Aber auch sie lag in solchen Stunden am liebsten im schmalen Bett, schloss die Augen und suchte den wankenden, knirschenden Boden unter sich zu vergessen.

Und dann gab es Tage, da schlichtweg nichts geschah. Der Himmel hielt den Atem an, kein Lüftchen regte sich, und das Schiff schien sich am gleichen Platze zu drehen, anstatt Wegesstrecke zurückzulegen.

Gleichwohl das Ziel so fern und unbegreiflich war, stimmten solche Tage Alaïs ungeduldig. Eigenhändig rudern hätte sie wollen, um den Stillstand zu überwinden. Auf der Suche nach Ablenkung lauschte sie gar dem Sprachunterricht, den Simeon Pio Navale erteilte.

Die Laute, die aus seiner Kehle drangen, deuchten sie fremd und nicht menschlich. Sie klangen kehliger als der Singsang der Heimat. Mochte der provençalische Dialekt auch härter sein als die französische Hochsprache, mochte das Okzitanische abgehackter klingen als die Melodie der Neapolitaner und Sizilianer, die König Robert einst nach Avignon begleitet hatten – sie hatte nie Mühe gehabt, zumindest ansatzweise zu begreifen, was gesagt wurde.

Aus Simeons Mund freilich verstand sie dann keine Silbe.

»Und das ist Hebräisch, die Sprache des Herrn?«, fragte sie überrascht.

»Nein«, erklärte Navale grinsend. »So sprechen die Heiden im Osten. Es ist Arabisch.«

Alaïs schüttelte unverständig den Kopf. Hatte Simeon mit den Heiden verkehrt, die die Heilige Stadt Jerusalem besetzt hielten? Und warum – dies war die noch drängendere Frage – sollte ein Christenmensch, war es auch einer, der die ganze Welt erforschen wollte und nicht nur die bekehrte, diese Sprache lernen wollen?

Obwohl sie es nicht laut sagte, schien Navale zu ahnen, wie es hinter ihrer Stirn arbeitete.

»Ich bin der Meinung, dass jeder diese Sprache beherrschen sollte. Auf dem Konzil von Vienne wurde vor nunmehr zehn Jahren beschlossen, an den Universitäten von Paris, Oxford, Bologna und Salamanca auch Arabisch zu lehren. Und der große Raimundus Lullus hat das noch früher erkannt: In Miramar hat er ein Kloster errichtet, wo Franziskanermönche sie erlernten. Dreizehn waren es an der Zahl. Und der große König Jaume I. hielt schützend seine Hand über sie.«

»Und als sie es konnten, fiel es ihnen dann leichter, die Heiden zu belehren?«

»Zumindest konnten sie sich mit den Heiden austauschen, und das war zunächst das Wichtigste.«

Erneut wollte sie nicht sagen, was sie wirklich dachte. Dass die meisten, denen angetragen wurde, diese heiseren Laute zu studieren, wohl empfänglicher waren für den Ruf derer, die die Heiden mit Feuer und Schwert ausmerzen wollten.

»Und was ist aus jenem Ort geworden? Miramar meine ich«, fragte indes Simeon, sichtlich fasziniert.

»Jene Schule ist geschlossen worden, leider. Raimundus Lullus wurde in der Nähe begraben. In der Kirche San Francisco. Wie oft wollte ich an seinem Grabe sitzen und beten. Nun, nicht mehr lange, und dann werde ich die Gelegenheit haben, es zu tun.«

Alaïs blickte ihn fragend an.

»Jener Ort Miramar liegt auf der Insel Mallorca, die einst König Jaume erobert hat«, erklärte Simeon.

»Und in zwei Tagen legen wir in der Ciutat de Mallorca an«, fügte Pio Navale hinzu. »Wir müssen unsere Vorräte auffüllen und haben auch diverse Waren meines Bruders mitgebracht, um sie dort zu verkaufen.« Er blickte forschend durch das ovale Fenster seiner Kajüte. »Wenn wir nur endlich wieder Wind bekommen …«

XXVIII. Kapitel

Fast unwirklich kam es Alaïs vor, als sie am nächsten Tag an der Reling stand und erstmals seit vielen Tagen nicht nur von blauem Wasser umgeben war. In der Ferne tauchte ein zunächst sandfarbener Punkt auf, der immer größer, immer felsiger, immer schroffer wurde und sich schließlich als Insel offenbarte. Der Sandton mischte sich mit dem dunkleren Braun der abfallenden Klippen, dann mit dem Grün der niedrigen, buschigen Bäume und schließlich mit gelblichen Feldern im flacheren Land rund um die Hafenstadt, auf die sie zusegelten.

Sie schwankte zwischen Vorfreude, wieder festen Boden unter den Füßen zu gewinnen, und Bedauern, dass jene grenzenlose Weite von einer Insel beschnitten wurde, auf der – inmitten des Meeres – Menschen lebten, handelten, kämpften, aßen, hungerten, liebten.

Als freilich das Stimmengewirr des Hafens zu ihr herüberschwappte, zählte vor allem eins: dass viele Menschen Lärm und Aufregung versprachen. Zu ihrem Erstaunen hatte Bianca beschlossen, das Schiff nicht zu verlassen. Festen Boden zu betreten deuchte sie nicht verführerisch – war er doch zuförderst fremder Boden. In ihrer Kajüte, so klein, so unbequem sie auch war, hatte sie sich hingegen eingerichtet.

Alaïs fragte sich, wie sich Bianca auf der Insel jenseits des Horizontes verhalten würde, doch der Gedanke daran führte in gesichtslose Fernen – wohingegen es hier am Hafen so viel zu erblicken gab.

Bianca war nicht die Einzige, die sich weigerte, das Schiff zu verlassen. Ein Genuese in Navales Gefolge, dem befohlen worden war, beim Entladen mancher Waren zu helfen, weigerte sich lautstark – auch dann noch, als man ihm Prügel androhte.

Alaïs, die sein Wüten verwirrt beobachtete, verstand nicht viel von dem, was er sagte, jedoch, dass er lieber sterben wolle, als einen Fuß auf diese Insel zu setzen.

»Es herrscht ein alter Krieg zwischen Aragon und Genua, seitdem sie sich um die Inseln Korsika und Sardinien streiten und vor allem um die Silberminen, die es auf Sardinien gibt«, erklärte Simeon. »Für diesen Mann ist Mallorca Feindesland.«

Pio Navale, der ebenfalls Zeuge jenes wütenden Auftritts geworden war, hatte schließlich Erbarmen und erlaubte dem Mann zu bleiben, wo er war. In Richtung des Juden murmelte er sein mittlerweile altvertrautes Sprüchlein: »Es würde viel weniger Kriege geben, wenn die Menschen mehr Sprachen beherrschten.«

Simeon verzog skeptisch sein Gesicht, und auch Alaïs mochte nicht daran glauben. Aber nun stand anderes an, nämlich auf dem schmalen Steg das Schiff zu verlassen. Anders als in Marseille erlaubte es hier die Wassertiefe, unmittelbar an der Ciutat anzulegen, anstatt kleine Beiboote nutzen zu müssen, um das Land zu erreichen.

Flüchtig nahm Alaïs wahr, wie auch Aurel an Land ging. Sie hatte ihn in den letzten Tagen häufig beim gemeinsamen Abendmahl getroffen, doch seit jenem Abend hatte sie nicht mehr mit ihm allein gesprochen. Auch jetzt bot sich keine Gelegenheit, denn aus dem anfänglichen Gemurmel der Stimmen wurde ein regelrechtes Dröhnen.

Einst, als der große Eroberer Jaume I. die Insel den Mauren abgeluchst und somit das zustandegebracht hatte, was die mächtigen Grafen von Barcelona bis dahin vergebens versucht hatten, war er nicht nur von Katalanen begleitet worden, sondern auch von Abenteurern aus ganz Europa. Entsprechend bunt war bis heute die mallorquinische Gesellschaft.

Da waren prächtig gekleidete Kaufmänner aus Barcelona, deren elegantes Auftreten und deren unverhohlene Geldgier leicht mit Giacintos hätten mithalten können. Am Hafen überwachten sie Ankunft oder Beladung großer baskischer Frachtkähne, die Getreide, Alaun und Eisen transportierten. Männer aus der Gascogne hingegen brachten die Gewürze des Orients mit sich.

Nicht minder prächtig gekleidet waren die Händler, die hinter ähnlich kleinen Ständen hockten, wie Alaïs sie aus Avignon kannte. Sie handelten mit Tuch oder Gold – beides kam von Schiffen von der nordafrikanischen Küste – oder tauschten und liehen Geld.

Sie sprachen eine seltsame Sprache, nicht unähnlich der Laute, die Simeon Pio Navale beigebracht hatte, und darum lauschte jener sogleich gespannt.

»Das ist Hebräisch und doch wieder nicht!«, stellte er fest.

»Sie sprechen das Ladino«, erklärte Simeon, »'s ist ein altertümliches Katalanisch, das mit hebräischen Wörtern vermischt wird.«

Eine fremde Sprache hätten wohl auch sie gesprochen, aber sie machten den Mund nicht auf, während sie schwere Lasten den Hafen entlangschleppten – maurische Leibeigene, die einen von rüden Worten, die Unglücklicheren von Peitschenhieben angetrieben.

Simeons Blick war dem von Alaïs gefolgt, der entsetzt und angeekelt auf der ausgehungerten, dreckigen Schar hängen geblieben war.

»So geht es zu auf dieser Welt«, sagte er, wie stets lächelnd. »Ganz gleich, was Signore Navale denken mag. Hier werden die Heiden geknechtet, die man gefangen hat – und anderswo, in Granada zum Beispiel, sind es Christen, die man versklavt. Die Küsten hier werden nicht selten von maurischen Schiffen überfallen …«

Alaïs ging rasch weiter und stellte fest, dass dort, woher ein lautes Hämmern erklang, keine Mauren schufteten, sondern offensichtlich Mallorquiner.

Sie hatten den Hafen verlassen, waren zu den großen Befestigungsmauern gekommen, die mächtig, aber, da sie hell waren, nicht bedrohlich wirkten, und sahen, wie Steine und Lehm zu einem großen Gebäude geschleppt wurden, schon jetzt so hoch, dass sich dessen Spitzen im dunkelblauen Wasser des Hafens spiegelten.

»Die Kathedrale!«, rief Pio Navale ehrfürchtig. Bis jetzt hatte Alaïs nicht den Eindruck gehabt, er sei ein sonderlich frommer Mann. Vielleicht war er das auch nicht, sondern zeigte schlichtweg seine Begeisterung über solch einen großen, aufwändigen Bau. »La Seu nennt man sie im Volksmund.«

»Als die Stadt noch nicht Ciutat hieß, sondern Madinat Myurqa, stand hier eine Moschee«, warf Simeon ein. »Heute lässt man freilich keinen Heiden mehr in die Nähe. Die müssen sich im Hafen zu Tode schuften. Hier hingegen kämpfen die armen mallorquinischen Bauern, deren Boden zu trocken ist, um ihr täglich Brot.«

Es war ohne Zweifel ein harter Kampf. Rotgesichtig und zerfurcht waren die Männer, die in der brütenden Hitze und dem trockenen Staubdunst Gerüste aus hölzernen Pfosten bauten und Mörtel rührten, Ziegelsteine schlugen und diese mit einer Wanne hochhoben.

»Jaume I. hat den Bau befohlen«, wusste Pio Navale zu erzählen und klang immer noch ehrfürchtig. »Das freilich muss Jahrzehnte her sein, und immer noch ist kein Ende des Baus in Sicht.«

Er nickte nachdenklich und fügte bekräftigend hinzu, dass die großen Taten des Menschen stets langen Atem brauchten, viel Mühsal und die Treue nachfolgender Generationen, die vollendeten, was die Väter begonnen hatten.

»Jaume II., der Sohn des großen Eroberers, ist in der Capella de la Trinidad begraben. Dort wurde er auch gekrönt, und …«

Mitten im Satz hielt er inne und fuhr herum. Der Boden wurde plötzlich von Hufgetrappel erschüttert. Staub und Sand wirbelten hoch, als sich eine Gruppe von sechs Reitern näherte. Alaïs folgte Pios Blick – und riss die Augen auf, als sie die Männer sah, die hoch zu Pferde saßen. Ihre Mienen waren so streng und undurchdringlich wie die von Soldaten, ihre Kleidung glich der ihren jedoch mitnichten.

Statt glänzenden Rüstungen trugen sie lange weiße Mäntel, auf deren Mitte ein schwarzes Kreuz eingeprägt war.

Pio Navale blickte so erstaunt wie sie. »Sind das etwa Templer?«, fragte er an Simeon gewandt und vergaß in seiner Neugierde die Augen ins Weiße zu verdrehen. »Das ist doch nicht möglich! Papst Clemens hat vor vielen Jahren den Templerorden zerschlagen!«

Simeon zuckte die Schultern. »Manche von ihnen haben Zuflucht in Aragon, Kastilien und Portugal gefunden. Aber das sind keine Templer, sondern Mitglieder eines Ordens von Soldatenmönchen. Der Orden von Notre-Dame de Montesa. Sie haben hier auf der Insel eine eigene Komturei.«

Wie so oft war Alaïs verwundert, dass der Jude oft so viel mehr wusste als sein christlicher Herr. Nun freilich verstummte er – nicht weil ihm die Worte ausgingen, sondern weil die Reiter sie umkreisten. Rasch senkte er seinen Blick, als würden die berittenen Mönche ihn übersehen, wenn er selbst nur lange genug an ihnen vorbeistarrte.

Alaïs vermochte nicht, es ihm gleichzutun. Ihr Blick glitt von Mann zu Mann, die den Kreis nun immer enger um sie zogen. Eben noch hatte sie es für einen Zufall gehalten, dass sie deren Weg kreuzten. Nun wurde es offenbar, dass sie sich mit Absicht um Pio Navale scharten. Allerdings sprach keiner ein Wort, um sich zu erklären. Die Blicke der Mönche blieben ausdruckslos. Jetzt erst erkannte Alaïs, dass sie breite Gürtel unter den weißen Gewändern trugen und dass daran schwere Schwerter hingen. Sie wich zurück, presste sich schutzsuchend an den Juden.

»Was wollen sie von uns?«

Doch der sonst so gesprächige Simeon blieb stumm.

»Pio Navale!«, schallte plötzlich der Ruf durch die Luft.

Der Florentiner setzte ein Lächeln auf, das Alaïs verkrampft deuchte.

»Der bin ich!«, erklärte er höflich. »Ich nehme an, Ihr kommt vom Infanten, und dieser hat...«

Der Mann, der seinen Namen gerufen hatte, begann zu sprechen. In einer für Alaïs unverständlichen Sprache redete er auf Pio Navale ein, der prompt die Stirn runzelte – vielleicht, weil er sich auf die ungewohnten Laute konzentrieren musste, vielleicht, weil er sie mühelos verstand, ihn aber ihr Inhalt befremdete.

»Was sagen sie?«, fragte Alaïs, als sich immer mehr Sätze aneinanderreihten und die Männer nun obendrein begannen, durcheinander zu sprechen. Pio Navale warf ein Wort ein, dann noch eines, doch der Kreis der Pferde wurde immer dichter. Selbst Aurel, der bislang gleichmütig über die Störung hinweggesehen hatte, geriet zunehmend aus der Fassung.

Die Menschen im Hafen hatten die Reiter bemerkt, steckten tuschelnd die Köpfe zusammen und deuteten auf sie.

Endlich fand Simeon die Sprache wieder. »Wenn ich es recht verstehe, sind sie vom Infanten Felip gesandt«, murmelte er Alaïs zu.

»Vom Infanten Felip?«, fragte sie verständnislos.

Eben hob einer der Mönche die Hand und deutete in Richtung Norden.

»Wie es aussieht, müssen wir sie begleiten«, sagte Pio Navale. Täuschte sich Alaïs oder war sein Gesicht blasser geworden?

Abrupt sprangen zwei der Soldatenmönche vom Pferd und nahmen neben ihnen Aufstellung, als gelte es, einen möglichen Fluchtversuch zu vereiteln.

Wieder versuchte Pio Navale zu lächeln, und wieder geriet es verkrampft. Er sagte etwas auf die Weisung des Mannes hin, und auch wenn Alaïs es nicht Wort für Wort verstand, so vermeinte sie herauszuhören, dass von einer Einladung die Rede war und dass er dieser gerne folgen würde. Erneut fiel der Name des Infanten Felip. Dann wurde ihr Grüppchen in eine bestimmte Richtung getrieben.

»Sie können uns doch nicht einfach festnehmen!«, rief Alaïs.

Was immer Navale von einer Einladung schwafeln mochte, sie hatte nicht den Eindruck, dass es eine solche war, die die Soldatenmönche aussprachen. Hilfesuchend sah sie sich um, doch der Blick auf dem Hafen war von den streng riechenden Pferdeleibern verstellt.

Simeon hielt seine Augen starr auf den Boden gerichtet. »Wenn das nur gut geht…«, sagte er ein ums andere Mal. »Wenn das nur gut geht…«

Sie wurden von den Männern durch enge Gassen geführt. Manche waren aus Erde gestampft, andere besaßen Pflastersteine, in deren Ritzen Unrat wucherte. Zunächst war der Weg flach, dann führte er steil aufwärts. Alle gerieten sie ins Schnaufen, doch Alaïs fand genügend Atem, um die dringlichste Frage zu stellen.

»Wohin bringen sie uns?«

Pio Navale hatte seinen Blick starr zu Boden gerichtet, damit er nicht ausrutschte. Erstmals erlebte ihn Alaïs auf das konzentriert, was unmittelbar vor ihm lag, anstatt dass er sich weißäugig irgendwelchen weitschweifigen Gedanken hingab.

»Der Almudaina-Palast ist es in jedem Fall nicht«, kam Simeon ihm zuvor. »Dort residierten schon die maurischen Herrscher und später der König von Mallorca. Wollten sie uns dorthin schaffen, wären wir bereits angekommen.«

Stattdessen ging es immer weiter aufwärts. Alaïs suchte mehrmals, in die Gesichter der Soldatenmönche zu sehen. Waren sie grimmig oder einfach nur ausdruckslos? Würde man ihnen erklären, was es mit all dem auf sich hatte, oder sie womöglich wortlos in einen Kerker werfen, obwohl sie sich nichts hatten zuschulden kommen lassen?

Ein Bild stieg in ihr auf, seit langem verschüttet in den Tiefen ihres Gedächtnisses – von jenem finsteren, feuchten, steinernen Raum in der Erde, in dem sie einst mit Emy und Aurel festgesessen hatte. Ob Aurel sich ähnliche Sorgen machte?

Sie warf ihm einen raschen Blick zu. Die Beunruhigung ob

ihrer Festnahme hatte nicht lange gewährt – griesgrämig schien er nun vor allem.

Nach einem mühsamen Marsch erreichten sie eine kreisförmige Anhöhe, die von dichtem Wald umgeben war; dahinter hockten Felsen, porös wie altes Holz, durch das sich viele Würmer gebohrt und gefressen hatten. Ein rundes Gebäude ragte vor ihnen auf, von einem breiten Graben umgeben, auf dessen Grund schlammiges Wasser stand, und von drei Türmen gekrönt. Ein vierter stand etwas abseits des Baus und war durch eine kleine Brücke mit der eigentlichen Festung verbunden.

Die Reiter zogen an ihren Zügeln. Eines der Pferde wieherte auf.

»Wo sind wir hier?«, fragte Alaïs.

»Das Castell Bellver!«, stieß Simeon aus und klang erleichtert. »Wenn ich mich nicht täusche, war Pere Salvá der Baumeister. Nicht älter als zehn Jahre mag es sein.«

Alaïs war es gleich, wer das Gebäude gebaut hatte, wann und warum. Vor allem zählte, dass es keinem finsteren Kerker glich, die berittenen Mönche folglich nicht beabsichtigten, sie einzusperren, sondern sie vielmehr tatsächlich zum Infanten bringen wollten – auch wenn sie nun, da sie vom Pferd sprangen, immer noch grimmige Gesichter machten und die Worte, die sie Pio Navale zuriefen, nach mürrischen Befehlen klangen.

»Wer … wer ist dieser Infant von Mallorca?«, fragte Alaïs, als sie durch das runde Tor in den Innenhof getrieben wurden. »Und was will er von uns?«

Simeon zuckte die Schultern. »Felip ist nicht König, nur Regent. Denn der Erbe des Throns, Sohn des letzten Königs Jaume, der irgendwann einmal der dritte König seines Namens sein will, ist noch ein Kind. Felips Regentschaft schützt die Insel vor Aragons Ansprüchen, sich das Königreich einzuverleiben.«

Wusste er dies aus den vielen Büchern, die Pio Navale besaß? Gab es einen Ort, dessen Burg er nicht benennen konnte, ein Reich, von dessen König er nichts ahnte? Und log er, wenn er vermeinte, selbst die Kenntnis vieler Sprachen könnte auf dieser Welt so wenig zum Besseren wenden – wenn er doch selbst Wissen sammelte, um auf diese Weise vielleicht nicht besser geschützt, jedoch auf alles gefasst zu sein?

»Doch Felip ist nicht einfach nur ein Infant«, fuhr er nun fort. »Er ist ein…

»Ja?«

»Ich nehme an, das wirst du gleich sehen, Kind«, fuhr Pio Navale an Simeons Stelle fort. »In jedem Fall, und dies kann nur ein gutes Zeichen sein, war Felip wie einst sein Vater ein großer Förderer von Raimundus Lullus, den man hier Ramón Lull nennt.«

Sie kamen an einer schlichten Kapelle vorbei und erreichten den Innenhof. Nach außen hin wirkte das Gebäude aufgrund seiner runden, glatten Mauern schmucklos und uneinnehmbar. Die zweistöckigen Loggien, die den Innenhof umgaben, waren hingegen mit reich verzierten Säulen umgeben. Nicht alle waren vollendet, an manchen hämmerten Bauarbeiter wie unten an La Seu.

Als sie aus dem grellen Sonnenlicht ins angenehm kühle Innere traten, kniff Alaïs die Augen zusammen. Langsam gewöhnte sie sich an das trübe Licht, erblickte blau gekalkte oder rosafarbene Wände, die Kupfer- und Silberteller, die daran hingen, und schwere Porphyrvasen, die in einigen Ecken standen. Ein starker würziger und erfrischender Geruch lag in der Luft und hatte nichts gemein mit dem rauchigen Gestank, den sie von ähnlichen Gebäuden kannte.

»Minze!«, stellte Simeon fest und deutete auf die Vasen – offenbar war diese darin aufbewahrt, um die Luft zu erfrischen. Über eine schmale, runde Treppe kamen sie ins Obergeschoss. Die Fenster waren mit schweren Balken verschlossen, die Wände mit Teppichen behängt. Auch hier stiegen ihnen starke Gerüche in die Nase, diesmal nicht von Minze, sondern von den Speisen, die in der nahen Küche zubereitet wurden.

Als hätte es ihnen eine unsichtbare Hand befohlen, blieben die bewaffneten Mönche plötzlich stehen und wichen zurück. An ihrer statt traten weitere Männer auf sie zu, mit dunklen Gewändern, die am Kragen und an den Ärmeln üppig bestickt waren. Ganz offenbar gehörten sie nicht zum Klerus – wie auch Simeons Frage, die er an seinen Herrn richtete, bekundete: »Mallorquinischer Adel?«

»Wohl eher reiche Stadtbewohner. Kein Herrscher räumt dem Adel hier freiwillig Macht ein...«

Die dunklen Männer führten sie in einen der Räume.

»Wer seid ihr?«, setzte dort einer grußlos an. »Und was habt ihr auf Mallorca zu suchen?«

»Das, was die meisten Reisenden tun«, erwiderte Pio Navale. »Die Vorräte auffüllen, um für die weitere Fahrt gerüstet zu sein. Die meine ist noch sehr lang, müsst Ihr wissen, und...«

»Womit handelt Ihr?«, unterbrach der Mann ihn schroff.

»Ich fürchte, hauptsächlich nicht mit Gold, Gewürzen oder edlen Stoffen. Jedoch mit viel Erfahrung.«

Gleichwohl Pio Navale in einem ernsthaften Tonfall sprach, schien sich der Mann verspottet zu fühlen. Er erhob sich und trat grimmig einen Schritt auf ihn zu. Pio Navale wich jedoch nicht zurück. Seine Arglosigkeit schien den anderen zu besänftigen, zumal sich nun ein weiterer der dunklen Männer einschaltete.

»Berichtet uns vom Zwecke Eurer Reise!«

Pio Navale bekundete, ähnlich ausufernd, wie Alaïs einst von seinen Plänen erfahren hatte, seine Absicht, die Grüne Insel jenseits der vertrauten Welt zu entdecken. Die Gesichter der Männer blieben ausdruckslos, ließen weder sonderliche Faszination über das ungewöhnliche Reisevorhaben erkennen noch Misstrauen, ob dergleichen nicht nur eine Ausrede für andere Machenschaften war.

»Wie viele Menschen sind auf Eurem Schiff?«, fragte der eine schließlich, ohne tiefer in die Geschichte der fernen Insel zu dringen.

»An die drei Dutzend Männer, eine Handvoll Frauen.«

»Frauen?«, entfuhr es dem Mann.

Pio Navale deutete unauffällig auf Alaïs. »Sie ist eine davon.

Auch meine Gattin begleitet mich. Nur fühlte sie sich heute nicht wohl …«

Der Mann hob seine Hand, um ihn zum Schweigen zu bringen. In der Stille, die folgte, warfen sich die Mallorquiner Blicke zu, fragend und zögerlich. Einer von ihnen schüttelte den Kopf. Wessen auch immer sie Pio Navale verdächtigt hatten, es schien sich nicht bestätigt zu haben. Ein anderer zuckte unschlüssig die Schultern.

»Wartet!«, befahl er ihnen, und ohne weitere Erklärung winkte er seinen Begleitern, ihm zu folgen, und ließ Navale und seine Begleiter allein zurück.

Alaïs nutzte die Zeit, um sich genauer in dem Raum umzusehen. Die Möbel – Tische und Bänke – waren aus dunklem, fast schwarzem Holz, die Stühle mit Samt eingefasst. Trotzdem wirkte es hier nicht heimelig. Die Decken, der Boden und die zwei Säulen am Eingang waren aus kaltem, wenngleich gewiss kostbarem Stein – Granit oder Marmor.

Simeon betrachtete den Raum wie sie. Aurel hingegen starrte zu Boden, als müsste er das Nichtstun und Warten ertragen wie nasse, raue Kleidung, die man am wenigsten spürt, wenn man sich nicht regt. Pio Navales Blick war nicht mehr ganz so sorgenvoll wie zuvor.

Wenig später kehrten die Männer zurück, in ihrem Kreis ein Fremder. Grußlos trat er auf Navale zu und nannte einen Namen. Alaïs hatte ihn noch nie gehört und konnte ihn sich auch jetzt nicht merken.

Pio Navale schüttelte den Kopf. »Der bin ich nicht. Ich heiße …«

»Ich meine: Kennt Ihr ihn? Hat man Euch von ihm berichtet?«

Wieder schüttelte er den Kopf, und dabei blieb es, als weitere Namen fielen.

»Ich fürchte, ich kann Euch nicht helfen.« Navale klang ehrlich hilflos – und nachdem die meisten schon zuvor davon überzeugt gewesen waren, schien nun endgültig Einigkeit zu herrschen, dass man ihn zu Unrecht verdächtigt hatte.

»Er scheint nichts damit zu tun zu haben«, stellte einer fest.

»Womit?«, fragte Navale.

Kurz zögerte der Fremde, dann rang er sich durch, in knappen Worten von einem Aufstand zu berichten. Von *Perpinyà*, der Hauptstadt des Königreichs Mallorca am Festland, hatte er seinen Anfang genommen. Nun drohte er die Insel zu erfassen. Wohingegen die wohlhabenden Bürgerfamilien der Städte den Regenten Felip stets unterstützten, gab es Adelsfamilien, die ihn der Macht berauben und Alfons IV., den König von Aragon, auf dem Thron wissen wollten.

»Nun gut«, endigte der Mann. »Wir werden dem Infanten darüber Bericht erstatten, wer Ihr seid. Als Händler wart Ihr uns nicht bekannt – darum das Misstrauen. Vielleicht wünscht der Infant mit Euch zu sprechen. Seid vorerst unser Gast.«

Die Männer gingen, und das kleine Reisegrüppchen blieb wieder unter sich, jedoch erneut nicht sonderlich lange. Dienstboten huschten mit gesenkten Köpfen herbei, einer trug einen Krug mit dunkelrotem Granatapfelwein, der zugleich süß, herb und erfrischend kühl in der Kehle schmeckte. Ein anderer brachte Honig und Feigen, gekochte Eier und Käse und mehrere dünne Brotfladen, die innen noch heiß waren.

Der dritte blieb schließlich im Raum stehen und wedelte ihnen mit großen Fächern aus Korbweide frische Luft zu.

Alaïs aß schnell und gierig wie immer, Aurel nahm nichts zu sich. Pio Navale und Simeon flüsterten miteinander und begnügten sich mit dem Granatapfelwein.

Nachdem man ihnen zuletzt ein Becken mit duftendem Wasser gebracht hatte, worin sie sich die Hände waschen konnten, wurden sie zum Thronsaal gebeten, wo Regent Felip sie empfangen wollte.

»Was meintest du vorhin, als du sagtest, der Infant sei kein gewöhnlicher Herrscher?«, richtete sich Alaïs an Simeon

»Du wirst es gleich sehen… Mögen hier zwar die Stühle mit

rotem Samt eingefasst sein, der Regent ist gewiss nicht damit bekleidet. Und anstelle des Granatapfelsaftes, wie wir ihn genießen durften, trinkt er wohl nur laues Wasser.«

Eine Tür ward ihnen geöffnet, ebenso dunkel wie das Mobiliar, dann schon erhaschte Alaïs einen ersten Blick auf den Regenten, der dahinter im Kreise seiner Berater saß. Zumindest vermeinte sie, er sei es – sicher war sie sich nicht. Obwohl Simeons Worte sie darauf eingestimmt hatten, war sie doch überrascht, einen weltlichen Herrscher in derartiger Kleidung zu sehen.

Ihr blieb jedoch keine Zeit, ihn eingehender zu mustern. Kaum hatten sie die Schwelle überschritten, gab der Regent ein Zeichen, und alsbald verstellten einige Männer ihren Weg. Nur Pio Navale wurde durchgelassen.

»Mit euch will er nicht reden«, hieß es an Simeon, Aurel und Alaïs gewandt.

Aurel schien dankbar, dem Thronsaal entfliehen zu können, und folgte ihnen nach draußen. Dann fiel die Tür, die sich ihnen eben kurz geöffnet hatte, schon wieder ins Schloss.

»Er ist ein Mönch!«, rief Alaïs erstaunt aus. »Er ist genauso gekleidet wie ein Mönch!«

Man hatte sie wieder in einen Nebenraum gebracht. Die Möbel waren hier aus stark duftendem Mandelholz, der Boden aus Steineichenbohlen knarrte.

»Ein Mönch!«, wiederholte sie. »Der Regent sieht aus wie ein Mönch!«

Simeon ließ sich mit leisem Ächzen auf einem der Stühle nieder, sichtlich angetan, dass er in Ruhe sitzen konnte, anstatt sich von den durchdringenden Augen eines Herrschers mustern zu lassen.

»Wahrscheinlich wäre Felip auch lieber einer geworden«, erklärte er. »Stattdessen musste er nach dem Tod des Bruders die Regentschaft antreten. Seiner eigentlichen Berufung ist er dennoch treu geblieben, indem er aus seinem Palast kurzerhand ein Kloster gemacht hat. Es heißt, er kümmere sich wenig um Politik, sondern vielmehr darum, dass die Ideen des Michael Clarenus und des Petrus Olivi Verbreitung finden.«

Alaïs zuckte die Schultern und blickte sich nach Aurel um. Wahrscheinlich konnte und wollte er mit den Worten des Juden nicht mehr anfangen als sie. Da erst gewahrte sie, dass er ihnen nicht in den Nebenraum gefolgt war, sondern stattdessen die Gelegenheit genutzt hatte, seiner eigenen Wege zu gehen. Kurz überlegte Alaïs, nach ihm zu suchen, doch die angenehme Frische des Raumes nahm sie zu sehr ein.

»Welche Ideen?«, fragte sie geistesabwesend.

»Es geht um die Frage, wie arm Christus war und wie arm darum die Kirche sein muss. Ob sie Besitz haben darf oder nicht. Infant Felip sieht offenbar im asketischen Leben den größten Gewinn – der Papst in gewisser Weise auch, doch nicht in gleichem Maße. Petrus Johannes Olivi und Michael Clarenus wurden zumindest als Häretiker verurteilt, weswegen alle, die weiterhin an ihnen festhalten, vom Festland geflohen sind und hier auf der Insel Zuflucht finden, wo Felip sie mit offenen Armen empfängt.«

Alaïs erinnerte sich an eine ähnlich ermüdende Rede, in der von Armutsidealen und Häretikern die Rede gewesen war und viele fremde Namen gefallen waren. Giacinto Navale hatte sie einst gehalten, um damit Laurent Bonredons Vergangenheit zu erklären – und damals wie heute fand sie das Ganze zu verworren, um darüber nachzudenken.

»Und darüber wird er jetzt mit Navale sprechen?«, fragte sie.

»Das glaube ich kaum. Ich nehme vielmehr an, er wird ihm eine Bitte unterbreiten, die er nicht ablehnen kann.« Simeons Lächeln war erstmals nicht traurig, sondern anzüglich.

»Nämlich?«, fragte Alaïs, da er nicht fortfuhr.

»Nun, meines Wissens hat der Papst gefordert, dass sich auf sämtlichen Kriegs- und Handelsschiffen auch Missionare aufzuhalten haben, für den Fall, dass es irgendwo Heiden zu missionieren gelte. Und wenn Felip auch anderer Meinung ist, wenn es um die Armut geht, so zieht er in dieser Hinsicht gewiss am gleichen Strang wie der Papst. Es könnte sein, dass auf der Grünen Insel wilde Menschen hocken, die es zu taufen gilt, oder wir unterwegs womöglich gar Christusmördern wie meinesgleichen begegnen. Wobei im Zweifelsfall das Verbrennen oft schneller von der Hand geht als das Taufen.« Sein Lächeln wurde noch spöttischer. »Also wird er Navale darum ... bitten, ein paar Mönche von hier mitzunehmen, und wenn jene nichts anderes zu tun haben, werden sie sich wahrscheinlich mit ganzer Inbrunst meinem Seelenheil zuwenden. Welch ein Spaß!«

Erstmals lächelte er nicht nur, sondern verdrehte obendrein die Augen. Er machte den Mund auf, um noch etwas hinzuzufügen – Alaïs war sicher, dass es nicht minder spöttische und bittere Worte gewesen wären –, doch plötzlich verstummte er.

Drei Mönche waren eingetreten, grüßten knapp und blieben schweigend stehen. Zunächst dachte Alaïs, sie wollten nach ihrem Wohl sehen. Doch keine Bezeugung von Höflichkeit wurde geäußert. Offenbar galt es lediglich, die Gäste zu überwachen. Sie trugen die gleichen braunen, zerfransten Kutten wie der König, nicht unbedingt schmutzig, aber schrecklich rau. Und auch ihr Gesichtsausdruck glich dem Felips, war angespannt, aufmerksam und ein wenig unwillig.

Alaïs musterte sie nur flüchtig, erst den einen, dann den anderen. Als sie den dritten erblickte, biss sie sich vor Schreck auf die Zunge. Der Schmerz erreichte ihr Gehirn verspätet; ganz und gar ausgefüllt war es mit diesem plötzlichen, unerwarteten Erkennen.

Der Blick, der dünne Hals, die Haltung des Körpers. Nichts hatte sie auf dieses Wiedersehen vorbereitet, es traf sie wie ein herber Schlag, und sie musste sämtliche Willenskraft aufbringen, nicht vor Schreck zu schreien.

Sie schmeckte Blut in ihrem Mund, dann duckte sie sich unwillkürlich, um ihr Gesicht vor dem Mönch zu verbergen.

XXIX. Kapitel

Verständnislos blickte Simeon zu ihr herab.

»Was tust du denn da?«

Sie schüttelte nur schweigend den Kopf, blieb dann eine Weile geduckt hocken. Vorsichtig erhob sie sich schließlich und spähte in Richtung der Franziskaner. Jene hatten ihr sonderbares Benehmen ungerührt hingenommen. Mochten sie auch zur Aufsicht hierher bestellt worden sein, so schien ihnen wenig daran zu liegen, die Züge einer Frau und die eines Juden zu erforschen.

»Wir müssen sofort hier raus!«, flüsterte Alaïs.

Die Mönche nahmen es wiederum gleichmütig hin, als Simeon sich schließlich an sie wandte und verkündete, lieber draußen im Freien warten zu wollen. Zu Alaïs' Erleichterung bezog sich der Auftrag der Mönche wohl nur darauf, das Innere des Schlosses und seine Schätze zu bewachen – denn keiner der drei folgte ihnen.

»Gott sei Dank!«

»Was … was hast du denn?«, fragte Simeon immer noch verwirrt. »Woher rührt deine Furcht?«

Alaïs konnte sich ihm nicht erklären. »Aurel …«, stammelte sie. »Wo ist Aurel … Ich muss ihn warnen!«

»Aber wovor?«

Sie erklärte sich ihm immer noch nicht, hielt stattdessen fieberhaft nach dem *Cyrurgicus* Ausschau. Was mochte in dieser Burg seine Aufmerksamkeit so sehr gefesselt haben, dass er nicht bei ihnen geblieben war?

»Wo ist er hin?«, schrie sie panisch.

»Wen meinst du nun? Aurel oder den einen der drei Mönche, den du angestarrt hast, als sei er der Teufel selbst? Im Übrigen ist er uns immer noch nicht gefolgt, sondern …«

»Ich habe ihn angestarrt?«, rief Alaïs entsetzt. »Hat er mich dabei etwa doch erkannt und …«

»Wer ist er denn nur, dass er dich in solche Angst versetzt!«

»Ich muss unbedingt Aurel finden!«, wiederholte sie.

Simeon folgte ihr schulterzuckend, als sie vorsichtig zuerst in die eine, dann in die andere Richtung sah, schließlich geduckt in den Innenhof flüchtete. Überall standen hier Wachen – nicht nur Mönche, sondern auch echte Ritter –, doch sie hielten sie nicht auf, sondern starrten durch sie hindurch. Im Innenhof, der zuvor vom gleißenden Sonnenlicht durchflutet gewesen war, fielen die Schatten nun höher. Ähnliche Krüge standen hier wie jene, die im Inneren den Minzeduft verbreiteten. Die einen waren mit Thymian, andere mit Lorbeer und Myrte gefüllt. Alaïs hastete an einem plätschernden Brunnen vorbei; der Ort erweckte eher den Eindruck eines Klosters als den einer wehrhaften Burg.

»Warum ist Aurel Autard überhaupt so plötzlich fortgegangen?«, fragte Simeon.

»Wenn Aurel verschwindet, dann hat das nur einen einzigen Grund: Er hat irgendwo einen Kranken entdeckt – oder einen anderen Arzt.«

Simeon wölbte skeptisch die Augenbraue, doch Alaïs war viel geübter darin, das Trachten des *Cyrurgicus* zu durchschauen. Schon im nächsten Augenblick stellte sich heraus, dass sie recht hatte. Simeon stieß einen erstaunten Pfiff aus, als er Aurel erkannte, der nicht weit vom Brunnen entfernt mit einem graubärtigen Mann sprach. Sie saßen neben blühenden Resedapflanzen, um sie herum standen Krüge, in denen Safranblüten getrocknet wurden, die die Mücken vertreiben sollten.

Aurel blickte kaum hoch. »Der Leibarzt des Regenten«, erklärte er lediglich knapp, als ihre Schatten auf ihn fielen. »Stell dir vor … wenn ich ihn recht verstehe, dann werden Tumore hier nicht exstirpiert oder ausgebrannt, sondern mit einer Salbe behandelt, die man aus dem Pulver der Herbstzeitlosen bereitet. Und denk dir ...«

Alaïs achtete weder auf seine Worte, noch auf den älteren Mann. Sie verschwendete auch keine Gedanken daran, wie es ihm in der kurzen Zeit gelungen sein mochte, den richtigen Gesprächspartner ausfindig zu machen.

»Er ist hier!«, schrie sie aufgeregt. »Er ist hier!«

Nun endlich hob Aurel den Blick. »Wer ist hier?«, fragte er unwillig.

Simeon war näher getreten. »Das würde mich auch interessieren«, warf er ein.

»Frère Lazaire!«, rief Alaïs.

»Wer ist das?«, fragte Aurel verwirrt.

Zum ersten Mal seit ihrem Aufbruch sehnte sie sich nach Emy. Er würde es nicht vergessen haben – weder Frère Lazaire noch die Ereignisse in Saint-Marthe. Er würde wissen, dass jener Mönch, der unerwartet hier im Castell Bellver auftauchte und in der Gefolgschaft eines Regenten, der selbst gerne Mönch wäre, lebte, ihn einst beim Leichenstehlen ertappt hatte und ihn gerne dafür verurteilt gesehen hätte, am besten als Ketzer. Comte Henric hatte seinem Wunsch zum Glück nicht entsprochen, da er eine eigene Rechnung mit dem Orden des Mönchs offen gehabt hatte. Doch hier – hier gab es keinen schützenden Comte.

»Frère Lazaire!«, rief sie wieder. »Erinnerst du dich denn nicht? Oh, ich bin sicher, er erinnert sich an uns! Dein Gesicht wird ihm nicht fremd sein, so deutlich hast du dich nicht verändert. Und mich kennt er seit Kindestagen! Wenn er mich vorhin eingehender gemustert hätte ... Aber wie kommt er nur hierher? Meine Mutter hat mir einst nach Avignon geschrieben, er habe nach Guillelmas Tod Saint-Marthe verlassen ... Was macht er nur ausgerechnet hier?«

Sie verhaspelte sich beim Reden.

»Es war also tatsächlich einer der Franziskaner, der dich so erschreckt hat?«, schaltet sich Simeon ein.

Alaïs nickte.

»Nun, ich kann mir vorstellen, was ihn hierher treibt. Wie ich vorhin schon sagte: Aus ganz Europa strömen sie zusammen... vor allem jener Teil von ihnen, die Fratizellen, die vom Papst als Häretiker verdammt wurden.«

Alaïs zuckte die Schultern. Wieder stieg unscharf ein Bild vor ihr auf, diesmal nicht von Giacinto und wie er ihr die Zusammenhänge begreiflich zu machen suchte, sondern von Laurent Bonredon, der sich aufhängen wollte, weil er mit der Schuld nicht fertig wurde, verraten zu haben, was er einst geglaubt hatte.

»Ich kann mir nicht vorstellen, dass Frère Lazaire ein Fratizelle ist! Er hat noch in Saint-Marthe gelebt, da jene andernorts längst verurteilt waren. Was soll er mit ihnen zu schaffen haben?«

»Die Lage hat sich verschärft. Im letzten Jahr hat der Papst den Ordensgeneral der Franziskaner, Michel de Césène, nach Avignon eingeladen und – weil er ihm vorwarf, mit Ludwig von Bayern zu sympathisieren – ihn absetzen und einkerkern lassen. Seitdem gilt Infant Felips Hof nicht nur als Hort der radikalen Fratizellen: Immer mehr Franziskaner flüchten, können sie sich doch nicht sicher sein, wie weit der Papst in seiner Feindschaft gegen einen Teil der Minderen Brüder noch gehen wird und ob sich diese nicht eines Tages gegen sie ausweitet.«

In Alaïs reifte Verstehen. Wer als Ketzer galt oder nicht, war ihr gleich, ebenso, mit wem der Papst stritt oder Infant Felip. Aber nun konnte sie sich zusammenreimen, was einen Frère Lazaire hierher getrieben hatte, dem Geltungssucht und Hoffart nie fremd gewesen waren und der die Armut und die Einfachheit gerne auf sich nehmen mochte – vorausgesetzt, genügend Menschen sahen ihm dabei zu. Ein Fischerdorf wie Saint-Marthe, wo man seine Predigten so gleichgültig schluckte wie lästige Gräten, die sich im frisch gebratenen Fisch nun einfach nicht vermeiden ließen, war ihm gewiss eine schlechtere Bühne gewesen als ein Königshof, an dem er sich die Aura des Rebellen ebenso verleihen konnte wie die des Verfolgten. Wenn einer wie er, mit stets fleckiger, zerrissener Kutte, ankam und über Verfolgung klagte, so würde gewiss niemand nachfragen, ob jene Verfolgung womöglich nicht mehr gewesen war als ein spöttisches Wort von Ray, der wieder einmal gefragt hatte, ob er der betenden Guillelma nicht das wenige trockene Brot wegfraß.

Auch Aurel hatte gelauscht, doch jetzt wandte er sich wieder dem älteren Mann zu.

»Aurel!«, rief sie und zog ihn an den Schultern. »Aurel, wir müssen von hier fort! Verstehst du denn nicht? Wenn er dich erkennt… wenn er die Gelegenheit wittert, dich endlich der gerechten Strafe zu überführen… Ich weiß nicht, was dann passiert. Er wird alles tun, um dir zu schaden. Er… er hat gewiss mehr Einfluss auf den Regenten als seinerzeit auf den Comte de Robessard! Er wird dich womöglich nicht zurück auf Navales Schiff lassen!«

Während bislang alle Worte vergebens gewesen waren, wirkte die letzte Drohung. Hatte noch eben nur Unwillen in seiner Miene gestanden, regte sich nun Furcht.

»Was schlägst du vor?«, fragte er.

Sie überlegte fieberhaft. »Der Regent will mit Navale sprechen – wir sind ihm gleich. Lass uns versuchen, das Castell zu verlassen und irgendwie zurück zum Hafen zu gelangen.«

Der erste Teil des Vorhabens gelang erstaunlich leicht. Sie überquerten den Innenhof, und wenn Alaïs auch aufgeregt nach allen Seiten spähte und insgeheim erwartete, Frère Lazaires vogelartiges Gesicht möge jeden Augenblick vor ihr aufragen, so stießen sie doch nur auf schweigende Mönche und ebenso schweigende Ritter, die alle nicht gewillt waren, sie aufzuhalten. Offenbar war es schwer, ungebeten in das Castell zu kommen, nicht jedoch, es wieder zu verlassen.

Alsbald schritten sie über den tiefen Graben hinweg, doch nun, da das runde Gebäude hinter ihnen lag, ging Alaïs auf, worin die eigentliche Herausforderung ihres Vorhabens lag. Sie blickte über den dichten Wald hinunter auf die Stadt, auf unzählige kleine, verzweigte Gässchen zwischen den hellen Häusern mit den flachen Dächern, und auch wenn sie in der Ferne die Konturen von

La Seu erkannte, hatte sie doch keine Ahnung, wie sie den Weg zurück finden sollten. Das Meer war, von hier oben aus betrachtet, nicht blau. Es funkelte silbrig, als wäre jener Spiegel des Himmels, der den Glanz seiner Herrlichkeit reflektierte, in tausend kleine Scherben zersprungen, dem hiesigen Menschen lediglich die sachte Ahnung schenkend, worüber die Engel dort droben vor Glückseligkeit weinten. Schön war es anzusehen – und viel zu weit weg, um es mit wenigen Schritten zu erreichen.

»Und nun?«, fragte Aurel. Wenn er sich der überstürzten Flucht auch beugte, er überließ es ihr, den nächsten Schritt zu planen.

Sie zuckte die Schultern, suchte die Grenzen der Stadt zu überblicken, aber sah, dass sich auch außerhalb der wuchtigen Mauern weitere Häuser aneinanderreihten.

Plötzlich ertönte hinter ihnen ein Ruf. Sie zuckte zusammen, wähnte sich von Frère Lazaire ertappt. Doch die Stimme kam nicht vom Castell, sondern vom Weg, der von der Ciutat heraufführte. »Senyor?«, rief ein Mann fragend und trat auf Aurel zu.

Sein Gesicht deuchte sie vertraut, obwohl sich die meisten Männer hier glichen: Dunkelbraune Gesichter hatten sie, tiefe Furchen und verhornte Hände.

»Senyor?«, fragte er wieder an Aurel gewandt, der ihn nur befremdet anglotzte. »Ihr seid doch auch von Navales Schiff, nicht wahr?«, setzte er hinzu. »Ich habe Euch dort gesehen.«

Das Gefühl, ihn zu kennen, hatte sie also nicht getrogen.

»So ist es!«, schaltete sich Alaïs eifrig ein.

Sie erkannte, dass er nicht alleine gekommen war, einige Männer waren ihm gefolgt, die sie nun einkreisten. Rasch erklärte sich, was sie hierher trieb: die Sorge um den Herrn. Sie waren damit beschäftigt gewesen, das Schiff neu zu beladen, als sie beobachtet hatten, wie die Männer des Infanten ihren Herrn Pio Navale mit sich nahmen. Nun wollten sie erkunden, was ihm zugestoßen war und ob er Hilfe bräuchte.

Schließlich erblickten sie auch Simeon, der sie zu beschwichtigen vermochte. »Signore Navale ist des Infanten Gast, kein Gefangener«, erklärte er schnell.

»Aber wir«, rief Alaïs hastig dazwischen, »wir sind hier nicht geduldet. Wir müssen sofort zurück zum Schiff. Dorthin könnt ihr uns doch bringen, nicht wahr?«

Der Mann schüttelte bedauernd den Kopf.

»Wir werden erst wieder in zwei Tagen zum Schiff zurückkehren …«

Die Zeit deuchte Alaïs ewig. »Aber warum …«

»Ich habe den Auftrag, zu den großen Minen im Westen zu ziehen, den Salinen von Banyos de San Juan, um dort Salz für die Reise zu kaufen. So war es geplant, und solange werden wir auch vor der Ciutat ankern. Wir haben den Aufbruch nur verzögert, um nachzufragen, was hier geschehen ist. Doch nun wollen wir uns sofort auf den Weg machen. Ein Teil des Salzes ist für Senyor Navale bestimmt, der andere für seinen Bruder. Er ist ein Kaufmann und lässt hier auf der Insel regelmäßig seine Salzvorräte auffüllen.«

Flüchtig stieg Giacintos Gesicht vor ihr auf. Das sah ihm ähnlich, die Reise des Bruders zu nutzen, um an teures Handelsgut zu kommen und Salz, das wusste sie von ihrem Bruder Raimon, der *Salerius* war, war ohne Zweifel ein solches.

Sie blickte über die Schultern des Mannes und sah schon mehrere Holzwagen bereitstehen, desgleichen Maultiere mit Transportkörben rechts und links. Ein paar der Männer, die ihn begleiteten, waren bewaffnet – wohl, um sämtliche Diebesbanden und Schmuggler, die auf der Wegstrecke lauern mochten, abzuschrecken.

»Dann könnt Ihr uns vielleicht auf andere Weise helfen«, entschied Alaïs. »Es ist doch möglich, euch zu begleiten, oder nicht? Also tun wir das und kehren später mit euch aufs Schiff zurück.«

Aurel runzelte die Stirne. »Denkst du wirklich …«

»Wir wissen nicht, was passieren wird!«, unterbrach sie ihn scharf. »Was, wenn der Infant Navale für die Zeit seines Aufenthalts in der Ciutat einlädt, sein Gast zu sein? Sollen wir uns alleine hier herumtreiben? Wir sprechen nicht einmal die Sprache dieses Landes!«

Aurel war nicht der Einzige, vor dem sie sich zu rechtfertigen hatte. »Wollt ihr tatsächlich die Mühen solch einer Reise auf euch nehmen?«, fragte nun auch Simeon.

Sie antwortete nicht, sondern gab ihm die Anweisung, Pio Navale von dem zu unterrichten, was geschehen war.

Simeon verzog nachdenklich das Gesicht. »Und das alles wegen des Mönchs.«

»Es ist doch nur für kurze Zeit«, beschwichtigte sie nicht nur ihn, sondern auch sich selbst. Langsam ließ der Schreck nach. Nun, da keine Gefahr mehr von Frère Lazaire drohte, musste sie beinahe lachen. Nun hatte es der Bettelbruder, dem ihr Vater stets unterstellt hatte, in Wahrheit auf ein weiches Bett und gutes Essen aus zu sein, immerhin an den Hof eines Regenten geschafft, wenn auch eines asketischen.

»Nur für kurze Zeit …«, bekräftigte sie. »In zwei Tagen kehren wir zurück, und unsere Reise nimmt ihren Fortgang.«

Sie durchquerten das Landesinnere, an sandfarbenen Steinen vorbei, die Erdrutsch und umgeknickte Bäume an vielen Stellen aufgeschürft hatten. In allen Schattierungen von Rot quoll Erde hervor: warm-bräunlich, grell-feurig, schlammig-trüb. Die Luft war satt vom durchdringenden Duft des Südens – nach stacheligen, knorrigen Wäldern, nach sonnengegerbtem Land, nach salziger, fischiger Brise. Nachdem sie den ersten Teil der Wegstrecke zurückgelegt hatten, glänzte in der Ferne wieder das Meer. Schroff fiel an manchen Stellen die Küste ab. Einige Felsbrocken ragten aus dem Wasser, als hätte Gott die Reste der Berge nach Vollendung seiner Schöpfung ins Meer gespuckt. In hellem Blau stand dieses Meer, nicht abgründig und unruhig wie auf offener See, wo es das schwarze Kleid einer verwitweten Matrone trug. Hier hingegen ward nicht an Tand gespart: Schmuckstücken gleich waren Streifen von leuchtendem Türkis hineingewebt.

Ehe sie die Salzminen erreichten, rasteten sie an der nunmehr wieder flachen Küste. Das dortige Dorf erinnerte Alaïs an Saint-Marthe. Die Häuser waren einfach, ebenerdig und aus rötlichem Stein gebaut. Der Meerwind schien ein wenig salziger und schneidender als in der Provence, ward er doch nicht von einer schroffen, tief ins Land geschnittenen Bucht abgefangen, sondern schoss ungehemmt über einen geraden Strand. Weniger dicht bewaldet war dieses Gebiet, verglichen mit dem Landesinneren. Dann und wann ragte ein Maulbeer- oder ein Olivenbaum auf, doch sämtliches Buschwerk reichte ihnen nur bis zu den Knien und glich dabei auf dem Boden kauernden Menschen.

Annibale Lanzelli – so hieß der Mann, der im Auftrag Navales zu den Salzminen reiste – schlug vor, dass Alaïs und Aurel in jenem Dorf auf sie warteten. Am ersten Tag hielt Alaïs das noch für eine gute Idee. Am nächsten begann sie damit zu hadern, dass der eine Albtraum ihr nun einen anderen beschert hatte: irgendwo festzusitzen, wo es nichts zu erschauen gab als die zerfurchten, von der Sonne gebräunten Gesichter einer übersichtlichen, etwas misstrauischen Menschenschar. Sie lebten vom Fischfang – und danach stank es auch. Die Hände der Frauen waren verhornt und rot vom Flicken der Netze, vom Salzen und Ausnehmen der Fische. Auch das, vor allem das erinnerte sie an Saint-Marthe – nur, dass die Menschen hier noch ärmlicher waren und noch unwilliger, über irgendetwas zu sprechen, was nicht um den Fischfang kreiste.

Zumindest nahm Alaïs das an. Sich der Sache mit Worten vergewissern konnte sie sich kaum. Auf Navales Schiff hatte sie den einen oder anderen Brocken der katalanischen Sprache gelernt, doch mit dem mallorquinischen Dialekt schien jene wenig zu tun zu haben. Man verstand sie, wenn sie zu essen und zu trinken wünschte – Annibale hatte dafür bezahlt –, doch die Antworten, die kamen, waren einsilbig und unverständlich und mit dem stets gleichen Gestus verbunden: dem Fingerzeig aufs Meer, wo kleine Boote schaukelten, oder auf die Netze, die von Kindern entwirrt wurden, weil jene noch das meiste Gefühl in den Händen hatten.

Am dritten Tag begann sie, ungeduldig nach Annibale Lanzelli Ausschau zu halten. Was trieb er so lange in der Salzmine? Hatten sie heute nicht in die Ciutat zurückkehren und endlich wieder Navales Schiff besteigen wollen?

Da nichts seine Rückkehr ankündigte, suchte sie Aurel. Seit sie die Ciutat überstürzt verlassen hatten, hatten sie nur wenige Worte miteinander gewechselt.

Wahrscheinlich, dachte sie ärgerlich, wahrscheinlich ist in ihm immer noch keine Erinnerung an Frère Lazaire erwacht. Wahrscheinlich weiß er auch nicht mehr, wie man uns zum Comte gebracht hat, wie wir diese schreckliche Zeit im Kerker überstehen mussten...

Sie schüttelte sich bei dem Gedanken und konnte nicht begreifen, dass jene Erinnerungen Aurel nicht im gleichen Maße heimzusuchen schienen.

Als sie ihn schließlich in einem der kleinen Häuschen fand, von denen sich eins nicht vom anderen unterschied, erkannte sie, dass er – anders als sie – in jener Einöde etwas gefunden hatte, was seinen Geist fesselte.

Er saß bei einem kleinen Jungen, der sich während des Baus eines neuen Fischerbootes eine Verletzung zugezogen hatte. Ihn ganz in seinem Element zu sehen, machte sie neidisch. Warum war es auf der Welt so bestellt, dass sich Freiheit nur so schwer finden ließ – Kranke und Verletzte aber überall?

In jenem Augenblick empfand sie sie nicht als mitleiderregende Kreaturen, sondern als Unkraut, das überall spross, selbst in einer trockenen Einöde wie dieser.

»Was ist geschehen?«, brummte sie unwillig.

»Ein Holzsplitter«, erklärte Aurel freudig.

»Wie überaus großartig!«, höhnte Alaïs und konnte sich nicht verkneifen hinzuzusetzen: »Ich fürchte freilich, du musst ihn bloß herausziehen und alles ist wieder gut.«

»Eben nicht!«, erwiderte Aurel triumphierend, ehe er zu einer längeren Erklärung ansetzte.

»Der Splitter ist zu groß und zu tief eingedrungen. Es empfiehlt sich darum die Extraktion mit Hilfe eines Eisenrohrs, das in die Wunde einzuführen ist. Erst dann kann man den Splitter herausziehen – die Gefahr ist gebannt, Gewebe zu zerreißen. Noch dringlicher, als den Splitter herauszuziehen, ist es freilich, die Blutung zu stillen. Ich wähle dafür eine Methode, die schon Lanfranco …«

Irgendwann unterbrach er seine Ausführungen, die der Knabe ebenso wenig verstand wie seine Mutter, die – wie Alaïs erst jetzt bemerkte – mit überkreuzten Beinen in der Ecke der Kate kauerte.

»Kannst du mir eine Münze holen?«, fragte er plötzlich.

»Eine Münze?«, rief sie entgeistert. »Wem willst du denn in dieser Einöde was abkaufen?«

»Ich brauche sie doch nicht, um etwas zu bezahlen. In Bologna habe ich erfahren, dass es ein probates Mittel ist, um eine stark blutende Wunde zu verschließen.«

»Darf's ein *Solidus* sein? Oder lieber ein Denar?«, fragte Alaïs bissig.

Seine Erfüllungsgehilfin wollte sie nicht sein, Dennoch erhob sie sich, um die Gelegenheit zu nutzen, dem Haus und seinen Vorträgen zu entfliehen.

Missmutig trat sie nach draußen. Es war ihr nicht gelungen, ihre Ungeduld auf ihn abzuwälzen.

Die Luft flirrte, als sie nun um die Mittagszeit im Freien stand. Der Sand schien in weißen Flammen zu stehen. Sie schützte ihre augenblicklich tränenden Augen vor der Wucht der Sonne.

Eher zögerlich blickte sie sich um, hatte größere Lust, sich einen schattigen Platz zu suchen, als nach einer Münze zu fragen. Sie war sich nicht einmal sicher, ob arme Mallorquiner dergleichen überhaupt besäßen.

Doch dann trat sie doch zu einem der Fischer. Er arbeitete nicht, sondern stand starr und blickte aufs Meer. Alaïs überlegte, wie sie sich verständlich machen konnte, und versuchte es mit den paar Brocken der katalanischen Sprache, die sie gelernt hatte. »Denar?«, fragte sie immer wieder. »*Solidus?*«

Ihr ging auf, dass sie nicht einmal die Währung der Insel kannte.

Der Mann achtete nicht auf sie. Immer noch blickte er auf den Horizont, immer noch stand er wie starr, und dann fing er plötzlich laut zu schreien an.

Für einen kurzen Augenblick – ein Augenblick, der sie vor namenloser Angst bewahrte –, dachte sie, er errege sich ihretwegen, weil sie von ihm Geld forderte. Ein Missverständnis, nichts weiter.

Doch dann fuhr sie herum, blickte in die gleiche Richtung wie er und gewahrte, dass sein Geschrei – es lockte die Menschen aus den Häusern, einige kamen auch vom Strand ins Dorf gerannt – nichts mit ihr zu tun hatte, sondern mit dem Schiff, das am Horizont sichtbar geworden waren.

Nun war er nicht mehr der Einzige, der schrie. Alle riefen sie durcheinander, kreischend und heulend und verzweifelt.

Und aus den vielen fremd klingenden Silben schälten sich solche heraus, die sie zu verstehen glaubte.

Es war ein Schiff der maurischen Piraten.

Aus dem einen Schiff wurden zwei, dann drei, schließlich vier – kleine zwar nur, aber doch groß genug, um genügend Heiden zu beherbergen: Heiden aus dem fernen Granada, die regelmäßig Mallorca heimsuchten, Männer ermordeten, Frauen und Kinder entführten und sie in die Sklaverei verschleppten. Ihre Boote mit flachem Kiel brauchten kein tiefes Wasser, sie ließen sich dicht an die Küste heranführen. Die Ciutat wagten sie nicht zu überfallen, ebenso wenig die übrigen befestigten Städte, aber in den kleinen Fischer- und Bauerndörfern an der Süd- und Westküste, die für den Regenten nicht sonderlich schützenswert waren, fielen sie regelmäßig ein, lediglich am Freitag nicht, denn jener Tag war ihnen so heilig wie den Christen der Sonntag und den Juden der Sabbat.

Simeon hatte ihr das erzählt, als ihr Schiff auf Mallorca zugesegelt war. Sie hatte seine Worte gehört, aber sie nicht überdacht.

Dass sie die Ciutat nicht angreifen würden, war alles, was damals gezählt hatte, um ihre Furcht zu zerstreuen – denn zu diesem Zeitpunkt hatte sie nicht daran gedacht, die Hauptstadt jemals zu verlassen. Und dann, als sie es taten, war einzig wichtig gewesen, aus Frère Lazaires Bannkreis zu gelangen. Erst jetzt kamen ihr Simeons Worte wieder in den Sinn.

Sie stand als Einzige still. Noch war keine Furcht in ihr. Lediglich Ungläubigkeit war da, das Gefühl, betrogen zu werden. Unmöglich war, dass die Schicksalsmächte es wagten, sie in einen solch dunklen Traum zu hetzen. Wenn sie sich nur recht bemühte, wenn sie nur lang genug leugnete, was geschah – vielleicht könnte sie wieder daraus erwachen.

Sie erwachte, doch nur aus der Starre. Als irgendjemand, der vorbeilief, ihr den Ellbogen in den Leib stieß, schwappte die Panik auf sie über. Sie stürzte zurück in das Haus, wo Aurel mit dem verletzten Jungen saß. Er hob fragend den Blick. Der Trubel war ihm nicht entgangen, doch seine Neugierde reichte nicht aus, um ihn nach draußen zu treiben. Voller Entsetzen stieß Alaïs Worte aus, wollte alles erklären, doch was sie sagte, klang wirr.

Der Junge begriff eher als Aurel. Ungeachtet der blutenden Wunde stürzte er ins Freie, und Aurel blickte ihm nach, zunächst mit einem verwirrten Ausdruck, dann mit einem gekränkten, als hätte Alaïs ihm böswillig einen Patienten geraubt.

Wieder schrie sie, diesmal etwas von Mauren und dass sie fliehen mussten, und immer noch blieb sein Blick verständnislos.

Sie packte ihn an den Schultern, zog ihn hoch. »Nun komm doch!«, kreischte sie.

Endlich dämmerte Verständnis in seinem Blick, doch anstatt ihr zu folgen, bückte er sich rasch, um seine Instrumente einzusammeln. Sie wollte nicht abwarten, bis er fertig war.

»Bist du verrückt geworden!«, herrschte sie ihn an, weil er die Zeit so sinnlos verschwendete.

Sie ließ ihn zurück und hastete ins Freie, um vor den Mauren zu fliehen.

XXX. Kapitel

So viel passierte gleichzeitig, dass Alaïs nicht wusste, wo sie die Augen haben sollte. Da sprangen Männer direkt vom Bug des Schiffes ins Meer, um alsbald aus den Fluten aufzustehen und immer näher Richtung Ufer zu waten, die einen mit runden Säbeln bewaffnet, die anderen mit Pfeil und Bogen. Da liefen schreiend Menschen am Ufer umher, die einen panisch im Kreis, weil sie nicht wussten, wohin sie in der Eile fliehen sollten, die anderen auf der Suche nach greinenden Kindern, wieder andere bestrebt, nicht nur sich, sondern auch den spärlichen Besitz in Sicherheit zu bringen. Eine Frau hatte sich mit ihrem sämtlichen Hausrat beladen und kämpfte darum, eine störrische Ziege mit sich zu ziehen. Die wehrte sich allerdings so heftig, dass der Frau Stoffballen, Tonkrug und Werkzeug entglitten. Mit nunmehr beiden Händen riss sie am Seil der Ziege, die sich immer noch gegen die rüde Behandlung wehrte. Doch die Frau konnte einfach nicht von ihr lassen.

Warum gibt sie das Tier nicht auf?, fragte sich Alaïs und gewahrte erst jetzt, dass sie selbst erneut stehengeblieben war anstatt davonzulaufen.

Endlich fuhr sie herum, raffte ihre Röcke und rannte los. Ins Landesinnere!, dachte sie. Weg vom Meer!

Einige Schritte lang hörte sie nur das eigene Herzpochen, den keuchenden Atem, dann vernahm sie plötzlich Schritte hinter sich. Sie lief schneller, wähnte schon einen Verfolger auf ihren Fersen, da hörte sie den Ruf: »Alaïs!«

Zunächst war sie verwirrt, dass die Mauren ihren Namen

kannten, um dann freilich zu gewahren, dass es Aurel war, der ihr folgte, den Ledersack mit seinen Instrumenten trug er auf dem Rücken.

»Weg vom Meer!«, keuchte Alaïs.

»Dort oben! Siehst du den Turm?«

Bis jetzt hatte Alaïs nur auf den sandigen Boden geachtet, nun blieb sie kurz stehen und hob den Kopf. Dem flachen Küstenstreifen folgte eine Anhöhe, und darauf errichtet war ein kleiner, steinerner Turm, wie sie schon manchen entlang der Küste gesehen hatte. Vielleicht hatten einst die Mauren diese errichtet, als ihnen noch die Insel gehörte, vielleicht aber die Truppen von König Jaume I., als er die Insel befreite, die er fortan freilich vor Angriffen hatte schützen müssen.

Sie war sich nicht sicher, ob das ein brauchbares Versteck war, ob man sie hier nicht als Erstes suchen würde. Allerdings – ein anderes gab es nicht. Die Mandel-, Lorbeer- und Olivenbäume, selbst die Zypressen waren zu dürr und trocken, um in ihrem Geäst Unterschlupf zu finden. Die Pinien mit ihren Nadeln und bauchigen Früchten waren hingegen zu weit entfernt. Alaïs sah, dass ein kleiner Weg zu dem Türmchen hochführte. Es musste ein Maultierpfad sein, denn die Spuren von Hufen hatten sich tief eingegraben, überwuchert von wildem Fenchel, dessen Geruch ihr durchdringend in die Nase stieg.

Wieder hörte sie eine Weile nur das Dröhnen der eigenen Schritte, ihren Atem und den von Aurel – als plötzlich hinter ihnen ein zischender Laut ertönte. Sie fuhr herum, sah, wie die dunklen Gestalten das Dorf erreichten, wie die einen Menschen packten und mit sich schleppten wie Tiere und wieder andere einen Regen an Pfeilen auf jene ergossen, die Widerstand leisteten. Und es kamen mehr, immer mehr aus dem Meer.

Alaïs starrte auf die Szenerie, fragte sich, warum sie nichts hörte bis auf die zischenden Pfeile: kein Geschrei, kein Kampfgebrüll, kein Gemeckere der Ziegen, kein Plärren der Kinder. Dann erkannte sie, dass jener zischende Laut nicht von den Pfeilen kam, sondern vom eigenen Blut, das hinter den Ohren rauschte, sie taub machte für alles, auch für Aurels Rufen. Schließlich zerrte er sie am Arm mit sich, und weiter ging es den schmalen Pfad hinauf.

Als sie das Türmchen zum ersten Mal gesehen hatte, hatte sie das Gefühl gehabt, es wäre greifbar nahe. Nun wurde der Weg immer länger, schien sich in endlose Biegungen zu verzweigen. Die Sonne brannte auf ihrem schweißnassen Gesicht wie Feuer. Sie blieb an einer Wurzel hängen, greisengrau, der der salzige Grund längst alles Fruchtbare herausgepresst hatte. Hastig riss sie sich los, trat mit ihrem nackten Fuß prompt auf einen Dorn, der die Hornhaut durchspießte und sich schmerzlich tief in ihr Fleisch bohrte. Der Schmerz füllte sie aus, besetzte sie ganz und gar; da war keine Furcht mehr, kein Grauen, kein Gedanke daran, was geschehen würde, fielen sie in die Hände der Mauren, an Verschleppung und Versklavung, nur dieser Schmerz.

Halb hinkend, halb rennend hatten sie schließlich die Anhöhe erreicht, hinter der sich hügeliges, vertrocknetes Land erstreckte. Das Türmchen kam ihr nun kleiner vor, die Mauern, die von unten besehen Schutz versprochen hatten, waren nur in Richtung Meer unbeschadet, auf der Seite des Landesinneren aber zerfallen und von Gebüsch überwuchert. Trotzdem stürzte sie mit letzter Kraft dorthin, ließ den Körper in den schmalen Schatten fallen, den die Steine warfen, zog ihre Beine dicht an sich heran und senkte ihren Kopf zwischen die Knie. Es war nicht möglich, sich noch kleiner zu machen, und als sie kurz zur Seite blinzelte, sah sie, dass Aurel dieselbe Lage gewählt hatte.

So hockten sie, langsam verging das Rauschen in ihrem Kopf, und die anderen Laute kehrten zurück: das Schreien, das Klagen, das Brüllen, das Zischen der Pfeile.

Nicht näher, dachte Alaïs, und ihr ganzer Körper zitterte, obwohl es glutheiß war, hoffentlich kommt es nicht näher …

Der Schmerz ob des eingetretenen Dorns verging. Alles, was nun zählte, war auf die Geräusche zu hören. Wurde es schlimmer? Wurde es schwächer? Näherte sich jemand dem Turm?

Indessen Alaïs sich weiterhin klein machte, hatte Aurel sich schließlich erhoben, spähte durch das kleine Guckloch, das sich in der glatten, runden Mauer des Turms befand.

»Sie kommen…«, stieß er schließlich tonlos aus.

Alaïs, die sich sicher war, er könnte nur die Mauren meinen, sprang hoch. Noch tiefer trieb sich der Dorn ins Fleisch und presste ihr Tränen in die Augen. Das Bild, das sich ihr bot, als sie Aurel beiseite drängte, um selbst durch das Guckloch zu starren, verschwamm. Sie sah keine Menschen, nur schwarze Striche, die sich seltsam bewegten. Das Getrampel von Füßen schälte sich aus dem Lärm.

Sie zwinkerte, die Schmerzenstränen versiegten. Zwei Männer kamen den Maultierpfad hoch, jedoch keine dunklen Mauren, sondern Mallorquiner aus dem Dorf, die sich wohl das gleiche Versteck erkoren hatten wie sie.

Alaïs hoffte inständig, sie würden es nicht erreichen. Hätte sie eine Möglichkeit gesehen, das Türmchen zu versperren, sie hätte es getan und sich mit ihrer ganzen Körperkraft gegen die Tür gestemmt, auf dass niemand eindringen konnte. Einer der Männer hatte die Anhöhe erreicht, stürzte auf das Türmchen zu und stieß einen Aufschrei aus, als er sich in Sicherheit brachte. Alaïs presste ihr Gesicht enger an das Guckloch – als gehörte ihr zumindest dieses voll und ganz und könnte ihr von niemandem streitig gemacht werden.

Der zweite Mann war nicht so schnell wie der erste. Die Luft schien ihm auszugehen, mehrmals blieb er stehen, dann wiederum fiel er und musste sich am Gras und im Gebüsch festhalten, um sich wieder aufzurichten. Alaïs verstand nicht, warum er nicht mehr Kräfte beschwören konnte, sich diese Schwächen erlaubte, und zugleich hoffte sie, die Müdigkeit würde ihn übermannen, er würde den Hügel hinabrollen und niemand käme auf die Idee, dass jemand zum Türmchen geflohen sei.

Dann plötzlich beschleunigte der Mann seinen Schritt, schien innerhalb weniger Augenblicke zu erstarken. Alsbald sah sie warum: Immer mehr Mauren hatte das Ufer erreicht, fanden im

Dorf nichts mehr zu tun und waren nun ebenfalls bis zum Fuß der Anhöhe vorgedrungen.

Alaïs schrie entsetzt auf und schlug sich sogleich mit der Hand vor den Mund, um den Laut zu ersticken. Aurel stieß ihren Kopf beiseite, starrte nun selbst nach draußen. Ihre Stirn schlug schmerzhaft an der Mauer an.

»Was ist?«, presste sie hervor. »Was passiert?«

»Pfeile… Sie zielen mit ihren Pfeilen… oh, mein Gott.«

Diesmal war der zischende Laut kein Trug, sondern kam wirklich von den Waffen der Angreifer. Gleich darauf ertönte ein Schmerzensschrei, nicht einfach nur gequält, sondern dem Gebrüll eines getroffenen Tieres gleich.

Aurel trat vom Guckloch zurück, und sie konnte sich mit eigenen Augen überzeugen, dass es den Flüchtenden erwischt hatte. Zwar sah sie den Pfeil nicht, der irgendwo in seinem Körper stecken musste, jedoch, wie er sich aufbäumend an die Kehle fuhr und dort eine Fontäne Blut hochspritzte.

Den Tod hatte sie dem Mann nicht gewünscht, und doch war sie ungemein erleichtert, dass er nun nicht näher kommen konnte, die Aufmerksamkeit der Mauren nicht auf ihr Versteck ziehen würde. Vielleicht würden sie nun davon ablassen, vielleicht…

Doch dann bemerkte sie, dass die größte Gefahr in diesem Augenblick nicht von den Angreifern ausging. Unruhig schritt Aurel in dem schmalen Raum auf und ab.

»Er ist verwundet, ich muss…«

Fassungslos starrte sie ihn an, erkannte, dass seine hektischen Schritte nicht von Angst rührten, eher von dem übermächtigen Verlangen, nach dem Mann zu sehen.

»Bist du wahnsinnig?«, kreischte sie.

Der andere Mallorquiner schien von all dem nichts zu bemerken. Er saß zusammengekrümmt und betete mit geschlossenen Augen zur Jungfrau Maria.

Aurel blickte wieder durchs Guckloch. »Sie sind weg… Ich muss…«

»Nein!«, schrie sie. »Das darfst du nicht! Dieser Mann ist so gut wie tot!«

»Ich muss«, sagte Aurel wieder, »ich muss.«

Sie versuchte ihn aufzuhalten, verstellte ihm erst den Weg, packte ihn dann am Arm, aber er war kräftiger und schüttelte sie ohne Mühe von sich ab. Dann war er in die gleißende Sonne getreten und lief zu dem verwundeten Mann. Das Blut schoss immer noch aus dessen Hals, wenngleich nicht mehr so hoch und kräftig.

Alaïs sah, wie Aurel den Verletzten erreichte, und inmitten ihrer Panik, inmitten der Wut, dass er sie so rücksichtslos in Gefahr brachte, dämmerte ihr vor allem eins: Aurel war ihr gänzlich fremd. Bis zu diesem Augenblick hätte sie geschworen, dass er sich niemals für irgendjemanden aufopfern würde, dass er andere vergaß, wenn es um seine Vorteile ging, so, wie er schon mehrmals sie vergessen hatte.

Nun, vielleicht galt das auch jetzt. Gut möglich, dass er nicht dem Trieb folgte, einem anderen zu helfen, sondern dem, sich in jedem Augenblick seines Lebens als meisterhafter *Cyrurgicus* zu erweisen, der Blut und Tod nicht scheute. Doch sie hatte nicht erwartet, dass diese Gier, dem Tod ein Schnippchen zu schlagen, so groß war, dass er sich selbst diesem Tode bedenkenlos auslieferte.

Er kniete sich zu dem Mann, presste die Hand auf den Blutfluss. Alaïs sah, wie einzelne Tropfen auf sein Gesicht spritzten, doch das kümmerte ihn nicht. Schon griff er nach seinem Ledersack auf dem Rücken. Doch er hatte keine Zeit mehr, etwas herauszuziehen. Von allen Seiten kamen plötzlich die dunklen Männer, umrundeten nicht nur Aurel, sondern auch das Türmchen.

Alaïs schrie, und später wusste sie nicht mehr, ob sie wegen dieser Schreie entdeckt wurde.

Sie schrie, als Aurel herumfuhr, mit den Händen fuchtelte und sich einer der Mauren davon bedroht fühlte. Sie schrie, als jener einen Pfeil auf ihn schoss, Aurel am Bein getroffen wurde und zusammensackte. Und sie schrie, als fremde Hände sie packten, sie wie ein Sack Mehl über die Schultern geworfen und Richtung Meer geschleppt wurde.

Gleiches widerfuhr auch dem Mallorquiner, der immer noch die Augen geschlossen hielt und immer noch inständig zur Jungfrau Maria betete.

Jeder Schritt des Mannes, der sie schleppte, war wie ein Schlag in die Magengrube. Dass sie zappelte, machte es nicht besser, und irgendwann ergab sie sich den Schmerzen, der Hoffnungslosigkeit und dem fremden Geruch, der von seiner Haut und Kleidung ausging. Sie wurde wieder taub für die Geräusche in ihrer Umgebung, konnte hinterher nicht sagen, ob sie in einem fort geschrien hatte oder verstummt war. Als sie den Strand erreichten, fühlte sich ihre Kehle wie ausgedörrt an, als hätte sie Unmengen von jenem Sand geschluckt, auf den sie schließlich geworfen wurde. Eine Weile blieb sie liegen, während ihre Welt schwarz und schmerzlos wurde. Dann ergoss sich eine Welle kalten Wassers über ihre Beine. Dort, wo der Dorn steckte, brannte es, und rasch fuhr sie auf, beugte sich über die Fußsohle und zog ihn heraus. Blut sickerte aus ihrer Wunde und erinnerte sie daran, dass der Schrecken sie nicht gemordet hatte, dass sie noch lebte und atmete. Augenblicklich kehrten die Geräusche wieder. Kaum mehr Schlachtenlärm war dabei, denn der Widerstand der Dorfbewohner hatte sich erschöpft. Etliche waren tot, andere waren am Strand zusammengetrieben worden. Als sie sich umdrehte, fiel ihr Blick auf die Frau, die mit der Ziege gekämpft hatte und der es danach offenbar gelungen war, ihren Hausrat wieder einzusammeln, nicht aber zu flüchten. Sie hielt ihn nun fest umklammert und in ihrem Gesicht stand ein Ausdruck des Trotzes. Mochte man sie auf einen Sklavenmarkt in die Fremde bringen und dort verschachern, mochte sie sich nicht mehr selbst gehören – das, was sie besaß, gab sie nicht auf.

Dann hörte Alaïs Aurel schreien, auf eine Weise, wie sie ihn noch nie hatte schreien hören. Er lag nicht weit von ihr am Boden, totenbleich, verkrampft, und hielt das Bein, wo der Pfeil ihn getroffen hatte und immer noch herausragte. Er blutete nicht so heftig wie der Mann, den er zu retten versucht hatte, und dennoch wähnte Alaïs ihn der Ohnmacht nahe. Sie kroch auf dem sandigen Boden zu ihm, griff nach dem Pfeil.

»Nicht!«, keuchte er. Seine Augen schienen förmlich aus den Augenhöhlen zu quellen. Er konnte sonst nichts sagen, sah sie nur durchdringend an – und sie verstand: Einen Pfeil durfte man nicht einfach aus der Wunde ziehen. Seine Widerhaken würden die Wunde noch mehr aufreißen, und wenn er brach, würde er obendrein einem Nagel gleich stecken bleiben.

»Aber was soll ich tun?«, jammerte sie.

Er deutete auf seinen Rücken. Sie wusste zwar nicht, wie ihm das gelungen war, aber er trug immer noch seinen Lederbeutel bei sich. Ihre Hände zitterten so stark, dass sie ihn kaum öffnen konnte, noch weniger schien es ihr gelingen zu wollen, jenes längliche, spitze Messer hervorzuziehen, das er begehrte. Das dachte sie zumindest, ohne dass er es ihr sagte, und ihre Wahl war die richtige, denn er nickte zustimmend, als sie es endlich in Händen hielt. Sie wollte es ihm reichen, doch er schüttelte den Kopf.

»Du … du …«, stammelte er.

Sie sollte es tun.

»Aurel … ich kann nicht … Wir brauchen Wein, um die Wunde zu reinigen, und sauberes Leinen, um sie zu verbinden. Vielleicht muss sie ausgebrannt werden, ich kann unmöglich …«

Wieder war es nur ein Wort, das er hervorbrachte: »Gift!« Und wieder reichte es, um ihn zu verstehen. Er hatte Angst, dass die Pfeile der Mauren vergiftet waren.

Mit letzter Kraft robbte er zum Meer, tauchte das Bein ins Wasser. Unscharf konnte sich Alaïs erinnern, dass er sie einmal über die Wirkung von Salz belehrt hatte, dass dieses eine ähnliche Wirkung hatte wie Wein, weil es eine Wunde reinigen und vom Eiter freihalten konnte.

Sie gehorchte ihm. In ihrem Kopf spukte nur ein Befehl: *Ent-*

ferne den Fremdkörper aus einer Wunde und halte sie so klein wie möglich!

Sie schnitt direkt neben dem Pfeil ins Fleisch, so tief, bis sie dessen Spitze erreichte. Sie schnitt darum herum wie um das Kerngehäuse eines Apfels und drehte ihn dann heraus. Aurel schrie, ballte seine Hände zu Fäusten und schlug damit in den Sand, um sich vom Schmerz abzulenken. Sie musste sich auf sein Bein setzen, um es halbwegs ruhig zu halten, aber schließlich löste sich der Pfeil aus der Wunde, und rotes Blut spritzte hervor. Der Pfeil hatte keine Widerhaken, stellte sie erleichtert fest.

Sie wollte im Lederbeutel nach etwas suchen, was als Verband taugte, vielleicht nach Nadel und Faden, um die Wunde zu nähen, doch in dem Augenblick wurde ihr das Messer aus der Hand geschlagen. Kurz dachte sie, es wäre Aurel, so wahnsinnig vor Schmerz, dass er nicht mehr wusste, was er tat.

Stattdessen war es einer der Mauren, die nun – da sämtliche Überlebende am Strand zusammengetrieben waren – daran gingen, diese zu fesseln und in Boote zu schaffen.

Vergeblich deutete Alaïs auf Aurels Wunde. »Er ist verletzt! Ihr könnt ihn nicht mitnehmen! Er stirbt!«, schrie sie.

Es nutzte nichts. An ihren Haaren wurde sie hochgezerrt, ähnlich lieblos und ähnlich gleichgültig, wie man ein störrisches Schaf behandelt. Dann fühlte sie die Hanfstricke, die um ihre Hände gebunden wurden und schmerzhaft in ihr Fleisch schnitten.

Mit dem Kopf voran war sie in eines der Boote geworfen worden, und dort blieb sie eine Weile liegen, von einer Woge der Fäulnis umgeben, die von den nassen Brettern hochstieg. Irgendetwas Schweres fiel auf ihren Rücken, vielleicht ein anderer Mensch, vielleicht ein Ruder. Kurze Zeit später setzte sich das Boot in Gang. Es schaukelte so heftig, dass sie meinte, ihr Magen müsste sich umdrehen. Obwohl nicht nur an den Händen, sondern auch an den Füßen gefesselt, kämpfte sie darum, sich wieder aufzurichten. Holzspreißel drangen in ihre Haut wie zuvor der Dorn, aber nach schier endlosen Bemühungen saß sie halbwegs aufrecht und konnte ihren Kopf am Bug des Bootes anlehnen. Ebenso groß war die Anstrengung, die sie nun erwartete: die Augen zu öffnen, gleichwohl sie die Lider geschwollen und schwer wie Blei deuchten.

»Sie werden uns verschachern«, murmelte sie. Das Erste, was sie sah, war die Ziegenfrau, gefesselt wie sie und nicht mehr fähig, ihren Besitz zu retten. »Auf irgendeinem ihrer heidnischen Sklavenmärkte werden sie uns verschachern.«

Niemand widersprach, niemand pflichtete ihr bei.

Mühsam drehte Alaïs ihren Kopf. »Aurel …«, stammelte sie. Jetzt erst ging ihr auf, dass er nicht mehr schrie. Seine Augen waren geschlossen, sein Kopf hing außerhalb des Bootes, so tief, dass seine Haare das Wasser streiften. Blut troff aus seiner Beinwunde, verkrustete, wurde schwarz. Er schien nicht mehr zu atmen.

»Aurel!«, flüsterte sie wieder. Sie kämpfte sich hoch, wollte zu ihm und erhielt einen unsanften Schlag von dem Ruderer.

Die Ziegenfrau schwatzte irgendetwas, wohl, dass sie sich besser nicht rührte, weil sonst das Boot umkippen würde.

Und wenn's so wäre, dachte Alaïs, wenn wir alle ersöffen – was könnte schlimmer sein?

Der Gedanke, dass Aurel tot sein könnte, stimmte sie nicht mehr panisch, eher neidisch. In welch gnädiger Zwischenwelt er sich auch befand, er bemerkte nichts mehr von dieser übel machenden Bootsfahrt, von dem Gestank, von dem Geschrei der Mauren …

Warum eigentlich schrien diese derart durchdringend?

Nun erst gewahrte sie andere Boote rund um jenes, in dem sie saßen, sah auch, dass die Männer, die ruderten, plötzlich damit innehielten und sich erstaunte, verärgerte Blicke zuwarfen, dann etwas riefen, in einer fremden, kehligen Sprache, von der sie nicht auch nur ein Wort verstand. War das jenes Arabisch, das Simeon Navale beibringen wollte?

Das Schaukeln wurde schwächer. Das Boot, eben noch zielsicher in eine Richtung gelenkt, drehte sich einmal um die eigene Achse, nachdem der Ruderer still hielt.

Wieder kostete es sie unheimliche Anstrengung, den Kopf zu wenden, dann sah sie ein weiteres Schiff, das in die Bucht einlief. Vorhin, das hätte sie beschwören können, waren es nur vier gewesen.

Kurz flammte die Hoffnung auf, irgendein christlicher Seefahrer wäre gekommen, um die Mauren zu besiegen und ihnen die Beute abzuluchsen. Doch dann erkannte sie, dass die Männer auf dem anderen Schiff ebenso dunkel gekleidet waren wie die heidnischen Angreifer.

Seufzend ließ sie ihren Kopf zurücksinken. Das Schreien der Mauren freilich verstummte nicht. Immer heftiger wurden die Worte, die zwischen den einzelnen Booten hin und her gingen. War es Angst, die sie so hektisch miteinander sprechen ließ? Oder war es ein wüster Streit?

Er wurde unterbrochen, als plötzlich von weither ein durchdringender Pfiff ertönte. Jener genügte, damit die Ruderer ihr Werk wieder aufnahmen. Doch als sich die Boote in Gang setzten, fuhren sie nicht in Richtung der Schiffe, sondern zurück zum Ufer.

»Was geht hier vor?«, rief Alaïs überrascht. Aurels Kopf neigte sich immer tiefer, sodass das Wasser seine verfilzten Strähnen benetzte.

Die Ziegenfrau begann laut zu klagen.

Vielleicht verkaufen sie uns nicht als Sklaven, dachte Alaïs. Vielleicht bringen sie uns alle um.

Womöglich war das ein gnädigeres Geschick, ging es ihr durch den Kopf. Sie war viel zu erschöpft, um noch Angst zu haben. Nach nichts anderem sehnte sie sich, als wieder festen Boden unter den Füßen zu haben – und diente jener nur dem Zwecke, sie zu meucheln.

Doch ehe sie den Strand erreichten, hielten die Ruderer inne. Wieder gingen kehlige Worte durcheinander, dann beugte sich der Mann aus ihrem Boot über Alaïs. Sie fühlte kurz seinen heißen Atem, ehe er sie mit einem Stöhnen über seine Schultern wuchtete. Das Boot wankte, drohte wieder zu kippen.

»Nicht!«, kreischte Alaïs und zappelte dabei mit Händen und Füßen. Die Hanfstricke gruben sich noch tiefer in ihre Haut, ihre Glieder wurden steif und gefühllos. Im nächsten Augenblick sah sie die aufgewühlte Oberfläche des Wassers auf sich zukommen. Es schien über ihr zusammenzuschlagen, und erst als ihr Körper sank, bekam sie wieder ein Gefühl dafür, wo oben und unten war und dass sie in das Wasser fiel, nicht dieses auf sie. Sie kämpfte gegen die Fesseln. Es nutzte nichts, dass ihr Vater ihr einst das Schwimmen beigebracht hatte, wenn sie sich nicht daraus befreien konnte. Ihre Brust schien zu bersten, das Wasser wurde immer kälter und dunkler, je tiefer sie sank. Die Stricke an ihren Händen blieben fest, doch je heftiger sie mit den Füßen strampelte, desto mehr Bewegungsfreiheit bekam sie. Zumindest dieser Strick löste sich. Sie trat nun förmlich gegen das Wasser, kämpfte sich langsam an die Oberfläche. Sie prustete, spuckte, schöpfte nach Atem. Trat immer weiter mit den Füßen, ohne Orientierung, Hauptsache, ihr Kopf geriet nicht unter Wasser.

Nach einer Weile stießen ihre Füße auf Sand. Zu diesem Zeitpunkt schmerzten die Muskeln so sehr, dass sie nicht wusste, ob sie sich noch länger über Wasser halten konnte.

Gott sei Dank, dachte sie und kämpfte sich ans Ufer. Gott sei Dank …

Ihre Kleider hatten sich mit Wasser vollgesogen, schienen immer schwerer und schwerer zu werden, als griffen dunkle Arme nach ihr und wollten sie zurück in die Fluten zerren. Dennoch kämpfte sie ihren Oberkörper frei. Nur mehr wenige Schritte, und sie würde den Strand erreichen, nur mehr …

Dann hörte sie ein Knirschen hinter sich. Eines der Boote näherte sich. Sie vernahm ein Krachen, und ehe sie den Schmerz spürte, wusste sie, dass das Boot ihren Kopf getroffen hatte.

Sie schwankte, fiel, ging unter. Sie sah, wie das Wasser sich um sie rötete, und ihre letzten Gedanken galten der Frage, ob das Blut von ihr stammte oder von Aurels Beinwunde. Darüber vergaß sie das Bedauern, dass sie niemals die Insel hinter dem Horizont erreichen, sondern zuvor sterben würde.

Sechster Teil

Die Chirurgin

Sommer 1328

XXXI. Kapitel

Der Traum wiederholte sich, der Traum vom Wasser, in dem sie schwamm, nackt und befreit. Doch das Wasser glitzerte nicht grünlich, wurde nicht von Sonnenstrahlen durchsiebt, sondern war ein weiter, kalter, schwarzer Raum. Keinen sandigen Grund gab es, auf den sie irgendwann sank, keine Alge, die sich um ihre Füße schlang, keinen Fisch, der mit seinen toten Augen ihren leblosen Blick erwiderte, nur Leere. Selbst das Blut, das sie oder aber auch Aurel verströmt hatten, verlor seine Farbe.

Dann Zittern vor Kälte, bedrohlicher noch als der Druck auf der Brust, der salzige Geschmack in ihrem Mund oder das beißende Meerwasser, das ihre Nase verätzte, nachdem sie es eingesogen hatte.

Luft fehlte nun keine mehr, aber schwarz blieb es und eisig, als wäre sie nicht nur aller Kleidung verlustig gegangen, sondern auch der schützenden Haut. Vielleicht war von ihr nichts übrig als lebloses Fleisch oder die Knochen, von denen sich dieses Fleisch gelöst hatte.

Das Stöhnen, das sie ausstieß, klang freilich lebendig. Die Kehle fühlte sich vom Salzwasser wie zerschnitten an. Aber sie konnte ihre Zunge fühlen, auch wenn diese trocken und geschwollen war und – als sie versuchte, damit die Zähne abzutasten – so reglos, als könnte sie nie wieder ein Wort formen. Wieder stöhnte sie, dann schlug sie die Augen auf. Die Welt, in der es eben noch weder oben noch unten gegeben hatte, nur Wasserfluten, die sie verschluckten, war erstaunlich trocken. Zwar klebte das Haar an ihr wie die Kleidung, doch die Decke, auf die ihr

Blick gerichtet war, war aus morschem Holz. Jene Decke stand nicht still, schien sich zunächst zu drehen, dann immer weiter auf sie herabzukommen. Erst nachdem sie die Augen geschlossen und erneut geöffnet hatte, gewahrte sie, dass der Raum, in dem sie sich befand, gleichmäßig schwankte.

Ein Schiff. Sie musste auf einem Schiff sein.

Es zu begreifen hieß nicht, es auch zu verstehen. Das Letzte, an das sie sich erinnern konnte, war doch, dass man sie mit den kleinen Booten wieder zurück ans Land geschafft hatte – und nun plötzlich war sie auf hoher See?

Ihre Zunge fühlte sich immer noch wie taub an, doch zumindest in den steifen Gliedern kribbelte frisches Blut. Sie versuchte sich aufzusetzen – und wurde mit schlimmen Schmerzen bestraft: Ihr Kopf schien dort, wo das Boot dagegengestoßen war, förmlich zu zerplatzen. Ihre Kehle brannte, als hätte sie glühende Kohlen verspeist, und an ihrem Fuß, wo sie sich den Dorn eingetreten hatte, schien ein Loch zu klaffen.

Sie ließ sich wieder zurücksinken und konnte an nichts anderes denken als an ihre Schmerzen. Dass sie langsam verebbten, war eine größere Labsal als die Gewissheit, die sie immerhin auch versprachen: dass sie noch lebte. Dass sie nicht elendiglich ersoffen war.

Als sie sich ein zweites Mal aufsetzte, war sie besser gewappnet. Sie hielt die Luft an, biss die Zähne zusammen und konnte sich immerhin bewegen, ohne vor Schmerz zu zerspringen. Wieder dauerte es eine Weile, bis das Pochen und Brennen langsam verebbten – dann fühlte sie sich stark genug, sich in dem kleinen Raum umzublicken.

Sie vernahm ein Stöhnen. Es kam von jemandem, der ganz dicht neben ihr lag. Ehe sie ihn sah, ihn wahrnahm, hatte sie schon ihre Hand nach ihm ausgestreckt und ihn berührt.

»Aurel …«

Trotz der geschwollenen Zunge konnte sie seinen Namen sagen.

Er hielt die Augen geschlossen, seine Stirn glänzte nass, entweder vom Meerwasser oder vom Schweiß. Ihr Blick glitt über seine Gestalt und blieb bei seinem Bein hängen. Merkwürdig verdreht lag es da, doch das war nicht das Erschreckendste. Das Erschreckendste war die klaffende Wunde, aus der fortwährend Blut strömte, nicht frisches rotes, sondern sämig gelbes. An jener Stelle, wo sie ihm den Pfeil herausgezogen hatte, war die Haut aufgerissen wie trockenes Leder.

»Aurel…«, stammelte sie wieder.

Sie hatte erwartet, dass ihn eine tiefe Ohnmacht gefangen hielt, doch nun wälzte er nicht nur seinen Kopf hin und her, sondern versuchte, etwas zu sagen. »Mein Bein…«, brachte er schließlich hervor. »Sieh nach meinem Bein…«

Ihr Blick war immer noch starr auf die Wunde gerichtet, doch sie wusste, dass er mehr von ihr verlangte, als diese nur anzusehen. Sie sollte sie reinigen, sie sollte sie nähen – sie, die gerade mal halbwegs aufrecht sitzen konnte, ohne von den Schmerzen zerrissen zu werden. Hilflos hob sie die Hände, doch selbst das war an Anstrengung zu viel. Sie ließ sie wieder sinken, lehnte sich an die schiefe Wand, schloss die Augen. Nur dann und wann öffnete sie sie wieder, vergewisserte sich, dass sie immer noch in dieser Kammer war, sich jene auf einem schwankenden Schiff befand und dass Aurel weiterhin verrenkt dalag, seinen Blick auf die Wunde gerichtet, aber nicht fähig, sie zu versorgen.

Erst nach einer Weile und nachdem sie wiederholt gegen die drückende Schwere ihrer Lider gekämpft hatte, gewahrte sie, dass Aurel und sie nicht allein in jener Kammer waren. Nicht weit von ihr hockte eine jener kleinen, zähen mallorquinischen Frauen mit ledriger Haut und fleißigen Händen, die immer irgendwie schon alt zu sein schienen.

War es womöglich die Frau, die so verbissen um ihre Ziege gekämpft hatte?

Alaïs suchte ihren Blick. Er war leer.

Mühsam klaubte sie in ihrem Gedächtnis ein paar Brocken Katalanisch zusammen und versuchte, sie zu einer Frage zusammenzuführen: warum die Mauren sie zunächst wieder an Land gebracht hatten, sie nun aber doch wieder auf dem Schiff waren.

Noch mehr hätte sie fragen wollen, aber dazu fehlten ihr die Worte: warum man sie wieder aus dem Wasser gefischt hatte, und warum man den verletzten Aurel nicht hineingeworfen hatte? Blutende Menschen wären auf dem Sklavenmarkt doch nicht zu verkaufen.

Der Blick der Frau blieb starr, doch nach einer Weile murmelte sie etwas. Das Wort, das Alaïs zu verstehen glaubte, war ihr fremd.

»Was meinst du?«, fragte sie ungeduldig.

Aurel stöhnte. »Du musst meine Wunde nähen …«

Die Frau wiederholte das Wort, deutete nach oben. Erst jetzt nahm Alaïs die kleine, runde Luke wahr. Ihretwegen war es so hell in der Kammer. Sie vergaß ihre schrecklichen Kopfschmerzen, das Brennen in der Kehle, den Druck in der Brust und sprang auf. Als sie den Kopf durch die Luke streckte, atmete sie frische Meerluft.

»Wir fahren nicht!«, stellte sie verwundert fest. »Das Schiff … Das Schiff ankert noch!«

War es das, was ihr die Frau hatte sagen wollen? Jene zuckte mit den Schultern, doch Alaïs' Blick blieb ohnehin nicht lange auf sie gerichtet. Nun, da sie sich wieder von der Luke abwandte, sah sie die Tür zu der kleinen Kammer, und diese war, anders als sie es erwartet hatte, nicht verriegelt, sondern stand eine Handbreit offen.

»Warum sind wir nicht …?«, setzte sie an.

Sie brachte die Frage nicht zu Ende. Die Frau verstand sie ohnehin nicht, und Aurel war in seinen Schmerzen gefangen. Wenn sie wissen wollte, was hier vor sich ging, musste sie schon selbst den Mut aufbringen, zu jener Tür zu wanken, vorsichtig hindurchzuspähen, den Spalt ein wenig weiter aufzustoßen.

Sie wartete förmlich darauf, dass man sie daran hindern, dass augenblicklich ein finsterer Maure vor ihr aufragen würde. Doch als sie schließlich hinaustrat ins gleißende Sonnenlicht, da trafen sie die Blicke von Männern, die sie kannte.

Mallorquiner allesamt. Es war auch jener dabei, der wie sie Zuflucht beim Türmchen gesucht und so verzweifelt zur Jungfrau Maria gebetet hatte. Sie kauerten erschöpft an der Reling des Schiffes, manch einer verwundet, andere erstarrt.

»Was geht hier vor?«, rief sie.

Sie schützte ihre Augen vor der Sonne und verdrängte weiterhin das unerträgliche Pochen in ihrem Kopf. Nicht nur Mallorquiner sah sie jetzt, sondern weitere Männer, rege beschäftigt und offenbar Teil der Besatzung des Schiffes. Manche sahen aus wie die Mauren, andere jedoch glichen den Matrosen auf Pio Navales Schiff.

»Was geht hier vor?«, fragte sie wieder.

Einer der Mallorquiner hob den Kopf. »Er… er hat uns von den Mauren befreit!«

Alaïs folgte seinem Blick – und erstarrte.

Der Mann, dem sie offenbar verdankte, nicht leblos im Wasser zu schwimmen, trug ein Tuch nach Heidenart um den Kopf geschlungen. Seine Haut war dunkel, doch nicht einfach nur von der Sonne gebräunt, sondern fast ins Schwarze gehend. Schwarz war auch der Stoff des Gewandes. Es schlackerte an seinem dürren Leib und glich einem Frauenkleid. Er stand nicht weit von ihr, achtete nicht auf die Menschen – waren sie tatsächlich von ihm Befreite oder vielmehr Gefangene? – und gab Befehle, mehr mit Händen, als mit Worten. Nur einzelne Silben trug der Wind zu ihr. Sie verstand ihren Sinn nicht, nur, dass es nicht die kehligen Laute der Mauren waren, mit denen er sich verständigte.

»Was geht hier vor?«, fragte sie wieder.

Der Mallorquiner zuckte mit den Schultern. »Er… er hat nicht zugelassen, dass wir verschleppt werden.«

»Aber was wird nun geschehen? Müssen wir auf dem Schiff bleiben? Was…«

Der Mann zuckte wieder mit den Schultern, und sie achtete nun auch gar nicht länger auf ihn. Eben hatte sie nicht weit von der Tür zu der kleinen Kammer entfernt Aurels Beutel entdeckt. Als man ihn hierher geschleppt hatte, musste er sich von Aurels

Rücken gelöst haben. Sie bückte sich, riss ihn auf. Wasser blubberte ihr entgegen, doch sämtliche Instrumente waren noch vorhanden. Nur die Verbände waren aufgeweicht und darum unbrauchbar, desgleichen die Pulver und Mixturen.

»Bitte!« Sie hob den Kopf, sprach nicht direkt jemanden an, weder einen der Mallorquiner noch einen der Matrosen dieses dunkel gekleideten Mannes. »Bitte, ich brauche Wein! Ich kann die Wunde nähen, aber zuvor muss ich sie reinigen!«

Niemand achtete auf sie. Sie nahm den Lederbeutel mit sich. Er war so viel schwerer, als sie ihn in Erinnerung hatte. Oder sie war so viel schwächer.

Dann trat sie zurück in die Kammer, um nach Aurels Wunde zu sehen.

Zeit verrann, sie wusste nicht, wie viel und wie schnell. Immer heißer wurde es zunächst in der kleinen Kammer, bis schließlich kalte Nachtluft durch die Ritzen floss und die geröteten Gesichter abkühlte. Der Gestank hingegen entwich nicht. Er entströmte der alten Frau, die bei ihnen hocken blieb und deren Ausdünstungen nach Ziegenkot rochen, und er kam von Aurel, der, nachdem sie seine Wunde notdürftig behandelt hatte, in Ohnmacht oder Schlaf gesunken war.

»Du musst die Wunde reinigen«, hatte er immer wieder gesagt.

»Das weiß ich doch«, schnaubte sie, »aber womit nur?«

Sie hatte Nadel und Faden, um die Wundränder miteinander zu vernähen, und sie riss sich ein Stück von ihrem Kleid ab, um daraus einen Verband zu machen – aber Wein hatte sie nicht. Immerhin, und das stellte sie erst nach einer Weile fest, stand in der Kammer ein Krug Wasser. Es war längst lau geworden, aber es roch halbwegs frisch.

»Wer hat das gebracht?«, fragte sie verwirrt.

Die Ziegenfrau glotzte sie an, sagte irgendetwas Unverständliches und hob dann ihren Umhang. Eine neuerliche Woge ihres Gestanks traf Alaïs, und sie musste schlucken, um nicht zu würgen. Dann sah sie einen Laib Brot, den die Alte dort barg – und den man ihnen offenbar wie das Wasser gebracht hatte. Gleichwohl für alle gedacht, machte die Alte keine Anstalten, auch nur einen Bissen davon abgeben zu wollen. Alaïs konnte gerne darauf verzichten, trank jedoch gierig vom Wasser und verwendete einen Teil davon, um die Wunde zu säubern.

»Wasser reicht nicht…«, murmelte Aurel.

»Das weiß ich auch, dass es nicht reicht, aber was soll ich sonst tun?«, fauchte Alaïs ihn an. Sie war erleichtert, als er endlich das Bewusstsein verlor. Doch seinen Zweifel teilte sie.

Die Wunde blutete nicht mehr, was zwar bedeutete, dass sein Körper nicht weiter geschwächt wurde, zugleich aber auch, dass kein frisches Blut sie reinigte. Die Ränder wirkten jedes Mal, wenn sie sie betrachtete, noch röter. Sie runzelten sich wie Würmer, die in der Sonne trockneten. Sie hatte die Hautlappen notdürftig aneinandergenäht und ahnte doch, dass dies wohl nicht ausreichte. Der Pfeil war so tief eingedrungen, dass er gewiss einen Teil des Muskels zerfetzt hatte. Doch schließlich wurde es zu finster, um die Verletzung eingehender zu untersuchen.

Sie lehnte sich zurück. Der Schmerz in ihrem Kopf war nach hinten gewandert, saß nun im Nacken und verkümmerte schließlich. Irgendwann schlief sie ein.

Sie erwachte von einem Schaukeln, heftiger als jenes, das den vorherigen Tag begleitet hatte. Als sie hinausstarrte, sah sie im fransigen Dämmerlicht nicht länger die Küste, nur schwarzes Wasser.

»Was geschieht?«, stammelte sie. »Was geschieht nur?«

Niemand gab ihr Antwort, Aurel schlief, die Ziegenfrau auch. Obwohl sie nichts daran ändern konnte, dass das Schiff von der Insel wegsegelte und sie womöglich nicht nur in die Fremde führte, sondern in die Sklaverei, hielt sie die Augen offen. Starr blickte sie durch die Luke, bis der Morgen endgültig angebrochen war. Das Meer deuchte sie immer noch schwarz und abgrundtief, doch in der Ferne wurde es von ein paar grauen Felsen durchbrochen, über denen dicht der Dunst hing. Es war nicht sicher, ob sich Strand oder Wald anschlossen, oder ob die Felsen einsam inmitten des Meeres hockten. Dennoch entkrampften sich ihre Hände, die sie umeinander geschlossen hatte, als würden sie beten. Vögel umkreisten die Felsen – war das nicht ein Zeichen dafür, dass in der Nähe Land sein musste?

Der Dunst lichtete sich. Aus der Ahnung eines Schattens hinter den Felsen wurde eine Klippe. Mochten sie auch in den vergangenen Stunden gefahren sein, so hatte die Reise sie offenbar nicht von Mallorca fortgeführt, sondern nur zu einem anderen, nördlicheren Teil der Insel.

In die Erleichterung mischten sich erneut Fragen: Warum hatte der Mann, der den Mauren glich, sie von diesen befreit? Und wohin führte er sie?

Ein Ruck ging durch das Schiff, als der Anker niedergelassen wurde. Alaïs schwankte, fiel fast zu Boden. Die Ziegenfrau schlief ungeachtet weiter, Aurel hingegen hob die glasigen Augen.

»Alaïs ...«

Es war nun wieder hell genug, um seine Wunde zu betrachten, und was sie sah, ließ sie nach Atem ringen. Tiefrot war nicht nur das Fleisch um die mangelhafte Naht, sondern das ganze Schienbein. Selbst die Zehen sahen geschwollen aus. Als sie nur vorsichtig über seine Haut strich, schrie er vor Schmerzen auf.

»Was soll ich denn tun?«, fragte sie verzweifelt.

Er biss die Zähne zusammen, presste kaum verständlich hindurch: »Es reicht nicht, sie mit Wasser zu reinigen.«

Diesmal verkniff sie sich, ihn anzufahren, dass sie das selbst sah. Sie stürzte zur Tür – und stieß dort fast mit einem Mann zusammen. Auf seinem Arm trug er einen Korb, aus dem es würzig nach Käse roch. »Ich habe euch etwas zu essen gebracht«, meinte er.

Sprach er eine Sprache, die sie verstand? Oder glaubte sie nur, dass er diese Worte sagte?

»Wer bist du?«, fragte Alaïs.

Er antwortete nicht.

»Ich brauche Wein, bitte, wo kann ich Wein haben?«, stellte sie schon die dringlichere Frage.

Wieder antwortete er nicht, ließ es jedoch zu, dass sie nach draußen stürmte. Wie am Tag zuvor kauerten dort die Mallorquiner.

»Hast du schon gehört?«, fragte einer von ihnen, des Katalanischen ohne starken Akzent kundig. »Man wird uns an Land bringen, und dann sind wir frei.«

Alaïs zweifelte wieder, ob sie die Worte richtig erfasst hatte. Und auch wenn ihnen tatsächlich die Freiheit versprochen war – noch drängender war der Gedanke, dass Aurel, ehe er sie wieder erlangte, tot sein würde, wenn sie seine Wunde nicht richtig behandelte.

»Wein!«, rief sie schrill. »Bitte, ich brauche Wein!«

Doch Gelächter war das Einzige, womit ihr geantwortet wurde. Hielt man sie etwa für trunksüchtig?

»Bitte«, stammelte sie wieder. »Ich brauche Wein und sauberes Leinen, und … und eigentlich brauche ich auch Weihrauch und Aloe.«

Das Gelächter legte sich. Erst jetzt nahm sie wahr, aus welcher Kehle es stammte. Nicht die Mallorquiner hatten gelacht, sondern der Mann, der den Käse gebracht hatte und den sie nun erst genauer musterte. Er war nicht viel größer als sie, doch ungemein kräftig. Seine Haut war von der Sonne gegerbt, aber nicht so dunkel wie die der Mauren. Ungewohnt weiße Zähne blitzten aus dem Gesicht hervor. Auch er musterte sie nun, zuerst neugierig, dann wohlwollend, zuletzt noch mehr belustigt.

»Du musst dich nicht aus Angst betrinken, schöne Frau!«, rief er aus. »Denn es besteht kein Grund, Angst zu haben.«

Er war näher getreten. Sie konnte die Hitze seines Körpers fühlen.

»Ich will mich doch nicht betrinken!«, begehrte sie auf. »Ich muss eine Wunde versorgen!«

Die Zähne blitzten wieder. »Wenn das so ist …«, meinte er. Er klang immer noch belustigt, aber er drehte sich nun um und rief den Matrosen etwas zu. Eben noch hatte er ihre Sprache gesprochen, nun nutzte er eine andere.

Als er ihr einen Schlauch reichte, vergaß sie zu danken. Sie entriss ihn ihm förmlich, stürzte wieder in die kleine Kammer und achtete nicht auf das Gelächter hinter ihr.

Aurels Gesicht war noch bleicher geworden. Er hatte das verwundete Bein auf ein Stück Holz gehievt, sodass es höher lag als der restliche Körper. Sein Kopf war zu Boden gesunken, seine Augen waren nicht nur geschlossen, sondern schienen in tiefe Höhlen vergraben. Sein Anblick ließ sie zurückfahren, und prompt stieß sie sich den Kopf an der niedrigen Decke. Der Schmerz ließ sie schwindeln.

»Ich habe Wein!«, rief sie und versuchte, begeisterter zu klingen, als ihr zumute war. »Ich kann die Wunde damit ausspülen. Und dann kann ich versuchen, sie erneut zu nähen …«

Ihr graute, wenn sie nur daran dachte.

Aurel schlug die Augen auf. »Das wird nicht reichen«, stammelte er heiser, als sein Blick auf den Weinschlauch fiel. Er versuchte sich aufzurichten, aber fiel wieder nach hinten.

»Hab's mir genau angesehen. Alaïs, wenn du mich retten willst, musst du mir das Bein abschneiden.«

Eine Weile blieb es still zwischen ihnen. Aurel wiederholte seine Forderung nicht, und Alaïs, die hoffte, dass die Worte sie getrogen hatten, dass sie beginnendem Fieberwahn entsprangen, er dergleichen aber nicht ernsthaft von ihr verlangen konnte, gab vor, sie hätte nichts gehört. Schon bückte sie sich, riss Leinen in Streifen und tränkte es in Wein, um damit die Wunde auszuwaschen.

Noch ehe sie damit beginnen konnte, richtete sich Aurel wieder auf, und diesmal war er stark genug, um sitzen zu bleiben und sie anzuschauen.

Seine Worte glichen den Fetzen, in die sie das Leinen riss. »Alaïs … der Knochen … gebrochen … Fuß völlig verdreht … überlebe das nicht … du musst das Bein abschneiden.«

»Ich kann das nicht!«, kreischte sie, als könnte die Empörung über sein Ansinnen seine Wunde augenblicklich heilen. »Unmöglich kann ich das! Und schon gar nicht hier!«

»Doch, du kannst.« Sie sah, dass er sich seine Lippen wundgebissen hatte, dass der Schweiß wie eine ölige Schicht auf seinem Gesicht, seinem ganzen Leib stand, dass er zitterte, vor Schmerzen und vor Schock.

Dieses Zittern überkam auch sie, als sie einen zaghaften Blick auf das Bein warf und erkannte, dass er in allem, was er sagte, recht hatte. Ihre Zähne begannen zu klappern, als würde sie frieren.

»Du kannst es«, wiederholte er. »Du bist klug… aufmerksam… früher… hast rasch gelernt.«

Und du hast es nie anerkannt, dachte Alaïs. Du hast es nicht für wert befunden, mich zu loben. Du hast mich nie gesehen.

Sie schüttelte den Kopf, wieder und immer wieder. »Aurel, ich habe dir bei vielem zugesehen… aber nicht dabei… nicht, wie man ein Bein abschneidet.«

Sein Kopf fiel wieder auf den hölzernen Boden, schwer wie ein Stein. Sie schrie entsetzt auf, doch er hob die Hand, winkte sie zu sich, auf dass sie mit ihrem Ohr ganz nahe an seinen Mund rückte.

»Hör mir zu! Hör mir ganz genau zu!«

Stoßweise wie sein Atem kamen seine Worte, die einen kräftig, die anderen wie ein Hauch. Stets endete er nach ein paar Sätzen, ließ sich von ihr wiederholen, was er gesagt hatte. Dann fuhr er fort, im Rhythmus ihres stetigen Zähneklapperns.

»Ich weiß, dass es nicht anders geht. Beginn nicht mit schwachen Behandlungsmethoden, wenn du dir nicht sicher sein kannst, ob überhaupt die starken nutzen. So sagte es Avicenna. Wenn du zu lange wartest, bin ich hinüber – und nicht nur mein Bein.«

»Aber Aurel«, sie war den Tränen nah, »wie soll das gehen?«

»Hör mir zu!«, zischte er wieder. »Du musst dir alles merken, jedes einzelne Wort. Wiederhole es immer und immer wieder, bis du jeden Schritt verinnerlicht hast.«

»Ich schaffe das niemals!«

»Willst du mich lieber verrecken lassen?«

Sie unterdrückte ein Schluchzen so heftig, dass sie meinte, der Schmerz würde ihre Kehle zerquetschen. Ekel, Angst und Grauen schnürten ihr gleichermaßen den Atem ab.

Er hingegen wertete ihr Schweigen als Nachgeben.

»Es muss schnell gehen, sehr schnell, das ist das Wichtigste. Je mehr Zeit du dir lässt, desto mehr Blut verliere ich. Es darf nicht mehr sein als das, was in zwei Weinschläuche passt, verstehst du?«

Sie nickte schwach.

»Also gut«, er stöhnte. »Über dem geplanten Schnitt musst du die Haut abbinden und einen Daumen breit darunter noch einmal. Auf diese Weise beugst du dem Blutverlust vor. Hast du das verstanden?«

»Über dem Schnitt … unterhalb … einen Daumen breit«, wiederholte sie. Sie konnte wieder atmen, aber die Zähne klapperten immer noch so stark, dass sie stotterte.

»Du musst das Bein auf einen Holzblock legen, und dann musst du so schnell bis zum Knochen schneiden, wie du nur kannst. Es wird schrecklich bluten, wenn du die Arterien durchtrennst, noch stärker als aus den Venen. Sobald das Blut hervorspritzt, musst du deinen Finger daraufpressen und ihn nur kurz wegziehen, um die Stelle mit einem glühenden Eisen zu kauterisieren. Hast du mich verstanden?«

Wahrscheinlich hätte er gebrüllt, wenn er die Kraft dazu gehabt hätte.

»Kau … kau … kauterisieren …«, stammelte sie.

»Dort, wo es nicht so stark blutet, kannst du das Gefäß abbinden oder nähen. Aber wie gesagt: Verschwende nicht zu viel Zeit darauf. Und … und …«, auch er geriet nun ins Stammeln, »wenn du das Fleisch durchschneidest, dann achte darauf, dass an einer Stelle ein Hautlappen übrig bleibt. Hast du dann den Knochen durchsägt, so ziehst du ihn über die Wunde. Setz dort Nadeln mit einer Dreikantspitze ein – und lass sie dort stecken. Noch darf die Wunde nicht genäht werden, du musst nur zusehen, dass der Hautlappen sie fest umschließt. Die Nadeln müssen so lange dort bleiben, bis die Haut angewachsen ist. Hast du verstanden? Hast du alles verstanden?«

Als er endlich geendigt hatte, fühlte sich Alaïs so erschöpft, als hätte sie die Operation schon durchleiden müssen. Anstatt sich zu erheben, rollte sie nicht weit von ihm auf den Boden, um dort liegen zu bleiben. Langsam ließ das Zähneklappern nach.

»Los, Alaïs!«, zischte er, und ob der Schmerzen klang es gereizt. »Los! Du musst anfangen! Jeder Augenblick, den du vergeudest, ist verlorene Zeit.«

Notgedrungen erhob sie sich, ein Ächzen klang aus ihrem Mund, das wie Schluchzen klang. »Bitte …«, stammelte sie und wusste nicht, ob sie ihn anflehte, sie von dieser Pflicht zu entledigen, oder eine Schicksalsmacht bat, ihr beizustehen.

Zumindest dem ersten Teil seiner Anweisungen versuchte sie zu folgen, ohne darüber nachzudenken. Mit zusammengekniffenen Augen, um nur das Notwendigste zu sehen, band sie sein Bein knapp unter dem Knie ab. Er schrie auf, um jedoch gleich hinzuzufügen: »Ja, so ist es richtig. Und nun einen Daumenbreit darunter! Hast du alles im Kopf, Alaïs? Ich werde nicht mehr reden können …«

Hoffte er, in Ohnmacht zu fallen? Oder würde er vor Schmerzen einfach nur schreien, schreien, schreien?

Als Alaïs nach dem zweiten Band griff, begann wieder das Zittern, zu heftig, als dass sie den Knoten an der richtigen Stelle hätte binden können.

»Verflucht, stell dich nicht so an!«, schimpfte er. Alaïs sprang zurück, als hätte sein Körper sie verbrannt. Wieder stieß sie sich den Kopf an, und wieder glaubte sie, er müsste unter dem Schmerz bersten. Sie wollte weinen, schreien, sich übergeben, am besten alles gleichzeitig – nur ihm das Bein abschneiden, das wollte sie nicht.

Aurel wälzte gequält den Kopf hin und her, und kurz vermeinte sie, dass sein Tod nicht schlimmer sein konnte, als ihn so zu sehen und ihm weitere Schmerzen zuzufügen.

Doch ehe sie der Ekel vollkommen übermannte, polterte es

hinter ihr. Schritte kamen näher, sie gehörten dem dunklen Mann, der sie mit blitzenden Zähnen ausgelacht hatte. Nun lachte er nicht, sondern sah zuerst auf den Verwundeten, dann auf sie.

Sie presste den Mund zusammen, auf dass ihre Zähne nicht länger klapperten.

Nachdenklich kaute der Mann auf seiner Lippe. »Wie's ausschaut, brauchst du mehr als nur Leinen und Wein.«

Alaïs erkannte, dass er einen weiteren Schlauch Wein in der Hand hielt.

»Feuer«, stammelte sie, »ich brauche Feuer, um die Geräte zum Kauterisieren heiß zu machen.« Weder sie noch Aurel hatten eben daran gedacht.

»Wir sollten ihn vom Schiff wegbringen… in eines der Häuser«, meinte der Mann.

Alaïs hatte keine Ahnung, welche Häuser er meinte, aber das zählte nicht in diesem Augenblick.

Fragend blickte sie Aurel an, doch seine Augen waren wieder verschlossen, er hatte die Worte des Mannes nicht gehört, vielleicht hatte er ihn nicht einmal kommen sehen. Es lag an ihr allein zu entscheiden, was zu tun war.

Alaïs nickte dem Fremden zu. »Hilf mir!«, brach es aus ihr hervor. »Bitte hilf mir. Ich schaff's nicht allein.«

Er reagierte sofort, klatschte laut, um ein paar andere Männer herbeizurufen. Noch ehe sie kamen, hatte sie sich dem Unvermeidlichen gefügt. »Wenn wir ihn erst einmal vom Schiff geschafft haben… dann muss… dann werde ich ihm das Bein abschneiden.«

XXXII. Kapitel

Später saß sie im Freien, den Kopf zwischen den Knien verborgen, die Hände um die Beine geschlungen. Sie war zu kraftlos, um sich dafür zu interessieren, wo sie war, wie sie hierher gekommen war, warum die Häuser in dieser Bucht leer standen. Sie wusste nur, dass fremde Männer Aurel in eines geschafft hatten, ehe sie ihm dort das Bein abgeschnitten hatte.

Sie strich über die eigenen Gliedmaßen, als müsste sie sich vergewissern, dass sie sie noch besaß, dass sie sie nicht verloren hatte wie Aurel, gleich so, als wäre eine Amputation keine Operation, sondern eine ansteckende Krankheit. Nicht nur ihren Körper drohte sie zu befallen, sondern vor allem ihre Gedanken. Ständig spulte sie aufs Neue herunter, welche Anweisungen Aurel ihr gegeben hatte. Sie hatte sie Schritt für Schritt befolgt, immer nur darauf geachtet, was als Nächstes folgte, sich nicht vergewissert, ob sie es richtig machte.

Aurel hatte es ihr nicht sagen können. Als sie festen Boden erreicht hatten, war er kurz zu sich gekommen, doch als sie mit dem Messer tief in sein Fleisch gedrungen war, hatte er zuerst geschrien, wie sie nie einen Menschen hatte schreien hören, dann war er wieder in Ohnmacht versunken. Ohne Zweifel war das ein Segen – und nun, da es vorüber war, war es auch ihr, als erwachte sie aus tiefster Schwärze. Einzelne Erinnerungen durchzuckten sie wie Blitze.

Ja, sie hatte das Fleisch durchschnitten, genäht und ausgebrannt, hatte, wo das Blut hervorspritzte, den Knochen durchsägt und schließlich den Hautlappen darübergezogen und festgesteckt. Mehr wusste sie nicht mehr, nicht einmal, ob Aurel überlebt hatte. Als die Prozedur vorüber war, war sie aufgestanden und ins Freie gelaufen, ohne sich noch einmal über sein Gesicht zu beugen und zu prüfen, ob er noch atmete, ob sein Herz noch pochte.

Nun, da sie hier saß und darüber nachdachte, war sie sich zunächst sicher, dass kein Mensch ihre Stümperhaftigkeit überstehen konnte. Dann freilich war sie sich nicht sicher, ob sie sich überhaupt als stümperhaft erwiesen hatte. Vielleicht hatte sie alles richtig gemacht. Zumindest ihre Hände hatten nicht gezittert – nicht wie vor der Operation und nicht wie jetzt.

Noch heftiger zuckten sie, als sich ein Schatten über sie senkte. Sie sah nicht hoch, nicht in sein Gesicht und wusste doch, dass der dunkle Mann da war – so wie er die ganze Zeit da gewesen war. An die Wohltat, nicht allein dem Grauen ausgeliefert zu sein, erinnerte sie sich gut, nicht aber daran, was der Mann getan hatte.

Hatte er Aurel nur gehalten, oder hatte er mit an dem Knochen gesägt? Hatte er dem Bein nur Halt gegeben, oder hatte er manchen Blutfluss durch eigenes Zufassen gestillt?

Er ließ sich neben sie fallen, jedoch nicht schwer und erschöpft. Er vergrub seinen Kopf auch nicht zwischen den Knien, sondern stützte sich lediglich auf die Ellbogen auf und starrte in den Himmel, um sich an dessen sauberem Blau zu reinigen wie andere mit Wasser.

»Lebt er?«, stieß Alaïs hervor. Zaghaft hob sie den Kopf. Zu mehr war sie nicht fähig, obwohl sie wusste, dass sie aufstehen und selbst nach Aurel sehen sollte. Aber allein der Gedanke daran lähmte jede Regung.

»Dank dir … ja«, sprach der Mann. Es klang anerkennend und auch ein wenig spöttisch, als wäre alles, was geschehen war, ein Spiel, bei dem nicht wichtig war, ob Aurel überlebte, sondern wie sie sich dabei angestellt hatte.

Alaïs drehte ihren Kopf in seine Richtung, musterte sein Gesicht zum ersten Mal eingehender. Bis auf seine weißen Zähne fiel ihr nichts auf, was ihn von jener Gattung Männer unterschied, die auf dem blitzenden Wasser und unter der heißen Sonne schufteten, wendig und sehnig, kräftig und gegerbt, unempfindlich und niemals ganz sauber.

»Kann ich nun auch deinen Namen wissen, oder willst du die fremde Schöne bleiben?«, fragte er.

Alaïs fuhr sich über das Gesicht, fühlte verkrustetes Blut, entweder ihr eigenes oder das von Aurel. Nie hatte sie sich weniger schön gefühlt. Sie lachte bitter auf. »Ich heiße Azalaïs Montpoix… man nennt mich Alaïs.«

»Und was macht eine Frau aus Frankreich…?«

»Aus der Provence!«

»Eine Frau aus der Provence auf dieser Insel?«

»Das ist eine lange Geschichte. Doch was macht Ihr… was machst du hier?« Sie korrigierte sich schnell, konnte ihn nach jenen letzten Stunden unmöglich wie einen Fremden ansprechen. »Ich verstehe immer noch nicht, was geschehen ist«, setzte sie hinzu. »Die Mauren… die Mauren haben doch das Dorf überfallen. Und dann plötzlich…«

»Mein Herr hat euch beide und die anderen freigekauft.«

Alaïs riss verwundert die Augen auf. »Uns freigekauft?«, stieß sie aus. »Warum? Und vor allem: Warum haben sie's ihm gewährt?«

»Nun, weil er selbst ein Maure aus Granada ist.«

Gänzlich widersinnig deuchte sie, was er da sagte, obwohl es zu dem passte, was sie erlebt hatte. Sein Herr war offenbar die dunkel gewandete Gestalt, die sie am Tag zuvor auf dem Schiff gesehen hatte.

»Bist du etwa auch…?«, setzte sie an.

»Nein, nein, keine Angst, ich bin kein Heide.«

Mit dem Anflug eines Grinsens ließ er seinen Kopf in den Sand sinken. Sie war zu müde, um sich daran zu stören, wie eng er an sie heranrückte, zu müde auch, um zu überlegen, ob sie seine Geschichte überhaupt hören wollte, die er nun zu erzählen begann.

Ein Sklave sei er einst gewesen. Aus einem Dorf verschleppt, nicht weit von der Grafschaft Barcelona entfernt. Damals sei er kaum mehr als ein Knabe gewesen. Anstatt ihn auf einen der Märkte an den nördlichen Küsten Afrikas oder in Granada zu bringen, habe man ihn auf dem Schiff behalten.

»Und das war das Schiff des Mannes, der uns freigelassen hat?«, fragte Alaïs. Was er sagte, interessierte sie nicht. Aber seine Geschichte hatte nichts mit Aurel und dem abgeschnittenen Bein zu tun, und das empfand sie als wohltuend. Ein grausames Geschick mochte hinter ihm liegen, und doch konnte er ihretwegen gerne darin wühlen, solange kein Blut hervorspritzte.

»Nein, nein, es ist noch viel verwirrender.« Er machte eine kurze Pause. »Der Mann, der heute mein Herr ist, heißt Akil.«

Alaïs nickte, obwohl sie mit dem Namen nichts anfangen konnte.

»Auch Akil war einst ein Sklave wie ich, aber auch er wurde schließlich freigelassen – von einem Mann, der Pisaner war und der Gaspare hieß.«

Alaïs nickte wieder. Jener Name blieb etwas länger in ihrem Kopf hängen. Sie hatte das Gefühl, ihn schon einmal gehört zu haben, doch als sie sich zu besinnen suchte, wo und warum, stieg vor ihren Augen kein Bild auf. Vielleicht lag das nicht nur an ihrer Erschöpfung, sondern auch daran, dass ihre jetzige Lage mit dem einstigen Leben nichts zu tun hatte.

Insgeheim erwartete sie eine Tücke. Warum sollte ein Maure anderen Heiden Sklaven abkaufen, um sie zu befreien? Und warum war wiederum jener Heide mit Namen Akil einst von seinem eigenen Herrn freigelassen worden?

Der Fremde schien ihre Gedanken zu erraten.

»Offenbar gab es das Versprechen, dass Akils Sklaverei nur sieben Jahre währen sollte«, antwortete der Fremde, »weil Akil so viel von Schiffbau verstand und Gaspare somit eine große Hilfe war. Nach seiner Freilassung wollte er eigentlich in seine Heimat zurückkehren, aber er fand seine Familie nicht wieder. So tat er sich mit Gaspare zusammen – diesmal nicht als Herr und Sklave, sondern als gleichberechtigte Partner. Weite Reisen unternahmen sie, in ferne Länder. Sie waren in Konstantinopel und in Kaffa, auf Rhodos und in Smyrna, in Trapezunt und in Tunis. Wenn sie mit Heiden zusammentrafen, gab sich Akil als Herr des Schiffes aus. Begegneten sie Christen, dann war es Gaspare. So konnten sie mit allen Ländern dieser Welt Handel treiben.«

Erstmals versickerten seine Worte nicht einfach nur, sondern erzeugten Bilder in Alaïs – das vom gierigen Giacinto, der an solch einer Idee, Geschäfte zu machen, großen Gefallen gefunden hätte, und das von Pio Navale, der an Männern, die viele fremde Länder bereist und viele Sprachen genutzt hatten, wohl noch größere Freude gehabt hätte. Würde sie ihn jemals wiedersehen? Konnten sie ihn von hier aus benachrichtigen? Wo war sie überhaupt? Tatsächlich im Norden der Insel, wie sie glaubte, oder in einem fremden Land?

Sie wollte sich freilich nicht umblicken. Das hätte bedeutet, auch an Aurel zu denken und an sein abgeschnittenes Bein.

»Und du?«, fragte sie. »Wie hat dein Weg sich mit jenem der beiden gekreuzt?«

»Ich war fünf Jahre in Gefangenschaft, als ich hörte, dass es ein Mittel gebe, die Freiheit zu erlangen. Man müsse, so sagte mir ein Leidensgenosse, nur vorgeben, man hätte die Lepra, dann würde man am nächstbesten Hafen zurückgelassen. Ich habe mich also umgehört, wie sich die Lepra denn erkennen ließe, und dann behauptet, meine Haut würde nässen und ich könnte meine Finger nicht mehr geradestrecken. Und mit Erdklumpen habe ich sie mir obendrein eingerieben, in der Hoffnung, meine Haut gleiche dann verwestem, verfaultem Fleisch.«

»Und man hat dir geglaubt?«

»Das schon«, der Mann grinste, »aber mein Herr wollte mich daraufhin nicht freilassen, sondern lieber erschlagen. Anders als man es mir sagte, ist das nämlich das übliche Verfahren.«

Er sprach so heiter, als würde ihn die Geschichte auch im Nachhinein noch belustigen.

»Es war in Chios, und ich höre bis heute noch die Stimme von Gaspare, wie er rief: ›Lasst den Knaben in Frieden!‹ Er hat mit seinem Schiff zufällig im gleichen Hafen geankert und ist auf mich aufmerksam geworden. Er hat mich damals gerettet, indem er mich meinem Herrn abkaufte, und ich bin ihm bis heute dankbar dafür. Ich war wie ein Sohn für ihn – und nach seinem Tod bin ich Akils Partner geworden.«

Er beließ es bei den knappen Worten, erklärte nicht, woher das Mitleid jenes Gaspares mit dem heimatlosen Knaben rührte, und Alaïs bohrte nicht weiter. Eben noch hatte seine Erzählung den Sinn erfüllt, sie abzulenken – nun strengte jedes Wort sie an. Nichts mehr aufnehmen wollte sie. Doch das Einzige, was von ihrem Körper troff, war Schweiß, die Eindrücke der letzten Stunden hingegen kehrten zurück, verhedderten sich in ihrem Kopf, spuckten grässliche Bilder.

Der Fremde erhob sich vom Sand. »Willst du dich nicht waschen?«, fragte er. Er streckte ihr die Hand entgegen, und sie suchte nicht daran zu denken, dass diese Hand vor kurzem noch Aurel gehalten hatte. Dankbar ergriff sie sie, weil er ihr dringendstes Bedürfnis erkannt hatte. Erst jetzt ging ihr auf, dass sie seinen Namen nicht wusste.

»Wie heißt du?«, fragte sie.

»Sancho«, sagte er, und mit einem Hauch von Wehmut setzte er hinzu: »Sancho – und nichts weiter.«

Als am Morgen die Klippen langsam aus dem Dunst getreten waren, hatte sie vermeint, dass jene Bucht vor allem aus schroffem Stein bestünde. Nun sah sie, dass der Streifen Sand, auf dem sie eben gesessen hatte, breiter war als gedacht und man auf ihm in seichtes Wasser waten konnte. Ihre Haut prickelte, als sie immer tiefer in das kühle Wasser ging. Ihre fleckige Tunika saugte sich voll und wurde schwer. In ihrem Kopf begann ein leichter Schmerz zu pochen, wurde heftiger und erinnerte sie daran, dass nicht nur Aurel während des Maurenangriffs verletzt worden war, sondern auch sie selbst. Sie kümmerte sich nicht darum, steckte ihren Kopf einfach ins Wasser. Ihre Haare nahmen augenblicklich Feuchtigkeit auf und wurden schwer wie ihr Gewand.

Dort, wo das Boot ihren Kopf gerammt hatte, brannte es. Als sie nach einer Weile wieder auftauchte, schmerzten ihre Lungen, weil sie so lange die Luft angehalten hatte. Sie watete zurück an den Strand, tauchte aber auf dem Weg immer wieder aufs Neue unter. Mit den Fingern kämmte sie ihre Haare zurück. Das letzte farblose Licht, das die untergehende Sonne auf die Erde schickte, war nicht länger warm. Sie fröstelte, und nach all dem, was sie erlebt hatte, war es wohltuend, dass diesmal ihre Zähne klapperten, weil sie fror – und nicht aus Angst und Ekel und Hilflosigkeit und Grauen.

Als sie das Ufer erreichte, fühlte sie sich erfrischt. Sie wusste, dass sie nach Aurel sehen musste, sich vergewissern sollte, ob er noch lebte. Doch sie konnte sich noch immer nicht dazu aufraffen.

»Ich bin hungrig, könntest du …?« Sie wandte sich an Sancho, den sie an ihrer Seite wähnte, doch dann sah sie, dass er zu dem dünnen, großen, hoheitsvollen Mann getreten war, den sie auf dem Schiff gesehen hatte. Wie am Tag zuvor trug er einen Turban um den Kopf gewickelt und jenes kleidförmige Gewand. Sancho sagte etwas zu ihm, doch der dunkle Mann, der – wie sie nun wusste – den Namen Akil trug, schien ihn nicht wahrzunehmen, sondern starrte fortwährend auf sie.

Schnell senkte sie den Blick, dachte an Sanchos widersinnige Worte, wonach dieser Heide sie von den anderen Heiden freigekauft hätte. Immer noch fiel es ihr schwer zu glauben, dass er es allein aus Menschenfreundlichkeit getan hatte.

Mit gebeugtem Kopf blieb sie stehen, bis Sancho den Dunklen verließ und wieder zu ihr trat. Sie spürte, wie sein Blick über ihre Gestalt glitt. Der nasse Stoff klebte auf ihrer Haut. Sie fröstelte wieder, und diesmal war es nicht angenehm.

»Was … was wird nun mit uns geschehen?«, fragte sie.

Sancho gab keine Antwort darauf, sondern reagierte vielmehr mit einer überaus sonderbaren Frage.

»Akil will wissen, wie deine Eltern heißen! Sag's mir!«

Sie verbrachte den Abend auf dem Schiff, nicht in einer engen, kleinen, stinkenden Kammer, sondern in einem hochgelegenen Raum des dreistöckigen Kastells, das auf dem Heck errichtet war und in dem kleine Tonkrüge mit Minzeblättern einen angenehmen Geruch verbreiteten. Akil, der nach den Namen ihrer Eltern hatte fragen lassen, schien großen Wert auf Reinlichkeit zu legen. Vor dem Abendessen kam ein Diener mit einer kupfernen Schüssel, in der Wasser stand – und noch etwas anderes, das einen säuerlichen Geruch verbreitete, das Alaïs jedoch nicht erkannte. Darin wusch sich der dunkle Mann lange und bedächtig die Hände. Sie waren feingliedrig und schmal und sahen nicht schwielig aus wie die eines Seefahrers.

Als sie den Raum betreten hatte, hatte sie nicht gewagt, ihn anzusehen, zu groß war ihr Unbehagen. Obwohl die Bucht und die dortigen Häuser ihr fremd gewesen waren, hatte sie sich an Land sicher gefühlt. Doch dann hatte ihr Sancho erklärt, dass Akil auf das ankernde Schiff zurückkehren wollte, um dort den Abend und die Nacht zu verbringen, und dass er sie zum gemeinsamen Mahl bitten wollte. Obwohl er ihr beteuert hatte, dass es ein Wunsch war, kein Befehl, ein Zeichen der Gastfreundschaft auch, nicht der gewaltsamen Unterwerfung, war sie misstrauisch geblieben. Dass Akil den Namen ihrer Eltern wissen wollte, hatte sie nicht beruhigt, im Gegenteil. Immer sonderbarer schienen ihr die Menschen, in deren Hände sie geraten war, mochte Sancho auch noch so oft grinsend die Zähne blecken, als wäre das Leben ein lustiges Spiel.

»Aurel…«, hatte sie gestammelt, obwohl die Aussicht, an dessen Seite zurückzukehren, genauso bedrohlich schien wie jene, wieder dieses fremde Schiff zu besteigen.

»Habe eben nach ihm gesehen«, meinte Sancho. »Ist in tiefer Ohnmacht gefangen, der Glückliche. Für ihn hast du heute genug getan.«

Da hatte sich Alaïs gefügt, um auf dem Schiff zu erleben, dass ihr fürs Erste tatsächlich kein neues Ungemach drohte, sondern nur ein reichhaltiges Essen.

Obwohl sie immer noch nicht wagte, jenem Akil offen ins Gesicht zu sehen, begann sie schließlich, ihn aus den Augenwinkeln zu mustern. Sie rätselte, wie alt er wohl sein möchte. Da sämtliche Haare unter dem Turban verborgen waren, konnte sie nicht erahnen, ob sie schon grau waren. Die Haut wirkte gegerbt, aber das war sie womöglich schon in jungen Jahren gewesen. Seine Bewegungen glichen ob ihrer Langsamkeit denen eines sehr alten Menschen, doch anders als ein solcher wirkte er nicht von Schmerzen gebeugt, und er ächzte auch nicht vor Anstrengung. Vielleicht hatte er sich immer schon so bewegt – verhalten, geduldig, voller Hingabe an ein Schicksal, das auch dann ungerührt schaltet und waltet, wenn der Mensch keine Eile bekundet.

Von jenem Schicksal begann er schließlich zu sprechen. Sancho hatte sich bereits gierig vom Essen genommen – flache Brotfladen, Schafskäse, Oliven und Hammelfleisch standen auf dem Tisch, Letzteres so weich gekocht, dass es förmlich im Mund zerschmolz. Akil hingegen schien keinen Appetit zu haben.

»Gütig ist der Allmächtige und zugleich undurchschaubar, dass er mich mit Caterinas Tochter zusammenführt.«

Alaïs erschauderte – weil er von seinem heidnischen Gott sprach und weil er Caterinas Namen in den Mund nahm, als stünde er ihr nahe. Mehr als je zuvor reute es sie, dass sich ihre Mutter, ja selbst der geschwätzige Vater, als so verschwiegen erwiesen hatten, wenn es um ihre Vergangenheit ging, um die geheimnisvolle Reise, die sie von ihrer Heimat im Languedoc in ein Fischerdorf in der Provence geführt hatte.

»Mein Name ist Akil«, stellte sich der Fremde vor.

Alaïs schaute verwirrt. »Das sagte Sancho bereits.«

»Und du kennst diesen Namen nicht? Hat Caterina nie von mir erzählt?«

Sie schüttelte benommen den Kopf und wusste nicht, ob ihn das kränkte. Wenn es so war, konnte er es gut verbergen. Ein Diener schenkte Wein ein – nur ihr und Sancho, nicht Akil – und sie ergriff den Becher und schüttete ihn rasch hinunter, nicht nur, um die Verlegenheit herunterzuspülen, sondern auch die Erinnerungen an den Nachmittag, die wellenartig in hier hochstiegen, nun, da sie so ruhig saß.

»Und Gaspare … weißt du von Gaspare?«

Alaïs zuckte die Schultern, der Wein war ihr heiß ins Gesicht gestiegen.

»Akil meint, deine Eltern haben ihn gekannt«, schaltete sich Sancho ein, der ihre Verwirrung bemerkte. Er hörte nicht zu essen auf, kaute vielmehr sprechend weiter. Sie konnte förmlich sehen, wie seine ungewöhnlich weißen Zähne das Fleisch zermalmten. »Gaspare war ein weitgereister Mann. Einmal wollte er sogar die gleiche Route nehmen wie vor ihm Marco Polo: von Venedig über Syrien und Persien bis nach China, ungeachtet der endlosen Wüsten und gefährlichen Gebirgspässe, der tosenden Flüsse, der sengenden Hitze und der bitteren Kälte. Doch er hat Schiffbruch erlitten, ist irgendwo in einem Land, wo die Sonne aufgeht, gestrandet.«

Alaïs verstand nicht, was das mit ihren Eltern zu tun hatte. Sie dachte wieder an Pio Navale, seine Neugierde auf die Welt und dass sich jener gewiss gut mit diesem Gaspare verstanden hätte.

Akil aß und trank immer noch nichts.

»Nun«, meinte er, »vielleicht ist es richtig, dass deine Eltern dir nichts von mir oder Gaspare erzählt haben. Manchmal ist es besser, nach vorne zu schauen, nicht zurück. Lange Jahre meines Lebens habe ich mich vom Gedanken an meine verlorene Heimat grämen lassen. Ich stamme aus Collo, einer Stadt in der Nähe von Tunis, musst du wissen. Lange Zeit träumte ich davon, zurückzukehren. Erst als ich einsah, dass meine Familie nicht mehr lebte und sich die Heimat verändert, wenn man zu lange davon entfernt lebt, kam ich in meinem neuen Leben an, meinem Leben als Seefahrer.«

»Was … was treibt Euch hierher … auf diese Insel?«, stammelte Alaïs, obwohl ihr andere Fragen drängender schienen.

»Nach den weiten Reisen an Gaspares Seite fahre ich … fahren wir«, er bedachte Sancho mit einem flüchtigen Blick, den Alaïs nicht zu deuten wusste – er war wohlwollend, aber auch von oben herab –, »fahren wir also zwischen den Küsten Nordafrikas und Granadas hin und her. Diese Insel dient uns wie allen Händlern als Zwischenstation, nur dass wir nicht den Hafen der Ciutat nutzen, sondern geheime Buchten.«

»Unsere Besatzung ist halb maurisch, halb christlich!«, fiel Sancho ihm ins Wort, immer noch kauend. »Und manchmal bin ich mit meinem eigenen Schiff unterwegs.«

Er schluckte, bleckte seine Zähne. Das eigene Schiff schien ihn ungemein stolz zu machen. Wieder traf ihn Akils Blick, diesmal von einem nachsichtigen, leicht spöttischen Lächeln begleitet.

»Aber warum ... warum habt Ihr uns aus den Händen der Heiden ... der Angreifer befreit? Ihr konntet nicht ahnen, dass ich Caterinas Tochter bin.«

Akil antwortete nicht, sondern schien darüber ebenso einen Mantel des Schweigens breiten zu wollen wie über die Vergangenheit, die ihn mit ihren Eltern zusammengeführt hatte. Doch Sancho, der sich nun mit einer Hand über den fettigen Mund fuhr und rasch mit Wein nachspülte, rief: »Akil verabscheut den Sklavenhandel. Was denkst du, wie viel Geld er schon verbraucht hat, um Unschuldige vor diesem Schicksal zu bewahren?«

Akils Blick blieb ausdruckslos, aber er widersprach Sancho nicht.

»Ich ... ich danke Euch«, stammelte Alaïs.

Akil hob den Kopf, und jene Regung fiel noch langsamer aus als alle anderen.

»Man tut das, was man tun muss, und man nimmt auf der Welt jenen Platz ein, den der Allmächtige einem zuweist«, sagte er gedehnt.

Sie schwiegen. Akil machte weder Anstalten, endlich zu essen noch weiterzureden. Alaïs trank hastig vom Wein.

»Und nun ... Was wird nun geschehen?«, fragte sie, um stammelnd fortzufahren: »Pio Navale ... Er ist ein Florentiner ... der Bruder eines Händlers ... Er will die Welt erforschen und eine grüne Insel finden, die hinter dem Horizont liegt. Seinetwegen sind wir hier. Er ... er sollte wissen ... Aurels Bein ...«

Sie schluckte. Ihre Worte klangen in den eigenen Ohren wirr, wie sollten Akil und Sancho sie verstehen?

»Wo ist er jetzt, dieser Navale?«, fragte Sancho.

»Noch in der Ciutat – und dort gewiss in Sorge um uns.«

Plötzlich hatte sie das Gefühl, nicht einen Augenblick länger ruhig sitzen zu können. Sie glaubte mittlerweile, dass von Akil tatsächlich keine Gefahr drohte. Doch nun war es nicht mehr die drohende Gefangenschaft, die sie panisch stimmte, sondern ein anderer Gedanke: Was würde mit ihnen geschehen, wenn Pio ohne sie abreiste? Und selbst wenn sie wieder mit ihm zusammenkämen – unmöglich konnte Aurel in seinem Zustand eine weite Reise antreten!

Sancho entging ihre Unruhe nicht. »Wir werden euch helfen«, meinte er.

Alaïs rang mit sich, ihre Ängste zu benennen. »Aurel«, setzte sie schließlich an. »Aurel kann nicht von hier fort. Erst muss die Wunde heilen. Erst …«

Sie brach ab. Erst muss sich herausstellen, ob er überhaupt überlebt.

»Wir werden vorerst hierbleiben«, schaltete sich Akil wieder ein. »Der Wind steht nicht günstig. Es wird eine Weile dauern, bis er uns fortträgt.«

»Eigentlich wollten wir nach Granada«, fügte Sancho hinzu. »Aber auf dem Weg dorthin kann ich euch nach Barcelona bringen, wo wir auch häufig Handel treiben. Nur für den Fall, dass jener Navale ohne euch abreist.«

Der Name der fremden Stadt klang wenig verheißungsvoll, doch sie fühlte sich zu erschöpft, um die Gedanken an die Zukunft zu vertiefen.

Noch einmal hob Akil den Blick, streifte Alaïs' Antlitz, und plötzlich leuchtete in seinem dunklen, verschlossenen Gesicht etwas auf – ein Hauch von Jugend und Abenteuer, ebenso lebendig wie schmerzlich.

Da erst fiel Alaïs ein, dass sie ihm nicht gesagt hatte, dass Caterina tot war und mit ihr die Erinnerungen an jene früheren

Zeiten, die sie ihrer Tochter stets verschwiegen hatte. Doch nun, da er sie auf diese Weise angeblickt hatte, sie die Wärme, die Freundschaft förmlich spüren konnte, die er für ihre Mutter gehegt hatte, wollte, ja, konnte sie es nicht mehr tun.

Aurel schlief, als sie zum Haus zurückkehrte. Für eine Weile blieb sie an der Tür stehen, erschlagen von dem Gestank. Die Oliven, die sie gegessen hatte, schmeckten plötzlich bitter, das Hammelfleisch verdorben, der Wein brannte.

Sie schlug die Hand vor den Mund und entschied, lieber im Freien zu schlafen als das Haus zu betreten. Doch was sie schließlich ihre Meinung ändern ließ, war nicht die Sorge um Aurel, sondern weil ihr plötzlich einfiel, dass sie nicht wusste, wo sein abgeschnittenes Bein verblieben war. Sie hatte sich nicht darum geschert, konnte sich auch nicht erinnern, dass Sancho es getan hätte, wusste nur, dass sie die Fäulnis nicht ertragen würde, die es verströmen würde, wäre es noch in der Nähe.

Widerwillig trat sie über die Schwelle und blickte sich suchend in dem niedrigen, karg ausgestatteten Raum um. Und der Gedanke daran, was sie hier trieb, war so aberwitzig, so erschreckend, so komisch zugleich, dass sie sich nicht entscheiden konnte, ob sie lachen oder weinen oder sich übergeben sollte.

Plötzlich hörte sie ein Stöhnen, gequält und tief, und nun erst wagte sie auf Aurel zu blicken, sich zu ihm zu knien und ihn im fahlen Mondschein zu betrachten. Kurz blieb ihr Blick am verbundenen Stumpf hängen, wo sich gelbliche Nässe ausbreitete, doch rasch glitt er zu seinem Gesicht zurück, auf dem sich der Schweiß zu einer weißen, brüchigen Schicht verkrustet hatte. Die schulterlangen, verklebten Haare fielen nach hinten. Das Weiche, das sie seinem Gesicht gaben, wenn sie es umspielten, war nicht mehr zu erahnen, nur eckige, hagere, ausgezehrte Züge. Seine geschlossenen Augen wirkten wie schwarze Löcher, ähnlich wie damals bei Louises Leichnam.

Nun glich er selbst einem solchen, war bis auf sein Stöhnen reglos, ihr und ihren Händen ausgeliefert – wenn sie es denn überhaupt gewagt hätte, ihn anzufassen. Sie tat es nicht, war überzeugt, dass sie ihn an diesem Tag so oft und zu solch grässlichem Zwecke berührt hatte, dass es für ein Menschenleben reichte.

Dass er zwar stöhnte, aber sich nicht gequält hin und her wälzte, bedeutete wohl, dass sein Schlaf ausreichend tief war, um ihn vor unerträglichen Schmerzen zu schützen.

Rasch erhob sie sich wieder, ging nach draußen, atmete gierig frische Nachtluft. Erst als sie vermeinte, nicht mehr zu ersticken, hörte sie es: ein kehliges Summen, ausgestoßen von einem, der Musik liebt, aber nicht singen kann, vermengt mit einzelnen Silben einer fremden Sprache. Es kam von oben, und als sie den Blick hob, sah sie auf einem der Dächer der ebenerdigen Häuser Sancho sitzen.

»Warum bist du nicht auf dem Schiff?«, entfuhr es ihr.

»Und wer wäre dann hier, um euch … dich zu bewachen?« Nur kurz hatte er innegehalten, dann nahm er das Summen wieder auf, unmelodisch, aber mit einem mitreißenden Rhythmus.

»Wo ist Aurels Bein?«, fragte sie. Sie hatte forsch klingen wollen – sie wusste nicht, was von diesem Sancho zu halten war –, doch während sie die Frage stellte, begann ihre Stimme verräterisch zu zittern, so, als würde sie entweder losprusten oder aber aufschluchzen.

Wieder hörte Sancho zu summen auf, stützte seinen Arm auf den Rand des Dachs und schwang sich herunter. Er landete weich und lautlos wie eine Katze.

»Hab's vergraben, oder willst du es dir als Andenken aufheben?«

Spott klang durch seine Stimme, und sie war sich nicht sicher, ob er ihr galt oder Aurel. Beides deuchte sie nicht angebracht – und war zugleich so ungemein tröstlich. Sancho schien keiner zu sein, dem die Erinnerung an die blutige Amputation das restliche Leben beflecken würde.

»Warum schläfst du nicht?«, fragte er. Gemächlich, nunmehr nicht mehr summend, sondern pfeifend, trat er näher.

»Bei ihm?«, gab Alaïs zurück.

»Ist er dein Bruder oder dein Mann?«

»Weder noch.«

»Und sonst? Hast du irgendwo anders Bruder und Mann?«

Sie zuckte die Schultern, um Zeit zu schinden, wollte weder Félipe noch Raimon verleugnen und auch nicht Emy. Emy, das dachte sie nun, würde bei Aurel sitzen, seine Hand halten, überlegen, welche heilende Medizin er brauen könnte, ihm die Stirn abtupfen. Er würde nicht vor ihm fliehen, ehe er die Gewissheit hätte, dass sein Bruder überlebte.

»Aurel und ich«, sagte Alaïs, »sind zu einer weiten Reise aufgebrochen. Mit besagtem florentinischem Kaufmann.«

Er schien sich damit zu begnügen, dass es das war, was sie mit Aurel verband, nichts weiter. Immer näher war er ihr gekommen, blieb nun so dicht stehen, dass sie ihn roch.

»Ich werde morgen in die Ciutat aufbrechen, um eurem Pio Navale Nachricht zu bringen«, bekundete er.

»Warum tust du das? Du schuldest uns nichts.«

»Akil will es so.«

»Aber Akil hat dir nicht befohlen, mir heute Nachmittag zu helfen. Und trotzdem hast du es getan.«

Er summte, und diesmal klang es unnatürlich hoch.

»Ich mag mutige Weiber.« Seine Zähne blitzten auf, als er grinste. Sie erwiderte sein Lächeln, dankbar, weil es ihr so mühelos gelang und ihre Mundwinkel dabei nicht schmerzten.

»Die Häuser hier sind leer«, setzte er der Stille, die sich zwischen ihnen ausgebreitet hatte, ein Ende. »Die Menschen, die hier einst lebten, sind vor den Mauren geflohen. Such dir selbst aus, wo du schlafen willst, wenn du's bei ihm nicht aushältst.«

Er nickte ihr zu, dann wandte er sich weiterhin summend ab, um wieder aufs Dach zu klettern.

XXXIII. Kapitel

Die nächsten Tage brachte Aurel im Dämmerschlaf zu. Manchmal lag er starr wie ein Toter, und Alaïs musste sich dicht über ihn beugen, um zu prüfen, ob er überhaupt noch atmete. Dann wieder wälzte er sich schwitzend, fuhr schreiend hoch und verlangte nach etwas zu trinken. Sie träufelte ihm Wasser, Brühe und Wein ein, doch meist brachte er nicht mehr hinunter als wenige Schlucke. Schwer ließ er sich danach wieder auf sein Lager sacken und schlief ein. Manchmal zuckte sein Leib, manchmal flackerten seine Augen. Dann ahnte sie, dass sein Körper gegen Fieber kämpfte und gegen Schmerzen.

Seine Haut fühlte sich glühend heiß an, aber vielleicht lag das nur an der brütenden Sonne, die tagsüber das niedrige Haus zu einer Glutkammer machte. Jeden Abend war sie so erschöpft, als hätte ihr eigener Leib über Stunden gegen den Wundbrand ankämpfen müssen.

Aurel verschonte er schließlich. Als sie das erste Mal die Verbände von der Wunde löste, konnte sie kaum auf den roten, schwärenden Stumpf schauen. Doch gleichwohl die Haut an jener Stelle, wo sie sie mit Nadeln festgesteckt hatte, rot und rissig aussah und ein sämiges Sekret absonderte, eiterte sie nicht und wurde auch nicht schwarz.

Am vierten Tag schließlich schlug Aurel die Augen auf, und sein Blick war wieder erstaunlich klar. Er richtete sich auf, stützte sich auf seine Ellbogen und verlangte erstmals mit Worten, nicht nur mit Stöhnen, nach Wasser. Als sie die Schöpfkelle an seinen Mund hielt, trank er mehr als in den Tagen zuvor.

»Was … was ist passiert?«, stammelte er. Sie wandte sich ab, wollte nicht zusehen, wie sein Blick langsam über seinen Körper glitt, bei seinem Stumpf hängen blieb. Sie wusste nicht, ob er sich noch an seine Verletzung erinnern konnte oder nun von Entsetzen gepackt war. Zumindest hörte sie ihn nicht aufschreien.

Als sie nach einer Weile wagte, sich ihm wieder zuzuwenden, nestelte er an seinem Verband, befreite die Wunde davon und besah sie sich. Jetzt erst gewahrte sie, wie stark er abgenommen hatte, wie spitz seine Wangenknochen aus dem Gesicht hervorstachen.

»Ich hab's gemacht, wie du es mir befohlen hast«, flüsterte sie heiser, und trotz der Gluthitze schüttelte die Erinnerung an die grauenhafte Operation sie wie ein Kälteschauder.

Schwer ließ er sich wieder zurückfallen, starrte mit glanzlosen Augen auf die Decke.

»Ich … ich habe es doch richtig gemacht?«, fragte sie lauernd, und sie fühlte, wie die Last von ihr abfiel: Nun war sie nicht mehr allein mit seinem verwundeten Körper, nun gehörte der ihm wieder selbst. Er konnte seine Wunde betrachten, konnte feststellen, ob sie richtig heilte oder nicht, und notfalls anordnen, welcher Behandlung sie bedurfte.

Doch dergleichen schien ihn nicht zu beschäftigen. Kein weiteres Mal besah er den Stumpf. Kein weiteres Mal untersuchte er, an welcher Stelle der Knochen abgesägt und der Hautlappen festgemacht war.

»Ich werde nie wieder richtig laufen können«, war das Einzige, was er bekundete. Danach schwieg er.

Nachdem Aurel das Bewusstsein wieder erlangt hatte, begann Alaïs sich zu langweilen. Nicht nur heißer schien ihr das niedrige Haus zu werden, sondern vor allem kleiner. Lang hatte sie nicht auf das Meer schauen können, ohne die Erinnerungen an die gefährlichen Mauren vor Augen zu haben. Jetzt begann sie, sich nach dessen Weite und Frische zu sehnen, und suchte, Zeit im Freien zu verbringen. Seit dem ersten Abend hatte sie Sancho nicht mehr gesehen, und nun ertappte sie sich dabei, wie sie nach ihm Ausschau hielt, nicht nur, weil er Neuigkeiten von Pio Navale bringen könnte, sondern weil er nichts mit dem leidenden, mürrischen Kranken gemein hatte. Doch er kehrte nicht wieder, und sie scheute sich, mit Akil zu sprechen.

Dieser sorgte für sie, ließ seine Männer nicht nur Essen und Getränke bringen, sondern sie auch immer wieder fragen, ob sie etwas brauchte. Doch wiewohl sie ihm von Herzen ihren Dank ausrichten ließ – ihm diesen direkt zu bekunden, wagte sie nicht. Nicht nur aus Angst, dass er nach ihrer Mutter fragen könnte. Nicht nur aus Scheu, weil er mehr über ihre Eltern zu wissen schien als sie. Sondern weil sie nicht darüber nachdenken wollte, weshalb eine heidnische Seele zu so viel Mitgefühl fähig war, andere Menschen vor der Sklaverei zu bewahren. Vielleicht würde er doch noch sein wahres Gesicht zeigen, vor allem nun, da Sancho fort war. Von dem wusste sie zwar auch nicht mehr, als dass er Blut nicht scheute, das Leben leicht nahm und nicht singen, nur summen konnte – aber sein Bekenntnis, dass er mutige Weiber mochte, befand sie als ehrlicher und glaubwürdiger als Akils befremdliches Gerede von der Aufgabe, die der Allmächtige dem kleinen Menschen zuweise und die dieser zu erfüllen habe.

Sah sie ihn in der Ferne, flüchtete sie wieder ins Haus – um dort freilich immer mürrischer zu werden.

An einem Morgen beschäftigte sie sich zunächst damit, ihr zotteliges Haar in Ordnung zu bringen und sich den Schweiß abzuwischen. Dann schließlich beugte sie sich über Aurels Beinstumpf. Seit er wieder zur Besinnung gekommen war, hatte sie ihn weiterhin täglich frisch verbunden. Wie so oft verscheuchte sie die Fliegen, die vom Geruch nach Blut und offenem Fleisch angezogen wurden. Ehe sie jedoch auch nur ein Stückchen seiner Haut berührte, fuhr er plötzlich hoch. Kein heftiger Atemzug hatte es angekündigt, und als seine Hand plötzlich die ihre packte – mit mehr Kraft, als sie in seinem siechenden Körper vermutet hätte – schrie sie erschrocken auf. Er hielt sie nicht lange fest, stieß sie alsbald von sich.

»Lass das! Ich mache das alleine!«

Nur allzu gerne wich sie zurück – und ärgerte sich doch über seinen rüden Tonfall. Bislang hatte sie nicht auf ein Wort des Dankes, ihm das Leben gerettet zu haben, gewartet. Doch nun forderte sie es mit spitzer Stimme ein.

»Vor nicht langer Zeit hast du's eben nicht alleine machen können! Wenn ich nicht gewesen wäre …«

Er stierte an ihr vorbei. Seine Augen waren nicht länger in Höhlen versunken, aber sie glänzten nicht, und seine Haut wirkte grau. Er glich einem, der zu viel getrunken hatte, ohne den Rausch angemessen zu genießen.

»Jetzt brauche ich dich aber nicht mehr!«

»Und darum soll ich gehen, ja? So hast du's ja stets gemacht. Hast mich angelacht, wenn ich dir nützlich war, und mich hinterher wieder vergessen. Aber wohin soll ich gehen, Aurel? Zu Pio Navale? Nun, ich könnte ihn ohne dich auf die Grüne Insel begleiten. In deinem Zustand wirst du schließlich nicht reisen können. Er braucht auf seiner Insel starke Männer … keine Krüppel.«

Mit jedem Wort wurde sie zorniger, ungehaltener, verletzender. Doch die Wahrheit, die sie aussprach und die sie bislang nicht hatte zugeben wollen, schien ihm nicht neu zu sein. Er stritt nicht ab, ein Krüppel zu sein.

»Warum hast du nur so viel Aufsehen gemacht wegen dieses Pfaffen?«, zischte er. »Wer sagt, dass er uns erkannt hätte?«

»Willst du also sagen, ich sei schuld, dass du dein Bein verloren hast?«

»Wie soll ich denn ein guter *Cyrurgicus* sein, wenn ich nicht aufrecht stehen kann?«

Der Tonfall, den seine Stimme angenommen hatte, war ihr fremd. Auch damals in der Grotte hatte sie ihn klagend erlebt, hoffnungslos und zugleich mürrisch, weil die Welt wagte, ihm das anzutun. Doch nun gebärdete er sich um vieles kindlicher, halb weinerlich, halb nörgelnd. Nichts hatte er mit dem hoffärtigen *Cyrurgicus* gemein – und er stieß sie solcherart mehr ab, als er es mit der grässlichsten aller Wunden hätte tun können.

»Und gibt es etwas, was mir noch gleichgültiger sein könnte?«, gab sie scharf zurück.

Sie wartete seine Antwort nicht ab, stand wütend auf und eilte hinaus. Sogar mit dem sonderbaren Akil zusammenzutreffen wäre ihr lieber gewesen als noch einen Augenblick in der heißen, fliegenverseuchten Hütte auszuharren.

Doch es war nicht Akil, auf den sie traf. Sancho saß vor der Hütte im Sand, als wäre er nie weggewesen, sondern hätte sich die letzten Tage über an genau dieser Stelle ausgeruht, mit nichts weiter beschäftigt, als eintönige Lieder zu pfeifen. Seine Hand malte Kreise auf den Boden.

Sie sah ihm eine Weile zu, bis er sich endlich umdrehte und sie angrinste. In der grellen Sonne wirkten seine Zähne nicht so weiß wie im Mondschein.

»Nun, mutige Frau, hast du mich vermisst?«

Sancho mochte nirgendwo auf der Welt zu Hause sein; das bekundete er immer wieder aufs Neue. Dennoch schien er jeden Stein, jeden Baum, jeden Pfad Mallorcas zu kennen. Mühelos hatte er es geschafft, die Ciutat zu erreichen und wieder zurückzukehren. Von Pio Navale hatte er leider nichts erfahren, jedoch einen Boten instruiert, ihm darüber Auskunft zu geben, ob dieser nun aufgebrochen sei oder nicht.

Als er Alaïs davon berichtete, bekümmerte es diese wenig. Pio Navale und die Zukunft, die dieser verheißen hatte, schienen in diesem Augenblick nur Aurel zu gehören – und der hatte sie so tief verärgert, dass sie nicht einmal seinen Namen in den Mund nehmen wollte. Umso heftiger bekundete sie, dass der beengte Lebensraum der letzten Tage sie verrückt mache.

»Schön, mutig und neugierig«, stellte Sancho fest.

Er hatte sich auf dem sandigen Boden niedergelassen. Doch Alaïs wollte nicht ruhig verharren, sondern sich bewegen, möglichst viel, möglichst schnell und möglichst weit weg von der dumpfen Hütte. Sie musste ihre Unruhe nicht erst in Worte kleiden. Sancho erhob sich gerne und schüttelte den Sand ab.

»Kann dir eine Menge zeigen, wenn du willst!«, prahlte er.

Er führte sie auf ausgetretene Ziegenpfade und über nackte Felsen, an Pinien und Steineichen vorbei, an Öl- und Johannisbrotbäumen. Der Boden knirschte meist unter ihren Füßen, verdorrte Nadeln und Zapfen brachen unter ihrem Gewicht. Verschorfter war hier das Land, nicht weizengold wie im Flachland um die Ciutat. Eng beisammen standen runde Büsche, und dornig-kratzend waren jene, die sich über den Boden wanden. Blumen hingegen fehlten hier: die laschen roten, die aussahen wie Blutstropfen in den runden Wiesenhügeln, ebenso wie die winzigen weißen und die schrillen violetten. Dennoch roch es süßlich, als troff aus den rissigen Stämmen der Bäume nicht klebriges Harz, sondern dunkelbrauner Honig.

Sancho zeigte ihr die versteckten Buchten des Nordens, wo sich, wie er erzählte, oft Schmuggler und Piraten herumtrieben. In diesen Tagen waren sie freilich menschenleer. Die wenigen Häuser, auf die sie stießen, waren ebenso verwaist wie in der Bucht, wo sie sich niedergelassen hatten. Fischer hatten hier einst gelebt, sagte Sancho, doch sie seien schließlich in den dichter besiedelten Süden des Landes gegangen, um dort mehr Schutz vor feindlichen Überfällen zu finden. Dass er auch dort nicht immer gegeben war, musste er ihr gar nicht erst sagen. Immer noch schüttelte sie das Grauen, wenn sie an den Angriff dachte. Des Nachts sah sie Bilder vor sich, wie sie sich hinter dem Türmchen versteckten, wie Aurel vom Pfeil getroffen wurde, wie man sie auf die Boote schaffte. Ob dieser Träume war es ihr lieber, gar nicht erst zu schlafen – und wenn Sancho die Erkundungen weit über den Tag in die Abendstunden ausweitete, war sie gerne damit einverstanden.

Im Finstern konnte man nicht weit sehen, vor allem erkannte man nicht das gebirgige Land der Tramuntana in der Ferne – und gerade darum fühlte sich Alaïs geschützter und nicht verfolgt von unsichtbaren Angreifern. Auch dass sie nur mit Sanchos Gesellschaft vorlieb nehmen musste, machte ihr nichts aus. Sie, die es einst stets geliebt hatte, wenn es möglichst voll und laut zuging, war nun froh, wenn sie weder Aurel sehen musste noch irgendeinen von Akils Männern, von denen sie nicht wusste, ob sie Heiden oder Christen waren und die sie so oder so unberechenbar deuchten. Sie bedauerte es auch nicht, dass sämtliche Mallorquiner, darunter auch die Ziegenfrau, die man gemeinsam mit ihnen hierher gebracht hatte, wieder in den Süden zurückgekehrt waren.

Sancho war auch allein ein guter Gesellschafter. Er hatte so viel erlebt und so viel gesehen, dass seine Geschichten für fünf gereicht hätten. Er erzählte von fremden Ländern, von wilden Seeschlachten, von brutalen Piraten. Sie wusste nicht, wie viel davon wahr war und wie vieles nur erfunden. In jedem Fall half es ihr, dass er dabei stets grinste, wodurch all seine Worte, die eigentlich das eben durchgestandene Grauen neu heraufbeschworen, dieses vielmehr der Lächerlichkeit preisgaben. Er leugnete nicht, dass die Welt ein gefährlicher Ort war, aber seine vermeintliche Leichtigkeit gaukelte vor, dass es Spaß brachte, diese Gefahren zu umschiffen.

Und noch etwas anderes war eine Wohltat: die stete Anerkennung, dass sie eine mutige, starke und schöne Frau sei. Auch diese Worte gerieten nie ernsthaft, sondern immer säuselnd, auch hier gab er sein Grinsen nicht auf, und sie war sich nicht sicher, ob er dergleichen nicht schon zu vielen gesagt hatte, auch zu tumben, maulfaulen, hässlichen Mädchen. Aber auch hier galt, dass das Neckische, Prahlerische, Sprunghafte größere Labsal versprach als die Wahrhaftigkeit.

Sancho lockte sie auf steinerne Klippen, auf die nicht einmal Ziegen kletterten, und sie schob den Gedanken beiseite, dass sie fallen und sich das Genick brechen könnte. Er kletterte auf Bäume wie die kleinen Kinder von Saint-Marthe, und sie folgte ihm, ungeachtet der Rinde, die ihre Haut aufriss.

Eines Abends lockte er sie schließlich, mit ihm im Meer zu schwimmen. Die Wasseroberfläche kräuselte sich, als er sich in die Fluten stürzte. Silbernes Mondlicht spiegelte sich auf den spitzen Wellen, und sein dunkles Haar wirkte fast weiß.

»Willst du nicht auch ins Wasser?«, rief er Richtung Ufer. »Oder hast du Angst zu ersaufen?«

»Ich kann schwimmen!«, erklärte sie stolz und lief ihm nach. Viel weiter watete sie hinein als damals, nach der schrecklichen Operation, da sie sich gereinigt hatte. Sie achtete nicht mehr darauf, den sandigen Grund unter den Füßen zu spüren, sondern wagte sich ins Tiefe vor.

Das Gewicht ihrer Kleidung zog sie bald hinab. Sie musste sämtliche Kraft aufwenden, um sich an der Oberfläche zu halten, doch prustend erreichte sie schließlich Sancho. In der Finsternis war sein ohnehin schon braungebranntes Gesicht fast schwarz. Nur seine Zähne blitzten wie immer weiß hervor.

»Wie kommt's, dass du so gute Zähne hast?«, fragte sie.

»Weil ich jeden Abend auf Minze kaue«, erklärte er. »Das hat Akil mir beigebracht.«

Ihre Füße stießen unter Wasser aneinander. Sie zuckte ein wenig zusammen und schwamm von ihm fort. Sancho grinste. Sie war nicht sicher, ob schon wieder oder immer noch.

»Du hast Akil viel zu verdanken…«, sagte Alaïs, »und jenem Gaspare…«

»Habe auch viel von ihnen gelernt«, stimmte er zu, »aber weiß Gott nicht alles.«

»Was denn nicht?«

»Hast du gesehen, wie Akil isst? So steif und langsam? Ich habe ihn nie gierig erlebt. Und Gaspare glich ihm. Kein Wunder, dass sie sich so gut verstanden. Hatten beide weder Weib noch Kind… nur mich. Sie waren ja auch gut zu mir. Nur aus ihrem Fleisch und Blut bin ich nicht gemacht.«

Sie war ihm wieder nahe gekommen, und ihre Füße prallten erneut unter Wasser zusammen. Wieder suchte Alaïs ihm auszuweichen, doch diesmal folgte Sancho ihr. Als sie das Ufer erreicht hatten und sie wieder stehen konnten, hielt er sie am Arm fest und zog sie an sich heran.

»Bist ein Prachtweib, Alaïs. Mir fällt nichts ein, was man nicht mit dir machen könnte.«

Es war lange her, dass sie so eng an einen Mann gepresst gestanden hatte. Dachte sie an Aurel, fühlte sie vor allem die schroffen Steine in ihrem Rücken. Dachte sie an Emy, fiel ihr nichts anderes ein, als dass er zärtlich gewesen war, weich und unaufdringlich, und dass er sie für kurze Zeit ihre Trauer um Aurélie und ihre Mutter hatte vergessen lassen.

Sancho war anders. Sein Atem war heißer, als sie es jemals bei einem anderen gespürt hatte, sein Griff fordernder, sein Leib strammer. Sie konnte das Spiel seiner Muskeln fühlen, und es stachelte sie an, seinen Regungen zu folgen, ihre Gliedmaßen in seinem Takt zu bewegen. Zusammengepresst machten sie ein paar Schritte und Drehungen auf dem ausgekühlten, klammen Sand, als vollführten sie einen sonderbaren Tanz. Dann war ihr die Hitze, unter der das Salzwasser auf ihrer Haut verkrustete, plötzlich zu viel.

Mit einem girrenden Lachen riss sie sich los, rannte ungestüm ins Wasser zurück, bis es in ihre Augen spritzte. Sie lockte ihn, ihr zu folgen, doch als er es tat, empfing sie ihn nicht mit einer neuerlichen Umarmung, sondern spritzte ihn gleichfalls lachend nass.

Sie lachte wieder, verstummte nur kurz, als sie an jenen Morgen dachte, an dem sie sich mit Aurel gemeinsam im Meer vor Saint-Marthe gewaschen hatte. Als er ihr damals seine Hand gereicht und sie mit seiner Erregung angesteckt hatte, hatte sie sich ihm viel näher gewähnt als später in der Grotte.

Doch noch viel lebendiger fühlte sie sich jetzt. Sancho hatte nichts mit Aurel gemein, kannte nicht dessen Gier nach toten Körpern, nur nach Spaß und Leben, so wie sie. Wieder lachte sie, laut und schrill, dann stürzte sie durch die schäumenden Fluten auf ihn zu, packte ihn, viel fester, als er sie an sich gedrückt hatte, und presste ihre Lippen auf die seinen.

Alles an ihm schmeckte salzig, und alles an ihm fühlte sich rau an. Als sie über seine behaarte Brust strich, war ihr, als würde diese ihre Haut aufritzen. Vielleicht, weil sich ihre eigene so dünn anfühlte, geschrumpft auf eine durchsichtige Hülle, die jede Berührung durch ein doppeltes, ja dreifaches Beben an den Körper weitergab. Das Beben ließ sie frösteln, und zugleich brach ihr der Schweiß aus.

Er führte sie an den Strand zurück. Seine Hände, die über ihren Körper wanderten, waren schwielig. Wie leicht könnten sie die dünne Haut zerreißen, blieben sie daran hängen. Doch eben weil sie so ungeschützt war, war es zwecklos, ihm irgendeinen Widerstand entgegenzubringen. Sie befreite sich kein zweites Mal, auch dann nicht, als sie gemeinsam zu Boden sanken. Ihre Füße wurden vom Wasser umspült, ihr Kopf war auf den Sand gebettet. Durch ihre Haare drangen seine Hände und rieben an ihrer Kopfhaut, bis sie dachte, sie würde zu brennen beginnen. Es tat weh, und es tat gut.

Hastig schob sie ihre Tunika hoch, nestelte an seinen Beinkleidern, gedankenlos, gierig, nur nicht innehalten, nur nicht zögern. Sie öffnete ihm ihre Schenkel weit, und als er in sie eindrang, fühlte es sich feucht an, so wie alles an ihrem Körper, der Schweiß, das Meerwasser und sein Speichel, der ihr ins Gesicht triefte, als er sie küsste, immer wieder küsste. Eigentlich fühlte es sich nicht an, als würde er sie küssen, eigentlich fraß er sie auf, nicht nur die dünne Haut, sondern alles, was darunter lag. Das Einzige, was er ihr nicht nahm, als er in ihren Körper stieß, war das Kribbeln in ihrer Leibesmitte, das stärker wurde, sich zu verkrampfen schien – bis es plötzlich zersprang.

Auch als es zu Ende war, löste sich sein Körper nicht von ihrem. Dicht blieben sie aufeinandergepresst, rutschten auf dem sandigen Grund nur ein wenig höher, damit die nächtlichen Wellen ihre Füße nicht mehr erhaschten.

»Du bist ein Prachtweib!«, sagte Sancho wieder, ehe er einschlief.

Die nächsten drei Tage vergingen wie in einem Rausch. Alaïs wusste später nicht mehr, was sie mit Sancho geredet hatte. Ob sie überhaupt mit jemand anderem gesprochen hatte, vielleicht mit dem leidenden Aurel, konnte sie nicht sagen. Sie erinnerte sich nur an Empfindungen, an den betörenden Duft von Resedabüscheln und Orangenblüten, an das kalte, salzige Wasser der kleinen Buchten, zu denen Sancho sie führte, an den Sand, der an ihrer Haut klebte und schmerzhaft scheuerte, wenn sich ihre auf seiner rieb. Vielleicht gab es auf der Insel noch so viel mehr als schroffe Felsen, auf denen sich Büsche und widerstandsfähige Bäume festhielten, so viel mehr als Sand und Meer – aber ihre Welt bestand in jenen Tagen aus nichts anderem, und diese Welt passte zu der Leidenschaft, die zwischen ihr und Sancho loderte. Nie war sie sauber, immer klebte irgendwo Sand oder verkrustetes Salz. Nie lag sie richtig bequem, immer spritzte irgendwo kaltes Wasser oder schnitt sich manch rauer Zweig in ihre Fußsohle. Nie war sie so frisch gewesen, so wach, so überdreht. Nie hatte sie gedacht, es wäre so leicht, auf Essen zu verzichten, auf frische Kleidung, auf ein Bett. Ja, die Liebe mit Sancho stach und brannte und scheuerte, sie riss ihre Haut auf und ihre Kleider in Fetzen, sie erzeugte Kratzspuren und blaue Flecken, und all das schmeckte nach Leben, nach frischem und reichlichem Leben, keines, das man sich mühsam aufsparen musste.

Was sie an den Tagen getrieben hatten – sie wusste es später nicht mehr. Aber die Nächte gehörten ihr, und Sanchos Leib gehörte ihr, erfüllend, schmerzlich, rau, zärtlich. Ob sie gelacht hatte, weil er Späße machte oder weil er sie hinter den Ohrläppchen kitzelte?

Auch dessen war sie sich später nicht sicher, vermeinte nur, dass sich die vielen Laute zwischen ihnen – das Girren und das Stöhnen und das Seufzen und das Hauchen – nur selten in menschliche Worte gekleidet hatten. Dieser bedurften sie nicht. Die Laute waren gerne nackt – so wie sie, wenn sie zwischendurch im dunklen Meereswasser badeten, bevor sie die Umarmung suchten oder danach. Sie ruhten sich selten in den Armen des anderen aus, sondern sprangen alsbald wieder auf, auf dass sie das aufregende Spiel erneut aufnehmen konnten, bestehend aus Liebkosungen und Umarmungen und Tänzen und Raufereien. Lustvoll war dies alles bei Sancho und ebenso schmerzhaft. Später hatte sie das Gefühl, sie hätten sich ebenso häufig an den Haaren gerissen wie geliebt, sich in den Leib geboxt, sich am Hals gewürgt, sich gebissen und gekratzt. Mochte ihre Gier vieles sein, sättigend und hungrig zugleich, ungezähmt und ungeduldig, hitzig und nass – lieblich war sie ganz sicher nicht.

Ebenso kantig ragte plötzlich ein Moment der Nüchternheit in jene Trunkenheit. Während sie sich in den ersten Nächten nicht an der Kälte gestört hatten, reichte es Sancho plötzlich nicht mehr, sich an ihrem Leib zu wärmen. Sie musste eingeschlafen sein, und als sie erwachte, hörte sie, wie ein Feuer knisterte.

Er saß davor, hatte Steine darum geschichtet und nährte es mit morschem Holz. Es knackte und sprühte Funken. Er ließ sich nicht anmerken, ob einige davon schmerzhaft seine Haut trafen. Alaïs erhob sich. Wohliges Zittern überrann immer noch ihren Körper, und zugleich fühlte sie sich wund und steif an. Sie trat zum Feuer, hockte sich neben ihn, und als Alaïs in sein Gesicht starrte, hatte sie das Gefühl, es hätte sich verändert, war nicht mehr nur lüstern und spöttisch wie bisher, sondern auch nachdenklich. Sie lehnte sich an ihn, hoffte, damit jene Vertrautheit, jene Eingespieltheit ihrer Leiber heraufzubeschwören, die jedes Wort unwichtig machte.

Doch die Zeit des Schweigens war vorüber.

»Ich will nicht so leben wie Gaspare und Akil«, begann er heiser zu sprechen. »Sie zogen durch diese Welt wie Fremde und waren nirgendwo daheim. Vielleicht waren sie mit sich selbst im Reinen, aber dass sie jemals wirklich glücklich waren, das glaube ich nicht. Akil weiß genau, was er will, und das ist mehr, als andere haben. Aber es gibt keinen Ort, keinen einzigen, nach dem er sich heimlich sehnt. Nein, so will ich nicht leben.«

Mit jedem Wort, das er sagte, schien er weiter von ihr fortzurücken, obwohl sein Leib immer noch an den ihren gepresst war. Der Sancho der letzten Tage hatte sich keine Gedanken gemacht. Er bestand aus Händen und Lippen und Haaren und Haut und Schweiß und Wärme – aber eine Vergangenheit, die ihn mit sonderbaren Menschen wie Gaspare und Akil zusammengeführt hatte, kannte er nicht.

Als er endlich schwieg, war sie erleichtert. Und fühlte doch übermächtig seine Erwartung, auch sie würde mit ihm sprechen wollen.

»Was möchtest du stattdessen?«, fragte sie schlicht.

Eine Weile blickte er sie an; immer noch nachdenklich, dann endlich wieder grinsend, schien er sagen zu wollen, dass ihr Leib vollends reichte, ihn zum glücklichsten aller Männer zu machen. Doch dann besann er sich einer anderen Sache. Er leckte sich mit der Zunge über die Lippen und machte dabei ein schmatzendes Geräusch.

»Weißt du, woran ich mich am besten erinnern kann, wenn ich an meine Kindheit zurückdenke?«, fragte er unwillkürlich.

»Du meinst, ehe du verschleppt worden bist? Aus jenem Dorf in der Nähe von Barcelona …«

Bislang hatte Alaïs nur erfahren, was danach geschehen war – dass er in Gaspares Hände gefallen war und dieser ihn vom Sklavendasein befreit hatte.

»Meine Mutter hieß Rosaria«, murmelte er und konnte nicht verbergen, dass seine Stimme wehmütig krächzte. »Ich weiß nicht mehr, wie sie aussah und ob sie eine schöne Frau war. Kinder wissen nicht, was Schönheit meint, sie unterscheiden Menschen danach, ob sie gut zu ihnen sind oder schlecht. Nun, ich weiß also nicht, ob sie schön war, ich glaube, sie war ziemlich dick. Ich weiß auch nicht mehr, wie es sich anfühlte, von ihr auf den Arm genommen zu werden. Aber eine Sache weiß ich ganz genau.« Wieder machte er jenen schmatzenden Laut. »Sie war eine hervorragende Köchin! Und am allerbesten schmeckte es, wenn sie ein frisch geschlachtetes Zicklein briet.«

Er blickte Alaïs nicht mehr an, sondern starrte an ihr vorbei. In seinen Augen glänzte es. »Sie hat es mit Olivenöl bestrichen, mit frischem Thymian und Rosmarin gewürzt, und ich weiß nicht, was sie alles in den Bratensaft mischte. Es schmeckte so fruchtig, vielleicht war es der Saft von Orangen, und zugleich gelang es ihr, die Kruste so zuzubereiten, dass sie unter den Zähnen knackte.«

Er rieb nun selbst die Zähne aufeinander, als wollte er jenes Geräusch nachmachen. »Wenn ich nur einmal... Wenn ich nur ein einziges Mal wieder das gebratene Zicklein meiner Mutter Rosaria essen könnte...«

Seine Stimme klang fremd. Der kecke Tonfall fehlte, und er erschauderte jäh. Unwillkürlich rückte Alaïs noch dichter an ihn heran. Aurels Blick hatte ihr nie gehört – aber den von Sancho musste sie bislang nicht teilen, schon gar nicht mit vergangenen Gaumenfreuden. Sie gewährte ihm nicht die Zeit, in der Erinnerung zu versinken, sondern lenkte ihn ab, indem sie seine stacheligen Wangen küsste.

»Es muss so schön sein«, rief sie aus. »Auf einem Schiff herumzufahren, mal in die eine Stadt zu kommen, mal in die andere... Es muss so schön sein, wenn einem die ganze Welt eine Heimat ist!«

Er gewährte ihr die Umarmung, aber er erwiderte sie nicht. »Ach weißt du«, meinte er, und seine Stimme klang immer noch verhalten und abwesend. »Die ganze Welt wird dir nie eine Heimat werden. Sie bleibt dir immer fremd, ob du sie nun kennst oder nicht. Weißt du, wovon ich träume? Dass ich immer wieder in ein und denselben Hafen komme. Dass ich das Schiff verlasse, um dann den stets gleichen Weg zu gehen, den gleichen Geruch zu riechen, von rauschenden Pinienbäumen, von Olivenhainen, von Orangenbäumen, und... Ja, daran denke ich oft... Dann komme ich in ein Haus, das ich mir selbst errichtet habe. Es ist ganz schlicht. Es hat eine Wohnstube mit einem großen Herd und darüber eine enge Dachkammer. Und schon von weitem steigt mir dieser Geruch in die Nase, von jenem krossen Zicklein...«

»Wenn ich Fleisch zubereite, wird es zäh oder es verbrennt«, rief sie rasch dazwischen. »Meine Mutter hat das stets beklagt.«

»Ach was! Man muss nur ausreichend wollen und dann...«

»Aber ich will es nicht!«, rief sie, viel schärfer, als sie es bezweckt hatte. »Ich will nicht irgendwo hocken und darauf warten, dass mein Mann von der See heimkehrt. Ich will …«

Jäh hielt sie inne, wusste nicht mehr, was sie sagen wollte und warum sie es voller Heftigkeit tat. Es schien auch zu genügen, seinen Traum weit von sich zu weisen, um ihn zum Schweigen zu bringen.

Sein Blick kehrte zu ihr zurück, er bleckte seine Zähne, und er lachte. Erst als das Lachen verklungen war, ging ihr auf, wie künstlich es in ihren Ohren hallte. Doch sie wollte nicht länger darauf lauschen. Noch dichter rückte sie an ihn heran und küsste ihn. Er erwiderte es, wälzte sich auf sie, nahm ihren Leib ganz und schenkte sich auch selbst ganz.

Der Gier aufeinander hatte seine geheime Hoffnung nichts anhaben können. Doch als sie später an seiner Seite einschlief, fühlte sie sich nicht mehr berauscht wie in den letzten Tagen, sondern einfach nur müde.

XXXIV. Kapitel

In den Morgenstunden, als aus dem silbern glitzernden Meer ein graues, glanzloses wurde, kehrte sie zurück in die Hütte. Aurel lag da, den Rücken ihr zugewandt, sodass sie annahm, er schliefe. Möglichst geräuschlos legte sie sich nieder. Gerade war ihr der ganze Leib noch schwitzig und sandig erschienen, nun fühlte sie sich klamm – und obendrein durstig. Sie richtete sich auf und suchte in dem kleinen Raum nach dem Krug, wo mit Wasser gemischter Wein stand. Sie fand ihn nicht, erkannte nun aber, dass Aurel nicht schlief, sondern sich an seinem Beinstumpf zu schaffen machte. Einem kleinen Tonkrug entnahm er eine etwas ranzig riechende Paste und trug sie auf die roten Wundränder auf.

»Was machst du denn da?«, entfuhr es ihr.

Er blickte nicht hoch, rieb nur immer weiter. »Gänsefett«, sagte er schließlich. »Das ist Gänsefett. Kaum ein Mittel ist besser zur Behandlung von Narben. Es verhindert, dass eitrige Geschwüre daraus werden. Wobei … eigentlich gibt es noch etwas Besseres. Einen Draht aus Gold bräuchte ich, damit könnte ich das überschüssige Gewebe wegbrennen.«

Sie hatte das Gefühl, er spräche mehr vor sich hin als mit ihr. Stumpfsinnig wirkte das Schweigen, das folgte. Seine ewig gleichen Handbewegungen wühlten sie auf, anstatt sie zu beschwichtigen. Als sie bei Sancho gelegen hatte, hatte sie es zum ersten Mal gespürt: dieses Unbehagen, das über die sprühende Lebenslust der letzten Tage kletterte, wie Moder auf gekalkte Wände. Es war langsam, fast unsichtbar, doch das Grummeln in ihrer Magengegend verhieß nicht länger Aufregung, sondern Unzufriedenheit – sie wusste nicht, womit und mit wem, ob Sancho es ausgelöst hatte, ob Aurel das nun tat oder ob es allein in ihr wucherte.

Sie sank nieder, schloss die Augen, fuhr wieder hoch.

Aurel ließ indes plötzlich seine Hände ruhen. Er verbarg den Stumpf unter einer Decke und blickte sie an. Obwohl das Licht so dunstig war und tiefe Schatten auf sein Gesicht fielen, war ihr, als würde all das, was eben sacht an ihr zu zerren begann, in ihm schon viel länger einen Kampf heraufbeschwören, ein Gefühl der Enge – und den Unwillen, den es heraufbeschwor. In den letzten Wochen war es ihr vor allem bei ihm eng gewesen, doch nun deuchte sie seine Gegenwart passender als die aufgekratzte von Sancho.

»Ich habe nie etwas anderes gewollt«, sprach er in die Stille.

Seine Stimme kam ihr wie nackt vor. Den üblichen Stolz, die übliche Dreistigkeit, auch seine Unrast, seine Ungeduld – das alles hatte er abgelegt. Zurück blieb ein schlichtes und wahres Bekenntnis.

»Was meinst du?«, fragte sie verwirrt.

»Ich wollte den Körper des Menschen verstehen lernen. Ich bin mir sicher: Man muss nur gründlich hinsehen, dann wird man erkennen, woher sämtliche Leiden rühren. Man kann nicht sehen, was den Menschen treibt, was ihn gut oder böse macht, was er fühlt, was er in Wahrheit will. Aber man kann sehen, was ihn krank macht. Der Mensch ist ein Lügner – Krankheiten nicht.«

Hätte er nicht so klar und bedächtig gesprochen, sie hätte gemeint, dass ein Fieberwahn ihn zu solch finsteren Gedanken trieb. Der Aurel, den sie kannte, hegte solche nicht. Doch vielleicht lag das daran, dass jener Aurel nie still gesessen hatte, nie tagelang tatenlos in eine Hütte gesperrt gewesen war, Schmerzen erleidend und Hilflosigkeit. Selbst damals in der Grotte, als er sich von so vielem abgeschnitten gefühlt hatte, war er imstande gewesen, herumzugehen und sich selbst zu versorgen.

»Wenn erst…«, setzte sie an, »wenn erst dein Stumpf verheilt ist…«

»Wie soll ich denn jemals wieder gerade stehen können?«, fragte er, nicht vorwurfsvoll, nicht verzweifelt, fast beängstigend nüchtern. »Und wenn ich nicht gerade stehen kann, wie soll ich dann operieren? Kranke trauen keinem Krüppel. Und …«, er zögerte, es fiel ihm sichtlich schwer, Letzteres zu bekennen, »und Pio Navales Schiff hat abgelegt. Einer von den Männern brachte vorhin die Nachricht. Er ist fort, er konnte, er wollte nicht auf mich warten – und er hatte recht. Welchen Nutzen hätte ich ihm auch erbringen sollen? Welchen Nutzen kann ich irgendeinem Menschen noch erbringen? Es gibt keine ferne Insel und kein neues Leben – zumindest nicht für mich, nicht für uns.«

Ihr entging fast, dass er das erste Mal von ihnen beiden als *wir* sprach. Zu sehr war sie damit beschäftigt, die eigenen Gefühle zu ordnen. An Pio Navale und seine Reise hatte sie in den letzten Tagen nicht gedacht, hatte auch vermeint, sie bräuchte die Aussicht auf eine ferne Insel nicht, um sich frei und lebendig zu fühlen wie nächtens am Meer. Doch jetzt traf sie der Verlust des Traums, den sie mit Aurel geteilt hatte, mit ganzer Wucht. Erfrischend neu war ihr Sancho erschienen in allem, was er tat – doch nun, in diesem engen, stickigen Raum, fragte sie sich, ob in der alten Welt jemals etwas so reizvoll und prickelnd sein konnte wie ein Leben in einer ganz neuen, die sich jenseits aller Grenzen befand.

»Es tut mir leid«, murmelte sie, und sie wusste nicht, ob sie Aurel bedauerte oder sich selbst.

Das Atmen fiel ihr schwer. Sie drehte sich um, um wieder ins Freie zu treten, sich an der frischen Luft zu laben.

»Warte!«, rief Aurel ihr nach. »Wohin gehst du? Willst du nicht bei mir bleiben?«

Er klang flehentlich. Sie hatte nie gehört, dass er um irgendetwas anderes bat, als darum, ein *Cyrurgicus* sein zu dürfen. Genau besehen kleidete er sein Flehen auch jetzt nicht in eine Bitte, sondern in eine Frage. Doch seine Angst vor der Einsamkeit war jedenfalls entblößt.

»Was, Aurel, was verbindet uns denn?«, zischte sie und gab

jäher Rachsucht nach, war jene nun billig oder nicht. »Was soll ich denn hier bei dir?«

Fast rechnete sie damit, er würde ihren Triumph, ihn sich ausgeliefert zu wissen, sogleich beschneiden. Doch seine Hilflosigkeit war kein vorübergehender Schnitzer, sondern schien tiefer zu gehen, bis auf den Grund seiner Erinnerungen. Denn plötzlich förderte er welche hervor, von denen sie gar nicht gewusst hatte, dass sie in ihm begraben und nicht längst von den Eindrücken vieler Operationen verschüttet worden waren.

»Früher hast du das gewusst«, sagte er kleinlaut. »Früher hast du zu mir gestanden. Du warst mutig, du warst ausdauernd. Dir war egal, wenn ich Verbotenes tat. Mehr noch: Es hat dir gefallen. Du hast ganze Nächte durchwacht, um mir dabei zu helfen, Leichname zu sezieren.« Er machte eine Pause, leckte sich über die Lippen. Sie hoffte, er würde nicht erahnen, wie ihr eben noch satter Triumph mit Verwirrung kämpfte. Und dann machte er ihr mit einem Mal ein Zugeständnis, das übertraf, was sie jemals von ihm zu hören gehofft hatte: »Du bist eine Frau wie es keine andere gibt, Alaïs«, sagte er.

Sie schluckte.

Damit, dass sie ein Prachtweib sei, hatte Sancho sie betört. War das das Gleiche? Wem war sie kostbarer?

Sancho hatte sie nicht jahrelang auf solch ein Bekenntnis warten lassen. Aber Sancho, an dessen Körper sie sich gierig und lüstern wundgerieben hatte, wollte, dass sie knusprige Zicklein briet wie seine Mutter und irgendwo darauf wartete, dass er von weiten Reisen nach Hause käme. War es letztlich nur das, wozu ein Prachtweib taugte?

»Du hast mir nie gezeigt, dass dir sonderlich viel an meiner Gesellschaft liegt«, meinte sie spröde.

Er achtete nicht auf ihre Worte.

»Und weißt du noch…«, gab er sich Erinnerungen hin, äußerte sie sorgsam, als kaute er genussvoll auf besonderen Gaumenfreuden. »Und weißt du noch… damals… als wir den Jungen mit dem Blasenstein behandelt haben. Er hat gebrüllt vor Angst.

Du warst es, die mich auf seine Ängste aufmerksam machte. Du hast ihn auf eine Weise beruhigt, wie ich es nicht konnte. Und du hast schneller gelernt, all jene Arzneien zuzubereiten, als Emy. Und wie du mir das Bein abgeschnitten hast…« Er hielt inne. »Du bist klug, Alaïs«, klang es schließlich gepresst. »Du taugst zu einem Medicus.«

»Was für ein Unsinn! Ich bin kein Mann!«

»Weißt du denn nicht, dass es auch viele kundige Frauen in der Medizin gab? Die Medicae Trotula oder Rebecca aus Salerno oder die Magistra Hersende, die König Louis IX. auf dessen Kreuzzug begleitete…«

»Was willst du eigentlich?«

Aurel schwieg lange. Sie dachte, es läge daran, weil er es selbst nicht wusste. Weil ihm entglitten war, was er wollte. Doch dann fiel seine Bitte erstaunlich deutlich aus: »Geh nicht zu diesem Mann!«

Alaïs stockte der Atem. Er musste sie beobachtet haben, musste durch die Ritzen der Kammer nach draußen gespäht haben. Er musste gesehen haben, wie sie mit Sancho scherzte, wie sie mit ihm zurückkehrte von den Ausflügen.

»Bleib bei mir!«, fuhr er fort. »Hilf mir… Ohne mein Bein werde ich nie der größte *Cyrurgicus* meiner Zeit. Weder in dieser Welt noch in einer anderen. Ich werde irgendwie mein täglich Brot damit verdienen, weil ich nichts anderes gelernt habe… aber du musst mir dabei helfen.«

»Ich muss gar nichts!«

»Aber willst du es nicht auch? Stell dir vor… wie wir beide durch die Lande ziehen, so wie einst mit Emy… Oder wir bleiben in irgendeinem Dorf, und die Kranken kommen zu uns, weil man über unsere Taten berichtet… Schließlich werde ich nicht mehr weite Strecken gehen können. Du hingegen… du wirst das tun können. Du wirst für mich die Menschen heilen, die kranken Körper aufschneiden…«

Verheißungsvoll klang, was er sagte, *wir beide, du und ich, ich sehe dich, ich erkenne dich, du gehörst zu mir* – und zugleich so stinkend, nach Eiter und Blut und dem süßlichen Geruch von Leichnamen.

»Aurel«, stammelte sie mit gepresster Stimme, und anstatt seine Worte zurückzuweisen, brach es aus ihr heraus: »Aurel, unsere Tochter ist tot.«

Langsam nur reifte in seinem Gesicht Begreifen. Konnte er sich – anders als an die Behandlung der Kranken – nicht mehr an die Grotte erinnern? Oder musste er sich erst klar werden, wer das dunkle Mädchen vom Schafsmarkt in Marseille gewesen war?

»Raymonda …«, sprudelte es plötzlich aus ihr hervor, »Raymonda habe ich von Emy. Ich war nicht gut für sie. Vielleicht war ich auch nicht gut für Aurélie. Sie ist viel zu früh geboren. Und sie war nicht stark genug, um zu trinken.«

Der Schmerz schnürte ihr die Kehle zu.

»Kannst du dich erinnern, was ich über Henri de Mondeville erzählte? Dass jener meinte, wer sich der Medizin weihe, könne keine Familie haben? Vielleicht sind wir beide, du und ich, dafür nicht gemacht …«

»Und dennoch bittest du mich, mit dir zu leben?«

»Mir fiele keine andere Frau ein, von der ich das verlangen könnte. Eine jede andere würde das nicht wollen. Doch du verlangst keine Versprechen, keine Liebesschwüre und keine Heimat.«

»Woher weißt du, dass ich das alles nicht will?«, fragte sie trotzig. Sie wandte sich ab, erweckte den Anschein, dass sie wieder nach draußen gehen wollte. Sie tat es nicht.

»Wie lange würden die Abenteuer währen, die dieser Mann dir verspricht?«, fragte er lediglich. »Nicht sonderlich lange, oder?«

Nachdem sie eine Entscheidung getroffen hatte, drückte sie sich davor, mit Sancho zu reden und suchte stattdessen Akils Nähe. Nicht, dass sie ihm nun mehr vertraute und dass die Scheu vor ihm nachgelassen hätte. Aber schließlich trieb sie die Frage zu ihm, auf welche Weise Aurel und sie wieder zurückkommen könnten auf heimischen Boden, am besten nach Marseille, wo ihre Reise den Anfang gefunden hatte.

Akil runzelte kaum merklich die Stirn. »Ich werde euch helfen. Aber willst du das wirklich – in die Heimat zurückkehren?«, fragte er. »Ich dachte ...«

Er sprach den Satz nicht zu Ende, als wäre er sich rechtzeitig gewahr geworden, dass ihn das alles nichts anging.

»Ich weiß nicht, was ich Sancho sagen soll ... und wie«, brach es aus Alaïs heraus. Unter Akils starrem und zugleich wissendem Blick fühlte sie sich wie ein kleines, hilfloses Kind, von den Stürmen des Lebens zerfranst.

»Deine Mutter ... deine Mutter stand auch zwischen zwei Männern.«

Alaïs zuckte die Schultern. Weder wollte sie sich Caterina anders vorstellen als mit der manchmal mürrischen Entschlossenheit ihrer letzten Jahre noch mit einem anderen Mann als ihrem Vater. Und zugleich fragte sie sich, ob diese Worte überhaupt ihre Lage beschrieben. Anders als Sancho hatte Aurel nie als Liebender um sie geworben. Sie würde nicht seine Frau sein, nicht seine Kinder großziehen. Jene Stunde in der Grotte, da die Verzweiflung sie in seine Arme getrieben hatte, würde sich nicht wiederholen. Und wahrscheinlich war es sogar das, womit er sie am meisten reizte und köderte.

»Ich gehöre zu Aurel«, murmelte sie, und was immer Akil über ihre Entscheidung dachte – er zeigte es ihr nicht.

»Wie ich schon sagte, wir können euch nach Barcelona bringen«, meinte er lediglich, als sie nach draußen ging. »Und von dort gelangt ihr über das Rossilo und das Languedoc in die Provence.«

Alaïs senkte den Blick. »Danke«, meinte sie knapp.

»Aber noch fehlt uns der Wind. Noch müssen wir warten.«

Am Anfang hatte Alaïs die Enge der kleinen Hütte bedrückend gefunden, nun konnte sie ihr gar nicht eng genug sein, um sich hier vor Sancho zu verkriechen. Sie hörte ihn nach ihr rufen, mit jener neckischen, werbenden Stimme. Nach seinem Prachtweib verlangte er, doch was eben noch wie eine prickelnde Auszeichnung geklungen hatte, schien ihr nun plötzlich aufdringlich und lästig. Sie blieb neben Aurel hocken, als würde sie ihn nicht hören.

Sie wäre noch länger sitzen geblieben, der Hitze zum Trotz, doch in den Abendstunden klopfte Sancho an die Tür. Seine Stimme klang nicht länger werbend, seine Zähne blitzten nicht schalkhaft. Fast griesgrämig sah er sie an. »Akil hat mir alles berichtet«, erklärte er knapp, drehte sich wieder um und ging.

Alaïs folgte ihm widerstrebend. Gerne hätte sie es vermieden, sich ihm zu erklären, doch sie wollte ihn nicht unnötig grimmig stimmen, nicht vor der Reise, die ihnen bevorstand, zermürbend und ungewiss genug.

»Sancho ...«, setzte sie an, »Sancho ...«

Ihr ging auf, dass sie fast nie seinen Namen ausgesprochen hatte. Er kam ihr schwer über die Lippen, nicht nur, weil sie verlegen war.

»Verbringst du nun lieber deine Zeit mit diesem Krüppel als mit mir?«, fauchte er. Arglos hatte sie sein Gesicht stets gedeucht, nun wirkte es dunkel und gewöhnlich. Wenn sie nun die Augen schlösse, würde sie ihn noch beschreiben können? Oder würde von ihm nichts anderes bleiben als die Erinnerung an Sand und Salz – und Lust?

»Ich kenne ihn schon so viel länger als dich«, erklärte sie, nicht beschwichtigend, wie sie es eigentlich beabsichtigt hatte, sondern trotzig. »Ich ... ich gehöre zu ihm.«

»Ich hatte nicht den Eindruck, als sei er dein Mann. Ich hätte niemals ...«

»Ich weiß«, unterbrach sie ihn, rang nach Worten. »Aber dieses gemeinsame Leben, das du dir ausgedacht hast ... in einem armseligen Haus wie diesem, wo ich stets auf dich warte ... Dafür bin ich nicht gemacht.«

»Was ist daran schlimm? Von einer Frau wie dir hätte ich gerne eine Horde Kinder, lebhaft, entschlossen und stark!«

Raymonda kam ihr in den Sinn, ihre dunklen Arme, ihre speckigen Hände, ihr durchdringendes Gebrüll, wenn sie etwas forderte, und die Bereitschaft, augenblicklich zu verstummen, wenn man es ihr gewährte – wenn Emy es ihr gewährte oder ihr Vater. Sie selbst hatte ihr nie etwas anderes gegeben als die Milch ihrer Brüste.

»Und siehst du«, sagte sie. »Ich hätte gerne kein Einziges von dieser Horde. Ich… ich möchte ein ganz anderes Leben als die anderen. Ich will keine Frau sein, die irgendwo auf einen Mann wartet und seine Kinder gebiert.«

Verächtlich spuckte er aus. »Was du willst, Alaïs, kann ich nicht verstehen – eines aber durchaus: Du bist das Feuer. Er hingegen«, er deutete mit dem Kinn auf die Hütte, wo Aurel hockte, »er hingegen ist wie die Luft. In seiner Nähe flackert deine Flamme stets zittrig, niemals wird sie ihr volles Licht und ihren vollen Glanz entfalten. Und irgendwann wird ein kalter Luftzug sie gänzlich zum Erlöschen bringen. Ich bin wie die Erde. Bei mir findest du Holz, um das Feuer prächtig am Leben zu halten, und viele Steine, die man darumherumlegt, auf dass es geschützt bleibt. Du könntest lodern anstatt erbärmlich zu verlöschen.«

Er wartete nicht ab, was sie dazu zu sagen hatte. Er rammte seine Füße förmlich in den Boden, als er sich abwandte und den Strand hinauflief. Alaïs starrte ihm nach, aber sie rief ihn nicht zurück.

Die Gefühle, das wusste sie, wurden ihr stets deutlich in Erinnerung bleiben. Wann immer sie wollte, würde sie an diese Tage zurückdenken und ihre Haut würde glühen, als sei es gestern gewesen. Die Erinnerung würde kostbar schmecken, aufreizend und ein wenig verboten, und sie würde auch dann noch lustvoll pochen, wenn Sanchos Name ebenso verblasst war wie seine Züge. Aber lebendig machte dieses Gefühl nur im Rückblick. Wenn sie nach vorn schaute, hatte sie nicht die leiseste Ahnung, wer sie morgen sein würde.

Alaïs hatte keine Ahnung, wie sie die letzte Wegstrecke ihrer abenteuerlichen Reise schaffen konnten – jene von Barcelona nach Marseille. War es für einen Mann, dem ein Bein fehlte, und eine Frau, die die Sprache der Katalanen kaum verstand, nicht ein hoffnungsloses Unterfangen? Die Richtung zu erahnen war leicht, sie mussten an der Küste bleiben und immerfort nach Osten wandern. Doch welche Gefahren mochten auf diesem Wege lauern, vor allem Räuberbanden? Und selbst wenn diese ausblieben, wie sollten sie ohne ausreichenden Proviant die Strecke überstehen?

Sie begann den Augenblick, da sie Barcelona erreichen würden, zu fürchten, doch an dem Tag, an dem am Horizont ein dünner Streifen Land sichtbar wurde, immer breiter wuchs und schließlich eine Stadt daraus erstand, die von einer mächtigen Kathedrale gekrönt war, trug ausgerechnet Sancho ihnen eine Lösung an.

»Ich kenne einen Händler. Fährt häufig die Küste zwischen Barcelona und Arles entlang. Kann euch mitnehmen.«

Er sprach abgehackt, schien keinen ganzen Satz zustande zu bringen. Rührte die schwere Zunge von der Unlust, mit ihr zu reden? Oder hatte er womöglich getrunken?

Alaïs wollte es nicht an seinem Atem riechen und hielt das Gesicht von ihm weggewandt.

»Danke«, murmelte sie, »hab Dank.«

»Dank nicht mir«, knurrte er. »Akil hat mich gebeten, für euch Sorge zu tragen, also tue ich's.«

Er spuckte die Worte förmlich aus. Sie war sich sicher, dass ein sprühender Speichelregen sie getroffen hätte, hätte sie ihn angesehen. Weiterhin hielt sie den Kopf gesenkt, wollte ihn mit von Lust verzerrtem Gesicht in Erinnerung behalten, nicht mit verletztem, verbittertem. Vor allem wollte sie nicht, dass er in ihrem Gesicht Spuren von Zweifel lesen könnte – Zweifel, den er bei ihrem letzten Gespräch gesät hatte, als er Aurel nicht für den rechten Mann für sie befunden hatte. Sie bemühte sich, sie nicht an sich heranzulassen, doch seit ihrer Abreise hatte Aurel kein vertrauliches Wort mehr zu ihr gesprochen, hatte nicht wieder bekräftigt, dass er nur mit ihrer Hilfe weitermachen konnte.

Allerdings – was gab es schon zu sagen, solange diese mühsame, heiße, auslaugende Reise nicht überstanden war?

Wie Aurel blieb nun auch sie gegenüber Sancho stumm, setzte den Worten des Dankes nichts hinzu, kein Bedauern, keinen Abschiedsgruß. Sie sah ihn nicht wieder. Nicht er, sondern einer seiner Männer trug dafür Sorge, dass sie direkt von dem einen aufs andere Schiff gelangten, ohne den Boden der Grafschaft überhaupt betreten zu müssen. Dort bekamen sie eine Kammer im Schiffsbauch, klein und drückend, schwül und nach fauligen Algen stinkend.

»Hoffentlich dauert die Reise nicht lang«, stieß Alaïs aus und wähnte sich schon jetzt zu erschöpft, um nur einen Tag zu überstehen.

Aurel ließ sich niederfallen. Er hatte es verweigert, sich tragen zu lassen, lediglich um einen Stock gebeten, auf den er sich stützen konnte. Das Humpeln war ihm schwergefallen. Er keuchte nicht minder erschöpft als sie – und vielleicht, so dachte Alaïs, waren Schmerzen und Kraftlosigkeit der Grund, warum er auch weiterhin stumm blieb.

XXXV. Kapitel

In Booten brachte man sie an die Küste, um sie wortlos in der Nähe von Arles abzusetzen, einen Auftrag erfüllend, aber kein Jota mehr Sorge bekundend. Sollten die Reisenden nun selbst sehen, wie sie weiterkamen, mochte die eine auch nur eine Frau sein, der andere ein Einbeiniger.

Alaïs blickte sich um. Flach und sumpfig war das Land, die Wiesen standen nicht grün wie an dem Tag, da sie die Provence verlassen hatte, sondern verdorrt. Erst jetzt stellte sie fest, dass während der abenteuerlichen Reise der Frühling längst vergangen war und der Sommer bereits dem Herbst entgegeneilte. Doch auch wenn es viele Jahre anstatt nur einiger Monate gewesen wären – sie hätte sich nicht mehr darüber gewundert. Sie fühlte sich, als wäre sie Ewigkeiten unterwegs gewesen und entsprechend gealtert.

Sie wandte sich an Aurel. »Und nun?«, fragte sie.

Nie hatte er in den letzten Tagen Schmerzen bekundet, doch sein Gesicht wirkte grau, gefurcht – und ratlos. Eine Weile hockten sie da und starrten sich an wie Kinder, die auf den Befehl der Erwachsenen warteten. Sie hatten vieles gemeinsam durchgestanden, aber noch nie waren sie auf sich allein gestellt gewesen.

Emy, ging es Alaïs durch den Kopf. Was würde Emy jetzt tun?

In den letzten Wochen hatte sie kaum an ihn gedacht, jetzt keimte eine Sehnsucht, die sie so heftig nicht erwartet hatte. Die Sehnsucht nach einem Plan, nach Ordnung, nach jemandem, der unauffällig zu essen und zu trinken besorgte.

»Holz«, meinte Aurel schließlich. »Such mir irgendwo einen kräftigen Ast, damit ich mich darauf stützen kann.«

Sie folgte seinem Wunsch gerne, erleichtert, dass es etwas zu tun gab, das für einige Momente vollends ihren Geist beanspruchte. Zwischen den Feldern wuchsen Obstbäume. Die Äpfel, die sie trugen, waren klein und grün, und als sie heftig an einem Ast zerrte, so rieselte ihr nicht nur Rinde ins Gesicht, sondern plumpsten ihr die harten, unreifen Früchte auf den Kopf. Sie stieß einen Schmerzensruf aus, der ungehört verhallte. Aurel saß noch dort, wo die Männer ihn abgesetzt hatten, und sie unterdrückte mit aller Macht den Grimm, der ob seiner Tatenlosigkeit in ihr hochstieg.

Er kann doch nichts dafür, suchte sie sich einzureden, wie soll er denn laufen mit dem einen Bein …

Und doch grummelte etwas in ihrem Magen, das sich von den nüchternen Gedanken nicht ruhig stimmen ließ, nicht nur Wut, weil sie auf sich allein gestellt war, sondern neuer Zweifel. Wie sollte es weitergehen mit ihnen?

Immerhin erkannte er, dass sie unmöglich einen Ast vom Baum brechen konnte – bestenfalls nur einen morschen, und der würde unter seinem Gewicht zusammenbrechen.

»Versuch es damit!«, rief er ihr zu.

Er hatte aus seinem Lederbeutel die *Serra* gezogen, jene Säge, bei deren Anblick sie erschauderte. Das letzte Mal hatte sie sie in Händen gehalten, als sie den Knochen seines Beines durchsägt hatte. Fast scheute sie sich, sie zu berühren, dann aber sah sie ein, dass es keinen anderen Weg gab.

Sie prüfte mehrere Äste und versuchte, nicht auf das Knirschen zu hören, als sie sich für einen entschieden hatte und zu sägen begann. Schweißnass war sie, als sie ihr Werk vollbracht hatte. Sie warf Aurel den armdicken Ast mit sämtlichen Blättern und Zweigen daran zu, ohne sich gewiss zu sein, dass er die richtige Größe für eine Krücke hatte.

Dabei zuschauen, wie er sie fertigte, wollte sie nicht.

Erschöpft ließ sie sich auf die rote Erde sinken, blieb eine

Weile sitzen und legte dann auch ihren Kopf nieder. Sie starrte in den Himmel, der weder von Land und Meer eingerahmt noch von Wölkchen beschmutzt, sondern strahlend weit und blau und nackt war wie das Leben, das vor ihr lag. Nach einer Weile blendete die Sonne so stark, dass sie die Augen schließen musste, und die Dunkelheit schien noch leerer, noch unbeschriebener.

Als die Haut ihres Gesichts sich ob der Hitze zu schälen begann, richtete sie sich wieder auf. Ihr schwindelte, der Mund war trocken. Sie blickte sich um, doch dort, wo Aurel eben noch gesessen hatte, war der Platz leer.

»Aurel!«, rief sie. »Aurel!«

Irgendwie hatte er es geschafft, bis unter den Schatten des Baumes zu kriechen. Als sie sich ihm näherte, bemerkte er sie nicht. Viel zu sehr war er damit beschäftigt, den Ast zu bearbeiten. Anstatt ihn als Krücke zu verwenden, hatte er ihn in der Mitte entzwei geschnitten. Eben befreite er eines der Stücke von der kratzenden Rinde und versuchte, die beiden Enden möglichst glatt zu schleifen. Sämtliches chirurgisches Gerät hatte er um sich ausgebreitet, als gälte es, das Stück Holz ebenso akribisch und behutsam zu behandeln wie einen menschlichen Körper.

»Was zum Teufel tust du da?«, entfuhr es ihr.

Er achtete nicht auf sie. Starr war sein Blick auf das Werk seiner Hände gerichtet – doch nicht leer, nicht ausgelaugt wie in den letzten Wochen, sondern irgendwie lodernd. Als das Holz ihn glatt genug deuchte, kramte er wieder in seinem Beutel. Er schien das Gesuchte nicht zu finden, weshalb er kurzerhand ein Messer nahm und den Lederbeutel in kleine Streifen zerschnitt.

»Was tust du?«, fragte sie wieder.

Hatten Durst und Hitze ihm den Verstand geraubt? Beides war ihr selbst unerträglich. Suchend blickte sie sich um. In jener sumpfigen Gegend musste es doch irgendwo ein Bächlein geben! Aurel leckte sich zwar auch über die trockenen Lippen, aber seine Aufmerksamkeit galt ganz und gar dem Stück Holz – so wie einst, wenn er im Leib einer Leiche oder eines Kranken gewühlt hatte und nichts ihm zusetzen konnte, weder Hunger noch Müdigkeit.

»Ich suche Wasser!«, erklärte sie forsch und irgendwie trotzig.

Er antwortete nicht, wahrscheinlich hatte er sie nicht einmal gehört.

Als sie zurückkehrte, fühlte sie sich etwas frischer. Der Bach, der zwischen zwei Feldern sprudelte, war zwar dünn und lehmig und sein Wasser schmeckte salzig wie das Meer. Dennoch hatte sie getrunken, bis sie kaum mehr atmen konnte, und ihr Gesicht ganz tief hineingesteckt, bis ihr nicht mehr heiß war. Nun bröckelten sandige Krusten davon ab.

Aurel blickte immer noch nicht hoch, doch nun wurde auch ohne erklärende Worte offenbar, woran er sich abrackerte. Er hatte das Stück Holz auf die Größe seines fehlenden Unterschenkels zurechtgeschnitzt und suchte nun das geeignete Mittel, um das Leder solcherart daran festzumachen, dass er das Holzbein um den Stumpf schnallen konnte.

»Es könnte taugen!«, rief er eifrig, und seine kraftvolle Stimme hatte nichts mit dem Krüppel gemein, der vor kurzem noch heiser beklagt hatte, er könne nie wieder ein *Cyrurgicus* sein. »Ja, es könnte taugen, wenn ich es nur ausreichend erprobe! Ich habe schon früher einen Mann mit dergleichen gehen sehen. Natürlich erkannte man, dass er humpelte. Aber wenn ich erst darin geübt bin… dann… dann kann ich gewiss ohne Schwierigkeiten über Stunden stehen. Und wenn erst Beinkleider darüberfallen – dann sieht man nicht, dass ich verstümmelt bin. Dann kann ich mich auch wieder um Kranke kümmern.«

Seine braunen Augen glänzten. Erstmals seit langem waren sie nicht in tiefen Schlitzen versunken. Mit aller Kraft zog er sich am Baumstamm hoch, in dessen Schatten er gesessen hatte, und versuchte, das Holzbein zu belasten. Es schmerzte ihn sichtbar. Mochte die Wunde auch gut vernarbt sein, gefühllos war sie sicher nicht. Aber er verdrängte den Schmerz und runzelte nur kurz die Stirn, als wäre er nichts weiter als eine lästige Fliege. Vorsichtig verlagerte er das Gewicht und stützte den Stumpf auf dem Holz auf. Etwas schief stand es von seinem Bein weg, und doch wirkte er nicht mehr so hilflos wie eben, da Fremde ihn auf ein Boot und von dort aufs Land hatten tragen müssen. Als er schließlich aufrecht stand, klatschte er begeistert in die Hände.

»Ich wusste doch, dass ich es schaffe!«, rief er. »Wenn ich nur ausreichend Kraft und Mühe darauf verwende, wenn ich …«

»Das ist gut«, unterbrach Alaïs ihn. »Das ist wirklich gut. Aber selbst, wenn das Holzbein nicht taugt … ich kann dir doch helfen. Ich habe es dir versprochen. Bei dir bin ich geblieben, obwohl …«

»Pah!« Nun war er es, der ihr ins Wort fiel. »Pah!« Es klang wie einst, selbstsicher, dreist, ohne eine Spur dieses kleinlauten, missmutigen, müden Dahinsiechens der letzten Wochen. »Am besten ist man dran, wenn man sich auf sich selbst verlassen kann.«

»Aurel …«, setzte sie gedehnt an. Noch klang sie verwirrt, noch brach sich die Wut nicht die Bahn, die in ihr zu brodeln begonnen hatte; nicht eben erst, schon in dem Augenblick, da weder ihre Fragen noch ihr Durst ihn geschert hatten, sondern nur dieses lächerliche Holzbein. Nun gut, das konnte sie ihm noch nachsehen: Sie konnte ihn nicht tragen, besser war's darum, er lernte, wieder selbst zu laufen. Und was sein Verlangen anging, künftig wieder als *Cyrurgicus* zu arbeiten, so konnte er es ihretwegen gerne tun. So lieb waren ihr Blut und Eiter, Leidende, Verstümmelte und Kranke nie gewiesen, als dass sie sich bestohlen wähnte, beanspruchte er selbiges nun für sich allein. Doch etwas anderes setzte ihr mehr zu.

»Aurel … auf Mallorca hast du von uns beiden geredet … und dass du es ohne mich nicht schaffst! Ich dachte … ich dachte, du würdest es endlich sehen … was ich bin und was ich kann … so viel mehr nämlich als ein gewöhnliches Weib, das irgendwo auf einen tumben Mann wartet und dessen Bälger austrägt. Ich dachte, du würdest mich brauchen … mich … Alaïs …«

»Ach, du kannst mir doch auch helfen!«, rief er leichtfertig. »So wie früher. Als wir durch die Lande zogen. Du hast doch immer dafür gesorgt, dass wir genug zu essen hatten, alle nötigen Arzneien und meist auch ein Dach über dem Kopf, nicht wahr?«

Ihre Züge gefroren. Vielleicht lag es daran, dass ihre Wut so kalt war. Vielleicht, weil der Schlamm des Baches in ihrem Mund trocken wurde. Sie öffnete den Mund, aber ihre Lippen hatten zu wenig Bewegungsspielraum, um ihn anzubrüllen.

Und das wollte sie.

Das soll ich dir also sein?, wollte sie schreien. Eine willfährige Dienstmagd, die dir abnimmt, was dir lästig ist? Die für dein täglich Brot sorgen soll, ähnlich wie die Zicklein, die sich Sancho wünschte? Und wie kannst du vergessen haben, dass nicht ich, sondern dein Bruder es war, der stets für dein leibliches Wohl gesorgt hat? Wie kann man nur so gleichgültig sein und so undankbar?

Emy war für dich da, Emy war für uns beide da, immer und immer wieder, ganz gleich, was geschehen ist, ganz gleich, was wir angerichtet haben.

Doch nichts dergleichen konnte sie sagen. Ganz andere Worte brachen sich Bahn – heiser und gerade darum so verbittert.

»So wie früher?«, zischte sie. »So wie früher? Als du dem Papst begegnet bist, war es dir gleich, was aus mir wurde! In einer Bäckerei habe ich schuften müssen, während es dir um nichts anderes ging, als deine Ziele zu erreichen. Geschwängert hast du mich, aus schlechter Laune heraus! Und hinterher zählten nicht mein Wohl und das des Kindes, sondern nur, wie du am besten nach Bologna kamst. War ich dir jemals etwas wert? Bin ich dir heute etwas wert? Hast du auch nur einmal darüber nachgedacht, was ich will?«

Er hatte ihre Worte mit gesenktem Kopf über sich ergehen lassen. Doch es war nicht Scham, die ihm verbot, ihrem Blick standzuhalten. Stattdessen prüfte er, ob der Boden hart genug war, um mit dem Holzbein aufzutreten. Sämtliche Muskeln waren angespannt, als er einen ersten vorsichtigen Schritt wagte. Das Gebilde hielt – und das machte sie noch wütender. Dass er vermeintlich gehen konnte, deuchte sie als die größte Beleidigung und Zumutung. Dass jenes Tun, das zu ihrer Missachtung geführt hatte, auch noch mit Erfolg gekrönt wurde!

Wie kann er damit durchkommen?, fragte sie sich.

Mit einem Aufschrei stürzte sie auf ihn zu, schlug auf seine Brust und rüttelte an seinen Schultern. So unvermittelt kam ihr Angriff, dass er ihm nichts entgegensetzte – nur einen überraschten Blick. Im nächsten Augenblick wankte er schon. Das Holzbein brach unter ihm weg, und er fiel direkt auf sie. Sämtliche seiner spitzen Knochen bohrten sich in ihren Leib, als sie auf den Boden krachten, sich dort um die eigene Achse drehten. Reglos blieb er auf ihr liegen, indessen sie immer noch auf seinen Körper einschlug, ihn kniff, ihn biss, an seinen Haaren zerrte, so lange, bis sie zu erschöpft dazu war – und zu wenig Luft dazu bekam. Schwerfällig rollte er von ihr, blieb kurz hilflos wie ein Käfer liegen, ehe er sich mit den Händen aufstützte und nach seinem Holzbein Ausschau hielt. Wie sie den Sturz überstanden hatte und ob sie sich weh getan hatte, war ihm gleich.

Obwohl von ihm befreit, konnte sie seinen Körper noch fühlen, diesen dünnen, zähen, einbeinigen Leib. Sie würgte vor Ekel und Enttäuschung – und vor Sehnsucht nach Sanchos Lebendigkeit.

»Nichts …«, ihre Stimme war nicht lauter als ein Hauch, »nichts hat sich geändert.«

Er antwortete nicht, war bis zu dem Holzbein gekrochen, kämpfte sich nun zurück zum Schatten des Baumes, um es dort weiter zu bearbeiten, die Technik zu verfeinern.

Händeringend blickte Alaïs sich um. Wohin sollte sie? Wohin konnte sie noch? Wohin zog es sie überhaupt?

Gab es einen Weg zurück zum Schiff, zurück zu Sancho? Nein, unmöglich war dies Unterfangen, und wäre es auch nicht unmöglich gewesen, so würde es ihr nichts anderes bringen als die Horde Kinder, die sie nicht wollte. Es hatte einen guten Grund gegeben, warum sie Sanchos Werben ausgeschlagen hatte, und jener Grund hatte nicht allein mit Aurel zu tun, auch wenn sie nun vermeinte, sie würde im Hass auf ihn ersticken.

Als sie auf den Boden stampfte, blickte er endlich hoch. »Alaïs, warum zürnst du mir?«

»Weil du mich belogen hast!«, schrie sie und stampfte wieder auf. »Weil du mich in die Irre geführt hast! Für dich gibt es nur zweierlei Arten von Menschen, die dich interessieren: die Kranken, die du behandelst, und die Lakaien, die dir helfen. Ich wollte nicht deine Frau sein, aber deine Gefährtin. Die du achtest, die du brauchst… die du siehst. Und ich dachte mir in den letzten Tagen, du würdest mich sehen. Aber du siehst mich nur, wenn ich dir nützlich bin. Ich hätte alle Kranken dieser Welt in Kauf genommen, wenn du mir nur die Freiheit geschenkt hättest. Aber du kannst nichts schenken und nichts geben – weil du alles, was du schenken oder geben könntest, an dich selbst verschwendest.«

Verwirrung breitete sich in seinem Gesicht aus. Mehrfach setzte er zu reden an, doch es schien ihm nichts Rechtes einzufallen. Schließlich meinte er leichtfertig: »Verstehst du nun, warum ich den menschlichen Körper erforschen will? Weil er so viel leichter zu verstehen und zu erklären ist. Dich hingegen verstehe ich nicht.«

»Wann hättest du's auch je versucht.«

Heiße Tränen strömten jäh aus ihren Augen und reinigten ihr verdrecktes Gesicht. Das Bild vor ihr verschwamm, und sie vermochte nicht einmal zu sagen, ob er ihr Weinen noch bemerkte oder nicht.

Sie ging, ohne sich endgültig von ihm zu verabschieden. Sie war nicht leichtgläubig genug, um zu hoffen, er würde sie aufhalten, ihr etwas nachrufen. Doch dass sie eine Entscheidung getroffen hatte und diese unwiderruflich war, dessen wurde sie sich erst bewusst, als sie das nächste Dorf erreichte.

Ihre Wege hatten sich getrennt, für heute, für morgen, wahrscheinlich für immer. Von ihrem Teil des Weges wusste sie freilich nur, dass er sie von ihm wegführte, nicht wohin. Vielleicht wusste sie es auch, wollte es sich aber nicht eingestehen, sondern klammerte sich noch an die Möglichkeit, sich alleine durchzubringen.

Sie kauerte sich vor die Kirche, weil dies das höchste Gebäude war und am meisten Schatten spendete. Auch der Entschluss zu betteln wurde ihr erst dann zur Gewissheit, als sie ihn bereits umsetzte.

»Bitte… ein Stück Brot«, murmelte sie, als sich Schritte näherten. Hochzublicken wagte sie nicht, aus Angst, Abscheu und Verachtung aus den Gesichtern zu lesen. War das die Fratze der Freiheit, von der ihr Vater gesprochen hatte? Nichts zu haben außer dem, was sie am Leibe trug?

Niemand gab ihr Brot, eine Frau spuckte nach ihr. Dass sie noch tiefer sinken konnte, erfuhr sie schließlich, als das Abendlicht den Staub der Straße rötlich färbte. Wieder näherten sich Schritte. Erstmals blieb jemand vor ihr stehen, blickte auf sie hinab. Vorsichtig hob sie den Kopf. Sie hatte den Eindruck gehabt, jene Gestalt humpelte. Sollte Aurel doch…?

Sie war zu müde, um es zu erhoffen. Es war auch nicht Aurel, sondern ein einäugiger Bettler, der sie nun anstarrte, das Gesicht von der Krätze zerfurcht, die Kleidung stinkend.

»Hau ab!«, ertönte es nuschelnd. »Hau ab! Das ist mein Revier!«

Alaïs erhob sich hastig. Solange sie hockte, machte die Kreatur ihr Angst. Als sie aufrecht stand, merkte sie jedoch, dass sie einen guten Kopf größer war, kräftiger und gesünder.

Er kann mich nicht vertreiben, dachte sie. Ich könnte mich gegen ihn wehren.

Doch der Gedanke, mit einem Bettler zu balgen, nach ihm zu treten, ihn zu kneifen, ihn zu beißen, wie sie es mit Aurel getan hatte, widerte sie dermaßen an, dass sie freiwillig davonlief.

Sie ging weiter und immer weiter. Bei Tag und bei Nacht. Zwischendurch schlief sie unter Bäumen, trank Wasser in schlammigen Bächen, pflückte Obst und Oliven. Beides machte nicht satt, vertrieb nur die ärgsten Schmerzen, die in ihrem hungrigen Leib rumorten. Ihre Füße bekamen Blasen. Ihre Haut begann unter Krusten von Schweiß und Dreck zu jucken.

Ein Leben lang war sie stark und zäh gewesen. Sie hatte wehe

Glieder und Hitze ertragen, Hunger und Erschöpfung, Enge und Anstrengung. Doch nun erwachte sie am Morgen mit dem gleichen Gedanken, mit dem sie am Abend einschlief: Ich kann nicht mehr.

Für kurze Zeit noch konnte sie dem Verlangen, aufzugeben, Stolz, Sturheit und Freiheitsdrang entgegenhalten, doch im Trott der Schritte, die immer langsamer und schwerfälliger ausfielen, verstummte jegliches Aufbegehren gegen eine Entscheidung, die sie gar nicht bewusst traf und die sie doch in eine bestimmte Richtung trieb: nach Hause. Bis vor kurzem hätte sie nicht vermeint, so tief fallen zu können und Zuflucht ausgerechnet an dem Ort zu suchen, der ihr immer nur ein Gefängnis gewesen war. Doch der Gedanke zu fallen – ganz gleich, wie tief – schreckte sie nun nicht mehr, solange ihr die Hoffnung blieb, sie könnte nach dem Fallen endlich liegen bleiben, sich ausruhen, neue Kräfte sammeln, auch wenn sie nicht wusste, warum und wozu.

Und dann, eines Tages, stand sie auf jener Anhöhe, von der aus man nach Saint-Marthe blicken konnte. Bis zu diesem Zeitpunkt hatte sie nicht gewusst, wie schwer Müdigkeit auf einem lasten konnte. Es war, als schleppte sie einen riesigen Felsbrocken mit sich, und die Erschöpfung und der Hunger hätten sie sämtliche Freiheit für ein Stück Brot verkaufen lassen.

Ihr Leib war zu ausgezehrt, als dass ihr Geist ihm etwas anderes hätte entgegensetzen können als die Überlegung, wie sie den einen Fuß vor den anderen bringen sollte. Nichts spürte sie von der Schande, dass sie hierher zurückkehrte, nichts von dem Scheitern.

Als sie das Dorf erreichte, war es Abend. Am Himmel verknäulten sich bleiche Wolken mit den roten Fäden, die die untergehende Sonne abspulte. Die meisten Fensterläden waren geschlossen. Wer auch immer hindurchlugte und sie erblickte, sah sich davon nicht veranlasst, nach draußen zu eilen. Leer schien jedes Gässchen, wie ausgestorben – und sie war dankbar, dass sie niemandem eine Antwort schuldig war. Zumindest so lange nicht, bis sie die Kate erreichte, in der sie mit Emy gelebt hatte.

Bevor sie das Haus betrat, sah sie den Trog, der wie immer davorstand. Trüb stand das Wasser darin, vielleicht hatten Tiere daraus getrunken – der wilde Widder, den sie am Schafsmarkt von Marseille nicht hatte bezwingen können –, vielleicht war schmutzige Wäsche darin gewaschen worden. Sie scherte sich nicht darum, senkte ihren Kopf tief ins Wasser, genoss die ersten Schlucke, gleichwohl sie erdig schmeckten, und die erfrischende Kühle, die den heißen Kopf besänftigte.

Als sie sich wieder aufrichtete, surrten Mücken um ihr Haupt. Sie wedelte die Schar fort, wischte sich das nasse Gesicht trocken. Dann betrat sie die Kate.

Emy saß an dem länglichen Tisch. Ein Stück Stoff lag vor ihm. Es sah aus, als habe er genäht. Doch in dem Augenblick, da sie den Raum betrat, hatte er die Arbeit bereits aufgegeben. Weil er keine Lust mehr hatte? Oder weil er sie hatte kommen sehen?

Zumindest wirkte er nicht erstaunt. Kein Wort der Begrüßung, kein Ausruf der Überraschung trat über seine Lippen. Er blieb starr sitzen, als würde sie nicht von einer monatelangen Reise wiederkehren, sondern lediglich von einem kurzen Ausflug.

Dass er nichts sagte, nicht auf sie reagierte, ließ jedes Wort in ihr verstummen. Sie hatte keine Kraft zu reden, nur diesen unerträglichen, quälenden Hunger. Mehr taumelte sie zum Tisch, als dass sie aufrecht ging. Dann ließ sie sich niederfallen und wusste nicht, wie sie die Kraft aufbringen sollte, um Essen zu flehen.

Doch es war keine Bitte nötig. Emy ging zur Herdstelle. Ein Kupferkessel hing über dem Feuer. Er schöpfte etwas daraus, brachte es ihr, desgleichen ein Stück Brot, das er aus einem Korb nahm. Sie wusste nicht, was sie aß, so schnell schlang sie es herunter. Erst hinterher bemerkte sie, dass sie sich den Mund verbrannt hatte.

Nun hatte sie wieder die Kraft zu reden und zu denken, doch Emy schwieg immer noch. Nachdem er ihr das Essen gereicht hatte, hatte er sich wieder an seinen Platz gesetzt und begonnen, das Stück Leinen zu flicken – es schien ein Kleid zu sein, wahrscheinlich das von Raymonda.

Alaïs schob die leere Schüssel fort. Am liebsten wäre sie geflohen, doch ihre Füße schienen ihr zu wund dazu. So musste sie sitzen bleiben, und weil sie die Stille nicht ertrug, sagte sie leise seinen Namen.

»Emy.«

Nichts weiter.

Es war kaum lauter als ein Flüstern, doch er hatte sie gut gehört. Die Nadel entglitt seiner Hand. Er fuhr vor, packte sie schmerzhaft an den Schultern, rüttelte sie. Derart gewalttätig hatte sie ihn nie erlebt, und sie fuhr zusammen, nicht nur erschrocken über die unerwartete Reaktion, sondern weil sie ihm keinen Widerstand entgegenbringen konnte.

Irgendwann ließ seine Hand sie wieder los.

»Nenn mich nie wieder Emy!«, sagte er ausdruckslos. »Aurel hat mich so genannt.«

Tränen stiegen ihr hoch, von denen sie nicht wusste, woher sie rührten. Sie schluckte sie, hörte dann das Geräusch tapsender Schritte hinter sich. Langsam drehte sie sich um und sah Raymonda dort stehen, mit nackten Beinen und dünnem Kleidchen. Ihre schwarzen Haare waren gewachsen, die Wangenknochen etwas stärker aus dem einstmals rundlichen Kleinkindgesicht hervorgetreten. Sie musterte Alaïs wie eine Fremde.

»Was ist geschehen?«, fragte sie. Ihre Worte waren deutlich. Ihre Tochter hatte in der Zwischenzeit zu reden gelernt.

Emy stand auf, beugte sich zu ihr herab, hob sie hoch. Er streichelte ihr über das Haar, und Raymonda legte ihren Kopf in die Beuge seines Halses.

Alaïs musterte den Mann, der ihr Gatte war und der Vater ihrer Tochter, und er war ihr fremd und vertraut zugleich.

Emy, der sie immer gesehen und immer für sie gesorgt hatte.

Emy, der nie von ihr verlangt hatte, ihm ein krosses Zicklein zu braten.

»Schlaf weiter«, sagte er mit gleichgültiger Stimme. »Es ist nur deine Mutter, die wieder nach Hause zurückgekehrt ist. Kein Grund aufzuwachen.«

XXXVI. Kapitel

Alaïs vermochte nicht zu sagen, ob sich Saint-Marthe verändert hatte oder lediglich ihr Blick darauf. Schlicht und eng war es ihr immer erschienen, und wenn es Ersteres auch geblieben war, wie ein Gefängnis fühlte es sich nicht mehr an. Als sie in am nächsten Tag durch das Dorf ging, mal ziellos, mal um den Friedhof zu besuchen, hatte sie zwar das Gefühl, sie könne kaum atmen und nie wieder an etwas innigliche Freude finden – aber die Welt deuchte sie hier nicht kleiner zu sein als anderswo. Ray hatte sie bei ihrem Fortgang vor der Fratze der Freiheit gewarnt, doch jetzt schien ihr die Freiheit nicht hässlich, sondern schlichtweg eine Lügnerin. Sie hatte sie gelockt und verführt – und sie schließlich an Kerkerwände laufen lassen, die zuvor dreist geleugnet worden waren.

Denn dies war das schlimmste Gefängnis, in das sie je gestoßen worden war: dass ihr zum ersten Mal die Sehnsucht fehlte. Dass sie gar nicht erst bedauerte, nicht länger an Sanchos oder Aurels Seite zu leben.

Sie hatte immer gewusst, was sie nicht wollte – so zu leben wie die Eltern, wie die Brüder, wie die Gleichaltrigen –, aber was sie im Gegenzug anstrebte, war vage geblieben. Es hatte sich aus der Verneinung genährt, der Verneinung von Sitten und Gewohnheiten, nicht von der Suche nach etwas Bestimmtem, vom Feilen an eigenen Talenten. War wirklich eine Fratze das schlimmste Gesicht der Freiheit oder nicht vielmehr das Fehlen von selbiger? Verhieß der Raum, den sich erstreiten mag, wer lange genug an seinen Fesseln zerrt, am Ende womöglich nicht Weite, sondern nur Leere?

Das dachte sie, als sie bei den Gräbern saß – an dem der kleinen Aurélie, an deren Gesicht sie sich nicht mehr erinnern konnte, an dem von Caterina, die insgeheim wohl glücklich gewesen wäre, wüsste sie die Tochter wieder in der Heimat, und an dem von Ray. Letzteres war vor wenigen Wochen dazugekommen. Gleichwohl er an Worten sparte, hatte Emy ihr zumindest das erzählt. Ein hartnäckiger Husten hatte ihren Vater befallen, schließlich war ein Fieber dazugekommen. Er habe noch mehrere Tage im Bett gelegen – Raymonda sei bei ihm gehockt und er habe ihr trotz Müdigkeit und Schmerzen Geschichten erzählt – und sei dann schließlich eines Morgens gestorben, ebenso gnädig im Schlaf wie Caterina.

Dumpf hatte Alaïs den Worten gelauscht. Bis zu dem Augenblick, da sie sein Grab sah, hatte sie sich den oft lustigen und manchmal wehmütigen, oft wankelmütigen und zugleich treuen, oft spottenden und insgeheim liebenden Vater nicht tot vorstellen können. Dann aber, als sein Tod nicht mehr zu leugnen war, befiel sie keine Trauer, sondern Erleichterung.

Sie vermisste ihn und den Trost, den er ihr als Einziger hätte spenden können, aber sie war dankbar, dass er mit dem Gedanken an eine Tochter gestorben war, die irgendwo in der Ferne Freiheit und Abenteuer suchte und nicht erschöpft und gescheitert zurückgekehrt war, ohne Pflichten, ohne Ziel, beäugt von neugierigen Dorfbewohnern, die sie gewiss mit Häme übergossen hätten, hätten sie es nur für wert befunden, überhaupt mit ihr zu reden.

Noch hatte das keiner getan. Erst jetzt, da Alaïs sich von den Gräbern erhob, sah sie nicht weit von sich Dulceta stehen und sie begaffen.

Dulceta war die Tochter der geschwätzigen Régine, und an ihrem Rock hingen wie eh und je einige grobschlächtige Bälger, mittlerweile – das glaubte sie zu erkennen – eines mehr als vor ihrem Fortgang.

Alaïs straffte ihre Schultern. So müde, so gebeugt und leer konnte sie sich gar nicht fühlen, um die andere nicht als lästig zu befinden.

Und jene wiederum war zu geschwätzig, um Alaïs mit Schweigen zu bestrafen wie der Rest des Dorfes. »Dass du dich nicht schämst!«, zischte sie.

»Was geht's dich an, was ich getan habe!«

»Emeric ist ein guter Mann. Er ist der Beste von allen.«

Alaïs hob überrascht die Augen. Sie hatte nicht erwartet, dass der Tadel über ihren Fortgang sich in Lob für Emy kleiden würde. Sie konnte sich nicht erinnern, dass er in Saint-Marthe jemals besonderes Ansehen genossen hätte. Gewiss, man schätzte ihn, weil er nicht viele Worte machte, aber zupacken konnte. Doch er war ein Fremder geblieben, der nicht zu ihnen gehörte, in gleicher Weise wie Ray und Caterina niemals ganz zu ihnen gehört hatten.

Aber nun lernte Alaïs, dass eine vermeintlich böse Frau, wie sie es in den Augen der anderen war, aus einem bislang ganz gewöhnlichen Mann einen besonders guten machte, weil diese Bosheit umso dunkler schien, je heller man den anderen malte.

»Der beste von allen!«, wiederholte Dulceta. »Er hat sich um Raymonda gekümmert wie eine Mutter und hat trotzdem härter gearbeitet als jeder Mann! Nie hat er ein schlechtes Wort über dich und seinen Bruder verloren! So einen Mann hast du nicht verdient.«

Alaïs presste die Lippen zusammen. Sie hoffte, dass Dulceta an ihren Zügen nicht abzulesen vermochte, welchen Stich ihr diese Worte versetzten – heftiger und schmerzhafter als erwartet.

»Warum sollte er öffentlich über mich lästern?«, gab sie schroff zurück. »Was geschehen ist, geht nur Emy und mich etwas an – euch aber ganz gewiss nichts.«

Noch als sie den Namen aussprach, erinnerte sie sich daran, dass er ihr verboten hatte, ihn so zu nennen. Seine leise, raue Stimme hallte in ihren Ohren. *Nenn mich nie wieder Emy. Nie wieder! Nie wieder! Aurel hat mich so genannt…*

»Du bist eine Schande für unser Geschlecht! Wie gut, dass deine Mutter das nicht mehr erleben musste!«

Alaïs verdrehte die Augen. Trotz der zänkischen Stimme klangen Dulcetas Worte nicht wirklich aus der Wut geboren, sondern nachgeplappert. Die Empörung über Alaïs' Verhalten schien nicht aus ihrem eigenen Urteil zu erwachsen, sondern weil sie das der anderen – wohl vor allem das von Régine – oft genug gehört hatte.

»Meine Mutter war manchmal streng und unnahbar, und sie hatte ständig Angst um mich. Aber gleich, was ich getan hätte, nie hätte sie sich von mir abgewendet. Und mein Vater auch nicht.«

Noch während Alaïs es aussprach, dachte sie, dass Dulceta es ganz gewiss nicht wert war, diese Worte zu hören. Den Eltern selbst hätte sie sie sagen sollen, als diese noch lebten: dass sie nie an deren Liebe gezweifelt hatte, dass sie trotz aller Sehnsucht nach dem Fremden nicht blind dafür gewesen war. Jetzt war es zu spät dazu. Zu spät auch, Emy Emy zu nennen. Zu spät, Raymonda eine Mutter zu sein.

Wie erbärmlich, ging es ihr durch den Kopf, wie erbärmlich, dass es niemand anderen gibt, mit dem ich reden kann, als Dulceta.

»Warum bist du überhaupt zurückgekommen?«, fragte jene eben. »Warum bist du nicht fortgeblieben?«

Zu ihrer Erleichterung musste sie nicht antworten, denn eben rief jemand laut Dulcetas Namen. Wahrscheinlich war es Régine, die einst dem eigenen Bruder mehr Aufmerksamkeit geschenkt hatte als den eigenen Kindern, die aber, nachdem Dulceta Söhne geboren hatte, ebenso streng auf diese achtete wie früher auf Josse.

Alaïs wollte nicht mit ihr zusammentreffen und wandte sich hastig ab. Doch ehe sie fortgehen konnte, ertönte der Ruf ein zweites Mal, und diesmal entging ihr nicht, wie aufgebracht, ja geradezu verzweifelt er klang. Dann kam Régine schon herbeigelaufen, etwas humpelnd ob ihrer morschen Knochen und mit ihr ein paar andere Frauen des Dorfes, die Alaïs nicht kannte, vielleicht auch einfach nicht erkennen wollte.

Sie duckte sich aus Angst, von schmähenden Blicken und noch schmähenderen Worten getroffen zu werden, doch niemand scherte sich um sie. Sie schlossen Dulceta in einem Kreis ein, als könnten sie sie solcherart vor der rauen Wirklichkeit schützen. Doch ihre verängstigten Mienen ließen das Grauen auf Dulceta überschwappen. »Was ist denn geschehen?«, fragte sie panisch.

Einer ihrer Jungen begann zu heulen, woraufhin eine der Frauen ihn rasch packte und zur Seite schob, als wäre der Mutter in dieser schweren Stunde nicht auch noch ein plärrendes Balg zuzumuten.

»Dein Mann…«, stammelte Régine, »Pierre…«

»Was ist mit ihm?«

»Er wollte den Stier kastrieren. Doch weil er ihn nicht richtig festgebunden hat, hat der ihn mit den Hörnern aufgespießt.«

Alaïs folgte Dulceta, ohne zu wissen, warum sie es tat. Mit einem Aufschrei war diese zu Boden gesackt, doch ehe Alaïs auch nur versuchen konnte, ihr aufzuhelfen, traf sie Régines abweisender Blick. Freilich war Régine danach zu sehr mit der Tochter beschäftigt, um der Angefeindeten noch mehr Verachtung zu bekunden. Alle, die von dem Unfall gehört hatten, waren zu abgelenkt, und so ging Alaïs das erste Mal, seit sie nach Saint-Marthe zurückgekehrt war, unbehelligt durchs Dorf, ward weder mit Schweigen bestraft noch mit bösartigen Blicken.

Sie hatten Pierre dort liegen lassen, wo der Stier ihn so übel zugerichtet hatte. Das wilde Tier hatte man irgendwie gezähmt und wieder eingesperrt. Hinterher würde man ihn schlachten, und Dulceta – so erzählte man es sich im ganzen Dorf – würde beim Anblick von jedem Stück Schinken ein Kreuzzeichen schlagen. Essen würde sie den Schinken trotzdem; man ließ kostbares Fleisch nicht einfach verderben.

Wenn man auch den Stier gebändigt hatte, hatte niemand es gewagt, den Verwundeten anzurühren. Er lag stöhnend in einer Blutlache, und gleichwohl sich rasch ein kleines Grüppchen – bestehend aus Verwandten, Nachbarn und einigen Kindern – um ihn geschart hatte, wagte keiner, den Bannkreis zu überschreiten.

Als die Menschen Dulceta sahen, wichen sie erleichtert zurück. Doch was, so ging es Alaïs höhnisch durch den Kopf, sollte dieses dumme Weib schon ausrichten?

Vor gar nicht langer Zeit hatte sie selbst gezögert, dem verwundeten Aurel nahezukommen, hatte mit Zittern und Ekel und Ohnmacht zu kämpfen gehabt, ehe sie sich überwinden konnte, ihm das Bein abzuschneiden – und hinterher hatte ihr tagelang allein beim Gedanken daran gegraut.

Pierres Anblick löste hingegen mitnichten diesen Schrecken bei ihr aus, vielmehr kalten Stolz, weil die Menschen von Saint-Marthe zum ersten Mal erschauen mussten, was ihr mitnichten fremd war. Weil sie sich ängstlich anstießen, manch einer würgend, während sie das Gefühl hatte, Pierre sei nur einer von unendlich vielen Kranken, Leidenden, Toten, denen sie im Leben begegnet war – mal länger, mal kürzer, in jedem Fall nicht weiter bestürzend.

»Alaïs!«, rief jemand ihren Namen. Es war ihr älterer Bruder Félipe, der mit seiner Frau Estela ebenfalls in Pierres Nähe stand. Seit ihrer Rückkehr hatte er nicht mit ihr gesprochen, entweder weil er grundsätzlich wortkarg war, oder weil er sie verachtete wie der Rest des Dorfs. Nun deutete er auf den Leib des Verwundeten. »Sieh doch nur, welch abscheuliches Gewürm ihm im Magen sitzt!«

Alaïs trat näher und beugte sich vor. Aus der aufgerissenen, blutigen Bauchdecke trat rot und sich wie eine Schlange windend der Darm. Der Anflug eines Lächelns verzerrte ihre Lippen. Wenn ihr nur wüsstet, dass ihr allesamt solch ein Gewürm im Leibe hocken habt…

Das sagte sie jedoch nicht laut – vielmehr sagte sie etwas anderes, etwas, das ihr in den Sinn kam, ohne dass sie darüber nachdenken musste. Sie murmelte es wie ein Gebet, das man so oft gesprochen hat, dass man über den Sinn der einzelnen Worte nicht nachdenken muss.

»Der erste Teil des Darms heißt *Duodenum*. Dann folgt das *Jejunum*, das meist leer ist, das dünne *Ileum*, schließlich nach *Cecum* und *Colon* das *Rectum*.«

Niemand hörte auf sie, niemand beachtete sie. Erst als sie sich neben den Verwundeten kniete und seinen Leib abtastete, ertönte ein Raunen. Daran gehindert wurde sie freilich nicht. Der Ekel zog weiterhin einen dünnen Bannkreis zwischen dem Verwundeten und den Gaffern, und nur Alaïs wagte ihn zu überschreiten. Sie betrachtete die Wunde, zog die Haut an manchen Stellen auseinander, befühlte den aufgeblähten Leib. »Der Darm ... Der Darm ist an einer Stelle verletzt, aber das kann man nähen«, erklärte sie. »Sonst scheinen mir die Organe heil zu sein.«

Sie hob den Kopf, sah, dass die Menschen weiter zurückgewichen waren, und war sich nicht sicher, ob vor ihr oder vor dem Verwundeten.

Einzig Estela, Félipes Frau, trat schließlich zu ihr, sank auf den Boden und stützte den Kopf von Pierre. »Was ... was kann man tun?«

»Ich brauche Wein«, sagte Alaïs fast tonlos zu ihr. »Viel Wein. Am besten, du machst ihn warm.«

Erst jetzt gewahrte Alaïs, dass sich Schweigen über die Menge gesenkt hatte. Selbst Dulceta hatte zu schluchzen aufgehört, und Pierre stöhnte nicht mehr.

»Ich brauche Nadel und Faden, Letzterer so dünn wie möglich, am besten aus Seide ... Herrgott!«, sie ließ ihren Blick schweifen. »Warum hilft mir denn keiner?«

»Was hast du vor?«, flüsterte ihre Schwägerin.

Bis zu diesem Augenblick hätte es Alaïs selbst nicht sagen können.

Auch jetzt kamen ihr nur leere Worte in den Sinn, ein Zitat von Damascenus, das Aurel einmal gebraucht hatte: *Angeborenes Talent unterstützt unsere Kunst, doch es ist die Natur, die unser Tun anleitet.*

Ja, die beste Lehrmeisterin war die Natur.

Und an noch etwas anderes erinnerte sie sich, worüber sie Aurel irgendwann einmal hatte dozieren hören. Dass eine Verletzung der Ernährungsorgane nicht zwangsläufig tödlich war.

»Aurel Autard hätte diesen Mann retten können«, murmelte

sie. »Und ich wiederum habe Aurel jahrelang bei solchen Behandlungen zugesehen. Also bringt mir Wein und Leinen und, so ihr denn welche habt, ein paar Bauschen Baumwolle. Eine Nadel brauche ich, wie gesagt, und reißfesten Faden. Und ein Stück Gänsegurgel.«

»Eine Gänsegurgel?«, fragte Estela entsetzt.

»Ein kleines Stück nur. Ausgekocht. Man muss es dort einsetzen, wo der Darm gerissen ist.«

Niemand rührte sich, um ihr zu helfen. Das gequälte Keuchen von Pierre war das Einzige, was zu hören war. Dann plötzlich fiel ein Schatten auf Alaïs. Aus den Augenwinkeln erspähte sie Emy, sein Gesicht so ausdruckslos wie an dem Abend, da sie zurückgekehrt war.

»Wenn du ihn operieren willst, darfst du das nicht im Freien tun. Das weißt du doch, oder?«, fragte er ruhig. »Im Freien gibt es viel mehr giftige Dämpfe als drinnen.«

Er reichte Alaïs ein Stück Leinen, und sie breitete es über die Verletzung.

»Du hast recht. Wir müssen ihn hineinschaffen«, murmelte sie.

»Ich helfe dir«, sagte Emy und zeigte ihr gegenüber immer noch keinerlei Gefühl.

Immer wieder kamen ihr die Worte des Damascenus in den Sinn. Es ist die Natur, die uns anleitet. Sie musste ihr nur folgen, Schritt für Schritt tun, was notwendig war, sämtliche Anstrengung und Aufmerksamkeit zuerst auf den einen lenken, dann auf den nächsten. Sie wusste nicht, wie lange sie sich an dem Verwundeten abgearbeitet hatte, ob nur wenige Augenblicke oder Stunden, nur dass es – er hatte längst das Bewusstsein verloren – irgendwann vorüber war.

Sie hatte das *Omentum* dorthin zurückgelegt, wo es warm war. Sie hatte die Blutgefäße an den Stellen abgebunden, an denen sie bluteten. Sie hatte die zerstörte Haut abgeschnitten und die gesunde mit Hilfe des Gänsehalses zusammengenäht. Sie hatte die

Bauchdecke geschlossen. Und zuletzt hatte Emy ihr ein Pflaster gereicht, das er in einen Sud aus Gerstenmehl, dicken Bohnen, Wicke und etwas Lauge getaucht hatte, und sie hatte einen Leinenverband darüber gewickelt. Pierres Augen waren geschlossen, doch sein Atem ging regelmäßig, und als Alaïs nach seinem Herzschlag tastete, pochte dieser zwar aufgeregt und unrhythmisch, aber doch stark.

Sie drehte sich um. Da sie fortwährend gekniet hatte, spürte sie ihre Füße kaum mehr und wankte, als sie sich erhob. Erst jetzt gewahrte sie, wie randvoll das Haus war, in das man Pierre geschafft hatte. Nicht nur Dulceta und Régine und die Kinder hatten angstvoll die Operation begafft, sondern viele der Dorfbewohner – die einen voll Mitleid, die anderen voll Neugierde, wieder andere voll Sensationsgier. Die Luft war stickig und schlecht.

»Hinaus!«, erklärte Alaïs. Obwohl ihre Stimme kaum mehr war als ein Flüstern, da sämtliche Kraft in das Werk ihrer Hände geflossen war, fügten sich die Menschen augenblicklich. Ein jeder warf einen letzten Blick zunächst auf Pierre, dann auf Alaïs, ehe er schweigend ging. Kaum waren sie draußen, erhob sich freilich Gemurmel. Es klang weder spöttisch noch verächtlich oder anklagend, nur staunend, fast ein wenig ängstlich.

So geriet auch Dulcetas Blick, aus dem jegliche Gehässigkeit geschwunden war. »Wird er … Wird er es schaffen?«, fragte sie.

»Ich komme morgen, um den Verband zu wechseln«, sagte Alaïs, und ihre Stimme krächzte immer noch, als hätte sie die letzten Stunden über gebrüllt. »Und am nächsten Tag wieder. Du musst darauf achten, dass stets eine Decke über seiner Wunde liegt. Heute darf er nichts mehr essen, aber morgen kannst du ihm etwas Brot geben, das du in gewürzten Wein getaucht hast. Wenn seine Wunde brandig wird, ist er verloren. Aber er ist jung und kräftig, er könnte es schaffen.«

Dulceta nickte schweigend. Sie konnte sich nicht überwinden zu danken, aber Alaïs dachte, dass dieses Nicken bereits mehr war, als sie jemals hätte erhoffen können. Ähnlich erging es ihr mit der Reaktion der Menschen, als sie nach draußen trat. Sie wichen vor ihr zurück, senkten die Blicke. Nur die wenigsten würden wohl in den nächsten Jahren wagen, ihr nahezukommen. Doch keiner würde ihr jemals wieder respektlos begegnen – nicht, nachdem sie einem der ihren das Leben gerettet hatte. Nicht, nachdem man nun wusste, an wen man sich wenden konnte, lag jemand blutig oder krank oder womöglich beides am Boden.

»Die alte Ursanne, meine Schwiegermutter, leidet schon seit Monaten an einem Geschwür«, sagte eine Stimme. »Kannst du es dir vielleicht anschauen?«

Und prompt sagte eine andere: »Mein kleiner Siffren hat häufig Fieberschübe. Weißt du, was man dagegen machen kann?«

Alaïs nickte in die eine oder andere Richtung. »Morgen«, versprach sie, »morgen schaue ich es mir an.«

Wo sie hintrat, wichen die Menschen zurück. Immer noch spürte sie ihre Füße kaum. Ihre Hände kribbelten, als wäre sämtliches Blut daraus gewichen, obwohl sie über und über damit beklebt waren.

Davor hatte sie sich immer geekelt, ungeachtet der Willenskraft, mit der sie sich überwunden hatte, Aurel zu helfen und sich ihm als kundige Gefährtin zu erweisen. Jetzt spürte sie den Ekel nicht. Sie zitterte auch nicht wie damals, als sie Aurel das Bein abgeschnitten hatte. Eine tiefe Ruhe senkte sich über sie, so, als könnte sie nie wieder eine schnelle Bewegung machen, nie wieder ein lautes Geräusch vernehmen, nie wieder tanzen und juchzen und sich nach Freiheit sehnen.

Plötzlich wusste sie: Sie würde Kranke heilen, obwohl sie Kranke immer gehasst hatte, und sie würde in Saint-Marthe bleiben, obwohl sie das Dorf immer als zu klein befunden hatte. Sie würde gut sein in ihrer Tätigkeit, und vielleicht würde sie darin auch ein wenig Frieden finden. Ob das alles auch Glück verhieß, das wusste sie freilich nicht, auch nicht, ob es für das Verlangen, frei zu sein, reichte, zumindest anders zu sein als der Rest. Sie begriff lediglich, dass sich eine Bestimmung nicht finden lässt, indem man tut, was man will, sondern schlichtweg, indem man tut, was man kann.

Erst jetzt bemerkte sie, dass Emy nicht mehr an ihrer Seite weilte. Sie drehte sich nach ihm um, doch er musste Dulcetas Haus schon lange vor ihr verlassen haben.

Er hat mir geholfen, dachte sie, und die Hoffnung, die darob aufloderte, war das einzige hitzige Gefühl, das in ihr aufstieg. Er hat mir geholfen … so wie er einst Aurel geholfen hat.

Sie beschleunigte ihre Schritte, um rasch zu ihm nach Hause zu kommen, und langsam fühlte sie ihre Beine wieder.

Alaïs blickte sich in der Stube um, doch diese war leer. Erschöpft lehnte sie sich an die Tür und verharrte eine Weile mit geschlossenen Augen. Dann hörte sie Schritte von oben, viel zu leise und zu zaghaft, um von Emy zu künden.

Raymonda tapste nach unten. Hoffnungsvoll war ihr Blick zunächst gewesen, doch als sie Alaïs dort stehen sah, verschloss sich ihre Miene und sie wich zurück. So tief senkte sie ihr Kinn, dass das dunkle, dichte Haar über ihr Gesichtchen rutschte und man nichts mehr davon sehen konnte als die Nasenspitze.

Alaïs musterte das Kind eingehender. War es verschüchtert, hatte es Angst vor ihr? Oder verhieß dieses Schweigen eine ähnliche Zähigkeit und Ausdauer wie bei Emy?

Jetzt erst dachte sie darüber nach, dass er sich stets als nicht minder willensstark und entschlossen erwiesen hatte als sein Bruder. Aurel mochte lautere Pläne gehegt haben, aber Emy hatte – still und umsichtig – dafür gesorgt, dass er sie leben konnte.

Alaïs blickte sich in der einfachen Stube um. Der Herd war ebenso sauber gehalten wie sämtliches Geschirr, das darüber hing. Keinerlei Rußschicht bedeckte das helle Holz der Möbel. Auf den Bänken lagen kleine Kissen. Dulcetas Worte fielen ihr ein, wonach Emy der beste Mann von allen sei und für die Tochter gesorgt hatte wie eine Mutter. Sie hatte nicht den geringsten Zweifel. Und sie wusste auch, dass er in gleicher Weise für Aurélie gesorgt hätte, hätte sie die ersten Tage überlebt. Aurélie, die ihre Milch nicht genommen hatte. Raymonda hingegen hatte an ihren Brüsten getrunken, gierig und fordernd. Wie viel steckte von dem einstmals lauten, ungeduldigen Schreien und dem hungrigen Schmatzen noch in diesem stillen Kind?

Alaïs kniete sich hin, sodass sie sich auf Augenhöhe mit der Kleinen befand. Die freilich blieb hinter ihren Haaren versteckt.

»Hast du Angst…«, versuchte es Alaïs, »hast du Angst, weil meine Hände blutig sind?«

Das Blut, das bis zu den Ellbogen reichte, war verkrustet. »Es ist nicht schlimm, ich habe nur…«

Sie brach ab. Es war ihr, als hätte sie ein Flüstern vernommen, zu undeutlich, um es zu verstehen. Doch als sie schon dachte, sie hätte sich geirrt, ertönte es zum zweiten Mal. Es kam aus Raymondas Mund und war gedämpft von ihrem dichten Haar.

»Geh weg!«, sagte sie. »Geh weg!«

Alaïs seufzte.

»Wirklich, du musst…«

Wieder brach sie ab. Hinter ihr war die Tür zugefallen. Emy musste dort schon eine Weile gestanden und stumm das Geschehen verfolgt haben. Ohne ihr Haar zurückzuschütteln, lief Raymonda blind auf ihn zu und stürzte sich in seine Arme.

Immer noch schweigend nahm er sie hoch. Alaïs richtete sich auf. Sie fühlte sich müde, ausgelaugt, schmutzig.

»Danke«, murmelte sie, »danke, dass du mir geholfen hast.«

Emy barg Raymondas Kopf auf seiner Brust. »Das war selbstverständlich«, gab er leise zurück. »Du hast es sehr gut gemacht.«

Trotz des Lobes klang seine Stimme gleichgültig. Sie hob den Kopf, suchte seinen Blick. Wenn er doch nur ein wenig lächeln würde. Wenn er sie doch nur sehen würde.

Einst war es ihr um Aurels Blick gegangen, und vielleicht hatte sie diesen ebenso sehnsüchtig, hoffnungsvoll und gierig erwartet wie jetzt den von Emy. Doch war die Enttäuschung ähnlich bitter gewesen, als er ihn ihr verweigerte?

Emy sah an ihr vorbei, Raymonda hingegen nicht. Sie schüttelte die Haare aus dem Gesicht und starrte die Mutter – nun sicher auf des Vaters Arm – an. Verächtlich, herausfordernd, wie es Alaïs schien, und überaus stolz.

Alaïs fühlte, wie sie errötete.

Er könnte mir vielleicht verzeihen, dachte sie, aber sie – niemals.

Stolz wuchs in ihr. Stolz auf den Mann, den sie immer als ein wenig sonderbar empfunden hatte, Stolz auf das Kind, das ihr immer lästig gewesen war. In der vereinten Verachtung für sie bewiesen sie, dass sie Rückgrat hatten. Und sie konnte sich nicht helfen: Gleichwohl es diese Verachtung war, die ihr die nächsten Jahre vergällen sollte, sie Tag für Tag in einen neuen, niemals zu gewinnenden Kampf schickte und ihr das Siegel der Ausgestoßenen einprägte, bewunderte, achtete und mochte Alaïs die beiden dafür.

Siebter Teil

Pest

Frühjahr 1348

XXXVII. Kapitel

Der Tag war sonnig, das Meer friedlich – und die Stimme störend.

Alaïs seufzte, als sie die Ruhe durchbrach, und dachte kurz daran, sie einfach zu überhören. Freilich würde sie die andere damit nicht zum Schweigen bringen. Sie würde immer wieder ihren Namen rufen, bis sie darauf antwortete.

»Alaïs!«

Es war Dulceta, die so unangenehm plärrte.

Schicksalsergeben erhob sich Alaïs von dem Stein, von dem aus sie in die Bucht gestarrt hatte. Früher hätte sie nicht für möglich gehalten, daraus Kraft zu ziehen – aus dem Stillsitzen und dem stets gleichen Ausblick auf das Meer. Doch wenn ihre Kräfte auch schleichend geschwunden waren – keine plötzliche Krankheit hatte dazu geführt, sondern die vielen schweren Winter, die zurücklagen –, so empfand sie die Langsamkeit, die das Alter dem Menschen befiehlt, nicht länger als Zumutung, sondern als Labsal. Die Aussicht auf das Meer hatte früher oft schmerzvolle Erinnerungen an erlebte und verlorene Freiheit heraufbeschworen. Jetzt hingegen, da ihre Knochen steifer, ihr Haar grauer und ihre Haut schlaffer geworden war, waren ihr die Erinnerungen ohnehin zu anstrengend. Sie schob sie fort, anstatt sich ihnen hinzugeben, und genoss die frische Brise.

»Alaïs!«

Wieder seufzte sie, quälte sich aber ein Lächeln ab, als sie sich der Frau zuwandte, die schnaufend auf sie zugewatschelt kam. Dulceta war immer schon rundlich gewesen, doch mit den Jahren war ihre Leibesfülle nach unten gerutscht, sodass ein wogender Berg aus Fett und Fleisch nicht den Bauch, jedoch die Hüften umspielte.

»Ich habe Brot gebacken, du magst doch einen Laib?«, fragte sie.

Eben noch hatte Alaïs überlegt, wie sie Dulceta am schnellsten loswerden könnte. Der Gedanke an das weiche, saftige Brot, das nur jemand zustande brachte, der mit ebenso großer Lust aß wie er buk, ließ sie jedoch zögern. In den letzten Jahren hatte sie zu oft gehungert, als dass sie nun ein solch großzügiges Geschenk ausgeschlagen hätte.

»Gerne«, bekundete sie knapp.

In Dulcetas Augen blitzte es ebenso stolz wie überheblich auf. Seit Alaïs seinerzeit ihrem Mann das Leben gerettet hatte, war niemals wieder ein verächtliches Wort über Dulcetas Lippen gekommen. Im Gegenteil: Wer Alaïs den Respekt verweigerte, den ließ sie unerbittlich wissen, was man den kundigen Händen der Chirurgin zu verdanken hatte. Nicht nur, dass sie Pierres zerfetzten Bauch zusammengeflickt hatten. Über die Jahre hatte sie manch gebrochene Hand wieder eingerichtet, manch ausgerenkte Schulter oder manch verletzten Fuß. Sie hatte Furunkel aufgeschnitten, Zähne gezogen, Hämorrhoiden herausgeschnitten. Wenn alle anderen Mittel nicht fruchteten, dann wusste sie, was man bei Herzrasen und Kopfschmerzen und Fieber tun konnte. Ihre Mittel waren begrenzt, nicht selten stand sie machtlos vor dem Tod – und verstand in diesen Augenblicken, woher Aurels Verbissenheit im Kampf gegen diesen rührte. Dulceta hielt sie dennoch für unentbehrlich – und das bläute sie auch jedem anderen ein.

So weit, deswegen auch Alaïs' Freundschaft zu suchen, trieb sie ihre Anerkennung freilich nicht. Dass sie ihr jetzt das Brot anbot, war keine liebenswürdige Geste. Alaïs wusste nur zu gut, was sie stattdessen bekunden wollte: Magst du in einer Sache gut sein, schien Dulceta ihr zu sagen, so bin ich's in einer anderen.

Alaïs folgte Dulceta durch das Dorf und bekam manch einen

Blick zu spüren, der Ähnliches bekundete: Sie war nicht verfemt, sie wurde vielmehr geachtet – aber gemocht wurde sie nicht.

Man nahm es hin und zog Nutzen daraus, dass sie an der Seite eines Mannes lebte, der wie eine Frau schuftete, indessen sie Dinge wusste und tat, die Frauen nicht wissen und tun sollten. Aber man fürchtete und scheute sie deswegen.

»Habe Raymonda auch schon einen Laib gebracht«, erklärte Dulceta eben.

Alaïs verbiss sich ein Grinsen, das ebenso bitter wie wehmütig ausgefallen wäre. Dulceta ging gern mit ihr durchs Dorf, um aller Welt zu bekunden, dass sie ein besonderes Anrecht auf die Heilerin hatte. Und ebenso aufdringlich hielt sie Alaïs vor Augen, dass das Band zwischen ihr und Raymonda ein festeres war, als das zur leiblichen Mutter. Ausgesprochen wurde er nie, der Satz, gedacht aber sicher hundert Mal: *Bist mit einer besonderen Gabe beschenkt, Alaïs, aber als Eheweib und Mutter hast du schäbig versagt.*

Früher hatte sich Alaïs oft gefragt, woher Dulceta die Dreistigkeit nahm, um Raymonda zu buhlen, sie gar zu behandeln wie eine eigene Tochter. Aufbegehrt hatte sie dagegen freilich nie – und mittlerweile hatte Dulceta alles Recht der Welt auf diese Liebe. Ein Jahrzehnt war es her, seit Raymonda Andriu geheiratet hatte, Dulcetas zweitgeborenen Sohn, ein Dummkopf, wie Alaïs befand, der von der Mutter die Lust am Reden geerbt hatte.

Sein Geschwätz war harmlos, seine Stimme nicht ganz so krächzend und anstrengend, und dennoch begriff Alaïs nicht, was die nüchterne, wortkarge Raymonda an ihm fand. Eigentlich mied sie die Menschen. Als sie ein Kind gewesen war, hatte nur der Vater sie berühren, sie kleiden, sie kämmen dürfen, aber ausgerechnet an Andriu schien sie sich nie zu stören, im Gegenteil. Schon als sie klein gewesen waren, hatte Alaïs sie dabei beobachtet, wie sie dem Jungen stundenlang zugehört und immer wieder aufmunternd zugenickt hatte. Andriu schien um diese Zustimmung regelrecht geheischt zu haben. Redend hatte er immer wieder den Kopf gehoben, um ihren Blick zu suchen. Alaïs war sich sicher gewesen: Wenn Raymonda irgendwann nicht mehr genickt, sondern den Kopf geschüttelt hätte, wäre Andriu sofort vor Schreck verstummt, um nie wieder ein vernünftiges Wort zustande zu bringen. Doch Raymonda hatte nie den Kopf geschüttelt. Raymonda nickte noch immer, wenn Andriu sprach.

Eben hatten sie Dulcetas Heim erreicht.

»Komm herein! Komm herein!«, forderte sie Alaïs auf.

Alaïs fügte sich ungern, hatte eigentlich gehofft, leichter an den Brotlaib zu kommen. Doch offenbar musste sie dafür nicht nur Dulcetas Geschwätz, sondern auch deren Gastfreundschaft ertragen. Dunkel und rauchig war es im Inneren, und ein grässlicher Gestank schwappte ihr entgegen.

Der dahinsiechende Leib von Dulcetas Mutter Régine verströmte ihn. Sei Jahren erwartete jeder, dass sie bald sterben würde, doch Winter für Winter kam und ging, und es gab die Alte immer noch.

Als Alaïs eintrat, hob Régine den Kopf, sagte aber kein Wort des Grußes. Vielleicht, weil sie in der letzten Zeit keine Menschen mehr erkannte und sich endlich von der Welt zu lösen begann, vielleicht aber, weil sie Alaïs jenen Streit nicht verzeihen konnte, der vor fünf Jahren zwischen den Frauen ausgebrochen war. Ein Streit war es eigentlich nur in Régines Augen gewesen. Alaïs war es gleich, was Régine ihr vorwarf, sie hatte sich auf deren zänkische Worte gar nicht erst eingelassen – und sie damit erst recht verärgert.

Unscharf erinnerte sie sich daran, dass es um ein Schwein gegangen war. Es war Sitte in Saint-Marthe, dass sich mehrere Familien eines gemeinsam hielten, abwechselnd dafür sorgten, dass es mit Kastanien gemästet wurde, und es schließlich Anfang Dezember schlachteten, um das Fleisch aufzuteilen. Worüber sich Régine nun genau geärgert hatte – entweder, dass Alaïs das Schwein nicht ausreichend gefüttert habe oder aber, dass sie später zu viel Fleisch beanspruchte –, wusste Alaïs allerdings nicht mehr. Schweine waren schließlich nicht ihre Sache.

Immer noch war es allein Emy, der ihren Haushalt führte, der kochte, Wasser holte, Holz hackte. In den ersten Jahren hatte sie den Eindruck gehabt, er wolle ganz allein für Raymonda sorgen und ihr keine Tätigkeit gönnen, die es ihr erlaubt hätte, sich als Mutter zu fühlen. Doch auch nachdem Raymonda geheiratet hatte, blieb die Haushaltsführung in seinen Händen. Alaïs fragte sich oft, ob er ihr nicht längst die Tür gewiesen hätte, wäre es nicht das Haus ihrer Eltern gewesen und hätte sie nicht mehr, weit ältere Rechte gehabt, in Saint-Marthe zu leben als er.

Freilich, ein böses Wort gegen sie war nie über seine Lippen gekommen. Kein weiteres Mal hatte er sie schmerzhaft gepackt wie an dem Tag, da sie zurückgekehrt war. Sie bot ihm keinen Anlass dazu und nannte ihn – wie er es gefordert hatte – nie wieder Emy. Manchmal buhlte sie insgeheim um Freundlichkeiten – um am Ende zwar höflich behandelt zu werden, inniglich jedoch nie. Er lächelte sie an, doch seine Augen blieben kalt. Er antwortete auf ihre Fragen, doch bekannte sich dabei nie zu seinen Gefühlen. Er lobte sie für ihre Arbeit und half ihr, wo es nötig war – aber sein Stolz ging nicht über jenen Respekt hinaus, den ihr auch die anderen Dorfbewohner entgegenbrachten.

»Denkst du das auch?«, fragte Dulceta unvermittelt.

Alaïs blickte hoch. Es war ihr entgangen, dass die andere fortwährend auf sie eingeredet hatte.

Rasch nickte sie – für Dulceta die Aufforderung, sogleich fortzufahren.

»In Marseille geht ein Fieber um und rafft die Leute reihenweise dahin. Das hat mir gestern Estela erzählt, und Estela weiß es von Ursannes Tochter. Ich glaube ja nicht, dass die Menschen am Fieber sterben, sondern vielmehr, weil sie vom Hunger geschwächt sind. Ich sag's dir: Wenn der nächste Winter so hart wird wie der letzte, ich könnt's nicht ertragen. Aber zuvor, du meine Güte, kommt noch der Sommer, und wenn es wieder ständig regnet, so Gnade uns Gott! Ich frage dich: Seit wann ist es so feucht und kalt in unserem Land?«

Alaïs zuckte die Schultern. Ohne Zweifel hatte Dulceta recht. Das Leben heute war so viel beschwerlicher, so viel heimtückischer als in den Tagen ihrer Kindheit. Wenige Jahre erst lag eine schlimme Hungersnot zurück, die nicht alle von Saint-Marthe heil überstanden hatten. Doch was nutzte es, ständig darüber zu klagen?

»Gibst du mir das Brot?«, wagte Alaïs zu fragen.

Dulceta ging nicht darauf ein, sondern schwafelte weiter. Alaïs war so gelangweilt, dass sie sich nur mühsam ein Gähnen verkniff. Es gab Menschen, mit denen zusammen zu sein erträglich war – die Tochter ihres Bruders Raimon zum Beispiel, Cathérine, eine tüchtige Frau, die stoisch ihre Kinder aufzog und, selbst wenn Raimon wochenlang unterwegs war, weder unter ihren Lasten einknickte noch damit prahlte.

Dulceta hingegen schien sämtliche Kraft aus ihr herauszusaugen, und in diesem Augenblick haderte Alaïs nicht nur mit dem Umstand, dass sie ihr gefolgt war, sondern vor allem, dass sie ihr gegenüber höflich zu sein hatte. Seit Raymonda Dulcetas Sohn geheiratet hatte, blieb ihr nichts anderes übrig. Zumindest nicht, solange sie um die Gunst der Tochter warb. Nie hatte sie das Trachten aufgegeben. Nie hatte es sich freilich gelohnt.

Anders als Emy hatte sich Raymonda nicht dazu überwinden können, den äußeren Schein zu wahren und dort, wo schon die Liebe fehlte, zumindest ein höfliches Schweigen erwachsen zu lassen. Nein, das anklagende »Geh weg!«, stand fast immer im Raum. Manchmal durch trotzige Stille heraufbeschworen, manchmal durch missmutiges Keifen, das immer dann besonders laut wurde, wenn Emy ein nettes Wort zu viel zu Alaïs sagte.

Früher hatte sie gehofft, Raymonda möge bald heiraten und das Haus verlassen, doch als sie es tat, haderte sie mit deren Wahl. Nicht nur der tumbe geschwätzige Schwiegersohn war schwer zu ertragen, sondern dessen ganze Familie.

Am schwersten aber war es, mit Raymondas stillem Triumph zu leben. Alaïs konnte sich nicht vorstellen, dass sie Andriu aufrichtig zugetan war. Und doch hielt ihr die Tochter gern vor die Nase, dass sie ihren Mann ohne jeglichen Vorbehalt annahm und niemals ein anderes Leben gesucht und gewollt hatte als dieses.

Sie, die sich ihr gegenüber stets so wortkarg gegeben hatte, prahlte nun gern mit ihrem vermeintlichen Glück.

Sonderlich tief konnte dieses Glück nicht gehen, dachte Alaïs manchmal. Andriu redete nicht nur so gerne wie seine Mutter, sondern hatte von ihr auch die Lust am Essen geerbt, was wiederum hieß, dass jene Sehnsüchte, die bei anderen Menschen im Herzen pochten, bei ihm im Magen saßen und sich nur allzu leicht mit seinem Leibgericht *Carbonada* erfüllen ließen – Ziegenfleisch, das im eigenen Sud auf kleiner Flamme über Stunden geköchelt wurde. Immerhin war er so nett, auch an die Mägen der anderen zu denken. Stets war er bereit, seine Mahlzeiten zu teilen, auch in den schweren Zeiten. Und stets fragte er mit begeistertem Lächeln: »Schmeckt es?«

»Dulceta…«, unterbrach Alaïs eben den Redefluss der anderen. »Dulceta, ich muss nun gehen.«

»Aber das Brot!«, rief diese, sichtlich ungläubig, dass die andere nicht bereit schien, den unausgesprochenen Preis dafür zu zahlen – nämlich ihr ungeteilte Aufmerksamkeit zu schenken.

Alaïs trat von einem Fuß auf den anderen, suchte nach einer Möglichkeit, den Handel abzukürzen.

Eine Stimme kam ihr zu Hilfe, die von draußen hereintönte.

»Großmutter!«, rief ein Kind nach ihr. »Großmutter! Komm schnell!«

Die Sonne blendete Alaïs, als sie ins Freie trat. Sie schirmte ihre Augen ab, um die beiden Kinder zu betrachten, die ihr aufgeregt entgegenstürmten.

»Großmutter!«, rief das Mädchen, wie immer forscher und tatkräftiger als ihr schüchterner Zwillingsbruder. »Komm mit… wir müssen dir unbedingt etwas zeigen!«

Ungeduldig zerrte sie an Alaïs' Arm und wollte sie mit sich reißen.

»Gemach, gemach!« Obwohl Alaïs dankbar war, der geschwätzigen Dulceta zu entkommen, wollte sie sich nun nicht drängen lassen. Wenn es nach ihrer Enkeltochter gegangen wäre, so musste alles immer schnell und sofort passieren. Und obwohl sie mit den Kleinen einen viel ungezwungeneren, herzlicheren Umgang gefunden hatte als seinerzeit mit der eigenen Tochter, sah sich Alaïs nicht als Erfüllungsgehilfin kindlichen Trachtens. Sie verbrachte gerne Zeit mit den Enkeln – so diese Zeit denn genau begrenzt war und es zwischendurch genügend Pausen gab, in denen sie für sich alleine war.

»Großmutter, du kannst dir nicht vorstellen, was wir eben entdeckt haben!«

Obwohl Alaïs dem Kind die Hand entzogen hatte, ließ der aufgeregte Tonfall sie nicht kalt. Sie hörte einen ängstlichen Unterton heraus. Was immer die Kinder gesehen hatten, schien nicht nur aufregend, sondern auch erschreckend zu sein. Das wurde umso deutlicher, als sie sich nun dem Knaben zuwandte. Anders als seine Schwester war er im ausreichenden Abstand zu seiner Großmutter stehen geblieben und schien in sich gekehrt, als müsste er sich von dem eben Erlebten erst wieder erholen, ehe er den Blick heben konnte. Das eine Bein war um das andere geschlungen, als wollte er sich möglichst klein machen.

»Komm bitte mit!«, rief das Mädchen wieder. »Du musst dir unbedingt anschauen, was wir gefunden haben!«

»Also gut«, ließ sich Alaïs schließlich erweichen.

Die Geburt der Zwillinge war der einzige Moment gewesen, der ihr Raymonda nahegebracht hatte – nicht sonderlich lange, jedoch für jene Stunden, da die Wehen die Tochter geplagt hatten und die Weiber, die sie sonst um sich scharte, um sich die Mutter fernzuhalten, ihr nicht hatten helfen können.

Es war nicht Raymondas erste Geburt, doch die Kinder, die sie bislang geboren hatte, waren entweder viel zu früh auf die Welt gekommen und darum nicht lebenstauglich oder in ihrem ersten Jahr gestorben – wie viele Kleinkinder aus Saint-Marthe, denen Kälte und Hunger mehr zusetzten als den Größeren.

Raymondas Verzweiflung, dass sie erneut kein lebenstüchtiges Kind gebären konnte, war nackt und unverstellt. Alaïs hörte sie schreien, so trotzig und ärgerlich und irgendwie hoffnungslos wie seinerzeit, da sie ein kleines Kind gewesen war. Damals hatten entweder ihr Vater oder Emy alles getan, um sie zu beschwichtigen – nun war sie es, die zu ihr trat und bekannte: »Ich bin hier.«

Und dieses eine Mal schickte Raymonda sie nicht fort, sondern erlaubte ihren kundigen Händen, zuerst das eine Kind auf die Welt zu holen und dann – zu ihrer aller Verblüffung – noch ein zweites. Eigentlich hatten sie nur mehr den Mutterkuchen erwartet.

»Gütiger Himmel!«, stieß eine der Frauen aus. »Zwei Kinder auf einmal, das bringt Unglück! Das ist das Wirken des Teufels!«

»Unsinn!«, fuhr Alaïs sie rüde an. »Manchmal sind es eben zwei Kindlein, die sich im Leib der Frau einnisten, wenn sie bei ihrem Mann liegt. Es ist ein besonderer Segen!«

Sie sagte es nicht nur, sie fühlte es auch. Als sie da bei Raymonda saß und jede von ihnen eines hielt – Raymonda das Knäblein, Alaïs das Mädchen –, da ging ihr auf, wie es zwischen ihnen hätte sein können. Vielleicht war sie nicht zur überbordenden Mutterliebe fähig, vielleicht fühlte sie nicht die Selbstverständlichkeit, sich für das Kleine bedingungslos aufzuopfern. Aber eine verständige Freundin, das könnte sie sein. Eine, die sich zur Tochter bekannte, so wie ihre eigenen Eltern Ray und Caterina sich stets zu ihr bekannt hatten.

Doch dann entschied Raymonda, wie die Kinder zu heißen hatten, und jener Augenblick der Nähe war vorüber.

Régine und Gaspard.

»Mit Régine triffst du mich, weil ich die Alte niemals mochte, aber sei's drum, damit kann ich leben«, hatte Alaïs gesagt. »Doch mit Gaspard triffst du deinen Großvater. In den Geschichten, die er dir früher erzählte, war ein gewisser Gaspare doch stets ein finsterer Pirat, den er nicht mochte.«

Kurz huschte eine Erinnerung durch Alaïs' Kopf. An Sancho dachte sie, den Ziehsohn von jenem Gaspare, über den sie Ray nicht mehr hatte befragen können, als sie seinerzeit von der Irrfahrt wiedergekehrt war.

»Genauso ist es«, gab Raymonda da schon zurück. »*Er* hat mir die Geschichten erzählst. Du warst entweder nicht da oder hattest keine Lust dazu.«

Raymondas Bitterkeit gegen sie währte also über die Geburt der Enkel hinaus, doch sie schwappte nicht auf die Nachkommenschaft über. Nachdem aus den schreienden Säuglingen pausbäckige Kinder geworden waren, stellte sich heraus, dass sie an Alaïs hingen und dass diese sie wiederum zum eigenen Erstaunen mochte. Es ging ihr wie allen alten Menschen, die über das Quengelnde, Launische, Ungebärdige hinwegzusehen vermögen und für die einzig die Fülle, die Frische, die Unbeflecktheit des jungen Lebens zählt, das dem eigenen Mangel spottet.

Gleichwohl zur gleichen Stunde aus dem Mutterleib geschlüpft, ähnelten die Kinder einander nicht.

Gaspard, blond und blauäugig, griff nun doch nach ihrer Hand, presste sich an den Leib und senkte seinen Blick. Fast immer tat er das, er mochte so gar nicht in die große, weite Welt schauen. Manchmal dachte Alaïs, er sei schüchtern, dann wieder, er sei misstrauisch, und schließlich, er sei unnahbar. Zwar durfte man ihn halten und liebkosen, doch nur, wenn er es gestattete. Was in seinem Köpfchen hinter der oft ernsthaft gerunzelten Stirn vorging, das verriet er keinem.

Die kleine Régine hingegen war mit nackten Beinchen vorausgelaufen. »Komm! Komm schnell, Großmutter!«, rief sie wieder aufgeregt.

Alaïs lächelte. Régine, gleichwohl auf den Namen einer alten Feindin getauft, war ihr wie ein eigenes Kind – mochte Raymonda es auch geboren haben. Nie stand sie still. Sie hüpfte herum, mit glühenden Augen und dunklem, gekräuseltem Haar.

Einen Sack Flöhe zu hüten sei leichter als dieses Mädchen, stöhnte Raymonda oft. Irgendwann hatte sie sich offenbar entschieden, es gar nicht mehr zu versuchen, sondern es dem Mädchen selbst zu überlassen, wie es den Tag bestimmte. Die anderen Frauen sahen das nicht gern. Selbst die ruhige Cathérine meinte, dass Régine der Führung bedurfte, jener Zucht schließlich, die sie an die Arbeit der Frauen heranführen würde.

Doch Raymonda erwies sich als zu störrisch, sich dem Willen der anderen Frauen zu unterwerfen, und Andriu war damit zufrieden, dass Régine gerne und viel aß. Obwohl Alaïs oft die Augen verdrehte, war sie ihm dankbar, dass er ihrer Enkelin doch sämtliche Freiheiten gönnte.

»Großmutter, schnell!«

Auch Gaspard beschleunigte nun den Schritt, was selten genug vorkam. Alaïs schmerzten die Knochen, als sie ihnen folgte.

Ich werde alt, dachte sie, viel zu alt. Das fünfundvierzigste Jahr, das sie früher immer als Grenze zum Greisentum betrachtet hatte, war lange erreicht, und obwohl sie keinen Buckel hatte, die Furchen im Gesicht sich nicht sonderlich tief eingruben und zwischen den grauen Haaren immer noch schwarze zu finden waren, fühlte sie sich in letzter Zeit viel schneller erschöpft als früher.

»Kinder, langsam!«, schnaufte sie.

»Wir haben sie heute Morgen entdeckt. Gaspard hatte furchtbare Angst. Er wagte kaum, hinzusehen. Aber ich … ich habe eine sogar hochgehoben«, plapperte Régine.

»Wovon redest du?«, fragte Alaïs.

Die Kinder führten sie aus dem Dorf, an jenem Friedhof vorbei, wo Emy und Aurel einst Tote ausgegraben hatten und wo später Aurélie, ihre Erstgeborene, bestattet worden war. Sie stiegen über knorrige Wurzeln, trockene Grasbüschel und spitze hellgraue Steine. Alaïs schnupperte prüfend. Ein übler Geruch lag plötzlich in der Luft, verdichtete sich mit jedem Schritt.

Régine spähte über einen Hügel. »Sie … sie sind immer noch da.«

Nun überwand auch Alaïs die kleine Anhöhe. Als sie erblickte, worauf Régine aufgeregt deutete, kniff sie die Augen zusammen. Sie konnte nicht sofort erkennen, was dort lag. Viele kleine Erdklumpen schienen nebeneinander gehäuft. Doch als sich Régine mutig niederbeugte und einen dieser Erdklumpen mit spitzen Fingern hochhub, schrie Alaïs entsetzt auf.

»Nicht! Lass es sofort fallen!«

Gaspard schrie nun ebenfalls und ließ sich auch dann nicht beruhigen, als Régine den Befehl der Großmutter augenblicklich befolgte. Weinend barg er seinen Kopf an ihrem Kleid.

Die vermeintlichen Erdklumpen waren tote Ratten.

Alaïs zerrte die Kinder zum Meer, Gaspard weinte noch heftiger.

»Ihr müsst euch waschen. Nicht nur eure Hände! Taucht euren ganzen Körper hinein!«

Sie wusste nicht recht, ob es überhaupt notwendig war. Meerwasser war für Wunden besser als gewöhnliches Wasser, doch Régine hatte immer und immer wieder beteuert, dass sie die Ratten bereits tot gefunden hatten und sie von keiner gebissen worden waren. Dessen hatte sich Alaïs zwar mittlerweile auch selbst vergewissert, und doch graute es ihr, wenn sie an den Anblick der toten Tiere dachte. Noch waren sie kaum verwest, aber sie stanken bereits, und wer wusste, welch giftige Dämpfe ihnen anhafteten. Besser war's, sich gründlich zu reinigen.

Obwohl sie selbst keines der Tiere angefasst hatte, stakste sie nun selbst bis zu den Knien ins Meer, versenkte ihre Hände darin und rieb sie. Ihre Haut war ledrig und fleckig geworden.

»Du auch!«, befahl sie Gaspard, der den Fluten wieder entflohen war, ehe er sich ausreichend gewaschen hatte.

Der Junge sträubte sich. »Ich habe sie nicht angefasst. Nur... nur... nur Régine!«

Diese halbherzige Beteuerung genügte ihr nicht. Sie trat zu ihm, drängte ihn erneut ins Wasser. Régine spritzte ihn an, woraufhin er panisch kreischte.

»Lass ihn in Ruhe!«, schimpfte Alaïs. So streng sprach sie mit der Enkeltochter für gewöhnlich nicht. Die Kleider klebten klamm an ihr, verstärkten das Zittern, das nicht allein von der Nässe kam.

Tote Ratten. Fast ein Dutzend.

»Und ihr habt sie erst heute entdeckt?«

»Gerade eben!«, rief Régine aufgeregt und spritzte wieder nach ihrem Bruder, auch wenn dieser mit heftigem Geheule aufbegehrte. »Deswegen haben wir dich geholt!«

»Ihr habt also mit niemand anderem darüber gesprochen?«, fragte Alaïs.

Régine schüttelte den Kopf. Gaspard entzog sich ihrem festen Griff und flüchtete wieder ins Trockene. Diesmal gewährte es Alaïs ihm.

Auch wenn sie den Kindern einbläute, nichts von ihrem seltsamen Fund zu erzählen, würden die Ratten doch gewiss nicht lange unentdeckt bleiben. Was aber würden die Menschen darüber denken, welch unheilvolles Omen wahrscheinlich darin sehen? Wie ließen sich so viele tote Ratten erklären?

»Geht heim zu eurer Mutter – und sagt auch ihr nichts davon!«, befahl sie den Kindern knapp. Gaspard würde schweigen, da war sie sich sicher, Régine wahrscheinlich nicht. Sie konnte es ihr nicht verübeln.

Ein Dutzend Ratten, ging es ihr wieder durch den Kopf, als die Kinder folgsam in die andere Richtung trabten, ein Dutzend toter Ratten ...

Die Sonnenstrahlen, noch gleißender als zuvor – die ersten richtig warmen in diesem Frühjahr –, trockneten die nassen Kleider schnell. Rasch schritt sie zu ihrer Kate. Obwohl sie nicht viele Worte mit Emy wechselte, sie einander oft tagelang nichts zu sagen hatten, konnte sie in einer Sache immer mit ihm reden: wenn es um Krankheiten ging und was sich dagegen machen ließe. Ja, wenn sie ihn wirklich brauchte, war er unauffällig und unaufgeregt zur Stelle.

Vielleicht würde er deuten können, woher die toten Ratten stammten.

»Emeric!«, rief sie, als sie die Tür aufstieß. »Emeric, stell dir vor, die Kinder haben ...«

Die Worte erstarben ihr auf den Lippen. Sie hatte jene Stube betreten, in der sie einst mit den Eltern gelebt hatte, dann mit Vater, Kind und Mann, schließlich nur mehr mit ihrem Mann. Emy stand am Herdfeuer wie so oft, auch wenn sie nicht verstand, wie jemand für die mageren Zutaten so viel Zeit verschwenden konnte. Ihr Appetit hatte im Alter zwar nicht zugenommen wie der von Dulceta, dennoch musste sie oft hungrig vom Tisch aufstehen, weil die Mahlzeiten so karg ausfielen.

»Emeric, was …«

Ihre Augen blieben bei der Gestalt hängen, die am Tisch hockte, weiteten sich.

Die toten Ratten waren nicht das einzig Ungeheuerliche, was dieser Frühlingstag des Jahres 1348 ihr brachte.

Aurel Autard war nach Saint-Marthe zurückgekehrt.

XXXVIII. Kapitel

Alaïs senkte den Blick. Ein wenig jener kindlichen Hoffnung lag in dieser Geste, die wohl auch der kleine Gaspard hegte, wenn er sich weigerte, die Welt anzublicken: dass nämlich die Welt auch ihn nicht sehen könnte und sich sämtliche trügerischen Gestalten schon auflösen würden, blieben sie nur unbeachtet.

Doch als sie den Blick wieder hob, saß Aurel immer noch dort. Emy hatte ihm wohl zu essen angeboten, denn vor ihm stand eine Schüssel mit dampfendem Eintopf, der nach Bohnen roch. Obwohl Aurel ihn nicht anrührte, nur dumpf daraufglotzte, stieg in Alaïs unvermittelt Ärger über die Gastfreundschaft ihres Mannes hoch. Sie musste sich auf die Lippen beißen, um nicht laut zu höhnen, dass er dem Schwiegersohn Andriu glich, der immer glücklich war, wenn alle zu essen hatten.

Nun, glücklich sah Emy nicht aus, eher wie erstarrt – und dennoch mochte kein Gefühl stärker sein als sein Pflichtbewusstsein, für andere zu sorgen. Er hatte sie in den letzten Jahren angeschwiegen, hatte ein höfliches Lächeln aufgesetzt, das in Wahrheit eiskalt war – aber nie, nie hatte er ihr die Sorge um das leibliche Wohl vorenthalten. Erstmals dachte Alaïs, dass es vielleicht kein Zufall war, dass sich Raymonda ausgerechnet einen Mann wie Andriu genommen hatte, viel dümmer als sie selbst, aber wie Emy für die schlichte Behaglichkeit stehend, die ein voller Magen schuf.

Der Ärger erlosch, der Schrecken blieb. Grußlos ging sie an Aurel vorbei, trat zum Herdfeuer und heizte nach, obwohl es lodernd brannte und sie dergleichen nie tat. Emy hütete das Feuer ebenso wie die Vorratskammer.

Der Rauch stieg ihr heiß und bissig ins Gesicht, sie unterdrückte ein Husten und noch mehr ihre Fragen. Was zum Teufel machte er hier? Warum war er nach Saint-Marthe gekommen?

Als sie wieder aufstand, lagen ihr Raymondas einstige Worte auf der Zunge: »Geh weg!«

Doch stattdessen entfuhr ihr ähnlich höflich und ähnlich gleichgültig, wie sich Emy ihr gegenüber meist erwies: »Woher kommst du?«

Aurel regte sich nicht. Sie betrachtete ihn eingehender, gewahrte, dass sich tiefe Kerben in seine Wangen geschlagen hatten, dass das einst dichte, braune Haar farblos und an den Schläfen dünn geworden war. Sie sah die ledrige Haut, die vielen Mückenstiche und Narben. Endlich hob er den Blick. Seine braunen Augen glänzten nicht, sondern flackerten wie irr hin und her.

»Aus dem Totenreich«, stammelte er, »ich komme aus dem Totenreich.«

In Emys Miene rührte sich nichts, doch Alaïs gewahrte, wie sein rechter Fuß unmerklich zu zittern begann. Ob ihn Aurels unsinnige Worte verärgerten? Oder einfach nur die Tatsache, dass er hier saß und überhaupt sprach – mit ihr? Eigentlich hatte sie gar nicht das Gefühl, als würde er mit ihr sprechen. Sie hörte seine Worte nicht. In ihren Ohren zu zerplatzen schienen sie vielmehr, um all das, was in ihrem Kopf wohlgeordnet zurechtgerückt worden war, durcheinanderzuschieben.

»Was redest du da?«, fauchte Alaïs.

Der Eintopf war ausgekühlt, ohne dass Aurel auch nur einen Bissen gegessen hatte. Gewiss musste er hungrig sein, so ausgezehrt wie er wirkte. Doch nun fuhr er mit einem Ruck hoch und schob die Schüssel weit von sich. Altvertraut war die Geste, befremdend hingegen klangen seine Worte.

»Sie sind alle tot«, erklärte er.

Unbehaglich verkreuzte Alaïs die Arme über ihrer Brust. Sie hatte keine Ahnung, wovon er redete, wusste nur, dass einer, der seinen Verstand so akribisch geschult hatte, selbigen nicht einfach verlieren konnte.

Die toten Ratten kamen ihr in den Sinn, die hinter dem Friedhof unter der Sonne verrotteten.

Sie warf einen hilfesuchenden Blick auf Emy. Ihre Augen trafen sich, aber in seinen las sie nicht die Verwirrung über Aurels merkwürdige Worte, sondern eine widersprüchliche Mischung aus Schmerz und Hohn.

Er ist zu dir zurückgekehrt, sagte der Schmerz.

Er ist zu dir zurückgekehrt, sagte der Hohn.

Ohne etwas zu sagen, ging Emeric zur Tür.

»Emy!«, entfuhr es Alaïs. Erst als der Name verklungen war, ging ihr auf, dass sie an Verbotenem gerührt hatte. So durfte sie ihn ja nicht nennen. So hatte ihn einst Aurel genannt.

Doch er strafte sie nicht dafür. »Ich lasse euch allein«, bekundete er, als hätte er weder mit ihr noch mit seinem Bruder etwas zu schaffen und als würden dessen Worte ihn keineswegs beunruhigen. Polternd fiel die Holztüre hinter ihm zu.

Eine Weile schwiegen sie sich an. Worte lagen ihr auf der Zunge, aber ihr Trotz hielt sie zurück. Dieser stellte sich am beharrlichsten heraus. Er vertrieb den Schrecken über Aurels Auftauchen, das Unbehagen, weil Emy einfach gegangen war, den Schmerz über die Erinnerungen, die nicht einfach nur hochstiegen, sondern förmlich auf sie hereinprasselten.

»Was fällt dir ein, hier plötzlich aufzutauchen?«, fragte sie barsch.

Aurels Blick flackerte nicht mehr. Als er sie traf, deuchte er sie nicht länger irrsinnig, sondern einfach nur müde und leer, ein wenig so wie in den Tagen, nachdem sie ihm sein Bein abgeschnitten hatte. Seine Augen waren wie Löcher, in denen erstickt, wer hineinfällt.

»Bist du krank?«, fragte sie und klang sorgenvoller als sie es beabsichtigt hatte. »Bist du deswegen zurückgekommen? Weil du krank bist?«

Er schüttelte den Kopf, erst langsam, dann immer schneller. Zuletzt lachte er.

»Wir werden alle krank werden. Wir werden alle sterben.«

Sie schnaubte unwillig. »Was zum Teufel redest du da?«, zischte sie.

Er scharrte am Boden. An seinen Beinstumpf trug er ein Holzbein gebunden. Sie erinnerte sich an sein Bemühen, es mit einem Ledergurt zu befestigen, an den Ärger, den er damals in ihr erzeugt hatte, weil sie darin vor allem das Trachten gesehen hatte, sich von ihr unabhängig zu machen.

»Ich kann nichts tun«, sagte er plötzlich, »ich kann nichts tun, Alaïs, verstehst du nicht? Ich kann nichts tun! All meine Forschungen, alle meine Erfahrungen ... Sie nützen nichts. Der Tod ist so viel stärker.«

Seine Stimme klang so erstickt, als würden aufsteigende Tränen sie abwürgen. Nicht selten hatte sie Aurel launisch erlebt, ärgerlich oder zermürbt, vor allem dann, wenn etwas nicht lief, wie er es wollte. Aber sie hatte nie gesehen, dass er weinte.

Sie wich zur Tür zurück, als müsste sie sich vor ihm schützen, sich und die ihren, als würde jedes Wort sie vergiften. Doch es gelang ihr nicht hinauszugehen, so wie Emy es getan hatte. Und Aurel hörte einfach nicht zu reden auf.

»Die Genuesen ...«, stammelte er, »die Genuesen sind zuerst gestorben. Als ihre Flotte, die vom Schwarzen Meer kam, in Messina eingetroffen ist, war die Mannschaft tot. Damit begann es. Im Winter schien es kurz, als würde es nachlassen, aber im Frühling hat die Seuche mit aller Wucht wieder zugeschlagen. Ganz gleich, wo ich hinkam. Genua, Florenz, Pisa und Venedig. Und jetzt in Marseille. Jetzt auch in Marseille.«

Er wiederholte den letzten Satz immer wieder, als wäre das von allem das Schrecklichste: dass jene Krankheit auch die Heimat getroffen hatte. Alaïs hatte bis dahin gedacht, einer wie Aurel hätte keine Heimat. Wahrscheinlich hatte er tatsächlich nie eine gewollt – bis jetzt.

»Geh weg!«, stieß sie aus und nutzte nun verspätet die Worte, mit denen einst Raymonda ihre Ablehnung bekundet hatte. »Geh weg!«

Aurel reagierte nicht darauf, und ehe sie den rüden Befehl wiederholen konnte, wurde sie unterbrochen. Die Tür hinter ihr wurde geöffnet, und sie war erleichtert, dachte sie doch, Emy käme zurück. Emy konnte Aurels Worten sicher etwas Brauchbareres entgegensetzen. Er würde nicht laut werden wie sie oder verletzend, aber er würde ihn doch zum Schweigen bringen, da war sie sich gewiss.

Doch als sie herumfuhr, sah sie nicht Emy, sondern Dulceta.

Das Brot, dachte Alaïs, wahrscheinlich will sie mir den Laib Brot bringen …

Als Dulceta zu reden anhub, gewahrte sie freilich deren Aufregung.

»Alaïs! Du musst kommen! Pierre ist zusammengebrochen und will nicht wieder aufstehen. Und er …«

Alaïs starrte sie an, der Hals wurde ihr trocken.

»War er in Marseille?«, hörte sie Aurel hinter sich fragen.

Dulceta antwortete nicht, hatte ihn entweder nicht gehört oder wollte ihn nicht hören.

»Alaïs, bitte komm! Du musst ihn dir anschauen!«

Alaïs fand die Stimme wieder, doch sie sprach nicht mit Dulceta. Sie trat zu Aurel. Wieder fielen ihr die toten Ratten ein, die sie auf den ersten Blick für Erdklumpen gehalten hatte.

»Was hast du über uns gebracht?«, schrie sie ihn an. »Was hast du nur über uns gebracht?«

Er zuckte die Schultern. »Es ist doch lange vor mir zu euch gekommen …«

Dulceta beschrieb ausführlicher, woran Pierre litt.

»Er hat Fieber und schreckliches Kopfweh. Er krümmt sich nahezu vor Schmerzen. Sein Hemd ist schweißnass, er hat großen Durst, und …«

»Ja?«, fragte Alaïs, da Dulceta nicht fortfuhr. Sie hatten ihre Kate noch nicht verlassen. Alaïs wähnte sich unfähig, auch nur einen Schritt zu machen.

»Bitte«, stammelte Dulceta. »Bitte … Alaïs. Aus seinem Gesicht starrt mich der Tod an, aber du hast ihn doch schon einmal gerettet. Erinnerst du dich?«

Wie hätte sie ihn vergessen können – jenen Tag, als sie in Saint-Marthe noch wie eine Aussätzige behandelt worden war, sich dann jedoch den Respekt der Dorfbewohner verdient hatte, indem sie Pierres zerrissene Gedärme flickte.

»Woran leidet er noch?«, fragte sie, weil all das bislang Genannte Dulcetas Entsetzen noch nicht erklärte.

Tatsächlich neigte sie nun verschwörerisch den Kopf vor. »Ich weiß nicht, wie ich es dir beschreiben soll, aber er hat rote Flecken…«

»Wo?«

Nicht Dulceta antwortete ihr, sondern Aurel. Sie hatte kaum bemerkt, dass er zu ihnen gehumpelt war. Obgleich Dulceta den letzten Satz nur geraunt hatte, hatte er ihn gehört.

»In den Achselhöhlen«, sagte er, »und wahrscheinlich in der Leistengegend. Es werden keine Flecken bleiben. Es werden Beulen daraus werden. Sie werden sich bläulich verfärben und schließlich schwarz anlaufen.«

Ähnlich wie eben schüttelte er den Kopf, und wieder lachte er. Speichel sprühte von seinen Lippen, und als Alaïs ihn diesmal betrachtete, ging ihr auf, dass er ihr nicht nur unglaublich fremd war, er nichts mehr mit dem stolzen, herausfordernden Aurel von einst zu tun hatte, sondern dass er unsagbar alt geworden war. Nicht nur das ergraute Haar bekundete es, nicht nur das gefurchte Gesicht. Nein, noch etwas kam hinzu, wogegen sie sich selbst immer zu wehren versucht hatte: jene Bitterkeit, mit der das schwindende Leben das frische betrachtet und ihm die Weite seiner Zukunft neidet.

»Hör auf!«, fuhr sie ihn an. »Hör sofort auf!«

Aurels Lachen verstummte, was sie noch mehr verstörte. Früher hätte er sich nicht so schnell gefügt. Früher hätte er ihr getrotzt, so wie er jeglicher Krankheit getrotzt hätte.

Stattdessen erklärte er hoffnungslos: »Für den Mann gibt es keine Rettung.«

Dulceta musterte ihn verständnislos. »Wer ist das?«, flüsterte sie Alaïs zu.

»Er ist der Mann, der der größte *Cyrurgicus* seiner Zeiten sein will und der jetzt nicht einmal mehr ein Fieber heilen kann«, stieß Alaïs bitter hervor. »Ich komme mit und sehe ihn mir an!«, fügte sie hinzu und trat entschlossen vor die Tür.

Aurel humpelte ihr kopfschüttelnd nach. »Hast du nicht verstanden? Dieser Mann ist dem Tod geweiht. Wie wir alle. Wie wir alle.«

Er sagte es wieder und wieder, und mit jedem Mal wuchs Alaïs' Wut auf ihn. Sie ballte ihre Hände zu Fäusten.

»Verdammt, warum willst du immer alles zerstören?«

Erst als die Frage gestellt war, merkte sie, dass sie schrie. Nicht nur Dulceta hatte es gehört. Sie fühlte plötzlich die Blicke vieler, die das Treiben vor ihrer Kate beobachtet hatten, beunruhigt von der Kunde, dass Dulcetas Mann krank sei, und nun noch mehr verwirrt, weil ein Fremder aufgetaucht war, an den sich nur die Älteren erinnern konnten und der offenbar der Bruder des angesehenen Emeric Autard war.

»Du wirst ihn nicht retten, Alaïs«, sagte Aurel. »Halte dich lieber von ihm fern.«

Sein Blick war erstaunlich fest. Nicht mehr Verlorenheit stand darin, nur Bedauern darüber, dass sie bald die gleiche Einsicht treffen würde wie ihn.

Alaïs wandte sich rüde ab. »Lass mich in Ruhe«, knurrte sie und wollte Dulceta folgen, die bereits in Richtung ihres Heims losgestapft war.

Da fühlte sie seinen festen Griff an ihren Schultern, fühlte, dass – wenn sich schon alles andere geändert hatte – seine Hand noch feingliedrig und langfingrig war wie einst. Er hielt sie fest, und als sie sich wehrte, verstärkte er den Griff. Ehe sie schreien konnte, er möge sie loslassen, fand sie sich in einer Umarmung wieder. Er schwankte nicht wie beim letzten Mal, verlor das Gleichgewicht nicht. Er mochte zwar hinken, aber er war längst geübt genug, auf seinem Holzbein zu gehen und festen Stand zu finden.

Beim Anblick dieses Holzbeins war ihr, als könnte sie den Blutdunst riechen, der in der Luft gelegen hatte, als sie ihm mit Sancho das Bein abgeschnitten hatte. Weitere Erinnerungen stiegen in ihr hoch, verschüttet von vielen Jahren, doch so eindringlich, als wäre es gestern geschehen. Wie ihr Emy einst ein Kleid beschafft hatte und einen Kamm, mit dem sie das struppige Haar in Ordnung gebracht hatte – und wie Aurel beides nicht beachtet hatte, weil er mit dem Arm eines Toten beschäftigt gewesen war, den er einem Henker abgekauft hatte. Wie sie in der Sorgue gefischt hatten, einer von Giacintos Männern zu Sturz gekommen war und Aurel dessen Schädeldecke geöffnet hatte. Wie er in der Grotte mit seiner Zukunft gehadert hatte und sie mit der Vergangenheit, und wie sie in einer hitzigen, harten, schmerz- und irgendwie peinvollen Umarmung Labsal gesucht und Ernüchterung gefunden hatten.

»Du hast mir nie etwas gegeben!«, brach es aus ihr hervor. »Niemals! Du hast dich nie um mich geschert! Aber obwohl du es nicht beabsichtigt hast, habe ich an deiner Seite doch eines gelernt: wie man verletzte Körper zusammenflickt. Wie man heilende Verbände macht. Wie man Fieber senkt. Ich habe es mir nie gewünscht, aber das ist es, was ich kann. Das ist es, was ich dir verdanke. Wag es nicht, mir auch noch das zu nehmen. Wag es nicht, mir zu sagen, dass du nicht länger danach trachtest, den Tod zu besiegen. Das war doch das, was du immer wolltest und wofür du alles geopfert hast: ein *Cyrurgicus* zu sein!«

Sie kämpfte nicht mehr gegen seine Umarmung, sondern sprach gegen seine knöchrige Brust. Jetzt endlich ließ er sie los.

»Es tut mir leid«, murmelte er. Diese Worte gerieten in ihren Ohren zu einem unerträglicheren Spott, als es jede Widerrede vermocht hätte. Aurel war nie einer gewesen, dem irgendetwas leid getan hatte. Sie hätte auf ihn einschlagen wollen, wie er sie da um sich selbst betrog. Aber dann dachte sie an Dulcetas Mann und dass es eine bessere Möglichkeit gab, es ihm heimzuzahlen. Sie machte sich los, eilte davon, und diesmal hielt er sie nicht zurück.

Jetzt erst sah sie Emy. Er stand nicht weit von ihnen, im Schatten des Hauses. Gewiss hatte er gesehen, wie sie sich umarmt hatten – nur die Worte, die zornigen Worte, die sie zu Aurel gesprochen hatte, hatte er wohl nicht verstanden, denn nie in den letzten Jahren war sein höfliches Lächeln so trotzig gewesen und sein Blick so verloren.

Alaïs war in den letzten Jahrzehnten manch Krankem nahe gekommen, doch selten war ihr solch ein übler Geruch entgegengeschwappt wie in dem Augenblick, da sie Pierres Haus betrat. Seine Frau hatte die Fensterläden geschlossen – es war nicht offensichtlich, ob zum Zwecke, den Gestank vor der Welt zu verheimlichen oder den Mann vor deren schädlichen Einflüssen zu schützen. Die vielen Enkelkinder Dulcetas – nur Régine und Gaspard waren nicht dabei – standen um das Krankenbett. Eines von ihnen grinste, weil der Großvater sich so ungestüm darin wälzte, ein anderes hielt sich die Nase zu, zwei weitere glotzten gleichmütig.

»Hinaus!«, befahl Alaïs knapp, bevor sie den Kranken eingehend musterte. Was Aurel da von Tod und Hoffnungslosigkeit geschwafelt hatte, wollte sie nicht hinnehmen. Doch sie glaubte ihm, dass es sich bei dieser Krankheit nicht um das übliche Fieber handelte. Besser war es darum, die Kleinen fortzuschaffen.

Nachdem die Kinder die Kate verlassen hatten, trat sie näher. Sie kannte Pierre nicht sonderlich gut und war doch erschüttert, im Bett einen Fremden vorzufinden, der nichts mit dem rüstigen Mann gemein hatte, der einst die schlimme Verletzung gut überstanden hatte. Sie kannte verschiedene grässliche Masken, die der Schmerz dem Menschen ins Gesicht drückte – aber bislang keine, die es dermaßen verzerrte. Krebsrot vor Fieber war die Haut. Die Augen traten förmlich hervor, als suchten sie vor dem zu fliehen, was hinter der Stirn wütete.

»Mein Schädel«, brummte der Geplagte. »Mein Schädel platzt mir. 's brennt ein Feuer darin.«

Alaïs war Ekel fremd geworden, und dennoch zögerte sie nun, sich zu ihm zu beugen, seine Stirn zu befühlen.

Als sie ihn schließlich dennoch berührte, fing er an, wild um sich zu schlagen. Schmerzhaft war der Schlag, der sie in der Leibesmitte traf.

»Durst!«, stöhnte er. »Ich habe schrecklichen Durst.«

»Wir müssen das Fieber senken«, sagte Alaïs. »Am besten, wir geben ihm Gerstensaft. Und wir machen ihm einen Einlauf aus Kamille und Weizenkleie, etwas Salz und Honig...« Während sie sprach begann sie, sich ihrer Sache sicherer zu fühlen. Nicht wenigen raubte das Fieber das Leben, aber ebenso oft hatte sie miterlebt, wie es sich verjagen ließ. Wen es heimsuchte, der war schlimm getroffen, und bei diesem Armen schien es noch heißer zu brennen als bei anderen. Aber es war eine Heimsuchung, die zu bekämpfen nicht hoffnungslos war. Sie versuchte, nicht an jene Worte zu denken, mit denen Aurel irgendwann einmal den großen Avicenna zitiert hatte: *Es ist nicht möglich, ein Fieber zu heilen, dessen Ursache unbekannt ist.*

»Und wir müssen frische Luft in diesen Raum lassen... wirf ein paar Kräuter ins Feuer, um...«

Mitten im Satz hielt sie inne. »Was zum Teufel...«, entfuhr es ihr.

Dulceta trat indes vorsichtig näher und schlug sich die Hände vors Gesicht. Während er sich unruhig wälzte, hatte sich Pierres Hemd hochgeschoben, gab seinen weißen Bauch mit der riesigen Narbe frei und auch die Leistengegend.

Ein Schaudern durchfuhr Alaïs.

Er hatte recht. Aurel hatte recht.

An Pierres Unterleib prangten, groß wie Taubeneier, rote Beulen.

Die Beulen wurden größer, wuchsen schließlich auf das Ausmaß von Hühnereiern an und verfärbten sich. Anfangs zog sich nur ein leichter Blauton über die Röte – so, als würden sie zu schimmeln beginnen. Dann wurde das Blau immer dunkler, bis es ins Schwarze überging. Nicht nur in der Leistengegend entdeckte Alaïs die Beulen, auch unter den Achseln und schließlich am Hals.

Er hatte recht. Aurel hatte recht.

»Mein Schädel… mein Schädel zerplatzt mir!«, stöhnte der Unglückliche immer wieder, bis sich seine Augen irgendwann ins Weiße verdrehten und das, was er sagte, keinen Sinn mehr machte. Er schrie die Namen von früh verstorbenen Geschwistern, erklärte, welche Fische sie gemeinsam gefangen hätten, obwohl sie das niemals getan hatten, und beschrieb die Fische als gefräßig und grausam. Mensch für Mensch hätten sie geschluckt, bis die Fische auf die Größe eines solchen angewachsen wären. Das Meer hätten sie verlassen, um auf ihren Flossen ins Dorf zu wandern und an ihm zu nagen.

So wild wälzte er sich auf seiner Schlafstatt, dass Alaïs schließlich Angst hatte, er könnte sich verletzen. Mit Dulceta band sie ihn fest, und er war zu geschwächt, um sich dagegen zu wehren, zerrte nur ein paar Mal mit den Händen an den Stricken, wodurch die Beulen in der Achselgegend ihnen förmlich ins Gesicht sprangen.

Angewidert wandte sich Dulceta ab. »Was… was ist das?«, stammelte sie.

Alaïs zuckte die Schultern. Manch eitriges Geschwür hatte sie in den letzten Jahren zum Reifen gebracht und schließlich aufgestochen, damit der sämig-gelbe Eiter herausfloss. Doch nie waren die Geschwüre so groß gewesen wie an Pierre, so dunkel und so zahlreich. Erstmals spielte sie mit dem Gedanken, Aurel um Hilfe zu bitten. Doch dann fiel ihr der hoffnungslose Klang seiner Stimme ein, als er bekundet hatte, man könne nichts gegen die Krankheit tun.

Wir werden alle sterben…

»Ich… ich schneide die Beulen auf«, entschied sie schließlich, als jene längst größer waren als ein Ei, ja, auf den Umfang eines Apfels angewachsen waren.

Dulceta bekreuzigte sich.

»Bist du sicher?«, fragte sie.

Als Alaïs sie anblickte, las sie Angst in ihren Augen – nicht nur um den Mann, wie ihr schien, auch um sich selbst.

Wie merkwürdig, dachte Alaïs. Nicht Dulcetas Furcht deuchte sie sonderbar, aber der Umstand, dass ihr selbst jede Furcht fehlte. Sie war nur wütend, unglaublich wütend, weil Aurel recht behalten hatte. Schlagen hätte sie ihn wollen, wäre er vor ihr gestanden – schlagen wollte sie auch diese fremde Krankheit.

»Ja! Ja, ich bin mir sicher«, sagte sie mit fester Stimme, neigte sich zu Pierre und griff nach jenem kleinen Messer, das sie stets am Gürtel trug. Emy hatte es ihr irgendwann einmal aus Marseille mitgebracht. Die Klinge war aus keinem so edlen Metall und auch nicht so scharf wie jenes, das Aurel einst benutzt hatte, um Menschen aufzuschneiden. Doch es genügte, um Geschwüre und Furunkel zu behandeln.

Ehe sie jedoch das Messer ansetzen konnte, zuckte nicht nur Pierres Leib, sondern auch die Beule. Sie schien zu zittern, als wäre sie lebendig. Alaïs wich zurück, hielt das Messer fest umklammert. Zuerst troff sämige Flüssigkeit einem dünnen Faden gleich aus der höchsten Erhebung. Dann schien sie hart zu werden wie Wachs. Es musste Eiter sein, was da hervorplatzte – und doch war die Flüssigkeit nicht von jenem reinen Gelb wie dieser, sondern von Blut durchsetzt und von schwarzen, weil abgestorbenen Hautfetzen.

Alaïs' Messer fiel zu Boden. Pierre stöhnte nur, aber sie war sich sicher, er würde schreien, besäße er nur ausreichend Kraft.

»Was geschieht denn nur?« Dulceta schluchzte. »Was geschieht?«

Alaïs schlug ihre Hände vors Gesicht. Der üble Gestank verstärkte sich. Sie hatte den Eindruck, daran zu ersticken.

Am Morgen des nächsten Tages kehrte Alaïs heim. Die Dämmerung, die zuerst nur aus spinnwebdünnen Fäden bestand, begann immer schneller an ihrem grauen Tuch zu weben; bald ward es über jeden Flecken Nachtschwarz geworfen, obwohl Alaïs in den letzten Stunden vermeint hatte, es könne nie wieder licht und warm werden. Sie hatte sich gewaschen und fühlte sich immer noch schmutzig, war sicher, dass der Gestank sich nicht nur in ihre Kleidung gegraben hatte, sondern jede Pore ihrer Haut vergiftete. Sie hatte Pierre nicht mehr angerührt, nachdem die eine Beule geplatzt war, und doch hatte sie das Gefühl, als hätte sie in jenem grässlichen Eiter förmlich gebadet.

Als sie in die Stube trat, blickten ihr Aurel und Emy entgegen, hellwach beide, als wäre es mitten am Tag. Emy harrte dessen, was sie zu sagen hatte, Aurel hingegen nahm mit düsterem Blick ihre Worte vorweg.

Alaïs schüttelte schwach den Kopf. »Er ist tot«, murmelte sie. »Er … er ist eben gestorben.«

Sie sagte das Wichtigste – und verschwieg doch so viel. Dass Pierre im Fieberwahn Dinge gesehen hatte, die es nicht gab. Dass Dulceta ihn in ihrer Furcht plötzlich angeschrien und der Lüge bezichtigt hatte. Dass sein Atem immer schwächer und schwächer geworden und schließlich verstummt war. Und dass Dulceta danach kein weiteres Kreuzzeichen geschlagen hatte, sondern hinausgestürzt war, um die klare Nachtluft so gierig einzuatmen, als wollte sie daran ertrinken.

Wir hätten den Priester holen sollen, war Alaïs viel zu spät eingefallen.

Seit Frère Lazaire Saint-Marthe verlassen hatte, gab es hier keinen Priester mehr, aber im nächsten Dorf wohnte einer. Manchmal kam er, um die Messe zu lesen.

Wortlos trat Emy zur Feuerstelle. Anders als sonst am Morgen hatte er keine Grütze aufgesetzt. Kein köstlicher Geruch nach Kräutern, Getreide und Milch lag in der Luft. Doch Alaïs fehlte dieser nicht.

»Nicht nur dieser eine Mann ist gestorben«, sagte Aurel in die Stille. »Alle … alle sind tot.«

Alaïs schüttelte wieder den Kopf, diesmal nicht, weil sie einen Kampf verloren hatte, sondern vielmehr, weil sie leugnen wollte, dass dieser längst vorbei war. Doch sie brachte keine Worte hervor. Emy tat es an ihrer statt.

Er fuhr herum. »Wenn du so redest … wenn du so redest, dann verlass mein Haus.«

Obwohl die Worte nicht gegen sie gerichtet waren, zuckte Alaïs zusammen. Sie fragte sich, warum Emy seinen Bruder so sehr hasste und wie lange schon. Seit dem Augenblick am Strand vor der Grotte, da er ihn niedergeschlagen hatte? Seit der Stunde, da er am Viehmarkt von Marseille aufgetaucht und sie von Mann und Tochter weggelockt hatte?

Vielleicht hatte seine Unversöhnlichkeit erst begonnen, als sie aus der Fremde zurückgekehrt war, zerschunden und gescheitert. Und vielleicht war sie erst vor einem Tag besiegelt worden, als er gesehen hatte, wie Aurel sie umarmt hatte.

»Du weist mir also die Tür«, stellte Aurel fest, genauso schicksalsergeben, wie er sich damit abgefunden hatte, dass der Tod stärker war als er. Alaïs konnte es nicht fassen, ihn derart gebrochen zu sehen. Eben noch war es ihr recht gewesen, dass Emy ihn verjagte, doch nun ärgerte sie sich, dass er es widerstandslos hinnahm und sich schweigend an der Tischplatte aufstützte, um sich hochzuziehen. Es war, als wären ihre Rollen getauscht, als hätte der eine das Schicksalsergebene, Stille, Milde abgestreift und weitergereicht, wohingegen dem anderen das Willensstarke, Eigensinnige, Selbstsüchtige nicht länger brauchbar schien.

War die Welt verrückt geworden?

So schien es ihr zumindest, als Emy plötzlich weitere Worte sagte. Eigentlich sagte er sie nicht, vielmehr brachen sie aus ihm heraus, in solch einer Heftigkeit, als hätte er sie schon oft gesagt, nicht in seines Bruders Gesicht, aber zu sich selbst.

»Du wunderst dich, warum ich so hart bin, nicht wahr? Ich, dein Bruder, der für dich seine Seele gegeben hätte, dein willfähriger Diener, der immer da war, wenn du mich brauchtest. Ich habe dich vor unserem Vater beschützt; ich habe geschuftet, damit du studieren konntest; ich war an deiner Seite, als du von Montpellier verjagt wurdest und durch die Lande gezogen bist. Ja, es schien, als hätte ich für dich allein gelebt. Ich habe dir verziehen, dass du mir einst eine Fingerkuppe abgehackt hast.«

Gedankenverloren blickte er auf die verstümmelte Hand. Der

Anblick schien Alaïs geradezu lächerlich harmlos verglichen mit Aurels Beinstumpf.

Er hat so viel mehr verloren als Emy, ging es ihr durch den Kopf. Aber verwundet … verwundet wurden sie beide.

»Aber denk nur ja nicht«, fuhr Emy fort. »Denk nur nicht, dass ich stets der Selbstlose war, stets der Dumme, mit dem man alles machen konnte. Ich wusste … ja, ich wusste immer, dass du der Klügere von uns beiden bist, dass dir so viel mehr zusteht als mir, dass du zu Größerem taugst, weil du mit einem größeren Talent geboren wurdest als ich. Es hat mir auch leid getan, dass Vater immer auf dich losging, immer dich peinigte, immer dich halbtot prügelte. An seiner Stelle hätte ich dir sämtliche Frechheiten verziehen, hätte sie dir nicht angelastet wie dieser alte, verbitterte Mann, der glaubte, er müsse sie dir mit Gewalt austreiben. Aber weißt du was: So sehr ich dich bemitleidete, so sehr ich dich zu schützen wünschte – es war nach Mutters Tod ja sonst niemand da –, so war es doch nicht aufrichtig gemeint, wenn ich dir hinterher mein Stück Brot gab oder meine Schale Suppe. Ich habe dir mein Essen geopfert, aber ich wusste stets, dass du entweder zu stark bluten oder dem Alten zu sehr grollen würdest oder dass du zu beschäftigt wärst, dir Gedanken über den menschlichen Leib zu machen, um meine Gaben auch zu essen! Weißt du, Aurel: Am Ende … am Ende blieb all das, was ich dir geben wollte und konnte, ja doch mir. Du warst so blind, dass du gar nicht gesehen hast, dass ich am Ende viel, viel mehr besaß als du. Nicht nur das Brot. Sondern auch Alaïs. Und schließlich die Tochter, die sie mir schenkte und die – ganz anders als die deine, die nicht genügend Kraft hatte für diese Welt – heute ein zufriedenes Leben führt. Ich habe ein Zuhause, ich habe Enkelkinder, ich weiß, wofür ich lebe. Vielleicht bin ich darum gar nicht der Dumme. Vielleicht bist vielmehr du der dümmste aller Menschen.«

Am Ende schrie er, viel lauter, als Alaïs ihn jemals hatte schreien hören. Ein triumphierender, fast irrer Ausdruck war in seinen Augen erschienen, als rühmte er sich einer Heldentat und nicht nur der Tatsache, dass er anstelle von Aurel immer satt geworden war.

Fassungslos hatte Alaïs gelauscht, nicht sicher, wie lange es schon in ihm gärte, seit wie vielen Jahren er dem Bruder diese Rechnung hatte vortragen wollen. Kaum war das letzte Wort gesagt, verlosch sein Triumph. Er drehte sich wieder zur Feuerstelle um und legte Holz nach, als wäre nichts geschehen. Alaïs war sicher: Könnte sie ihm nun ins Gesicht sehen und würde sie seinen Blick suchen, so würde er ihr das kalte Lächeln zuwerfen, das üblicherweise seine Regungen verbarg.

Aurels Holzbein knarrte auf dem Boden. Das Geräusch ließ Alaïs zusammenfahren.

Er war schon fast bei der Tür, als sie ihn zurückhielt: »Du… du kannst doch auch im alten Schuppen schlafen. Du weißt schon… der Schuppen meiner Eltern… von damals.«

Der Schuppen, in dem sie nächtelang Leichen aufgeschnitten hatten, bis Josse und Frère Lazaire sie entdeckt hatten.

Sie warf einen vorsichtigen Blick in Emys Richtung, hoffte auf seine Zustimmung. Nichts kam.

Aurel nickte. Wieder knirschte das Holzbein, dann war er nach draußen gehinkt.

Emy richtete sich auf, machte – ohne sich nach ihr umzudrehen – Anstalten, nach oben zu seiner Schlafstatt zu gehen, ungeachtet, dass es nicht Abend war, sondern Morgen. Seit Raymonda geheiratet hatte, schlief er in ihrem Zimmer und Alaïs auf der Bank beim Feuer. Alaïs versuchte etwas zu sagen, schaffte es aber nicht. Zuletzt räusperte sie sich, um der Totenstille zumindest etwas entgegenzusetzen.

»Wenn du ihm folgen willst«, sagte Emy leise, »wenn du ihm folgen willst, dann geh. Ich halte dich ganz gewiss nicht auf.«

»Und ich habe ganz gewiss keine Lust darauf, im Schuppen zu leben«, entgegnete sie hastig.

»Dann ist es ja gut«, murmelte er gleichgültig.

Sie wollte sich auf die Bank sinken lassen, sich ausruhen, vergessen, was sie heute gesehen, gehört und gerochen hatte.

Doch noch ehe sie sich aus ihrer Starre löste, klopfte jemand an ihre Tür.

»Alaïs! Emeric! Seid ihr wach?«

Es war nicht Aurel. Es war ihre Nichte Cathérine, die Tochter von Alaïs' Bruder Félipe.

Emy öffnete die Tür.

»Ich… ich habe gehört, was mit Pierre geschehen ist«, stammelte Cathérine. »Alaïs«, sie war den Tränen nahe. »Alaïs, bitte komm. Mein kleiner Félipe fiebert schon seit einigen Stunden.«

XXXIX. Kapitel

Gott hatte sich einen stinkenden, schmerzhaften, langsamen Tod ausgedacht, als er die Menschheit mit dieser Seuche schlug.

Félipe – nach seinem Großonkel benannt – war Cathérines jüngster Sohn, und er verschied noch am selben Abend. Manche überlebten die Krankheit länger, hielten gar eine ganze Woche durch. Anderen blieben zwei, drei Tage, nachdem die ersten Beulen aufgetreten waren. Doch alle starben sie, unter Schmerzen, im Fieberrausch, mit unerträglichem Durst. Zuerst traf es nur einzelne Familien, nach einigen Tagen hatte fast jede ein Opfer zu beklagen. Die Menschen von Saint-Marthe weinten zunächst um die Toten, dann aus Angst um das eigene Leben und schließlich aus Wut und Ohnmacht, weil nicht abzusehen war, wann das Grauen ein Ende nehmen würde. Nicht nur die Alten, die Geschwächten, die Kinder traf es, wie Alaïs zu Beginn noch erwartet hatte, sondern auch junge Frauen und kräftige Männer, die eben noch mit vollen Netzen vom Meer zurückgekehrt waren, Tiere geschlachtet und Bäume angesetzt hatten.

Wenn sie Pierres Seele auch nicht mehr helfen konnten, so forderte Alaïs doch, dass Père Galhard aus dem Nachbardorf kommen sollte, um für die Sterbenden zu beten und sie mit heiligem Öl zu segnen. Nur solcherart wären sie gestärkt genug, um den Kampf gegen die Dämonen aufzunehmen, die an der Schwelle zum Jenseits harrten und die gefährliche Reise zu Gott als ihre letzte Möglichkeit nutzten, die Seelen ins Verderben zu reißen.

Doch Père Galhard kam nicht. Zunächst hieß es, es gäbe im Nachbardorf ebenso viele Tote wie in Saint-Marthe, man käme kaum nach, sie zu beerdigen. Schließlich wurde erzählt, Père Galhard sei – selbst noch gesund – ins Landesinnere geflohen.

»Was für ein Feigling!«, zischte Dulceta. Seit Pierres Tod war sie abgemagert. Um ihre Hüften wogte nicht länger das Fett, sondern faltige Haut. Um ihren Mund hatte sie einen verkniffenen Zug bekommen, der immer tiefer wurde, je mehr Verwandte sie verlor. Nach ihrem Mann den erstgeborenen Sohn, dann dessen Frau, schließlich deren Kinder. Nur die alte Régine, die nicht mehr ganz richtig im Kopf war und Alaïs immer noch vorwarf, sie vor Jahren um ihren Anteil einer geschlachteten Sau betrogen zu haben, lebte weiter.

Alaïs' Wut der ersten Tage war erloschen. Sie eilte von Krankem zu Krankem, konnte nichts für sie tun und war irgendwann zu müde, damit zu hadern oder Angst zu haben. Nur bei Régines Anblick erwachten alte Lebensgeister in ihr. Wie konnte es sein, dass ausgerechnet der Leib dieser Kröte, die sich schon längst nicht mehr ans Hiesige klammerte, sondern einfach nur träge auf dieser Welt hocken blieb, heil blieb? Warum war es nicht möglich, aus ihr den Lebensodem zu saugen, um ihn einem der verzweifelt Kämpfenden als Stärkung einzuhauchen? Warum biss die Krankheit so ohne Gesetzmäßigkeit, ohne Vorhersehbarkeit zu – wie ein räudiger Köter, der ohne jede Führung durch die Gassen irrte und kläffend ansprang, wen er zufällig als Ersten sah?

Wo sie keine Ordnung sehen konnte, versuchten es andere umso mehr.

Es reiche zu beten, sagte Cathérine, obwohl auch sie zwei Kinder verloren hatte. Bei dem einen hatte Alaïs gar nicht erst etwas auszurichten versucht, beim zweiten war ihr Ehrgeiz erwacht. Sie suchte, die Beulen so zu behandeln wie sämtliche andere Geschwüre, ließ sie unter Kräuterpasten reifen und stach sie dann an. Doch auch der junge Raimon war ihr schließlich unter den Händen weggestorben, sie war sich nicht einmal sicher gewesen, ob nicht womöglich peinvoller als sein älterer Bruder, dem diese Prozedur erspart geblieben war.

»Wir müssen nur beten«, sagte Cathérine immer wieder. »Wir müssen beten!«

»Zu wem?«, fragte Dulceta sie – und wäre sie nicht so ausgelaugt gewesen, dann hätte Alaïs über die ungewohnt trotzige Stimme gegrinst. »Etwa zu Gott? Er ist es doch, der uns geißelt.«

»Aber die Jungfrau Maria ist gnädig«, seufzte Cathérine. »Und der heilige Sebastian. Die Menschen aus den umliegenden Dörfern haben eine Wallfahrt unternommen, um seine Hilfe zu erbitten.«

»Besser, sie nutzen ihre Kräfte, um die Toten einzugraben«, knurrte Alaïs. Ein Dutzend Gräber waren auf dem Friedhof von Saint-Marthe hinzugekommen, und nun war kein Platz mehr für neue.

»Aber der heilige Sebastian kann nachfühlen, wie die Beulen schmerzen! Er ist doch selbst von vielen Pfeilen getroffen worden! Die heilige Irene hat sämtliche seiner Wunden geheilt… vielleicht… vielleicht hat sie auch Erbarmen mit uns!«

Alaïs sagte nichts mehr. Sie konnte den tröstlichen Gedanken nicht teilen, wollte ihn der anderen aber auch nicht nehmen, umso mehr, da Cathérine drei Tage später selbst darniederlag.

Alaïs war bei ihrem Tod nicht zugegen. Allein an diesem Tag waren fünf weitere Menschen erkrankt. Einer gnadenlosen Welle glich die Seuche, die immer dann am härtesten zuschlug, nachdem sie sich für kurze Momente zurückgezogen hatte.

Anne-Marie, Cathérines jüngere Schwester, erzählte Alaïs von dem Verlust – und sie hätte geweint, hätte sie an diesem Tag nicht schon ihren älteren Bruder gehen sehen.

»Aber sie ist friedlich gestorben«, murmelte sie.

»An dieser Krankheit stirbt keiner friedlich«, meinte Alaïs. »Die Schmerzen sind unerträglich, ob die Beulen nun platzen oder nicht.«

»Aber ich habe ihr zumindest die Beichte abgenommen!«, erklärte Anne-Marie.

Alaïs weitete den Blick. »Du?«

Was ihr die Fassung raubte, schien für andere längst alltäglich. Der Priester war geflohen, also musste man ohne ihn zurechtkommen. Männer taten, was sonst nur Geistlichen oblag, Frauen taten, was das Vorrecht der Männer war. Und irgendwann – Alaïs hatte vergessen, die Tage zu zählen, seit es den ersten Toten des Dorfs gegeben hatte – weigerten sich manche, überhaupt noch etwas zu tun.

Eines Tages sah Alaïs in den Morgenstunden, wie Elianor – eine Enkeltochter der zahnlosen Bethilie – rasch einen Korb vor einem der Häuser abstellte und hernach fortlief.

»Elianor! Was machst du?«

Elianor blieb stehen und wich Alaïs' Blick aus. »Ich habe meiner Tochter nur etwas zu essen gebracht.«

Alaïs blickte sie ungläubig an. Elianors Tochter war erst zehn Jahre alt.

»Sie… sie ist krank«, stammelte Elianor. »Genauso wie ihr Vater.«

Sie senkte den Blick noch tiefer, wollte offenbar nicht zusehen, wie in Alaïs' Miene langsam Begreifen reifte. Ganz offensichtlich hatte Elianor Angst vor ihrer eigenen Familie, versorgte sie zwar mit Nahrung, aber war nicht bereit, sie zu pflegen.

»Du traust dich in ihre Nähe«, erklärte Elianor fast schon trotzig. »Aber du zählst an die fünfzig Jahre, du bist alt. Du musst den Tod nicht fürchten, du hast dein Leben ja gelebt.«

Alaïs zuckte die Schultern. Sie hatte tatsächlich keine Angst vor dem Tod, aber nur, weil sie zu müde war, um darüber nachzudenken, nicht ihres Alters wegen. Sie wollte der anderen jedoch nicht widersprechen. Was sie in Elianors Gesicht aufblitzen sah – diesen festen, unerbittlichen, vielleicht bösen Willen, sich vor allem selbst nützlich zu sein und sich zuerst zu retten –, schien ihr in jenem dunklen Tal, wo Menschen in Fieber, Todesnot und Hoffnungslosigkeit zu Schatten verstummten, erstaunlich ehrlich. Lebendig auch. Und wohltuend.

»Ich verstehe dich«, sagte sie leise. »Ich verstehe dich doch.«

Elianor sagte kein Wort mehr, sondern machte kehrt und lief

davon. Vielleicht hatte sie Angst, Alaïs zu nahe zu kommen, setzte sich diese dem Gift der Seuche doch gnadenlos aus.

Alaïs hob den Kopf, spürte, wie die Sonne sie kitzelte. Schien sie erst jetzt oder hatte sie die ganzen letzten Wochen über auf sie herabgebrannt? War ihr Licht ein Zeichen von Hoffnung oder verschlimmerte die Hitze den Gestank der Toten?

Noch war ihre Familie gesund geblieben, Raymonda und Andriu, Emy, die Kinder.

Alaïs lehnte sich an das Haus von Elianor. Der Korb davor blieb unberührt.

»Ich verstehe dich doch«, murmelte sie.

Die einen beteten zum heiligen Sebastian, die anderen flohen vor ihren Familien, wieder andere wollten sich genau erklären, warum die Krankheit ausgerechnet jetzt über sie gekommen war. Nach einem Monat sprach im Übrigen niemand mehr von einer Krankheit, sondern nur vom großen Sterben. Alaïs ertappte sich dabei, wie sie ausrechnete, wie viele Menschen in Saint-Marthe gelebt hatten und wie viele von ihnen mittlerweile tot waren. War die Hälfte überschritten? Sie konnte es nicht sagen. Sie wusste auch nicht, ob es stimmte, dass die unheilvolle Konjunktion von Mars, Jupiter und Saturn zum großen Sterben führte. Oder die verfluchte Jeanne.

»Sie ist es«, erklärte Dulceta eines Tages. »Sie … dieses verdammte Weib …«

Alaïs begriff nicht, wen sie meinte. Sie hatte Dulceta nie gemocht, aber sie zollte ihr Anerkennung, weil sie so unermüdlich auf den Beinen war wie sie selbst, sich nicht der Trauer und der Angst hingab, sondern dem großen Sterben trotzte, indem sie Wasser holte und Brot buk und Schweine fütterte und Kinder versorgte. Trotz ihres Ekels vor Pierres Beulen mied sie den Anblick von Kranken später nicht, und solange ihre Zahl noch überschaubar war, hatte sie einige Leichname gewaschen.

Doch nun war es Alaïs, als würde auch hinter ihrem Blick nicht länger Nüchternheit hausen, sondern Wahnsinn. »Sie ist es!«

»Von wem redest du?«

»Von Jeanne natürlich!«

Alaïs überlegte, wer im Dorf Jeanne hieß, bis ihr aufging – lahm deuchten sie ihre Gedanken –, dass keine Frau von Saint-Marthe gemeint war, sondern die Enkeltochter des verstorbenen Königs Robert. Sein Sohn Charles hätte eigentlich das Königreich Neapel und die Provence erben sollen, doch nach dessen unerwartetem Tod war Robert nichts anderes übrig geblieben, als dessen älteste Tochter zur künftigen Königin zu bestimmen – und vor fünf Jahren hatte sie dieses Erbe dann auch angetreten.

»Sie hat ihren Mann ermordet!«, rief Dulceta. »Ganz gewiss hat sie das getan!«

Wieder fiel es Alaïs schwer, sich in Erinnerung zu rufen, was sie über Königin Jeanne wusste. Jeannes Gatte war André von Ungarn gewesen, fiel ihr ein. Und nach dessen Tod hatte sie Ludwig von Tarent geheiratet. Was aber hatte das mit dem großen Sterben zu tun?

»Gott straft sie«, erklärte Dulceta. »Und wir sind nur sein Mittel. Jeanne hat doch den Mord an André befohlen! Die Ungarn haben das Königreich für sich beansprucht, und darum hat sie den Gatten einfach beseitigen lassen. Warum sonst hätte sie so schnell wieder geheiratet? Wahrscheinlich hat sie mit Ludwig von Tarent schon zu Andrés Lebzeiten die Ehe gebrochen.«

Dulcetas Empörung steckte Alaïs nicht an. Weniger, dass eine ferne Königin die Seuche verschuldet haben sollte, befremdete sie – jedoch, dass es da draußen überhaupt eine solche Königin gab und mit ihr eine ganze Welt. Jene Welt schien ihr in den letzten Wochen auf die Größe von Saint-Marthe geschrumpft zu sein.

»Der Bruder von König André will ihn schon seit langem rächen!«, fuhr Dulceta fort. »Aber Gott ist ihm wohl zuvorgekommen. Und jetzt zahlen wir die Zeche … für ihren Mord und ihren Ehebruch.«

Wieder schwappte Dulcetas Empörung nicht auf Alaïs über, vielmehr blitzte eine Erinnerung in ihr auf. Auch sie hatte Ehebruch begangen damals auf der Insel Mallorca, mit Sancho, der seine weißen Zähne hatte blitzen lassen und vom gebratenen Zicklein seiner Mutter geträumt hatte. An dessen Körper sie sich gerieben hatte und mit dem sie sich auf dem Sand gewälzt hatte, bis ihre Haut brannte.

Ein wehmütiges Lächeln huschte über ihr Gesicht, nicht Sanchos wegen, sondern weil sie sich bewusst wurde, dass es nicht nur eine Welt außerhalb von Saint-Marthe gab, sondern auch ein Leben vor diesem großen Sterben.

»Du lachst?«, ereiferte sich Dulceta. »Du lachst?«

Schlagartig wurde Alaïs wieder ernst. »Ich lache nicht«, sagte sie schnell, »ich habe nur gedacht, dass gestern niemand krank geworden ist und heute auch noch nicht.«

»Du denkst, es könnte vorüber sein?«

Solange es nicht ausgesprochen war, hatte sich diese Hoffnung nur leise in ihr geregt. Nun tat sie es umso mehr, als Dulceta erleichtert seufzte.

Sie freuten sich zu früh. Am Abend begannen Beulen in Dulcetas Achselhöhlen zu wachsen. Sie starb noch vor ihrer Mutter Régine. Jene wiederum war die Einzige, die in diesen Tagen nicht der Seuche erlag, sondern einfach nicht mehr aus dem Schlaf erwachte.

Alaïs sprach mit Emy nicht über Aurel. Eigentlich wechselte sie so gut wie gar kein Wort mit ihrem Mann. Manchmal starrten sie sich in diesen Wochen an, und sein Blick war dann nicht kalt und abweisend wie sonst, sondern irgendwie … mitleidig. Vielleicht galt das Mitleid ihr, vielleicht ganz Saint-Marthe, vielleicht sich selbst. Nein, Letzteres war nicht möglich. Emy dachte nie an sich, schon gar nicht jetzt, da er wie sie ständig auf den Beinen war, um Kranke zu pflegen, Tote zu begraben und ausgerechnet Aurel, der immer noch im Schuppen lebte, mit Essen zu versorgen. Sie hatte ihn dabei beobachtet, jedoch nicht gefragt, warum er das tat. War sein Hader in den Tagen des Sterbens geschwunden? Oder war seine Treue stärker als jegliche Kränkung – so wie auch sie Aurel nicht nur einmal vergeben hatte?

Alaïs ergründete es nicht. Anders als Emy mied sie Aurel zunächst. Er hatte recht behalten mit seinen dunklen Prophezeiungen. Nichts konnte sie seinen Worten, wonach sie alle sterben würden, entgegensetzen. Aber zugeben wollte sie es nicht … wollte es zumindest nicht bis zu Dulcetas Tod.

Diese fehlte ihr nicht – jedoch ihre vermeintliche Furchtlosigkeit, ihr Trotz, ihre Ausdauer. Ohne sie konnte Alaïs nichts mehr davon aufbringen, sondern wollte sich am liebsten verkriechen, ja, sich in ein Erdloch eingraben. Nun, ein solches gab es nicht, aber zumindest den Schuppen, und dorthin ging sie eines Tages und hockte sich wortlos neben Aurel, der ausgerechnet dort saß, wo Emy einst auf den Morgen gewartet hatte, während der Bruder Leichname seziert hatte.

Ihretwegen hätten sie sich gerne anschweigen können, doch plötzlich erhob Aurel die Stimme.

»Hast du nun begriffen?«, fragte er rau. Er musste ihr wohl nicht lange ins Gesicht sehen, um ihre müden Augen zu erkennen, die Trostlosigkeit, die Erschöpfung. »Nichts«, fuhr er fort. »Nichts kann man tun. Man ist machtlos.«

»Ich … ich wollte bei Pierre – er war der erste Tote – eine Beule aufschneiden«, murmelte sie. »Doch es kam nicht mehr dazu. Sie ist von alleine aufgeplatzt, und er ist trotzdem gestorben. Beim jungen Raimon habe ich es dann getan, doch auch er war wenig später tot und darum habe ich es nicht wieder versucht. War das vielleicht ein Fehler? Habe ich zu früh aufgegeben?«

Sein Gesicht war verklebt von Schweiß und Erde. Er schien sich seit seiner Ankunft nicht gewaschen zu haben. »Am Anfang dachte ich, es würde genügen, sie aufzuschneiden, um das Gift aus dem Körper rinnen zu lassen«, sprach er leise. »Aber es gibt nur einen einzigen kurzen Augenblick für diese Behandlung. Versucht man es zu früh, ist der Kranke verloren, wartet man zu lange, ist er es ebenso. Und selbst wenn man den richtigen Augenblick erwischt, so kann er trotzdem sterben – zum Preis, dass er noch größere Schmerzen erleiden muss. Auf Dauer verliert man beim Glücksspiel mehr als man gewinnt.«

Seine Worte versickerten in der dunstigen Schwüle. Nichts gab es, woran sie sich festhalten konnten.

»Es ist kein Glücksspiel. Es ist ein Kampf um Leben und Tod. Man kann sie doch nicht einfach sterben lassen«, beharrte Alaïs.

Aurel rang seine Hände. Schwarze Halbmonde hatten sich unter den Fingernägeln gebildet. Nie hätte er sich früher so gehen lassen, nie einen Menschen mit dreckigen Händen behandelt. Aber genau genommen tat er das auch nicht.

»Man kann auf ein Wunder hoffen«, sagte er. »Drei Menschen habe ich gesehen, die überlebten die Seuche. Aber vielleicht nicht wegen der Ärzte, die sie aufschnitten, sondern weil sie verzweifelter gebetet haben.«

Alaïs sprang unvermittelt auf. Tränen trieben in ihre Augen. Sie rollten nicht über ihre Wangen, aber in ihrem Mund schmeckte es salzig, und sie schluckte heftig. Nie hatte sie sich von ihm so getäuscht gefühlt, nicht am Strand vor der Grotte, als er Emy zum Vater seines Kindes und zu ihrem Ehemann bestimmte, nicht nach der Reise nach Arles, da er mehr Gedanken an seinen Stumpf verschwendet hatte als an ihre Zukunft. »Aurel!«, schrie sie. »So sprichst du nicht! Das bist nicht du!«

»Aber was soll ich denn sagen, Alaïs? Ich habe so viele Menschen sterben sehen.«

»Du willst doch der größte *Cyrurgicus* deiner Zeit werden, Aurel!«, begehrte sie auf, und diesmal klang es nicht vorwurfsvoll, nur verzweifelt.

»Diese Krankheit ist so viel größer, als ich je sein könnte!«

Händeringend schwieg sie. Sie wusste, dass sie ihm vieles vorwerfen konnte – das große Sterben aber nicht. Seufzend ließ sie sich wieder neben ihm auf den Boden sinken.

»Woher… woher kommt diese Krankheit denn nur? Ich kann nicht glauben, dass die Konstellation der Sterne daran schuld ist… oder Königin Jeanne.«

Er seufzte, dann begann er wieder zu reden, rau, gleichgültig. »Die einen sagen, Erdbeben und Vulkanausbrüche hätten giftige Dämpfe aus dem Boden entweichen lassen. Andere meinen, die

Luft sei durch Miasmen verunreinigt worden. Ich… ich kann es dir nicht erklären. Die vielen toten Körper können es nicht erklären.«

Erst jetzt begriff sie, wie lange sein Kampf gegen die Seuche gewährt haben musste – ehe er ihn als hoffnungslos eingestellt hatte. Wahrscheinlich hatte er nicht nur viele Menschen sterben sehen, sondern sie auch aufgeschnitten, um in ihren Gedärmen nach den Ursachen zu wühlen.

»Warum lebst du noch? Warum lebe ich noch?«

»Ich weiß es nicht. Auch nicht, warum Menschen im besten Alter sterben, indessen Kinder und Alte in größerer Zahl überleben.«

Sie dachte an Gaspard und Régine. Sie war zu beschäftigt gewesen, um nach ihnen zu sehen, hatte sich jedoch von Raymonda stets aufs Neue bestätigen lassen, dass es ihnen noch gut erging. Raymonda war es auch, die die Kinder im Haus hielt – womit Gaspard, wie sie bestätigte, gut leben konnte, Régine aber keinesfalls. Sie wollte den Tod sehen, der da draußen wütete und den sie sich als schwarzen, furchterregenden Mann vorstellte.

»Vielleicht…«, setzte Aurel wieder zu reden an, »vielleicht… ist es ein Übermaß an kaltem oder feuchtem Blut, das dazu führt. Es lässt die inneren Organe verfaulen und dringt schließlich unter die Haut. Verdorbene Luft kann dazu führen – oder alter Fisch…«

»Was haben die anderen Ärzte im Kampf gegen das große Sterben gemacht? Sie werden doch nicht alle aufgegeben haben wie du!«

Aurel zuckte die Schultern. Er wischte sich den Schweiß von der Stirn, und seine Hände hinterließen dunkle Schlieren. »Sie haben es mit Theriak versucht, einem Allheilmittel aus Anis, Fenchelsamen, Kümmel und Vipernfleisch. Sie haben neue Rezepturen ausprobiert, aus Feigen und Nüssen und Weihrauch. Sie haben die Kranken zur Ader gelassen, um giftiges Blut entweichen zu lassen. Aber nichts… nichts hat geholfen. Ich glaube… ich glaube, es gibt nur eine Hoffnung.«

»Welche?«

Wieder wischte er sich über die Stirn. »Man muss fortlaufen«, murmelte er. »So weit wie möglich. Das hat schon der große Galen gesagt. Man muss den Miasmen entfliehen, die aus den Kadavern strömen. Man muss sämtliche Kleidung, die man trägt, verbrennen. Und dann nach Norden gehen, immer weiter nach Norden. Die Nordwinde sind gesünder.«

Alaïs nickte, blieb aber starr sitzen. Früher hätte sie der Gedanke, irgendwohin laufen zu können, erregt. Nun war sie froh, keinen Schritt tun zu müssen. Vielleicht war nicht nur aus Aurel ein Fremder geworden. Vielleicht war auch sie ein anderer Mensch, träge, gleichmütig, abgestumpft.

Er blieb ja auch in dem Schuppen hocken. Er lief ja auch nicht davon.

»Aurel…«, setzte sie an. Sie wusste nicht, was sie von ihm fordern sollte. Eigentlich hatte sie es nie gewusst, hatte sich nur von ihm mitreißen lassen, in ein Leben, das immer seines blieb, nie ihres wurde – und das sie beide nun an diese Seuche verloren.

»Aurel…«

Er antwortete nicht. Er stand auf, und an seinem Ächzen erkannte sie, wie mühsam das für ihn war. Er konnte sich auf dem Holzbein gut bewegen und gut stehen, doch sich aufzurichten war schwerste Arbeit. Der Schweiß rann förmlich von seiner Stirn; das Hemd war derart vollgesogen, dass es nicht mehr davon aufnehmen konnte.

»Du solltest dich waschen…«, murmelte sie.

Er ging in dem kleinen Schuppen auf und ab, wischte sich nicht mehr über die Stirn, sondern über die Augen. Wahrscheinlich war ihm Schweiß dorthin gelaufen und brannte nun.

»Wo… wo sind meine Kräuter?«, fragte er plötzlich.

»Welche Kräuter?«

Er beschleunigte seinen Schritt, ging nun immer schneller. »Mein Bündel… die Kräuter… man könnte die Luft reinigen, indem man wohlriechende Kräuter verbrennt.«

»Wo willst du sie denn verbrennen?«

Er stöhnte plötzlich.

»Im Feuer. Dort hinten im Feuer.«

Eben hatte sie vermeint, nie wieder zu einer Regung fähig zu sein, nun sprang sie auf. »Aurel! Dort ist kein Feuer!«

»Aber es ist doch so unglaublich heiß!«

Sein Blick flackerte, seine Augen waren nass, seine Stirn glühte.

»Du hast Fieber«, stellte sie fest.

Ein Krachen ertönte, als das Holzbein unter ihm wegbrach und er zu Boden fiel.

Alaïs hatte viele Menschen an der Seuche sterben sehen. Sie wusste, wie sie in den Leibern der Kranken wütete, sie konnte auch jetzt alle Zeichen erkennen. Doch als Aurel sich an den Kopf griff, seine Zähne klapperten, sein Leib sich krümmte, da glitt ihr Blick unwillkürlich zum Tisch – gewiss, verdorbene Mahlzeit zu sehen, die ihm nicht bekam. Der Tod war doch sein Begleiter, warum sollte er sich ausgerechnet an ihm rächen? Warum den Zweikampf, den sie stets ausgefochten hatten, mit so ungerechten und darum schäbigen Mitteln fortsetzen – obgleich Aurel doch ohnehin schon klein beigegeben hatte?

»Aurel ...«, stammelte sie.

Keuchend versuchte er, sich aufzusetzen. Doch mochten seine Hände auch kräftig genug sein, das Gewicht des Körpers zu stemmen, so knickte der Holzfuß weg, als er zu stehen versuchte. Schwer fiel er erneut zu Boden, mittlerweile schweißüberströmt. »So hilf mir doch ...«, murmelte er.

Sie blieb wie angewurzelt stehen. »Es kann doch nicht so plötzlich gekommen sein«, versuchte sie sich selbst das Offensichtliche auszureden. »Das Fieber ... die Kopfschmerzen ... du musst es doch schon bemerkt haben.«

Mit bebenden Händen zog er die Lederbänder um den Holzstumpf fest. Doch seine Kraft reichte nicht, ihn ausreichend zu befestigen. »Alle sterben ... alle ... Nun erwischt es mich.«

Nicht viele Schritte fehlten zur Schlafstätte. Er bemühte sich nun kein weiteres Mal, aufzustehen, sondern suchte sich robbend fortzubewegen. Alaïs löste sich aus der Starre, wollte sich zu ihm beugen. Gleichwohl die Achselhöhle unter seinem fleckigen Hemd verborgen war, starrte sie darauf und versuchte zu erkennen, ob sich dort eine der todbringenden Beulen wölbte.

»Ich schaff's allein«, meinte er, als sie ihm die Hand zur Stütze reichte, »bring du mir Wasser… Wie Feuer brennt's …«

Rasch wich sie zurück, dankbar, dass sie ihn nicht berühren musste. Bislang hatte sie nicht daran gedacht, dass der giftige Odem der Krankheit auf sie schwappen konnte – immerhin hatte sie die ersten Toten überlebt, obwohl sie so viel Zeit mit ihnen zugebracht hatte. Doch vielleicht war ihr Leib gegenüber einem, dem sie schon so nahe gekommen war wie kaum einem zweiten, ungeschützter. Rasch lief sie hinaus zum Brunnen, hörte noch seine letzten ächzenden Worte: »Warum hat Gott keinen sanfteren Tod erwählt, um uns vom Antlitz der Erde zu jagen …«

Auch ihr dürstete, als sie ins Freie trat. Allein der Gedanke an frisches Wasser ließ ihre Kehle trocken werden. War es ein Anzeichen, dass auch sie die Seuche zu übermannen drohte? Sie griff sich an die Stirn, doch diese war noch kühl. Dennoch fragte sie sich, ob Aurel recht behalten würde: Wurden die Menschen von der Seuche nicht einfach nur bestraft – wurden sie womöglich ausgerottet, sodass am Ende kein einziger mehr bliebe?

Sie schöpfte Wasser aus dem Brunnen. Doch anstatt es Aurel eilig zu bringen, tauchte sie selbst den Kopf in den Eimer, suchte in dem kalten, erdigen Nass Erfrischung und fand nichts als Dunkelheit. Als sie sich wieder aufrichtete, klebten ihre Haare in ihrem Gesicht.

Sie strich sie zurück. Immer noch war ihre Haut kühl – doch wie lange noch?

Wenn er stirbt, sterbe ich auch, dachte sie.

Wenn er kein Mittel dagegen weiß, dann weiß es keiner.

Vielleicht offenbarte sich erst jetzt, in dieser Stunde, dass er wirklich ein großer *Cyrurgicus* war – nicht in seinem Können, sondern in seinem Scheitern. Wenn nicht er, dann niemand, ging es ihr wieder durch den Kopf, als ruhte in seinen Händen nicht nur das Schicksal von Saint-Marthe, sondern das aller Menschen.

Sie nahm den Eimer und schleppte ihn in Richtung Schuppen.

»Mutter!«

Der unerwartete Ruf ließ sie zusammenschrecken, sie fuhr herum, verschüttete etwas Wasser. Raymonda stand nicht weit von ihr, hatte sich lautlos genähert. Nie war Alaïs der verhärmte Zug um ihren Mund aufgefallen. Hatte ihn das große Sterben in ihr Gesicht eingemerzt, oder war er immer schon da gewesen?

In jedem Falle neu war, dass sie sie Mutter rief. Für gewöhnlich tauchte sie auf und war da – aber eine Anrede hatte sie in all den Jahren nicht benutzt, nur in den Stunden, als die Zwillinge geboren worden waren.

»Mutter«, sagte sie erneut.

»Sind es die Kinder?«, entfuhr es Alaïs entsetzt.

Raymonda schüttelte den Kopf und deutete auf das Haus, in dem sie bis vor wenigen Jahren selbst gelebt hatte. Da wusste Alaïs, was geschehen war.

Mochten sich die Wege der Brüder, die einst so eng verschlungen waren, auch getrennt haben, mochte zwischen ihnen Hader herrschen oder Schweigen: Der Tod roch das gleiche Blut, das in ihren Adern floss, und fiel sie zur gleichen Stunde an.

XL. Kapitel

Der Eimer entglitt Alaïs' Händen.

»Hat er ... hat er ...«

Raymonda nickte düster. »Fieber und Flecken.«

Die Krankheit, das hatte Alaïs in den letzten Wochen herausgefunden, zeigte sich in unterschiedlichen Fratzen. Zwar kündigte sie sich fast immer mit Fieber, Kopfschmerzen und unerträglichem Durst an, doch wohingegen bei manchen die Beulen sehr schnell erschienen und wuchsen, sahen andere aus, als wäre ihr Körper von vielerlei Faustschlägen getroffen worden und darum mit roten und blauen Flecken übersät.

Anstatt Raymonda zu folgen, die sich bereits zum Gehen wandte, griff Alaïs unwillkürlich nach dem Eimer. Er war zur Seite gekippt, das Wasser sickerte in den Boden.

»Ich muss ... ihm zu trinken bringen.«

»Das habe ich schon getan. Ich habe dafür gesorgt, dass er sich zu Bett legt. Anfangs wollte er das nicht.«

Es fiel Alaïs nicht schwer, sich das vorzustellen. Leise, aber stur – so war Emy. Er würde sich das Stöhnen verkneifen, das laute Wehgeschrei, das viele anstimmten, die erkannten, dass der Tod mit seinen schwarzen Händen auch nach ihnen griff – aber sich ihm einfach ergeben, das würde er nicht. Das bittere Lächeln, das so oft auf seinen Lippen saß, mochte zwar höflich wirken, aber niemals einladend.

Alaïs' Finger umkrampften den Eimer.

»Aurel ...«, stammelte sie. »Aurel ist auch krank.«

Raymonda kniff die Augen zusammen. »Und jetzt willst du ihn

pflegen?«, stieß sie verächtlich aus, als wäre es eine beabsichtigte Kränkung, dass der eine Bruder dem anderen auch noch in Krankheit und Sterben zuvorkam.

»Du irrst, wenn du denkst, Aurel würde mir mehr bedeuten als dein Vater«, sagte Alaïs.

Jetzt erst ging ihr auf, dass sie in all den Jahren niemals Aurels Namen im Beisein ihrer Tochter ausgesprochen hatte, ja, dass er auch zwischen ihr und Emy niemals gefallen war. Er war da wie ein unsichtbarer Gast, der sich zwischen sie drängte, aber man behandelte ihn, als wäre er längst tot.

»Du musst mir nichts erklären, Mutter«, sagte sie kühl und drehte sich um.

Ein zweites Mal entglitt Alaïs der Eimer. Dann folgte sie der Tochter, ohne sich ein einziges Mal nach dem Schuppen umzudrehen.

Nie hatte Alaïs erlebt, dass die Seuche einen Menschen so sanft und leise umarmte wie Emy.

Er wälzte sich nicht mit glühendem Kopf in seinem Lager, sondern lag so unbeweglich, als würde er sich nur von der Last des Tages ausruhen. Keine Schweißperlen kündeten von der Heftigkeit des Fiebers, nur seine glänzenden Augen, mit denen er sie anstarrte. Er schien verwirrt, als wüsste er weder, wo er war, noch wer sich seinem Krankenbett näherte. Aber er gewährte es Alaïs widerstandslos, dass sie die Decke hob, seinen Leib musterte. Auch hier erwies sich die Seuche als zahm, sie hatte ihn mit kaum sichtbaren Zeichen geschlagen.

Alaïs hatte vor Raymonda das Haus betreten. Nun folgte ihr diese zaghaft. »Er muss sich schon länger schlecht gefühlt haben, aber er hat es keinem gesagt.«

Ehe sie sich ans Krankenbett des Vaters setzen konnte, stellte sich Alaïs dazwischen.

»Du darfst hier nicht bleiben!«, sagte sie scharf. Augenblicklich erwachte Kampfeslust in Raymondas Augen.

»Bitte«, setzte Alaïs gemäßigter hinzu. »Die Krankheit trifft, wen sie will, aber nach allem, was ich über sie weiß, am liebsten den, der ihr zu nahe kommt.«

»Aber du bist fortwährend mit den Kranken zusammen und immer noch gesund!«

»Wer weiß, wie lange noch! Raymonda, verlass das Haus! Denk an die Kinder! Ich… ich werde bei deinem Vater bleiben.«

Raymonda zögerte sichtlich, trat von einem Fuß auf den anderen, warf dann einen Blick auf die Tür. Reizte sie die Möglichkeit, von dieser Stätte zu fliehen – verführerisch trotz ihrer aufrichtigen Liebe zum Vater? Oder fiel ihr ein, dass auch Aurel daniederlag, ebenso Pflege brauchte und die Mutter entgegen ihrer Worte sie ihm vielleicht zuerst gewähren würde?

»Ich verspreche es dir«, bekräftigte Alaïs, »ich bleibe hier.«

Immer noch starrte Emy sie mit wässrigem Blick an. Alaïs hatte nicht den Eindruck, dass er irgendetwas von ihrem Wortwechsel verstanden hatte. Doch zu ihrem Erstaunen öffnete er die Lippen und murmelte: »Hör auf deine Mutter!«

Mit einem Aufschluchzen wandte sich Raymonda ab und hastete zur Tür. Dort hielt sie inne, wollte noch ein letztes Zeichen setzen, um vom Vater Abschied zu nehmen. Rasch schlug sie ein Kreuzzeichen.

»Bitte geh!«, verlangte Alaïs und senkte den Blick, um nicht sehen zu müssen, wie Raymonda zu weinen begann. Sie hob ihn erst wieder, als jene die Schwelle nach draußen überschritten hatte, mit bebenden Schultern und die Hände vors Gesicht geschlagen.

Emy schlief ein, erwachte wieder, versank erneut in Dämmerschlaf, einem unruhigeren nun. Seine Schmerzen waren weiterhin lautlos. Es war spätabends, als er endlich wieder die Augen öffnete. Sie hatte darauf gewartet, hatte so sehr gehofft, dass er nicht einfach gehen würde, ohne noch ein Wort mit ihr zu wechseln. Doch nun, als er sie anblickte und sie in seinen Augen die Erkenntnis las, wie es um ihn stand, ertrug sie seinen Blick nicht, sondern schlug die Augen nieder.

»Bist du immer noch hier?«, fragte er.

Sie nickte, und im gleichen Augenblick sprudelten Tränen über ihre Wangen. Sie versuchte, nicht aufzuschluchzen, aber sie konnte nicht verbergen, dass sie weinte.

»Hör auf damit«, sagte er leise. »Du wirst doch nicht Tränen … für mich vergießen.« Es klang weder bitter noch höhnisch.

»Warum soll ich nicht weinen?«, klagte sie erstickt. »Ich trage doch keinen Hader gegen dich in meiner Seele. Du warst es doch, der mir nicht verziehen hat. All die Jahre nicht. Und ich habe mich so elend gefühlt deswegen, obwohl ich wusste, dass du ein Recht darauf hattest, mir zu zürnen. Genauso wie Raymonda. Aber jetzt …«

»Jetzt sterben alle«, unterbrach er sie. Seine Lippen waren rissig, seine Wangen irgendwie aufgedunsen. Mehr Spuren der Seuche gab sein Antlitz nicht preis – so wie es stets so vieles verborgen hatte vor der Welt. »Jetzt sterben alle«, wiederholte er. »Und du kannst dir denken, dass du wenigstens deine Freiheit genossen hast. Zumindest, solange du sie hattest.«

Sie schüttelte zaghaft den Kopf. »Ich weiß nicht, ob ich jemals frei war. Aber …«, sie zögerte, sich zu berichtigen, tat es dann doch. »Aber ja … ja … genossen habe ich vieles. Ich war glücklich in Avignon. Ich war glücklich auf dem Schiff von Pio Navale. Ich war glücklich auf Mallorca.«

Sie schluckte, zögerte fortzufahren. Schmerzte es ihn, dass sie so viele Dinge benannte – und so wenige, die mit ihm zu tun hatten?

Ich war auch glücklich auf unserer Wanderschaft, wollte sie sagen. Damals, als wir in der Sorgue Fische fingen.

Doch ehe sie erneut zu sprechen anhob, meinte er schon: »Dann ist es gut.«

Es konnte ernst gemeint sein oder höhnisch. Es konnte aus Bitterkeit geboren sein oder aus der Gleichgültigkeit eines Menschen, für den Irdisches nicht zählt. Jetzt endlich wagte sie, seinem Blick standzuhalten, doch seine Augen waren in den Schlitzen versunken.

»Wenn du es verstehst… wenn du es für gut befindest… warum hast du mir stets gezürnt die letzten Jahre? Ich weiß, ich habe dich und Raymonda einfach verlassen. Ich bin ohne ein Wort der Erklärung gegangen, und das war ein Unrecht. Gegen dich. Gegen sie. Aber Emy… war ich dir wirklich verpflichtet? War ich dir Treue und… Liebe schuldig? Du hast mich doch nur geheiratet, weil Aurel es wollte.«

Es war viel leichter, die Worte auszusprechen, als sie gedacht hatte. Manchmal waren sie ihr in den letzten Jahren auf der Zunge gelegen, doch noch größer als der Wunsch, sie endlich auszuspucken, war die Scheu gewesen. Die Scheu vor ihm, der stets so viel mehr dachte, als er sagte.

Nur jetzt schwieg er nicht, verhüllte nichts von dem, was in ihm vorging.

»Nein«, sagte er schlicht. »Nein, ich habe dich nicht geheiratet, weil Aurel es so wollte. Du bist nicht meine Frau geworden, weil er mich darum gebeten hat. Ich habe mich dafür entschieden, ich ganz allein. Aurel hätte dich mit deinem Kind im Leib irgendwo zurückgelassen, nicht aus Bösartigkeit, sondern weil er jeden Menschen vergaß, sobald ihm der nicht direkt vor Augen hockte. Er hätte sich nicht um dich geschert, sondern wäre rücksichtslos seinen Weg gegangen. Doch auf diesem Weg wollte ich ihn nicht mehr begleiten. Ich habe ihm erklärt, dass ich bei dir bleiben und deine Ehre wiederherstellen wollte. Er hat nicht versucht, es mir auszureden, hat nicht darauf gepocht, dass ich an seiner Seite bleibe. Vielleicht muss man ihm das sogar zugutehalten. Doch fest steht: Ich war für dich da. Ich allein. Er wäre nicht einmal auf die Idee gekommen, dass du Hilfe brauchtest.«

Er seufzte – und das blieb das einzige Zeichen, dass ihm seine Worte Anstrengung bereiteten. Je mehr er sagte, desto mehr war Alaïs bewegt von dem Bekenntnis einer Wahrheit, die er ihr stets verschwiegen hatte.

»Aber warum…?«, setzte sie an.

»Hättest du denn eingewilligt, wenn du gewusst hättest, dass der Plan von mir stammte?«, unterbrach er sie.

Das war es jedoch nicht, was sie hatte fragen wollen. »Warum, Emy, warum sorgst du immer für andere? Warum denkst du so wenig an dich selbst?«

Er versuchte, sich etwas aufzurichten. Ihr ging auf, dass er noch nicht um Wasser gebeten hatte. Unaufgefordert reichte sie ihm die Schöpfkelle, und er trank sie leer, zwar gierig, aber dennoch so bedachtsam, dass er keinen Tropfen verschwendete.

»Ich habe es dir doch schon einmal gesagt«, setzte er schließlich an; sein Kopf war wieder aufs Bett gesunken, »damals ... in der Grotte ... als ich klein war ... wir arm ... als mein Vater Aurel schlug, weil jener immer aufmüpfig war, als meine Mutter starb – da konnte ich nicht viel tun, aber das Wenige schon. Ich konnte ihm das Blut aus dem Gesicht wischen, ich konnte ihm Wasser zu trinken geben und etwas zu essen, ich konnte seine Kleider flicken. Ja, gewiss ... ich habe es nicht nur für ihn gemacht, sondern immer auch für mich. Nicht ihm wollte ich beweisen, sondern zuförderst mir, dass die Menschen nicht sämtlich verrottet und grausam und niederträchtig sind, vielmehr füreinander sorgen können. Und dennoch ... auch wenn ich ihm gerne das Brot wegaß ... er war mein Bruder. Mein kleiner Bruder. War es anmaßend, ja, war es selbstgerecht, dass ich mir wünschte, es ginge ihm gut ... und später dir?«

Er zog die Decke höher, um zumindest den kranken Körper zu verbergen, entblößte er sich schon mit Worten.

Alaïs zögerte. »Hast du mich geliebt?«, fragte sie schließlich. »So wie du Aurel geliebt hast?«

»Er verhieß mir Freiheit, in gleicher Weise wie dir. Er gab mir ein Leben, wie ich es nie erwählt hätte und wie es mir dennoch gefiel. Ich mochte die Veränderung, aber ich hätte sie nie für mich allein gesucht. Ja, es war gut, mit ihm zu leben, eine Weile zumindest, irgendwann war es dann genug. Und später ... später dachte ich, es gäbe kein größeres Glück, als Raymonda aufwachsen zu sehen. Schade, dass du nie so gefühlt hast.«

»Ich bin doch zurückgekehrt. Trotz allem bin ich zurückgekehrt.«

»Weil du müde warst. Weil Aurel dich enttäuscht hat. Weil es damals keinen anderen Ort mehr für dich gab. Es war nicht um meinet- oder um Raymondas willen.«

»Du hast mir nicht geantwortet: Hast du mich geliebt, Emy?«

Der Tod deuchte sie wie ein Spiegel, der nichts verbarg. Klar und deutlich brachte er alles ans Licht, und seine scharfen Ränder zerschnitten die Lügen.

»Du warst wie er. Du warst wie seine kleine Schwester«, murmelte er. »So schnell für etwas zu begeistern. So selbstbewusst und stark. Doch zugleich warst du fröhlicher als er, nicht so stur, nicht nur von einer Sache besessen, sondern offen für alles, was die Welt dir schenkte. Nur deinetwegen war ich stark genug, mich von ihm zu lösen. Nie hätte ich es ohne dich geschafft. Ach, Alaïs … Ich wollte, dass du mich siehst. Ich wollte, dass du mich nur ein einziges Mal siehst! Aber du hast mich nicht gesehen. Du hast immer nur … ihn gesehen.«

Das Bild vor ihren Augen verschwamm in Tränen. Mit der Hand tastete sie nach seinem Gesicht.

»Du hättest eine bessere Frau als mich verdient … und einen besseren Bruder als ihn.«

»Ihr seid keine schlechten Menschen. Ihr habt so viele Kranke gerettet.«

»Jetzt nicht mehr. Jetzt nicht mehr.«

Jetzt war eine Krankheit über sie gekommen, die selbst Aurel nicht verstand. Eine Krankheit, die sie zwang, bei ihm zu sitzen und ihm beim Sterben zuzuschauen. Es fiel ihr nichts mehr zu sagen ein; es war ja alles gesagt.

Inmitten des Schweigens brach Emys Stimme noch einmal durch seine spröden Lippen. »Hippokrates hat gesagt, dass Wassertropfen einen Stein nicht mit Gewalt aushöhlen, sondern mit Ausdauer. Aurel hat ihn einmal zitiert.«

Beschrieb er sich? Sein stilles Werben um sie, das sie nie bemerkt hatte? Dachte er, er hätte gewonnen, weil sie nun hier bei ihm saß? Aber konnte das ein Sieg sein?

Sie würde nie erfahren, was er meinte.

»Jetzt werde ich frei sein. Nicht ihr«, war das Letzte, was er sagte. Nackt war sein Gesicht, frei vom Freundlichen, Weichen, Höflichen. Er lächelte – und es glich jenem Triumphieren Aurels, als diesen das Schicksal noch nicht ausreichend darüber belehrt hatte, dass der Tod nicht immer das lautere, aber stets das endgültigere Wort spricht als das Leben.

Wenig später fiel Emy ins Delirium und fand das Bewusstsein nicht wieder. Sein Sterben war kein lautes Zerbersten, kein Klirren von Scherben eines zerplatzenden Gefäßes. Seine Kräfte rannen vielmehr sämig aus ihm heraus, so wie Öl aus einem dunklen Krug, der lautlos zur Seite gekippt war. Er stöhnte, schwitzte und blutete zwar, aber er schlug nicht um sich. Im Morgengrauen hauchte er seinen Geist aus, und Alaïs schloss seine Augen, wusch seinen Körper, verkreuzte seine Arme über der Brust. Sie bedeckte ihn mit einem Leichentuch. Sie weinte immer noch.

Lange hockte sie bei dem Toten, konnte sich nicht aufraffen aufzustehen, sich zu reinigen, der Welt zu bekunden, dass sie Witwe war, und dafür zu sorgen, dass er begraben wurde, auch wenn der Friedhof längst zu klein geworden war für alle Toten von Saint-Marthe.

Doch sic wartctc, wusstc nicht, worauf; vielleicht darauf, selbst krank zu werden. Indessen die Luft dunstiger wurde, die Fliegen zahlreicher und ihr Durst dringlicher – nicht, weil sie Fieber bekam, sondern weil sie einfach schon zu lange nichts mehr getrunken hatte –, stellte sie fest, dass die Seuche sie nicht beachtete. Erst jetzt fiel ihr wieder ein, dass auch Aurel niedergebrochen war und dass er sie flehentlich um Wasser gebeten hatte. Wahrscheinlich bedurfte er dessen noch dringender als sie – so er denn noch lebte.

Endlich erhob sie sich, jedoch nicht, um dem *Cyrurgicus* Wasser zu bringen.

Raymonda, dachte sie, ich muss es Raymonda sagen …

Dass Emy tot ist und dass er friedlich gestorben ist.

Dass wir uns ausgesprochen haben. Dass es so etwas wie Versöhnung gab. Dass er endlich sein Schweigen aufgab.

Nein, Letzteres würde sie Raymonda nicht anvertrauen. Womöglich würde sie ihr nicht glauben, womöglich ging es sie auch nichts an. Aber sie selbst fühlte sich jäh von einem tiefen Frieden erfüllt, als hätte sich in ihrem Leib ein lange sitzender Knoten gelöst.

Leichtfüßig trat sie nach draußen, gewahrte jetzt erst, dass sie die ganze Nacht durchwacht hatte. Still und wie ausgestorben lag das Dorf vor ihr. Ein jeder schien sich in sein Haus zurückgezogen zu haben; niemanden gab es, der öffentlich klagte oder litt. Kurz war es möglich, sich selbst zu belügen, sich zu sagen, dass nicht Krankheit und Furcht die Leute einsperrten, sondern das Bedürfnis nach Ruhe.

Doch die Macht der Wahrheit, die das große Sterben ebenso mit sich brachte wie die verpestete Luft, war stärker. Als Alaïs Raymondas Haus erreichte, schrie sie auf. Vor der Tür standen Josse – der Sohn jenes Mannes, der Alaïs einst zur Frau begehrt hatte – und Ricard, der Enkel jenes Alten, den Aurel mit Emys Hilfe aus dem Grab gestohlen und aufgeschnitten hatte. Sie gehörten zu den Jungen, den Kräftigen und – was in diesen Tagen vor allem zählte – bislang Gesunden des Dorfes, und ihr trauriger Dienst war es, mit einem Wagen die Toten einzusammeln und zu bestatten.

Dass sie hier waren, konnte nur eines verheißen: Der Tod hatte auch in Andrius Familie zugeschlagen.

Alaïs stürzte hinein. »Wer?«, stammelte sie. »Wer?«

Sie blickte sich um, weit und breit war nichts von den Kindern zu sehen.

»Régine!«, schrie sie. »Gaspard!«

»Ich habe sie nach oben geschickt«, ertönte eine Stimme. »Ich wollte nicht, dass sie ihn schreien hören.«

Alaïs fuhr herum. Raymonda hockte neben der Feuerstelle, war dort niedergesunken.

»Raymonda …«, setzte sie heiser an.

»Andriu«, sagte jene schlicht und bekundete damit noch vor Alaïs, dass sie zur Witwe geworden war. Für einen kurzen Augenblick stand das Gesicht des gutmütigen Schwiegersohns ganz eindringlich vor ihr. Sie hatte ihn immer für schlicht gehalten und sich oft gefragt, warum die Tochter zu einem Mann geflohen war, der so viel schwafelte und besonders häufig fragte, ob ihr das Essen schmeckte. Doch nun streifte sie die Ahnung von Trauer – nicht, weil sie Andriu für sonderlich wertvoll gehalten hatte, sondern weil er in allem, was er tat, so berechenbar gewesen war. Er hatte mit keinem seiner Wesenszüge überrascht. Man wusste, was man von ihm erwarten konnte und was nicht, doch die Seuche hatte diesen unscheinbaren Mann nicht verschont, wohingegen sie eine herrische Frau wie sie selbst weiterleben ließ.

Doch dann ward jeder Gedanke an Andriu von Raymondas Anblick vertrieben. Zuerst hoffte sie noch, dass lediglich die Wucht der Trauer sie gebrochen hätte, dann erkannte sie, dass sie am ganzen Leibe zitterte und ihr die Zähne klapperten. Alaïs trat zu ihr, gewahrte, dass sie nicht nur fror, sondern zugleich schwitzte.

Raymonda hob abwehrend die Hand. »Nicht!«, rief sie. »Ich habe es auch …«

Ihre Worte trafen Alaïs wie ein Schlag. Wie die Tochter sackte sie zusammen, unfähig, sich noch länger aufrecht zu halten. Das war unmöglich, dachte sie, um sich freilich gleich zu berichtigen: Möglich war es durchaus, sogar wahrscheinlich. Nur: Es war zu viel. Es war so viel mehr, als ein Mensch ertragen konnte.

»Sag das nicht«, leugnete sie das Offensichtliche. »Du bist nur erschöpft …«

»Mein Kopf zerspringt«, ächzte Raymonda. Sie blieb nicht länger hocken, sondern ließ sich vor der Feuerstelle einfach flach zu Boden fallen, zu schwach, um es noch bis zur Schlafstatt zu schaffen. »Und mein ganzer Leib tut mir weh. Ich kenne die Krankheit. Ich weiß, wie sie sich ankündigt. Bald werden die Beulen kommen … bei Andriu waren sie binnen einer Stunde da …«

Sie tat sich schwer, die einzelnen Worte zu formen, und doch redete sie ausgerechnet jetzt länger mit Alaïs, als sie es je getan hatte. »Mutter ... Mutter, du musst mir versprechen ...«

Eben noch hatte Alaïs vermeint, sich nie wieder rühren zu können, ja, sich nie wieder rühren zu dürfen. Vielleicht würden der Schmerz, die Ohnmacht, die Angst, der Zorn, das Grauen weniger beharrlich auf sie einhacken, wenn sie sich leblos stellte. Doch nun robbte sie zur Tochter, hob ihren Kopf, um ihn auf ihren Schoß zu betten. In den letzten Stunden schien Raymonda uralt geworden zu sein. Das schwarze, glänzende Haar war stumpf und irgendwie grau. Das glatte Gesicht, in dem sich Emys Züge mit denen ihrer Eltern Caterina und Ray vermischt hatten, jedoch nicht mit ihren eigenen, war zugleich faltig und aufgedunsen. Alaïs strich ihr über die Stirn.

»Sag nichts!«, murmelte sie. »Sammle deine Kräfte. Es sterben zwar viele ... aber Aurel meinte, nicht alle. Ich werde versuchen, ich werde ...«

»Hör mir zu!«, unterbrach Raymonda sie schroff. »Hör mir zu!«, wiederholte sie. Das Zittern gab den Rhythmus der Worte an, die folgten, doch zumindest brachte sie jedes einzelne hervor. »Wir ... wir werden alle sterben in Saint-Marthe. Gott straft uns. Ich weiß nicht, wofür. Aber meine Kinder ... meine Kinder soll er in Frieden lassen. Sie sind oben in der Dachkammer, doch du musst sie von dort fortschaffen. Nimm sie und geh mit ihnen, so weit du gehen kannst. Vielleicht ist die Luft anderswo nicht so giftig. Vielleicht ist Gott anderswo noch gnädig.«

Alaïs strich ihr sanft über die Schläfen. Bis auf das Zittern zeigte Raymonda nichts von ihren Schmerzen. Selbst in ihrem Sterben glich sie ihrem Vater in der Bereitschaft, sich dem Tod zu fügen – und zugleich in der Zähigkeit, nicht zu gehen, bis ausreichend Abschied genommen war und nichts unerledigt zurückblieb.

»Raymonda ...«, stammelte Alaïs und fand in sich selbst nichts von dieser Entschlossenheit und Festigkeit, nur das Gefühl, immer tiefer und tiefer zu fallen.

»Rette meine Kinder!«, bestand Raymonda. »Bring sie von hier fort!«

»Raymonda, ich bleibe bei dir. Ich bin auch bei Emy geblieben. Ich werde dich nicht allein lassen.«

So angestrengt suchte Raymonda ihren Blick, dass sich ihre Augen kurz ins Weiße verdrehten. Stöhnend versuchte sie, sich aufzurichten, und obwohl Alaïs sie zurückhielt, sie weiterhin in ihrem Schoß betten wollte, gelang es ihr, die fürsorgliche Hand wegzustoßen. Raymonda stützte ihren Kopf an der Mauer. Mehr würgend als sprechend brach es aus ihr hervor.

»Du hast es doch schon einmal zustande gebracht, mich allein zu lassen. Mich und Vater. Warum nicht auch jetzt?«

»Raymonda …«

»Du hast mich nie geliebt, nie von ganzem Herzen. Aber meine Kinder … meine Kinder stehen dir nahe … Ich weiß nicht genau aus welchem Grund. Vielleicht, weil sie anders sind, als ich es damals war. Vielleicht, weil du anders geworden bist.«

»Raymonda, ich konnte damals nicht bleiben, ich …«

Alaïs versuchte wieder, über ihr Gesicht zu streichen, sie zurückzuziehen auf ihren Schoß. Doch Raymonda stieß sie weg. »Du darfst mich nicht berühren. Mein Odem ist giftig, und du musst gesund bleiben für die Kinder. Es ist zu spät, mich zu umarmen.«

»Aber ich will meinen Frieden mit dir machen. Ich kann nicht gehen, ohne …«

»Damals bist du auch gegangen«, unterbrach Raymonda sie.

»Heute nicht«, bestand Alaïs.

Eine Weile war es still zwischen ihnen. Alaïs versuchte nicht mehr, sie zu berühren, sie zu halten, in sie zu dringen. Es gab nichts mehr zu sagen, nicht für sie. Sie konnte nicht einmal mehr weinen, und auch das Gefühl, noch tiefer zu fallen, schwand. Das Leben ihrer Tochter zerglühte, zerschwitzte, zerbeulte unter ihren Händen. Wie viel konnte sie noch, danach grapschend, von ihrer unsterblichen Seele erglimmen? Entfloh jene nicht längst erleichtert dem faulenden Körper?

»Ich verzeihe dir«, sagte Raymonda leise. »Ich verzeihe dir, dass du mich verlassen hast… damals. Doch jetzt musst du meine Kinder retten. Also geh!«

Sie hielt die Kinder rechts und links gepackt und zerrte sie unsanft mit sich. Obwohl sie nun schon so viele Wochen im verseuchten Saint-Marthe ausgeharrt hatte, war ihr nun, als könnte jeder Augenblick länger tödlich sein.

Régine folgte ihr willig, ja neugierig. Sie war froh, nach dem langen Eingesperrtsein das Haus zu verlassen und mit der Großmutter auf eine Wanderung aufzubrechen – auch wenn sie nicht wusste, wohin diese führte. Gaspard hingegen presste sein Gesicht eng an ihren Leib, verunsichert von dem, was die Großmutter nicht aussprach, aber was in ihrem Gesicht zu lesen stand.

Kaum zehn Schritte waren sie gekommen, als Alaïs den Leichenwagen hinter sich knarren hörte. Es waren nicht Josse und Ricard, die ihn zogen, um die Toten fortzubringen, sondern Luc. Weil zwei nicht mehr reichten? Oder weil sie nur eine kurze Pause einlegten, um nicht sämtliche Kräfte an diesem grausigen Amt aufzureiben?

Luc war ein Enkelsohn der zahnlosen Bethilie, der genauso undeutlich sprach wie diese, obwohl es bei ihm nicht an fehlenden Zähnen lag, sondern an fehlendem Verstand. Während er den Karren zog, lachte er, als wäre es ein Spiel, Tote einzusammeln – wahrscheinlich hatte man ihm das auch eingebläut, auf dass er diese Aufgabe erledigte.

Régine lachte auch. »Was tut Luc mit diesen Bündeln? Was ist darin?«

Alaïs verschwieg ihr, dass es Tote waren, genauso wie sie über Andrius Tod und den drohenden von Raymonda kein Wort verloren hatte. Später, irgendwann später, würde Zeit dafür sein. Jetzt musste sie die Kinder einfach nur aus dem Ort des großen Sterbens fortbringen.

»Ich weiß nicht, was Luc tut«, log sie. »Du weißt doch, dass er ein Dummkopf ist.«

»Ein Riesendummkopf!«, lachte Régine.

Noch schallender lachte Luc. Dann lenkte er den Wagen in Richtung des Hauses von Cathérine, Alaïs' Base, wo der Tod schon so grausam gewütet hatte und wo wohl auch heute ein Leichenbündel abzuholen war. Alaïs wollte nicht daran denken, wen es getroffen hatte.

Sie zog die Kinder weiter, beschleunigte den Schritt. Später, sagte sie sich wieder, viel später konnte sie darüber nachdenken, nicht jetzt, jetzt musste sie die Kinder retten.

Doch indes Régine ihr – vom sonderbaren Schauspiel, das Luc ihr bot, vergnügt gestimmt – willig folgte, riss sich Gaspard plötzlich von Alaïs' Hand los und warf sich zu Boden.

»Überall sind tote Menschen!«, kreischte er.

Der Anblick der vielen Dahinsiechenden und Toten war Alaïs nicht so nah gegangen wie sein verzweifelter Aufschrei. Er schien nicht der eines verängstigten Jungen zu sein, sondern der verzweifelte von Mutter Erde, die ohnmächtig ihre Kinder schwinden sah.

»Komm, komm weiter!«

»Überall sind tote Menschen!«

Woher wusste er das, er hatte doch keinen gesehen, oder etwa doch?

Sie bückte sich, zerrte ihn an den Schultern hoch. Régine blickte befremdet auf den Zwillingsbruder, etwas herablassend wie stets und verwirrt. Lucs Wagen war knirschend an ihnen vorbeigerollt.

»Seht nicht hin!«, schrie Alaïs. Aus einem der Leichenbündel lugte eine bräunliche Haarsträhne hervor, sie wusste nicht, wem sie gehörte.

Gaspard barg sich wimmernd an ihrem Kleid. »Ich will nach Hause!«, forderte er.

Alaïs rang mit sich. Vielleicht war es falsch zu lügen, vielleicht sollte sie sagen, dass es kein Zuhause mehr gab, dass es vom schwarzbeuligen Tod gestohlen worden war. Aber da nahm Régine schon die Hand des Bruders und führte ihn mit sich.

»Komm!«, sagte sie, und ihr Wort hatte mehr Macht als das der Großmutter oder das der Mutter. Mit auf den Boden gerichtetem Blick ging er weiter, immer weiter.

Alaïs seufzte erleichtert, wollte den Kindern folgen, doch in diesem Augenblick hörte sie aus einem der Häuser ein lautes Schreien.

Sie dachte, dass sie sich an einen Laut wie diesen längst gewöhnt hätte, dass sie abgestumpft wäre vom Elend der Sterbenden. Doch diese Klagelaute gingen ihr bis ins Mark. Weil sie besonders durchdringend waren? Weil sie ihr vertraut vorkamen? Oder weil sie die Erinnerung daran zurückbrachten, wie leise Emy gestorben war – und wie sehr Raymonda darum gekämpft hatte, ihre Fassung zu wahren und nüchterne Entscheidungen zu treffen?

Es war Aurel, der schrie – und er tat's ohne Beherrschung.

Alaïs fühlte, wie sie ein Zittern überkam.

»Halt's Maul!«, stieß sie aus. »Halt dein verfluchtes Maul!«

Sie sprach so leise, dass die Kinder sie nicht hören konnten, geschweige denn jener, der so laut nach ihr schrie. Dennoch fühlte sie sich danach befreiter.

Das Zittern erstarb. Sie packte wieder die Kinder, eines rechts, eines links.

»Kommt!«, sagte sie. »Kommt schnell!«

Das Schreien wurde leiser, doch nun kleidete es die Bitte um Fürsorge in Worte. »Wasser! Ich brauch Wasser! Ich komme um vor Durst! Alaïs, bist du da?«

Régine hob fragend den Kopf. »Großmutter«, murmelte sie, und ihre Stimme klang verängstigt. »Großmutter, hörst du?«

Alaïs rieb knirschend die Zähne aufeinander. Warum hatte Aurel nicht vor Emy sterben können? Warum erwies er sich selbst jetzt als lauter, fordernder, eigennütziger?

»Halt's Maul!«, zischte sie wieder und beschleunigte ihren Schritt.

Sie drehte sich nicht um, nicht nach dem Schuppen, wo sie

Aurel wusste, nicht nach dem Haus, in dem Raymonda litt, noch nach dem eigenen, wo Emys Leichnam lag.

»Hörst du nicht?«, fragte Régine wieder. Gaspard jammerte leise.

»Nein!«, sagte Alaïs und suchte die Bilder zu vertreiben, in denen sich Aurel fiebrig und gekrümmt und von Beulen übersät auf dem Boden wälzte. »Nein, ich höre nichts. Und nun beeilt euch!«

XLI. Kapitel

Wie traumwandlerisch machte Alaïs ihre Schritte. Nachdem sie Saint-Marthe verlassen hatte, ging sie stur geradeaus. Eben noch war es Raymondas Wille gewesen, der sie zur Flucht getrieben hatte, nun erwachte in ihr selbst die Gier, nicht nach Freiheit, nicht nach Fremde, sondern nur nach reiner Luft. Manchmal starrte sie auf den Weg, manchmal auf den Himmel, der reinlich blau stand, gleichwohl sie nach all den letzten Wochen vermeinte, auch sein glattes Zelt müsste vor schwarzen Beulen bersten. Nur in eine Richtung starrte sie nicht – in jene der Dörfer, die sie passierten, einzelne Gehöfte von Bauern oder Katen von Fischern. Sie wollte nicht sehen, ob sich dort etwas regte oder nicht, wollte nicht lauschen, ob sich Totenstille ausbreitete oder noch jemand verzweifelt stöhnte wie Aurel.

In den ersten Stunden trafen sie nur einen Menschen – einen Mann, der mit gesenktem Blick wortlos an ihnen vorbeihastete. Er rammte seine nackten Füße förmlich in den Boden und schien ebenso erleichtert zu sein wie sie, als er weit genug von ihnen entfernt war. Erst dann ging Alaïs auf, dass er irgendetwas geschleppt hatte, was in ein großes Leinentuch eingehüllt gewesen war. Vielleicht war es sein Besitz, den er mitgenommen hatte, als er sich vor der Seuche in Sicherheit brachte, vielleicht Diebesgut, das er einem Toten entrissen hatte.

Nicht lange danach kam ihnen ein Hund entgegen, hinkend, weil ihm die vierte Pfote fehlte. Gewiss lag das an einem früheren Unfall – und doch hatte Alaïs das Gefühl, es könne nur ein böses Omen sein, dass nun auch bei den Tieren das große Sterben umging. Sie riss Régine zurück, die begeistert auf das Tier zusprang, um es zu streicheln.

»Rühr ihn nicht an!«, rief sie, obwohl die feuchten Augen des Hundes gutmütig glänzten und er kurz zu überlegen schien, ob er sich den fremden Menschen anschließen sollte. Alaïs schrilles Rufen aber vertrieb ihn. Gaspard brach in Weinen aus – nicht wegen des Hundes, sondern vor Müdigkeit.

»Mag nicht mehr weiterlaufen!«, erklärte er, gebrochen sprechend wie das Kind, das er noch vor zwei, drei Jahren gewesen war. »Mag nicht mehr!«

Alaïs blickte ihn sorgenvoll an. Sein Gesichtchen glühte rot in der Sonne; Régines Haut begann sich schon zu schälen. Nicht mehr lange, und ihre Füße wären voller Blasen.

»Wir machen gleich eine Rast!«, entschied sie.

Nicht weit entfernt fand sie eine passende Stelle, einen kleinen See, in den ein Nebenarm der Durance mündete. Das Wasser sah frisch und klar aus, sodass sie die Kinder davon trinken ließ. Im Schatten eines Baumes gönnte sie ihnen eine kurze Rast.

Gewiss gab es auch Fische in dem See, überlegte sie. Sie könnte versuchen, sie zu fangen – ob es ihr freilich mit ihren morschen Knochen auch gelänge, wusste sie nicht. Wehmütig dachte sie an jenen Tag zurück, da sie im Wasser gespritzt und mit Emy gelacht hatte.

»Was soll ich nur tun?«, murmelte sie und starrte in die dunkelgrünen Fluten. Sie konnte nicht bis zum Grund schauen, um solcherart Fische auszumachen, sah nur ihr eigenes Spiegelbild, und dann erkannte sie – sie waren ihr zuvor, als sie den See entdeckt hatte, entgangen – mehrere Holzwägen hinter sich.

Sie fuhr herum und kletterte die Uferböschung hoch. Es waren die Wagen von Händlern – einige, die üblicherweise von Hand, andere, die von Maultieren oder Rindern gezogen wurden. Weit und breit jedoch waren keine dieser Lastentiere zu sehen, weit und breit auch keine Menschen. Vielleicht hatten sie vor der Seuche schneller fliehen wollen, als es mit ihren Waren möglich gewesen wäre, und sie hatten lieber ihr Vermögen zurückgelassen, als ihr Leben zu verlieren.

Giacinto Navale, dachte sie, hätte niemals darauf verzichten können…

Alaïs lugte in den einen Wagen und fand Weinfässer vor. Eines war undicht geworden, rötlicher Saft war herausgeronnen, dessen vergärender Geruch ihr durchdringend in die Nase stieg. Kurz kämpfte sie mit der Verlockung, sich so lange zu betrinken, bis sie nicht mehr wusste, wo sie war und warum, aber dann dachte sie an die Kinder, die im Schatten eingeschlafen waren. Sie musste nüchtern bleiben. Im nächsten Wagen fand sie Tonkrüge und Platten, desgleichen ein paar Kupferteller und -becher.

Nutzloses Zeug, dachte sie ärgerlich. Vom dritten Wagen stieg grässlicher Gestank hoch. Sie wich so schnell zurück, dass sie nicht prüfen konnte, ob er von verfaultem Fleisch oder Gemüse kam – ungenießbar war es auf jeden Fall.

Beim letzten Wagen juchzte sie auf. Ein riesiger Sack Getreide befand sich darin. Sie würden zwar nicht alles mitnehmen können, aber einen guten Teil davon, und wenn sie ohne Ofen auch kein Brot daraus backen konnte, so konnte sie zumindest die Körner mit Steinen zerstampfen und Brei daraus kochen. Vielleicht, ging ihr auf, sollte sie doch auch von dem Geschirr mitnehmen. Im nächsten Augenblick ward sie jedoch abgelenkt – von drei Ballen Leinen im nächsten Wagen, grob, aber sauber.

Sie dachte daran, was Aurel ihr von der Krankheit erzählt hatte, wusste augenblicklich, was sie damit tun konnte, und befand das Leinen für den noch wertvolleren Fund als das Getreide.

Rasch weckte sie die Kinder auf. Régine erhob sich sofort, nachdem sie sie nur sacht gerüttelt hatte. Gaspard hingegen rieb sich lange verträumt die Augen und sah aus, als würde er, wie zuvor, zu weinen beginnen.

»Wir machen ein Spiel!«, rief Alaïs und bemühte sich darum, ihre Stimme möglichst mitreißend klingen zu lassen.

»O ja!«, rief Régine.

»Ein Spiel, das ihr noch nicht kennt!«, fügte Alaïs hinzu, dann deutete sie auf den See. »Wir werden dort baden, und zu diesem Zweck werden wir sämtliche Kleider ausziehen.«

Gaspard hörte auf, seine Augen zu reiben, und blickte verwirrt drein. Auch Régine, die schon zum kühlenden Nass losgestürmt war, blieb stehen. »Alle Kleider ausziehen?«, fragte sie bestürzt. »Aber das dürfen wir nicht! Mutter hat gesagt, dass keiner den anderen nackt sehen darf.«

Alaïs widersprach nicht sofort, sondern nickte zunächst. »Das ist auch wahr. Und es gilt für alle Tage des Jahres. Für fast alle. Heute aber ist ein besonderer Tag.«

Und dann begann sie selbst ihre Kleidung abzulegen. Ihr Unterkleid, die Tunika mit den angeknüpften Ärmeln, ihren kreisförmigen Umhang. Der Stoff war verschwitzt, und als sie den sachten Wind auf ihrer nackten Haut spürte, seufzte sie ob dieser Wohltat. Rasch war Régine ihrem Beispiel gefolgt, warf zwar scheue Blicke auf die erschlaffte, runzelige Haut der Großmutter, aber half dann auch Gaspard. Zunächst schrie dieser empört auf, doch schließlich fügte er sich den entschlossenen Handgriffen der Schwester, so wie er es meistens tat.

Endlich waren sie nackt.

»Und jetzt gehen wir ins Wasser!«, befahl Alaïs.

Sie watete als Erste hinein. Der See war kälter, als sie erwartet hatte. An der Oberfläche war er zwar noch lau, in der Tiefe jedoch empfing sie Eiseskälte, die sie laut prusten ließ. Erst als sich der störrisch aufflackernde Herzschlag wieder beruhigt hatte, erwachte die Gier, sich alles abzuwaschen, die Krankheit, die Beulen, das Blut, den Eiter. Sie drehte sich zum Ufer um, wo Régine vorsorglich die Hand ihres Bruders genommen hatte. »Taucht dort unter, wo ihr seid! Geht nicht mehr weiter, ihr dürft den Grund unter den Füßen nicht verlieren!«

Régines Blick bekundete, dass sie davor keine Angst hätte, doch notgedrungen blieb sie beim Bruder.

Alaïs indes hielt sich selbst nicht an den Rat, fühlte nach einigen Schritten, wie der sandige, steinige Boden schließlich unter ihr nachgab. Kurz verkrampfte sich ihr Körper, es war Ewigkeiten her, da sie geschwommen war, womöglich hatte sie es verlernt. Doch ihre Arme und Beine machten ganz selbstverständlich die notwendigen Bewegungen, um sie über Wasser zu halten – so wie einst als Kind, als ihr Vater Ray ihr das Schwimmen beigebracht hatte, oder wie später mit Sancho in einer Bucht von Mallorca. Und wie in dem Traum, den sie früher so oft geträumt hatte, in dem sie irgendwo schwamm und dabei nackt war.

Sie tauchte mit ihrem Kopf unter, und das Wasser machte blind und taub und ließ vergessen, woher sie kam und was sie von dort fortgetrieben hatte. Erst als ihr die Luft knapp wurde, tauchte sie wieder aus dem gnädigen Zwischenreich auf, innewerdend, dass das, was einst größte Losgelöstheit versprochen hatte – das nackte Schwimmen –, heute nichts weiter war als das Trachten, sich gründlich vom Tod zu reinigen.

Sie schwamm wieder zum Ufer, wo sie die Kinder dazu brachte, auch ihre Haare unterzutauchen. Als sie schließlich dem Wasser entstiegen, waren ihre Körper krebsrot vor Kälte – was Régine noch mehr faszinierte als die verbotene Nacktheit. Gaspard fröstelte, löste seine Hand von der seiner Schwester und lief zu den Kleidern.

»Nein!«, rief Alaïs. »Das ziehen wir nicht mehr an! Wir machen uns neue Kleider!«

Es war schwer, den Stoff, den sie in einem der Kaufmannswagen gefunden hatte, in brauchbare Stücke zu reißen. Doch schließlich hatte sie ausreichend viel zusammen, um sowohl Gaspard und Régine als auch sich selbst darin einwickeln zu können. Mit dem Messer, das sie bei sich trug, um den Dörrfisch aus dem Proviant zu schneiden, zerschnitt sie den restlichen Stoff zu kleinen Fäden, um das Leinen notdürftig festzubinden.

Régine lachte, als sie sich auf der Wasseroberfläche spiegelte. »Das sieht seltsam aus!«, erklärte sie.

Indessen hatte Alaïs aus einem weiteren Stück Leinen einen neuen Beutel gemacht. Jenen aus Leder, den sie bislang mit sich getragen hatte, wollte sie zurücklassen, so wie alles, was sie auf dem Leib getragen hatte und was noch den Odem des Todes mit sich tragen mochte.

Auf das Essen konnte sie unmöglich verzichten, desgleichen nicht auf das Messer, aber als sie die Kinder schließlich zum Aufbruch trieb, trugen sie ansonsten nichts mehr mit sich, was sie an das Leben in Saint-Marthe erinnerte.

Die Welt war nicht leer, auch wenn es zunächst den Anschein machte. Als sie beim nächsten Dorf vorbeikamen, wurden sie mit Steinen beworfen.

»Haut ab!«, schrie eine Stimme, so durchdringend und aufgebracht, dass sich nicht entscheiden ließ, ob sie einem Mann gehörte oder einer Frau. Alaïs drückte die Kinder an sich und lief rasch weiter.

Ein ähnliches Schauspiel wiederholte sich wenig später. »Wollt ihr etwa das große Sterben zu uns bringen?«, kreischte man und ließ keinen Zweifel, dass man ein Eindringen in das Dorf mit Gewalt zu verhindern wüsste.

»War die Seuche denn noch nicht bei euch?«, schrie Alaïs zurück, als handelte es sich um einen Gast, dem sich die Tür weisen ließ.

»Zehn Kranke, fünfzehn Tote«, wurde ihr geantwortet.

Sie schüttelte den Kopf. »Und dann habt ihr Angst vor uns …«, murmelte sie, und wieder zog sie die Kinder rasch weiter.

Anfangs hielt sie sich an Aurels Rat, gen Norden zu gehen. Doch als in der Ferne nicht mehr der blaue Streifen Meer zu sehen war, der klar den Süden andeutete, fiel es ihr schwer, sich zu orientieren. An Abzweigungen nahm sie nun einfach den besseren Weg, denn die Kinder klagten fortwährend über Erschöpfung.

Zumindest an Hunger hatten sie nicht zu leiden. Viele Felder standen reif, aber ungeerntet, und auf den Bäumen wuchsen Früchte und Oliven, im Gebüsch manche Beeren.

Die Natur verspottet uns, ging es Alaïs durch den Sinn, als sie bedachte, dass die Ernte der vergangenen Jahre oft so karg gewesen war, nun aber, da niemand sie einbringen konnte, so reichlich.

Einmal passierte ein Reiter ihren Weg, und der Mann, der auf dem Pferd saß, war edler gekleidet als die Bauern und Fischer der südlichen Provence.

»Woher kommt Ihr?«, rief Alaïs ihm zu. »Wisst Ihr von einem Ort, wo die Seuche nicht wütet?«

Der Mann brachte das Pferd zum Stehen, es tänzelte einmal um die eigene Achse, ehe er weiterritt. Entsprechend knapp fiel seine Antwort aus: »Sie wütet einzig dort nicht, wo keine Menschen leben.«

Nachdem er weitergeritten war und nur die tiefen Spuren der Pferdehufe noch an ihn erinnerten, machte Alaïs eine längere Rast. Die Kinder würden nicht mehr lange durchhalten.

Sie blickte sich um, Mücken und Bienen surrten, ein Laut, der in Alaïs' Ohren anmaßend klang, strotzte er doch vor Lebendigkeit. Sie drehte sich im Kreis, blickte in alle vier Himmelsrichtungen. Wenn die Seuche in jedem Dorf wütete, dann war es wohl ratsam, dorthin zu gehen, wo es keine Dörfer mehr gab.

Das Bergland war karger, der Weg anfangs zerklüftet, dann gar nicht mehr vorhanden, und der Wind rauer. Niedrige Büsche kauerten hier, mit spitzen, stacheligen Blättern und Geäst, das in der Sonne bläulich glänzte.

Die Kinder und sie hielten sich daran fest, wenn es steil aufwärts ging. Für diesen kantigen Flecken Erde hatte Gott wohl nur den Gebrauch gefühlloser Hufe vorgesehen, nicht den weicher Menschenfüße. An manchen Stellen hatten Ziegen die Wiesen bis zur körnigen Erde kahl gebissen, an anderen standen Gräser, Disteln und Büsche kniehoch, in Bodennähe noch durchtränkt vom Morgentau. Es knisterte, wenn die Halme brachen. Ziegen meckerten lustlos, ansonsten war es so still, als wäre hier seit Ewigkeiten kein menschliches Wort mehr gefallen.

Fernab der bewohnten Welt schien das Wüten des Todes keine

Macht zu haben – zumindest war das Alaïs' Hoffnung. Dieses Fleckchen Erde musste er bereits verwaist vorgefunden haben, sodass er – solcherart unbewirtet geblieben – rasch das Weite suchte.

Stückweise trug Alaïs nun mal das eine, mal das andere Kind. Deren laute Klagen, sie wollten nach Hause zu ihrer Mutter, setzten ihr viel mehr zu als deren Gewicht. Sie selbst war erstaunt, dass ihr Körper die Strapazen noch willig ertrug, sich von der hiesigen Kargheit, die dem überquellenden Tiefland folgte, sogar bestärken ließ. So viel ehrlicher deuchte sie dieses Land, so viel unverdrossener von der Wahrheit kündend, dass die Grenze zwischen Leben und Tod eine dünne war und der Kampf an dieser Schwelle ein harter.

»Wohin gehen wir?«, klagte Régine nun immer öfter. »Wohin nur?«

»Dorthin, wo keine Menschen sind«, sagte Alaïs knapp. Ihre einstige Sehnsucht, die sie stets dorthin getrieben hatte, wo es am lautesten und engsten war, schien mit jedem Schritt mehr zu verblassen. Während der Wind an ihren lose zusammengestückelten Gewändern zerrte, deuchte sie die Erinnerung an die Wärme schwitzender Leiber wie ein Traum, der in lieblicheren Gefilden munter wachsen mochte, nicht aber in einer Einöde, wo es zu wenig gab, woran sich die Phantasie entzünden konnte.

»Ich habe Hunger!«, klagte Gaspard indessen nun immer häufiger.

Und das, da musste Alaïs ihm trotz aller Entschlossenheit zustimmen, wurde tatsächlich zum Problem. In der Höhe gab es keine Bäume mehr, an denen das Obst ungepflückt verfaulte, und auch keine Felder. Das war nicht das einzige Übel: Mücken stoben angriffslustig hoch, wenn sie in einen Schwarm gerieten.

»Haltet noch ein wenig durch!«, versuchte Alaïs die Kinder zu trösten. »Wir kommen sicher bald an einen Bach, und dann …«

Nichts versprach hier einen Bach. Überall bohrten sich Felsen durch das Gras. Eidechsen sonnten sich darauf und verkrochen sich rasch in Ritzen, sobald sie näher kamen.

»Ich habe Hunger!«, klagte Gaspard wieder.

»Jetzt reiß dich zusammen!« Es war Régine, die den Bruder maßregelte, nicht die Großmutter, die seufzend auf die geröteten Gesichter der Kinder hinabblickte.

Der Tag rückte voran, die Sonnenstrahlen, eben noch so grell, dass ihr Licht förmlich zu zittern schien, wurden vom schroffen Schatten des gegenüberliegenden Berges abgeschnitten. Als die Luft endgültig auskühlte, gab Alaïs die Suche nach frischer Nahrung und Wasser auf. So mussten sie sich eben mit ihren Reserven begnügen – wichtiger noch als das Essen war ein geeignetes Nachtlager. Sollten sie es unter einem Felsvorsprung suchen? Aber was, wenn der Berg Geröll spuckte und es auf sie fallen ließ? Sie könnten auch dort, wo die Wiesen besonders hoch standen, ein schmales Bett stampfen und hoffen, dass der gräserne Vorhang, der sie umgäbe, dem Nachtwind die Schärfe nahm.

Noch konnte sie sich nicht entscheiden, noch ging sie Schritt für Schritt vorwärts. Die untergehende Sonne verglühte nicht, sondern wurde schließlich aschfahl wie der Mond. In dessen schwachem Schein erkannte Alaïs nicht sofort, was plötzlich vor ihnen aufragte. So frei von menschlichen Spuren war diese Einöde, dass dieses Gebilde unmöglich von kundiger Hand errichtet sein konnte. Doch ohne Zweifel hatte es Ähnlichkeiten mit einem Haus.

Kreisrund war es gebaut und äußerst niedrig. Ein großgewachsener Mensch würde darin nicht aufrecht stehen können. Und doch, die Wände schienen stabil. Die Essenz dessen, aus dem das Land hier bestand, war darin einverleibt: ein wenig von dem rauen, weißen Stein, ein wenig lehmiger Boden, dann und wann ein karges Stück Holz, wahrscheinlich – das entnahm Alaïs dem strengen Geruch – auch getrockneter Ziegenkot. Das Dach war mit Gras und Zweigen bedeckt, sicher nicht dicht genug, um Regen abzuhalten, ausreichend aber, um ihn so weit zu mildern, dass er nicht ins Gesicht des Schutzsuchenden klatschen und auch der Wind keine Ohrfeigen verteilen konnte.

»Ein Haus!«, rief Régine begeistert. »Dort ist ein Haus! Wer hier wohl wohnt?«

Entschlossen wollte sie darauf zulaufen, doch Alaïs packte sie rasch an der Schulter und zog sie zurück. Die Menschen, denen sie unterwegs begegnet waren, hatten sie allesamt verjagt – sie konnten froh sein, wenn nur mit Worten, nicht mit Steinen oder anderen verletzenden Gegenständen.

»Warte! Wir wissen nicht…«

Sie hielt inne. Das merkwürdige Haus stand nicht weit von einem felsigen Abhang, und von dort troff, zwar dünn, aber klar, eine Quelle. Nun konnte sie die Kinder nicht mehr zurückhalten, stürzte ihnen vielmehr nach, als sie mit geöffneten Mündern nach dem kühlen Nass schnappten. So gierig waren sie, dass sie sich gegenseitig fortstießen. Eigentlich stieß nur Régine Gaspard fort, der aber fing nicht einfach zu weinen an, wie Alaïs es erwartet hätte, sondern riss die Schwester heimtückisch an den Haaren.

»Still!«, mahnte Alaïs, als lautes Gezänk ausbrach. Dann hielt sie die Hand in die Quelle, sodass sich diese teilte und beide Kinder gleichzeitig trinken konnten. Zuletzt gab sie sich selbst der Wohltat hin, ihre ausgedörrte Kehle zu benetzen.

Als sie genug getrunken hatten, herrschte immer noch Stille. Kein Laut kam von dem sonderbaren Haus, kein Lichtstrahl.

»Ihr wartet hier!«, befahl Alaïs. »Und wehe, ihr rührt euch vom Fleck!«

Schwer fiel es ihr, das Unbehagen zu unterdrücken, als sie näher trat, das Gebilde umrundete, schließlich auf ein Brett stieß, das einer Türe gleich das einzige Loch in der Wand verstellte. Wer immer hier wohnte – ihre größte Angst war nicht, dass er wütend hinausstürzen und sie vertreiben würde, vielmehr, dass er reglos hier läge, der Tod denn doch seinen Einzug gehalten hatte und ihre Hoffnung Lügen strafte, in dieser Einöde wäre man vor ihm sicher.

Dennoch griff sie entschlossen nach dem Brett und zog es fort.

»Ist hier jemand?«, fragte sie. Das wenige verbleibende Tageslicht wurde von den Wänden und dem Dach verschluckt. Wie eine Höhle erschien ihr, wohin sie stapfte.

»Bitte …«, stammelte sie. »Ich habe zwei Kinder bei mir. Sie brauchen …«

Sie brach ab. Ihr war, als hätte sich im hinteren Teil des runden Baus etwas bewegt. Im gleichen Moment, da ihre Augen sich an die Konturen gewöhnten, feststellten, dass es hier keinen Herd und keine Feuerstelle gab, an den Wänden jedoch manch Strick befestigt war, an dem Werkzeug und Geschirr hingen, da sprang etwas auf sie zu. Mit einem Aufschrei fuhr sie zurück – um festzustellen, dass es nur eine Ziege, kein Ungeheuer war, die höhnisch meckerte. Doch das Tier war nicht allein. Eine gedrungene Gestalt folgte ihr, langsam und lautlos. Alaïs hielt den Atem an, als der Gestank sie traf, der von der Gestalt ausging. Es war ein Knabe, nicht viel größer als die Kinder, mit zotteligem Haar, nackten, verhärteten Beinen und übersät von verkrustetem Lehm und Erde. Geäst und Gras waren in seinem Haar hängengeblieben und gaben den Anschein, als wäre beides mit ihm verwachsen.

Ein Ziegenhirte, dachte Alaïs erleichtert.

»Bitte …«, sagte sie wieder, »die Kinder … Ich muss sie doch in Sicherheit bringen vor dem großen Sterben.«

Der Knabe glotzte mit reglosem Blick. Seine Augen glichen tiefschwarzen Löchern, aber vielleicht wirkte das nur so, weil es schon dunkel war. Régine und Gaspard hatten ihre Stimme gehört und trotz des strengen Befehls, sich nicht zu rühren, waren sie nähergekommen. Régine ergriff ihre Hand, Gaspard schmiegte sich an sie.

In der Miene des Ziegenhirten regte sich immer noch nichts. Wenigstens war er nicht feindselig. Weder beschimpfte er sie, noch trieb er sie aus dem Haus.

»Unten …«, setzte Alaïs an und deutete in Richtung Tal, »unten sind alle Menschen krank … oder tot.«

Nun öffnete der Ziegenhirte den Mund, doch heraus kam kein

Wort, nur ein kehliger Laut. Sie sah schiefe Zähne, jedoch keine Zunge dahinter. Hatte man sie ihm herausgerissen oder war er ohne Zunge geboren worden? Konnte er nur nicht reden oder war er ganz ohne Verstand?

Sie konnte es nicht entscheiden, roch nun freilich, inmitten des Gestanks, auch den würzigen Duft von Käse. Ihre Beine zitterten vor Anstrengung und Hunger.

»Bitte … können wir hierbleiben?«, fragte sie.

Keinerlei Verständnis breitete sich in seiner Miene aus, aber immerhin verstellte er ihnen nicht länger den Weg, sondern trat nun zurück. Gleichwohl die Hütte so erbärmlich war, seufzte Alaïs erleichtert auf.

Sie waren in Sicherheit, das fühlte sie deutlich. Nicht nur, weil sie in dieser Einöde überhaupt auf einen Menschen getroffen waren, sondern weil dieser Mensch vom großen Sterben nichts wusste und, als sie ihm davon berichtete, nichts davon verstand.

XLII. Kapitel

Die nächsten Tage verlebte Alaïs, als hätte es kein Zuvor gegeben und als würde kein Danach mehr kommen, als wäre die Welt auf dieses sonderbare Haus geschrumpft, die Wiese davor, den Berghang dahinter, die grasenden Ziegen. Die Ziegen nährten sie – nicht nur durch Milch und Käse, sondern obendrein, indem sie ihnen den Weg über den schroffen Hang wiesen und sie gradewegs zu einer Stelle führten, wo dicke, saftige Beeren wuchsen. Alaïs kannte die Früchte nicht, aber nachdem sie sie selbst gekostet und vertragen hatte, gab sie den Kindern davon. Deren Befremden über das sonderbare Haus und den noch eigenartigeren Bewohner währte nicht lange. Sie hatten zu essen, zu trinken und mussten nicht mehr gehen – das genügte fürs Erste, sodass sie schon am nächsten Tag lachend um die Hütte stoben.

Alaïs warf immer wieder vorsichtige Blicke auf den Ziegenhirten, rechnete insgeheim damit, dass er sein wahres Gesicht zeigen würde, das hinter dem vermeintlichen Gleichmut lauerte. Doch schließlich fand sie heraus, dass von ihm tatsächlich nicht mehr zu erwarten war als das stets gleiche dumpfe Glotzen und diese kehligen Laute. Die Ziegen schienen ihn zu verstehen und kamen zutraulich näher, wenn er sie lockte – auch die eine, die er liebevoll streichelte, um ihr gleich danach die Kehle durchzuschneiden und sie ausbluten zu lassen.

Was er von den ungebetenen Gästen hielt, bekundete er nicht. Dass er sie mit Fleisch versorgte, schien das Schlechteste nicht zu bedeuten, und sie war ihm dankbar dafür, auch wenn sie ihm das nicht sagen konnte.

Nun, da sie die Muße hatte, achtete sie auf jedes verräterische Zeichen ihres Körpers. Vielleicht trug sie die teuflische Saat noch in sich. Vielleicht würden auch an ihr noch die grässlichen Beulen wachsen oder an den schutzlosen Leibern der Kinder. Doch Tag um Tag verging, und mit den Strapazen des langen Marsches verblasste auch die Erinnerung an das Leiden der Menschen, die sie zurückgelassen hatten.

Nach diesen begannen Régine und Gaspard freilich zu fragen. Wann die Eltern nachkämen. Wo die anderen Kinder von Saint-Marthe wären. Und wann sie wieder dorthin zurückkehren würden.

Alaïs machte ein geheimnisvolles Gesicht und versuchte, sich ihre Trauer nicht anmerken zu lassen. »Noch ist dieses Abenteuer nicht ausgestanden«, erklärte sie, als wäre alles, was geschehen war, Teil eines vorher beschlossenen Plans und der Aufenthalt beim Ziegenhirten nur ein weiterer Zug in einem aufregenden Spiel.

Sie wusste nicht, wie lange sie die beiden im Zaum halten konnte, aber da sie ohnehin vermied, weiter als bis zum nächsten Morgen zu denken, war ihr Régines und Gaspards Drängen noch keine allzu große Last.

Obwohl sie sich damit abgefunden hatte, dass er sichtlich verblödet war, versuchte sie doch, zumindest den Namen des Ziegenhirten herauszufinden. Mehrmals deutete sie auf sich und sagte Alaïs – und ähnlich verfuhr sie mit den Kindern. Der Ziegenhirte verzog seinen Mund. Es war nicht gewiss, ob er zu lächeln versuchte oder ob es ihn mit Grimm erfüllte, sich nicht äußern zu können. Am Ende schließlich stieß er einen seiner kehligen Laute aus, und obwohl der alles hätte bedeuten können und nichts, entschied Alaïs, dass er am ehesten nach Soubiran geklungen hatte.

»Du heißt Soubiran, nicht wahr?«, fragte sie immer wieder. Der Ziegenhirte glotzte. Weder nickte er noch schüttelte er den Kopf, und das genügte ihr als Zustimmung, um ihn fortan so zu nennen.

Etwas wacher wurde sein Blick, wenn sie ihn nach den Geräten und dem Geschirr befragte, die an den Wänden der Hütte hingen. Mochte er auch nicht richtig im Kopf sein, so verstand er es doch vorzüglich, mit einfachsten Mitteln in diesem kargen Leben zu bestehen. Er besaß eine Sichel, die er mit Steinen schliff, und ein kleines Messer, mit dem er Holz zu schnitzen verstand. Die runden Schüsseln, in denen er die Milch der Ziegen auffing, hatte er wohl selbst gefertigt, desgleichen vielerlei sonderbare Figuren, von denen sich nicht sagen ließ, ob es Menschen waren oder Tiere. Vielleicht verhießen sie die Gestalt, die zu sein er sich selber vorstellte. Ja, vielleicht hatte er so viele Jahre einsam hier zugebracht, dass er gar nicht mehr wusste, dass er sich von den Ziegen unterschied.

Die Kinder beäugten die geschnitzten Figuren zunächst misstrauisch, aber da es ansonsten so wenig zu bestaunen gab, wagten sie es schließlich, sie anzufassen und mit ihnen zu spielen. Soubiran gewährte es ihnen – Alaïs glaubte sogar, dass es ihm gefiel. Denn an einem Nachmittag hockte er sich auf seine Fersen und schnitzte eine neue Gestalt, die man mit etwas Phantasie für eine langhaarige Frau halten konnte.

Das Holz holte er von den dürren, knorrigen Bäumen, die noch in der Höhe wuchsen und deren Wurzeln sich teilweise über Felsen rankten wie Schlangen. Alaïs half ihm, einen dieser Bäume zu fällen, doch als sie versuchte, später ein Feuer zu machen, schrie er entsetzt auf. Noch ehe Funken stoben, ja, schon als der erste Rauch aufstieg, sprang er auf, begann im Kreis herumzulaufen und stampfte in den Boden, als wollte er ein Loch hineinhauen, um auf ewig darin zu versinken.

»Ruhig, ruhig«, beschwichtigte ihn Alaïs, während die Kinder vor Schreck über dieses ungebärdige Benehmen zu weinen begannen. »Es geschieht dir doch nichts!«

Rasch trat sie auf das Holz, ehe es zu glimmen begann und ihn noch mehr verschreckte. Mit Mühe verbarg sie, wie verzweifelt sie sich fühlte: nicht nur, dass die Nächte unerträglich kalt waren. Obendrein brachte sie es nicht über sich, das Fleisch der

Ziege, die Soubiran geschlachtet hatte, roh zu verzehren wie dieser.

Zwar fand sie am nächsten Tag einen Weg, Soubiran zu überlisten, indem sie die Zeit, da er hingebungsvoll schnitzte, nutzte, um das Feuer ein Stückchen von der Hütte entfernt zu entzünden und das Fleisch hier zu braten, doch mehr und mehr reifte der Gedanke, dass sie hier nicht auf ewig bleiben konnten. Mochte die Hütte im Sommer noch annehmbar sein – wie sollten sie erst hier leben, wenn der Herbst kam?

Sie ertappte sich dabei, immer häufiger ins Tal zu schauen, als hoffte sie insgeheim auf einen Lockruf, auf die Verheißung, dass keine Gefahr mehr drohte und der Tod seinen Appetit verloren hatte. Doch dergleichen Zeichen kam nicht, und wenn sie dann später die Kinder beobachtete, wie sie in der Nähe der Quelle balgten, Soubiran begeistert beim Schnitzen zusahen und sich hungrig über das eintönige Mahl hermachten, so verschob sie diese Entscheidung auf später.

Eines Tages schließlich ward sie ihr abgenommen. Es war gegen Abend. Sie hockten bereits in der Hütte, und Alaïs plagte sich damit, Régines Haare zu entwirren. Zu diesem Zwecke still sitzen zu bleiben und das schmerzhafte Ziepen zu ertragen, fiel dem Mädchen alles andere als leicht. Es flehte, quengelte und schimpfte.

»Soll ich es dir einfach abscheren?«, fragte Alaïs schließlich ungehalten. Sie hatte sich immer bemüht, ihre Anspannung vor den Kindern verborgen zu halten, aber in diesem Augenblick musste sie mit sich kämpfen, um dem Kind nicht einfach eine schallende Ohrfeige zu verpassen. »Deine Mutter war immer so stolz auf deine Haare«, fügte sie gemäßigter hinzu. Régine sah sie überrascht an. Witterte sie die Lüge? Die Wahrheit war, dass Raymonda mit Alaïs so gut wie nie über die Kinder gesprochen hatte und schon gar nicht über deren Haare.

Noch ehe sie freilich eine Frage stellen konnte, die Alaïs in die Enge trieb, stürzte Soubiran herein. Er fuchtelte wild mit den Händen und stieß seine kehligen Laute aus. Immer wieder deutete er nach draußen.

Alaïs glaubte, ihn zu verstehen und sprang auf. Irgendetwas Ungewöhnliches musste sich da draußen zutragen – und da an diesem Ort fremde Menschen zu den ungewöhnlichsten Dingen gehörten, konnte es bedeuten, dass auch ein anderer auf die Idee gekommen war, in die Höhe zu flüchten.

»Ihr wartet hier!«, befahl sie den Kindern. Dann stürmte sie nach draußen.

Die fremde Gestalt, die am Fuße des Hanges zu sehen war, näherte sich langsam. Mehrmals hielt sie inne, verschnaufte, dann stieg sie wieder höher, ächzend – und humpelnd.

Wie hatte er sie nur gefunden?

Doch was in diesem Augenblick noch größer war als die Verwirrung, dass er ausgerechnet hier auftauchte, war die Überraschung, dass er überhaupt noch lebte.

Es war Aurel.

»Nicht!«

Alaïs stürzte ihm entgegen, um ihn kurz vor der Hütte zurückzuhalten.

»Nicht! Komm nicht näher!«

Aurel blieb stehen, vielleicht, weil er ihrem Befehl folgte, vielleicht, weil er zu erschöpft war, auch nur einen Schritt weiterzugehen. Der gesunde Fuß unter ihm schien zusammenzubrechen wie sonst nur sein Holzbein. Schwer fiel auch sein Kopf zur Erde, kaum dass er lag. Alaïs hörte ihn keuchen – das einzige Zeichen, dass er noch unter den Lebenden weilte.

Sie wusste nicht, was sie nun tun sollte. Sie hatte verhindern wollen, dass er den Kindern zu nahe kam, der Odem der Seuche mochte ihm noch anhaften, doch nun konnte sie ihn nicht einfach liegen lassen.

»Aurel …«, stammelte sie und blickte zögernd auf ihn herab.

Der Anblick von Kranken und von Toten hatte sie mit der Zeit nicht mehr erschüttern können, umso mehr tat es nun das Antlitz eines Menschen, der die Seuche überlebt hatte.

Der Tod schien auf ihm herumgekaut zu haben wie auf einem

zähen Bissen, um ihn schließlich angewidert auszuspucken. Narben, tief wie Krater, rötlich oder schwärzlich verfärbt, zerrissen seine Haut auf seinem Gesicht, auf seinen Armen, gewiss auch an vielen anderen Stellen, die seine Lumpen notdürftig verbargen. Als er gefallen war, hatte sich der Holzfuß gelöst, und erstmals nach all den Jahren sah sie seinen Fußstumpf – ebenfalls ein Gebirge halb abgestorbener, halb verfaulter Haut. Gewiss – zumindest das mochte die Krankheit nicht verursacht haben. Es deuchte sie dennoch als Zeichen, dass einer, der an der Schwelle des Todes stand, besser hinübertreten solle, als zu den Lebenden zurückzukehren, um ihnen noch grauenhaftere Kunde von der Endlichkeit und der Hässlichkeit des Lebens zu bringen als die Verstorbenen.

»Wieso … wieso hast du überlebt?«, stammelte sie, als wäre dies das Schlimmste, was er ihr jemals angetan hatte. Eben noch, als sie ihn hatte kommen sehen, hatte sie ihm die Lebendigkeit geneidet, die Emy oder Raymonda doch viel mehr zustünden. Nun erwies sich die Lebendigkeit als moderig und kümmerlich.

»Es ist … es ist vorbei.«

Sie war sich nicht sicher, ob sie ihn richtig verstanden hatte, ob sie die Worte in sein Keuchen nur hineindichtete. Doch dann wälzte er sich auf den Rücken, schlug die Augen auf und wiederholte: »Es sind so viele tot. Aber die, die überlebt haben – für die ist es vorbei. Vorerst.«

Was war vorbei? Die Seuche? Oder das Leben, wie sie es kannten?

»In Saint-Marthe ist keiner mehr gestorben. Die Letzten waren Emy. Und seine Tochter.«

Alaïs schluckte schwer. Emys und meine Tochter, unsere Tochter, wollte Alaïs ihn berichtigen, aber sie brachte nichts hervor, weil Tränen ihre Stimme erstickten und weil Raymonda Emy doch so viel mehr gehört hatte als ihr. Obwohl sie nicht erwartet hatte, dass sie überleben würde, weinte sie um Raymonda, und Aurel gewährte ihr diesen Moment der Stille, aus Respekt oder aus Erschöpfung oder wegen beidem.

»Wie kommst du hierher?«, fragte sie nach einer Weile, und es klang ebenso vorwurfsvoll wie zuvor die Frage, warum er überlebt hatte. Letzteres würde sie niemals richtig verstehen können, lediglich vermuten, dass einer, der sich sein Leben lang so schonungslos kranken Menschen ausgesetzt hatte, vielleicht robuster gegen giftige Dämpfe war.

»Wenn man ihnen die Botschaft bringt, dass es vorbei ist... dann werfen sie keine Steine mehr.«

Kurz verstand sie nicht, was er meinte. Dann erst begriff sie, dass Menschen aus den Dörfern, die sie passiert hatten, ihm den Weg gewiesen hatten, den eine alte Frau und zwei Kinder genommen hatten.

»Durst«, murmelte er nach einer Ewigkeit, da das Licht ermattet war und die Wolken dunstig rote Fäden zogen. »Ich habe schrecklichen Durst.«

Das letzte Mal, da sie ihm begegnet war, hatte er auch um Wasser gefleht.

»Dort hinten ist eine Quelle«, murmelte sie barsch. »Aber komm den Kindern nicht zu nahe. Wer... wer weiß, was du uns bringst.«

Immer noch erfüllte seine Genesung sie mit Misstrauen.

Er setzte sich halb auf. »Ich habe überlegt, warum ich nicht gestorben bin«, sagte er. »Gentile da Foligno, ein großer Medicus, sprach vom Pesthauch, der sich in Herz und Lunge verdichtet und schließlich durch die Haut platzt. Vielleicht... vielleicht habe ich ihn irgendwie ausgeschieden...«

Sie hatte sich schon abgewandt, nun drehte sie sich zu ihm um. »Ich dachte, es gäbe keine Erklärung für die Seuche... und keinen Schutz vor ihr.«

»Vielleicht gibt es eine Erklärung, nur können wir sie nicht sehen. Henri de Mondeville sagte, dass Gott und die Natur nichts umsonst tun.«

Gedankenverloren blickte er auf den schroffen Boden vor sich. »Wir können sie nicht sehen«, wiederholte er. »Wir können sie einfach nicht sehen.«

»Was?«

»Die Seuche. Wir sind blind für sie. Vielleicht, weil sie so klein ist, so unendlich klein. Und wenn wir Dutzende Leichen aufschneiden, wenn wir sie in viele kleine Teile zerstückeln ... sie ist noch viel kleiner.«

Alaïs schüttelte verwirrt den Kopf. Wie konnte er eine Krankheit klein heißen, die ganze Dörfer ausgerottet hatte?

Die Qualen, die sein vernarbter, schwitzender, bleicher Körper spiegelte, mussten auch seinen Verstand angegriffen haben.

»Wir können sie nicht sehen«, sagte er wieder. »Ich kann sie nicht sehen. Ich dachte stets, wenn ich nur ganz genau hinschaue ... wenn ich in jede Tiefe des Körpers schneide ... wenn nichts mir verborgen bliebe ... dann könnte ich sämtliche Krankheiten heilen.«

Er blickte sie an, und seine braunen Augen, gleichwohl glanzlos, waren das Einzige, was an den alten Aurel erinnerte.

»Ja«, stieß Alaïs bitter aus, »ich weiß. Den Tod und die Krank heit hast du dir immer ganz genau angeschaut. Hättest du nur mich einmal gesehen!«

Er senkte den Blick.

»Damals auf dem Dorfplatz«, fuhr sie fort. »Nachdem du Louise das Kind aus dem Leib geschnitten hast, da habe ich getanzt, bis Frère Lazaire gekommen ist und das Vergnügen gestört hat. Ja, ich habe getanzt und mein Haar ist durch die Luft gewirbelt, und ich wollte, dass du mich ansiehst, dass dieser fremde *Cyrurgicus*, der sich ganz anders verhielt als die Männer, die ich kannte, seinen Blick auf mich wirft und sich denkt: ›Was für ein hübsches Mädchen diese Alaïs doch ist!‹ Vielleicht hätte ich dann einfach weitergetanzt und aus vollem Herzen gelacht und meine Hüften gewiegt. Und vielleicht hätte ich nie wieder einen Gedanken an dich verschwendet. Ich hätte mich voll Ekel von dir abgewandt, als ich dich später dabei erwischt habe, wie du Tote aufgeschnitten hast, um die Krankheiten zu sehen – denn ich hätte dir nichts mehr beweisen, hätte nicht mehr um dein Lob und deine Anerkennung kämpfen müssen.«

Sie hatte die Arme über ihre Brust geschlagen, fröstelte nun. Sie war sich nicht sicher, ob ihre Worte ihn erreicht hatten.

»Ich kann sie nicht sehen«, sagte er nur wieder und wieder.

»Wenn du willst, bringe ich dir zu essen«, sprach sie barsch. »Aber komm uns nicht zu nahe!«

Er hielt sich an ihre Befehle. Er wusch seine Lumpen an der Quelle aus und nahm dankbar ihr Essen entgegen, aber er mied die Hütte. Er schlief auf kalter Erde und unter freiem Himmel, doch weder Kälte noch harter Boden schienen ihm etwas anhaben zu können. Einer, der das große Sterben überlebt hatte, mochte wohl auch sämtliche anderen Naturgewalten ertragen. Während Alaïs Ziegen molk, Käse machte, die Kinder beschäftigte, tat er nichts weiter, als dazuhocken und vor sich hin zu starren.

Die Kinder hielten ihn zunächst für einen finsteren Räuber, dann für einen Geist.

»Er tut euch nichts«, sagte Alaïs knapp, ohne seine Anwesenheit zu erklären.

Am dritten Tag wagte Régine die Mutprobe, sich so nah wie möglich an den grässlichen Mann heranzuwagen, um dann beizeiten schreiend den Rückmarsch anzutreten. Dieses Schreien wiederum verschreckte Gaspard, der ohnehin verängstigt genug war. Seit Aurel aufgetaucht war, sprach er kaum, aß wenig und fühlte sich am wohlsten, wenn er sich an Alaïs festklammern konnte.

Das Kind setzte ihr zu – und noch viel mehr die Frage, wie es weitergehen sollte. Sie konnten nicht ewig hier leben, auf die Gastfreundschaft des schweigenden Hirten zählen, mussten irgendwann zurück in die Welt, auch wenn jene nicht mehr die war, die sie kannten.

Wie aber sollten sie leben? Und wovon?

Bislang war es ihr gelungen, vor sämtlichen Fragen davonzulaufen, doch als Régine wüste Vermutungen über den furchterregenden Fremden anstellte, wusste Alaïs, dass sie es nicht mehr vor sich herschieben konnte.

Sie kniete sich nieder, damit sie auf Augenhöhe mit dem Mädchen war, fuhr ihr durchs schwarze Haar und zog auch Gaspard noch enger an sich.

»Der Mann ist weder ein Räuber noch ein Geist. Er sieht so grässlich aus, weil er schwer krank war… Und ihr seid verwandt mit ihm, er ist der Onkel eurer Mutter.«

»Ich will heim zu Mutter!«, erklärte Gaspard weinerlich.

Alaïs seufzte. »Zuvor müssen wir eine Reise machen. Eine weite Reise.«

»Wohin?«, fragte Régine mit neugierigem Blick.

»Ich weiß nicht, wohin… aber dieser Mann… Aurel… euer Oheim – er wird uns begleiten.«

Mit diesen Worten stand sie auf und wies die Kinder an, in der Hütte zu bleiben. Im Freien stapfte sie entschlossen auf Aurel zu. In den letzten Tagen hatte sie das Essen stets ein paar Schritte von ihm entfernt niedergestellt, nun trat sie so nahe zu ihm wie am ersten Tag.

»Steh auf!«, befahl sie knapp. »Binde dir dein Holzbein um!«

Seine Augen reagierten träge. Es dauerte Ewigkeiten, bis er den Blick hob und sie anstarrte. Er sah nicht mehr ganz so furchterregend aus wie bei seiner Ankunft. Womöglich hatte sie sich an seinen Anblick gewöhnt, womöglich waren die Male der Krankheit – gleichwohl sie niemals schwinden würden – etwas verblasst.

Er folgte ihrem Befehl, band sich sein Holzbein um und stand auf. Doch seine Stimme klang trostlos. »Ich kann die Krankheit nicht sehen. Ich werde… ich werde nie ein großer *Cyrurgicus* sein.«

»Vielleicht bist du der größte, vielleicht hättest du der größte sein können, vielleicht auch nicht – es ist mir völlig gleich. Was nun zählt ist, dass du, ob groß oder klein, *Cyrurgicus* bist, auch weiterhin. Wenn es dort unten tatsächlich Menschen gibt, die das große Sterben überlebt haben, dann werden sie einen wie dich auch künftig brauchen.«

Er stand unsicher, schien sich nur mühsam aufrecht halten zu können. Sie blickte an ihm vorbei ins Land. Dunst bedeckte die Täler, nur Spitzen des schroffen Berglands ragten aus dem grauen

Schleier, den die kranke Welt übergestreift hatte, um ihre Narben zu verbergen.

»Was meinst du?«, fragte er verständnislos.

»Ich habe zwei Kinder großzuziehen und zu ernähren. Was schert es mich da, ob du die Krankheit sehen kannst oder nicht? Du kannst als *Cyrurgicus* Geld verdienen, und ich werde dir dabei helfen. Wir sind alt, aber wenn wir uns mit vereinten Kräften darum mühen, dann werden wir alle irgendwie davon leben können.«

Er wankte noch stärker.

»Alaïs ... ich kann das nicht ... nicht mehr ...«

Sie stampfte ungeduldig auf. »Natürlich kannst du!« Ihre Stimme war nicht lauter als ein Flüstern. »Du kannst und du wirst, Aurel! Wag es nicht, dich dieser Pflicht zu verweigern. Es sind Emys Enkelkinder. Und wir beide, Aurel, du und ich, tragen die Verantwortung für sie.«

Sie wartete seine Zustimmung nicht ab.

Ihr Blick löste sich vom nebelverhangenen Tal – dem Land, in dem sie die nächsten Monate und Jahre herumziehen würden. Kurz streifte sie die Ahnung von einem Leben, wie sie es sich immer erträumt hatte, frei, ungebunden, heimatlos. Doch diese Träume fanden in ihrer Buntheit, Unbeschwertheit und ihrer Lieblichkeit keinen Halt – nicht in dieser Welt, nicht nach dieser Seuche.

Emys letzte Worte fielen ihr ein. »Jetzt werde ich frei sein. Nicht ihr.«

Mit raschen Schritten ging sie zurück zur Hütte des stummen Ziegenhirten, um die Kinder für den Aufbruch zu rüsten.

Zeittafel

Die Provence

1249:	Raimond Bérenger V., Graf der Provence, stirbt und hinterlässt anstelle eines männlichen Erbens nur vier Töchter. Louis IX. und Papst Innozenz regeln die Nachfolgefrage: Neuer Graf von der Provence und Forcalquier wird Charles I. von Anjou, Bruder des französischen Königs, der seit 1246 mit Raimonds Tochter Beatrice verheiratet ist.
1265:	Charles I. erhält neben der Provence auch Neapel-Sizilien als erbliches Königreich; diesen Anspruch muss er in den nächsten Jahren gegen den Stauferkönig Manfred durchsetzen. Nachdem seine Herrschaft gesichert ist, zentralisiert er sein Königreich. Der regionale Adel wird teilweise entmachtet, Schlüsselpositionen werden mit Franzosen bekleidet, extremer Steuerdruck wird ausgeübt.
1288:	Charles II., der Sohn von Charles I., tritt das Erbe seines Vaters an. Zum Zeitpunkt von dessen Tod (1285) ist er ein Gefangener von König Pere von Aragon. Seine Freilassung erfolgt unter der Voraussetzung, dass er Sizilien an Aragon abtritt und lediglich König von Neapel und der Provence bleibt.

1306:	Die Juden werden aus Frankreich vertrieben. Viele finden in der Provence eine neue Heimat.
1309–1343:	Nach dem Tod seines Vaters wird Robert der Weise König von Neapel und der Provence. Papst Clemens krönt ihn in Avignon.
1340 sowie 1346–48:	Kalte Winter lösen schlimme Hungersnöte aus.
1343–1382:	Jeanne ist Königin von Neapel und der Provence: Nach dem Tod seines Erben Charles de Calabre (1330) hat Robert seine älteste Tochter als Nachfolgerin auserkoren.
1345:	Der Ehemann von Jeanne, Andreas von Ungarn, wird ermordet.
1347:	Die Pest erreicht um Allerheiligen Marseille und breitet sich im Frühjahr 1348 in der ganzen Provence aus.
1481:	Nach dem Tod des kinderlos gebliebenen letzten Herrschers der Anjou-Dynastie fällt die Provence an die französische Krone.

Das Papsttum in Avignon

1229:	Raymond VII. von Toulouse übergibt die Grafschaft Venaissain an den Heiligen Stuhl. 1274 nimmt der Papst sie offiziell in Besitz.
1303:	In Avignon wird eine Universität gegründet, dazu gehört auch eine medizinische Fakultät.
1309:	Als erster Papst zieht Clemens V. nach Avignon. Nach seinem Tod (1314) dauert es zwei Jahre, bis ein neuer Papst gefunden ist.
1316–1334:	Johannes XXII. (Jacques Duèse) ist Papst und residiert von Anfang an in Avignon, wo er schon zuvor als Bischof fungierte.

1317 : Der Papst lässt eine Gruppe provençalischer Spiritualen (eine radikale Bewegung der Franziskaner) nach Avignon vorladen und exkommuniziert ihren Anführer Angelus Clarenus. Dieser flieht nach Mittelitalien und gründet den unabhängigen Orden der Fratizellen (Fraticelli, kleine Brüder).

1322: In Mühldorf am Inn besiegt Ludwig von Bayern seinen Rivalen um die deutsche Kaiserkrone – den Habsburger Friedrich den Schönen. Der Papst, der auf Friedrichs Seite stand, verweigert ihm im Anschluss die Kaiserkrönung.

Juli 1323: Der Dominikanergelehrte Thomas von Aquin wird in Anwesenheit von König Robert heilig gesprochen. Manche Zeitgenossen bewerten das als Affront gegen die Franziskaner.

1323: Ludwig von Bayern vertreibt den Kardinallegaten Bertrand du Poujet, der die Autorität des Papstes in Mittelitalien wiederherstellen sollte, aus Mailand und kommt damit Matteo Visconti zu Hilfe, der nach einem längeren Streit mit dem Papst über die Besetzung eines Bistums ein verurteilter Ketzer ist. Johannes XXII. setzt daraufhin zum Gegenangriff an und eröffnet gegen Ludwig von Bayern einen Prozess, der 1324 mit dessen Exkommunikation und der Absprechung aller der durch die Königswahl erwachsenen Rechte endet.

November 1323: Mit der Bulle »Cum inter nonnullos« werden Angelus Clarenus und die Fratizellen noch einmal mit verschärften Worten als Häretiker verdammt.

1327: Der Papst lädt den Ordensgeneral der Franziskaner, Michel de Césène, nach Avignon ein, um über den Zustand des Ordens zu diskutieren. Als sich (der immer noch exkommunizierte) Ludwig von Bayern, Förderer und Unterstützer der Franziskaner, im Januar 1328 in Rom zum Kaiser krönen lässt und mit Nikolaus V. obendrein einen Gegenpapst einsetzt, bekommt Césène die Wut des Papstes zu spüren: Er wird der Häresie bezichtigt und gefangen genommen.

Mallorca

Im 11. Jh.:	Die Mauren erobern die Insel.
1229:	Nach mehreren vergeblichen Versuchen durch die Grafen von Barcelona gelingt es Jaume I., »El Conquistador«, die Insel von den Mauren zu erobern.
1276:	Jaume II. gründet das christliche Königreich Mallorca (bestehend aus der Insel und dem Festlandgebiet rund um Perpinyà). Der Bau der Kathedrale La Seu beginnt.
1295:	Der Bau vom Castell Bellver und des Almudaina-Palasts beginnt.
1311–1324:	Nach dem Tod von Jaume II. übernimmt Sanxo I. die Herrschaft im Königreich Mallorca.
1325:	Nach dem Tod von Sanxo I. ist dessen Erbe Jaume (der spätere Jaume III.) noch minderjährig. Felip, ein Onkel Jakobs, übernimmt die Vormundschaft und somit auch die Regentschaft. Eine entsprechende Übereinkunft mit dem König von Aragon wird im September in Saragossa getroffen.
1325–1328:	Regent Felip, der anders als seine Vorgänger hauptsächlich auf der Insel lebt, macht den mallorquinischen Königshof zu einem Zentrum der Fratizellen und fördert die Verbreitung der Lehren von Angelus Clarenus.
1328:	Von Perpinyà aus nimmt ein größerer Aufstand gegen Felips Herrschaft seinen Anfang und zwingt ihn im Sommer 1329 zum Rücktritt.

Personenverzeichnis

(Die historischen Persönlichkeiten sind in Abgrenzung zu den fiktiven mit einem Sternchen versehen)

In Saint-Marthe
Raimon Montpoix, genannt Ray, Fischer
Caterina Montpoix, seine Frau, Hebamme
Alaïs, ihre Tochter
Félipe und Raimon, ihre Söhne
Estela, Félipes Frau
Aurel Autard, ein *Cyrurgicus*
Emeric, genannt Emy, sein Bruder
Louise, eine Schwangere
Remi, ihr Mann
Régine, Bethilie, Ursanne, Frauen des Dorfes
Josse, Régines Sohn
Ricard, ein alter Mann
Frère Lazaire, ein Franziskanermönch
Henric de Robessard, der Comte

In Avignon
Papst Johannes XXII. *
Gasbert de Laval (auch Gasbert de Valle genannt), päpstlicher Kämmerer *
Gaufridus Isnardi, päpstlicher Leibarzt *
Iaquetus Melioris, päpstlicher Apotheker *
Laurent Bonredon, ein Priester im Gefolge Gasberts de Laval
Giacinto Navale, florentinischer Händler
Marguerite, eine Frau in dessen Haushalt
Roselina, ihre Tochter

Ludovicus Boquin, ein Mediziner aus Montpellier
Stephanus Johannis, Verantwortlicher für den päpstlichen Fischteich *

Auf Reisen
Pio Navale, Entdecker, Bruder von Giacinto Navale
Bianca, seine Frau
Simeon, ein Jude in dessen Gefolge
Felip, Infant von Mallorca *
Akil, ein muslimischer Händler
Sancho, sein Ziehsohn

Die nachfolgende Generation
Dulceta, Tochter der alten Régine
Pierre, Dulcetas Mann
Raymonda, Alaïs' Tochter
Andriu, ihr Mann
Gaspard und Régine, ihre Kinder
Cathérine, Alaïs' Nichte, Tochter von Félipe und Estela
Elianor, Enkeltochter von Bethilie
Soubiran, Ziegenhirte

Berühmte antike und mittelalterliche Mediziner, die im Roman Erwähnung finden

(in alphabetischer Reihenfolge)

Abulcasis (936–1013), andalusisch-arabischer Arzt und Wissenschafter, der arabische mit griechisch-römischen Lehren verknüpft und diverse chirurgische Instrumente erfunden hat.

Alberto da Bologna (14. Jahrhundert), Mediziner der Schule von Bologna.

Alphanus von Salerno (1015–1085), Mönch von Montecassino, Erzbischof von Salerno und Verfasser eines hippokratisch-galenischen Traktats.

Arnaldus de Villanova (1235–1311), Leibarzt des Königs von Aragon und Professor in Montpellier, der sich u. a. mit angehexten Krankheiten beschäftigte und neben der medizinischen Behandlung komplizierte Rituale empfahl.

Avicenna (908–1037), persischer Arzt, Naturwissenschafter und Philosoph; einer der berühmtesten arabischen Gelehrten des Mittelalters.

Bernard de Gordon (1258–1318), Professor an der medizinischen Fakultät in Montpellier und Verfasser des bedeutenden Werkes »Lilium Medicinae« (Lilie der Medizin), das viele Krankheiten und deren Heilung beschreibt.

Constantinus Africanus (1020–1087), Mediziner und Übersetzer des 11. Jahrhunderts, der von Karthago aus fast 40 Jahre den Orient bereiste und Kenntnisse in arabischer Medizin sammelte.

Galen (129–216), griechischer Arzt und Anatom, der bis in die Renaissance hinein eine wesentliche Autorität darstellte und dessen nahezu 400 Schriften bis ins 17. Jahrhundert als Lehrgrundlage dienten.

Gariopontus (11. Jahrhundert), Klerikerarzt der Schule von Salerno, dessen medizinische Enzyklopädie »Passionarius Galeni« lange Zeit als Werk Galens galt und darum in hohem Ansehen stand.

Gentile da Foligno (1280–1348), italienischer Arzt und Naturphilosoph, der die Pest mit dem »Pesthauch-Modell« zu erklären versuchte.

Gilbertus Anglicus (1180–1280), englischer Mediziner und Leibarzt des Königs, dessen Werk »Compendium Medicinae« großes Augenmerk auf chirurgische Fragen legt.

Guillelmo da Brescia, (1250–1326), Mediziner und Professor in Padua, Paris und Bologna, zwischenzeitig einer der Leibärzte von Papst Johannes XXII.

Guillelmo da Saliceto (1210–1277), Mediziner, Chirurg und Professor der Medizin in Bologna und gemeinsam mit seinem Schüler Lanfranco Wegbereiter der chirurgischen Anatomie.

Guy de Chauliac (1298–1368), Schüler von Henri de Mondeville und einer der bedeutendsten Chirurgen des Spätmittelalters, der nach Abschluss seiner Lehrjahre in Paris und Montpellier als Wanderarzt in ganz Europa unterwegs war und zu einer Berühmtheit insbesondere für Augenleiden wurde.

(Aufgrund seiner Lebensdaten findet er im Roman keine Erwähnung, darf jedoch unmöglich in einer Liste großer Ärzte der Geschichte fehlen).

Henri de Mondeville (1260–1320), berühmter Chirurg des Mittelalters, Lehrer der Anatomie in Montpellier und Leibarzt von König Philipp dem Schönen, dessen Werk »Cyrurgia« das erste französische Lehrbuch der Chirurgie darstellt.

Hersende (13. Jahrhundert), französische Ärztin und Magistra, die König Ludwig XI. auf seinem Kreuzzug begleitete.

Hippokrates (460 v. Chr.–370 v. Chr.), berühmtester Arzt des Altertums und Begründer der Medizin als Wissenschaft.

Hunayn ibn Ishāq (808–873), christlich-arabischer Gelehrter und Übersetzer, der viele medizinische Schriften (z. B. über die Augenheilkunde) verfasste.

Kalonymos ben Kalonymos (1289–1370), jüdischer Gelehrter und Arzt, der eine Reihe philosophischer, mathematischer und medizinischer Werke ins Hebräische übersetzte.

Lanfranco da Milano (1245–1306), einer der bedeutendsten mittelalterlichen Chirurgen und Begründer der Pariser Chirurgie.

Mondino de Liuzzi, auch Mondino dei Luzzi (1275–1326), Anatom und Professor der Medizin in Bologna, der als Erster den systematischen Anatomieunterricht und Leichensektionen in den Lehrbetrieb einführte.

Niccolò Betruccio (14. Jahrhundert), Mediziner in Bologna, der 19 Werke von Hippokrates mit Kommentaren versah.

Paulus von Aegina (7. Jahrhundert), ein in Alexandria wirkender Wanderarzt, dessen Schriften ab dem 9. Jahrhundert zunächst von der arabischen Medizin stark rezipiert wurden, ab dem 12. Jahrhundert auch im westlichen Abendland.

Roland von Parma (13. Jahrhundert), Schüler von Roger Frugardi, der dessen wegweisende Texte neu schrieb. Sein »Rolandina« war ein Standardtext für Studenten späterer Epochen.

Roger Frugardi, auch Roger von Salerno (1140–1195), lombardischer Wundarzt und Chirurg aus Salerno, mit dessen Hauptwerk, der »Practica chirurgiae« – die älteste chirurgische Schrift des christlichen Kulturkreises –, die Chirurgie zur Wissenschaft erhoben wurde, anstatt weiterhin ein bloßes Handwerk zu sein.

Theodoric, auch Teodorico Borgognoni (1205–1298), Sohn von Ugo Borgognoni, Dominikanermönch und Arzt von Papst Innozenz III., der u.a. die Verwendung der Schlafschwämme einführte und lehrte, dass Eiterung für die Wundheilung nicht notwendig wäre.

Taddeo da Bologna, auch Taddeo Alderotti (1215–1295 oder 1303), italienischer Arzt der medizinischen Schule von Bologna.

Trotula oder Trota di Ruggiero (11. Jahrhundert), praktische Ärztin und Mitglied der medizinischen Fakultät von Salerno, deren Hauptwerk »Passionibus Mulierum Curandorum« sich mit der Gynäkologie beschäftigt.

Ugo de Borgognoni, auch Hugo von Lucca (1160–1257), Gründer der Chirurgenschule von Bologna (1204), Wegbereiter der chirurgischen Anatomie und Lehrer von Saliceto und Lanfranco.

Ursus von Lodi, auch Ursus von Salerno (12. Jahrhundert), Mediziner der Schule von Salerno.

Historische Anmerkung

Ehe ich begonnen habe, mich intensiv mit mittelalterlicher Chirurgie zu beschäftigen, hatte ich vor allem zwei Vorurteile: zum einen, dass deren Methoden weitgehend archaisch und primitiv gewesen waren. Zum anderen, dass vor allem arabische und jüdische Mediziner deren Meister gewesen waren, während das christliche Abendland peinlich hinterherhinkte.

Letzteres mag für frühere Jahrhunderte gelten, jedoch nicht mehr für das 13. und 14. Jahrhundert, in dem – noch lange nach der Glanzzeit der Schule von Salerno – große Ärzte weitere Meilensteine der Medizingeschichte setzten und teilweise fortschrittlicher dachten als spätere Vertreter ihrer Zunft.

Mit Überraschung und zunehmender Faszination las ich die Schriften dieser Männer, vor allem die von Henri de Mondeville, der hinsichtlich seines Wissensstandes und seiner Operationstechniken das Vorbild meines Protagonisten Aurel wurde.

Ohne Zweifel waren die damaligen Mittel beschränkt. Viele anatomische Kenntnisse fehlten. Dennoch beweisen Amputationen, Kaiserschnitte und Operationen am offenen Gehirn, der Einsatz von Schlafschwämmen (ab dem 15. Jahrhundert hörte deren Gebrauch übrigens wieder auf), Versuche der Intubation, die antiseptische Wundbehandlung (hinter die einer der einflussreichen Schüler Henri de Mondevilles, Guy de Chauliac, leider wieder zurückfiel) sowie komplexe Nähtechniken, dass man es nicht mit einfachen Schlächtern zu tun hatte, die häufiger den Tod brachten als das Leben, sondern mit fortschrittlichen, wissenshungrigen Männern, die aus bescheidenen Möglichkeiten das

Beste machten. In meinem Roman wollte ich darum vor allem zeigen, was sie konnten – und nicht, wo, verglichen mit der modernen Medizin, ihre vielen Unzulänglichkeiten lagen.

Der Höhenflug der mittelalterlichen Chirurgen war leider viel zu rasch beendet. Zum einen waren es kirchliche Restriktionen, die die Ärzteschaft um Jahrhunderte zurückwarfen: Während – nicht zuletzt dank der medizinischen Fakultäten in Montpellier und Bologna – die Akzeptanz für Anatomie und Chirurgie zunächst wuchs, verbot Papst Gregor IX. 1376 den Medizinern deren Ausübung. Zum anderen stellt der Schwarze Tod eine wesentliche Zäsur dar. In einer Welt, in der die Menschheit fassungslos vor einer ihrer größten Katastrophen stand, wo manche Ordnung, manches soziale Gefüge und ideologische Gerüst wankte und daraus schließlich eine neue Epoche – die Neuzeit – erwuchs, überwog offenbar die Kapitulation vor dem Irrationalen das Interesse an der Ergründung des menschlichen Körpers.

Erst zwei Jahrhunderte später, an der Wende zum 16. Jahrhundert, brach mit Ärzten und Anatomen wie Andreas Vesalius oder Paracelsus eine goldene Ära für die Anatomie und die Chirurgie an.

Es war nicht nur die Pest, die die Neuzeit einleitete, sondern auch die Entdeckung fremder Welten. Welcher Reiz darin lag, wurde schon im 14. Jahrhundert bekannt, als Marco Polos Buch zum Bestseller avancierte.

Die »Grüne Insel«, von der Pio Navale spricht, könnte Madeira oder die Azoren gewesen sein. Die Azoren wurden schon von den Karthagern und den Phöniziern erwähnt, jedoch erst 1427 tatsächlich entdeckt. Madeira – angeblich 1419 von João Gonçalves Zarco entdeckt – wurde bereits im Jahr 1351 zum ersten Mal auf einer florentinischen Seekarte verzeichnet. In der Forschung geht man davon aus, dass die Insel womöglich schon in den 30er-Jahren des 14. Jahrhunderts erstmals von Europäern betreten worden ist.

Jene Jahrzehnte, in denen dieses Buch spielt, stellen eine Wendezeit dar, die nicht zuletzt von Menschen geprägt wurde, die ein engstirniges Denken überwunden haben. Dafür braucht man nicht selten Skrupellosigkeit, Egoismus und Unkonventionalität. Vielleicht aber reicht das nicht aus. Vielleicht mussten die Menschen damals auch lernen, dass Freiheit im Kopf unter Umständen bedeutet, dass einem erst einmal der Boden unter den Füßen weggezogen wird. Eine zwar bittere, leidvolle Lektion, doch überragend – ob als Chirurg, als Weltenbummler oder einfach nur als starke Frau – kann wohl nur sein, wer neben scinem Eigensinn und seinem Selbstvertrauen ein gewisses Maß an Demut mitbringt. Oder wer dieses auf seinem Weg zu lernen bereit ist.